FRANK REHFELD

Zwergenfluch

Frank Rehfeld

Zwergenfluch

Roman

Originalausgabe

blanvalet

FSC
Mix
Produktgruppe aus vorbildlich
bewirtschafteten Wäldern und
anderen kontrollierten Herkünften

Zert.-Nr. SGS-COC-1940
www.fsc.org
© 1996 Forest Stewardship Council

Verlagsgruppe Random House FSC-DEU-0100
Das für dieses Buch verwendete
FSC-zertifizierte Papier *Munken Premium*
liefert Arctic Paper Munkedals AB, Schweden.

1. Auflage
Originalausgabe April 2009 bei Blanvalet,
einem Unternehmen der Verlagsgruppe
Random House GmbH, München

Umschlaggestaltung: HildenDesign München
Umschlagfoto: © Michael Welply
Redaktion: Simone Heller
HK · Herstellung: RF
Satz: Uhl + Massopust GmbH, Aalen
Druck und Einband: GGP Media GmbH, Pößneck
Printed in Germany
ISBN: 978-3-442-26604-3

www.blanvalet.de

1
DIE GOLDADER

Sie waren tiefer in den Leib der Erde vorgedrungen als je zuvor, vielleicht sogar tiefer, als überhaupt ein Zwerg jemals seit Anbeginn der Zeiten geschürft hatte. Der Gedanke erfüllte Barlok mit Stolz, aber auch einem vagen Gefühl von Unbehagen. Natürlich wusste er, dass die Geschichten von den Tiefenbestien nur reine Erfindung waren, Schauermärchen wie die von den Erzfressern und viele andere, die nur dazu dienten, Kinder zu erschrecken und davon abzuhalten, in ungesicherten Stollen zu spielen. Aber dennoch – auch ihm hatte man diese Geschichten als Kind erzählt, und etwas davon klang immer noch in ihm nach.

Mit einem unwilligen Kopfschütteln verdrängte Barlok diese Gedanken. Wenn irgendjemand wusste, dass es im Inneren der Erde, selbst innerhalb der sich ständig ausdehnenden Grenzen von Elan-Dhor, eine Vielzahl von Gefahren gab, dann war er es. Aber dabei handelte es sich nicht um irgendwelche Märchengestalten, sondern um höchst reale Gegner wie Gnome, Schrate, Goblins und vereinzelt sogar Höhlentrolle, und er selbst hatte nicht unwesentlich dazu beigetragen, die von ihnen ausgehende Bedrohung abzuwehren.

Ungeduldig beobachtete er, wie Nuran, der Anführer des Schürftrupps, und ein weiterer Arbeiter die Stabilität eines nicht besonders sicher aussehenden Gangabschnitts weiter vorne überprüften. Sie bearbeiteten den Fels vorsichtig mit Hämmerchen, drückten gegen größere Felsbrocken und rüttelten an Vorsprüngen. Sand und feines Geröll rieselten herab, vereinzelt lösten sich auch kleine Gesteinsbrocken von der Decke oder aus den Wänden, doch der von Barlok befürchtete Einsturz blieb aus.

»Mir gefällt das nicht«, raunte Warlon ihm so leise zu, dass nur er ihn hören konnte. »Das Ganze stinkt geradezu nach einer Falle.«

Barlok warf ihm einen raschen Blick zu. Er kannte Warlon seit vielen Jahren, hatte ihn genau wie alle anderen Krieger der Schutzeskorte persönlich ausgebildet. Der rothaarige Zwerg aus dem Hause Korrilan war sein mit Abstand bester Schüler und hatte sich im Laufe der Jahre bis zu seinem Stellvertreter hochgedient und sich den Titel eines Kampfführers erworben. Ein Feigling war er ganz gewiss nicht. Im Gegenteil, manchmal war er sogar noch *zu* verwegen und draufgängerisch und musste in seine Schranken gewiesen werden; ein Tribut an sein noch ziemlich geringes Alter von hundertneunzehn Jahren.

Gerade diese Tatsache verlieh seinen Worten jedoch zusätzliches Gewicht, ganz davon abgesehen, dass er genau das ausgesprochen hatte, was auch Barlok selbst durch den Kopf ging, und niemand würde auch nur im Traum auf die Idee kommen, gerade *ihm* Ängstlichkeit oder gar Feigheit zu unterstellen. Immerhin galt er als einer der größten lebenden Helden seines Volkes.

Kaum aus der Akademie entlassen, hatte er bereits am Kampf um die Rubinadern in den Nordstollen teilgenommen. Knapp ein Jahrzehnt später hatte er geholfen, die Schreckensherrschaft des schwarzen Barg und seiner Bande von Höhlentrollen zu brechen. Nicht nur zum ruhmreichen

Helden, sondern zu einer lebenden Legende war er schließlich durch den unter seinem Kommando erfochtenen Sieg über die vereinten Streitkräfte der Gnome und Goblins in der Schlacht bei den goldenen Hallen geworden, wodurch er sich auch den Titel eines Kriegsmeisters erworben hatte, den höchsten Titel, den die Kriegerkaste zu vergeben hatte.

Bei all diesen und noch vielen anderen Kämpfen hatte er keinen Moment gezögert, der Gefahr tapfer entgegenzutreten. Zahlreiche Narben am ganzen Körper, davon allein zwei im Gesicht, kündeten noch heute davon. Jetzt jedoch, als Begleitschutz bei der Erforschung eines Gebietes, in dem es keinerlei sichtbares Anzeichen für eine Bedrohung gab, spürte Barlok ein Unbehagen, das er sich selbst nicht erklären konnte. Es war ein Instinkt, der ihn warnte, und im Laufe seines mittlerweile mehr als zweihundertfünfzigjährigen Lebens hatte er gelernt, solche Gefühle nicht einfach zu ignorieren. Mehr als einmal hatten sie ihm bereits das Leben gerettet.

»Mir geht es nicht anders, und ich bin froh, wenn wir heil wieder zurück sind«, erwiderte er ebenso leise. Warlon war der Einzige, dem gegenüber er solche Gefühle der Schwäche zugeben konnte, ohne befürchten zu müssen, dass man sie bei der ersten passenden Gelegenheit gegen ihn verwendete. »Ich traue keinem Schrat, und erst recht nicht, wenn er mit Geschenken kommt oder vorgibt, wertvolle Informationen für uns zu haben. Wenn es nach mir gegangen wäre, hätten wir ihn mit einem so kräftigen Fußtritt davongejagt, dass er erst im finstersten Pfuhl der Unterwelt wieder zum Halten gekommen wäre.«

Auch das war eine gefährliche Bemerkung, wie er sie keinem anderen gegenüber so offen auszusprechen gewagt hätte, richtete sie sich doch indirekt gegen König Burian. Immerhin hatte dieser den Schrat, der am gestrigen Tag um eine Audienz gebeten hatte, nicht nur empfangen, sondern seinen Behauptungen, er hätte knapp einen Tagesmarsch von den untersten Minenabschnitten Elan-Dhors entfernt eine Goldader von kaum vorstellbarer Größe und Ergiebigkeit entdeckt, Glauben geschenkt. Genug Glauben jedenfalls, um diese Expedition in bislang noch gänzlich unerforschtes Tiefenland auszuschicken – eine Entscheidung, die Barlok einfach nicht verstand.

Schrate waren als verschlagen und heimtückisch berüchtigt; kleine Kreaturen mit winzigen Ärmchen und Beinchen und einer faltigen, fast wie Felsgestein aussehenden Haut. Anders als Gnome und Goblins oder gar das Zwergenvolk hatten sie niemals eine eigenständige Zivilisation aufgebaut, sondern hausten fast wie Tiere in dunklen Höhlen. Obwohl kein Krieg mit ihnen herrschte, waren sie immer wieder für Ärger gut, vor allem, weil sie hauptsächlich von dem lebten, was sie irgendwo stehlen konnten und deshalb immer wieder Diebeszüge bis ins Gebiet von Elan-Dhor hinein unternahmen.

Zusätzliche Nahrung erhielt Barloks Misstrauen durch die strikte Weigerung des Schrats, sie zu dem angeblichen Fund zu führen. Er hatte ihnen lediglich den Weg beschrieben und war selbst unter fadenscheinigen Ausreden in Elan-Dhor zurückgeblieben. Aber auch das hatte König Burian nicht von seinem Entschluss abbringen können – seine Gier war stärker als das Misstrauen gewesen.

»Für Schrate ist Gold völlig wertlos«, gab Warlon zu bedenken. »Aber sie wissen, welchen Wert es für uns hat. Insofern liegt es nahe, dass sie Informationen über eine entdeckte Ader gegen Lebensmittel und andere Sachen tauschen.«

»Genau damit hat der König seine Entscheidung auch begründet«, brummte Barlok. »Aber, verdammt, es handelt sich um einen Schrat, und diesen Missgeburten ist nicht zu trauen …«

Er verstummte, als Nuran sich ihnen näherte.

»Wenn wir ein paar Stützbalken einziehen könnten, wäre mir wohler, aber zumindest besteht keine akute Einsturzgefahr«, berichtete er. Nuran war ein ausgesprochen kleingewachsener Zwerg, gut einen halben Kopf kleiner als Barlok, und auch sein Bart war dünn und sah wenig beeindruckend aus. Dennoch bekleidete er als Erzmeister einen hohen Rang in der Arbeiterkaste, auch wenn er diesen in erster Linie seiner Zugehörigkeit zum angesehenen Haus Saloris zu verdanken hatte. Im Grunde war sein Rang sogar zu hoch, um an einer Expedition wie dieser teilzunehmen, aber die Aussicht, seinen Namen mit einem großen Goldfund zu verbinden – und vermutlich auch die Gelegenheit, Barloks Nerven nach Kräften zu strapazieren – hatte ihn so sehr gereizt, dass er sich freiwillig gemeldet hatte.

»Also gut, gehen wir weiter«, entschied Barlok gegen seine innere Überzeugung. Fast wäre es ihm lieber gewesen, wenn sich eine Durchquerung des Ganges als zu gefährlich erwiesen und sie zur Umkehr gezwungen hätte. Nichts hier war künstlich bearbeitet worden, es handelte sich nur um natürlich entstandene Risse im Fels, wie es sie aufgrund der Gesteinsstruktur überall unter dem Schattengebirge gab, die hier jedoch ein gewaltiges unterirdisches Labyrinth bildeten, das selbst im Laufe von Jahrtausenden erst zu einem kleinen Teil erforscht worden war. Diese Gegend, die noch jenseits des Tiefenmeeres lag, hatten erst wenige Zwerge überhaupt jemals betreten. Die Stollen verliefen in willkürlichen Windungen, und selbst die grobe Richtung, in die sie führten, ließ sich oft nur schwer abschätzen. Viele endeten einfach im Nichts, aber meist gab es zahlreiche Abzweigungen, die sie wiederum mit anderen Gängen verbanden.

Auch kam es oft vor, dass Stollen durch herabgebrochenes Gestein verschüttet waren, oder sie verengten sich so stark, dass ein Zwerg sie nicht mehr passieren konnte. Aus diesem Grund bestand ihr Trupp hauptsächlich aus Arbeitern, denen lediglich eine Eskorte aus fünf Kriegern zur Seite gestellt worden war. Die Aufgabe der zehn Arbeiter bestand zum einen darin, falls nötig den Weg freizuräumen – was ihnen im Falle eines Hinterhalts natürlich wenig nützen würde. Wenn es die Goldader wirklich gab, sollten die Arbeiter außerdem deren Größe, Reinheit und Ergiebigkeit schätzen und Proben des Fundes nehmen. Bislang jedoch hatte es für sie kaum etwas zu tun gegeben. Trotz der Beschreibungen des Schrats hatten sie nicht damit gerechnet, hier unten so überwiegend breite und sichere natürlich entstandene Gänge vorzufinden, sondern waren von wesentlich mehr Grabungsarbeiten ausgegangen, sonst wäre ihr Erkundungstrupp vermutlich kleiner ausgefallen. Barlok wünschte, es wäre so und er hätte keine oder nur wenige Arbeiter, dafür aber mehr Krieger bei sich. Dann bräuchte er weniger Rücksicht zu nehmen und sich vor allem nicht mit Nuran herumzuärgern, der noch nie einen Hehl aus seiner Verachtung für die Kaste der Krieger gemacht hatte.

Die Tonnen von Gestein über ihren Köpfen, die Barlok für gewöhnlich ein Gefühl von Sicherheit vermittelten, drückten schwer auf ihn herab, als wollten sie ihm zeigen, wie verloren sein kleiner Kampftrupp in diesem riesigen, unerforschten Labyrinth war.

Trotz Nurans Bericht gingen sie unwillkürlich schneller, bis sie die unsichere Stelle hinter sich gelassen hatten. Auch danach warf Barlok immer wieder skeptische Blicke zur Decke hinauf. Er war stets bemüht, sich in einen Gegner hineinzuversetzen, und den körperlich nicht allzu starken Schraten fiele es am leichtesten, sie zu töten, wenn sie die Zwerge unter einem Steinschlag begraben würden.

Aber nichts geschah. Vorbei an verschiedenen Abzweigungen drangen sie unbeschadet weiter vor, bis der Gang nach einiger Zeit plötzlich an einer Felsplatte endete. Lediglich ein kaum zwei Handspannen messender Spalt zog sich noch von der Decke bis zum Boden durch das Gestein. Für einen Schrat stellte es vermutlich keine Schwierigkeit dar, sich hindurchzuquetschen, für einen Zwerg jedoch war es unmöglich.

»Verdammt, davon hat die kleine Missgeburt nichts erwähnt«, fluchte Barlok.

»Sieht so aus, als wäre der Weg hier für uns zu Ende. Wir können höchstens versuchen, die Stelle durch einen der Seitenstollen zu umgehen, aber das dürfte eine Menge Zeit kosten.« Der Zorn in Warlons Stimme war nicht zu überhören.

»So leicht gebe ich nicht auf. Das sehe ich mir erst einmal genauer an«, knurrte Barlok und nahm ihm die Laterne aus der Hand. Normalerweise verbreitete die in ihrem Inneren brennende Flamme ihr Licht in alle Richtungen, doch durch ein System eingebauter Spiegel und eine kunstvoll geschliffene Linse ließ es sich zu einem hellen Strahl in eine einzelne Richtung bündeln. Barlok nahm die entsprechenden Einstellungen vor und trat bis ans Ende des Stollens. Dort richtete er den Lichtstrahl direkt auf den Spalt und spähte selbst etwas höher einige Sekunden lang hindurch.

»Nur eine herabgebrochene Felsplatte, hinter der sich der Gang fortsetzt«, berichtete er. Mit der Axt kratzte er etwas lockeres Gestein weg. »Ziemlich brüchig, das dürfte uns nicht lange aufhalten. Los, räumt den Weg frei!«

Er ging zur Seite und gab Warlon die Laterne zurück. Zwei Männer der Schürfgruppe traten vor und begannen, mit ihren Spitzhacken auf die Wand einzuschlagen. Wie erwartet setzte der Fels ihnen keinen großen Widerstand entgegen, und schon nach wenigen Minuten hatten sie den Spalt so weit verbreitert, dass ein Zwerg ihn mühelos passieren konnte.

»Na also, manchmal ist es besser, mit dem Kopf durch die Wand zu rennen, als erst mühsam einen Umweg zu suchen«, sagte Barlok grinsend.

Sie drangen tiefer in den Stollen vor, wobei Warlon und er wie bisher an der Spitze der kleinen Gruppe gingen, während die drei übrigen Krieger den Abschluss bildeten, um die Arbeiter nach vorne und hinten bestmöglich zu schützen. In der Luft jenseits des Spalts lag der schwere Geruch von altem, feuchtem Gestein, als wäre hier seit Jahrhunderten kein atmendes Geschöpf mehr entlanggegangen. Nach einigen Dutzend Schritten packte Warlon plötzlich Barloks Arm und streckte die andere Hand mit der Laterne noch ein wenig weiter nach vorne.

»Da!«, keuchte er. Im Lichtschein der Lampe war ein schwacher, gelblicher Glanz zu entdecken, der vor ihnen von der rechten Wand des Ganges ausging und sich mit jedem weiteren Schritt verstärkte. »Es scheint hier wirklich Gold zu geben. Womöglich hat der Schrat doch nicht gelogen.«

Noch bevor Barlok etwas sagen konnte, drängte sich Nuran an ihm vorbei und hastete auf die Stelle zu, von der der Glanz ausging.

»Gold, ohne jeden Zweifel!«, stieß er nach einer kurzen Untersuchung triumphierend hervor. »Und offenbar tatsächlich eine gewaltige Ader.«

Barlok verzichtete darauf, ihn wegen seiner groben Missachtung der Sicherheit zurechtzuweisen. Auch ihn selbst packte Aufregung über die Entdeckung. Noch vor wenigen Minuten hätte er ohne zu zögern einen ganzen Jahreslohn darauf gewettet, dass sie außer einem Hinterhalt hier unten nichts vorfinden würden, doch nun sah er das Gold mit eigenen Augen vor sich. Es handelte sich um zwei etwa handbreite Streifen, die das Gestein durchzogen, sich rasch verbreiterten und schon nach wenigen Schritten zu einem fast meterbreiten Streifen verschmolzen. Auch in der linken Wand zeigten sich vereinzelt bereits goldene Flecken.

Kurz darauf erreichten sie eine kleine Grotte. Der Anblick, der sich ihnen dort bot, raubte selbst Barlok den Atem. Überall durchzogen Goldadern die Wände, die Decke und sogar den Boden, so groß und in so geringem Abstand, dass nur noch vereinzelt Gestein zu sehen war und man das Gefühl haben konnte, sich im Inneren eines einzigen gewaltigen Goldbrockens zu befinden. Es gab nur einen weiteren Zugang, der sich fast genau auf der gegenüberliegenden Seite befand.

Aber so überwältigend der Anblick auch war, Barlok war zu sehr Krieger, als dass er auch nur für einen Moment seine Pflichten vergessen hätte. Rasch fuhr er herum, bevor die laut jubelnden Arbeiter hinter ihm blindlings in die Höhle stürmen konnten.

»Keinen Schritt weiter!«, befahl er mit grimmiger Miene. »Morlos, Solan und Okran, ihr sichert den Eingang hier, Warlon und ich nehmen uns den zweiten vor. Erst wenn ich ein Zeichen gebe, könnt ihr anderen euch umsehen und Proben nehmen, aber nicht früher.«

Ohne eine Antwort abzuwarten, stapfte er zusammen mit Warlon los. Der Stollen, der auf der anderen Seite der Höhle abzweigte, unterschied sich kaum von dem, durch den sie gekommen waren, sah man davon ab, dass die Wände auch hier fast ausschließlich aus Gold bestanden. Für Barlok noch wichtiger aber war, dass es auch hier keinerlei Hinweis auf eine drohende Gefahr gab.

Dennoch zögerte er. Sein Unbehagen war keineswegs verflogen, sondern hatte sich eher noch verstärkt, ohne dass er eine Erklärung dafür fand. In seinen Augenwinkeln geisterten Schatten über die glitzernden Wände – das vielfach gebrochene und gespiegelte Gezappel der aufgeregten Arbeiter vor dem Laternenschein. Dieser Goldfund war einfach zu schön, um wahr zu sein, Freudentaumel hin oder her. Trotz des ungeheuren Reichtums um sie herum, der nur darauf zu warten schien, von ihnen abgebaut zu werden, sollten sie nicht hier sein. Es *gab* eine Gefahr hier, das spürte Barlok deutlich, auch wenn er nicht die geringste Vorstellung hatte, welcher Art sie sein mochte. Dennoch war er sich sicher, dass er sich nicht nur etwas einbildete. Selbst wenn es sich nicht um eine Falle der Schrate handeln sollte, gab es noch genügend andere Bedrohungen, die in unerforschten Bereichen der Tiefenwelt lauerten. Ungeheuer, die nicht über die Intelligenz der Gnome, Goblins oder auch Schrate verfügten, auf ihre Art aber ungleich schrecklicher waren.

Unwillkürlich legte er die Hand auf den Griff Knochenbrechers, der an seinem Gürtel festgehakten kurzstieligen Streitaxt. Dabei blickte er sich noch einmal aufmerksam um, ehe er schließlich widerwillig einen Arm zum Zeichen hob, dass alles in Ordnung wäre. Er konnte diese Expedition nicht einfach wegen eines unbehaglichen *Gefühls* abbrechen.

Sofort begannen die Arbeiter in der Höhle auszuschwärmen. Mit Hämmern und Hacken brachen sie Goldbrocken aus den Wänden, um herauszufinden, wie tief sich die Adern erstreckten, und steckten Proben in ihre Taschen als Beweis ihres Fundes und um nach ihrer Rückkehr die Reinheit des Goldes zu untersuchen.

»So viel Gold! Es ist einfach unglaublich!«, rief einer der Arbeiter ihnen zu. »Eine derart gigantische Ader, und sie wartet nur darauf, von uns ausgebeutet zu werden. Von nun an wird nichts mehr sein wie zuvor.«

»Diese Entdeckung wird uns ein Vermögen einbringen«, pflichtete einer der anderen Schürfer ihm ebenso überschwänglich bei. »Damit wird Elan-Dhor wieder zu früherer Macht und Bedeutung aufsteigen! Man wird sich wie in den alten Tagen darum reißen, mit uns Handel zu treiben. Alles wird sich für unser Volk von nun an zum Besseren wenden!«

Zustimmende Jubelrufe klangen auf.

»Was hältst du davon?«, wandte sich Barlok an Warlon.

»Ich denke, sie haben Recht«, antwortete der jüngere Zwerg und strich sich über den rötlichen Bart. »Hier liegt mehr Gold, als sich in einem ganzen Zwergenleben abbauen lässt. Wir werden alle –«

»Das meine ich nicht«, fiel Barlok ihm ins Wort und runzelte unwirsch die Stirn. »Ich spreche nicht von dem Gold, sondern von unserem Auftrag.«

»Und was ist damit? Es läuft doch besser, als wir uns erträumt haben. Alles, was der Schrat gesagt hat, hat sich als wahr erwiesen, und nichts deutet auf eine Falle hin. Auch scheint es hier nirgendwo Gnome oder anderes Gesindel zu geben, das uns den Fund streitig machen könnte. Nicht mal Zarkhane scheinen sich in der Nähe aufzuhalten.«

In dem Augenblick, da Warlon es aussprach, wurde Barlok klar, wie gespenstisch ruhig es hier unten war. Seit sie den Spalt durchquert hatten, war ihnen kein einziges Lebewesen mehr begegnet – kein huschendes Pelzgetier war vor dem Lichtschein ihrer Laternen geflohen und das sonst allgegenwärtige Knacken von Insektenbeinen war einer bedrückenden Stille gewichen.

»Hast du jemals von einem Goldvorkommen wie diesem gehört?«, fragte Barlok unbehaglich. »Einer Ader, die so groß ist, dass sich nicht nur lange Stollen, sondern sogar ganze Höhlen in ihrem Inneren gebildet haben?«

»Gehört habe ich noch nicht davon, aber ich sehe jetzt eine mit eigenen Augen. Komm schon, fällt es dir so schwer, dich einfach mal mit allen anderen zu freuen?«

Barlok zuckte die Achseln.

»Ich weiß nicht. Irgendetwas gefällt mir nicht. Ich spüre es ganz deutlich, aber es ist nur eine vage Ahnung. Ich kann einfach keine Ursache dafür ausmachen.«

»Du und deine Ahnungen!« Warlon lachte. »Du bist einfach zu sehr Krieger. Du kannst dich über nichts freuen, weil du hinter allem Guten Täuschung und Verrat witterst, und je einfacher und besser etwas läuft, desto größer wird dein Misstrauen.«

»Und oft genug zu Recht!«

»Sicher. So wie bei dem Abkommen mit den Goblins, das du mit allen Mitteln zu verhindern versucht hast, das uns aber seit mittlerweile zwei Jahrzehnten Frieden mit den Kerlen beschert.«

»Weil sie wissen, dass sie uns kein weiteres Mal täuschen

können und den Untergang ihres ganzen Volkes riskieren, wenn sie noch einmal die Grenzen Elan-Dhors verletzen.« Barlok winkte ab. »Aber darum geht es jetzt nicht. Uns droht irgendein Unheil, und zwar ein großes, aber ich weiß nicht, aus welcher Richtung. Wir sollten hier nicht sein, Gold hin oder her. Dieser stille, leere Gang ganz aus Gold. Das riecht falsch – wie eine Zwergenfalle. Am liebsten würde ich auf der Stelle umkehren und mit einem größeren Trupp nur aus Kriegern zurückkehren, um die gesamte Umgebung zunächst auf mögliche Gefahren zu untersuchen.«

»Damit kämst du niemals durch.« Warlon deutete auf die Arbeiter, die sich nach wie vor in einem regelrechten Freudentaumel befanden. »So wie sie wird sich jeder verhalten, sobald sich herumspricht, welche Mengen an Gold es hier gibt. Nur weil du ein schlechtes Gefühl hast und wieder einmal allzu misstrauisch bist, wird König Burian den Beginn der Schürfarbeiten sicherlich nicht auf unbestimmte Zeit verschieben. Dafür müsstest du schon etwas Konkretes vorweisen können.«

»Ich weiß. Das ist ja gerade das Problem«, presste Barlok hervor und schüttelte den Kopf. »Vielleicht bilde ich mir ja wirklich nur etwas ein, aber du kennst meinen Leitspruch: Lieber stets etwas vorsichtiger als nötig als ein einziges Mal zu nachlässig.«

»Ich glaube, während meiner Ausbildung ist kein Tag vergangen, an dem du mich nicht mindestens einmal daran erinnert hast.« Warlon lachte noch einmal, dann wurde er rasch wieder ernst, als sich Nuran ihnen näherte.

»Also, Kriegsmeister Barlok, was sagt Ihr nun? Hätte der König auf Euch gehört, hätte Euer Misstrauen uns um den wohl größten Fund gebracht, der seit Jahrhunderten gemacht wurde! Hat Euch Euer Spürsinn verlassen, oder war es vielleicht doch nur die Schwarzseherei eines verbitterten alten Mannes, der hinter allem Verschwörungen, Fallstricke und Betrug wittert?« Ein verschlagenes Lächeln erschien auf Nurans Gesicht. »Nun, König Burian wird sich sicherlich noch lange an Euren guten Rat erinnern. Kehren wir um, ich kann es kaum erwarten, von diesem ungeheuerlichen Fund zu berichten.«

»Noch haben wir unsere Aufgabe nicht erfüllt!«, widersprach Barlok heftiger als beabsichtigt, ein deutliches Zeichen für seine Nervosität. »Wir können bis jetzt noch nicht einmal annähernd abschätzen, wie groß die Ader ist und wie viel Gold hier liegt«, fügte er in gemäßigterem Tonfall hinzu. »Und wir können noch keine Aussagen über eventuelle Gefahren treffen, was zumindest für mich weitaus entscheidender ist.«

»Gefahren?« Nurans Stimme klang schrill, und er machte eine weit ausholende Geste mit der Hand. »Wo sollen denn hier Gefahren lauern? Seid Ihr immer noch nicht bereit, Euren Irrtum einzugestehen? Ich sage, wir kehren sofort um und erstatten Bericht.«

Es ging gar nicht darum, wie sie sich verhalten sollten, erkannte Barlok. Nuran witterte Oberwasser, weil im Moment alles zu seinen Gunsten sprach. Diesen Triumph wollte er auskosten, um ihn zusätzlich zu demütigen, indem er es auf eine Machtprobe ankommen ließ. Barlok wusste, dass er sich auf dünnem Eis bewegte, aber er war nicht bereit, sich so einfach geschlagen zu geben.

»Und was bringt Euch zu der Vermutung, dass Ihr das zu entscheiden hättet, Erzmeister?«, fragte er und schob sein kantiges Kinn noch ein wenig mehr vor, während er auf den kleineren Zwerg hinabblickte.

»Ihr seid nur als unsere Eskorte hier, und ich habe das Kommando für dieses gesamte Unternehmen!«

»Falsch«, entgegnete Barlok grinsend. »Eure Aufgabe besteht allein in der Untersuchung der Goldader. Meine und die meiner Männer aber ist nicht nur Euer Schutz, sondern auch eine Bestimmung potentieller Gefahren, und dieses Gebiet gilt erst dann als sicher, wenn *ich* sage, dass es sicher ist. Und jetzt sage ich, dass ich noch nicht genug gesehen habe, um eine solche Entscheidung zu treffen. Also kümmert Euch um Eure Belange und lasst mich meine Arbeit so erledigen, wie ich es für richtig halte! Ist das klar?«

Einen Moment lang starrte Nuran ihn noch zornig an, dann wandte er sich wortlos ab.

»Das war nicht besonders klug«, sagte Warlon leise. »Dass er dich nicht leiden kann, ist allgemein bekannt, aber jetzt hast du dir einen Feind geschaffen.«

»Vor solchen Feinden habe ich keine Angst. Der Kerl ist ein aufgeblasener Dummkopf. Er beruhigt sich schon wieder. Bei all dem Gold um uns herum wird sein Zorn nicht lange andauern.«

»Und was hast du jetzt vor?«

Barlok antwortete nicht direkt, sondern ging ein paar Schritte auf und ab, ehe er wieder vor Warlon stehen blieb.

»Das Sinnvollste wäre es, wenn wir alle zusammenblieben, um im Falle eines Angriffs eine möglichst wirkungsvolle Verteidigung aufbauen zu können«, sagte er. »Aber so, wie die Dinge liegen, werde ich das genaue Gegenteil tun müssen. Sieh mal nach dort!« Barlok deutete in den Stollen, vor dem sie standen. »Da vorne gabelt sich der Gang gleich mehrfach.«

Warlon sog scharf die Luft ein. »Du hast doch nicht etwa vor …«

»Obwohl es mir widerstrebt, bleibt mir keine andere Wahl«, erklärte Barlok. »Falls ich keine stichhaltigen Einwände vorbringen kann, werden unmittelbar nach unserer Rückkehr Tausende von Arbeitern hier mit dem Schürfen beginnen, und wahrscheinlich werden mindestens noch einmal so viele aus der Krieger- und der Gelehrtenkaste herkommen, nur um sich diese unvorstellbar gewaltige Goldader mit eigenen Augen anzusehen. Um das Risiko gering zu halten, dass sie geradewegs in ihr Verderben laufen, müssen wir ein möglichst großes Gebiet überprüfen. Uns bleibt also nichts anderes übrig, als uns in mehrere Gruppen aufzuteilen und darauf zu hoffen, dass wir nicht angegriffen werden. Jeder Krieger, uns beide eingeschlossen, begleitet jeweils zwei Arbeiter, und dann nehmen wir uns getrennt die verschiedenen Stollen vor.«

»Aber das ist verrückt! Wenn wir wirklich auf eine Gefahr stoßen –«

»Vielleicht ist es das«, fiel ihm Barlok ins Wort. »Aber wie ich schon sagte, uns bleibt leider keine andere Wahl. Ich werde auf keinen Fall umkehren, bevor ich herausgefunden habe, was hier unten nicht stimmt!«

Je weiter sie vordrangen, desto beschwerlicher wurde der Weg. Der Boden war uneben und voller Spalten, hin und wieder stieg er an, um anschließend steil um manchmal mehr als einen halben Meter abzufallen, und war teilweise von Geröll übersät. An einigen Stellen hing die Decke so niedrig, dass Barlok und seine beiden Begleiter sich bücken mussten, und mehr als einmal rückten die Wände so nah zusammen, dass sie sich nur mit Mühe seitlich hindurchzwängen konnten. Der Fels schien eine eigene Feuchte abzusondern und ließ Barloks Hände und sein Gesicht, das er eng an den Stein hatte pressen müssen, klamm zurück. Aber sie konnten froh sein, überhaupt so günstige Bedingungen vorzufinden. Die bestehenden Gänge auszubauen würde wesentlich einfacher sein, als selbst erst mühsam Stollen anzulegen. Noch immer gab es nicht einmal Spuren von Höhlengetier, das gerade an solch feuchten Stellen hätte hausen müssen.

In unregelmäßigen Abständen stießen sie auf weitere Abzweigungen. Auch dort schienen die Wände zum allergrößten Teil aus purem Gold zu bestehen. Manche endeten bereits nach wenigen Metern, wie im gebündelten Licht der Laterne zu erkennen war, andere mochten sich wer weiß wie weit erstrecken. Offenbar gab es ein regelrechtes Labyrinth natürlicher Gänge und Grotten, in dessen düsterer Weite der kleine, helle Strahl ihres Laternenlichts wie ein einsamer Wegweiser wirkte.

Seit sie sich von den anderen getrennt hatten, hatten sie gut zweihundert Schritte zurückgelegt, und noch immer hatten sie kein Ende der Ader erreicht. Sie musste wahrlich gigantisch sein. Obwohl Barloks ganze Leidenschaft dem Kriegshandwerk galt, konnte auch er sich der Wirkung der ihn umgebenden Schätze nicht völlig entziehen. Das Volk der Zwerge bildete eine engere Gemeinschaft als irgendein anderes Volk, abgesehen vielleicht von den Elben, über die nur noch wenig bekannt war. Ging es der Gemeinschaft gut, dann auch jedem einzelnen Zwerg, gleichgültig, welcher Kaste und welchem Stand er angehörte. Im Überfluss wurde alles ebenso gerecht geteilt wie in der Not. Nur so konnte ihre Gesellschaft im Inneren der Erde, weitgehend abgeschottet vom Rest der Welt, überleben. Für Barlok selbst würde sich zumindest kurzfristig wenig ändern, da er anders als die meisten seines

Volkes kaum Wert auf materielle Besitztümer legte. Langfristig jedoch …

In einem Punkt hatte Nuran völlig Recht: Sie standen an einem Scheideweg, nichts würde in Zukunft noch so sein wie zuvor. Einst hatte es zahlreiche unterirdische Städte wie Elan-Dhor gegeben, gewaltige vielstöckige Minen voller prachtvoller Hallen, verziert mit allem Prunk, den die unvergleichliche Kunstfertigkeit der Zwerge zu schaffen vermochte.

Doch die große Zeit ihres Volkes lag lange zurück. Einige Städte waren aufgegeben worden, als die Minen ausgebeutet waren und alles Graben keine neuen Vorkommen an Erzen, Edelsteinen oder anderen Schätzen mehr hatte zutage fördern können. Andere waren von Feinden erobert und geplündert worden, ihre Bewohner vertrieben oder getötet. Und von einigen wenigen – wie dem einst prächtigen Zarkhadul, der größten und schönsten Zwergenmine, die es je gegeben hatte – wusste man nicht einmal, was mit ihnen geschehen war, denn sämtliche Zugänge waren unter so vielen Tonnen von Gestein verschüttet, dass es niemandem gelingen würde, sie jemals wieder freizulegen.

Einzig Elan-Dhor hatte die Zeit überdauert, die letzte Heimstatt eines Volkes, das einst stark genug gewesen war, es selbst mit den Elben aufzunehmen, das nun jedoch nur noch wenige zehntausend Angehörige zählte. Hungersnöte, Kriege und Naturkatastrophen hatten die Bevölkerung dezimiert. Der Abbau von Erz und Edelmetallen war immer aufwändiger geworden, die Ausbeute geringer. Wertvollere Güter schienen unter dem Schattengebirge fast gar nicht mehr zu finden zu sein, sodass in den vergangenen Jahrhunderten auch der Handel mit den Oberflächenbewohnern, vor allem den Menschen, immer mehr abgenommen hatte und mittlerweile fast ganz zum Erliegen gekommen war.

Doch nun dieser Fund in so ungeheurer Tiefe, Gold in solchen Mengen, wie man sie sich in den kühnsten Träumen nicht ausmalen konnte! Sowohl der Bergbau als auch das Kunsthandwerk der Zwerge würden eine neue Blüte erleben. Man würde sich darum reißen, wieder mit Elan-Dhor Handel zu treiben – und der überwältigende neue Reichtum würde Heerscharen von Neidern anlocken.

Der Gedanke ernüchterte Barlok ein wenig. Er hatte keinen Zweifel daran, dass die Entdeckung des Goldvorkommens über kurz oder lang auch Krieg bedeuten würde. Feinde würden aus vielen Richtungen kommen. Weder die anderen Bewohner der Tiefenwelt noch die Menschen an der Oberfläche würden der Verlockung widerstehen können, und es ließ sich nicht vorhersehen, wohin dies führen würde. Vielleicht war es dieses unbewusste Wissen um die zukünftigen Gefahren, die der Erzfund mit sich brachte, das Barloks Unbehagen so befeuert hatte. Möglicherweise würde der Fund des Goldes, von dem sie sich eine Stärkung der Macht und Bedeutung des Zwergenvolkes erhofften, in Wahrheit den Beginn eines Weges markieren, an dessen Ende sein Untergang stand.

»Habt Ihr endlich genug gesehen, dass wir umkehren können?«, erkundigte sich Nuran, als der Stollen, dem sie folgten, schließlich an einer Felswand endete. Obwohl Barlok keineswegs erpicht auf seine Gegenwart war, hatte er den Führer des Schürftrupps in seine Gruppe geholt, um zu verhindern, dass dieser anderswo Stimmung gegen ihn machen konnte. »Ich werde mich beim König über Euch beschweren!«

»Tut das, wenn es Euch Freude bereitet«, antwortete Barlok unbeeindruckt. Er wusste, dass sein Ansehen bei Hofe trotz des kurzzeitigen Triumphes des Erzmeisters wesentlich höher als das Nurans war, das nur auf dessen vornehmer Abstammung, nicht aber auf eigenen Verdiensten gründete, sodass die Drohung ihn wenig schreckte.

Im Grunde war Barlok inzwischen durchaus zu einer Rückkehr bereit. Noch immer verspürte er das anfängliche Unbehagen, doch glaubte er selbst kaum noch, dass sie auf eine konkrete Bedrohung stoßen würden, selbst wenn sie noch Stunden durch die Stollen streiften. Anscheinend täuschte sein Gefühl ihn in diesem speziellen Fall. Ausschließlich Nurans wegen zögerte er jedoch noch, einen entsprechenden Befehl zu geben, da dieser jedes Entgegenkommen als ein Zeichen von Schwäche auslegen würde.

Barlok wurde der Notwendigkeit enthoben, eine Entscheidung zu fällen, da in diesem Moment das laute Schallen eines Horns an seine Ohren drang, verzerrt zwar durch den Widerhall in den Stollen, doch unverkennbar ein Zwergenhorn. Er selbst hatte den Befehl gegeben, dass jeder seiner Krieger ein Horn mit sich zu führen hatte. Der Schall trug weit in den unterirdischen Gängen, und es war der einfachste Weg, Hilfe herbeizurufen, wenn man in Gefahr geriet oder eine besondere Entdeckung machte. Kalt und seltsam entstellt in diesem goldenen Labyrinth fraß sich der Klang in Barlok hinein, als hätte sich sein lauerndes Unbehagen in diesem klagenden Ton verfestigt.

»Folgt mir!«, befahl Barlok. Ohne sich um seine Begleiter zu kümmern, hastete er los, so schnell es ihm in seinem schweren, klobigen Kettenpanzer möglich war.

An einem der abzweigenden Stollen verharrte er einen Moment und lauschte. Sicherer wäre es, zu der Gabelung zurückzukehren, an der sie sich getrennt hatten, doch zweifelsohne war das noch immer andauernde Schallen des Horns aus dem Seitengang deutlich lauter zu hören. Vielleicht handelte es sich um eine Abkürzung. Dieses Risiko musste er auf sich nehmen.

»Hier entlang!«, rief er und drang in den Stollen ein.

»Was hat das zu bedeuten?«, keuchte Nuran neben ihm. Sein Gesicht war zu einer Grimasse verzerrt.

»Das werden wir gleich herausfinden«, antwortete Barlok grimmig und bemühte sich, sich seine Besorgnis nicht allzu deutlich anmerken zu lassen. Noch stand nicht fest, dass es sich um ein Alarmsignal wegen einer drohenden Gefahr handelte. »Auf jeden Fall muss etwas Außergewöhnliches passiert sein.«

Schon nach kurzer Zeit mündete der Gang in einen anderen Stollen, breiter und höher als alle vorherigen. Das Horn ertönte nun in direkter Nähe, offenbar hatten sie den Weg wirklich beträchtlich abgekürzt. Als Barlok nach links blickte, entdeckte er in knapp hundert Schritten Entfernung Warlon, der vor einem Durchbruch in der Goldwand am Ende des Stollens stand. In der einen Hand hatte er seine Streitaxt, mit der anderen setzte er das Horn an die Lippen. Einer seiner beiden Begleiter stand mit schreckensbleichem Gesicht neben ihm. Er hielt seine Laterne mit beiden Händen wie einen Schutzschild vor sich. Der zweite Arbeiter lag reglos vor ihnen auf dem Boden.

Barlok eilte auf ihn zu, kniete neben ihm nieder und untersuchte ihn flüchtig, doch für den Mann kam jede Hilfe zu spät. Er war tot. Etwas Spitzes, Dünnes hatte sein Herz durchbohrt. Etwas wie ein Dolch oder eine Schwertklinge …

»Was ist passiert?«, fragte er und richtete sich wieder auf. Auch die drei übrigen Trupps kamen mittlerweile herbeigeeilt, und Warlon ließ sein Horn sinken. Sein Gesicht war von Schrecken gezeichnet. Er brachte keine Antwort zustande und wandte den Blick nicht von dem Durchbruch. Auch Barlok starrte angespannt auf das gezackte Loch im Gestein, konnte aber keine unmittelbare Gefahr entdecken.

Sein Gefühl jedoch hatte ihn nicht getäuscht, obwohl es ihm in diesem Fall weitaus lieber gewesen wäre, er hätte sich geirrt. Die Gefahr, die er schon die ganze Zeit spürte, war real und hatte ein erstes Todesopfer gefordert. Barlok hatte den Arbeiter vor diesem Tag noch nie gesehen, kannte nicht einmal seinen Namen, sodass er keine persönliche Trauer verspürte, wohl aber eine tiefe Betroffenheit. Der Erkundungstrupp stand unter seinem Kommando, und damit trug er die Verantwortung für dessen Schutz. Das Leben und die Sicherheit der Männer waren ihm anvertraut worden, aber nun war einer von ihnen tot. Obwohl Barlok sich keiner Vernachlässigung seiner Pflicht schuldig gemacht hatte, wertete er den Verlust dennoch als persönliches Versagen.

»Wir… wir erreichten das Ende des Stollens und wollten bereits umkehren«, berichtete Warlon endlich stockend. Barlok entging nicht, dass der junge Krieger auch während des Sprechens seinen Blick ständig zu dem Durchbruch schweifen ließ. Die Bruchkanten des Gesteins verrieten, dass dieser erst frisch geschaffen worden war, doch was sich dahinter befand, konnte Barlok nicht erkennen, da die Dunkelheit wie eine undurchdringliche Mauer war, die alles vor seinen Blicken verbarg. Ein kaum wahrnehmbarer Hauch, nur wenig kälter als die Umgebungsluft, wehte aus dem Spalt.

»Aber dann schlug Talos ein paarmal mit seiner Hacke gegen die Wand«, fuhr Warlon fort und deutete auf den toten Arbeiter zu seinen Füßen. »Der hohle Klang verriet uns, dass das Hindernis nicht besonders dick sein konnte. Wir brauchten nur wenige Minuten, um die Wand einzureißen, und dahinter…« Er schauderte. »Es gibt dort eindeutige Spuren künstlicher Bearbeitung. Du musst sie dir selbst ansehen. Man kann sie unmöglich beschreiben, so fremdartig und grausam sind sie. Deshalb habe ich sofort den Befehl zum Rückzug gegeben. Talos ging als Erster, und kaum war er wieder in den Stollen zurückgekehrt… Es ging alles zu schnell, keiner von uns konnte etwas erkennen. Von einem Moment auf den anderen war er tot!« Warlons Blick begann zu flackern, und er sah immer wieder zu dem Wanddurchbruch hinüber. »Ich schwöre, ich habe meine Pflicht nicht verletzt, was immer ihn getötet hat, muss unsichtbar und unglaublich schnell sein und –«

Barlok erkannte, dass die bislang mühsam unterdrückte Panik von dem Krieger Besitz zu ergreifen drohte. Mit der gepanzerten flachen Hand schlug er ihm seitlich gegen den Helm. Das laute Scheppern brachte Warlon zum Verstummen und beendete auch das furchtsame Raunen, das seine Worte bei den übrigen Zwergen ausgelöst hatte.

»Reiß dich zusammen!«, herrschte Barlok ihn an und zwang sich zu einem geordneten Vorgehen, um der Bedrohung zu begegnen, die in spöttischen Schatten über die Wände zu tanzen und mit dem kühlen Lufthauch aus dem Spalt seinen Geist zu vernebeln schien. »Wir sind Krieger, vergiss das nicht!« Er fuhr herum. »Und ihr anderen sichert gefälligst das Terrain! Bin ich denn nur von unfähigen Dummköpfen umgeben?«

Hastig postierten sich die drei übrigen Krieger so, dass sie die Gruppe der Arbeiter zum offenen Ende des Ganges hin abschirmten. Barlok schüttelte grimmig den Kopf und versuchte zu vergessen, dass er selbst erst gewaltsam die Beklemmung von sich hatte stoßen müssen, die von ihm Besitz ergriffen hatte. Gerade weil er die Männer alle persönlich ausgebildet und trainiert hatte, erwartete er entsprechend viel von ihnen, und entsprechend unnachgiebig reagierte er auf jeden Schlendrian oder anderes Fehlverhalten. Selbst innerhalb der Kriegerkaste war er deshalb nicht unumstritten. Manche hielten ihn für zu hart und seine Erwartungen für übertrieben, ein Relikt aus einer früheren, kriegerischeren Zeit. Barlok kümmerte sich nicht darum. Er verlangte von anderen nie mehr, als er auch selbst zu leisten vermochte, und damit war er stets gut gefahren. Seine Erfolge sprachen für sich. Kriege waren kein Zuckerschlecken, und ein Krieger, der das vergaß, war oft genug innerhalb kürzester Zeit ein toter Krieger. Diese Lektion durfte man in diesem Handwerk niemals vergessen.

»Und wir beide werden uns jetzt auf der anderen Seite umsehen!«, wandte Barlok sich wieder an Warlon. Schrecken zeichnete sich auf dessen Gesicht ab, doch Barlok kümmerte sich nicht darum. Feigheit war in seinen Augen ein noch viel größeres Vergehen als Nachlässigkeit. »Lass dir eine Lampe geben. Du wirst mir zeigen, was ihr entdeckt habt.«

2

DAS KOMPLOTT

»Und ich sage, er hat seine Weisheit verloren«, beharrte Tharlia. »Gewiss, über viele Jahre hinweg war Burian ein großer und gerechter König, dem niemand seinen Platz in den Annalen unseres Volkes streitig machen will, ich am allerwenigsten. Aber gerade deshalb müssen wir handeln! Er ist alt und senil geworden, gibt sich lieber zweifelhaften Vergnügungen hin, statt sich um die Staatsgeschäfte zu kümmern. In seinem eigenen Interesse müssen wir ihn daran hindern, dass er seinen Ruf und sein hohes Ansehen durch Alterstorheit verspielt und nicht als großer Führer, sondern als Narr in die Geschichte eingeht. Es liegt in unseren Händen, wie die Nachwelt über ihn urteilen wird.«

Gebannt musterte sie die Anwesenden, wartete angespannt ab, ob ihre Argumente eine Wirkung zeigen würden. Ihre fünf Gäste verfügten über hohes Ansehen und Einfluss innerhalb der Arbeiterkaste. Aus diesem Grund – und weil Tharlia sicher war, dass sie genau wie sie selbst nicht damit einverstanden waren, wie König Burian regierte – hatte sie sie eingeladen. Sie mochten verwundert darüber gewesen sein, aber niemand lehnte ohne zwingenden Grund die Einladung eines hohen Mitglieds des Hauses Lius ab, einem der ältesten und mächtigsten Häuser Elan-Dhors. Nicht einmal dann, wenn sie von der Hohepriesterin Li'thils stammte, der obersten der Hexen, wie die Priesterinnen halb furchtsam, halb herabwürdigend oft genannt wurden. Nicht zuletzt deshalb hatte Tharlia anstelle des Dunkelturms, in dem sie sich ihrer Stellung gemäß meist aufhielt, die Heimstatt ihrer Familie als Austragungsort für dieses Treffen gewählt. Sie trug nicht einmal den Schleier, den alle Priesterinnen den Regeln ihres Ordens nach in der Öffentlichkeit zu tragen hatten. Aber dies war ja kein öffentliches Treffen, ganz im Gegenteil.

Um Unterstützung zu erhalten, musste sie ihre Zugehörigkeit zum oft mit Misstrauen und Ablehnung beäugten Hexenorden in den Hintergrund treten lassen und ihre Abstammung hervorheben, das hohe Ansehen des Hauses Lius in die Waagschale werfen. Tharlias Vorfahren hatten zu den ersten Zwergen gehört, die einst in die Katakomben unter dem Schattengebirge gezogen waren, um hier eine neue Stadt zu gründen, die mittlerweile zur letzten Heimstatt ihres Volkes geworden war.

Um ihre Gäste zu beeindrucken, hatte sie sie in der blauen Grotte empfangen, einem der prachtvollsten Räume des größtenteils aus weißem Marmor errichteten Anwesens. Wasser ergoss sich in kunstvollen Kaskaden über die Wände aus bläulichem Quarz, das dem Zimmer seinen Namen verlieh, und sammelte sich in kleinen Teichen, zwischen denen sie auf mit sündhaft teurer importierter Seide bezogenen Kissen um einen Quarztisch saßen und Wein tranken. Nicht das heimische, aus Gärmoos hergestellte Gebräu, das diesen Namen kaum verdiente, sondern einen gleichfalls importierten edlen Tropfen aus den von Menschen bewirtschafteten Weinanbaugebieten entlang der Ufer des Cadras, wie es ihn seit dem Rückgang der Handelsbeziehungen in Elan-Dhor kaum noch gab.

Tharlia hoffte, dass ihre Gäste nicht allein deshalb noch

bei ihr blieben, obwohl das Unbehagen der Geladenen so deutlich spürbar geworden war, nachdem sie ihnen den Grund für dieses Treffen enthüllt hatte.

Nichts von dem, was sie zuletzt gesagt hatte, entsprach der Wahrheit, mit Ausnahme der Tatsache, dass Burian tatsächlich alt geworden war. Aber er war niemals ein bedeutender König gewesen, seine Herrschaftszeit war von Vetternwirtschaft, Korruption und Fehlentscheidungen geprägt, hatte den Niedergang Elan-Dhors noch beschleunigt, statt ihn aufzuhalten. Sein Ansehen war verheerend, und das Urteil der Nachwelt über ihn würde so oder so gnadenlos ausfallen.

Und dennoch stellten ihre Worte einen geschickten Zug dar, nachdem ihre auf Tatsachen beruhenden Argumente und ihre Appelle an die Vernunft nicht die erhoffte Wirkung gezeigt hatten. Sah man von den Ausgestoßenen ab, galten Ehre und Ansehen bei allen Zwergen als hohes Gut, gleichgültig, welcher Kaste sie angehörten. Sie wusste, dass ihre sorgsam ausgewählten Gäste alle mit Burians Art der Regierung nicht einverstanden waren, dennoch würde es alles andere als leicht werden, sie für ihren Plan zu gewinnen. Dass sie ihr Vorhaben jedoch als eine selbstlose Tat hinstellte, die letztlich sogar im ureigenen Interesse des Königs und seines Ansehens lag, mochte manchem einen Vorwand liefern, seine Skrupel zu überwinden und sein Gewissen zu beschwichtigen.

»Was Ihr sagt, hat Gewicht«, ergriff Torgan nach einigen Sekunden schier unerträglichen Schweigens als Erster wieder das Wort, nachdem er behutsam sein Weinglas auf dem Quarztisch abgestellt hatte. Ausgerechnet Schürfmeister Torgan, außer ihr selbst das einzige anwesende Mitglied des Hohen Rates und Vorsteher des ebenfalls äußerst angesehenen Hauses Walortan. Bei ihm war sie sich seiner Haltung am unsichersten und hatte am längsten gezögert, ihn einzuladen, aber gerade seine Unterstützung brauchte sie am dringendsten. Wenn er sich gegen ihr Vorhaben aussprach, würden auch die anderen seinem Beispiel folgen. »Aber mir scheint, Ihr habt eins nicht bedacht«, fuhr er fort. »Es dürfte für einen König wohl kaum eine größere Schmach geben, als seines Amtes enthoben zu werden. Soweit mir bekannt ist, ist dies erst zweimal in der Geschichte unseres Volkes geschehen, aber darüber dürftet Ihr als Angehörige der Gelehrtenkaste sicherlich selbst am besten Bescheid wissen. Ich verstehe nicht, wie wir das Ansehen des Königs schützen könnten, indem wir ihm eine solche Ungeheuerlichkeit antun.«

Tharlia nickte und bemühte sich, sich ihren Ärger nicht anmerken zu lassen. Torgan war nicht dumm, und sie durfte ihn keineswegs unterschätzen. Das hatte er bewiesen, indem er zielsicher den größten Schwachpunkt ihrer Argumentation entdeckt und zur Sprache gebracht hatte. Aber auch darauf war sie vorbereitet.

»Ihr habt Recht, es ist für einen König schmachvoll, durch den Hohen Rat seines Amtes enthoben zu werden«, pflichtete sie ihm bei. »Aber sehen wir uns die beiden anderen Fälle an, in denen ein solches Vorgehen unvermeidbar war. Da wäre zunächst Korlos, der sein Amt nicht mehr ausüben konnte, weil er im hohen Alter den Verstand verlor. Seinem hohen Ansehen hat diese Tragik dennoch kaum geschadet – aufgrund seiner früheren Taten gilt er nach wie vor als Held und einer unserer größten Führer.« Sie machte eine kurze Pause, ehe sie mit verächtlicher Stimme weitersprach. »Und dann war da noch Voran, der den Thron wegen des Todes seines Vaters in viel zu jungen Jahren bestieg. Ein eingebildeter, arroganter Narr, der sich selbst hoffnungslos überschätzte und unser Volk in den vier Jahren seiner Regentschaft an den Rand des Verderbens führte, wobei die verlorene Schlacht um die Quarzadern nur den traurigen Höhepunkt darstellte. Als er abgesetzt wurde, hatte er ohnehin bereits jegliches Ansehen verloren. Nur deshalb wird sein Name stets mit Schmach bedacht sein.«

»So wie auch Burian unserem Volk seit vielen Jahren mehr geschadet als genützt hat«, warf Lamar ein, der Jüngste ihrer Runde und der Einzige, dessen voller Unterstützung Tharlia sich nahezu sicher sein konnte. Seine schmachtenden Blicke, sowohl an diesem Abend wie auch bei den wenigen Anlässen, bei denen sie sich vorher schon begegnet waren, waren ihr nicht entgangen, und sie wusste, dass sie ihn mit etwas Geschick mühelos um den Finger wickeln konnte. Der verliebte Dummkopf würde alles für sie tun, wenn sie ihm auch nur die geringste Hoffnung ließ, dass seine Gefühle von ihr nicht unerwidert blieben.

Im Moment jedoch hätte sie ihm am liebsten den Hals umgedreht. In seinem Übereifer merkte er nicht einmal, dass er mit seiner Bemerkung ihre sorgsam geplante Argumentation unterlief.

»Das kann man so generell nicht sagen«, widersprach sie. »Denkt nur an das Abkommen mit den Goblins, das uns nach Jahrhunderten ständiger Auseinandersetzungen endlich Frieden mit ihnen gebracht hat. Das war eine Tat von historischer Größe, die für immer mit seinem Namen verbunden sein wird.«

Und wahrscheinlich die einzige, fügte sie in Gedanken hinzu, zudem war der Friedensschluss am wenigsten ihm zu verdanken. Im Gegenteil, längst schon hatten die Goblins erkannt, dass er ein schwacher Herrscher war, und in den letzten Jahren mehrten sich bereits wieder Übergriffe. Obwohl sie geschickt vorgingen und man ihnen nie etwas nachweisen konnte, gab es kaum einen Zweifel, wer hinter dem spurlosen Verschwinden mehrerer Patrouillen und anderen Überfällen steckte.

»Gerade wegen heroischer Taten wie dieser ist es wichtig, ihn daran zu hindern, sein eigenes Ansehen durch Misswirtschaft und Fehlentscheidungen zu beflecken«, sprach sie weiter. »Auch wenn es kaum jemand auszusprechen wagt, sind viele mittlerweile von ihm und seiner Art der Regierung enttäuscht, und es werden immer mehr. Je länger er noch auf dem Thron sitzt, desto stärker wird man sich an seine Fehler und Schwächen erinnern, während seine früheren Leistungen in den Hintergrund treten. Wir würden ihm einen schlechten Dienst erweisen, wenn wir dies zuließen.«

Wieder trat ein unbehagliches Schweigen ein. Tharlia spürte, dass ihre Worte Eindruck hinterlassen hatten, und es gab keinen Zweifel daran, dass jeder der Anwesenden sich König Burians Abdankung lieber heute als morgen wünschte. Aber sie hatten Angst, und diese war nur zu berechtigt. Auch Tharlia selbst fühlte sie. Worum es hier ging, war immerhin nicht weniger als ein Komplott zum Sturz des Königs, auch wenn sie es mit freundlicher klingenden Worten wie *Absetzung* zu umschreiben versuchte. Würde Burian davon erfahren, würde er sie ungeachtet ihres Ranges oder Ansehens zweifellos augenblicklich hinrichten lassen. Dass keiner der Anwesenden bislang gegangen war, obwohl ihre bloße Anwesenheit sie schon zu Mitwirkenden dieses Komplotts machte, wertete Tharlia als Zeichen, dass sie ihrem Vorhaben zumindest nicht grundsätzlich ablehnend gegenüberstanden. Die Blicke der Besucher allerdings hingen an den importierten Gemälden, die die Wände zierten, an den edlen Gläsern aus Kristall – aber niemals wagten sie es, sich gegenseitig oder gar Tharlia in die Augen zu sehen.

»Zwei Mitglieder des Hohen Rates sind hier anwesend«, ergriff Erzmeister Sorus erstmals das Wort und strich sich bedächtig durch den Bart, während sein Blick in weiter Ferne weilte, als ginge ihn das ernste Gespräch nur am Rande etwas an. »Aber was ist mit den anderen? Und was ist generell mit der Kriegerkaste, die traditionell eine besondere Loyalität dem Thron gegenüber hegt? Für eine Absetzung ist die Zustimmung des gesamten Rates notwendig, das dürfte Euch bewusst sein. Außer dem ehrenwerten Torgan gehört diesem jedoch keiner von uns an, deshalb frage ich mich, warum Ihr uns überhaupt zu diesem Treffen geladen habt.«

Tharlia nickte. Offiziell hatte der Hohe Rat, zusammengesetzt aus jeweils zwei Vertretern aller drei Kasten, nur beratende Funktion für den König, aber es gab kein Gesetz in Elan-Dhor, das den Rat ermächtigte, ihn abzusetzen, auch wenn dies schon zweimal geschehen war. Aber ein König, der die Unterstützung aller Ratsmitglieder und damit auch aller Kasten verlor, stand auf haltlosem Posten. Gerade deshalb war es für Tharlia ungeheuer wichtig, alle anderen Ratsmitglieder hinter sich zu vereinen. Weigerte sich auch nur einer – oder womöglich gar eine ganze Kaste –, drohte im Falle einer Machtprobe eine Spaltung des Reichs, schlimmstenfalls ein Bürgerkrieg. Diese Gefahr wollte sie nicht eingehen, und sie wusste, dass es auch keiner der anderen tun würde. Es gab nur ein geeintes Vorgehen oder gar keines.

»Ich bin sicher, dass ich Selon, das zweite Ratsmitglied der Gelehrtenkaste, dazu bewegen kann, sich uns anzuschließen. Von Euch erhoffe ich mir, dass Ihr dank Eures Einflusses Euer zweites Ratsmitglied, den ehrenwerten Artok, überzeugen könnt, sich unserer Sache ebenfalls anzuschließen. Und was die Loyalität der Kriegerkaste betrifft – es mag sie früher gegeben haben, aber es ist unübersehbar, dass der größte Teil der Krieger mittlerweile nur noch wenig Sympathien für König Burians Herrschaft hegt. In den letzten Jahrzehnten hat er gegen ihren Willen das Heer immer weiter verkleinert und die Mittel für Waffen und Ausrüstung zusammengestrichen«, erklärte sie. »Außerdem ist einer der berühmtesten Helden unseres Volkes mein Großonkel. Barloks Einfluss innerhalb seiner Kaste kann gar nicht hoch genug eingeschätzt werden. Die meisten Krieger vergöttern ihn geradezu.«

»Nur gehört er nicht dem Hohen Rat an«, warf Vilon ein, wie Torgan ein Schürfmeister, was den höchsten Titel der Arbeiterkaste darstellte.

»Auf eigenen Wunsch«, erwiderte Tharlia. »Man hat ihm dieses Amt schon mehrfach angeboten, doch er hat es stets ausgeschlagen. Seinen eigenen Worten nach fühlt er sich bei seinen Kriegern wohler als in der Gesellschaft von Höflingen und zieht seine Axt den Waffen der Diplomatie vor. Aber sein Einfluss ist deshalb eher noch größer. Die beiden Ratsmitglieder der Kriegerkaste hören auf seine Empfehlungen.«

»Er mag Euer Großonkel sein, allerdings hat er das Haus Lius schon vor langer Zeit verlassen, um ein eigenes Haus zu gründen«, fuhr Vilon unbeirrt fort. »Außerdem heißt es, dass sein Verhältnis zu Euch … nun ja, sagen wir *angespannt* ist.«

»Es ist taktlos von Euch, den tragischen Untergang seines Hauses hier zur Sprache zu bringen«, entgegnete Tharlia scharf. »Auch wenn ich mit Barlok nicht immer einer Meinung bin, so bleibt er dennoch mein Großonkel. Und die Ratsmitglieder der Kriegerkaste werden es nicht wagen, sich gegen ihn zu stellen.«

»Verzeiht, wenn ich Euch verletzt habe«, entschuldigte sich Vilon hastig. »Es lag nicht in meiner Absicht, alte Wunden aufzureißen. Wenn Barlok die Absetzung unterstützt, haben wir in der Tat gute Chancen, dass die Ratsmitglieder seiner Kaste diesem Beispiel folgen. Aber angesichts der Gefährlichkeit werdet Ihr sicher verstehen, dass wir die Zustimmung aus seinem eigenen Mund hören möchten und uns nicht allein auf Eure Verwandtschaft mit ihm verlassen.«

Tharlia atmete tief durch.

»Ich wollte zunächst die grundsätzliche Haltung von hohen Würdenträgern der Arbeiterschaft zu einer Absetzung Burians ergründen. Ein Treffen mit Angehörigen verschiedener Kasten in diesem frühen Stadium erschien mir unklug, weil es vermutlich nur in Streit und gegenseitigem Misstrauen geendet hätte«, erklärte sie. »Beim nächsten Mal mag das anders aussehen. Außerdem befindet sich Barlok derzeit auf einer wichtigen Mission, wie Ihr wohl wisst. Nach seiner Rückkehr werde ich mit ihm sprechen. Mir ist klar, dass Ihr Euch zum gegenwärtigen Zeitpunkt meinem Vorhaben nicht vorbehaltlos anschließen könnt, doch ich bitte Euch, zumindest über meine Worte nachzudenken, bis ich sie durch die Zustimmung weiterer Ratsmitglieder untermauern kann.«

»Das werden wir«, versprach Torgan und erhob sich. Die anderen schlossen sich seinem Beispiel an. »Damit dürfte dieses Treffen wohl beendet sein. Aber eines möchte ich ganz klarstellen: Wir erwarten, dass Ihr bei Gesprächen mit anderen nicht einen von uns beim Namen nennt. Solltet Ihr es dennoch tun, werden wir davon erfahren. Und sollte auf irgendeine Weise auch nur das Geringste von diesem Treffen an die falschen Ohren durchsickern, werden wir selbstverständlich abstreiten, dass wir jemals daran teilgenommen haben.«

Nachdem sie sich von den anderen verabschiedet hatte, hielt Tharlia Lamar unter einem Vorwand noch zurück. Sie wollte herausfinden, wie er wirklich zu ihr stand und war entschlossen, seiner Hoffnung neue Nahrung zu verschaffen, um ihn noch enger an sich zu binden. In Anwesenheit der anderen war ein allzu offener Flirt nicht möglich gewesen, sie hätten ihre Absicht sofort durchschaut und sich gegen sie gestellt.

»Ihr sagtet, Ihr müsstet noch mit mir sprechen. Worüber?«, erkundigte sich Lamar, als sie allein waren. Seine Nervosität war unübersehbar; unruhig knetete er seine Hände und musste sich beherrschen, um nicht von einem Fuß auf den anderen zu treten. Dabei gelang es ihm kaum, sie anzusehen.

Armer, verliebter Dummkopf, dachte Tharlia spöttisch. Eine Krankheit hatte seine Eltern und viele seiner Verwandten dahingerafft, und obwohl seine Familie immer noch viele Mitglieder und Seitenzweige umfasste, war er der einzige Nachkomme des Hauptstammes und so trotz seines jungen Alters von kaum hundert Jahren zum Vorsteher des Hauses Tarkora geworden. Eine Bürde, die schwer auf seinen schmalen Schultern lastete.

Auch Tharlia wurde mit ihren erst hundertsiebenundfünfzig Jahren von manchen noch für zu jung erachtet, das verantwortungsvolle Amt der Hohepriesterin der Li'thil zu bekleiden. Anders als ihm war ihr diese Stellung jedoch nicht in den Schoß gefallen, sondern sie hatte sie sich durch Können, harte Arbeit und einige raffinierte Intrigenspiele erkämpft. Wobei sie sich besonders auf Letzteres meisterhaft verstand, ein Talent, das sie auch gegenwärtig nutzte, um ihre noch weitaus höheren Ambitionen zu verwirklichen.

»Ich wollte Euch nur für Eure Unterstützung vorhin danken«, sagte sie und senkte ebenfalls in gespielter Schüchternheit den Blick. »Ihr wart der Einzige, der meine Ansichten offen zu teilen schien.«

»Weil Burian ein schlechter König ist«, stieß der Junge hervor. »Ich bin sicher, dass auch die anderen das längst wissen, sie haben nur Angst, es offen auszusprechen und die Konsequenzen zu ziehen. Ich aber fürchte mich nicht!«

»Ihr seid wirklich bewundernswert tapfer.« Tharlia sah, dass das Kompliment aus ihrem Mund ihn erröten ließ. »Noch einen Schluck Wein?« Ohne eine Antwort abzuwarten, schenkte sie in ihrer beider Gläser nach und reichte ihm das seine. »Trinken wir auf Mut und Tapferkeit.«

»Auf Mut und Tapferkeit«, wiederholte Lamar und stürzte den edlen Wein in einem Zug hinunter. Er war nicht nur ein Dummkopf, sondern auch ein Barbar, stellte Tharlia fest, ließ sich ihr Missfallen aber nicht anmerken. Mochte er ruhig trunken werden, das würde ihr alles nur erleichtern. »Und wenn Ihr Bedenken habt, nicht die nötige Unterstützung für unser Vorhaben zu gewinnen, so kann ich Euch Hoffnung machen. Das Haus Walortan hat große Verbindlichkeiten meinem Haus gegenüber, und Schürfmeister Torgan weiß, dass er seine Schulden auf viele Jahre nicht wird zurückzahlen können, wenn überhaupt. Notfalls werde ich dies als Druckmittel gegen ihn einsetzen.«

»Das wäre ein starkes Argument, ihn auf unsere Seite zu ziehen«, erwiderte Tharlia. »Aber bringt ihn nicht gegen Euch auf. Durch Eure Beteiligung an dieser Verschwörung hat auch er ein Druckmittel gegen Euch in der Hand.«

»Ich werde sehr behutsam vorgehen und erst darauf zurückgreifen, wenn es keinen anderen Weg mehr gibt.«

Tharlia nickte zufrieden.

»Gehen wir doch in den Garten«, schlug sie vor, ergriff seine Hand und zog ihn mit sich in ein benachbartes Gewölbe. Bedeutende, längst zu Staub zerfallene Künstler aus den Glanzzeiten Elan-Dhors hatten hier aus Fels detailgetreue Nachbildungen von Blumen, Büschen und anderen Pflanzen geschaffen, zwischen denen sich kiesbestreute Wege schlängelten. Säulen waren in detailgetreue Baumstämme verwandelt worden, und die gewölbte Decke über ihren Köpfen stellte ein steinernes Blätterdach dar. Ein Gesamtkunstwerk von ungeheurer Pracht und Schönheit, das seine Wirkung auf Besucher nie verfehlte.

In der Mitte der großen Grotte glitzerte ein Springbrunnen. Ihre Hand immer noch in Lamars, schlenderte Tharlia darauf zu. Abgesehen von ihren Schritten bildete das leise Plätschern der Fontäne das einzige Geräusch. Anmutig ließ sich Tharlia auf dem steinernen Brunnenrand nieder. Nach kurzem Zögern tat Lamar es ihr gleich. Er entdeckte, dass sich im Wasser sogar verschiedene kleine Fische aus dem Tiefenmeer tummelten. Sie streckte eine Hand ins Wasser und plätscherte damit leicht hin und her. In der Hoffnung auf einen Leckerbissen kam einer der Fische herangeschwommen, rieb sein Maul an ihren Fingern und schoss enttäuscht wieder davon, als er feststellte, dass sie leer waren.

»Euer Heim ist wunderschön, einfach überwältigend«,

sagte Lamar. »Ihr müsst sehr stolz darauf sein. Allein dieser künstliche Garten ist ein unvergleichliches Prachtwerk.«

»Das ist er«, bestätigte Tharlia und seufzte. »Nur leider habe ich viel zu selten Gelegenheit, dies alles zu genießen. Mein Amt, Ihr versteht…« Sie seufzte erneut. »Und auch wenn ich hier bin, spüre ich oft Einsamkeit und Leere in meinem Herzen.«

In einer aufreizenden Geste strich sie sich eine Strähne ihres glänzenden, schwarzen Haares aus der Stirn, sich ihrer Wirkung auf ihn voll bewusst. Schon in jungen Jahren hatte sie gelernt, wie man Feuer im Herzen eines Mannes entfachte, um zu bekommen, was man wollte, wobei ihre unbestreitbare Schönheit ihr dieses Spiel sehr erleichterte. Sie war schlanker und zierlicher als die meisten anderen Zwerginnen, die den Männern in Statur und Grobschlächtigkeit kaum nachstanden, ihre Gesichtszüge feiner, und es gab nur wenige, die bei ihrem Lächeln oder einem schmachtenden Blick aus ihren grünen Augen – selten genug für ihr Volk – nicht dahinschmolzen oder zumindest angerührt waren.

Bei Lamar gab es diesbezüglich nicht die geringsten Zweifel.

»O Tharlia«, brach es aus ihm heraus, und erneut griff er nach ihrer Hand. »Auch ich kenne die Einsamkeit und die Leere, von der Ihr sprecht, denn auch ich fühle oft so. Schon lange bete ich Euch aus der Ferne an, und jetzt hier mit Euch zu sitzen, erfüllt mein Herz mit unbändiger Freude.«

»Lamar, so leidenschaftlich kenne ich Euch ja gar nicht«, hauchte sie, und ihre Wangen röteten sich. Mochte er es für Freude oder Scham halten, in Wahrheit lag es an nur mühsam unterdrücktem Triumph. Alles entwickelte sich noch leichter, als sie geglaubt hatte.

»Verzeiht, dass ich mir die Kühnheit herausnehme, so zu

Euch zu sprechen, aber ich muss einfach meiner Hoffnung Ausdruck verleihen, dass Ihr mir gestattet, Eure Einsamkeit mit Euch zu teilen, die Leere in Eurem Herzen mit meiner Liebe zu füllen. Das Haus Tarkora steht dem Hause Lius in Ansehen und Macht kaum nach, und es hat schon früher Verbindungen zwischen unseren Häusern –«

»Ich bitte Euch, sprecht nicht weiter«, fiel Tharlia ihm ins Wort und entzog ihm ihre Hand, insgeheim amüsiert über seine ungeschickten und gestelzten Worte. »Ihr vergesst, dass ich eine Priesterin bin, und nicht nur irgendeine, sondern die Hohepriesterin der Li'thil. Es ist uns unmöglich, eine Bindung mit einem Mann einzugehen, unsere Liebe ist allein der Göttin geweiht.«

Niedergeschlagen senkte Lamar den Kopf und starrte auf die Fische hinab.

»Und es gibt keine Möglichkeit, den Orden zu verlassen?«, murmelte er.

»Es gibt deren sogar drei«, antwortete Tharlia ebenso leise. »Die eine ist der Tod. Die zweite wäre ein Bruch des Verbots, was bedeuten würde, dass ich aus dem Orden verbannt und zugleich auch von meiner Familie ausgeschlossen würde. Ich müsste als Ausgestoßene ohne Haus dahinvegetieren, was sicherlich keiner von uns wünscht.«

»Um mit Euch zusammen zu sein, würde ich Euch notfalls sogar in die Verbannung folgen!«, stieß Lamar theatralisch hervor. »Aber Ihr spracht noch von einer dritten Möglichkeit.«

»Ja, aber sie ist so wenig vorstellbar …« Tharlia legte eine kurze, wohlkalkulierte Pause sein. »Wenn die Absetzung Burians gelingt, stellt sich die Frage der Thronnachfolge. Normalerweise würde die Herrschaft auf seinen Sohn Farlian übergehen.«

»Farlian ist ein noch größerer Narr und Dummkopf als sein Vater«, rief Lamar. »Aber was hat das mit Eurem Orden zu tun?«

»Der Hohe Rat müsste Farlian in seinem Amt bestätigen, kann ihm aber ebenfalls die Unterstützung verweigern und sich stattdessen für einen anderen entscheiden, vermutlich ein Ratsmitglied. Wie Ihr wohl wisst, erlöschen für einen neu gewählten König alle seine bisherigen Titel, Ämter und Verpflichtungen. Und somit auch eventuell damit einhergehende Regeln und Verbote.«

»Ihr meint … Ihr wollt …« Ungläubig riss Lamar die Augen auf, wagte nicht, das Ungeheuerliche auszusprechen.

»Ich habe nur die Möglichkeiten aufgezählt, den Einschränkungen meines Amtes zu entrinnen und habe selbst erwähnt, wie wenig vorstellbar mir ganz besonders diese erscheint«, erinnerte ihn Tharlia, im vollen Bewusstsein dessen, wie kritisch dieser Augenblick war. »Ich habe sie nur erwähnt, um Euch deutlich zu machen, wie aussichtslos die Hoffnung auf eine Verbindung zwischen uns ist.«

»Eine Königin«, murmelte Lamar, nun schon wieder etwas gefasster, und kaute nachdenklich auf seiner Lippe. »Es hat schon früher Königinnen gegeben, und alle genossen hohes Ansehen.« Ein Funkeln trat in seine Augen. »Vielleicht ist unsere Hoffnung doch nicht so aussichtslos, wie Ihr sagt. Immerhin seid Ihr ein Mitglied des Hohen Rates, Eure Aussichten stehen nicht schlechter als die der anderen fünf Ratsmitglieder.«

»Ich … ich weiß nicht. Das kommt alles so überraschend, und der Gedanke ist so ungeheuerlich … Ich muss darüber nachdenken, ob ich mir eine solche Verantwortung überhaupt zutraue«, heuchelte Tharlia.

»Ich bitte Euch, zieht es zumindest in Erwägung«, drängte

Lamar, der sich immer mehr für die Idee zu begeistern schien.

»Das werde ich, aber auch Ihr müsst mir etwas versprechen. Ihr dürft mit niemandem darüber reden, zumindest dürft Ihr auf keinen Fall erwähnen, dass Ihr bereits mit mir darüber gesprochen habt.«

»Das verspreche ich«, sagte Lamar.

Wenige Minuten später verabschiedete Tharlia sich von ihm und rief eine vertrauenswürdige Dienerin, die ihn wie schon zuvor die anderen durch eine kleine Seitenpforte aus dem Haus brachte.

Ein grimmiges Lächeln huschte über Tharlias Gesicht, kaum dass sie allein war. Alles war besser als erhofft gelaufen. Ihre eigene Kaste stand hinter ihr, denn Selon als Oberhaupt der Schriftgelehrten würde es nicht wagen, sich gegen die Macht des Dunkelturms aufzulehnen. Führende Angehörige der Arbeiterkaste standen ihrem Ansinnen zumindest nicht gänzlich ablehnend gegenüber. Blieb noch die Kriegerkaste, und sie fürchtete, dass dies ungeachtet ihrer Behauptungen der schwerste Brocken werden würde. Wenn irgendjemand in diesem frühen Stadium auch nur ahnte, dass sie vorhatte, anstelle des Königs selbst den Thron zu besteigen, würde dies das Ende all ihrer Ambitionen bedeuten. Lamar war der Einzige, den sie diesbezüglich auf ihrer Seite wusste, und er bildete sich ein, dass er sie erst zu diesem Schritt ermutigen müsste.

Lieber, dummer Lamar, was für ein romantischer Narr er doch war!

Dabei sah er nicht einmal schlecht aus, wie sie zugeben musste. Sein Gesicht war feiner geschnitten als bei ihrem Volk üblich, erinnerte fast an die edleren Züge der Menschen. Vielleicht würde sie ihn, wenn all dies vorbei war und er sich in erhofftem Maße als nützlich erwiesen hatte, tatsächlich sogar für einige Zeit als Liebhaber an ihrer Seite dulden, aber eine feste Bindung, wie er sie sich erträumte, würde es niemals geben.

Sosehr Tharlia es liebte, andere für ihre Zwecke einzuspannen, so wenig Respekt oder gar Liebe konnte sie für einen Mann empfinden, der sich von ihr manipulieren ließ.

3

GEFAHR AUS DER TIEFE

Entsetzt wich Warlon einen Schritt zurück und sein Gesicht verzerrte sich zu einer Grimasse. Was immer er hinter dem Wanddurchbruch gesehen hatte, musste so schrecklich sein, dass die Vorstellung, noch einmal dorthin zu gehen, ihn mit purem Entsetzen erfüllte. Einige Momente lang befürchtete Barlok sogar, dass er den Befehl schlichtweg verweigern würde, doch dann siegte die in langen Jahren der Ausbildung erworbene Disziplin und Tapferkeit über seine Angst. Warlon befestigte seine Axt am Gürtel, da er beide Hände benötigen würde, um sie wirkungsvoll im Kampf einzusetzen, dann entriss er mit einem Ruck dem neben ihm stehenden Arbeiter die Lampe und zog mit der Rechten sein Schwert. Auch diese Waffe verstand er hervorragend zu führen, bevorzugte sie sogar, soweit Barlok wusste. Vor allem aber genügte eine Hand dafür.

Dicht hinter ihm kletterte Barlok durch das Loch in der Felswand. Kaum hatte er es passiert, spürte er, wie sein schon die ganze Zeit über vorhandenes Unbehagen sprunghaft zunahm. Alarmiert blickte er sich um, doch nutzte es wenig. Im Stollen war es ziemlich hell gewesen, da die Felswände aufgrund ihres hohen Goldanteils das Licht reflektiert hatten. Hier jedoch war es so dunkel, dass es lange dauerte, bis seine Augen sich so weit daran gewöhnt hatten, dass er zumindest vage Umrisse erkennen konnte.

Vor ihnen erstreckte sich eine Höhle, und sie musste gigantisch sein, denn das Licht der Lampe reichte nicht aus, um ihr jenseitiges Ende oder auch nur die Decke über ihren Köpfen aus der Finsternis zu reißen. Schon nach wenigen Metern schien das Licht seine Kraft zu verlieren und in Schatten zu zerfasern, was sicherlich auch an der Beschaffenheit der Felsen lag. Die Goldader endete hier abrupt. Weder im Boden noch in der Wand hinter ihnen war noch der geringste Glanz wahrzunehmen. Ganz im Gegenteil, der Fels war so dunkel, dass er fast schwarz wirkte. Es schien, als würde er nur einen kleinen Teil des Lichts zurückwerfen, das meiste jedoch in sich aufsaugen wie ein Schwamm das Wasser.

»Bei meinem Barte«, murmelte Barlok. So etwas hatte er noch nicht gesehen. Selbst in den Kohleflözen Elan-Dhors glänzten die Wände stärker und strahlten mehr Helligkeit zurück. Sogar das Hallen seiner eisenbeschlagenen Stiefel auf dem Felsboden klang merkwürdig gedämpft. »Das ist… unheimlich. Fast so, als würde man in einem Fass Teer schwimmen.«

Warlon antwortete nicht. Die Art, wie er seinen Kopf wandte und sich immer wieder in alle Richtungen umschaute, verriet, wie sehr er sich fürchtete. Barlok konnte ihn sogar verstehen, ihm selbst erging es kaum anders. Was er fühlte, war nicht einfach nur ein vages Unbehagen wie zuvor, ein Instinkt, der ihn vor einer Gefahr warnte. Jetzt verspürte er ein ungleich tieferes Unwohlsein, einen kriechenden Schrecken, der sich tief in ihm einnistete.

Es war diese Umgebung, erkannte er. Alles in ihm sträubte sich dagegen, länger hier zu verharren, drängte ihn dazu, unverzüglich umzukehren und diesen Ort zu verlassen. Nur mit äußerster Mühe widerstand er diesem Verlangen.

Es gab eine Reihe ungleichmäßiger, dicker Felssäulen, die die Decke der Höhle stützten, sonst wäre sie bei ihrer enormen Größe wohl längst in sich zusammengestürzt. Dazwischen wuchsen Stalagmiten in unterschiedlicher Höhe auf, und vereinzelt ragten Stalaktiten von der Decke bis in den Lichtschein der Lampe herab. Möglicherweise waren auch die Säulen einst auf diese Art entstanden. Barlok trat auf eine von ihnen zu, die so dick war, dass drei ausgewachsene Zwerge sie nicht hätten umfassen können, während Warlon zurückblieb.

Ein eisiges Frösteln durchlief Barloks Körper, als er die Säule erreichte. Der Stein war nicht glatt, sondern von einem Muster bedeckt, das ohne jeden Zweifel künstlich geschaffen war. Was es jedoch darstellte, konnte er beim besten Willen nicht sagen. Das Bild war … *unheimlich*, etwas wie aus einem wirren Fiebertraum, das irgendwie den Weg in die Realität gefunden hatte. Mit einem Mal konnte er nur zu gut nachvollziehen, warum Warlon sich dagegen gesträubt hatte, noch einmal hierherzukommen. Vielleicht stellte nicht das in den Stein eingravierte Muster etwas Fremdes in der Wirklichkeit dar, sondern *er* hatte umgekehrt einen Schritt in die Welt der Albträume und Nachtmahre getan.

Barlok versuchte diese Gedanken abzuschütteln. Er verstand selbst nicht, was mit ihm los war. Zwerge waren für ihren Pragmatismus bekannt und dafür, keine Traumtänzer zu sein, doch Barlok hatte sich stets eingebildet, noch eine gehörige Portion fester mit beiden Beinen auf dem Boden der Tatsachen zu stehen als der Rest seines Volkes. Umso mehr erschreckte ihn, was jetzt in seinem Verstand vorging. Er wollte sich abwenden, um den fremden Einfluss abzuschütteln, der immer mehr von ihm Besitz zu ergreifen drohte, je länger er das Bild anstarrte, doch er schaffte es nicht. Gleichzeitig gelang es ihm auch nicht, das Muster vor sich richtig zu erkennen. Je stärker er sich auf die ineinander verschlungenen Linien und Formen zu konzentrieren versuchte, desto mehr verschwammen sie vor seinen Augen und entzogen sich ihm, als wären sie kleine, sich windende Lebewesen.

Seine Hände begannen zu zittern, und nur mit Mühe gelang es ihm, seine Axt weiterhin festzuhalten. Ein heftiges Schwindelgefühl befiel ihn, und hinter seiner Stirn erwachte ein stechender, sich rasch steigernder Schmerz.

Er glaubte Formen zu sehen, die es einfach nicht geben konnte: Winkel, die größer als ein voller Kreis waren, Geraden, die sich schnitten und einander umspielten, Kreise, die zugleich Rechtecke waren …

Barlok merkte, wie sich sein Geist immer mehr verwirrte, aber er konnte nichts dagegen tun. Der bloße Anblick der Felsgravur war wie ein Sturz in einen Abgrund, an dessen Ende Wahnsinn oder noch Schlimmeres lauerte. Hätte er nur noch wenige Sekunden länger auf das Bild gestarrt und geistig zu erfassen versucht, was sich mit dem Gehirn eines Zwerges einfach nicht erfassen ließ, vielleicht hätte er tatsächlich den Verstand verloren. Doch dazu kam es nicht. Gerade noch rechtzeitig fühlte er sich von Warlon gepackt und zurückgerissen. Er verlor das Bild aus den Augen, und im gleichen Moment war der Bann gebrochen. Keuchend schloss Barlok die Augen und bemühte sich, das Chaos in seinen Gedanken wieder unter Kontrolle zu bekommen. Noch immer verspürte er rasende Kopfschmerzen.

»Was ist mit dir?«, vernahm er Warlons Stimme wie aus weiter Ferne.

»Es … es geht schon«, krächzte Barlok. »Dieses Bild …«

»Es ist abstoßend. Mir wurde richtig schwindlig, als ich es angesehen habe. Ich möchte wissen, was für ein Volk so etwas erschaffen hat.«

»Keines, das wir kennen, so viel steht fest«, stieß Barlok hervor. Allmählich begann er sich zu erholen, doch verspürte er noch immer ein Entsetzen wie niemals zuvor in seinem Leben. »Wer immer diese Symbole eingraviert hat, muss für uns ungeheuer fremdartig sein. Oder kannst du dir vorstellen, was für eine Art von Wesen solche Bilder schaffen könnte? Ich glaube nicht, dass wir uns wirklich wünschen sollten, ihnen zu begegnen. Hoffen wir lieber, dass sie ausgestorben oder wenigstens schon vor langer Zeit von hier fortgegangen sind.«

Dabei wusste er, dass seine Worte nicht mehr als ein frommer Wunsch waren. Einen Toten hatte es bereits gegeben, und es war wohl kaum ein Zufall, dass der Mord unmittelbar nach dem Einreißen der Felswand zwischen den Minen und dieser Höhle direkt neben ebendiesem Durchgang stattgefunden hatte. Offenbar waren die Unbekannten nicht nur fremdartig, sondern ihnen auch feindselig gesinnt.

»Ich habe mehr als genug gesehen«, stieß er hervor. »Verschwinden wir von hier.«

Dieser Aufforderung kam Warlon nur zu bereitwillig nach. Gemeinsam verließen sie die Höhle. Barlok betrachtete die Wände und vor allem die Decke des Durchgangs ganz genau und stieß ein paarmal mit dem Griff seiner Axt gegen verschiedene Stellen des Felsens, ehe er verdrossen den Kopf schüttelte. Er hatte gehofft, einen Steinschlag auslösen zu können, um die Öffnung wieder zu verschließen, aber das wäre höchstens mit Sprengpulver zu erreichen, wovon sie jedoch nichts dabeihatten. Ein letztes Mal suchte er forschend das Gebiet um den Durchgang herum ab. Aber da war keine Nische, kein Felsvorsprung, hinter dem sich jemand – oder etwas – hätte verstecken können. Was auch immer Talos getötet hatte, musste sich wieder zurückgezogen haben.

Plötzlich fiel ihm etwas auf. Er bückte sich und hob einen der flachen goldenen Brocken auf. Ein etwa handgroßes Symbol aus feinen, anmutig geschwungenen Linien war darin eingraviert.

»Das ist eine elbische Rune«, murmelte er überrascht.

»Unmöglich!«, widersprach Warlon, betrachtete das Symbol aber ebenfalls genauer. »Wie sollte eine Elbenrune hierhergelangen? Elben lieben das Sonnenlicht und lebende, wachsende Dinge, während sie toten Stein verabscheuen. Sie würden niemals so tief in die Erde hinabsteigen. Woher willst du das überhaupt wissen?«

»Ich meine, ich hätte mal irgendwo Elbenzeichen gesehen, die ziemliche Ähnlichkeit mit dem hier hatten«, antwortete Barlok ausweichend. »Die Rune muss sich auf der eingeschlagenen Wand befunden haben.«

»Dann wäre sie mir aufgefallen.« Warlon drehte sich zu dem Arbeiter um, der ihn begleitet hatte. »Hast du sie bemerkt?«

Stumm schüttelte der Mann den Kopf.

»Spielt wohl auch keine Rolle mehr.« Barlok verstaute den Fund in einer Tasche an seinem Gürtel und warf einen kurzen Blick zu dem Toten. »Wir kehren nach Elan-Dhor zurück«, sagte er laut. »Warlon, du übernimmst zusammen mit Morlos die Führung, ich decke gemeinsam mit ...«

Ein leises, kaum vernehmbares Sausen ertönte. Einem der Arbeiter fiel die Lampe aus der Hand und zerbarst auf dem Boden, dann brach er ebenso wie der dicht neben ihm stehende Morlos zusammen. Beiden sprudelte Blut aus den durchschnittenen Kehlen.

Entsetzensschreie erklangen. Selbst Barlok konnte nur mit Mühe einen Schrei unterdrücken und war für Sekunden wie gelähmt. Die beiden Zwerge hatten kaum fünf Meter von ihm entfernt am anderen Ende der Gruppe gestanden. Dennoch hatte keiner von ihnen genau gesehen, wie sie getötet worden waren, dabei musste ihr Mörder direkt hinter ihnen gestanden haben, um ihnen gleichzeitig die Kehlen durchschneiden zu können.

Nuran war der Erste, der sich von seinem Schrecken wieder erholte. Vielleicht war es aber auch nur seine Feigheit, die ihn zum Handeln trieb.

»Flieht! Zurück nach Elan-Dhor, flieht!«, brüllte er und begann zu laufen. Die übrigen Arbeiter nahmen seinen Ruf auf und begannen voller Panik ebenfalls blindlings loszurennen.

»Bleibt hier, ihr Narren!«, schrie Barlok, doch wenn sie seinen Ruf überhaupt hörten, so reagierten sie nicht darauf. Nackte Todesangst trieb sie voran; sie waren nicht mehr in der Lage, klar zu denken. Die beiden Krieger, die den Stollen zur anderen Seite hin sichern sollten, stellten sich ihnen entgegen und versuchten sie aufzuhalten, doch sie wurden einfach zur Seite gedrängt.

Nur Sekunden später brachen die beiden vordersten Arbeiter blutend zusammen. Jemand hatte ihnen Schwertklingen so tief in den Leib gerammt, dass diese sie vollständig durchbohrt hatten. Die Männer waren tot, noch bevor sie auf dem Boden aufschlugen.

Auch über sie war der Tod wie aus dem Nichts gekommen. Das Schrecklichste aber war, dass Barlok auch diesmal außer dem kurzen Aufblitzen von Stahl absolut nichts gesehen hatte, obwohl er genau in ihre Richtung geblickt hatte. Es gab nur eine Erklärung dafür: Ihr Mörder musste die Fähigkeit besitzen, sich perfekt zu tarnen, sich unsichtbar zu machen, so unglaublich die bloße Vorstellung auch war. Wie aber sollten sie sich gegen eine unsichtbare Kreatur schützen; einen Angreifer, der blitzschnell und ohne Vorwarnung zuschlug, ohne dass sie ihn wenigstens *sehen* konnten?

Wieder erklangen Entsetzensschreie. Die gerade noch blindlings vorwärtsstürmenden Arbeiter wichen wieder zurück, als sie begriffen, dass sich der Feind *vor* ihnen befand.

Obwohl auch sie von Entsetzen gepackt wurden, stellten sich die beiden Krieger, die gerade noch von den Fliehenden zur Seite gedrängt worden waren, mit ihren Streitäxten in den Händen schützend vor sie, ohne dass Barlok einen entsprechenden Befehl erteilen musste. Sekunden später war Solan, der Ältere der beiden, tot, geköpft von einer unsichtbaren Klinge.

Diesmal jedoch sah Barlok, wie es geschah, zumindest sah er *etwas*.

Einer der getöteten Arbeiter hatte eine Lampe in der Hand gehalten, die zu Boden gefallen, aber nicht erloschen war.

Gegen den Lichtschein nahm Barlok etwas wie einen Schattenriss wahr, etwas Großes, Dunkles, das sich geradewegs aus der Wand zu lösen schien und mit unglaublicher Schnelligkeit auf Solan zuglitt. Noch ehe der abgeschlagene Kopf des Zwergenkriegers zu Boden fiel, war es bereits wieder zurückgewichen und verschmolz erneut mit der Wand.

Barlok blinzelte. Was er gesehen hatte, war nicht mehr

als ein undeutlicher Schatten gewesen, eine formlose Zusammenballung von Dunkelheit, nur deshalb sichtbar, weil sie sich gegen das dahinter leuchtende Licht abgezeichnet hatte. Aber immerhin – so wenig es auch gewesen war, er *hatte* etwas gesehen, und die winzig kleine Chance, die sich ihm dadurch bot, durfte er nicht ungenutzt verstreichen lassen.

Noch bevor der Schatten vollends verschwand, ließ Barlok ohne zu überlegen seine Axt fallen, riss blitzartig zwei Dolche aus dem Gürtel und schleuderte sie beidhändig mit einer tausendfach geübten Bewegung auf die Stelle, wo sich der finstere Umriss gerade noch befunden hatte. Eine der Klingen prallte klirrend gegen den Fels und fiel zu Boden, die andere schien sich kurz vor der Wand mitten in der Luft aufzulösen und zu verschwinden.

Ein grauenhafter Schrei ertönte, so hoch und schrill, dass er gerade noch an der Schwelle des Hörbaren lag und körperliche Schmerzen erzeugte. Mühsam widerstand Barlok der Versuchung, die Hände auf die Ohren zu pressen, sondern hob stattdessen hastig seine Axt wieder auf. Nach wenigen Sekunden brach der Schrei wieder ab.

Barloks Hoffnung, den unheimlichen Angreifer getötet oder wenigstens so schwer verletzt zu haben, dass dieser die Flucht ergriff, erfüllte sich nicht. Hilflos musste er mit ansehen, wie ein weiterer Arbeiter und auch Okran, der zweite seiner auf der anderen Seite ihrer Gruppe postierten Krieger, niedergemetzelt wurden, ohne dass der Unbekannte den Fehler beging, noch einmal ins Gegenlicht zu geraten.

Dieser neuerliche Angriff war zu viel für die Männer des mittlerweile auf Nuran und nur noch vier weitere Arbeiter zusammengeschmolzenen Schürftrupps. Erneut begannen sie zu schreien und blindlings loszurennen. Diesmal versuchte Barlok gar nicht erst, sie zurückzurufen. Sie hätten ohnehin nicht auf ihn gehört, und er konnte es ihnen nicht einmal verdenken. Auch er musste dagegen ankämpfen, sich von Furcht und Schrecken überwältigen zu lassen, dabei war er ein Krieger. Für Angehörige der Arbeiterkaste, die nur selten in gefährliche Situationen gerieten, musste dieser Albtraum um ein Vielfaches schlimmer sein.

»Diese Kreatur lauert hier noch irgendwo«, raunte er Warlon zu, befestigte die unhandliche Streitaxt an seinem Gürtel und zog stattdessen sein Schwert. Wenn überhaupt, dann würde ihm die wesentlich leichtere Waffe gegen einen so blitzschnell angreifenden Feind bessere Dienste leisten. »Bleib dicht hinter mir. Falls ich getötet werde, kannst du vielleicht erkennen, wo sich dieses Ungeheuer befindet.«

»Es ist besser, wenn ich vorgehe«, widersprach Warlon, obwohl ihm anzusehen war, wie schwer ihm diese Worte fielen. »Du –«

»Das war ein Befehl«, unterbrach Barlok ihn scharf. Seine Nerven waren zum Zerreißen gespannt, während er langsam einen Schritt nach dem anderen machte. Das Schwert hielt er weit vor sich gestreckt und ließ es immer wieder durch die Luft sausen, um es dem Unsichtbaren so schwer wie möglich zu machen, an ihn heranzukommen.

Ohne dass etwas geschah, gelangten sie an der Stelle vorbei, an der er den Unbekannten verletzt und von wo aus dieser zuletzt zugeschlagen hatte. Barlok schöpfte wieder etwas Hoffnung. Vielleicht war die Wunde doch schwer genug gewesen, dass der Angreifer die Flucht ergriffen hatte. Zumindest wünschte Barlok inbrünstig, dass es so wäre.

Einige Dutzend Meter weiter wurde seine Hoffnung jedoch brutal zerstört. Nur ein kurzes Stück hinter einer Biegung des Ganges lag ein Toter, einer der Männer aus

Nurans Trupp. Auch ihm hatte man den Kopf abgeschlagen.

In ohnmächtiger Wut krampfte Barlok die Hände fester um den Griff seines Schwertes. Niemand hatte vorhersehen können, welch eine grauenvolle, bislang völlig unbekannte Gefahr hier unten auf sie lauerte. Niemand würde ihm einen Vorwurf machen können, er trüge auch nur die geringste Schuld am Tod dieser Männer, aber das war ihm gleichgültig. Er hatte die Aufgabe gehabt, sie zu beschützen, und jetzt waren fast alle tot, brutal abgeschlachtet von einem Feind, den sie noch nicht einmal kannten.

Hinzu kam noch, dass sie keine Möglichkeit besaßen, wenigstens die Leichen mitzunehmen, um sie ihren Familien zu übergeben. Das Andenken von Toten stand bei ihrem Volk hoch in Ehren, deshalb widerstrebte es Barlok zutiefst, die Gefallenen zurückzulassen. Er hoffte, dass sich später eine Gelegenheit ergab, sie zu bergen.

Da ihnen im Moment offenbar keine unmittelbare Gefahr drohte, schritten sie schneller aus. Bald darauf fanden sie an einer Kreuzung einen weiteren Toten. Barlok vermied es, den Leichnam anzusehen, als sie an ihm vorbeigingen, sondern wandte den Kopf leicht zur Seite.

Aus den Augenwinkeln nahm er eine undeutliche, huschende Bewegung wahr, die aus dem linken Seitengang auf ihn zuraste. Seine in vielen Kämpfen und unzähligen Trainingsstunden erworbenen Reflexe retteten ihm das Leben. Noch bevor er selbst richtig begriff, was dies zu bedeuten hatte, warf er sich bereits zur Seite.

Scheinbar aus dem Nichts heraus blitzte Stahl auf. Ein greller Schmerz zuckte durch seine linke Seite, als sich eine Klinge durch sein Kettenhemd bohrte. Ungeachtet der Schmerzen schlug er im gleichen Moment mit seinem

Schwert zu und spürte, wie er etwas traf. Erneut erscholl der schrille, verzerrte Schrei, gleichermaßen von Schmerz wie von abgrundtiefer Wut erfüllt. Während er zu Boden stürzte, bot sich Barlok ein Anblick, den er nie mehr in seinem Leben vergessen würde.

Direkt neben ihm schälte sich eine unheimliche Gestalt aus dem Nichts. Sie war lang und hager, mindestens einen Kopf größer als die meisten Menschen, denen er bislang begegnet war. Gekleidet war sie ganz in Schwarz, das einen scharfen Gegensatz zu ihrer Haut bildete, die im Schein von Warlons Laterne in gespenstischem Weiß schimmerte. Lange, ebenfalls schneeweiße Haare fiel ihr über die Schulter und rahmten ein längliches Gesicht mit einem dünnlippigen Mund und einer schmalen Nase ein, dazu Augen… Sie waren das Schrecklichste an der Kreatur. Es sah aus, als würden sie von innen heraus in flammendem Rot glühen, und ein so unbändiger Hass loderte in ihnen, wie Barlok es noch niemals erlebt hatte.

Nach kaum einer Sekunde verschwand die Erscheinung so abrupt wieder, wie sie sichtbar geworden war. Auch Warlon überwand seine Erstarrung und schlug mit dem Schwert zu, traf jedoch nichts. Nur der Grauen einflößende Schrei der Kreatur war noch immer zu hören, entfernte sich jedoch rasch.

»Was… was war das?«, presste Warlon hervor. Fassungslosigkeit und namenloses Entsetzen standen in seinem Gesicht geschrieben. Seine Hände, mit denen er Schwert und Lampe hielt, zitterten. Unstet tanzte das Licht über die Wände, brach sich an Kanten und Vorsprüngen und schuf ein Spiel von Schatten und Helligkeit, das überall um sie herum Bewegungen vorgaukelte, wo keine waren, und so eine noch unheimlichere Stimmung erzeugte.

»Ich … ich weiß es nicht«, murmelte Barlok. Auch er stand noch ganz im Bann des gerade Erlebten und rang mühsam um Fassung. Es war nicht das erste Mal, dass er sich in Lebensgefahr befunden hatte und nur um Haaresbreite davongekommen war, aber noch nie war es unter solchen Umständen geschehen. Mühsam erhob er sich wieder. Sein Herz hämmerte, als wolle es aus seiner Brust brechen. Der Feind, mit dem sie es hier zu tun hatten, war anders als jeder, gegen den er zuvor gekämpft hatte. Dies waren keine bösartigen Gnome oder gierige Goblins, sondern eine Lebensform, deren bloße Gegenwart ihn mit einem Schrecken erfüllte, der sich jeder normalen Erklärung entzog.

»Aber du hast es verwundet.«

Barlok musterte sein Schwert. Eine weißliche, zähe Flüssigkeit schimmerte auf der Klinge, hatte dunkle Flecken gebildet und sich stellenweise wie Säure in den Stahl hineingefressen. Angeekelt schleuderte er das Schwert zur Seite.

»Du bist ebenfalls verletzt!«, rief Warlon erschrocken.

Barlok blickte an sich herab. Blut sickerte aus seiner linken Seite, wo ihn die Waffe seines Gegners getroffen hatte. Erregung und Entsetzen hatten ihn die Wunde fast vergessen lassen. Erst jetzt begann er wieder den Schmerz zu fühlen, doch hielt dieser sich in Grenzen.

»Das ist nichts, nur ein Kratzer«, behauptete er. »Ich konnte gerade noch rechtzeitig ausweichen, sodass mich seine Klinge nur gestreift hat.« Mit Schaudern dachte er daran, dass er es neben seinen blitzartigen Reflexen auch einer gehörigen Portion Glück zu verdanken hatte, dass er noch am Leben war. Hätte er nicht so schnell reagiert, hätte das Schwert zweifellos sein Herz durchbohrt und ihn auf der Stelle getötet. Er dachte lieber nicht weiter darüber nach. »Hauptsache, wir haben dieses Ungeheuer vertrieben, wenigstens für den Moment. Nutzen wir die Gelegenheit.«

Wesentlich schneller als zuvor eilten sie voran, bis sie schließlich wieder die Stelle erreichten, die sie auf dem Hinweg von den Arbeitern genauer hatten untersuchen lassen, weil der Gang hier einen einsturzgefährdeten Eindruck machte. Barlok kam eine Idee.

»Warte!«, keuchte er und musterte die Wände auf der Suche nach einer geeigneten Stelle für seinen Plan.

»Was hast du vor?«

»Einen Steinschlag auslösen, um sicherzugehen, dass dieses Ungeheuer uns nicht folgt.«

»Und was ist mit dem Gold?«

»Das ist im Moment meine geringste Sorge. Möchtest du vielleicht das Risiko eingehen, dass diese Kreatur oder andere von ihrer Sorte nach Elan-Dhor gelangen und dort ein Blutbad anrichten?«

Warlon wurde eine Spur blasser.

»Du meinst…«

»Wir wissen nicht, ob dieses Wesen allein ist oder ob es noch weitere gibt. Jedenfalls möchte ich kein unnötiges Risiko eingehen.« Barlok hakte seine Axt vom Gürtel los, doch als er sie hob, zuckte erneut ein heftiger Schmerz durch seine linke Seite, und er musste die schwere Waffe wieder sinken lassen. Anscheinend war die Verletzung doch schlimmer, als er gedacht hatte. »Ich schaffe es nicht«, stieß er hervor. »Du musst das für mich erledigen.«

Warlon musterte ihn einige Sekunden besorgt, dann reichte er ihm die Laterne und ergriff seine eigene Axt. Er wartete, bis Barlok sich ein Stück zurückgezogen hatte, dann ließ er sie ein paarmal wuchtig auf das Gestein niedersausen. Mochte die nicht für solche Belastungen geschmiedete Schneide dabei auch schartig werden, das war ein kleiner Preis, wenn dadurch das von Barlok heraufbeschworene Unheil verhindert werden konnte.

Gesteinssplitter flogen in alle Richtungen davon. Nach dem dritten Hieb begann es in der Decke bedrohlich zu knacken und kleinere Steinchen lösten sich, nach dem fünften brach ein größerer Brocken herab, dem gleich darauf weitere folgten, als der Zusammenhalt einmal zerstört war. Gerade noch rechtzeitig sprang Warlon zurück, um nicht selbst getroffen zu werden.

Eine dichte Wolke aus Staub hüllte die beiden Zwerge ein und brachte sie zum Husten. Als der Staub sich wieder legte, sahen sie, dass der Gang in voller Breite von tonnenschweren Felsbrocken blockiert war.

»Da kommt so schnell keiner durch«, stellte Barlok fest. Etwas leiser fügte er hinzu: »Zumindest hoffe ich es.«

4

VOR DEM KÖNIG

Obwohl Barlok gehofft hatte, die Strecke in deutlich kürzerer Zeit zurückzulegen, benötigten sie fast einen ganzen Tagesmarsch, um die tiefsten Kohleflöze Elan-Dhors zu erreichen und dort einer Zwergenpatrouille zu begegnen, woran er jedoch die alleinige Schuld trug. Kaum eine Stunde nachdem sie den Stollen zum Einsturz gebracht hatten, konnte er das Tempo, das sie angeschlagen hatten, nicht mehr halten. Seine Wunde, die er anfangs kaum gespürt hatte, schmerzte immer stärker und blutete nach wie vor, zwar nicht stark, aber beständig, und mit jedem Tropfen schien auch etwas von seiner Kraft aus ihm herauszufließen. Natürlich war Warlon seine Schwäche nicht entgangen, und schließlich hatte er darauf bestanden, dass sie eine Rast einlegten, damit er sich die Wunde ansehen konnte.

Die Schwertklinge hatte Barloks Brustkorb an der linken Seite getroffen, ohne sonderlich tief einzudringen oder gar seine Lunge oder ein anderes Organ zu verletzen. Es war eine reine Fleischwunde, nicht viel mehr als das, als was er sie von Anfang an bezeichnet hatte: ein Kratzer. Auch für eine Vergiftung gab es keinerlei sichtbare Anzeichen. Das Fleisch hatte sich nicht entzündet, sich nicht einmal stärker als normal gerötet, und dennoch war es die einzige Erklärung, so wenig sie ihnen gefiel.

Warlon säuberte und verband die Wunde notdürftig mit

den wenigen Mitteln, die ihnen zur Verfügung standen, mehr konnte er nicht tun. Weitere Hilfe konnten nur die Heiler in Elan-Dhor leisten; ihnen blieb nur die Hoffnung, dass sie es bis dorthin schafften und es dann noch nicht zu spät sein würde.

Im Nachhinein verstand Barlok selbst kaum noch, wie sie ihr Ziel tatsächlich erreicht hatten. Auf den letzten Meilen schleppte er sich nur noch mühsam dahin und war so schwach, dass er sich sogar von Warlon stützen lassen musste. Nur sein eiserner Wille hielt ihn überhaupt noch auf den Beinen, als sie schließlich die Kohleflöze erreichten und auf die Patrouille stießen, deren Aufgabe es war, die dort schürfenden Arbeiter zu beschützen.

»Was ist los? Habt ihr ein Gespenst gesehen, oder sehe ich wirklich so schrecklich aus«, krächzte Barlok, als er die schockierten Gesichter der Krieger bemerkte.

»In … in gewisser Weise«, antwortete der Anführer der Patrouille stockend. »Nuran und ein weiterer Arbeiter kamen wie von Dämonen gehetzt hier an und stammelten voller Panik etwas von einem schrecklichen Massaker, denen alle außer ihnen zum Opfer gefallen wären. Wir hatten keine Hoffnung mehr, Euch jemals wiederzusehen.«

»Offenkundig hat der Erzmeister sich getäuscht und wird mich noch eine Weile ertragen müssen. Wie lange ist es her, dass er hier durchkam?«

»Etwas mehr als drei Stunden.«

»Dann ist es vielleicht noch nicht zu spät. Ich muss …« Barlok verstummte. Schwindel überfiel ihn und ihm wurde schwarz vor Augen. Trotz aller Willenskraft vermochten seine Beine das Gewicht seines Körpers nicht länger zu tragen, und er wäre zusammengebrochen, wenn Warlon ihn nicht rechtzeitig aufgefangen hätte.

Alles um ihn herum war dunkel. Er hörte Stimmen, die wie aus weiter Ferne an seine Ohren drangen, ohne dass er ihre Bedeutung verstand. Seine Schmerzen waren gewichen. Überhaupt spürte er seinen Körper nicht mehr, schien empfindungs- und schwerelos zu gleiten.

Es war ein äußerst angenehmer Zustand, von dem Barlok nicht zu sagen wusste, wie lange er andauerte. Irgendwann, nach einer zeitlosen Ewigkeit, wich die Schwärze unstetem Zwielicht. Die Stimmen wurden lauter, und sein Körper bekam wieder Gewicht, schien aber immer noch zu schweben. Barlok begriff, dass er auf einer Trage lag, wie sie überall in den Minen herumstanden, um Verletzte schnell bergen zu können, wenn sich ein Notfall ereignete. Zwei Männer der Patrouille trugen ihn, während Warlon neben ihm her eilte und beruhigend auf ihn einsprach.

»Wohin… bringt ihr mich?«, stieß Barlok hervor. Das Sprechen fiel ihm ungewohnt schwer. Er richtete sich ein wenig auf und blickte sich um. Zu seiner Überraschung befanden sie sich bereits innerhalb des eigentlichen Stadtgebietes von Elan-Dhor, hatten längst die schwer bewachten Tore der Außenbezirke hinter sich gelassen. Offenbar hatte man ihn mittels des Käfigs, der normalerweise dem Transport von Waren vorbehalten war, nach oben gebracht. Trotzdem musste er länger, als er angenommen hatte, ohne Bewusstsein gewesen sein.

»Was für eine Frage! Zu den Heilern natürlich«, erwiderte Warlon. »Du musst sofort versorgt –«

»Nein«, fiel Barlok ihm ins Wort und griff nach seinem Arm. »Ich muss… zum König. Wir dürfen… keine Zeit verlieren.«

»Aber…«

»Es geht schon wieder, ich muss nur meine Kräfte noch

ein wenig sammeln. Es steht… zu viel auf dem Spiel. Ich muss dem König Bericht erstatten!«

Warlon zögerte kurz, dann nickte er.

»Ihr habt es gehört. Zum Palast!«, befahl er.

Die Träger änderten die Richtung. Barlok ließ sich wieder zurücksinken, um noch etwas Kraft zu sammeln. Es war schon spät, und obwohl Tag und Nacht unter der Erde längst nicht die Bedeutung wie an der Oberfläche besaßen, begegneten sie kaum jemandem. Barlok war es nur recht. Aus einem unsinnigen Gefühl von Stolz heraus war es ihm unangenehm, wenn jemand ihn in diesem Zustand sah.

Nuran und sein Begleiter waren nur knapp drei Stunden vor ihnen eingetroffen, und der Aufstieg von den Kohleflözen in die Stadt hatte sie einiges an Zeit gekostet, da sie im Gegensatz zu Barlok und Warlon nicht mit dem Käfig nach oben befördert worden waren. Trotz der Dringlichkeit des Anliegens dürfte es danach noch eine Weile gedauert haben, bis Nuran eine Audienz bekam, da König Burian vermutlich schon geschlafen oder irgendwelchen Ausschweifungen gefrönt hatte, und auch das Zusammenrufen des Hohen Rates musste Zeit gekostet haben. Vielleicht kamen sie noch nicht zu spät, um eine verzerrte Schilderung der Geschehnisse, bei der Nuran ohne Zweifel den Kriegern die alleinige Schuld zuschieben würde, zu verhindern.

Als sie sich dem Königspalast näherten, verlangte Barlok einen Halt und schwang seine Beine über den Rand der Trage. Warlon musste ihm beim Aufstehen helfen, und seine ersten Schritte fielen noch ziemlich unsicher aus, wurden aber rasch fester. Die Ruhepause hatte ihm gutgetan und ihm zumindest einen Teil seiner Kraft zurückgebracht.

Dennoch ging er langsam und vorsichtig, stützte sich immer wieder auf Warlons Arm, besonders wenn es Treppen zu steigen galt.

Nach Norden hin, in Richtung des Palastes, stieg der Boden der Höhle in weitflächigen Terrassen immer mehr an, sodass der Sitz des Königs jedes andere Gebäude überragte. Barlok ließ seinen Blick an der Fassade des Palastes emporwandern, und wie stets erfüllte ihn der Anblick mit einem Schauer von Ehrfurcht.

Im Grunde handelte es sich nur um einen Teil der nördlichen Felswand, so wie der gesamte Palast im Gegensatz zu den offen in den verschiedenen Riesenhöhlen Elan-Dhors errichteten Prunkbauten mancher Häuser kaum mehr als eine Grotte war. Hier hatten einst die ersten Zwerge, die kamen, um dieses Gebiet zu besiedeln, die Stadt Elan-Dhor gegründet, hier hatten sie sich während des Aufbaus der Stadt stets zusammengefunden, um Wichtiges zu besprechen, lange bevor es einen König gegeben hatte. Hier hatte schon damals das Herz der neuen Siedlung zu schlagen begonnen, und dieser Platz war beibehalten worden, man hatte ihn nur in einem bis in die Gegenwart noch nicht abgeschlossenen Prozess stets weiter verschönert. Statt einen neuen Palast zu errichten, hatte man dem ursprünglichen Versammlungsort das Aussehen einer königlichen Residenz verliehen. Was einst eine einfache Felswand gewesen war, hatte sich durch die Arbeit unzähliger Generationen in ein Kunstwerk ohnegleichen verwandelt, in die Illusion einer mit unzähligen Skulpturen, Türmchen und Wasserspeiern geschmückten Fassade. Alles wurde durch Fackeln und Lampen hell erleuchtet. Niemand, der die Wahrheit nicht kannte, hätte vermutet, dass es sich um etwas anderes als das Äußere eines gewaltigen

Bauwerks handelte, in dem nur der Eingang wirklich war, was er zu sein schien.

Eine gewaltige, frei schwebende Treppe, von der jede dritte Stufe rechts und links von einer Lampe erleuchtet wurde, führte zu dem Eingang empor, der sich ein gutes Stück über dem Höhlenboden befand.

Die am Fuße der Treppe stationierten Wachen reagierten ebenso ungläubig wie zuvor die Männer der Patrouille, als sie erkannten, wer sich ihnen näherte. Einige machten Anstalten, ihre Posten zu verlassen und auf den langsam ausschreitenden Barlok zuzueilen. Mit einem scharfen Befehl scheuchte der Hauptmann der Palastgarde sie zurück und trat ihnen selbst entgegen.

»Barlok, Warlon, wir –«

»Ich weiß, man hat Euch gesagt, wir wären tot«, unterbrach Barlok ihn. »Aber wir sind es nicht, und um dafür zu sorgen, dass es so bleibt, müssen wir unverzüglich mit dem König sprechen.«

»Nuran erstattet dem Hohen Rat gerade Bericht. Ich werde Eure Anwesenheit melden.«

»Mit unverzüglich meine ich auch unverzüglich!«, polterte Barlok. »Also gebt den Weg frei, oder müssen wir meiner Forderung Nachdruck verleihen?«

Angesichts der mehr als ein Dutzend Wachen war es eine wenig überzeugende Drohung, dennoch wirkte sie. Er war Barlok, und kaum ein Krieger würde es wagen, sich ihm entgegenzustellen. Der Hauptmann zuckte zusammen, dann gab er nicht nur den Weg frei, sondern führte sie sogar persönlich die Treppe hinauf und durch eine Ehrenformation in der Vorhalle des Thronsaals. Riesige, kunstvoll ausgeführte Mosaike, die bedeutende Ereignisse aus der Geschichte Elan-Dhors darstellten, bedeckten den Boden und die Wände. Auf einen Befehl des Hauptmanns hin öffnete eine Wache das mit prachtvollen Schnitzereien verzierte Portal zum Thronsaal.

»… die Krieger bei unserem Schutz völlig versagt«, war Nurans Stimme zu vernehmen. »Ohne das Andenken des großen Barlok schmälern zu wollen …« Er fuhr herum, als er vernahm, wie das Portal geöffnet wurde. Seine Augen weiteten sich vor Fassungslosigkeit, als er sah, wer auf der Schwelle stand. »Barlok!«, keuchte er.

»Und das äußerst lebendig, also spart Euch Eure Heuchelei.« Gefolgt von Warlon trat Barlok ein. »Meine Krieger und ich haben alles in unserer Macht Stehende getan, um Euch und Eure Männer zu schützen. Die meisten haben dafür mit dem Leben bezahlt, weil unsere Eskorte entgegen meinem Rat viel zu klein war und wir auf einen so schrecklichen Feind trafen, wie wir ihn noch nie erlebt haben. Wagt es nicht, ihr Opfer mit Lügen zu besudeln!«, rief er mit dröhnender Stimme, während er vortrat.

Wie am Äußeren waren auch im Inneren des Thronsaals keine grundlegenden architektonischen Änderungen vorgenommen worden, sondern nur Verschönerungen. Durch die Wände zogen sich breite Adern von Quarzen und Erzen, dazwischen Ansammlungen von Kristallen, denen sich keiner der Zwerge Elan-Dhors mit einer Spitzhacke auch nur nähern würde. Sie waren sorgsam geglättet und bearbeitet worden, sodass sie im Fackellicht in unterschiedlichsten Farben schimmerten, die sich je nach Standpunkt des Betrachters veränderten und miteinander verschwammen. Säulen, die die gewölbte Decke trugen, waren in lebensecht aussehende Statuen der ersten Könige Elan-Dhors verwandelt worden, als würden sie noch heute über die hier entschiedenen Geschicke der Stadt wachen.

Steinerne Vögel schienen unter dem künstlichen Himmel zu flattern.

An der Stirnseite des Saals hing ein kunstvoll geknüpfter Wandteppich, der das Wappen Elan-Dhors zeigte. Ein Geschenk der Menschen der umliegenden Städte aus den Zeiten, als es noch regen Handel mit ihnen gegeben hatte, denn das Knüpfen von Teppichen hatte niemals zu den Handwerken der Zwerge gehört. Davor erhob sich der Königsthron, zweifellos der Höhepunkt an Prunk in diesem Saal, denn er war ganz aus purem Gold gefertigt und ebenfalls reich verziert. Rechts und links davon standen halbkreisförmig marmorne Tische, hinter denen jeweils drei der Mitglieder des Hohen Rates saßen.

Erst dicht vor dem Thron blieb Barlok stehen. Vor seinem rechtschaffenen Zorn wich Nuran ein paar Schritte zur Seite.

»Majestät, wie Ihr zweifellos schon erfahren habt, sind wir tatsächlich auf Gold gestoßen, eine Ader von schier unglaublicher Größe. Aber wir fanden auch etwas anderes. Als wir eine Wand durchbrachen, stießen wir auf einen bislang völlig unbekannten Bereich der Tiefenwelt, der offenbar bewohnt ist, denn wir entdeckten Spuren künstlicher Bearbeitung. Bewohnt von Kreaturen, wie wir sie uns kaum vorstellen können. Eines dieser Wesen griff uns an. Es war zweifellos intelligent, das beweist die Art seines Vorgehens, und es benutzte künstlich hergestellte Waffen. Es schlug blitzschnell und erbarmungslos zu.«

»Das hat Nuran uns bereits berichtet«, sagte König Burian und strich sich über den Bart, der ebenso ergraut war wie sein Haar. Einst war er eine beeindruckende Erscheinung gewesen, ein Herrscher, dessen bloßer Anblick Macht und Autorität vermittelte. Mittlerweile jedoch war davon nicht mehr viel geblieben. Trägheit und gutes Essen hatten ihn dick gemacht. Zu viel Wein und Bier hatten seine scharfen Züge erschlaffen und sein Gesicht aufgedunsen werden lassen. Einzig seine Stimme war noch ebenso kraftvoll wie früher. »Und er berichtete auch, dass Ihr es anscheinend nur mit *einem einzigen* Feind zu tun hattet«, fuhr er fort. »Wie wollt Ihr erklären, dass eine Eskorte aus fünf ausgebildeten und im Kampf erprobten Kriegern nicht damit fertig wurde und nahezu der gesamte Erkundungstrupp ausgelöscht wurde?«

»Majestät, diese Kreatur muss über starke magische Kräfte verfügen, denn wie Nuran Euch vermutlich auch berichtet hat, besaß sie die Fähigkeit, sich unsichtbar zu machen. Unsichtbar, begreift Ihr, was das bedeutet? Wie hätten wir einen Feind bekämpfen sollen, den wir nicht einmal sehen konnten, bevor er scheinbar aus dem Nichts zuschlug und ebenso blitzartig wieder verschwand? Rein theoretisch könnte eines dieser Ungeheuer in diesem Moment hinter Euch stehen, ohne dass wir es wüssten. Es könnte Euch den Kopf abschlagen, ohne dass wir die Gefahr auch nur erahnen oder etwas dagegen tun könnten.«

Erschrocken zuckte der König zusammen und blickte sich instinktiv um, ebenso wie einige der Ratsmitglieder. Barloks Worte hatten Eindruck gemacht, erst jetzt schienen sie wirklich zu begreifen, was es bedeutete, von einem Unsichtbaren bedroht zu werden.

»Seid unbesorgt, ich würde es spüren, wenn eine fremde Kreatur unter uns wäre. Es gibt keinen Grund, sich zu fürchten«, behauptete Tharlia. In ein bodenlanges, schwarzes Kleid gehüllt, das auf der Vorderseite mit goldenen Stickereien versehen war, deren Vielfalt und Muster ihren Rang als Hohepriesterin verrieten, saß sie zusammen mit dem greisen Selon für die Gelehrtenkaste an der äußeren rechten Seite. Ihr gegenüber auf der anderen Seite des Thrones saßen Torgan und Artok von der Arbeiterkaste, während die beiden Abgesandten der Kriegerkaste, Loton und Sutis, traditionell beiderseits des Königs Platz genommen hatten.

Das Stehen und das lange Reden strengten Barlok an. Der unterdrückte Schmerz wurde heftiger. Er begann erneut Schwäche zu spüren, wankte und konnte nur mit einem taumelnden Schritt das Gleichgewicht halten.

»Ihr seid verletzt!«, stieß Tharlia erschrocken hervor.

»Es geht schon«, keuchte Barlok. »Aber dürfte ich die Bitte an Euer Majestät richten, mich zu setzen, bis ich mit meinem Bericht zum Ende gekommen bin?«

Mit Ausnahme der Mitglieder des Hohen Rates hatte jeder, der vor den König trat, zu stehen, doch auf einen Wink Burians hin brachte einer seiner Diener aus einem Nebengemach ein Sitzkissen herbei. Dankbar ließ Barlok sich darauf nieder.

»Ob und inwieweit Ihr Euch bei der Erfüllung der Euch übertragenen Aufgabe eines Fehlverhaltens schuldig gemacht habt, mag später entschieden werden. Jetzt möchte ich hören, wie Euch die Rückkehr gelang, obwohl Nuran berichtete, dass alle außer ihm und seinem Begleiter tot wären«, verlangte der König.

Barlok schnaubte.

»Als er und die letzten noch lebenden Mitglieder des Schürftrupps voller Panik die Beine in die Hand nahmen und wegrannten, schienen sie sich wenig um das zu kümmern, was hinter ihnen geschah.«

»Wir sind Arbeiter, keine Krieger«, stieß Nuran hervor. »Nachdem sich gezeigt hatte, dass Ihr und Eure Männer nicht in der Lage wart, uns zu schützen, war unsere Flucht völlig legitim.«

»Und doch wärt Ihr jetzt nicht hier, wenn Warlon und ich nicht gewesen wären«, erwiderte Barlok scharf. »Gegen meinen Befehl seid Ihr geflohen, sodass wir Euch nicht länger schützen konnten, sonst wären vielleicht noch zwei weitere Eurer Leute am Leben.« Er wandte sich wieder an den König. »Die fremde Kreatur folgte ihnen und metzelte sie während ihrer Flucht von hinten nieder. Aber dann wandte sie sich aus irgendwelchen Gründen Warlon und mir zu. Ein Instinkt warnte mich, und ich konnte ihrem Hieb so weit ausweichen, dass er nicht tödlich war. Dabei gelang es mir, dem Ungeheuer meine eigene Klinge zu schmecken zu geben. Aber auch wenn Ihr manches wohl schon gehört habt, erzähle ich am besten von Anfang an.«

Obwohl der lange Bericht ihn zunehmend erschöpfte, schilderte er detailliert, was sich ereignet hatte, beginnend mit dem ersten Goldfund bis hin zum Einsturz des Stollens. Die Gesichter der Ratsmitglieder der Krieger- und der Gelehrtenkaste wurden zunehmend besorgter, während die beiden Angehörigen der Arbeiterkaste ebenso wie der König selbst kaum eine Reaktion zeigten.

»Ihr scheint Euch im Rahmen Eurer Möglichkeiten tapfer geschlagen zu haben«, gab Burian zu, nachdem Barlok zum Ende gekommen war. »Aber so klug es Euch aus militärischer Perspektive auch erschienen sein mag, so habt Ihr weit über Eure Befugnisse hinaus gehandelt, als Ihr den einzigen Zugang zum offenbar größten Goldfund unseres Volkes blockiert habt.«

»Euer Majestät –«, begann Barlok, der kaum glauben konnte, was er hörte, doch mit einer knappen Geste schnitt Burian ihm das Wort ab.

»Angesichts der Notsituation mache ich Euch keine Vorwürfe«, fuhr er fort. »Außerdem dürfte kein dauerhafter Schaden entstanden sein, die Einsturzstelle wird sich zweifellos sichern und wieder freiräumen lassen.«

»Euer Majestät, das wäre ein verhängnisvoller Fehler!«, rief Barlok entsetzt und sprang ungeachtet des Schmerzes, der dabei durch seine linke Seite schoss, auf. »Wir sollten stattdessen den Stollen mit Sprengpulver noch weiter verschütten, um zu verhindern, dass –«

»Kriegsmeister, Ihr vergesst Euch!«, donnerte Burian und schlug mit der Faust auf eine der goldenen Lehnen des Throns. »Es steht Euch nicht zu, meine Worte zu kritisieren. Nur aufgrund Eurer Verdienste und Eures gegenwärtigen Zustands verzichte ich darauf, Euch auf der Stelle in den Kerker werfen zu lassen.«

»Wenn der Stollen wieder geöffnet würde, wäre für diese Ungeheuer der Weg bis hierher frei, bis direkt nach Elan-Dhor«, keuchte Barlok. Alles begann sich vor seinen Augen zu drehen, und er hielt sich nur noch mit Mühe auf den Beinen. Trotzdem blieb er stehen, da er wusste, dass er unweigerlich das Gleichgewicht verlieren und stürzen würde, wenn er sich noch einmal zu setzen versuchte.

»Das werden wir schon zu verhindern wissen«, behauptete Burian. »Bislang steht nicht einmal fest, ob es überhaupt mehrere dieser Wesen gibt oder nur das eine, das Ihr zudem zweimal verwundet habt. Außerdem war es noch niemals die Art der Zwerge, feige vor einem Feind zu fliehen, statt sich ihm in heroischem Kampf …«

Mehr hörte Barlok nicht mehr. Er verlor den Kampf gegen die Schwäche endgültig, und Dunkelheit umfing ihn.

5

GENESUNG

Barlok war schon oft in seinem Leben verwundet worden, manches Mal sogar schwer. Er war auch schon oft bewusstlos gewesen, aber noch niemals war ihm das Aufwachen so schwer gefallen wie dieses Mal. Er schien in einem tiefen, dunklen Sumpf gefangen zu sein, aus dem er sich zurück ans Licht zu quälen versuchte, doch der Sumpf zerrte unerbittlich mit unsichtbaren Armen an ihm und zog ihn immer wieder zurück.

Manchmal meinte er Stimmen zu hören, die in einer fremden Sprache beschwörend auf ihn einredeten, aber vielleicht kamen sie ihm auch nur fremd vor, weil er die Worte nicht richtig verstand. Dann wieder drohte er der Verlockung des Sumpfes zu erliegen, spielte mit dem Gedanken, den anstrengenden Kampf aufzugeben und sich einfach in das Dunkel und die ewige Stille gleiten zu lassen.

Aber er war zeit seines Lebens ein Kämpfer gewesen und hatte niemals aufgegeben. Daran änderte sich auch jetzt nichts. Immer wieder gelang es ihm, die trügerischen Verlockungen abzustreifen und gegen den finsteren Sog anzukämpfen. Die fremden Stimmen mit ihrem melodischen, auf und ab wiegendem Gesang halfen ihm dabei, sie boten ihm Orientierung in dieser Welt augenloser Finsternis und bildeten einen Halt, wenn er abzugleiten drohte. Er wollte diese Stimmen erreichen, musste sie erreichen, das war alles, was zählte. Lauter wurden sie, drängender ihr Ruf …

Und dann, irgendwann, war es vorbei. Der dunkle Sog zerrte nicht länger an ihm, widerwillig gab der Sumpf sein störrisches Opfer frei. Der Gesang erklang nun ganz nahe, und es handelte sich in der Tat um Worte, wie er sie noch niemals zuvor gehört hatte.

Barlok schlug die Augen auf. Über ihm erstreckte sich Finsternis wie ein höhnischer Nachgruß des Albtraums, der ihm ein Stück weit in die Wirklichkeit gefolgt war. Dann aber erkannte er, dass es sich lediglich um schwarzen Basalt handelte, und aus den Augenwinkeln nahm er das flackernde Licht von Fackeln und Kerzen wahr. Er war nicht länger ein Gefangener der Dunkelheit. Der Geruch fremdartiger Kräuter drang an seine Nase.

Barlok versuchte sich zu bewegen. Erneut überschwemmte Panik sein Denken, als er erkannte, dass er keinerlei Kontrolle über seinen Körper besaß, ihn nicht einmal spürte. Es gelang ihm nicht, auch nur ein Glied zu rühren. Nur blinzeln konnte er, und auch seine Zunge gehorchte ihm noch, wie er gleich darauf merkte. Alles andere jedoch … War er etwa nur vor dem Tod oder einem womöglich noch schlimmeren Schicksal gerettet worden, um künftig als gelähmter Krüppel dahinzuvegetieren?

»Li'thil der Allmächtigen sei Dank, er ist erwacht«, vernahm er eine weibliche Stimme. Der Gesang verstummte, dann schob sich ein vertrautes Gesicht in sein Blickfeld.

»Tharlia«, krächzte er. Erst als das Wort bereits heraus war, wurde ihm bewusst, dass er gesprochen hatte, dass er also wenigstens dazu noch in der Lage war, auch wenn es ihm schwer fiel.

»Ja, Barlok, ich bin hier. Und du hast großes Glück, dass

du es auch bist. Wir hatten die Hoffnung schon fast aufgegeben, aber du hast dich als stärker als erwartet erwiesen.«

»Wo … bin ich?«, presste er hervor. Selbst das Denken fiel ihm schwer, als ob die Taubheit sich sogar auf seine Gedanken erstrecken würde. »Was ist … mit mir geschehen? Ich kann … mich nicht bewegen.«

»Sei unbesorgt, das wird bald vergehen. Nur eine Nachwirkung der Drogen, die wir dir geben mussten, und der Beschwörungen, mit denen wir dich von der Schwelle des Todes zurückgerissen haben.«

Grenzenlose Erleichterung überfiel Barlok, als er diese Worte hörte, und er schloss für einen Moment die Augen. Wenn er sich zwischen dem Tod und einem Leben als Gelähmter hätte entscheiden müssen, hätte er den Tod vorgezogen.

»Du befindest dich im Dunkelturm«, fuhr Tharlia fort. »Ich habe dich hierherbringen lassen, nachdem du im Thronsaal zusammengebrochen bist. Die Heiler hätten dir nicht mehr helfen können.«

»Gift?«

»Nein.« Tharlia schüttelte den Kopf. »Schlimmer. Irgendeine teuflische Magie. Du verdankst es nur mir und meinen Schwestern, dass du noch am Leben bist, doch es war unglaublich knapp. Durch die Hilfe Li'thils gelang es uns, die fremde Magie zu bezwingen. Noch ein paar Stunden später, und auch wir hätten nichts mehr für dich tun können.«

Noch einmal versuchte Barlok sich zu bewegen, und diesmal gelang es ihm mit äußerster Willensanstrengung, wenigstens den Kopf ein wenig zur Seite zu drehen. Hinter Tharlia standen fünf weitere Frauen, wie sie in schwarze, schlichte Gewänder gehüllt, deren silberne Stickereien sie als Oberpriesterinnen auswiesen. Ihre Gesichter konnte er nicht sehen, da sie nach der Art der Priesterinnen Li'thils verschleiert waren, aber er begriff, dass sie es waren, deren Stimmen ihn zurück in die Welt der Lebenden gerufen hatten.

»Du bist noch sehr schwach und brauchst Ruhe«, sagte Tharlia. »Schlaf wieder ein, so wirst du dich am schnellsten erholen. Diesmal brauchst du keine bösen Träume zu fürchten.«

Sie vollführte mit ihren Fingern einige komplizierte Gesten vor seinem Gesicht, dann legte sie ihre Hände sanft auf seine Schläfen. Ein wohliges Gefühl von Frieden und Geborgenheit erfüllte Barlok und löschte seine Gedanken aus.

Verdrossen stapfte Burian durch die von Fackeln beleuchteten Gänge, die die verschiedenen Gemächer und sonstigen Räume des Königspalastes miteinander verbanden. Als Kind war er von der Weitläufigkeit des Komplexes mit seinen unzähligen Verstecken, die zum Spielen einluden, begeistert gewesen. Jetzt jedoch, im Alter, verfluchte er immer häufiger das labyrinthartige Gewirr der Gänge zwischen den verschiedenen Höhlen. Denn welche hochtrabenden Bezeichnungen man ihnen auch verleihen mochte, im Grunde waren sie nichts anderes als das: Höhlen. Nicht nur der Thronsaal, sondern auch der gesamte Rest des Palastes bestand nur aus Grotten. Teilweise waren sie von der Natur geformt, teilweise aus dem Fels herausgemeißelt worden, aber wie wundervoll verziert sie auch sein mochten, es blieben Höhlen. Manchmal hatte er das Gefühl, darin nicht einmal mehr richtig atmen zu können, doch am meisten hasste er die zum Teil langen Wege zwischen ihnen.

So auch an diesem Morgen; sogar besonders an diesem Morgen. Sein Kopf schien auf das Doppelte seiner normalen Größe angewachsen zu sein, und auch die Gänge kamen ihm länger vor denn je. Er wusste, dass es im Volk Stimmen gab, die behaupteten, er würde zu viel trinken, aber wen interessierte schon, was das Volk dachte? Er war König und besaß jedes Recht zu tun und zu lassen, was ihm beliebte, außerdem hatte er gerade in dieser Nacht mehr als genug Grund zum Trinken gehabt.

Im Anschluss an die Ratssitzung und die Anhörung von Nuran und Barlok war er noch lange wach geblieben und hatte bei mehr als nur einem Krug Wein über alles nachgedacht, was er gehört hatte, wobei seine Gedanken ungleich mehr dem Bericht des Erzmeisters als dem des Kriegers gegolten hatten.

Eine Goldader, die sogar noch größer als die legendären Vorkommen Zarkhaduls sein sollte – bei Li'thil, das war endlich einmal eine Nachricht nach seinem Geschmack!

Burian war sich durchaus bewusst, dass es schlecht um sein Volk stand und dass man dies unberechtigterweise wenigstens zum Teil auch ihm anlastete. Aber die Zeiten waren nun einmal so, und auch keiner seiner ruhmreicheren Vorfahren hätte aus dem Nichts Reichtümer herbeizaubern können. Die einst so ergiebigen Minen Elan-Dhors waren nahezu erschöpft, und neue Vorkommen an wertvollen Erzen, Edelmetallen oder gar Edelsteinen waren unter dem Schattengebirge schon lange nicht mehr entdeckt worden.

Zumindest bis zum gestrigen Tag. Mit diesem unter seiner Herrschaft gemachten Fund würde sich alles ändern, noch auf seine alten Tage würde er als einer der ruhmreichsten Könige in die Geschichte Elan-Dhors eingehen.

Er sah im Geiste unvorstellbare Reichtümer vor sich, Handelskarawanen, die wie in früheren Zeiten in dichter Folge die Straßen zum Schattengebirge bereisten und seltene Güter aus fremden Ländern mit sich führten …

Diese glorreichen Aussichten für Elan-Dhor würde er mit Sicherheit nicht aufgeben, nur weil sich eines oder vielleicht auch mehrere noch unbekannte Ungeheuer in der Nähe der Goldader herumtrieben. In der Tiefe existierten zahlreiche Gefahren, und bislang war sein Volk noch mit allen fertig geworden. Dafür gab es schließlich die Kriegerkaste. Dass ausgerechnet der mit höchsten Ehren überhäufte Barlok sich dagegen wehrte und völlig übersteigerte Schreckensbilder an die Wand malte, konnte Burian nicht verstehen. Entweder hatte seine Verletzung auch Barloks Geist getrübt, oder er wurde im Alter einfach furchtsam und feige.

Nun, Burian war entschlossen, sich davon nicht beirren zu lassen, und er war sicher, die passende Antwort gefunden zu haben. Aus Begeisterung darüber hatte er sich selbst auf den Weg zu den Gemächern seines Sohnes gemacht, statt diesen durch einen Diener zu sich zu bestellen. Wahrscheinlich hätte er sonst noch mindestens zwei Stunden warten und noch etliche weitere Diener losschicken müssen. Wie er den verdammten Bengel kannte, schlief dieser nach einer Nacht der Ausschweifungen noch tief und fest und würde sich selbst von einem königlichen Diener nicht wecken lassen. Es wurde höchste Zeit, andere Saiten bei ihm aufzuziehen.

Zwei Wachen unterhielten sich vor der Tür zu Farlians Privaträumen. Als sie erkannten, wer sich ihnen näherte, nahmen sie eilig militärische Haltung an und öffneten ihm die Tür. Burian betrat einen Salon, in dem mehrere Diener damit beschäftigt waren, die letzten Spuren eines Gelages zu beseitigen. Überrascht starrten sie ihn an, ehe sie sich ehrfürchtig verneigten.

»Wo steckt Farlian?«

»Der ehrwürdige Thronfolger schläft noch, mein König«, berichtete einer der Diener. »Aber wenn Ihr es wünscht, werde ich ihn sofort wecken.«

»Das erledige ich schon selbst.« Mit einer unwirschen Geste scheuchte Burian die Diener zur Seite und hämmerte mit der Faust an die Tür zum Schlafgemach. Als keine Antwort ertönte, riss er sie auf.

»Farlian, hoch mit dir!«, polterte er.

Erschrocken fuhr der Thronfolger im Bett auf. Seine blonden Haare hingen zerzaust von seinem Kopf, seine Augen waren vom Schlaf und dem im Übermaß genossenen Wein verquollen. Er war nicht allein, doch konnte Burian nicht sehen, wen er bei sich hatte, da sich das Mädchen hastig unter der Decke verkroch. Vermutlich handelte es sich wieder einmal um irgendein Straßenmädchen, mit denen sich sein Sohn ungeachtet seiner edlen Abstammung so gern vergnügte.

»Vater, was ...«

»Ich habe Wichtiges mit dir zu besprechen. Also scheuch die Dirne aus dem Bett, und sieh zu, dass du einen klaren Kopf bekommst. Beeil dich, meine Geduld ist begrenzt!«

Grimmig schlug Burian die Tür wieder zu, befahl den Dienern, den Raum zu verlassen, und machte es sich auf einem Sitzkissen bequem. Er brauchte keine Minute zu warten, bis Farlian in einen Hausmantel gekleidet aus dem Schlafgemach trat.

»Bei den Tiefensonnen, war das eine Nacht. War das ein Mädchen«, schwärmte er und gähnte. »Warum weckst du mich zu so nachtschlafender Zeit?«

»Nachtschlafende Zeit? Es ist bereits Vormittag, gerade eben hat der Gong zur zehnten Stunde geschlagen«, blaffte Burian, doch seine Empörung war nur halbherzig. Auch er selbst stand selten vor dieser Zeit auf.

»Und wennschon.« Farlian gähnte erneut. »Wo sind die Diener? Jemand soll mir einen Becher Wein bringen, damit ich den schlechten Geschmack im Mund runterspülen kann.«

»Du wirst keinen Tropfen anrühren, jetzt nicht und den Rest des Tages auch nicht, oder ich schleife dich höchstpersönlich in den tiefsten Kerker, wo du ein paar Tage ausnüchtern kannst. Und jetzt setz dich!«, schnappte Burian. Er wartete, bis der verblüffte Thronfolger seinem Befehl nachgekommen war, dann fuhr er fort: »Wie ich schon sagte, habe ich etwas Wichtiges mit dir zu besprechen.«

»Wenn es wieder um die alte Leier geht, dass ich mich unwürdig verhalte –«

»Nein. Oder doch, am Rande. Ich habe eine Aufgabe für dich.« Er berichtete von dem Schrat und dessen Behauptung, eine ungeheuer große Goldmine entdeckt zu haben, von der ausgesandten Expedition und dass diese den Fund bestätigt hatte, der alle Erwartungen sogar noch übertreffen sollte.

»Wie schön. Aber was habe ich damit zu tun?«, fragte Farlian mit mäßigem Interesse. »Schick ein paar Schürftrupps hinunter, damit sie das Gold abbauen.«

»Ich fürchte, so leicht ist es nicht. Die Expedition ist in den Stollen außerdem auf eine uns bislang unbekannte Kreatur gestoßen, die angeblich unsichtbar sein soll. Die Krieger, die ich als Eskorte mitschickte, wurden anscheinend völlig überrumpelt, nur zwei Krieger und zwei Arbeiter kehrten zurück, die anderen Teilnehmer der Expedition starben.«

»Dann schick einen Kampftrupp, der dieses Ungeheuer töten soll.« Farlian wickelte sich die goldenen Quasten seines Morgenmantels um den Zeigefinger.

»Genau das werde ich tun«, erklärte Burian gedehnt. »Und du wirst ihn befehligen.«

»Ich?« Fassungslos riss Farlian die Augen auf und wäre vor Schreck fast hintenüber von seinem Kissen gestürzt. »Aber… wieso? Dafür bin ich nicht ausgebildet. Ich bin kein Krieger«, protestierte er. »Warum sollte ich mich solchen Unannehmlichkeiten aussetzen und mich sogar in Gefahr begeben? Immerhin bin ich der Thronfolger!«

»Gerade deshalb. In früheren Zeiten, als wir noch von zahlreichen Feinden bedroht wurden, war es üblich, dass der König selbst an der Spitze der Truppen in den Kampf zog. Dafür bin ich zu alt, also wirst du an meine Stelle treten. Wenn du eines Tages wirklich den Thron besteigen willst, wird es Zeit zu beweisen, dass der Mut und die Kraft unseres ehrwürdigen Geschlechts auch in dir stecken.«

»Aber – ich will mich einer solchen Gefahr nicht aussetzen!«

»Nein, du willst lieber weiter saufen und herumhuren und alle Annehmlichkeiten mitnehmen, die es gibt, daran habe ich keinen Zweifel. Ich habe dir das schon viel zu lange durchgehen lassen«, schnappte Burian. »Aber das Leben besteht nicht nur daraus. Du bist über hundertfünfzig Jahre alt, und es wird Zeit, dein Leben zu ändern. Wenn du wirklich eines Tages König werden willst, musst du endlich lernen, Verantwortung zu übernehmen. Man hält dich für einen Schwächling und lacht hinter deinem Rücken über dich! Du musst Ansehen und Ehre erwerben, damit das Volk zu dir aufsieht, und dies ist eine hervorragende Gelegenheit dazu.«

»Man lacht über mich? Man hält mich für einen Schwächling?« Eine Zornesader begann an Farlians Schläfe zu pochen.

»Ja, das tut man, und das zu Recht, was vermutlich auch mein Fehler ist, da ich immer zu nachgiebig zu dir war. Aber jetzt kannst du auf einen Schlag viel von dem wettmachen, was du in den vergangenen Jahren versäumt hast. Denk doch nur einmal daran, dass man dich plötzlich mit ganz anderen Augen betrachten, dich sogar bewundern wird, wenn du dieses Kommando zu einem erfolgreichen Ende führst.«

Farlian schwieg einen Moment. Mit Genugtuung registrierte Burian, dass die Worte nicht erfolglos von seinem Sohn abprallten, wie es sonst meist der Fall war, dass sie ihn bewegten, etwas *in ihm* bewegten.

»Aber warum gerade diese Mission?«, fragte er schließlich. »Kannst du mir nicht einfach das Kommando über eine Patrouille übertragen? Dieses Ungeheuer – du sagst, es hat fast die ganze Expedition umgebracht?«

»Es hört sich schlimmer an, als es ist. Die Eskorte bestand nur aus fünf Mann, von denen drei getötet wurden, aber auch das Ungeheuer wurde verwundet. Diesmal wird es sich um einen starken Kampftrupp von fünfzig Kriegern handeln. Außerdem wird euch eine der Hexen begleiten. Tharlia behauptet, ihre Priesterinnen könnten die Anwesenheit einer fremden Kreatur spüren, auch wenn sie unsichtbar wäre. Man wird euch also nicht überraschen können. So ausgerüstet, dürftet ihr wohl mit einem einzelnen verletzten Ungeheuer mühelos fertig werden, selbst wenn noch ein paar weitere dieser Kreaturen dort herumstreifen, wie Barlok fürchtet. Niemand erwartet, dass du an vorderster Front kämpfst. Du sollst den Trupp nur befehligen, und der Ruhm wird dennoch dein sein. Dieses gewaltige Goldvorkommen muss für Elan-Dhor gesichert werden, und wenn dies unter deiner Führung gelingt, wird man sich noch in vielen Generationen daran erinnern. Auch deine Mutter wäre stolz auf dich, wenn sie dies noch miterleben könnte.«

Ein Funkeln glomm in Farlians Augen auf.

»Ruhm und Ehre für viele Generationen«, murmelte er. »Dann wird es niemand mehr wagen, über mich zu lachen. Gut, ich werde tun, was du von mir verlangst und die Expedition befehligen.«

»Ich habe nichts anderes von dir erwartet, und ich bin sehr stolz auf dich, mein Sohn«, sagte Burian lächelnd und erhob sich. »In einer Stunde wirst du dich in der Kaserne einfinden, um dich mit Warlon zu beraten. Er wird dem Trupp ebenfalls angehören, um euch ans Ziel zu führen, außerdem hat er bereits Erfahrungen im Kampf mit diesem Ungeheuer gesammelt. Von ihm wirst du alle weiteren Einzelheiten erfahren, die du noch wissen musst.«

Zufrieden verließ Burian die Gemächer seines Sohnes. Alles entwickelte sich ganz in seinem Sinne. Selbst Barloks beschämende Feigheit kam ihm äußerst gelegen. Schon lange missfiel ihm, dass der Kriegsheld beim Volk eine so große Verehrung genoss, wesentlich größer, als man sie ihm, dem König, entgegenbrachte. Nun aber bot sich eine unverhoffte Gelegenheit, dies umzukehren. Sein Sohn würde etwas vollbringen, wovor der angeblich so tapfere Barlok zurückschreckte, und würde damit den Grundstein für eine Zeit des Aufschwungs und neuen Reichtums Elan-Dhors legen.

Für König Burian stellte sich die Zukunft in leuchtendsten Farben dar.

Barloks nächstes Erwachen war wesentlich angenehmer – und leichter – als das erste. Diesmal gab es kein mühsames Ankämpfen gegen etwas, das ihn in der Finsternis der Bewusstlosigkeit festhalten wollte, und, wie Tharlia ihm versprochen hatte, war er auch nicht von Albträumen gequält worden. Jedenfalls keinen, an die er sich nach dem Aufwachen erinnerte.

Man hatte ihn in einen anderen Raum als zuvor gebracht, das erkannte er an der geringfügig unterschiedlichen Maserung und Bearbeitung der Basaltdecke über sich. Außerdem gab es ein Fenster, durch das schwaches Licht hereindrang, aber das meiste Licht stammte von einer an der Decke aufgehängten Lampe. Er trug ein Schlafgewand und lag in einem weichen, für seinen Geschmack sogar zu weichen Bett. Barlok konnte es spüren, was bedeutete, dass er wieder Gefühl in seinen Gliedern hatte. Auch Tharlias zweites Versprechen hatte sich erfüllt. Als er sich probeweise bewegte, gelang es ihm zu seiner grenzenlosen Erleichterung ohne Schwierigkeiten.

Tharlia saß auf einem Kissen neben ihm. Als sie merkte, dass er aufgewacht war, stand sie auf und nahm auf der Kante des Bettes Platz.

»Nun? Wie fühlst du dich?«

»Recht gut«, antwortete Barlok wahrheitsgemäß. Die Taubheit war nicht nur aus seinen Gliedern, sondern auch aus seinem Kopf gewichen, er konnte wieder klar denken. Der Schlaf hatte ihn erfrischt. Auch die Schwäche war verschwunden, er fühlte sich von neuer Kraft erfüllt. Er wollte sich aufrichten, doch Tharlia drückte ihn zurück.

»Täusch dich nicht, auch wenn du glaubst, schon wieder Felsen stemmen zu können. Was du spürst, ist nicht deine wahre Kraft, sie wird dir nur durch meine Drogen vorgegaukelt. Du brauchst noch immer Ruhe und Schonung. Vergiss nicht, dass du noch vor wenigen Stunden gegen den Tod gekämpft hast.«

»Was ist mit der Wunde?«

»Im Grunde harmlos, sie heilt gut. Die Gefahr ging von der fremden Magie aus. Mit unseren vereinten Kräften gelang es uns, ihre Macht zu brechen, aber die Beschwörungen haben deinen ohnehin geschwächten Körper zusätzlich ausgelaugt.«

»Wie lange war ich bewusstlos?«

»Den Rest der gestrigen Nacht und fast den gesamten Tag.«

»Den gesamten Tag?«, wiederholte Barlok erschrocken. »Bei Li'thil, ich kann unmöglich länger hierbleiben. Ich habe schon zu viel Zeit verloren. Ich muss unbedingt zum König, sofort!«

Erneut richtete er sich auf, und diesmal versuchte Tharlia nicht, ihn zurückzuhalten. Als er jedoch die Beine aus dem Bett schwang, überfiel ihn Schwindel, und seine Glieder begannen zu zittern. Alle Kraft, die er gerade noch verspürt hatte, war plötzlich wie weggeblasen, und er musste sich wieder zurücksinken lassen. Keuchend rang er nach Luft, bis das Zittern seines Körpers nachließ und sein hämmernder Herzschlag sich wieder beruhigte.

»Siehst du jetzt ein, dass du noch nicht aufstehen kannst?«

»Dann gib mir irgendeine deiner Drogen, die mir Kraft verleiht, wenigstens für ein, zwei Stunden. Oder hole den König hierher. Sag ihm, ich müsste ihn unbedingt sprechen, es ginge um die Sicherheit unseres ganzen Volkes. Wenn ich ihn nicht umstimmen kann, wird dieser Narr –«

»Ich weiß, was er vorhat, schließlich habe ich auch an der Ratssitzung teilgenommen. Aber glaube mir, selbst wenn es einen Trank gäbe, der dir die für eine Audienz nötige Kraft verleihen könnte, würde Burian dich nicht empfangen, und er wird auch unter gar keinen Umständen herkommen. Seit er von dem ungeheuren Goldvorkommen gehört hat, hat die Gier ihn blind für alle Gefahren gemacht. Er ist fest entschlossen, eine neue Expedition in die Tiefe zu schicken, diesmal eine starke Kampfgruppe. Auf deine Ratschläge würde er nicht hören. Er denkt, dass du auf deine alten Tage schwach und furchtsam geworden bist, dass der Schrecken über das Erlebte dein Urteilsvermögen getrübt hat und dich die Gefahr maßlos überschätzen lässt.«

»Ich werde diesem Dummkopf zeigen, wer hier schwach und furchtsam ist«, polterte Barlok aufgeregt. »Und wenn ich die Tore seines Palastes einreißen und ihm mit meinen Fäusten Verstand einhämmern muss, er darf –«

»Momentan könntest du aus eigener Kraft nicht mal eine geöffnete Tür aufstoßen oder mir den Hintern versohlen, wie du es früher so oft getan hast, als ich noch ein Kind war«, sagte Tharlia spöttisch. »Und selbst wenn er mit dir spräche, nichts, was du sagen könntest, würde den kümmerlichen Rest seines Verstandes erreichen, geschweige denn ihn umstimmen.«

»Dann muss eben der Hohe Rat etwas unternehmen! Zudem solltest du deine Zunge besser hüten, immerhin sprichst du über unseren König«, warnte Barlok. »Und auch als Hohepriesterin Li'thils und Mitglied des Rates bist du nicht unantastbar.«

»Hast du ihn nicht gerade selbst noch als Narren bezeichnet?«, erwiderte Tharlia. »Und was den Rat betrifft – gerade unter Burian ist er zu einem Witz verkommen. Wir *haben* bereits versucht, etwas zu unternehmen, aber der König hat unseren Mehrheitsbeschluss einfach ignoriert. Die Gelehrten und die Kriegerkaste haben gegen eine neue Expedition gestimmt, wenngleich es Loton und Sutis schwer fiel. Als Krieger sind sie es gewohnt, sich jeder Bedrohung im Kampf zu stellen, doch sie haben große Achtung vor dir und deinem Urteilsvermögen, weshalb deine Warnung für sie den Ausschlag gab. Nur die Arbeiterkaste hat für eine weitere Expedition gestimmt. Für Torgan und Artok stand ebenfalls das Gold im Vordergrund, militärische Belange interessierten sie weniger.«

»Ebenfalls Narren«, stieß Barlok hervor. »Vermutlich ist ihnen egal, wie viele gute Krieger ihr Leben verlieren, so lange sie nur hoffen können, an das Gold zu gelangen.« Er knirschte mit den Zähnen. »Und ich bin hier ans Bett gefesselt! Vielleicht hoffen sie sogar, dass die Kriegerkaste in einem zu erwartenden Kampf geschwächt wird, damit sie ihren eigenen Einfluss vergrößern können.«

»Möglich.« Tharlia zuckte mit den Schultern. »Vor der Tür sitzt übrigens jemand und wartet schon ganz ungeduldig darauf, mit dir sprechen zu dürfen. Er kann dir sicherlich weitere Einzelheiten mitteilen.«

Sie stand auf und verließ den Raum. Kurz darauf kehrte sie in Begleitung Warlons zurück.

»Barlok, wie geht es dir?«, fragte der Krieger mit einem freudigen Strahlen in den Augen und eilte an sein Bett.

»Du siehst doch, ich liege nutzlos hier herum, während ich anderenorts dringender als je zuvor gebraucht werde«, brummte Barlok. »Wie soll es mir da schon gehen?«

»Die Wunde heilt gut, und die fremde Magie haben wir neutralisieren können. Es besteht keine Gefahr mehr. Ich schätze, morgen kann er schon wieder aufstehen«, ergänzte Tharlia. »Ich lasse euch jetzt für ein paar Minuten allein, da mich noch andere wichtige Aufgaben erwarten.«

»Warlon, du musst etwas gegen diesen Wahnsinn unternehmen«, stieß Barlok hervor, nachdem sie die Tür hinter sich geschlossen hatte. »Tharlia hat mir erzählt, dass der König eine neue Expedition ausschicken will. Du musst das verhindern, wenigstens so lange, bis ich wieder auf den Beinen bin und mich selbst darum kümmern kann.«

»Ich fürchte, dafür ist es zu spät«, entgegnete Warlon zögernd. »Deshalb bleibt mir auch wenig Zeit. Der Befehl wurde bereits erteilt, und die Expedition wird in knapp einer Stunde aufbrechen. Fünfzig Krieger, zusätzlich zehn Arbeiter, die jedoch nur den Stollen freilegen und anschließend umkehren sollen. Ich soll den Trupp führen, da ich als einziger verfügbarer Krieger bereits dort unten war und Erfahrungen mit unserem Feind habe, aber ich habe keine Befehlsgewalt. Offenbar traut Burian mir wegen meiner Freundschaft mit dir nicht.«

»Wer dann? Wer wird das Kommando haben?«

Warlon zögerte erneut und trat von einem Fuß auf den anderen.

»Der König hat seinen Sohn für diese Aufgabe ausgewählt«, sagte er schließlich.

»Farlian!« Barlok spie den Namen aus, als handele es sich um ein Schimpfwort. »Dieser verweichlichte, arrogante Trottel, der nur seine Vergnügungen im Sinn hat! Wenn man ihm ein Schwert in die Hand gibt, muss man ja Angst haben, dass er sich selbst damit verletzt! Ausgerechnet dieser Kerl soll einen Kampftrupp in die Schlacht führen?«

»Schlimmer hätte es wirklich nicht kommen können«, bestätigte Warlon. »Der König nimmt die Gefahr nicht richtig ernst. Er geht davon aus, dass es sich nur um eine einzelne, zudem verletzte Kreatur handelt, irgendein bislang unbekanntes Tiefenungeheuer. Er hofft, dass Farlian durch eine solche Mission Ansehen und Ehre gewinnen kann.«

»Es sind mehr als eines«, behauptete Barlok. »Ich weiß es. Frag mich nicht, woher, ich weiß es einfach. Und es ist kein Ungeheuer, kein wildes Tier, das hast du genauso gut gesehen wie ich. Es wird eine Katastrophe geben, wenn der Stollen wieder geöffnet wird. Ihr marschiert in euren Untergang. Du darfst dabei nicht mitmachen!«

»Soll ich einen direkten Befehl des Königs verweigern? Man würde mich all meiner Titel und Ehren entheben und in den Kerker werfen. Lieber sterbe ich den Heldentod in der Schlacht.«

»Dann täusche eine Verletzung vor«, ereiferte sich Barlok. »Schlag dir meinetwegen selbst mit der Axt ins Bein und sage, dass es ein Unfall war. Das ist immer noch besser, als in den sicheren Tod zu gehen!«

Warlon lächelte, wurde aber sofort wieder ernst.

»Würdest du an meiner Stelle so handeln? Bestimmt nicht. Auch wenn man mir nichts nachweisen könnte, wüsste doch jeder, was dahintersteckt, und ich wäre für den Rest meines Lebens als Feigling verschrien.« Er schüttelte den Kopf. »Aber darum geht es nicht allein. Ich habe eine Verpflichtung mitzugehen. Burian schickt fünfzig unserer besten Krieger auf diese Mission, die nicht einmal richtig wissen, was sie erwartet. Ich kann sie nicht einfach im Stich lassen, auch wenn ich nicht glaube, dass ich viel ausrichten kann.«

Barlok nickte.

»Du sprichst wie ein echter Krieger. Anscheinend ist doch etwas von meiner Ausbildung haften geblieben, auch wenn ich mir im Moment fast wünsche, dass es anders wäre. Hör mir zu: Versuche nicht, da unten den Helden zu spielen. Du hast erlebt, wozu diese Bestie fähig ist. Es muss dir stattdessen gelingen, Farlian dazu zu bringen, die Mission so schnell wie möglich abzubrechen. Geht hinab, seht euch ein bisschen um und kehrt schnellstmöglich wieder um, bevor ihr entdeckt werdet. Das Gleiche gilt, wenn ihr Feindkontakt bekommt. Kümmere dich nicht um Farlian und seine Befehle. Im Ernstfall werden die Männer eher dir als ihm folgen. Sieh zu, dass du so viele unserer Leute wie möglich heil wieder dort herausbekommst.«

»Sicher«, sagte Warlon unbehaglich. »Aber jetzt muss ich los, ich bin schon spät dran. Ich hoffe, du bist bald wieder gesund.« Er wandte sich um, doch ein Zuruf Barloks ließ ihn an der Tür noch einmal verharren.

»Wenn ihr eine Chance zum Umkehren bekommt, dann versucht, hinter euch wieder einen Steinschlag auszulösen, um den Weg zu versperren. Und noch eins: Pass gut auf dich auf, Junge. Möge Li'thil über dich wachen.«

Wenige Minuten nachdem Warlon gegangen war, kehrte Tharlia zurück. In der Hand hielt sie einen Becher mit einer dampfenden, würzig nach Kräutern riechenden Flüssigkeit, den sie ihm reichte.

»Hier, trink das.«

Vorsichtig nippte Barlok an dem Gebräu. Es schmeckte furchtbar, und er musste sich beherrschen, es nicht direkt wieder auszuspucken.

»Verdammt, was ist das? Willst du mich vergiften?«

»Du glaubst doch nicht ernsthaft, dass ich dir das Rezept unserer Tränke verrate? Es wird dir helfen, schneller wieder auf die Beine zu kommen, das ist alles, was zählt. Also stell dich nicht so an. Wenn ich deinen Tod wollte, bräuchte ich dich nicht zu vergiften, sondern hätte gar nichts zu tun brauchen, und du wärst mit Sicherheit gestorben. Stattdessen habe ich die ganze Nacht und den Tag hindurch an deinem Bett gewacht. Auch wenn es deinen Stolz kränken mag, weil ich weiß, dass du nicht viel von uns Hexen hältst, so verdankst du uns doch dein Leben. Ich hoffe, du vergisst das nicht.«

»Das wirst du schon zu verhindern wissen und mich zweifellos bei jeder passenden Gelegenheit daran erinnern«, entgegnete Barlok. Er überwand seinen Ekel und leerte den Becher. »Woher diese plötzliche Fürsorge?«

»Wir sind immerhin miteinander verwandt. Du bist mein Großonkel. Da ist es doch selbstverständlich, dass ich mich um dich kümmere, auch wenn wir in der Vergangenheit gelegentlich ein paar kleine Meinungsverschiedenheiten hatten.«

»Was wohl eine gewaltige Untertreibung sein dürfte«, knurrte Barlok. »Ich kenne dich gut genug, und du weißt, wie sehr ich deine Ränke und Intrigen verabscheue. Würde es dir auch nur den geringsten Vorteil bringen, hättest du mich ohne mit der Wimper zu zucken sterben lassen.«

»Du täuschst dich in mir. Vielleicht kennst du mich doch nicht so gut, wie du denkst«, widersprach Tharlia heftig. »Ich habe immer zu dir aufgeschaut und dich bewundert, auch wenn ich manche deiner Ansichten nicht teile. Davon ganz abgesehen: Wenn sich deine Befürchtungen bewahrheiten, drohen unserem Volk große Gefahren, und es wird dich dringender denn je brauchen.«

»Ach ja? Du hast doch selbst erlebt, wie wenig Wert der König auf meinen Rat legt«, sagte Barlok verbittert. »Er hat keinen Zweifel daran gelassen, dass ich in seinen Augen die Schuld an dem trage, was passiert ist. Er hat nichts gegen mich in der Hand, um mir ein Fehlverhalten nachzuweisen, sonst würde er mich liebend gerne dafür zur Rechenschaft ziehen. Aber auch so bin ich zurzeit wahrscheinlich der Letzte, der irgendwelchen Einfluss auf ihn ausüben kann.«

»Das wird sich sehr schnell ändern, wenn sich herausstellt, dass du Recht hast. Und du hast dich angehört, als ob du dir dessen völlig sicher wärst.«

»Zumindest fürchte ich es. Selbst wenn es nur dieses eine Ungeheuer gäbe, wäre es schon schlimm genug, aber ein Kampftrupp von Zwergenkriegern könnte es trotz seiner Unsichtbarkeit vermutlich unschädlich machen. Aber als Warlon diese Wand einschlagen ließ, hat er einen Zugang zu einem Bereich der Tiefenwelt geöffnet, den noch kein Zwerg und vermutlich auch noch kein anderes uns bekanntes Wesen betreten hat. Vielleicht handelt es sich sogar um den einzigen Zugang. In der Höhle dahinter fanden wir Zeichen von künstlicher Bearbeitung, unter anderem ein Relief, das so fremdartig war …« Barlok schauderte bei der bloßen Erinnerung daran.

»Du solltest es Selon beschreiben. Wenn es Ähnlichkeiten zu irgendeiner uns bekannten Kultur gibt, dann finden die Gelehrten es heraus.«

»Vielleicht«, stimmte Barlok zu. »Aber ich fürchte, dass wir es hier mit einer völlig fremden Kultur zu tun haben. Das Wesen, das uns angriff, war ein Kämpfer. So jemand fängt nicht an, Höhlenwände zu verzieren. Und es besaß Schwerter, die irgendjemand geschmiedet haben muss. Ich kann mir nicht vorstellen, dass diese Kreatur das alles allein getan hat.« Er schüttelte den Kopf. »Irgendwo in den Tiefen lebt ein ganzes Volk dieser Wesen. Vielleicht ist es nur klein, vielleicht zählt es aber auch nach Tausenden. Diese Wesen wissen nun, dass es uns gibt, und wenn der Stollen freigeräumt wird …«

Er verstummte.

»Wenn es sich um intelligente Wesen handelt und wir einen Krieg gegen sie nicht gewinnen können, dann müssen wir ihnen klarzumachen versuchen, dass wir nicht ihre Feinde sind«, sagte Tharlia.

Barlok schüttelte entschieden den Kopf.

»Diese Kreatur hat uns ohne jeden Grund und ohne Warnung angegriffen. Bevor sie den ersten Arbeiter tötete, wussten wir nicht einmal von ihrer Existenz. Wie willst du das sonst nennen, wenn nicht ›feindlich gesinnt‹?«

»Aber ihr seid in ihr Reich eingedrungen. Sie könnte sich bedroht gefühlt haben und hat deshalb angegriffen.«

»Nein, das war es nicht«, behauptete Barlok. »Sie hat unsere Leute in einem wahren Blutrausch niedergemetzelt, selbst als wir schon flohen. Ich kann es nicht richtig beschreiben, aber ich konnte ihre Bösartigkeit geradezu spüren. Ihr ging es nur ums Töten. Als das Wesen für einen kurzen Moment sichtbar wurde … Es war gespenstisch. Wie der Gestalt gewordene Tod. Bleich und mit glühenden Augen und spitzen Ohren, ein bisschen wie das ins Bösartige verkehrte Zerrbild eines Elben. Ich konnte …« Barlok holte tief Luft, als ihm plötzlich etwas einfiel. »Meine Sachen. Wo sind die Sachen, die ich gestern bei mir hatte?«

»Alles in der Truhe dort in der Ecke. Warum, was ist denn los?«

»Auf einem der Trümmer des eingerissenen Durchgangs habe ich etwas entdeckt. Ein Symbol, möglicherweise eine elbische Rune. Ich habe es eingesteckt, aber bei all der Aufregung gar nicht mehr daran gedacht. Es handelt sich um einen etwa handgroßen Brocken. Er muss in einer meiner Taschen sein. Sieh nach, ob du ihn findest.«

»Woher kennst denn du elbische Runen?«, fragte Tharlia

spöttisch, ging zu der Truhe und öffnete sie. Schon nach kurzem Suchen fand sie das Trümmerstück. »Das könnte wirklich ein elbisches Symbol sein«, sagte sie stirnrunzelnd. »Aber wenn, dann kenne ich es nicht, und ich kann mir auch nicht erklären, wer es dort unten eingraviert haben sollte. Ich werde es später zu Selon bringen, vielleicht kann er etwas damit anfangen.« Sie schloss die Truhe wieder und legte den Goldbrocken darauf, dann kehrte sie an sein Bett zurück. »Glaubst du wirklich, dass die Kampftruppe zum Untergang verdammt ist, wenn sie den eingebrochenen Stollen freilegt?«, fragte sie.

»Ich weiß es nicht«, murmelte Barlok. »Ich habe Warlon angewiesen, auf eine schnelle Rückkehr zu drängen und möglichst jeden Feindkontakt zu vermeiden, aber ich fürchte, das liegt nicht in seiner Hand. Warum fragst du?«

»Weil König Burian mir befohlen hat, eine Ober- oder zumindest Weihepriesterin für diese Expedition abzustellen. Wie ich schon gestern Abend sagte, können wir spüren, ob sich jemand in unserer Nähe befindet, auch wenn er sich unseren Blicken zu entziehen vermag.«

»Dann haben sie vielleicht eine kleine Chance«, stieß Barlok mit neu erwachter Hoffnung hervor. »Zumindest werden sie rechtzeitig gewarnt, wenn sich der Feind ihnen nähert. Das verschafft ihnen einen großen Vorteil.«

»Aber wenn Ailin stirbt… Ich weiß nicht, was ich dann machen werde.« Tharlia begann unruhig im Raum auf und ab zu gehen. »Du kannst dir nicht vorstellen, wie eng wir innerhalb unseres Ordens miteinander verbunden sind. Für euch Krieger gehört der Tod zum täglichen Handwerk, und wenn ihr im Kampf fallt, betrachtet ihr es als höchst ehrenvoll. Für uns jedoch… Ich hasse Burian dafür, dass er mich dazu zwingt, mindestens so sehr, wie du ihn dafür hasst, dass er Warlon und die anderen in den fast sicheren Tod schickt.«

»Ich hasse ihn nicht, und das solltest du auch nicht. Immerhin ist er unser König«, widersprach Barlok steif und ohne wirkliche Überzeugung. »Aus seiner Sicht ist er überzeugt, das Richtige zu tun.«

»Hör schon auf zu heucheln, es passt nicht zu dir«, stieß Tharlia zornig hervor. »Du hast gerade selbst ausgemalt, wie seine Entscheidung unser Volk an den Rand des Abgrunds oder sogar darüber hinaus führen könnte. Ganz davon zu schweigen, dass er einen persönlichen Angriff auf deine Ehre unternommen hat. Warum, glaubst du, überträgt er das Kommando ausgerechnet Farlian? Er hofft, dass sein Sohn das vollbringt, was sogar der berühmte Barlok fürchtet. Du bist ihm schon lange ein Dorn im Auge, denn insgeheim beneidet er dich um deine Heldentaten und dein Ansehen beim Volk. Um dieses Ansehen zu beschädigen, ist er sogar bereit, den Thronfolger einer solchen Gefahr auszusetzen.«

»Aber das ist absurd!« Barlok wollte aus dem Bett hochfahren, besann sich aber eines Besseren, bevor ihm wieder schwindlig wurde. »Ich habe nie einen Zweifel an meiner Treue –«

»Er ist ein schwacher König, und über alle Kasten hinweg gärt es im Volk«, unterbrach ihn Tharlia. »Wenn es frei entscheiden könnte, wen sähe es wohl lieber auf dem Thron, ihn oder dich? Burian weiß das. Heimlich erklingen sogar schon Rufe nach seiner Absetzung.«

Barlok holte tief Luft und wollte gegen diese ungeheuerliche Äußerung protestieren, doch bevor er etwas sagen konnte, sprach sie rasch weiter. »Außerdem ist er alt und wird nicht ewig leben. Zwar ist Farlian als sein Sohn der designierte Thronfolger, aber es kann gut passieren, dass sich der Hohe Rat weigert, einen Nichtsnutz wie ihn zum König zu krönen. Dein Name hingegen wird in diesem Zusammenhang mit Sicherheit fallen, erst recht, wenn wir uns zu diesem Zeitpunkt im Krieg befinden sollten, ob es dir gefällt oder nicht. Ich weiß, dass du keinerlei derartige Ambitionen hegst und dich weigern würdest, aber das ändert nichts daran, dass Burian dich fürchtet. Er schickt diese Kampftruppe nicht nur wegen des Goldes aus, sondern auch deshalb. Und mit diesem Wahnsinn kann ich mich nicht einfach abfinden. Erst recht nicht, wenn dadurch auch das Leben einer meiner Weihepriesterinnen unnötig in Gefahr gebracht wird.«

»Das … das ist ungeheuerlich!«, keuchte Barlok. »Das ist Hochverrat! Wenn auch nur ein Wort davon nach draußen dringt …«

»Das muss es ja nicht. Aber angenommen, Farlian fällt bei dieser Mission, dann gibt es keinen Thronerben mehr. Ich denke nur an die Zukunft. Und das solltest du auch tun.«

»Vor allem denke ich, dass wir dieses Gespräch nicht fortsetzen sollten«, sagte Barlok bestimmt. »In unser beider Interesse werde ich vergessen, dass es überhaupt jemals stattgefunden hat. Geh jetzt und lass mich eine Weile allein.«

»Wie du willst. Du wolltest wissen, warum ich über meine grundsätzliche Verpflichtung zur Hilfe und unsere verwandtschaftlichen Bande hinweg alles in meiner Macht Stehende unternommen habe, um dich zu heilen, und ich habe dir wahrheitsgemäß erklärt, dass ich in dir die größte und vielleicht einzige Hoffnung für unser Volk sehe.« Achselzuckend wandte Tharlia sich um und ergriff den Goldbrocken. »Ich werde das Ding zu Selon bringen und später noch einmal nach dir sehen.«

Zutiefst aufgewühlt blieb Barlok zurück und starrte zur Decke hinauf, als sie die Tür hinter sich geschlossen hatte. Er wusste um seine Beliebtheit nicht nur innerhalb seiner eigenen Kaste, sondern auch beim übrigen Volk. Dennoch hatte er nie daran gedacht, sie für eigenmächtige politische Ziele auszunutzen. Selbst einen Sitz im Hohen Rat hatte er stets abgelehnt, und nun hatte Tharlia ihm indirekt angeboten, ihm zu helfen, als Nachfolger Burians den Thron zu besteigen. Es war absurd! Er hatte keinerlei diesbezügliche Ambitionen und würde auch in Zukunft jeden entsprechenden Vorschlag mit aller Entschiedenheit zurückweisen. Eigentlich müsste auch Tharlia das wissen, dafür kannte sie ihn gut genug.

Dennoch gelang es ihm nicht, ihre Worte einfach so abzutun. Falls Farlians Mission scheiterte und er womöglich ums Leben kam, würde Burian im Falle seines Todes in der Tat keinen Thronfolger hinterlassen. Grabenkämpfe nicht nur zwischen den Kasten, sondern sogar innerhalb der mächtigen Häuser wären die Folge, wie es sie in der Vergangenheit in ähnlichen Situationen schon mehrfach gegeben hatte. Dazu durfte es unter keinen Umständen kommen. Auch wenn er, Barlok, in keiner Weise nach dem Thron strebte, wäre er aufgrund seines hohen Ansehens und seiner Beliebtheit tatsächlich ein möglicher Nachfolger, auf den sich der Hohe Rat einigen könnte.

Im Moment jedoch war all das nebensächlich. Viel schlimmer war, dass Burian durch seine Gier und Uneinsichtigkeit einen Krieg gegen einen unbekannten Feind in der Tiefe heraufbeschwor, der alle bisherigen Bedrohungen Elan-Dhors in den Schatten stellen könnte. Barlok graute bei der bloßen Vorstellung, diesen Krieg ausgerechnet unter einem König Burian führen zu müssen, der niemals Interesse für militärische Angelegenheiten gezeigt hatte. Allerdings blieb schlicht keine andere Wahl.

Barlok hing seinen düsteren Überlegungen nach, bis er hörte, wie der große Gong im Stadtzentrum zur sechsten Abendstunde schlug, dem Zeitpunkt, an dem die Kampftruppe aufbrechen sollte. Erneut schwang er die Beine aus dem Bett, und diesmal gelang es ihm unter Mühen aufzustehen. Mit unsicheren Schritten taumelte er zum Fenster und blickte hinaus. Er befand sich in den oberen Stockwerken des Dunkelturms, sodass er einen guten Ausblick auf die Stadt hatte.

Es begann bereits zu dämmern. In der Decke der gewaltigen Höhle gab es Schächte, die bis zur Oberfläche hinaufreichten. Über ein kompliziertes System von Spiegeln und geschliffenen Linsen gelangte genügend Licht herein, um Elan-Dhor während des Tages zumindest so notdürftig zu erhellen, dass die Straßenlampen gelöscht werden konnten, ohne dass die Stadt in völliger Dunkelheit versank.

Fern im Osten konnte Barlok im schwindenden Zwielicht die großen Kasernen sehen. Ein Zug aus winzigen Pünktchen, hauptsächlich aufgrund der mitgeführten brennenden Fackeln und Laternen zu erkennen, setzte sich von dort aus gerade in Bewegung auf die südlichen Stadttore zu. Eines dieser Pünktchen, so wusste er, war Warlon.

Barlok hatte wenig Hoffnung, dass er ihn jemals wiedersehen würde.

6

RÜCKKEHR IN DIE TIEFE

»Achtung, stillgestanden!«, befahl Farlian. Mit geschwellter Brust und hoch erhobenem Kopf schritt er ein letztes Mal die Reihe der auf dem großen Kasernenhof angetretenen Krieger ab, die für den Kampftrupp ausgewählt worden waren, und inspizierte sie. Warlon meinte ein spöttisches Funkeln in seinen Augen zu entdecken, als der Thronfolger an ihm vorbeiging.

Entgegen seinem Rat trug Farlian anstelle eines Kettenhemds einen Brust- und Rückenpanzer. Zwar bot er darin einen beeindruckenden Anblick, und der massive Stahl würde ihn im Falle eines Angriffs besser schützen, ihn dafür im Kampf aber auch stark behindern, und fraglos würde er sein Gewicht auf der langen Wanderung, die ihnen bevorstand, schon bald zu spüren bekommen. Spätestens in den Feuergrotten würde der Thronfolger wohl seinen Eigensinn verfluchen, aber wer nicht hören wollte, der musste eben leiden.

»Schwenkt Marsch!«, brüllte Farlian einen weiteren Befehl. »Für den Ruhm und das Wohl des mächtigen Elan-Dhor ziehen wir in den Kampf!«

Warlon hätte angesichts des übersteigerten Pathos am liebsten die Augen verdreht, beherrschte sich aber. Die Krieger setzten sich in Bewegung, verließen die Kaserne. Ihnen folgte der kleine Arbeitertrupp, dessen Aufgabe es sein würde, den eingestürzten Stollen freizuräumen und vor allem so abzusichern, dass kein weiterer Steinschlag zu befürchten war.

Wenn er in einen Kampfeinsatz zog, und sei es nur eine Routinepatrouille, bei der es mit großer Wahrscheinlichkeit keine Zwischenfälle geben würde, verspürte Warlon stets ein unbehagliches Gefühl. Anfangs hatte er es für ein unterschwelliges Zeichen von Feigheit gehalten und dagegen angekämpft. Mittlerweile jedoch hatte er mit vielen anderen Kriegern darüber gesprochen und erfahren, dass es praktisch keinem von ihnen anders erging. Seither nutzte er es, um beim Verlassen Elan-Dhors alle Eindrücke der Stadt noch einmal bewusst in sich aufzunehmen, sich dem Gedanken zu stellen, dass er vielleicht niemals zurückkehren würde. Es erfüllte ihn nicht mit Angst, sondern stärkte ihn, verankerte die Erinnerung an das in ihm, wofür er kämpfte und sein Leben aufs Spiel setzte.

Diesmal jedoch verspürte er nicht nur ein vages Unbehagen, sondern tatsächliche Furcht, auch wenn er ihr nicht gestattete, Macht über sich zu gewinnen. Diesmal wusste Warlon, dass er auf dem Weg war, in einen Albtraum zurückzukehren, dem er am vergangenen Tag nur mit knapper Not entronnen war, und dass seine Chancen auf eine Rückkehr alles andere als gut standen.

Er warf einen Blick zum Dunkelturm hinüber, der sich fast am anderen Ende der Stadt wie ein schwarzer, mehr als ein Dutzend Stockwerke hoher Schattenriss erhob. Es war nicht fair, sich zu wünschen, dass sein Freund und väterlicher Mentor sich ebenfalls in die Gefahr begäbe, dennoch würde er sich zumindest ein bisschen wohler fühlen, wenn sich Barlok bei ihnen befände. Warlon ertappte sich sogar dabei, dass er ihn für einen kurzen Moment darum beneidete, wegen seiner Verletzung zurückbleiben zu können. Erschrocken und beschämt verdrängte er diesen Gedanken sofort wieder.

Auf Befehl Farlians marschierten sie in strenger Paradeformation in Zweierreihen und im Gleichschritt. An der Spitze der Kolonne stolzierte der Thronfolger wie ein Geck daher. Das blonde, sorgsam geflochtene Haar fiel ihm über die Schultern. Huldvoll grüßte er die Zwerge, die ihnen begegneten und Zeuge ihres Marsches wurden. Sein fraglos empfundenes Bedauern, dass es nur ziemlich wenige waren, ließ er sich nicht anmerken. Sicherlich hätte er sich eine große Menge gewünscht, die die Straße säumte und ihm zujubelte.

An seiner Seite schritt die Weihepriesterin Li'thils, die die Expedition auf Befehl des Königs begleitete. Sie trug ein langes, schwarzes Gewand, ihr Gesicht war von einem gleichfalls schwarzen Schleier verhüllt, wie es üblich war, wenn sich eine Priesterin ihres Ranges in der Öffentlichkeit zeigte. Zusätzlich hatte sie sich mit einem Schwertgehänge gegürtet, das an ihr gänzlich deplatziert wirkte und wohl höchstens zeremonielle Bedeutung besaß.

Zu seiner Verärgerung hatte Warlon erst kurz vor dem Aufbruch von ihrer Teilnahme erfahren. Bei den Beratungen mit Farlian hatte dieser es nicht für nötig befunden, sie auch nur mit einem Wort zu erwähnen, obwohl er zu diesem Zeitpunkt zweifellos schon davon gewusst hatte. Ihm dies zu verschweigen, war eine beabsichtigte Provokation, um ihm bewusst zu machen, wie wenig er bei dieser Expedition zu sagen hatte. Immerhin, wenn es stimmte, was man über ihre Fähigkeiten munkelte, dann mochte ihre Anwesenheit von erheblichem Nutzen sein.

Sie erreichten das südliche Stadttor, dessen mächtige

Portale vor ihnen geöffnet wurden und dumpf wieder zuschlugen, nachdem ihre Kolonne das Tor passiert und Elan-Dhor damit verlassen hatte. Für Warlon klang es fast wie ein Sargdeckel, der geschlossen wurde.

Vor dem Tor erstreckte sich die riesige Halle der Helden, deren Dach in der Mitte der Höhle von zwei Reihen von Säulen gestützt wurde, die so mächtig waren, dass sich fünf Zwerge hätten an den Händen halten müssen, um eine von ihnen zu umfassen. Sie durchquerten die Halle und tauchten in einen breiten, gut ausgebauten Stollen ein. Jeder vierte Zwerg trug eine Fackel oder Lampe, sodass ihre Umgebung in helles Licht getaucht wurde. Warlon hätte es nicht einmal benötigt. Er war diese ausgetretenen Stollen, in denen selbst die Wände schon von unzähligen Berührungen geglättet waren, schon so oft entlanggegangen, dass er sich vermutlich auch in völliger Dunkelheit zurechtgefunden hätte. Da es nun niemanden mehr gab, den sie beeindrucken konnten, gestattete Farlian ihnen, die unsinnige Marschordnung aufzulösen.

Nach einiger Zeit gelangten sie an eine steinerne Treppe, über die ihr Weg in die Tiefe führte. Immer wieder erreichten sie Absätze, von denen Stollen abzweigten. Die meisten führten in längst stillgelegte Minenabschnitte. Hier, in unmittelbarer Nähe Elan-Dhors, hatten ihre Vorfahren einst zu schürfen begonnen. Die Stollen galten als ausgebeutet, und nur wenige wurden noch weiter vorangetrieben, in der Hoffnung, vielleicht doch noch auf bislang unentdeckte Erze oder andere Kostbarkeiten zu stoßen. Die meisten Schürfarbeiten fanden inzwischen wesentlich tiefer statt.

Die Treppe war direkt aus dem Fels gemeißelt worden. Die Stufen passten sich dem natürlichen Verlauf des Gesteins an, sodass sie ungleichmäßig hoch und durch die

Stiefeltritte unzähliger Generationen von Zwergen, die über sie hinweggetrampelt waren, gefährlich glatt geworden waren. Es war schwierig, darauf zu gehen, und strapazierte die Beinmuskulatur.

»Dieser Schinder legt ein ganz schönes Tempo vor«, murrte einer der Krieger in Warlons Nähe. »Möchte wissen, wie lange wir das durchhalten sollen. Wir werden völlig erschöpft sein, bis wir die Kohleflöze erreichen.«

Warlon lächelte.

»Die Frage ist eher, wie lange Farlian das durchhält«, erwiderte er. »Der ehrenwerte Thronfolger dürfte das Treppensteigen deutlich weniger gewöhnt sein als wir, und ich glaube, er macht sich keine Vorstellung, wie weit diese Treppen in die Tiefe führen.«

Die Krieger, die seine Worte gehört hatten, lachten leise. Tatsächlich nahm die Geschwindigkeit, mit der sich ihr Trupp vorwärtsbewegte, schon bald ab. Warlon nutzte die Gelegenheit, um etwas weiter zur Spitze der Kolonne aufzuschließen, die nach wie vor von Farlian und der Priesterin gebildet wurde. Der Thronfolger bemühte sich noch immer um eine stolze Haltung, aber es gelang ihm längst nicht mehr so gut wie bei ihrem Aufbruch.

Ganz anders die Weihepriesterin. Ihr war bislang keinerlei Schwäche anzumerken. Hoch aufgerichtet schritt sie dahin, umgeben von einer Aura aus Stolz und natürlicher Würde, von der Farlian höchstens träumen konnte. Warlon kam nicht umhin, die Eleganz und Geschmeidigkeit ihrer Bewegungen zu bewundern.

Einige Krieger in seiner Nähe spöttelten leise über das verlangsamte Tempo und die schon jetzt schleppenden Schritte des Thronfolgers. Dass Warlon sie hören konnte, schien sie nicht zu stören. Er war zwar als Kampfführer der ranghöchste Offizier bei dieser Expedition, aber da er sie nicht kommandierte, betrachteten sie ihn als einen der ihren.

Eine weitere Treppe führte hundert und mehr Stufen zu einer tiefer gelegenen Sohle hinab. Hier gab es erneut einen Absatz, von dem durch Rundbögen drei Stollen abzweigten. Wie auf jeder Sohle war auch hier das Symbol ihres Volkes in die Wand gemeißelt, ein mit einer Spitzhacke gekreuzter Hammer, als Warnung für jeden unbefugten Eindringling, dass dieses Gebiet von Elan-Dhor beansprucht wurde.

Sie traten durch den westlichen Bogen und gingen einen weiteren Gang entlang. Hier begegnete ihnen erstmals eine Patrouille. Auch nachts wurde in den Minen geschürft, und die Arbeiter mussten geschützt werden. Vor allem aber sollten die Patrouillen verhindern, dass diebisches Gesindel wie Gnome oder Goblins unbemerkt in den Herrschaftsbereich Elan-Dhors eindringen und seinerseits dort Beute machen konnte. Demütig grüßten die Krieger den Thronfolger und wichen zur Seite, um ihm Platz zu machen.

Der Stollen mündete in die Kristalloase, nach Warlons Empfinden einen der schönsten Orte der Tiefenwelt. Obwohl er schon Hunderte Male hier gewesen war, überwältigte ihn der Anblick stets aufs Neue. Im Grunde war es eine geologische Unmöglichkeit, für deren Entstehung es keinerlei Erklärung gab.

Gewaltige Kristalle in den verschiedensten Formen und Farben ragten aus dem Boden, manche rund, manche eckig, die meisten länglich und so groß, dass sie selbst einen ausgewachsenen Menschen deutlich überragt hätten. Viele von ihnen waren so angeordnet, dass sie an die Blütenblätter gigantischer exotischer Blumen erinnerten. Selbst die Wände und die Decke waren mit kleineren, üppigen Gruppen von

Kristallen bedeckt. Das Licht der Fackeln und Lampen wurde von ihnen reflektiert und in Facetten millionenfach gebrochen, brachte sie zum Gleißen und ließ sie in schier unendlicher Farbenvielfalt erstrahlen, sodass man glauben konnte, sich in einem riesigen Edelstein zu befinden.

»*Shain-Dalara*«, stieß die Priesterin ehrfürchtig hervor. Es war das erste Mal, dass Warlon sie sprechen hörte. »Es heißt, dass Li'thil selbst diesen Ort vor unendlich langer Zeit erschaffen hat, als ihr Geist durch die Tiefenwelt streifte und hier eine Zeit lang verweilte.«

»Dann wollen wir es der Göttin gleichtun und hier ebenfalls eine Rast einlegen«, entschied Farlian. »Wir müssen Rücksicht auf die Weihepriesterin nehmen, die im Gegensatz zu uns solche Strapazen nicht gewöhnt ist.«

Viele der Krieger lächelten verstohlen. Jeder wusste, wie seine Worte wirklich zu verstehen waren. Wenn jemand eine Rast benötigte, dann war es nicht die Hexe, sondern der Thronfolger selbst, er wollte nur keine eigene Schwäche zugeben. Im Gegensatz zu ihm schien der Marsch der Priesterin nichts ausgemacht zu haben, sie wirkte immer noch so frisch und ausgeruht wie bei ihrem Aufbruch. Dennoch widersprach sie nicht.

Die Zwerge verteilten sich in der Höhle, viele nutzten die Gelegenheit, sich am Bach, der aus einer unterirdischen Quelle entsprang und ein Stück weit durch die Grotte floss, zu erfrischen.

Die Priesterin nahm allein auf einem Kristallbrocken Platz. Die übrigen Zwerge hielten deutlichen Abstand zu ihr, nicht aus Hochachtung, sondern ganz im Gegenteil aus Ablehnung. Der Glaube an Li'thil war im Volk der Zwerge tief verwurzelt, und bei zeremoniellen Feierlichkeiten drängten so viele Gläubige in die große Tempelhalle im

Erdgeschoss des Dunkelturms, dass diese nicht ausreichte, alle aufzunehmen. Gleichzeitig jedoch lehnten sie alles ab, was auch nur im Entferntesten mit Zauberei oder Kräften zu tun hatte, die über die normalen Sinne hinausgingen. Selbst wenn es sich um Fähigkeiten handelte, die die Göttin selbst ihren Priesterinnen verlieh. Aufgrund ihrer Riten und geheimnisvollen magischen Fähigkeiten begegnete man den Hexen deshalb mit Misstrauen oder manchmal gar Furcht. Zwerge und Magie, das passte nach Ansicht vieler Einwohner Elan-Dhors einfach nicht zusammen

Obwohl die meisten Gerüchte, die sich um die Priesterinnen rankten, sicherlich völlig aus der Luft gegriffener Unsinn waren, trug die Tatsache, dass sie ihren Turm nur selten und wenn, dann stets verschleiert verließen, noch dazu bei, dieses Misstrauen zu vertiefen.

Dennoch zögerte auch Warlon, die Weihepriesterin anzusprechen. Schließlich jedoch überwand er seine Scheu, ging auf sie zu und setzte sich neben sie.

»Ich bin Warlon, Kampfführer der Kriegerkaste«, stellte er sich vor.

»Und ich bin Ailin, *Hexenpriesterin*, falls Ihr es noch nicht gemerkt habt«, antwortete sie kühl, ohne auch nur das Gesicht in seine Richtung zu wenden.

Warlon schluckte. Er hatte gedacht, sie wäre froh, wenn jemand sie anspräche, statt wie die anderen einen Bogen um sie zu machen, aber anscheinend hatte er sich geirrt. Schon wollte er sich wieder abwenden, doch dann siegte sein Trotz. Er war niemand, der so leicht aufgab.

»Seid Ihr immer so abweisend, oder schreibt Euch Euer Orden vor, Euch mit niemandem zu unterhalten?«, fragte er. »Oder seid Ihr nur verbittert?«

»Ich habe mich lediglich damit abgefunden, dass man

uns Hexen meidet. Anscheinend hält man uns für so etwas wie Aussätzige. Habt Ihr keine Angst, dass ich Euch einen Buckel oder so etwas anhexe oder dass Eure Freunde es Euch übel nehmen, wenn Ihr mit mir sprecht?«

»Eigentlich nicht«, erwiderte Warlon. »Auf Aberglauben und dummes Geschwätz gebe ich nichts, und ich habe nur drei Freunde. Der eine ist Barlok, den ich vor wenigen Stunden erst im Dunkelturm besucht habe. Und dann natürlich die beiden besten Freunde eines jeden Kriegers, meine Axt und mein Schwert. Die nehmen mir so leicht nichts übel. Und Ihr solltet aufhören, Euch selbst als Hexe zu bezeichnen.«

Diesmal wandte sie ihm tatsächlich kurz ihr Gesicht zu und musterte ihn. Ihre eigenen Züge blieben unter dem Schleier zu seinem Leidwesen auch weiterhin nur vage zu erahnen.

»Warlon, natürlich, jetzt weiß ich wieder, in welchem Zusammenhang ich Euren Namen schon einmal gehört habe. Ihr seid der Krieger, der zusammen mit Barlok als Einziger von der ersten Expedition zurückkehrte.«

»Und das ist der einzige Zusammenhang?«

»Auch wenn es Euren Stolz kränken mag, aber seit vielen Jahren habe ich mich ausschließlich auf meine Weihe vorbereitet. Ich weiß wenig darüber, was außerhalb des Dunkelturms vorgeht, und es gehörte nicht zu unserem Unterricht, die Namen aller Angehörigen der Kriegerkaste zu lernen.«

Warlon runzelte die Stirn.

»Also schön, Ihr seid verbittert, weil man Euch aus dem Weg geht«, sagte er. »Aber wenn Ihr einen Steinkratzer spielt und jeden vor den Kopf stoßt, dann ist das auch kein Wunder. Wir haben einen langen gemeinsamen Marsch vor uns, und ich wollte nur freundlich sein. Aber wenn Ihr lieber allein sein wollt, dann ist das Eure Entscheidung.«

Er erhob sich, doch zu seiner Überraschung ergriff Ailin ihn am Arm und zog ihn zurück.

»Wartet«, bat sie. »Ich wollte Euch nicht beleidigen. Ja, ich bin verbittert, aber nicht wegen des Verhaltens der anderen. Ich bin es gewohnt, dass man mich meidet. Aber ich sollte nicht hier sein! Ich sollte im Dunkelturm sein und im Tempel beten. Aber der König hat befohlen, dass eine Weihepriesterin diese Expedition begleitet, und Hohepriesterin Tharlia hat mich ausgewählt. Vielleicht, weil ich die Jüngste bin und erst vor einem Jahr in den inneren Zirkel aufstieg, sodass sie am ehesten auf mich verzichten kann«, fügte sie bitter hinzu. Es war das erste Mal, dass ihre Maske aus Unnahbarkeit Risse bekam.

»Keiner von uns sollte hier sein«, murmelte Warlon. »Dieses Unterfangen ist ein Wahnsinn, und ich weiß, wovon ich spreche. Glaubt Ihr wirklich, dass Ihr die Gegenwart eines fremden Wesens spüren könnt, selbst wenn es unsichtbar ist?«

»Ich bin mir zumindest ziemlich sicher. Allerdings hat Tharlia mich auch gewarnt, dass die Fremden starke magische Kräfte besitzen. Damit könnten sie unter Umständen meine Fähigkeiten blockieren.«

Durch den Schleier hindurch konnte Warlon nicht einmal erahnen, ob sie Angst hatte, und ihre Stimme klang gleichmütig und gab keine Gefühlsregungen preis. »Hoffen wir, dass es nicht so ist. Das ist unser einziger Vorteil gegenüber dem letzten Kampf.«

»Wir werden sehen. Aber lasst uns jetzt nicht länger darüber reden. Dies ist *Shain-Dalara*, ein heiliger Ort, an dem nicht über Krieg und Tod gesprochen werden sollte.«

Warlon respektierte ihren Wunsch, und eine Weile saßen sie schweigend nebeneinander. Immerhin schien Ailin gegen seine Gegenwart nichts mehr einzuwenden zu haben. Er fragte sich, ob sie wusste, wie knapp dieser *heilige Ort* einst der Zerstörung entgangen war. Als die ersten Zwerge die Höhle vor Jahrhunderten entdeckt hatten, hatten sie darin nichts Heiliges gesehen, sondern nur eine Art Schatzkammer, die es dem Naturell ihres Volkes entsprechend auszubeuten galt. Rasch jedoch hatte sich erwiesen, dass es sich nicht um Edelsteine handelte. Immerhin aber ließen sich auch aus dem im Grunde wertlosen Kristall noch Verzierungen für den Königspalast und andere Bauten Elan-Dhors herstellen, vor allem aber hübsche Schmuckstücke. Keine echten Schätze, sondern nur billiger Tand, doch vor allem die Menschen schienen ihn zu lieben und waren bereit, dafür zu bezahlen. Noch bevor der Abbau in großem Maße begann, stellte sich jedoch heraus, dass die herausgebrochenen Kristalle so wenig dauerhaften Bestand hatten wie abgepflückte Blumen. Schon nach wenigen Tagen wurden sie porös und glanzlos, zerfielen schließlich bei der geringsten Erschütterung zu Staub. Danach war es leicht gefallen, die Höhle zum geheiligten Ort zu erklären und den weiteren Abbau der Kristalle zu verbieten.

Warlon hatte die Geschichte einst von Barlok erzählt bekommen, der in manchen Bereichen ein für einen Krieger außergewöhnliches Wissen zu besitzen schien.

»Ihr habt Euch bislang hervorragend gehalten, viel besser, als ich erwartet habe«, brach er nach einiger Zeit das Schweigen. »Der Marsch scheint Euch kaum erschöpft zu haben.«

»Die paar Treppen?«, erwiderte sie, und er meinte durch den Schleier hindurch zu erkennen, wie sich ihr Mund zu einem Lächeln verzog. »Ich lebe im Dunkelturm, wie Ihr wisst. Dort steige ich jeden Tag mindestens ebenso viele Stufen hinauf und hinab. Das macht mir nichts aus.«

»Dem Thronfolger dafür umso mehr. Wir haben gerade erst ein Drittel hinter uns. Ich fürchte, bis wir die untersten Sohlen erreichen, wird er sich kaum noch bewegen können, dabei beginnt dann erst der eigentliche Marsch. Deshalb habe ich eine Bitte an Euch.«

»Und die wäre?«

»Es gibt noch einen anderen Weg, bis hinunter zu den Kohleflözen zu gelangen. Den Käfig. Ein Schacht, der lotrecht durch alle Sohlen führt. Darin befindet sich eine Gitterkonstruktion, die über ein System von Seilwinden hinuntergelassen und hinaufgezogen werden kann. Hauptsächlich dient sie dazu, die Wagen mit dem erbeuteten Erz oder wonach auch immer in den verschiedenen Tiefen geschürft wird nach Elan-Dhor zu befördern. Aber freilich kann man darin auch Zwerge transportieren.«

»Und warum haben wir diesen Weg dann nicht direkt benutzt?«

»Das geschieht nur in seltenen, sehr dringenden Fällen, beispielsweise wenn es einen Überfall gegeben hat und ein Kampftrupp schnell in die Tiefe gelangen muss oder um bei einem Unglück Verletzte rasch zu den Heilern bringen zu können. Ansonsten ist diese Beförderungsart verpönt, da während dieser Zeit der Abtransport von Gütern und Abraum ins Stocken gerät. Farlian würde niemals darum bitten, auf diesem Weg in die Tiefe gelassen zu werden, da er sich damit eine empfindliche Blöße vor den Männern gäbe, und das verbietet ihm sein Stolz. Aber wenn wir ihn weiter über die Treppen mitschleppen, wird er nicht mehr lange durchhalten. So gern ich das auch miterleben würde, wäre es doch eine große Behinderung und würde uns viel Zeit kosten.«

»Deshalb möchtet Ihr, dass ich ein schwaches Weiblein spiele, das den Anstrengungen nicht gewachsen ist«, sponn Ailin den Gedanken mit spöttischer Stimme weiter. »Er wird mir vorschlagen, auf den Käfig zurückzugreifen, und mir bei dieser Gelegenheit galant anbieten, mich zu begleiten. An seiner Stelle soll ich mich der Herablassung und dem Spott aussetzen.«

»Nur bei Euch als Frau würde eine solche Bitte glaubhaft wirken«, sagte Warlon. »Außerdem würde niemand über Euch spotten. So gut, wie Ihr Euch bislang gehalten habt, wird jeder wissen, was hinter der Aktion steckt, auch ohne dass ich es erkläre.«

Ailin überlegte einen Moment, dann nickte sie.

»Also gut, ich mache es. Falls meine Fähigkeiten versagen sollten, kann ich wenigstens auf diese Art einen kleinen Beitrag zum Erfolg dieser Expedition leisten. Am besten spreche ich direkt mit Farlian.«

Sie stand auf und näherte sich dem Thronfolger. Warlon registrierte, dass sie ihre Schritte wesentlich weniger kraftvoll und geschmeidig als zuvor aussehen ließ und sogar ein kaum merkliches Hinken vortäuschte.

Einen kleinen Beitrag zum Erfolg dieser Expedition, hallten ihre Worte in seinem Kopf wider. Er fragte sich, seit wann er überhaupt wünschte, dass ihre Expedition erfolgreich sein würde.

An diesem Abend lag Barlok noch lange grübelnd in seinem Bett und starrte in die Dunkelheit.

Obwohl er fast den ganzen Tag und den größten Teil der vergangenen Nacht geschlafen hatte, fühlte er sich noch immer – oder schon wieder – müde. Das heißt, genau genommen war es keine Müdigkeit, eher eine Art Erschöpfung, das Gefühl, schwach und innerlich ausgelaugt zu sein. Er wusste nicht, ob es eine Nachwirkung des magischen Gifts war oder eine Folge der Beschwörungen und Drogen der Priesterinnen. Wie Tharlia ihm gesagt hatte, war sein Heilungsprozess noch nicht abgeschlossen. Die Schwäche seines eigenen Körpers machte ihn zornig, aber alles, was er dagegen tun konnte, war, sich zu schonen und auszuruhen, bis seine Kräfte zurückkehrten.

Einige Zeit nach Aufbruch des Kampftrupps kam Tharlia noch einmal zu ihm. Auch diesmal brachte sie ihm wieder einen übel schmeckenden Kräutersud, den er ohne Protest hinunterwürgte.

»Wie weit mögen sie wohl schon gekommen sein?«, murmelte sie.

Barlok brauchte nicht zu fragen, wen sie meinte.

»Farlian und deine Priesterin werden das normale Marschtempo der Krieger vermutlich nicht halten können und häufiger Pausen benötigen«, sagte er. »Ich denke, sie haben noch nicht einmal den halben Weg durch die Minen zurückgelegt. Wahrscheinlich werden sie ihr Ziel erst lange nach dem Morgengrauen erreichen.«

»Was den Thronfolger betrifft, magst du Recht haben, aber Ailin solltest du nicht unterschätzen. Wir beten im Tempel ununterbrochen zu Li'thil, dass ihr und den anderen nichts geschieht.«

»Ich habe das finstere Reich dieser Kreaturen nur kurz betreten, aber ich fürchte, dass selbst Li'thil dort keine Macht besitzt«, stieß Barlok hervor. Er sah, dass Tharlia aufbegehren wollte, und fügte rasch hinzu: »Das soll keine Blasphemie sein. Aber du warst nicht dort. Es ist… fremd, eine völlig fremde Welt, verpestet vom Odem des Bösen. Ein Ort, der selbst von der Göttin verlassen wurde. Nichts, was gut ist, kann dort auf Dauer existieren. Wenn Li'thil uns helfen wollte, dann hätte sie Burian Weisheit schenken und diesen Wahnsinn erst gar nicht zulassen sollen.«

»Vielleicht ist es eine Prüfung, die sie uns auferlegt«, sagte Tharlia nachdenklich. »Eine Probe, ob wir weise und reif genug sind, der Gier nach Gold zu widerstehen, wenn es nur um einen so schrecklichen Preis zu erlangen ist. Burian hat diese Prüfung offenkundig nicht bestanden.«

»Fang nicht wieder damit an«, entgegnete Barlok unbehaglich. »Ich werde deine verräterischen Phantastereien, den König vom Thron zu stoßen, nicht unterstützen. Sei froh, dass ich aufgrund unserer Verwandtschaft deine aufrührerischen Reden nicht öffentlich mache, aber mehr Hilfe hast du nicht von mir zu erwarten.«

Tharlia funkelte ihn zornig an.

»Du drückst dich vor der Verantwortung, indem du dich hinter falscher Loyalität und einem verlogenen Treueeid verkriechst«, behauptete sie.

»Das reicht jetzt!«, stieß Barlok scharf hervor. »Du magst das belächeln, aber anders als du halte ich Ehre, Treue und Loyalität für äußerst erstrebenswerte Eigenschaften. Wage es nicht, sie zu beschmutzen.«

»Das habe ich keineswegs vor, denn das machst du schon selbst. Erinnere dich, wem du bei deiner Aufnahme in die Kriegerkaste Treue bis in den Tod gelobt hast. Nicht dem König, sondern dem Volk von Elan-Dhor. Du hast geschworen, alles zu tun, um Schaden von ihm abzuwenden. Aber jetzt, da wir uns deinen eigenen Worten nach einer vielleicht größeren Gefahr denn je gegenübersehen, stehst du in blinder Treue zu einem unfähigen König, der unserem Volk schon seit Jahrzehnten Schaden zufügt und es jetzt mit sich in den Untergang zu reißen droht!«

Barlok antwortete nicht, sondern biss die Zähne so fest zusammen, dass sein Kiefer zu schmerzen begann, und drehte sich demonstrativ von ihr weg zur Wand.

»Überall herrscht Misswirtschaft, die Macht der Gelehrten- und vor allem der Kriegerkaste wird immer stärker beschnitten und der Hohe Rat hat fast jeglichen Einfluss verloren«, sprach Tharlia ungerührt weiter. »Ich verstehe und respektiere jedoch, wenn diese politischen Belange für dich keine überzeugenden Argumente darstellen. Aber ich frage dich, wie viele von uns müssen noch sterben, bis du erkennst, dass sich etwas ändern muss? Gestern fast dein gesamter Expeditionstrupp, morgen vielleicht der Kampftrupp mitsamt Ailin und deinem Freund Warlon, und übermorgen? Über diese Frage solltest du nachdenken, aber nicht zu lange, sonst könnte es für uns alle zu spät sein.«

Mit diesen Worten fuhr Tharlia herum und verließ das Zimmer. Barlok konnte hören, wie sie die Tür aufriss und hinter sich wieder zuschlug, aber auch nachdem sie gegangen war, konnte er trotz seiner Erschöpfung nicht einschlafen. Erneut war es ihr gelungen, ihn mit ihren Worten mehr aufzuwühlen, als ihm recht war.

Vor allem aber war er in Gedanken bei Warlon und den anderen Mitgliedern des ausgeschickten Kampftrupps. Noch dürften sie sich auf sicherem Territorium befinden, aber wenn sie den zum Einsturz gebrachten Stollen in den Morgenstunden erreichten, würden die Gefahren und Schrecken beginnen.

Obwohl er sich mit aller Macht an die Hoffnung klammerte, glaubte Barlok nicht, dass viele der Männer überleben würden, selbst wenn es der mitgeschickten Weihepriesterin tatsächlich möglich wäre, sie bei der Annäherung eines Feindes rechtzeitig zu warnen. Gegen Unsichtbare zu kämpfen, war schlicht und einfach unmöglich. Weder Mut und Kampferfahrung noch eine – zumal nicht einmal garantierte – zahlenmäßige Überlegenheit änderten daran etwas. Aus eigener Erfahrung wusste er, dass es eines ziemlich unwahrscheinlichen und deshalb seltenen Glücks bedurfte, jemanden, den man nicht sehen konnte, mit einer Waffe zu treffen.

Gegen einen Feind mit solchen Fähigkeiten verblasste selbst die Bedrohung durch die schrecklichsten bislang bekannten Ungeheuer der Tiefenwelt, die Zarkhane, zu einem bloßen Schatten.

»Endlich! Es wurde aber auch Zeit. Seid ihr unterwegs eingeschlafen?«, begrüßte Farlian die Ankömmlinge in barschem Ton, als diese fast zwei Stunden nach ihm die unterste Sohle erreichten. Nach der ausgiebigen Rast schien er wieder ganz der arrogante Aufschneider zu sein, als der er sich schon zu Beginn aufgespielt hatte. »Vielleicht war es doch ein Fehler, Weihepriesterin Ailin meine Begleitung anzubieten. Unter meiner Führung hätte es solchen Schlendrian nicht gegeben.«

Mühsam verkniff sich Warlon die scharfe Antwort, die ihm auf der Zunge lag. Sein Plan war aufgegangen, der Thronfolger hatte die sich ihm bietende Gelegenheit sofort erkannt und Ailin im Käfig nach unten begleitet. Da das Gestell Platz für zehn Personen bot, waren sie außerdem von acht Kriegern eskortiert worden. Das Los hatte entschieden, um wen es sich handelte, doch anders als Farlian denken mochte, waren es nicht die Sieger, sondern die

Verlierer gewesen, die sich ihm anschließen *mussten.* Warlon hatte die Führung über den restlichen Trupp übernommen. Ohne Farlian hatte sich nicht nur die Stimmung schlagartig gebessert, sie waren auch bedeutend schneller vorangekommen. Insofern war es eine Unverschämtheit, wenn dieser nun behauptete, sie hätten gebummelt.

»Aber einen Vorteil hat die Sache«, fuhr der Thronfolger fort. »Da ihr euch auf dem Weg hierher schwerlich verausgabt habt, können wir wenigstens sofort weitermarschieren.«

Leises Murren breitete sich aus, das Warlon mit einem scharfen Blick jedoch sofort zum Verstummen brachte. Die Absicht, die Farlian verfolgte, war offensichtlich. Er hatte gemerkt, dass er mit der Ausdauer und der normalen Geschwindigkeit der Männer nicht mithalten konnte. Indem er sie nun erschöpft weitermarschieren ließ, während er eine zweistündige Rast hinter sich hatte, hoffte er, dass sie von sich aus ein langsameres Tempo vorlegten und man es nicht ihm zuschrieb. Es war ein hinterhältiger und eigensüchtiger Plan, dennoch widersprach Warlon nicht. Auch an ihm waren die Anstrengungen des langen Abstiegs nicht spurlos vorbeigegangen, und er hätte gegen eine Rast nichts einzuwenden gehabt. Aber er wusste genau, dass er an der Entscheidung nichts ändern konnte, sondern es dem Thronfolger nur Vergnügen bereiten würde, seinen Protest abzuschmettern.

Sie passierten das letzte Hoheitszeichen Elan-Dhors und drangen in freies Gebiet vor. Das Gehen wurde hier deutlich beschwerlicher, weil die Stollen von der Natur geformt und nicht ausgebaut waren. Manchmal stiegen sie steil an und fielen ebenso steil wieder ab, oder tiefe Risse und Löcher klafften im Boden, die sie nur springend überwinden konnten. Vielfach lag lockeres Geröll herum, sodass sie aufpassen mussten, wo sie hintraten.

Nach einiger Zeit erreichten sie ein System riesiger Höhlen. Ein gewaltiger Abgrund gähnte dort. Stellenweise waren die steil abfallenden Wände mit Glühmoos bedeckt, das einen fahlen Lichtschein verbreitete, aber auch dieser reichte nicht aus, ein Ende zu erkennen. Der Abgrund schien bis zum Mittelpunkt der Welt hinabzureichen. Gelegentlich glomm ein düsteres rotes Glosen in der Tiefe auf.

Die Arbeiter und auch viele der Krieger waren noch nie so weit vorgedrungen und kannten diesen Bereich der Tiefenwelt nicht. Neugierig näherten sich einige von ihnen dem Abgrund, wichen jedoch schnell wieder zurück. Es machte bereits schwindlig, nur in die Tiefe hinabzublicken. Lediglich Ailin trat bis unmittelbar an die Felskante heran, so nah, dass Warlon befürchtete, sie könnte jeden Moment das Gleichgewicht verlieren und abstürzen. Schon wollte er auf sie zugehen, um sie notfalls packen und zurückziehen zu können, doch nachdem sie einige Sekunden lang in die Tiefe gestarrt hatte, wandte sie sich ungerührt um und trat zurück, ohne ein Wort zu sagen.

Die Weihepriesterin blieb ihm ein Rätsel.

Während sie ihren Weg fortsetzten, überlegte er, ob er sie noch einmal ansprechen sollte. Dies war eine Gelegenheit, nicht nur mehr über sie, sondern vor allem über den Orden der Priesterinnen in Erfahrung zu bringen, wie sie sich selten bot. Dennoch verzichtete er darauf. Ailin ging zusammen mit Farlian an der Spitze, was bedeutete, dass der Thronfolger an ihrem Gespräch teilgenommen hätte, woran Warlon wenig Interesse verspürte. Falls Ailin sich mit ihm unterhalten wollte, konnte sie sich auch zu ihm gesellen.

Nicht viel später allerdings musste er doch zur Spitze aufschließen, da sie sich einem gefährlichen Gebiet näherten. Selbst wenn er sich hier nicht ausgekannt hätte, hätte die mit jedem Schritt ansteigende Hitze ihm verraten, was sie erwartete.

»Ehrenwerter Thronfolger, ich bitte darum, vorübergehend die Führung übernehmen zu dürfen«, sprach er Farlian an. »Direkt vor uns liegt eine Feuergrotte, doch gibt es einen sicheren Weg hindurch.«

Wie zur Bestätigung seiner Worte tauchte ein Stück vor ihnen der Widerschein flackernden Feuers die Felswände für einen Moment in düsteres Rot.

Farlian zuckte erschrocken zusammen und wich einen Schritt zurück.

»Und Ihr kennt diesen Weg?«, erkundigte er sich.

»Ich habe die Höhle schon mehrfach durchquert, zuletzt erst am gestrigen Tag«, erinnerte Warlon mit mildem Spott. »Bitte haltet Euch dicht hinter mir, und achtet darauf, wo ich hintrete.«

Er ging an dem Thronfolger vorbei. Wenige Dutzend Schritte später erreichte er nach einer Biegung des Stollens die Feuergrotte. Auf den ersten Blick schien es sich um eine ganz normale große Höhle zu handeln. Allerdings klafften in unregelmäßigen Abständen verteilt eine Vielzahl von Löchern im Boden und verrieten dem Kundigen die Gefahr, die hier lauerte. Bei den Löchern handelte es sich um Öffnungen von schmalen Schächten, die bis in ein Gebiet hinunterreichten, in dem starke vulkanische Aktivität herrschte. Gelegentlich, sobald sich ein entsprechender Überdruck aufgebaut hatte, schossen Flammen in die Höhe, bis hinauf in die Feuergrotte. Manchmal geschah das im Abstand von nur wenigen Sekunden, manchmal auch erst wieder nach Minuten, manchmal aus nur einem Loch, manchmal aus mehreren gleichzeitig.

Eine kaum erträgliche Hitze schlug Warlon entgegen, als er die Höhle betrat, und trieb ihm die Schweißperlen auf die Stirn. Er hielt sich dicht an der rechten Felswand, obwohl das Gehen hier besonders mühsam war, da das Gestein die Hitze zurückstrahlte.

Nach etwa zehn Schritten wechselte er über einen von Löchern freien Streifen weiter zur Mitte der Höhle hin. Inzwischen war er am ganzen Körper schweißgebadet. Grimmig dachte er daran, dass es Farlian in seinem massiven Stahlpanzer noch schlimmer ergehen dürfte. Nun, er hatte den Thronfolger gewarnt. Bei einem längeren Aufenthalt würde sich das Metall vermutlich sogar so stark aufheizen, dass er bei lebendigem Leib gebraten wurde, doch zum Glück würden sie nur wenige Minuten benötigen.

Erneut wechselte Warlon die Richtung, während um ihn herum immer wieder Feuerlanzen in die Höhe schossen, manche bis fast zur Höhlendecke hinauf. Das letzte Stück legte er dicht neben der linken Felswand zurück, bis er nach quälenden Minuten endlich den jenseitigen Ausgang der Grotte erreichte. Auch jetzt verharrte er noch nicht, sondern schleppte sich noch gut ein Dutzend Schritte tiefer in den Stollen hinein, ehe er sich erschöpft gegen die Wand lehnte. Die Luft war auch hier immer noch warm, doch nach dem Flammeninferno in der Höhle kam sie ihm eisig vor.

Hinter ihm kam der Thronfolger herangetaumelt und ließ sich keuchend zu Boden sinken. Seine ursprünglich so sorgsam geflochtenen Haare hingen wirr unter seinem Helm hervor, sein Gesicht war rot angelaufen.

»Das … das war eine Tortur«, stieß er mühsam hervor.

»Das Schrecklichste, was ich je erlebt habe. Schlimmer kann es nicht einmal in der ewigen Verdammnis sein.«

»Seid Euch da nicht allzu sicher«, entgegnete Ailin spöttisch. Unglaublicherweise hatte sie die Strapazen ohne die geringsten sichtbaren Spuren überstanden, nicht einmal Schweiß zeigte sich auf ihrem Gesicht. Als Warlon genauer hinsah, entdeckte er einen ganz schwachen flimmernden Glanz, der ihre Haut und ihr Gewand überzog und nun rasch verflog. Offenbar besaß die Weihepriesterin tatsächlich einige außergewöhnliche Fähigkeiten. »Die unglücklichen Seelen, die nach dem Tod nicht ins Reich Li'thils aufgenommen werden, erwarten Qualen, wie Ihr sie Euch nicht einmal in Euren schrecklichsten Albträumen ausmalen könnt.«

»Im Moment zumindest kann ich mir kaum etwas Schlimmeres vorstellen«, keuchte Farlian. Gleich darauf stieß er einen Schrei aus und wedelte mit der linken Hand, mit der er an seinen immer noch heißen Brustpanzer gekommen war. »Ich habe mich verbrannt«, jammerte er.

Ailin lächelte nur verächtlich, dabei war Warlon überzeugt, dass es für sie eine Kleinigkeit gewesen wäre, ihm den Schmerz zu nehmen und die leichte Verbrennung zu heilen. Er war sich nicht einmal sicher, ob sie nicht auf irgendeine unerklärliche Art für das Missgeschick verantwortlich war, doch als sie seinen misstrauischen Blick bemerkte, reagierte sie lediglich mit einem Achselzucken darauf.

Warlon ließ die Angelegenheit auf sich beruhen.

Sie legten eine fast halbstündige Rast ein, bis sich auch Farlian schließlich wieder kräftig genug fühlte und das Zeichen zum Aufbruch gab.

Weiter ging der Marsch durch finstere, nur vom Licht ihrer Fackeln und Lampen notdürftig erhellte Höhlen und endlos erscheinende Stollen, die teilweise sanft, teilweise so steil abfielen, dass sie nur mühsam zu passieren waren. Von Gnomen oder Goblins, die sich oft in diesem Gebiet herumtrieben, war nichts zu bemerken. Selbst wenn sich einige von ihnen irgendwo in der Nähe aufhielten und den Expeditionstrupp entdeckt hatten, würden sie sich hüten, den Weg einer so großen, bis an die Zähne bewaffneten Zwergenkampfgruppe zu kreuzen.

Ohne Zwischenfälle erreichten sie nach gut zweistündiger Wanderung schließlich das Tiefenmeer, eine der absonderlichsten Launen der Natur, die Warlon kannte.

Natürlich war es kein echtes Meer, eher ein See und nicht zu vergleichen mit den angeblich unendlichen Ozeanen an der Oberflächenwelt, von denen manche Menschen zu berichten wussten. Dennoch war es riesig, füllte eine ganze Reihe aneinandergrenzender und miteinander verbundener Höhlen, von denen die meisten mindestens ebenso groß waren wie die Halle, in der Elan-Dhor erbaut worden war. Gewaltige, in unregelmäßigen Abständen aufragende Granitsäulen stützten die Gewölbebögen der Decke. Diese war wie ein Großteil der Wände und auch der Säulen mit Glühmoos bedeckt, das aufgrund der feuchten Luft hier prächtig gedieh und ein gräuliches Zwielicht erzeugte, in dem man die gesamten Höhlen auch ohne Fackeln und Lampen überschauen konnte.

Zwerge besaßen eine natürliche Abneigung gegen Wasser, wenn es die Füllung eines Badezubers überstieg (und viele selbst dagegen, munkelte man). Regen, Seen und Meere gehörten nicht zu ihrem normalen Lebensbereich unter der Erde, weshalb es nach Warlons Wissen auch keinen einzigen Zwerg gab, der schwimmen konnte. Sofern es nicht zum Trinken, Kochen oder Waschen diente, stellte Wasser grundsätzlich eine Gefahr dar, wenn es nach besonders heftigen Regenfällen an der Oberfläche beispielsweise in Minenschächte einbrach, wie es immer wieder vorkam. Insofern war es kein Wunder, dass auch das Tiefenmeer in den meisten Zwergen Furcht und Abneigung erweckte, selbst wenn es einen noch so einmaligen und beeindruckenden Anblick bot. Das war der Grund, weshalb sie es nur in seltenen, dringenden Fällen überquerten und die Regionen jenseits davon so gut wie gar nicht erforscht waren.

»Müssen wir … wirklich dort hinüber? Und noch dazu in dieser Nussschale?«, fragte Farlian zögernd und deutete auf das einzige Beförderungsmittel.

Es handelte sich um ein Floß aus aneinandergebundenen Holzstämmen, und es war ohne Zweifel bereits uralt. Niemand wusste, wer es erbaut hatte, obwohl man allgemein vermutete, dass es sich um die Goblins handelte. Sie bereisten häufig die Gegenden jenseits des Meeres, außerdem waren sie die einzigen sonstigen Bewohner der Tiefenwelt, denen man die Entwicklung einer solch komplizierten Konstruktion zutrauen konnte. Und kompliziert war sie. Es gab nicht nur dieses eine Floß, sondern zwei, die über lange Seile und ein ausgeklügeltes System von an den Säulen befestigten Ösen, Haken und Rollen miteinander verbunden waren. Wurde eines der Flöße benutzt und legte vom Ufer ab, so verhielt es sich mit dem anderen durch den Zug der Seile am jenseitigen Ufer ebenso. Auf halber Strecke begegneten sie sich, und beide legten zeitgleich am jeweils anderen Ufer an. Auf diese Art wurde garantiert, dass auch nach einer Überquerung des Meeres auf jeder Seite stets eines der Flöße bereit lag und nicht die Gefahr bestand, vom Rückweg abgeschnitten zu werden, solange niemand die Seile gewaltsam durchtrennte. Als das Tiefenmeer und damit auch diese Konstruktion erstmals entdeckt worden war, hatte man in Elan-Dhor rasch den Nutzen erkannt und alles im vorgefundenen Zustand belassen, selbst wenn es den verhassten Goblins mehr Vorteile als dem Volk der Zwerge bot, das nur selten hierherkam.

»Es gibt keinen anderen Weg auf die andere Seite«, antwortete Warlon auf die Frage des Thronfolgers. »Jedenfalls keinen, der bislang entdeckt wurde. Um unsere Expedition fortzusetzen, müssen wir uns wohl dieser *Nussschale* anvertrauen.«

Insgeheim hoffte er, dass Farlians Furcht davor groß genug wäre, um die Mission abzubrechen und nach Elan-Dhor zurückzukehren, doch er wurde enttäuscht.

»Dann bleibt uns wohl nichts anderes übrig«, erklärte der Thronfolger, wenn auch erst nach neuerlichem Zögern und mit sichtlichem Widerwillen. »Organisiert Ihr am besten die Überfahrt, schließlich seid Ihr bereits damit vertraut.«

Enttäuscht nickte Warlon. Ihm kam der Gedanke, dass Barlok und er auf ihrem Rückweg am vergangenen Tag ein Floß zerstören und die Seile hätten kappen sollen. Damit wäre diese Expedition zumindest für einige Zeit verzögert worden, aber schließlich hatten sie nicht voraussehen können, wie sich alles entwickelte. Jetzt war es zu spät dafür.

Er wählte die Krieger aus, die zuerst ans andere Ufer übersetzen und dort Stellung beziehen sollten. Die übrigen ließen sich in sicherer Entfernung zum Wasser zu Boden sinken, um zu warten, bis sie an die Reihe kamen. Insgesamt dreizehn Zwerge passten auf das Floß, ohne sich allzu sehr drängeln zu müssen. Sie brauchten weder zu steuern noch zu paddeln, sondern konnten das Gefährt aufgrund der geschickten Konstruktion ohne große Kraftanstrengung direkt durch Zug an den Seilen vorwärtsbewegen.

Einige Zeit nachdem das Floß den Blicken entschwunden war, kam das leere zweite in Sicht und stieß kurz darauf ans Ufer. Wieder setzte eine Gruppe Krieger über. Nachdem ihre Sicherheit auf der anderen Seite auf diese Art garantiert war, teilte er für die nächste Überfahrt die Arbeiter zusammen mit Farlian und Ailin ein, doch sie schüttelte den Kopf und erklärte, dass sie lieber erst mit einem späteren Floß übersetzen wolle.

Der Thronfolger lachte, da er glaubte, dass sie Angst hätte und lediglich etwas Zeit gewinnen wollte, ließ ihr jedoch ihren Willen. Warlon hingegen vermutete andere Gründe hinter ihrer Entscheidung. Da sie jedoch auch jetzt noch keine Anstalten machte, sich zu ihm zu gesellen, sondern nur regungslos auf das Meer hinausstarrte, überwand er sich schließlich und trat zu ihr.

»Beeindruckend, nicht wahr?«

»Das ist es. Neben dem Besuch *Shain-Dalaras* ist schon dieser Anblick den langen Marsch wert gewesen«, bestätigte sie, ohne den Blick abzuwenden. »Allein an diesem Tag habe ich mehr Unbekanntes erblickt als in den ganzen letzten Jahren im Dunkelturm. Würde unsere Expedition hier enden, wäre sie für mich eine aufregende und angenehme Erfahrung gewesen.«

»Ihr fürchtet Euch vor dem Wasser?«

»Ihr nicht?«

»Ein wenig«, gab Warlon zu. »Aber ich habe gelernt, solche Ängste zu bezwingen.«

»Ebenso wie ich. Nicht das Meer bereitet mir Furcht, sondern das, was dahinter liegt. Ich spüre etwas, eine Vorahnung von etwas Schrecklichem, das uns erwartet.«

Warlon verzog das Gesicht zu einer Grimasse.

»Dazu bedarf es keiner Vorahnungen, das ist eine uns allen bekannte Tatsache«, murmelte er düster. »Oder beherrscht Ihr auch die Hellseherei?«

»Nein«, antwortete Ailin und schlang die Arme um ihren Körper. »Jedenfalls wurde diese Fähigkeit bei mir bislang nicht entdeckt. Aber ich meine weder das eine noch das andere. Ich weiß, dass wir uns nicht auf einem harmlosen Ausflug befinden, und was ich spüre, hat mit Hellseherei nichts zu tun. Es ist... einfach ein Unbehagen, das Gefühl, dass sich eine tödliche Gefahr über uns zusammenbraut. Ich kann es nicht besser erklären.«

Unter anderen Umständen und bei einer anderen Person hätte Warlon ihre Worte leichtfertig abgetan. So aber erinnerte er sich seiner eigenen Empfindungen vom Vortag an der Goldader und vor allem jenseits der eingeschlagenen Wand in der finsteren Höhle. Auch sie waren am ehesten mit einem seltsamen Unbehagen zu beschreiben, ein Gefühl, das Barlok offenbar noch viel stärker empfunden hatte. Noch waren sie viele Meilen von dem Gebiet entfernt, in dem er dieses Gefühl zum ersten Mal wahrgenommen hatte, und auch jetzt spürte er nichts Derartiges, aber möglicherweise waren die entsprechenden Sinne der Weihepriesterin wesentlich stärker ausgeprägt als seine eigenen.

»Dieses Meer«, wechselte sie das Thema und riss ihn damit aus seinen Grübeleien. »Woher stammt das viele Wasser?«

»Genaues weiß ich auch nicht darüber. Man vermutet, dass es aus unterirdischen Quellen gespeist wird. Es ist auch möglich, dass es eine Verbindung zur Oberfläche gibt, durch die Regenwasser bis nach hier unten gelangt. Vielleicht eine Mischung aus beidem.«

Nach einiger Zeit kehrte wieder eines der Flöße entlang der Seile leer zurück und Warlon teilte die nächsten Krieger ein. Er selbst setzte zusammen mit Ailin und den noch übrigen Kriegern erst mit der fünften und letzten Gruppe über.

Wie schon bei seiner ersten Überfahrt am vorgestrigen Tag verkrampfte er sich, als das Floß vom Ufer ablegte, aufs Meer hinausglitt und etwas Wasser über die Stämme schwappte. Sein Unbehagen legte sich jedoch schon bald, nicht zuletzt wegen Ailin. Ihre Selbstbeherrschung war wirklich enorm. Von Anfang an stand sie hoch aufgerichtet direkt am Bug des Floßes und blickte sich staunend um, ohne sich die geringste Furcht anmerken zu lassen. Auch Warlon zwang sich, alle entsprechenden Gefühle zu unterdrücken.

Es wäre übertrieben zu behaupten, dass er die Fahrt genoss, aber anders als während der ersten Expedition machte ihn die Furcht auch nicht mehr blind für alles, was es um sie herum zu sehen gab. Jede Höhle wies andere, interessante Gesteinsmaserungen auf, durchsetzt mit Schichten von Gneis und vereinzelten Einschlüssen von Glimmer und Quarz, deren Schönheit wohl nur ein Bewohner der Tiefenwelt genießen konnte. Menschen und andere Bewohner der Oberfläche hatten keinerlei Blick dafür, für sie sah eine Felswand wie die andere aus, und ein Stein war für sie nur ein Stein.

Aber nicht nur die Höhlen selbst waren unvergleichlich. So ausgeprägt seine Abneigung gegen dieses Element auch war, musste Warlon dennoch zugeben, dass das Spiel des Wassers, die kleinen, sich durch die Bewegungen des Floßes sanft in alle Richtungen ausbreitenden und schließlich verlaufenden Wellen von einer einzigartigen Symmetrie waren.

Darüber hinaus war das Meer nicht leer, sondern sogar im Wasser gab es Leben. Manchmal konnte er unter der Oberfläche für Sekunden bunt geschuppte Fische sehen, die das Floß ein Stück weit begleiteten, ehe sie wieder in die Tiefe abtauchten. All dies vermittelte ein Gefühl von Frieden und Ruhe, das sich beinahe mit dem in der Kristalloase vergleichen ließ.

Vielleicht hätte Warlon sogar tatsächlich Gefallen an der Überfahrt finden können, wenn nicht der Gedanke an den Albtraum gewesen wäre, dem er am gestrigen Tag nur knapp entronnen war und der ihn nun erneut erwartete.

Alles in allem kostete die Überquerung des Meeres sie mehr als zwei Stunden, aber wenigstens hatten die Männer genügend Zeit gehabt, sich auszuruhen, sodass sie ihren Weg ohne weitere Verzögerung fortsetzen konnten, als auch Warlon mit den letzten Kriegern das jenseitige Ufer erreichte. Im Gegensatz zur anderen Seite war es nicht felsig, sondern mit Erde und Sand bedeckt, und ein kleines Wäldchen seltsamer Pflanzen erstreckte sich hier. Es handelte sich um schlanke baumartige Gewächse, doch ohne ein einziges Blatt. Stattdessen verzweigten sich die Äste in der Höhe zu tellerartigen Auswüchsen. Die Bäume schienen zu leuchten, da sie über und über mit einer dünnen Schicht Glühmoos bewachsen waren. Von ihnen stammte das Holz für die Flöße.

»Ehrenwerter Thronfolger, da ich ab hier als Einziger den genauen Weg kenne, werde ich von nun an die Führung übernehmen«, wandte sich Warlon an Farlian. »Ich schlage vor, dass Ihr Euch nicht länger an der Spitze, sondern im Mittelfeld aufhaltet, wo Ihr nach allen Seiten hin von den Kriegern geschützt werdet.«

»Warum sollte ich das tun, immerhin befehlige ich diese Expedition«, erwiderte Farlian herablassend. »Gefahr durch

Eure angeblich unsichtbaren Wesen dürfte uns wohl erst drohen, sobald wir den eingestürzten Stollen freigelegt haben. Bis wir ihn erreichen, werde ich auch weiterhin an der Spitze marschieren.«

»Dieses Gebiet ist so gut wie unerforscht. Niemand weiß, welche anderen möglichen Gefahren uns hier erwarten. Zumindest Goblins und Gnome halten sich oft in dieser Gegend auf.«

»Und vor diesen einfältigen Plagegeistern soll ich mich fürchten? Ihr beleidigt mich, Warlon! Außerdem herrscht schon seit Jahren zwischen uns und den Goblins Frieden.«

»An den sie sich aber nicht halten.«

»Dann sollen sie uns ruhig angreifen. Mit meiner Axt werde ich ihnen höchstpersönlich eine blutige Lehre erteilen und ihnen den nötigen Respekt beibringen.«

Warlon seufzte bei der Vorstellung, der schwerfällige Thronfolger würde seine Axt nach den flinken Goblins schwingen. Er hätte Farlian wahrhaft lieber inmitten eines lebenden Schutzwalls aus seinen Kriegern gewusst.

»Die Goblins werden es ganz bestimmt nicht wagen, eine so große Kriegertruppe offen anzugreifen, und ich will auch Eure Kampfkunst gewiss nicht anzweifeln«, behauptete Warlon. »Aber gegen einen heimtückisch aus dem Hinterhalt abgeschossenen Pfeil seid auch Ihr nicht gefeit, und wenn, dann werden sie am ehesten die Männer an der Spitze unter Beschuss nehmen. Warum wollt Ihr Euch solch einem unnötigen Risiko aussetzen? Euer Leben ist wertvoller als das aller anderen hier.«

Was das betraf, hatte Warlon zwar ganz erhebliche Zweifel, aber seine Worte schienen dem Thronfolger zu schmeicheln. Zumindest zögerte er und dachte über den Ratschlag nach, von dessen Richtigkeit Warlon fest überzeugt war. Sollte Farlian etwas zustoßen, würde er persönlich ihm keine Träne nachweinen, doch mit Sicherheit würde König Burian ihn dafür zur Verantwortung ziehen, wenn auch nur der geringste Grund zu der Annahme bestand, dass er nicht alles in seiner Kraft Stehende getan hatte, um den Thronfolger zu schützen. Er glaubte eigentlich nicht an einen Überfall durch Gnome oder Goblins, aber es mochten in der Tat noch andere, bislang unbekannte Gefahren in diesem Gebiet lauern, die ihnen bei der ersten Expedition entgangen waren. Warlon verspürte keinerlei Lust, sein eigenes Ansehen zu riskieren, nur weil Farlian unbedingt unsinnigen Mut und falsch verstandenen Stolz demonstrieren wollte. Vor allem aber verspürte er keine Lust, den Rest des Weges an dessen Seite zu gehen und sich womöglich stundenlang sein überhebliches Geschwätz anhören zu müssen.

»Außerdem soll es Berichten zufolge hier Zarkhane geben«, fügte er deshalb nach einer kurzen Pause hinzu und sah mit Genugtuung, wie der Thronfolger erbleichte. »Ich wurde für die Teilnahme an dieser Expedition ausgewählt, um Euch mit meinen bereits in diesem Gebiet gesammelten Erfahrungen hilfreich zur Seite zu stehen. Dann solltet Ihr meine Ratschläge aber auch annehmen.«

»Ich denke, Ihr habt Recht«, sagte Farlian. »Durch mein Amt als Thronfolger trage ich eine schwere Bürde. Ich bin es dem Volk schuldig, mein kostbares Leben nicht ohne zwingenden Grund in Gefahr zu bringen. Ihr werdet an der Spitze des Trupps gehen und uns hoffentlich sicher an unser Ziel führen.«

»Wie Ihr befehlt«, erwiderte Warlon steif, doch innerlich zufrieden. Er sorgte dafür, dass nicht nur Farlian, sondern auch die Arbeiter in der Mitte des Trupps gingen, sodass sie nach vorne und nach hinten von Kriegern abgeschirmt wurden. Er selbst übernahm mit Ailin die Spitze. Es behagte ihm nicht, sie dadurch einem erhöhten Risiko auszusetzen, doch schließlich nahm sie an dieser Expedition teil, um sie rechtzeitig vor einer sich nähernden Gefahr zu warnen. Dies mochte nicht allein für den unsichtbaren Feind im Gebiet der Goldader gelten, von der sie noch weit entfernt waren.

»Gibt es hier wirklich Zarkhane?«, erkundigte sie sich.

»Ich fürchte ja«, antwortete Warlon. »Zumindest behaupten es die Gnome und Goblins. Sie kommen wesentlich häufiger hierher, als wir es tun. Aber auch eine unserer eigenen früheren Expeditionen hat zumindest Spuren eines dieser Ungeheuer gefunden.«

Ailin schauderte.

»Wirklich ein gefährliches Gebiet, und dabei haben wir unser Ziel noch nicht einmal erreicht.«

Warlon konnte ihre Furcht verstehen. Zarkhane waren die mit Abstand gefürchtetsten Bestien in der Unterwelt – zumindest waren sie es bislang gewesen. Gewaltige, monströse Ungeheuer, die nur aus Bosheit, unbändiger Kraft und Panzerschuppen zu bestehen schienen, die selbst von einer Streitaxt kaum zu durchdringen waren. Glücklicherweise gab es nur wenige von ihnen, und auch diese verbrachten die meiste Zeit schlafend in ihren Höhlen, aber wenn man sie aufschreckte oder sie sich von Hunger getrieben auf Beutezüge begaben, stellten sie eine schreckliche Gefahr dar.

Warlon wusste durch Barlok von einem Vorfall, der sich abgespielt hatte, als er noch ein Jugendlicher gewesen war. Damals war ein Zarkhan in die geschützten Bereiche von Elan-Dhor eingedrungen und bis in die Weide- und Zuchthöhlen gelangt. Er hatte einen Nahrungsspeicher komplett geplündert und so die Ernte eines halben Jahres vernichtet, aber, schlimmer noch, obwohl bereits satt, hatte er aus purer Angriffslust noch fast eine ganze Herde Luanen gerissen, die für die Versorgung Elan-Dhors wichtigsten Zuchttiere. Zahlreiche Arbeiter und Arbeiterinnen und mehr als ein Dutzend Krieger hatten ihr Leben verloren, bevor es endlich gelungen war, die Bestie zu töten.

Es war kein Wunder, dass Ailin sich vor einer Begegnung mit so einem Ungeheuer fürchtete und dass Farlian sich bei der bloßen Erwähnung von Zarkhanen bereitwillig in den Schutz der Krieger begeben hatte.

»Aber wenn es Euch beruhigt, bei unserer ersten Expedition sind wir weder auf einen Zarkhan gestoßen, noch haben wir frische Spuren gefunden«, fügte er hinzu. »Es ist äußerst unwahrscheinlich, dass wir diesmal einem begegnen. Ich habe die Möglichkeit nur erwähnt, um Farlian zum Einlenken zu bewegen.«

»Das beruhigt mich ungemein«, entgegnete die Weihepriesterin, ohne dass Warlon zu sagen vermochte, ob ihre Worte spöttisch oder ernst gemeint waren.

Aus dem Sichtschutz eines Stalagmiten heraus beobachtete Lokin das prachtvolle Anwesen des Hauses Lius, das er in Kürze auszurauben gedachte.

In einer wohlhabenden Gesellschaft war es selbst für einen Dieb leicht, eigenen Reichtum anzuhäufen – zumindest, wenn man sich halbwegs geschickt anstellte. In einer Gesellschaft wie dem Zwergenvolk von Elan-Dhor hingegen, die nur noch von längst vergangenem Reichtum träumte, musste man froh sein, wenn man als Dieb wenigstens halbwegs über die Runden kam, ohne zu verhungern.

Lokin war nicht stolz auf das, was er tat. Niemand konnte stolz darauf sein, ein Ausgestoßener zu sein und zu keinem Haus zu gehören. Er hatte niemals vorgehabt, andere zu bestehlen, aber die Umstände hatten ihm keine andere Wahl gelassen. Einst hatte er dem ruhmreichen Hause Terenis angehört. Er war ein Mitglied der Kriegerkaste gewesen und hatte sich den Ruf eines tapferen und mutigen Kämpfers erworben. Der berühmte Barlok hatte ihn ausgebildet und ihm prophezeit, dass er es einmal weit bringen würde. Dann jedoch...

Unwirsch schüttelte Lokin den Kopf. Es hatte keinen Sinn, zu viele Gedanken an die Vergangenheit zu verschwenden; was geschehen war, war geschehen. Nur die Gegenwart zählte, und wenn sein Vorhaben gelingen sollte, benötigte er seine volle Konzentration. Sein Plan war auch so schon gefährlich genug, Ablenkungen konnte er sich nicht leisten.

In den Zeiten des Überflusses war der Reichtum des Hauses Lius geradezu legendär gewesen. Aber diese Zeiten lagen lange zurück. Der wirtschaftliche Niedergang Elan-Dhors hatte auch vor dem Haus Lius nicht Halt gemacht, aber auch wenn seine Kassen nicht mehr annähernd so gut gefüllt waren wie früher, so besaß es trotzdem noch immer große Vermögenswerte. Allein so manche Flasche aus dem umfangreichen Weinkeller würde beim Verkauf unter der Hand genügend einbringen, um Lebensmittel für viele Wochen zu kaufen, und Lokin hoffte, dort noch viel Wertvolleres als nur Wein zu finden.

Mehr als eine Stunde hatte er mittlerweile die auf dem Anwesen patrouillierenden Wachen beobachtet und sich ihren Rhythmus eingeprägt. Obwohl Verbrechen innerhalb Elan-Dhors eine Seltenheit darstellten, verzichteten zumindest die mächtigen Häuser nicht darauf, sich zu schützen. Die Nacht hatte ihren Höhepunkt bereits überschritten, in zwei, drei Stunden würde die Dämmerung beginnen. Nur aus wenigen Fenstern drang noch gedämpftes Licht. Auch ein Großteil der Lampen, die die im Laufe von Jahrtausenden immer prachtvoller verzierte Fassade des Hauses die meiste Zeit über anstrahlten, waren erloschen. Einzig der Bogen über dem prunkvollen Hauptportal war auch jetzt von sich ringelnden bläulichen Flammen umgeben: magisches Feenfeuer, das niemals erlosch, eine Schöpfung von Tharlia der Hexe, der Hohepriesterin Li'thils. Aber Lokin hatte nicht vor, dem Portal auch nur nahe zu kommen, und der größte Teil des übrigen Anwesens lag im Dunkeln.

Der Zeitpunkt konnte kaum günstiger werden. Lokin beschloss, nicht länger zu warten. Wie ein Schatten huschte er auf das hohe, schmiedeeiserne Gitter zu, das den gesamten Besitz umgab und an seinen Außenkanten von vier wuchtigen, meterhoch aufstrebenden Stalagmiten begrenzt wurde. Noch einmal hielt er kurz inne und lauschte, dann kletterte er rasch und lautlos an den stählernen Gitterstreben in die Höhe. Die Verzierungen boten seinen Händen und Füßen genügend Halt. Geschickt schwang er sich über die dolchartigen Spitzen an der Oberkante. Auf der anderen Seite kletterte er ebenso lautlos wieder hinab und duckte sich sofort in den Schatten einer Skulptur.

Leise Stimmen drangen an sein Ohr. Zwei Wachen näherten sich auf ihrem Rundgang. Glücklicherweise versahen sie ihre Pflicht nicht besonders aufmerksam, sondern schwatzten miteinander und achteten kaum auf ihre Umgebung. Lokin blieb unentdeckt. Er wartete, bis die beiden sich entfernt hatten, dann huschte er auf eine kleine Pforte in der Seitenwand des Gebäudes zu. Ihm blieben nur wenige Minuten, bis die Wachen zurückkehrten, doch er war sicher, dass die Zeit ausreichte.

In den vergangenen Wochen hatte er gründliche Erkundigungen über das Haus Lius eingeholt, hatte sogar eine Magd verführt, nur um an die nötigen Informationen heranzukommen. So hatte er in Erfahrung gebracht, dass die Pforte nur verschlossen, nicht aber von innen verriegelt war.

Aus der Tasche zog er einen ledernen Beutel, der mehrere gebogene Haken enthielt, die Lokin in das Schloss einführte. Obwohl die Handwerkskunst der Zwerge nach wie vor unübertroffen war, hätte er in ganz Elan-Dhor niemanden gefunden, der ihm solches Einbruchswerkzeug angefertigt hätte. Er hatte es von einer seiner vielen Reisen in die Menschenstädte an der Oberfläche mitgebracht, wo er mittlerweile fast mehr Zeit verbrachte als in der Tiefenwelt und auch seine zu erwartende Beute in klingende Münze umzusetzen plante. Die Menschen zahlten nicht nur bedeutend besser für Zwergenkunstwerke, es war auch sehr viel ungefährlicher, mit ihnen Geschäfte zu machen, als wenn er versucht hätte, Diebesgut innerhalb Elan-Dhors zu verkaufen.

Nur wenige Sekunden lang musste er mit den Haken im Schloss herumstochern, bis ein leises Schnappen ertönte. Als er anschließend die Klinke niederdrückte, schwang die Pforte lautlos auf. Lokin nickte zufrieden, glitt ins Innere des Hauses und schloss die Tür hinter sich wieder, bevor der nächste Trupp Wachen nahe genug heran war, um ihn entdecken zu können. Bislang war alles genau nach Plan gelaufen, und er erwartete auch weiterhin keine Schwierigkeiten.

Sarkin, der Vorsteher des Hauses Lius, lag schon seit langer Zeit krank und geistig verwirrt darnieder, ohne dass die Heiler oder Priesterinnen ihm zu helfen vermochten. Man erwartete nicht, dass er sich jemals wieder erheben würde. Seine Tochter Tharlia, die seither hauptsächlich die Geschicke des Hauses lenkte und vor deren Hexenfähigkeiten Lokin sich am meisten fürchtete, verbrachte diese Nacht wie so oft im Dunkelturm, davon hatte er sich überzeugt. Noch ein weiterer glücklicher Umstand spielte ihm in die Hände. Fast allen Angehörigen der Kriegerkaste, von denen das Haus Lius ein beträchtliches Kontingent stellte, war aus ihm unbekannten Gründen bereits am Vortag befohlen worden, sich in den Kasernen einzufinden und dort zur Verfügung zu halten, weshalb sich noch weniger Bewohner als gewöhnlich in dem großen Gebäude aufhielten.

Lokin schlich einen mit zahlreichen Ornamenten verzierten Gang entlang, ignorierte die davon abzweigenden Türen und bog in einen anderen Gang ab. Sein Ziel waren die vor allem für den Empfang von Besuchern gedachten Salons. Sie waren am prachtvollsten ausgestattet, und dort waren die meisten Kunstgegenstände ausgestellt, um Gäste zu beeindrucken und die Fassade eines Reichtums aufrechtzuerhalten, über den auch das Haus Lius in Wahrheit nicht mehr verfügte.

Nun, dachte Lokin vergnügt, nach dem Besuch *dieses* ungeladenen Gastes würde das Ansehen des Hauses nicht gewachsen, sondern lediglich sein verbliebener Reichtum noch ein wenig mehr geschrumpft sein.

Ohne Zwischenfälle erreichte er den ersten Salon, in dem sich erwartungsgemäß niemand aufhielt. Er riskierte es, eine Kerze anzuzünden, die gerade genug Licht verbreitete, dass er sich umsehen konnte. Was er erblickte, versetzte selbst ihn in Staunen.

Die Wände waren nicht nur durch Reliefs und Steinskulpturen, mit denen er nichts anfangen konnte, kunstvoll verschönert, sondern auch durch aufwendige Metallarbeiten, Zeugnissen höchster Zwergenschmiedekunst. Andere, darunter mehrere Kerzenleuchter und Schalen oder sonstiger Zierrat, standen auf Regalen und Tischchen herum. Kaum ein Teil bestand aus Gold oder einem anderen Edelmetall, dennoch würde ihr Verkauf einen beachtlichen Profit einbringen. Lokin sammelte alles ein, was ihm der Mühe des Schleppens wert erschien, und stopfte es in einen mitgebrachten Sack; selbst die feinen Bezüge der Sitzkissen zog er ab.

Die Wände waren mit funkelnden Quarzen und anderen Kristallen gesprenkelt, und obwohl es sich nicht um echte Edelsteine handelte, repräsentierten sie dennoch einen beträchtlichen Wert. Lokin kam sich zwar wie ein Frevler vor, den wunderbaren Gesamteindruck so grob zu zerstören, zückte jedoch nach kurzem Zögern ein Messer und begann damit, die größten Steine aus den Wänden zu brechen und ebenfalls in seinem Sack zu verstauen.

Die Arbeit hielt ihn länger auf als geplant, aber da der Sack ohnehin schon ein beträchtliches Gewicht besaß und fast voll war, verzichtete er darauf, sich auch noch in den anderen Hallen umzusehen, sondern gab sich mit seiner bisherigen Beute zufrieden. Sie allein war schon üppiger ausgefallen als erwartet und würde ihm nicht nur für Wochen, sondern für Monate oder gar Jahre ein sorgenfreies Leben ermöglichen.

In euphorischer Stimmung machte Lokin sich auf den Rückweg, ging denselben Gang zurück, den er hergekommen war. Aber merkwürdigerweise, obwohl der Gang nicht einmal zwei Dutzend Schritte lang war, schien er seinem

Ende nicht näher zu kommen, nicht einmal der auf halber Distanz in einem Wandhalter brennenden Fackel.

Verwundert beschleunigte Lokin seinen Schritt, aber es blieb dabei. Weder das Gangende noch die Fackel rückten näher, dabei rannte er nun fast und hatte bereits eine Strecke zurückgelegt, die größer als das gesamte Anwesen war.

Panik ergriff Lokin, als ihm klar wurde, dass er in eine magische Falle geraten war, für die nur die Hexe Tharlia verantwortlich sein konnte. Entsetzt ließ er den Sack mit dem Diebesgut fallen, war bereit, auf seine Beute zu verzichten, wenn er nur unbeschadet wieder hier herauskam, und rannte, so schnell er nur konnte.

Tatsächlich näherte sich ihm nun das Ende des Ganges, aber nicht nur das jenseitige, sondern auch das hinter ihm, wie er mit einem Blick über die Schulter feststellte. So unmöglich es auch anmutete, aber der Gang wurde *kürzer*!

Damit noch nicht genug, begannen nun auch die Wände aufeinanderzuzurücken, und die Decke senkte sich herab. Erfolglos stemmte Lokin sich dagegen, war unfähig, den erschreckenden Vorgang aufzuhalten. Verzweifelt begann er um Hilfe zu schreien, doch niemand schien seine Rufe zu hören.

Von allen Seiten näherten sich die Wände, schlossen ihn in einem immer kleiner werdenden Zwischenraum ein, und auch die Decke senkte sich beständig tiefer.

Lokin schloss mit seinem Leben ab.

»*Da* sollen wir hinüber?«, fragte Farlian ungläubig. Seine Stimme zitterte, und die sonderbare Akustik warf seine Worte vielfach gebrochen und ins Unheimliche verzerrt zurück, dass sie wie böses Hohngelächter klangen. Voller Entsetzen starrte er in die große, annähernd hundert Schritte durchmessende Höhle, die sich vor ihnen erstreckte. Der Boden lag so tief unter ihnen, dass sich das flackernde Licht der Fackeln und Lampen verlor, lange bevor es den Grund erreichte.

Vor allem aber galt das Entsetzen des Thronfolgers dem kaum mehr als zwei Hand breiten Sims, der sich halbkreisförmig an der Wand entlangzog und die einzige Möglichkeit bildete, die Höhle zu durchqueren.

»Gibt es keinen anderen Weg?«

»Vielleicht gibt es einen, aber wenn, dann kenne ich ihn nicht«, antwortete Warlon. Er konnte Farlian gut verstehen. Zweimal hatte er diese Höhle bereits durchquert, aber auch für ihn stellte sie immer noch den schrecklichsten Abschnitt des Weges dar. »Vergesst nicht, dass dieser Teil der Tiefenwelt uns weitgehend unbekannt ist. Wir könnten Tage verlieren, sicherlich aber viele Stunden, wenn wir einen Umweg suchen würden.«

»Dann ... werden wir die Höhle durchqueren«, entschied der Thronfolger beklommen.

Warlon nickte. Er hatte nichts anderes erwartet. Für einen kurzen Moment schloss er die Augen und sammelte all seinen Mut, dann trat er entschlossen als Erster auf den schmalen Sims hinaus. Eng an die unebene Felswand gepresst schob er sich Fuß um Fuß weiter vor. Von Zeit zu Zeit grollte es dumpf in der Tiefe und ein intensiver Schwefelgeruch stieg auf, der ihm den Atem zu rauben drohte.

Er wusste nicht zu sagen, wie lange er auf dem schmalen Sims an der Wand entlangbalancierte. Wahrscheinlich handelte es sich nur um Minuten, aber ihm kamen sie wie Stunden vor, und er war schweißgebadet, als er endlich die gegenüberliegende Seite der Höhle erreichte. Nach und nach folgten ihm die anderen Zwerge. Allen war die Erleichterung, den Abgrund überwunden zu haben, deutlich anzumerken, lediglich Ailin balancierte mit fast tänzerischer Leichtigkeit über den Sims. Als einer der Letzten traf Farlian ein, vermutlich hatte er so lange gebraucht, um genügend Mut zu sammeln.

Nach einer kurzen Rast drangen sie weiter vor.

Ein wahres Labyrinth sich verzweigender und kreuzender Stollen öffnete sich vor ihnen, von denen jeder fast genau wie der andere aussah. Dennoch führte Warlon sie mit traumwandlerischer Sicherheit. Er zögerte nicht einmal, musste kein einziges Mal verharren, um sich zu orientieren. Es war ebenso wie die Fähigkeit zur erstaunlich genauen Bestimmung der Zeit eine natürliche Begabung seines Volkes. Kein Zwerg vergaß jemals einen Weg, den er bereits gegangen war.

Der jenseits des Meeres liegende Teil der Tiefenwelt ließ sich mit den ihnen bekannten Bereichen kaum noch vergleichen. Alles hier war von der Natur geschaffen. Niemand hatte etwas verändert, weder ihr Volk noch ein anderes, weshalb ihre Wanderung wesentlich beschwerlicher und auch gefährlicher war. Mehrfach endeten Gänge plötzlich vor Steilwänden, die sie erklimmen mussten, oder sie brachen steil ab, sodass sie an den Felsen hinabklettern mussten. Auch lagen immer wieder Geröllfelder vor ihnen, die nur schwer zu überqueren waren.

In einer der Höhlen lag der einzige Ausgang in einer Höhe von gut zehn Metern. Die Felswand war glatt, wies nur wenige Vorsprünge oder Vertiefungen auf, die ihnen Halt bieten konnten. Für die vorherige Expedition wäre der Weg an dieser Stelle beinahe zu Ende gewesen, doch einer der Arbeiter hatte behauptet, ein besonders geschickter Kletterer zu sein, und war das Risiko eingegangen, an der Wand emporzusteigen. Tatsächlich hatte er das fast Unmögliche vollbracht und die Stollenöffnung erreicht. Von dort aus hatte er ein Seil herabgelassen, mit dessen Hilfe sie ihm hatten folgen können.

Dieses Seil hing auch jetzt noch dort. Was anderenfalls ein kaum zu bezwingendes Hindernis gewesen wäre, stellte so für sie lediglich eine Unannehmlichkeit dar.

Wenig später hörten sie in einer anderen Höhle das leise, hastige Trippeln kleiner Füße. Schritte, die sich rasch entfernten und schon nach wenigen Sekunden in der Ferne verklangen. Einigen Spuren nach zu urteilen, die in der Schicht aus kleinen Steinen und Staub auf dem Boden zurückgeblieben waren, handelte es sich um Gnome, die den Zwergentrupp offenbar bemerkt und eiligst die Flucht ergriffen hatten. Dennoch musterte Warlon sorgsam alle abzweigenden Stollen und auch die höher gelegenen Öffnungen in den Höhlenwänden. Zusätzlich schickte er kleine Spähtrupps in alle Richtungen los, die sich überzeugen sollten, dass tatsächlich alle Gnome das Weite gesucht hatten. Er wollte nicht von heimlichen Spähern beobachtet werden.

Ohne noch einmal etwas von Gnomen oder anderen Bewohnern der Tiefenwelt in ihrer Nähe wahrzunehmen, gelangten sie nach einiger Zeit schließlich in einem unscheinbaren, engen Seitengang an eine Stelle, an der, vermutlich durch ein leichtes tektonisches Beben, ein Riss in der Seitenwand entstanden war und einen Durchgang zu einer bislang unbekannten Höhle freigelegt hatte. Durch diese Lücke war vor einigen Tagen der Schrat geschlüpft, der ihnen von der Goldader berichtet hatte, was ihm überhaupt erst den Fund ermöglicht hatte, als er das bislang verborgene Gebiet erkundete. Während der vorigen Expedition unter Barloks Kommando war der Riss erweitert worden, sodass er auch für Zwerge passierbar wurde.

Nachdem sie den Durchgang passiert hatten, legten sie eine weitere Rast ein. Von hier aus war es nicht mehr weit bis zu dem eingestürzten Stollen. Warlon schätzte, dass sie ihr Ziel in drei bis vier Stunden erreichen würden. Er fürchtete sich gleichermaßen davor, wie er wünschte, dass sie bereits dort wären. Nicht einmal ein erneuter Kampf gegen die unsichtbare Kreatur – oder gar mehrere von ihnen – konnte so schlimm sein wie das nervenzermürbende Warten auf die nun offenbar unausweichliche zweite Begegnung mit dem Albtraum. Nichts deutete darauf hin, dass Farlian doch noch zur Vernunft kommen und die Mission abbrechen würde. Wenn es also schon kein Entrinnen gab, dann wollte Warlon es endlich zu einem Ende bringen, wie immer dieses Ende auch aussehen mochte.

»Was sagen Euch Eure Vorahnungen?«, wandte er sich an Ailin, als sie ihren Weg fortsetzten.

»Es sind keine Vorahnungen, das habe ich Euch doch schon erklärt«, entgegnete sie scharf. »Ich spüre nur, dass etwas Fremdes und Böses vor uns liegt, eine drohende Gefahr, die über uns lastet. Und dieses Gefühl ist stärker geworden, weil wir uns der Quelle der fremden Macht ständig weiter nähern.«

»Ein Wahnsinn ist das alles«, murmelte Warlon verbittert. »Und wir stecken gegen unseren Willen mittendrin, ohne etwas dagegen tun zu können.«

Wie schon zuvor geriet das Gespräch erneut ins Stocken. Warlon hatte versucht, von ihr mehr über den Hexenorden, ihr Amt als Weihepriesterin und ihre Fähigkeiten zu erfahren, doch was das betraf, hatte sie sich als äußerst wortkarg erwiesen. Umgekehrt hatte er ihr von einigen früheren

Kampfeinsätzen und gefährlichen Expeditionen berichtet, an denen er teilgenommen hatte.

Es war eine Art, sich die Zeit zu vertreiben, ohne jedoch die düsteren Grübeleien über das, was vor ihnen lag, abwehren zu können. Selbst während er sprach, glitten Warlons Gedanken immer wieder zu dem bevorstehenden Kampf, und er spürte, dass es Ailin ebenso erging, bis die Intervalle des Schweigens immer länger wurden.

Bei den übrigen Kriegern verhielt es sich ebenso. Nur gelegentlich klang vereinzeltes leises Gemurmel auf, brach aber meist schon nach kurzer Zeit wieder ab. Niemandem war nach belanglosem Geplauder zumute. Das Schweigen wurde drückend.

»Vor uns liegt eine weitere Feuergrotte«, verkündete Warlon schließlich. Er war stehen geblieben und hatte sich umgedreht, um sich Farlians entsetzten Gesichtsausdruck nicht entgehen zu lassen, der ihm wenigstens einen kurzen Moment der Aufheiterung bescherte. »Glücklicherweise gibt es hier jedoch nicht allzu viele Flammenschächte, und sie liegen weit verteilt, sodass die Gefahren und Unannehmlichkeiten nicht allzu groß sind.«

Mit Zufriedenheit registrierte er, dass seine Worte zumindest den Thronfolger nicht sonderlich beruhigten, drehte sich wieder um und ging weiter.

Auch in dieser Höhle war es deutlich wärmer als in den umliegenden Stollen, aber die Hitze war bei weitem nicht so unerträglich wie in der ersten Feuergrotte. Tatsächlich gab es nur knapp ein Dutzend Flammenschächte, denen leicht auszuweichen war.

Etwa in der Mitte der Höhle lag ein riesiger, rötlich schwarzer Haufen von unförmiger Gestalt.

»Was ist das?«, fragte Ailin.

»Das weiß ich auch nicht«, erwiderte Warlon und zuckte die Achseln. »Gestern war es jedenfalls noch nicht hier. Sieht ein bisschen aus wie ein gewaltiger Fleischberg.«

Vorsichtig näherten sie sich dem Haufen, bis Warlon plötzlich erkannte, worum es sich handelte. Allzu weit hatte er nicht einmal danebengelegen. Es war tatsächlich ein Berg von Fleisch, genauer gesagt der Kadaver eines ungeheuer großen Tieres. Die schwärzlichen Flecken waren in Wirklichkeit Panzerschuppen, doch es hätte ihrer nicht einmal mehr bedurft, um zu erkennen, dass es sich um die Überreste eines Zarkhans handelte, des schrecklichsten Ungeheuers, das in der Tiefenwelt bekannt war.

Und schrecklich war sogar noch der Anblick, den sein Kadaver bot. Das Tier war keines natürlichen Todes gestorben, daran gab es keinen Zweifel. Jemand hatte es regelrecht abgeschlachtet und auch nach seinem Tod noch nicht aufgehört, sondern den Kadaver in unvorstellbarer Raserei regelrecht in Stücke gehackt.

Wer aber konnte so etwas getan haben? Gnome und Goblins sicherlich nicht, selbst in großer Zahl ergriffen sie vor einem Zarkhan stets die Flucht.

Bevor er den Gedanken weiterverfolgen konnte, packte Ailin plötzlich seinen Arm.

»Hier ist etwas«, stieß sie hervor, ließ ihn wieder los und presste die Hände an die Schläfen. »Ich spüre die Gegenwart von etwas Fremdem. Es nähert sich ungeheuer schnell … Es ist da!«

Auch ohne ihre magischen Fähigkeiten fühlte Warlon es gleich darauf ebenfalls, ein sprunghaft anwachsendes Unbehagen, wie er es zuvor nur in dem finsteren Reich jenseits des Mauerdurchbruchs und bei seiner ersten Begegnung mit einer der unsichtbaren Kreaturen verspürt hatte.

Mit einem Schlag begriff er, wer den Zarkhan getötet und so zugerichtet hatte, aber es war zu spät.

Schreie gellten hinter ihnen auf und ließen ihn herumfahren. Ein Bild des Schreckens bot sich ihm. Vier Krieger waren tot, ein fünfter fiel gerade unter dem Schwerthieb eines unsichtbaren Angreifers. Das Schlimmste aber war, dass sie an verschiedenen Stellen gefallen waren, dass also nicht nur ein einzelner Feind dafür verantwortlich sein konnte.

Die übrigen Krieger rissen ihre Schwerter und Äxte hoch und schlugen blindlings um sich, wie Warlon es ihnen eingeschärft hatte, um es den Unsichtbaren zu erschweren, an sie heranzukommen. Viel nutzte es ihnen nicht, nur Sekunden später wurden zwei weitere Zwerge getötet.

Mit Entsetzen begriff Warlon, dass der Stolleneinsturz die Kreaturen aus der Tiefe nicht lange aufgehalten hatte, denn dass es mehr als nur ein einzelnes Wesen war, stand nun außer Frage. Da es zuvor noch niemals Begegnungen mit ihnen gegeben hatte, hatten sie anscheinend in einem völlig in sich abgeschlossenen Teil der Tiefenwelt gelebt. Nachdem am Vortag die Wand eingerissen und so ein Durchgang geschaffen worden war, hatten sie möglicherweise erst erkannt, dass es noch eine Welt außerhalb ihres eigenen Reichs gab, die sie sich nun zu erobern anschickten.

Für Zwerge und alle anderen Bewohner der Tiefenwelt, das begriff Warlon in diesen Sekunden mit schrecklicher Klarheit, gab es dann keinen Platz mehr darin. Nur so waren die mit unbarmherzigem Vernichtungswillen geführten Überfälle zu erklären.

Entsetzen über diese Erkenntnis drohte ihn für einen Moment zu lähmen, doch er überwand seine Erstarrung fast augenblicklich. Er war Krieger, und seine vordringlichste Aufgabe bestand darin, den Thronfolger zu schützen, in dem er jetzt nicht mehr den verachteten Farlian sah, sondern ein Mitglied des Königshauses.

Mit einem Kampfesschrei riss er sein Schwert aus der Scheide und ließ es vor sich durch die Luft sausen. Anders als Barlok zog er die handliche Waffe der schweren Streitaxt vor. Ohne zu zögern stürmte er vor, auf Farlian zu, der irgendwelche unsinnigen Befehle brüllte, die im Kampfgetümmel ohnehin niemand verstand.

Schon nach nur zwei Schritten verharrte er jedoch wieder. Mit vor Entsetzen weit aufgerissenen Augen wurde er Zeuge, wie ein nur für einen Sekundenbruchteil durch ein Aufblitzen vage sichtbares Schwert auf den Thronfolger zuraste. Es trennte ihm mit solcher Wucht den Kopf von den Schultern, dass dieser noch meterweit durch die Luft gewirbelt wurde, ehe er schließlich zu Boden fiel.

7

DER UNSICHTBARE TOD

»Bist ein braves Tier«, murmelte Toluran und kraulte die Luane, die ihn immer wieder auffordernd mit ihren Nüstern anstieß, hinter den Ohren. »Aber jetzt ist es genug. Geh und friss etwas Gras. In ein paar Stunden ist es Zeit zum Melken.« Er versetzte dem Tier einen letzten Klaps, und gehorsam trottete es davon. Toluran blickte ihm lächelnd nach.

Aufgrund seiner Ansichten betrachtete er sich als einen völligen Außenseiter innerhalb der Zwergengemeinde – eine Einschätzung, die auch von denen, die ihn kannten, geteilt wurde. Er besaß keine Freunde, und selbst innerhalb des Hauses Walortan wurde er weitgehend gemieden, als wäre er ein Aussätziger. Allerdings machte ihm dies nicht das Mindeste aus. Im Gegenteil, er war sogar stolz darauf und würde es gar nicht anders wollen. Toluran hätte nicht einmal gewusst, worüber er sich mit anderen unterhalten sollte.

Anders als offenbar sämtliche übrigen Bewohner Elan-Dhors, zumindest die männlichen und ganz besonders die Mitglieder der Arbeiterkaste, der auch er selbst angehörte, machte er sich nichts aus toten Dingen. Felsen, die verschiedenen Gesteinsarten, Erze, Metalle und sogar Edelsteine ließen ihn ebenso kalt wie ihre Verarbeitung zu Schmuckstücken, Waffen und dergleichen mehr.

Sicherlich, sie bildeten die Grundlage des Staatsgefüges, in dem er lebte. Dennoch konnte er all dem nichts abgewinnen und auch nicht verstehen, wie andere darüber so in Begeisterung geraten konnten. Ihn langweilten sie nur.

Obwohl es völlig untypisch für Zwerge war, galt seine große Leidenschaft allem Lebenden, vor allem Tieren und Pflanzen. Manchmal bedauerte er, dass er ausgerechnet als Zwerg geboren war und nicht als Angehöriger irgendeines Volkes, das an der Oberfläche lebte. Naturgemäß gab es nur wenige und zudem meist wenig abwechslungsreiche Pflanzen wie das Glühmoos in der Tiefenwelt unter dem Schattengebirge, und noch weniger Tiere, sah man von Schädlingen wie Ratten und wilden Bestien wie den Zarkhanen und ähnlichen Ungeheuern ab, denen selbst Toluran nicht begegnen wollte.

Schon oft hatte er deshalb mit dem Gedanken gespielt, Elan-Dhor zu verlassen und an die Oberfläche zu gehen, wo es mehr Pflanzen- und Tierarten geben sollte, als er sich überhaupt nur vorstellen konnte. Abgesehen von einigen kurzen Ausflügen hatte Toluran jedoch nie den Mut für einen solchen Schritt aufgebracht. Er mochte für Zwerge ungewöhnliche Eigenarten und Leidenschaften haben und den Kontakt mit anderen so gut es ging meiden, aber seine Furcht, die Sicherheit Elan-Dhors zu verlassen, war größer als seine Neugier. An der Oberfläche gab es nicht nur eine üppige Fauna und Flora, sondern auch andere Völker, vor allem Menschen. Wollte er nicht völlig allein und schutzlos bleiben, würde er dort unter ihnen leben müssen, und dieser Gedanke schreckte ihn ab.

Trotz aller Widrigkeiten hatte Toluran jedoch einen Weg gefunden, auch in der Tiefenwelt seiner Leidenschaft nachzugehen. Er war Luanen-Hüter geworden.

Zufrieden mit sich und seinem inzwischen fast dreihundertjährigen Leben saß er auf einem Felsen, genoss die Ruhe und den Frieden um sich herum und ließ seinen Blick über die Herde schweifen. An der Oberfläche herrschte jetzt Nacht, sodass abgesehen vom schwachen Schein des Mondes kaum Licht durch die Schächte hereindrang. Das Glühmoos an der Decke und in unregelmäßigen Abständen an den Wänden und den Tropfsteinsäulen brennende Lampen verbreiteten jedoch genügend Helligkeit, dass er die gesamte Höhle überblicken konnte.

Besonders glitt sein Blick immer wieder zu einem jungen Muttertier und seinem Nachwuchs, bei dessen Geburt er selbst erst vor kaum einer Stunde mitgeholfen hatte. Beide waren offensichtlich wohlauf. Die Mutter hatte sich von der Geburt gut erholt, und das Jungtier fühlte sich bereits recht sicher auf seinen kurzen Beinen und vollführte wilde Sprünge.

In Momenten wie diesen hätte Toluran nirgendwo anders sein wollen. Wenn er alle Vor- und Nachteile gegeneinander abwog, hätte er es kaum besser treffen können.

Unerwartet wurde der Frieden jedoch gestört. In der Nähe des durch ein Gatter gesicherten Ausgangs der Höhle wurde die Herde merklich unruhiger. Die grasenden oder gemütlich vor sich hin dösenden Tiere, die gewöhnlich kaum etwas aus der Ruhe bringen konnte, hoben die flachen Köpfe, einige begannen durch die Nüstern zu schnauben.

Toluran strich sich über den grauen Bart und runzelte die Stirn. Ein solches Verhalten der Luanen war ungewöhnlich, zumal es keinerlei erkennbaren Grund dafür gab. Irgendetwas mussten die Tiere mit ihren empfindlichen Sinnen jedoch wittern, sonst würden sie sich nicht so verhalten. Besser er sah nach, das war schließlich seine Aufgabe. Ächzend erhob er sich von dem Felsen.

Früher, in den Tagen des Überflusses, hatte Elan-Dhor seinen gesamten Bedarf an Lebensmitteln durch Handel mit den Menschen in den nicht allzu fernen Ortschaften an der Oberfläche gedeckt. Als die Zeiten jedoch härter geworden waren, hatte man begonnen, über Alternativen nachzudenken. So war gegen sich zunächst heftig regenden Widerstand beschlossen worden, die Pläne für eine Bebauung der Hellhöhlen im Westteil der Stadt aufzugeben und stattdessen dort selbst Nahrungsmittel anzubauen.

Die Hellhöhlen trugen ihren Namen, weil es dort nicht nur äußerst üppig wucherndes Glühmoos, sondern auch besonders viele bis zur Oberfläche reichende Lichtschächte gab. Außerdem war das Deckengestein so beschaffen, dass sich ohne allzu große Mühe oder die Gefahr eines Einsturzes noch zahlreiche weitere hinzufügen ließen. Einige der besonders einflussreichen Häuser der Stadt hatten deshalb vorgehabt, sich dort neue Anwesen zu errichten, was durch die neuen Pläne verhindert worden war. Aber wenn überhaupt, dann gediehen Pflanzen nur hier.

Weitere Schächte zur Oberfläche waren geschaffen worden, und das einfallende Tageslicht war durch Linsen und Spiegel verstärkt worden. In langer, mühevoller Arbeit hatte man Tonnen von fruchtbarer Erde in die Höhlen geschafft und aus einer unterirdischen Quelle gespeiste Bewässerungsgräben angelegt, ehe man mit der Hilfe von menschlichen Bauern damit begonnen hatte, verschiedene besonders anspruchslose Getreidesorten anzupflanzen. Einige wenige gediehen tatsächlich sogar unter den widrigen Bedingungen und bildeten seither den Grundstein für die eigenständige Versorgung Elan-Dhors.

Lediglich in einer der Höhlen – der, in der sich Toluran gegenwärtig befand – war der Anbau misslungen, da die Pflanzen trotz aller Bemühungen offenbar nicht genügend Licht bekamen. Nur Moose und Steingras wucherten hier üppig, was die Idee aufbrachte, den Getreideanbau durch Viehzucht zu ergänzen, zumal Zwerge ohnehin schon immer eine Vorliebe für saftiges, gut abgehangenes Fleisch gehabt hatten. Luanen erwiesen sich als die am besten geeigneten Nutztiere. Mit ihrer gedrungenen Gestalt, den kurzen, stummeligen Beinen und dem flachen Schädel mit den langen, herabhängenden Ohren und den hervorquellenden Augen handelte es sich zwar um äußerst hässliche Tiere – dafür benötigten sie jedoch nur wenig Licht, gaben Milch für den Zwergennachwuchs, und ihr Fleisch war äußerst wohlschmeckend. Darüber hinaus ließ sich ihr zottiges graues Fell gut scheren und zu Kleidung verarbeiten oder als Kissenfüllung verwenden. Es wuchs rasch nach, und nach dem Schlachten der Tiere konnte man die Haut zu hochwertigem Leder gerben.

Abgesehen von ihrem unvergleichlichen Nutzen für das gesamte Zwergenvolk, stellten die Luanen ganz besonders für Toluran ein Geschenk der Göttin dar, für das er zutiefst dankbar war. Gewöhnlich waren alle Aufgaben, die mit der Produktion und Weiterverarbeitung von Nahrungsmitteln zusammenhingen, den Frauen vorbehalten, doch für ihn hatte man eine Ausnahme gemacht, und der Erfolg gab ihm Recht. Niemand konnte mit den Luanen so gut umgehen wie er. Bei niemandem sonst gaben sie so viel Milch oder hielten beim Scheren so still wie bei ihm. Selbst wenn sie zum Schlachthaus geführt wurden und spürten, dass ihnen etwas Schlimmes bevorstand, verhielten sie sich ruhiger, wenn er in der Nähe war.

Jetzt jedoch konnte davon keine Rede sein. Ganz im Gegenteil, die Unruhe der Herde verstärkte sich und breitete sich aus. Die Tiere trotteten vom Ausgang weg in den hinteren Teil der Höhle.

Toluran ging auf eine besonders nervöse Luane zu und wollte ihr beruhigend über die Nüstern streichen, wie er es oft tat.

Das Tier schnappte nach ihm.

Vor Überraschung gelang es Toluran erst im allerletzten Moment, die Hand zurückzuziehen, sonst hätte er leicht ein paar Finger verlieren können.

Fassungslos und schockiert starrte er das schnaubende und unruhig mit dem Kopf wackelnde Tier an. Ein solches Verhalten hatte er noch nie erlebt. Trotz ihrer Hässlichkeit liebte er die Tiere, und er war bislang stets davon überzeugt gewesen, dass sie das spürten. Er kannte sie alle von Geburt an, hatte bei den meisten selbst mitgeholfen, sie auf die Welt zu bringen. Ihre Freude, wenn er seine Wache antrat, war nicht zu verkennen, viele kamen dann direkt zu ihm, um sich erst einmal ein paar Streicheleinheiten abzuholen.

Und nun das!

Toluran begriff, dass er sich getäuscht hatte. Das Tier war nicht nur nervös, sondern hatte aus irgendeinem nicht erkennbaren Grund Angst, und zwar ziemlich starke.

Und es war nicht das einzige. Sämtliche Luanen hatten sich inzwischen aus dem Eingangsbereich in die hinteren Teile der Höhle zurückgezogen. Toluran näherte sich dem Gatter, aber auch weiterhin war nichts zu entdecken, was die Tiere beunruhigen könnte. Um ein Raubtier konnte es sich nicht handeln, da die Hellhöhlen zum geschützten Stadtbereich von Elan-Dhor gehörten und es niemals durch die Stadttore gekommen wäre. Das einzige Ungeheuer, das die Tore gewaltsam durchbrechen könnte, wäre ein Zarkhan, und in einem solchen Fall wäre schon längst Alarm geschlagen worden.

Was aber beunruhigte die Luanen dann in diesem Maße? Nachdem er sich noch einmal gründlich im Eingangsbereich umgesehen hatte, kehrte Toluran kopfschüttelnd zu der Herde zurück. Das erst vor wenigen Stunden geborene Jungtier schien als einziges keine Angst zu verspüren. Es war seiner Mutter und den anderen in den hinteren Teil gefolgt, brach aber nun aus dem Verband aus und kam ihm blökend mit übermütigen Sprüngen entgegen.

Wenige Sekunden später brach es zusammen.

Alles geschah so schnell, dass Toluran im ersten Moment nicht einmal begriff, was passierte. Nach einem seiner verrückten Sprünge fiel das Tier mit einem kläglichen Laut nach vorne, als wären ihm nur wie schon oft zuvor die noch schwachen Beine weggeknickt und hätten es stürzen lassen. Diesmal jedoch stand es nicht wieder auf, sondern blieb reglos liegen.

Erschrocken eilte Toluran darauf zu. Erst als er es fast erreicht hatte, entdeckte er das Blut, das sich unter ihm im Gras ausbreitete. Das Jungtier war tot.

Mit einem entsetzten Schrei sank Toluran neben ihm auf die Knie. Als er es herumdrehte, sah er die schreckliche Wunde, die in der Flanke des Kadavers klaffte.

Aber wie war das nur möglich? Gerade war das Tier noch munter herumgesprungen, und es gab nichts, woran es sich so verletzt haben konnte. Dennoch war es ohne Anzeichen einer Krankheit oder Verletzung praktisch von einer Sekunde zur nächsten gestorben.

Fassungslos und mit zitternden Fingern untersuchte Toluran die Wunde genauer. Sie stammte offenbar von einem spitzen Gegenstand, der tief in die Flanke des Jungtiers gedrungen war. Unter anderen Umständen hätte er ohne zu zögern gesagt, dass sie von einem Schwert oder einer vergleichbaren Waffe verursacht worden war, doch hätte man eine Klinge noch in wilder Raserei im Leib des Tieres herumdrehen müssen, um eine so schreckliche Wunde zu verursachen.

Aber das waren unsinnige Gedanken, denn es *war* einfach niemand hier, der das Tier mit einer Waffe hätte niederstechen können. Schließlich hatte er genau gesehen, wie es gestrauchelt und tödlich verletzt zu Boden gestürzt war.

Obwohl Toluran ein so zurückgezogenes Leben führte und sich ausschließlich für seine Pflanzen und Tiere interessierte, wurde er stets mit den neuesten Gerüchten aus der Stadt versorgt, denn die Frauen, die ihn beim Hüten der Herde ablösten, schwätzten gerne. So kam es, dass ihm auch das Gerede durch den Kopf ging, das trotz eines vom König verordneten Stillschweigens seit dem Vortag in Elan-Dhor die Runde machte. Gerüchte, dass eine weiter als jemals zuvor in die Tiefe entsandte Expedition von einer schrecklichen Kreatur nahezu ausgelöscht worden war.

Mit wachsendem Unbehagen blickte er sich in der Höhle um, doch das Rätsel ließ sich nicht lösen. Stattdessen vergrößerte es sich gleich darauf noch.

Ein weiteres Tier der lauthals blökend und schnaubend in den hintersten Teil der Höhle zurückgewichenen Herde brach aus einer großen Wunde blutend zusammen und verendete, gleich darauf ein weiteres, das direkt daneben stand.

Das Blöken der Luanen steigerte sich zu einem ohrenbetäubenden, angsterfüllten Crescendo. Im nächsten Moment stürmte die gesamte Herde wie auf ein unhörbares

Kommando hin in wilder Panik vorwärts. Trotz des Lärms, den die Tiere verursachten, glaubte Toluran für einen Moment noch ein anderes Geräusch zu hören, etwas wie einen schrillen, ganz und gar fremdartigen Schrei, doch er achtete nicht weiter darauf.

Wie gelähmt starrte er der auf ihn zurasenden Herde entgegen. Als er seine Erstarrung endlich überwand und begriff, in welcher Gefahr er sich befand, war es bereits zu spät.

In ihrer blinden Panik nahmen die Tiere ihn überhaupt nicht wahr oder kümmerten sich zumindest nicht um das Hindernis. Wirbelnde Hufe trafen ihn und schleuderten ihn zu Boden. Die Luanen stampften über ihn hinweg, ihr Gewicht ließ seine Knochen brechen und zermalmte seinen Schädel.

Bevor er starb, war Tolurans letzter Gedanke, dass ausgerechnet die Tiere, denen er sein ganzes Leben gewidmet hatte, ihm nun den Tod brachten. Und er begriff nicht einmal, warum.

Nach langen, quälenden Grübeleien schlief Barlok irgendwann schließlich doch ein, aber es war kein sehr ruhiger Schlaf. Diesmal quälten ihn erneut Albträume, allerdings keine Todesvisionen vom Kampf gegen eine ihn zu verschlingen drohende Schwärze. Stattdessen peinigten ihn wirre und zusammenhanglose Bilder aus einer fremdartigen Welt, die zu bizarr war, als dass sein Verstand sie wirklich erfassen konnte. Es war eine Welt der Dunkelheit mit einem schwarzen Himmel ohne Sonne, Mond, Sterne oder wenigstens Lichtschächte, die diese bis zu einem gewissen Grad nachahmten. Dennoch handelte es sich nicht um die Tiefenwelt, zumindest nicht so, wie er sie kannte. Trotz der

Finsternis konnte er darin sehen, aber auf eine merkwürdig verzerrte Art, und was er erblickte, jagte ihm selbst im Traum Angst ein.

Mehrmals wachte er *beinahe* auf, doch kurz bevor sein Bewusstsein vollends wieder in die Realität zurückkehren konnte, erwies sich der Albtraum stets als stärker und umfing ihn erneut.

Und jedes Mal wurden die verschwommenen Eindrücke klarer, die Visionen deutlicher. Barlok sah schwarze Ströme, die keinesfalls aus Wasser bestanden und an deren Ufern sich namenlose Scheußlichkeiten tummelten. Auch an anderen Stellen gab es groteske Formen von Leben, doch es war so grauenhaft, dass er noch im Traum davor zurückschreckte und froh war, sie nicht deutlich sehen zu können.

Das Schlimmste aber war nicht einmal das, was sich *innerhalb* dieser Welt befand, sondern die Welt selbst. Es war ein Reich kriechenden Wahnsinns, das seinen Geist zerbrechen musste, wenn er es tatsächlich klar erblicken würde. Nichts schien hier so zu sein, wie es sein sollte. Alle Proportionen wirkten auf sinnverwirrende Art *falsch*, entweder gestaucht oder gezerrt oder gar auf völlig unmögliche Art gekrümmt. Ebene Flächen schienen in sich selbst verdreht zu sein, eckige Kanten wirkten zugleich rund und Rundungen eckig, verbunden durch Linien, die nebeneinanderher liefen und sich dennoch kreuzten. Das Schlimmste aber waren die Winkel. Viele von ihnen beschrieben mehr als einen ganzen Kreisdurchmesser, krümmten sich in eine Dimension, die weder die Augen noch der Geist zu erfassen vermochten, schienen sich zu bewegen und in Spiralen aufzulösen und …

Mit einem Schrei fuhr Barlok in die Höhe. Er war in

Schweiß gebadet, und sein Herz hämmerte, als wolle es aus seiner Brust brechen. Sein Mund war trocken und von einem ekligen Geschmack erfüllt, in seinem Kopf drehte sich alles. Schwaches Licht fiel durch das Fenster herein, und die nur undeutlich erkennbaren Umrisse des Zimmers schienen sich auch hier beständig zu verschieben. Nur allmählich begann sich sein aufgewühlter Verstand zu beruhigen und die Nachwirkungen des Albtraums abzustreifen, aber sein Puls hämmerte noch immer, und erst jetzt bemerkte Barlok, dass seine Hände zitterten.

Wie so oft bei Träumen, verflogen die Bilder nun immer rascher. Zurück blieben nur blasse, verschwommene Eindrücke, glattgeschliffen und zurechtgestutzt von seinem logisch arbeitenden Verstand, der es Barlok schwer machte, den Schrecken zu begreifen, der ihn zuvor erfüllt hatte. Dennoch verspürte er ihn noch immer, auch wenn er ebenfalls allmählich schwand.

Barlok wusste, dass er nicht wieder würde einschlafen können, auch wenn er sich jetzt zurücksinken ließ und erneut die Augen schloss. Vor allem *wollte* er es nicht, aus Furcht, die Träume könnten zurückkehren. Stattdessen setzte er sich vollends auf, verharrte eine Weile auf der Bettkante und barg sein Gesicht mit auf die Oberschenkel gestützten Ellbogen in den Händen. Sein Zeitgefühl war ihm gänzlich abhandengekommen, was äußerst ungewöhnlich war. Normalerweise wusste er auch direkt nach dem Aufwachen stets auf die Stunde genau, welche Tageszeit gerade herrschte.

So endlos sie einem manchmal auch erscheinen mochten, dauerten Albträume in Wahrheit meist nur kurze Zeit, weshalb er vermutete, dass es noch immer später Abend war. Umso überraschter war er, als er nach einigen Minuten schließlich aufstand und aus dem Fenster blickte. Die großen Linsen an den Lichtschächten begannen sich bereits grau zu färben; die Nacht war fast vorbei und an der Oberfläche begann schon die Morgendämmerung.

Obwohl es ihm nicht so vorkam, hatte er den gesamten Rest der Nacht verschlafen. Kein Wunder, dass er sich ausgeruht vorkam. Auch körperlich fühlte er sich deutlich besser als gestern. Die Kraft war in seine Glieder zurückgekehrt, auch wenn er vom langen Liegen noch etwas steif und ungelenkig war, aber das würde sich rasch geben. Auf jeden Fall würde er nicht länger hierbleiben. Mochte er sein Leben auch der Kunst der Hexen verdanken, der Dunkelturm war nach wie vor kein Ort, an dem er sich gerne und länger als unbedingt nötig aufhielt. Erst recht nicht, wenn anderswo dringende Aufgaben auf ihn warteten.

Barlok öffnete die Truhe, holte seine Kleidung heraus und begann sich anzuziehen. Seine Bewegungen wurden mit jedem Moment fließender. Er spürte auch keinerlei Schmerzen mehr in der Seite, und nach kurzem Zögern entfernte er den Verband. Die Wunde war gut verschorft, in ein paar Tagen würde nur noch eine weitere kleine Narbe zurückbleiben. Er musste zugeben, dass Tharlia und ihre Hexenschwestern wirklich hervorragende Arbeit geleistet hatten.

Dennoch hatte er wenig Lust, ihr vor seinem Aufbruch noch einmal zu begegnen, auch wenn es unhöflich sein mochte, einfach so zu verschwinden. Deshalb war er im Grunde recht froh, dass er bereits so früh aufgewacht war. Rasch kleidete er sich fertig an und öffnete die Tür.

Seine Hoffnung, sich unbemerkt davonstehlen zu können, erfüllte sich nicht. Direkt gegenüber seiner Kammer saß eine verschleierte Hexe auf dem Gang, die aufstand, sobald er durch die Tür trat. Es handelte sich nur um eine Novizin, wie an ihrem völlig schmucklosen Gewand zu erkennen war.

»Die Hohepriesterin hält es für an der Zeit, Euch heute aus der Obhut unseres Ordens zu entlassen. Sie bat mich, hier zu warten, bis Ihr aufsteht, damit ich Euch direkt zu ihr führen kann«, erklärte sie gestelzt. »Bitte folgt mir.«

Seufzend ergab Barlok sich in sein Schicksal. Offenbar hatte Tharlia vorausgesehen, dass er versuchen würde, sich unauffällig aus dem Staub zu machen, und wollte ihn nicht einfach so gehen lassen. Es war leicht zu erraten, auf welches Thema sie ihn noch einmal ansprechen wollte, und genau dem hatte Barlok entgehen wollen. Je nachdem, wie schnell die Expedition vorangekommen war, konnte es nicht mehr lange dauern, bis sie ihr Ziel erreichte. Lieber wollte er in Gedanken bei den Kriegern sein, statt sich ein weiteres Mal Tharlias umstürzlerische Ideen anhören zu müssen.

»Schläft sie eigentlich nie?«, fragte er, während er der Hexe den Gang entlang folgte. Sie erreichten eine steinerne Wendeltreppe, die sich in engen Windungen in die Tiefe schraubte.

»Die Hohepriesterin hat heute Nacht einige Stunden geruht«, erwiderte die Hexe ohne zu erkennen, dass seine Frage nicht ernst gemeint war. »Die Göttin verleiht ihr die Kraft, mit sehr wenig Schlaf auszukommen.«

Scheinbar endlos führte die Treppe in die Tiefe. Barlok gab es schon bald auf, die Stufen zu zählen. Noch am gestrigen Tag hätte er diese Treppe auf keinen Fall bewältigt. Jetzt stellte sie in seinen Augen eine gute Bestätigung dafür dar, dass seine Kräfte tatsächlich fast vollständig zurückgekehrt waren.

Irgendwann erreichten sie schließlich das Ende der Treppe und gelangten in einen großen, bis auf eine Vielzahl von Skulpturen entlang der Wände völlig kahlen Saal mit einer hohen, in Rundbögen geformten Decke: den von mehreren Lampen erleuchteten Vorraum der Tempelhalle. Da diese oft nicht mehr ausreichte, um an besonderen Festtagen alle herbeiströmenden Gläubigen aufzunehmen, konnten sie bei weit geöffneten Zwischenportalen von hier aus den Gebeten zur Göttin lauschen.

Tharlia erwartete sie bereits und kam ihnen entgegen. Hier befand sie sich in ihrem Element, und trotz der frühen Stunde verkörperte sie ein Muster an gebieterischer Würde. Ihr schwarzes Haar war perfekt frisiert und verschmolz an den Schultern mit ihrem schwarzen Gewand. Ihrem Gesicht war nicht anzusehen, dass sie nur wenige Stunden geschlafen hatte. Nicht der geringste Schatten lag unter ihren Augen.

»Barlok, wie schön, dich wieder auf den Beinen zu sehen«, begrüßte sie ihn und bedeutete mit einer Handbewegung der Priesterin, die ihn hergeführt hatte, zu gehen. »Allerdings habe ich noch nicht so früh mit dir gerechnet. Wie fühlst du dich heute?«

»Gut genug, um deine Fürsorge nicht länger zu beanspruchen und unverzüglich von hier zu verschwinden«, knurrte Barlok. Gleich darauf wurde ihm bewusst, dass seine Worte nicht nur undankbar, sondern geradezu feindselig klangen, und fast entschuldigend fügte er hinzu: »Du musst das verstehen, es ist mir nun mal zuwider, untätig im Bett liegen zu müssen, wenn wichtige Aufgaben auf mich warten.«

»Ich verstehe dich gut, schließlich kenne ich dich schon lange genug. Da du offenbar wirklich gesund bist, gibt es auch keinen Grund, dich länger hierzubehalten. Ich wollte mich vor deinem Aufbruch nur noch persönlich von deinem Zustand überzeugen.«

»Keine weiteren Versuche, doch noch meine Unterstützung für eine Verschwörung gegen den König zu gewinnen?«

»Würde es etwas nützen? Ich weiß, wie du darüber denkst, und du weißt, wie ich darüber denke. In meinen Augen ist es keine Verschwörung, sondern etwas, das zum Wohle unseres Volkes geschehen muss, bevor Burian uns alle durch seine Unfähigkeit ins Verderben stürzt. Ich hoffe, dass auch du das noch erkennst und deine Meinung änderst.«

»Jetzt fängst du doch wieder an«, schnaubte Barlok, obwohl er wusste, dass er ihr damit unrecht tat. »Glaub mir, das wird nie geschehen.«

»Man sollte niemals nie sagen, wenn man nicht weiß, was einen noch erwartet. Aber du hast Recht, lassen wir das«, entgegnete Tharlia. »Ob sie ihr Ziel bereits erreicht haben?«

Überrascht durch den plötzlichen Themenwechsel brauchte Barlok einen Moment, um zu antworten.

»Ich glaube noch nicht, aber lange dürfte es nicht mehr dauern. Und was dann passiert …«

»Ich würde es spüren, wenn Ailin etwas zustieße«, behauptete Tharlia. »Die Weihepriesterinnen und ich haben eine engere geistige Bindung, als du es dir vorstellen kannst. Es lässt sich mit Worten nicht erklären, aber du kannst mir vertrauen, dass zumindest bislang nichts passiert ist.«

»Wenn du diese Fähigkeit besitzt, wäre ich dir dankbar, wenn du –«

»Sei unbesorgt, ich werde dir unverzüglich Bescheid geben, falls ich etwas erfahre«, unterbrach Tharlia ihn. »Und da ist noch etwas. Ich habe vor ein paar Stunden eine Nachricht von Selon erhalten. Der Bote wollte mir nicht sagen, worum es geht, aber der Schriftmeister bittet dich, ihn möglichst bald aufzusuchen. Ich vermute, es hat etwas mit diesem Symbol …« Sie brach ab und begann zu zittern. Gleich darauf zuckte sie wie unter einem Krampf zusammen, krümmte sich und presste die Handflächen auf die Schläfen.

»Was ist los?«, fragte Barlok besorgt und griff nach ihren Schultern.

»Tod«, murmelte sie. »Ich sehe … Leid und Tod. Ein Kampf. Ailin … Sie ist in Gefahr … braucht meine Hilfe!«

Mit einem Ruck riss Tharlia sich los, fuhr herum und hastete auf eine Tür neben den großen Flügelportalen im Hintergrund des Raumes zu. Nach kurzem Zögern folgte Barlok ihr und betrat die eigentliche Tempelhalle. Auch hier bestanden die Wände ganz aus schwarzem Basalt, doch wurde das riesige Gewölbe von Kohlenbecken und vereinzelten Fackeln nur so schwach erhellt, dass Barloks Augen selbst nach der ebenfalls nicht gerade hell erleuchteten Vorhalle mehrere Sekunden brauchten, um überhaupt schwache Umrisse zu erkennen.

Tharlia lief auf den wuchtigen Altarblock nahe der Stirnwand der Halle zu, wo sie bereits einige Ober- und Weihepriesterinnen erwarteten. In ihren schwarzen Gewändern waren sie vor dem dunklen Hintergrund fast unsichtbar. Barlok entdeckte sie erst, als sie sich bewegten und in einem Kreis um den Altar stellten, in den sich auch Tharlia eingliederte. Die Priesterinnen nahmen sich an den Händen. Ein dumpfer, in der Weite des Gewölbes widerhallender Gesang ertönte, der keine Melodie zu besitzen schien, sondern hauptsächlich aus an- und abschwellenden Tönen bestand. Er erinnerte Barlok an den Singsang, den er vorletzte Nacht während seiner Todesvisionen gehört hatte.

Ein intensiver Geruch von Räucherwerk schwängerte die Luft und legte sich schwer auf die Lungen.

Wieder zögerte Barlok, näher heranzugehen, doch abermals siegte seine Neugier über die Furcht. Was er sah, faszinierte ihn. Noch niemals war es seines Wissens einem Außenstehenden gestattet worden, die geheimen Riten der Hexen zu beobachten. Auch er war jetzt vermutlich nur hier, weil Tharlia und die anderen so intensiv in ihr Tun vertieft waren, dass seine Gegenwart ihnen nicht auffiel. Was immer es war, es musste ungeheuer wichtig sein.

Aber nicht nur Faszination und Neugier ließen Barlok in der Tempelhalle verweilen, sondern in erster Linie das, was Tharlia zuletzt gesagt hatte. Wenn sie von Ailin sprach, dann auch von Warlon und der Expedition – und ihre Worte hatten finsterste Befürchtungen in ihm geweckt. Anscheinend handelte es sich bei ihrem Gerede über die Verbundenheit der Priesterinnen untereinander tatsächlich nicht nur um leere Worte. Wenn dies aber stimmte und sie wirklich etwas von dem sah oder spürte, was diese Ailin momentan erlebte, dann musste auch er unbedingt so schnell wie möglich etwas darüber erfahren.

Gebannt beobachtete er, was weiter geschah. Eine Art Nebel, der schwach aus sich selbst heraus leuchtete, bildete sich über dem Altar, wirbelte durcheinander und wogte im Rhythmus des Gesangs unstet hin und her, als versuche er, eine bestimmte Form anzunehmen. Dabei bildete er armdicke Auswüchse, die immer länger wurden und nach den Priesterinnen tasteten, bis sie ihre Köpfe berührten.

Barlok keuchte, konnte kaum glauben, was er sah. Er blinzelte ein paarmal, aber das Bild blieb. Bislang hatte er stets geglaubt, die Gerüchte über die angeblichen Zauberkräfte der Priesterinnen wären entweder zur Gänze erfunden oder zumindest hemmungslos übertrieben, möglicherweise sogar heimlich von den Hexen selbst in die Welt gesetzt, um den Glauben an Li'thil zu festigen und den Einfluss ihres zahlenmäßig nur kleinen Ordens zu stärken. Was er jetzt jedoch mit eigenen Augen sah…

Aber sah er es überhaupt wirklich? Das Räucherwerk begann in seinen Augen zu brennen und verursachte einen dumpfen Druck in seinem Kopf, sodass Barlok das Denken schwer fiel. Ihm wurde schwindlig, und er glaubte zunächst, er hätte sich überanstrengt und würde einen Rückfall erleiden, doch dann wurde ihm bewusst, dass es sich nur um eine geistige Benommenheit handelte, nicht um körperliche Schwäche.

Er blinzelte erneut und kniff die Augen zusammen. Obwohl er überzeugt war, sie nur einen Moment lang geschlossen zu haben, musste mehr Zeit vergangen sein, denn ohne dass er es gemerkt hatte, war der Gesang verstummt, und Tharlia stand direkt vor ihm.

Barlok wich einen Schritt zurück, erschrocken nicht nur über ihr unerwartetes Erscheinen, sondern auch darüber, wie sie aussah. Ihre Augen blickten trüb, waren blutunterlaufen und von dunklen Schatten unterlegt, die zuvor noch makellose Haut ihres Gesichts wirkte fleckig und war von tiefen Falten durchzogen. Sie sah aus, als wäre sie binnen weniger Minuten um Jahrzehnte gealtert.

»Du hast uns nachspioniert«, sagte sie mit brüchiger Stimme. In ihren Augen blitzte ein zorniges Funkeln auf, erlosch aber sofort wieder. Barlok zweifelte nicht daran, dass sie ihn voller Wut angebrüllt hätte, wäre sie nicht so matt und kraftlos gewesen.

Rasch blickte er sich um. Weder von der nebelhaften Erscheinung noch von den anderen Priesterinnen war etwas zu entdecken.

»Was ist mit dir passiert?«, stieß er hervor, ohne auf ihren Vorwurf einzugehen. »Du ... du siehst ...«

»Nur eine vorübergehende Schwäche«, behauptete Tharlia. Ihre Lippen waren welk wie die einer Greisin. »Ailin ... sie war in Gefahr. Wir haben ihr etwas von unserer Kraft gegeben, um die ihre zu verstärken. Aber es war unglaublich schwer über die große Entfernung hinweg. Und es kostete einen hohen Preis.« Mit faltigen Händen strich sie über die Runzeln in ihrem Gesicht.

»Ich habe eine Art nebliger Erscheinung über dem Altar gesehen. Was, bei Li'thil, war das?«

»Nur eine Einbildung«, versicherte Tharlia rasch, eine Spur zu schnell, um wirklich glaubhaft zu klingen. »Verbunden mit dem Räucherwerk können unsere Beschwörungen Trugbilder hervorrufen, denen du wohl auch zum Opfer gefallen bist. Du hättest mir nicht folgen dürfen, es hätte sogar gefährlich für dich ...«

Sie taumelte, und Barlok musste sie stützen, damit sie nicht stürzte.

»Du musst dich hinlegen«, drängte er, noch immer schockiert über das, was mit ihr geschehen war.

»Das werde ich«, erwiderte sie. »Aber zuvor ... Ich konnte Ailins Empfindungen spüren. Die Expedition ... geriet in einen Hinterhalt. Viele sind gestorben. Es war unerträglich. So viel Leid und Tod ...«

»Und ... Warlon?«, fragte Barlok stockend, fürchtete sich vor der Antwort.

»Ich weiß es nicht«, sagte Tharlia. »Ich konnte keine Einzelheiten erkennen. Die Verbindung riss plötzlich ab. Meine Kräfte sind erschöpft, und es wird viele Stunden dauern, bis sie sich wieder regenerieren. Ich weiß nicht einmal, ob Ailin noch lebt. Ich spürte nur, dass sie sich in einer fast aussichtslosen Lage befand und selbst nur noch wenig Hoffnung hatte.«

Barlok ballte die Fäuste und schloss für einen Moment die Augen.

»Ich sehe blutige Zeiten für uns heraufdämmern«, hörte er Tharlias Stimme wie aus weiter Ferne.

Der Kampf dauerte erst wenige Sekunden, dennoch lag bereits gut ein Viertel der Zwergenkrieger tot oder sterbend auf dem Boden. Unter den Toten, die Warlon erblickte, befanden sich der alte Burkan, den scheinbar nichts hatte aus der Ruhe bringen können, ebenso wie Tolgan, der trotz seiner Jugend beste Anlagen gezeigt hatte und von Warlon persönlich ausgebildet worden war, und auch der selbst in den schlimmsten Situationen stets humorvolle Liworn und so viele andere mehr.

Nicht zu vergessen freilich Farlian. Obwohl Warlon bereitwillig zehn Nichtsnutze von seiner Sorte für einen einzigen seiner tapferen Krieger geopfert hätte, hatte sein Tod eine verheerende Wirkung auf die Moral und Kampfkraft der anderen.

Und die Lage verschlimmerte sich mit jedem Augenblick mehr.

Die Schreie der Sterbenden erfüllten die Luft, doch nur vereinzelt klang das Klirren von Waffen heran. Obwohl die Krieger mit ihren Schwertern und Äxten wild um sich schlugen, war es reines Glück, wenn sie die Waffe eines der unsichtbaren Angreifer abwehren konnten. Ein zweites Mal gelang es ihnen zumeist nicht mehr.

Unmittelbar neben Warlon wurde ein weiterer Krieger

niedergestreckt. Blitzartig stach er mit dem Schwert in die Richtung, in der er den Angreifer vermutete. Die Klinge traf auf Widerstand, allerdings nur leicht, konnte den Unsichtbaren nicht schwer verletzt haben. Dennoch war ein schriller, zornerfüllter Schrei zu hören.

In Erwartung eines Gegenangriffs warf Warlon sich zur Seite und konnte noch den Luftzug spüren, als eine nur für einen winzigen Moment flimmernd sichtbare Schwertklinge über ihn hinwegsauste, ohne ihn zu verletzen. Gleichzeitig hörte er, wie Ailin nur wenige Schritte hinter ihm fremdartige, kehlige Worte ausstieß.

Ein diffuser, grob humanoider Schemen mit rötlich glühenden Augen entstand vor ihm in der Luft und schlug nach ihm. Ohne zu überlegen rollte Warlon sich zur Seite. Eine Schwertklinge hämmerte neben ihm auf den Felsboden und hinterließ eine Kerbe im Gestein.

Aus den Augenwinkeln nahm er ein rötliches Flackern wahr und erkannte, dass er neben einem Flammenschacht lag, in dem gerade eine Lohe aufstieg. Ihm blieb keine Zeit zum Aufstehen, deshalb rollte er sich auf dem Boden liegend instinktiv einfach weiter um die eigene Achse.

Gleich darauf schoss dicht neben ihm eine meterlange Feuerlanze aus dem unscheinbaren Loch im Boden. Die Hitze war grauenhaft. Warlon hatte das Gefühl, eine glühende Hand würde über seinen Körper, vor allem sein ungeschütztes Gesicht streichen. Seine Augenbrauen und ein Teil seines Barts und Haupthaars, das unter dem Helm hervorragte, verbrannten und zerfielen zu Asche.

Aber auch der Schemen wurde von der Feuerlohe zurückgetrieben. Einige Sekunden lang standen die Flammen zwischen ihnen, für Warlon gerade genug Zeit, wieder auf die Beine zu kommen.

Diesmal griff er zuerst an. Dass er seinen Feind zumindest als schattenhaften Umriss wahrnehmen konnte, musste an der Weihepriesterin liegen. Anscheinend gelang es ihr, die Unsichtbarkeit wenigstens in geringem Maße aufzuheben. Diesen Vorteil musste er ausnutzen.

Ungestüm drang er mit seinem Schwert auf seinen Gegner ein, deckte ihn mit einem wahren Stakkato von Schlägen und Stichen ein. Rasch jedoch musste er erkennen, dass die Kreatur nicht nur aus dem Verborgenen heraus töten konnte, sondern ihre Klinge auch im Kampf meisterhaft zu führen verstand. Selten war Warlon auf einen Gegner getroffen, der es im Schwertkampf an Geschicklichkeit mit ihm aufnehmen konnte. Die Schattenkreatur jedoch war ihm nicht nur an Kraft gleichwertig, sie war ihm an Schnelligkeit sogar überlegen. Offenbar mühelos parierte sie seine Hiebe, griff ihrerseits an und drängte ihn in die Defensive.

Warlon wankte unter der Kraft und Schnelligkeit ihres Angriffs und musste zurückweichen. Mit Schrecken begriff er, dass er diesen Kampf verlieren würde. Seine verzweifelten Paraden bewahrten ihn bislang vor dem Schlimmsten, aber es war nur noch eine Frage der Zeit, bis er nicht mehr schnell genug reagieren oder ihm ein Fehler unterlaufen würde, und das würde zweifellos sein Ende bedeuten.

Erneut parierte er die blitzschnell vorzuckende Schwertklinge, doch geriet er während des Ausfallschritts auf dem unebenen Boden ins Straucheln. Auch den nachfolgenden Hieb konnte er mehr schlecht als recht abwehren, doch zwang dessen wilde Kraft ihn vollends zu Boden, wo er zu einem nahezu hilflosen Opfer wurde. Hinter ihm schrie Ailin auf.

Schon hob der Schemen seine Waffe, um dem Kampf

ein blutiges Ende zu bereiten, als er plötzlich erstarrte. Ein wuchtiger Axthieb hatte ihn von hinten getroffen und seinen Kopf bis hinab zu den Schultern gespalten. Bereits während sie stürzte, gewann die schattenhafte Kreatur im Tod feste Formen, und als sie auf dem Boden aufschlug, hatte sie ihre Unsichtbarkeit vollständig verloren. Der Leichnam, der vor Warlon lag, glich im Aussehen dem gespenstischen Wesen, das kurzzeitig sichtbar geworden war, als Barlok es verwundet hatte: hochgewachsen und hager, mit bleicher Haut und ebenso bleichen langen Haaren, gekleidet in schwarzes Leder, mit einem ebenfalls schwarzen Umhang um die Schultern. Das Glühen seiner Augen war erloschen, aus seinem gespaltenen Schädel rann helles, fast weißes Blut.

Dahinter stand Malot, einer der älteren Krieger, und ließ seine Axt in rasendem Zorn noch ein weiteres Mal auf die bereits tote Kreatur niedersausen.

Warlon lächelte ihm dankbar zu, während er aufsprang. Er fuhr zu Ailin herum, die in verkrampfter Haltung dastand, die Handflächen vor der Brust fest gegeneinander gepresst.

»Schafft Ihr es, sie alle sichtbar zu machen?«, rief er.

»Nein«, stieß sie hervor, ohne sich zu rühren. »Nur in einem … kleinen Bereich. Und selbst das … übersteigt fast meine Kräfte.«

»Hierher!«, brüllte Warlon mit dröhnender Stimme, aber kaum jemand reagierte auf seinen Ruf. Außer dem Leichnam vor sich sah er zwischen den verstümmelten Körpern von Zwergen noch zwei weitere der Bestien tot am Boden liegen, doch am Ausgang des Kampfes änderten diese wohl nur dem Zufall zu verdankenden Erfolge nichts. Nicht einmal ein Dutzend Krieger war noch am Leben, und auch sie hatten nicht die geringste Chance. Selbst wenn es ihnen gelang, mit Glück einen unsichtbaren Schwerthieb abzuwehren, wurden sie gleich darauf von hinten oder von der Seite niedergestreckt.

Wie schon am Vortag war dies kein Kampf, sondern ein Gemetzel, in dem sie nicht die geringste Chance hatten.

Lediglich zwei Kriegern gelang es, bis zu Warlon vorzudringen. Als sie bis auf wenige Schritte heran waren, wurden scheinbar aus dem Nichts zwei schattenhafte Schemen sichtbar, die sie verfolgten.

Warlon sprang vor und fing mit seiner Klinge einen Schwerthieb ab, der einen der Zwerge von hinten getötet hätte. Malot versuchte es ihm gleichzutun, aber er kam zu spät und konnte den anderen Krieger nicht mehr retten.

Geschickt wehrte Warlon mehrere Hiebe ab, dann wich er plötzlich zurück, als er vor sich im Boden einen rötlichen Schein aufleuchten sah.

Sein Gegner war weniger achtsam. Blind vor Mordlust setzte er nach, und im nächsten Moment schoss unmittelbar neben ihm eine Stichflamme aus einem Feuerschacht, erfasste sein Gewand und setzte es in Brand. Hoch loderten die Flammen auf. Erneut ertönte ein grauenhafter, verzerrter Schrei, diesmal eindeutig schmerzerfüllt. Der Schemen stürzte davon, hinaus aus dem Bereich, in dem Ailins Zauberkunst seine Unsichtbarkeit teilweise aufhob. Es sah aus, als würde die Luft selbst brennen. Nach wenigen Schritten stürzte die Kreatur und blieb immer noch brennend auf dem Boden liegen.

Als Warlon sich umblickte, sah er, wie Malot und der andere Krieger die zweite Schattenkreatur gerade mit vereinten Kräften niederstreckten. Weitere befanden sich nicht in unmittelbarer Nähe, doch würden sie fraglos nicht lange auf sich warten lassen. Der Kampftrupp war bis auf drei Krieger, die fast am anderen Ende der Höhle mit den Rücken zueinander standen, um sich besser in alle Richtungen verteidigen zu können, ausgelöscht, und auch diese drei würden sich nicht mehr lange halten können. In ohnmächtiger Verzweiflung erkannte Warlon, dass sie es niemals schaffen würden, die ganze Höhle zu durchqueren, um bis zu ihm zu gelangen.

»Malot, die Lampe! Heb sie auf!«, schrie er und deutete auf eine Laterne, die nicht weit von dem Krieger entfernt auf dem Boden lag. Gleichzeitig bückte er sich selbst nach einer noch brennenden Fackel. »In den Stollen da vorne, schnell! Ihr auch, Ailin!«

Er überzeugte sich, dass sie seinem Befehl gehorchten und auf eine der Öffnungen in der seitlichen Höhlenwand zuhasteten, auch wenn das bedeutete, dass die Weihepriesterin kurzzeitig zu abgelenkt sein mochte, um den Tarnzauber der Angreifer aufzuheben. Warlon folgte ihnen rückwärts gehend, um ihre Flucht zu decken, wobei er die Fackel wild vor sich schwenkte. Die Fremden schienen Feuer zu fürchten, sodass die Fackel eine wirksamere Waffe darstellte als das Schwert. All seine Hoffnungen beruhten darauf.

Als er den Stolleneingang fast erreicht hatte, bildeten sich vor ihm wieder undeutlich sichtbare Gestalten. Eine weitere versuchte sich ihm von der Seite zu nähern. Warlon schwang die Fackel in ihre Richtung.

Mit einem boshaften Zischen wich die Kreatur zurück, und auch die anderen drei zögerten, ihn anzugreifen. Zwei weitere wurden sichtbar. Noch einmal schwang er die Fackel in einem weiten Halbkreis vor sich, dann sprang er zurück, riss Malot die Laterne aus der Hand und schleuderte sie so kraftvoll zu Boden, dass sie zerbarst.

Brennendes Petroleum spritzte den Schemen entgegen und trieb sie zurück. Bei zweien fingen die Gewänder Feuer, mehr konnte Warlon nicht erkennen, weil das übrige auf dem Boden verlaufende Petroleum aufloderte und eine fast meterhohe Flammenbarriere zwischen ihm und den Schattenkreaturen bildete.

»Weg hier!«, brüllte er. »Lauft, so schnell ihr nur könnt!«

Im Gegensatz zum Dunkelturm, der auf jeden Besucher bedrückend und abweisend wirkte, war das nicht weit entfernt liegende Marlus Thain, der *Schrein des Wissens*, ein schlichtes, wenngleich ebenfalls riesiges Gebäude, das aus hellem Stein direkt an die nördliche Felswand gebaut war. Seine Vorderfront wurde durch eine Galerie von Säulen gestützt, zwischen denen fünf flache, breite Stufen zum Eingang führten. Es gab noch mehrere ähnliche Gebäude in unmittelbarer Nähe, die zu dem Komplex gehörten und unter anderem die großen Laboratorien enthielten, in denen die Forscher der Gelehrtenkaste ihre Experimente durchführten, sowie die Häuser der Heilung. Im Marlus Thain hingegen befanden sich die großen Bibliotheken und Archive, und dort hielt sich Selon zumeist auf.

Nachdem er einige Priesterinnen herbeigerufen hatte, die sich um Tharlia kümmerten, hatte Barlok den Dunkelturm verlassen und war allein mit sich und seinen Gedanken eine Zeit lang ohne festes Ziel durch die Straßen Elan-Dhors gestreift. In sich spürte er nur noch Leere. Der Kampftrupp schien ausgelöscht worden zu sein, und nach Tharlias Bericht besaß er kaum noch Hoffnung, dass irgendjemand dem Gemetzel entkommen war.

Unter diesen Umständen stand ihm nicht der Sinn nach einem Gespräch mit Selon, dennoch schlug er nach einiger Zeit den Weg nach Marlus Thain ein. Dies war nicht die Zeit zum Trauern. Wenn der Gelehrte etwas über das Symbol herausgefunden hatte, so mochte das von entscheidender Bedeutung sein.

Bereits wenige Sekunden nachdem er an das große Portal geklopft hatte, wurde scharrend ein Riegel zurückgezogen und einer der Türflügel geöffnet. Ein junger Novize, gekleidet in das weiße Gewand seiner Kaste, stand auf der Schwelle und blickte ihn fragend an, dann hellte sich sein Gesicht plötzlich auf, als er erkannte, wen er vor sich hatte.

»Kriegsmeister Barlok, Ihr werdet bereits erwartet«, grüßte er und verneigte sich ehrerbietig. »Ich wurde angewiesen, Euch direkt zum ehrwürdigen Schriftmeister Selon zu bringen.«

Barlok trat in die geräumige und im Gegensatz zum Inneren des Dunkelturms durch zahlreiche Lampen hell erleuchtete Eingangshalle. Er folgte dem Novizen durch mehrere große Säle, in denen trotz der frühen Morgenstunde bereits zahlreiche Gelehrte damit beschäftigt waren, alte Bücher und Schriftrollen zu studieren, neue Abhandlungen zu verfassen oder detailgetreue Abschriften anzufertigen. Da er schon einmal hier war, hätte Barlok gerne etwas verweilt und ihnen bei der Arbeit zugesehen oder die große Bibliothek im Obergeschoss besichtigt, doch dazu war jetzt nicht der geeignete Moment.

Sie stiegen eine Treppe hinunter, an deren Ende sie eine geschlossene Eisentür erwartete, die auf ein Klopfen geöffnet wurde. Der Novize kehrte um und stieg die Treppe wieder hinauf, während Barlok eintrat. Hinter der Tür lag eine nicht übermäßig große Kammer mit einem Tisch in der Mitte. Andächtig blickte Barlok sich um. In die steinernen Wände waren zahlreiche kleine Nischen eingelassen, in denen Schriftrollen und Folianten lagerten. Weitere Schriftrollen lagen auf dem Tisch ausgebreitet. Auf den ersten Blick erkannte Barlok, dass sie extrem alt sein mussten. Viele bestanden nicht einmal aus Papier, sondern aus einer Art Stoff, der vom Alter fleckig und brüchig geworden war. Die meisten waren an verschiedenen Stellen eingerissen, bei manchen fehlten ganze Stücke, die anscheinend verfault und zu Staub zerfallen waren.

Auch der Goldbrocken mit dem eingravierten Symbol lag auf dem Tisch, wie Barlok bemerkte.

Nur drei Personen hielten sich in dem Raum auf, der greise Selon, Oberhaupt der Schriftgelehrten und Mitglied des Hohen Rates, sowie zwei andere, ebenfalls bereits sehr alte Männer. Die goldgestickten Symbole auf ihren Gewändern zeigten, dass auch sie im Rang eines Schriftmeisters standen, dem höchsten, den die Gelehrtenkaste zu vergeben hatte.

»Seid gegrüßt, ehrwürdiger Barlok«, richtete Selon das Wort an ihn. Sein Bart und sein Haar waren beinahe ebenso weiß wie sein Gewand, sein Gesicht von tiefen Falten durchzogen. Niemand wusste, wie alt er genau war, aber es ging das Gerücht, dass er sich bereits seinem vierhundertsten Lebensjahr näherte. »Ich freue mich, dass Ihr meiner Einladung so schnell folgen konntet. Angesichts dessen, was Euch widerfahren ist, hätte ich Euch nicht hergebeten, wenn es nicht wirklich wichtig wäre. Darf ich mich erkundigen, wie es Euch geht?«

»Tharlia hat mich als geheilt entlassen«, berichtete Barlok unbehaglich. »Ich fühle mich gut.«

»Das freut mich für Euch.« Er stellte seine beiden Begleiter vor, doch Barlok machte sich nicht einmal die Mühe, sich ihre Namen zu merken, zumal Selon sie anschließend ohnehin bat, ihn mit seinem Besucher allein zu lassen.

»Was ist das hier für ein Raum?«, erkundigte er sich, als die beiden die Tür hinter sich geschlossen hatten. Er ahnte, dass das, weshalb man ihn hergebeten hatte, ihm nicht gefallen würde.

»Wir nennen es unser Sanctuarium«, berichtete Selon bereitwillig. »Unser Allerheiligstes, in dem nur die ältesten und brisantesten Schriften aufbewahrt werden. Nur wenige Gelehrte haben hierhin Zutritt, und Ihr seid der erste Außenstehende, dem dies gewährt wird.«

»Das ist eine hohe Ehre, die ich zu schätzen weiß.« Barlok trat an den Tisch heran und ließ seinen Blick über die Schriftrollen gleiten. Viele waren in fremden Sprachen verfasst, die er nicht beherrschte, bei manchen kannte er noch nicht einmal die Schriftzeichen.

»Ehre, Unsinn«, erwiderte Selon. An diesem Tag sah er noch älter aus als sonst, wirkte müde und verbraucht. Barlok vermutete, dass er die ganze Nacht über den Schriften in dieser Kammer gebrütet hatte. »Früher wäre es das gewesen, aber wenn sich bewahrheitet, was ich befürchte, dann stehen uns Zeiten bevor, in denen solche Gesten keine Bedeutung mehr haben.«

Barloks Unbehagen verstärkte sich. Erst Tharlia mit ihren düsteren Andeutungen, und nun auch noch der Schriftmeister. Dabei war vor allem Selon kein Mann leerer Worte und Übertreibungen. Wie er in einer Ratssitzung einmal spöttisch angemerkt hatte, bliebe ihm nicht mehr genügend Zeit, um sie mit Geschwätz zu vergeuden.

»Ihr habt etwas über das Symbol herausgefunden?«

»Das habe ich. Aber zunächst möchte ich Euch bitten, mir zu erzählen, wie genau Ihr in seinen Besitz gelangt seid.«

Da er den allgemeinen Verlauf der Expedition bereits detailliert bei seiner Rückkehr vor dem König und dem Rat geschildert hatte, konnte Barlok sich darauf beschränken, die genauen Umstände zu schildern, unter denen er den Goldbrocken mit dem Symbol gefunden hatte.

»Und Ihr seid sicher, dass er zu dem Durchgang gehörte, den Warlon eingerissen hat?«, hakte Selon nach.

»Nicht mit absoluter Sicherheit, jedenfalls kann Warlon sich nicht erinnern, das Symbol gesehen zu haben«, gab Barlok zu. »Allerdings wäre der Zufall, dass der Brocken nicht zu den Trümmern gehörte, zwischen denen er lag, so unwahrscheinlich, dass wir ihn wohl getrost ausschließen können. Warum ist das so wichtig? Was hat dieses Symbol zu bedeuten?«

»Wie Ihr bereits sehr scharfsinnig vermutet habt, scheint es sich in der Tat um eine elbische Rune zu handeln.«

»Das war ein reiner Glückstreffer.«

»Kommt schon, lassen wir doch die Spielchen.« Selon lächelte. »Glaubt Ihr ernsthaft, ich würde Euer kleines Geheimnis nicht kennen?«

»Ich weiß nicht, wovon Ihr sprecht«, beharrte Barlok.

Der Schriftmeister seufzte.

»Ich spreche von Eurem heimlichen Laster. Ihr habt schon vor vielen Jahren das Lesen erlernt und bestecht regelmäßig Novizen, Euch gegen ein kleines Handgeld Bücher unbemerkt in Euer Quartier zu schmuggeln. Unbemerkt vielleicht von anderen, aber nicht von mir. Ich begreife nur nicht, warum Ihr solchen Wert auf Geheimhaltung legt. Es ist doch absolut nichts Unehrenhaftes daran, sich zu bilden.«

Auch Barlok lächelte, wenngleich ziemlich verlegen. Es hatte keinen Sinn, weiter alles abzustreiten.

»Das mag für die Gelehrten gelten, aber bei der Arbeiter- und vor allem der Kriegerkaste sieht das anders aus«, erklärte er. »Lesen gilt dort als nichtsnutziger Zeitvertreib für Schöngeister. Man würde es wohl kaum offen wagen, mich auszulachen, wenn bekannt würde, dass ich die meisten Abende mit einem Buch vor dem Kaminfeuer verbringe, aber viele würden es als eine verrückte Torheit betrachten, und mein Ansehen würde sinken.«

»Nun, in meiner Achtung seid Ihr dadurch jedenfalls gestiegen. Wenn Ihr all die Bücher, die Ihr Euch bereits heimlich geborgt habt, tatsächlich auch gelesen habt, dann müsst Ihr über ein größeres Wissen verfügen als viele meiner Schüler. Ihr braucht Euch also nicht zu verstellen. Seht Euch einmal diesen Text an.«

Er deutete auf eine der Schriftrollen. Barlok trat näher und überflog den Text. Er erkannte rasch, dass es sich um einen Auszug aus den Schriften von Cirinus dem Älteren handelte, die dieser schon vor der Gründung Elan-Dhors auf der Basis noch älterer Überlieferungen verfasst hatte. Aufgrund seiner eigenwilligen Interpretation der ihm zur Verfügung stehenden Quellen war Cirinus schon damals umstritten gewesen. Man warf ihm Schwarzseherei und Panikmache vor, weil er bei allem ein übermäßiges Augenmerk auf potentielle Bedrohungen legte und dabei nur zu oft eine Steinlaus zu einem Zarkhan aufblähte. Auch in dieser Schrift war es nicht anders.

Das Schattengebirge trägt seinen Namen nicht von ungefähr, las Barlok. *Bei meinen Studien stieß ich immer wieder auf Gerüchte über einen finsteren Schatten, auf bis in die Hochzeit der Elben zurückreichende Überlieferungen von einem namenlosen Grauen, das in der Tiefe unter den Bergen verborgen liegen soll. Ich halte es für einen verhängnisvollen Fehler, dort eine neue Stadt zu gründen, auch wenn die bisher ausgesandten Expeditionen von reichen Erz- und Edelmetallvorkommen berichten, weshalb man meine warnende Stimme vermutlich wie so oft aus Gier ignorieren wird. Mögen sich meine Bedenken als grundlos erweisen und wir niemals auf dieses Grauen in der Tiefe stoßen.*

»Das muss nichts zu bedeuten haben«, sagte Barlok nachdenklich. »Cirinus war dafür berüchtigt, ständig Gefahren heraufzubeschwören, wo keine waren. Aber darüber brauche ich sicherlich gerade Euch nichts zu erzählen.«

»Es war sogar ganz speziell dieser Text, der seinen angeschlagenen Ruf endgültig ruinierte, da sich Elan-Dhor ungeachtet seiner Warnungen in den ersten Jahrhunderten seines Bestehens zu einer der reichsten und prachtvollsten Minen entwickelte, ohne dass wir auf größere Gefahren als Gnome, Goblins und Zarkhane stießen«, ergänzte Selon. »Aber wie es jetzt aussieht, hatte er anscheinend ausgerechnet in diesem Punkt ausnahmsweise einmal Recht.«

»Hat er irgendwelche genaueren Informationen über die Art der Bedrohung hinterlassen? Dass wir nach all der langen Zeit jetzt tatsächlich auf ein fremdes Volk in der Tiefe gestoßen sind, könnte reiner Zufall sein.«

»Möglich, aber nicht sehr wahrscheinlich«, räumte Selon ein. »Leider scheint Cirinus nichts weiter zu diesem Thema geschrieben zu haben, jedenfalls konnten wir keine weiteren Aufzeichnungen finden. Vielleicht gingen sie auch verloren oder wurden ein Opfer des großen Brandes vor hundert Jahren. Damals wurde viel unersetzliches Wissen vernichtet. Deshalb bewahren wir die ältesten und wichtigsten Schriften seither hier unten auf.«

»Und was hat es nun mit dem Symbol auf sich?«, drängte Barlok.

»Dazu komme ich jetzt. Bereits seit Eurer Rückkehr habe ich mit den anderen Schriftmeistern ohne Unterlass unsere Archive durchsucht. Auch wenn von Cirinus keine weiteren Schriften zu diesem Thema erhalten geblieben sind, so fanden wir doch andere Hinweise. Dies hier dürfte eines der ältesten Schriftstücke sein, die sich überhaupt in unserem Besitz befinden.«

Er deutete auf einen Fetzen mit ausgefransten, an einer Stelle sogar von Feuer angesengten Rändern, der so dunkel angelaufen war, dass die verblassten Buchstaben kaum noch zu erkennen waren. Barlok beugte sich darüber und musterte sie ein paar Sekunden lang, dann richtete er sich wieder auf und schüttelte bedauernd den Kopf.

»Das scheinen elbische Zeichen zu sein. Diese Schrift kann ich nicht lesen.«

»Es ist nicht nur elbisch, sondern auch ein Idiom, das selbst bei den Elben seit langer Zeit nicht mehr gebräuchlich ist. Auch ich beherrsche es nicht, aber durch Quervergleiche mit anderen alten elbischen Texten gelang es uns in mühevoller Arbeit, den Inhalt einigermaßen zu entschlüsseln. Hier steht: *Endlos lange dauerte der Krieg gegen die Abtrünnigen. Sonne und Mond verfinsterten ihr Antlitz, und ganze Landstriche ...* Das Nächste lässt sich nicht mehr entziffern. Dann kommt: *... endlich gelang es, unseren dunklen Brüdern eine vernichtende Niederlage beizubringen. Sie wurden vom Angesicht der Welt vertrieben* – hier sind wieder einige Zeichen unleserlich – *in die tiefsten Katakomben der Unterwelt gejagt, die Zugänge versiegelt und mit mächtigen Runenbannern gesichert, um ihnen für alle Zeiten die Rückkehr zu verwehren.* Damit endet der Text.«

Barlok runzelte die Stirn.

»Ich fürchte, ich verstehe nicht, was damit gemeint ist.«

»Der Text bestätigt Gerüchte, über die wir in anderen uralten Schriften Andeutungen fanden. Vor undenkbar langen Zeiten, lange bevor der erste Zwerg das Licht der Welt erblickte und als sogar das Volk der Elben noch jung war, soll es innerhalb der Elbensippen einen fürchterlichen Krieg gegeben haben, der fast ihr gesamtes Volk ausgelöscht hätte, ohne dass heute noch jemand weiß, worum es ging. Aus diesem Dokument nun geht hervor, was mit den Verlierern dieses Krieges geschah. Sie wurden verbannt.«

»Unter die Oberfläche«, murmelte Barlok und konnte spüren, wie er blass wurde. »Möglicherweise in die tiefsten Höhlen unter dem Schattengebirge. Unsere dunklen Brüder ... Das würde das vage elbenähnliche Aussehen der Kreatur erklären, die ich kurz erblickt habe.«

»So ist es«, bestätigte Selon. »Ich habe keinen Zweifel, dass wir auf die Nachkommen dieser Verbannten gestoßen sind, die es irgendwie geschafft haben zu überleben. Finstere Zerrbilder von Elben, die möglicherweise über die gleiche mächtige Magie verfügen, aber vom Hass und dem Gedanken an Rache zerfressen sind, weshalb sie nur noch Tod und Vernichtung im Sinn haben.«

»Und wir haben sie nichtsahnend befreit«, murmelte Barlok.

»Wenn Ihr noch Zweifel habt, dann seht Euch das hier an. Am Ende des Schriftstücks sind einige der magischen Bannrunen abgebildet, mit denen die Elben dereinst die Zugänge versiegelt haben.«

Erneut beugte sich Barlok über das Dokument und studierte es. Er brauchte nicht lange zu suchen, bis er entdeckte, was Selon meinte.

Die letzte Rune war ein exaktes Abbild des Symbols auf dem Goldbrocken.

8

AUF DER FLUCHT

Warlon wusste, dass das verschüttete Petroleum nicht lange brennen und ihnen höchstens zwei, vielleicht drei Minuten Vorsprung verschaffen würde. Wenn es ihnen in dieser Zeit nicht gelang, ihre Verfolger abzuschütteln, waren sie verloren. Nur noch zu viert hatten sie im Kampf kaum eine Chance gegen die unsichtbaren Kreaturen.

Er setzte sich an die Spitze ihres kleinen Trupps Überlebender und stürmte blindlings in den nächsten abzweigenden Stollen. Bei der nächsten Gelegenheit bog er erneut ab, wieder und immer wieder. Glücklicherweise boten die labyrinthartig verzweigten Stollen ausreichend Gelegenheit dazu, allerdings wäre ihm wesentlich wohler gewesen, wenn er sich in dieser Gegend ausgekannt hätte. So bestand jederzeit die Gefahr, in einen toten Arm zu laufen und dort in der Falle zu sitzen.

Außerdem waren sie viel zu laut. Vor allem seine eisenbeschlagenen Stiefel und die der beiden anderen Krieger verursachten laut hallende Echos, die weithin hörbar sein und es ihren Verfolgern ermöglichen mussten, ihnen auf der Spur zu bleiben.

Als sie eine große Grotte erreichten, von der fast ein Dutzend Stollen in alle Richtungen abzweigten, entschied Warlon sich wahllos für einen davon, hielt seine Begleiter aber zurück, kaum dass sie den Gang betreten hatten.

»Ab jetzt so leise wie möglich«, raunte er ihnen zu.

Fast auf Zehenspitzen drangen sie weiter vor, nach Kräften darum bemüht, jedes Geräusch zu vermeiden, dennoch waren sie für Warlons Geschmack immer noch zu laut. Jedes noch so leise Geräusch konnte tödliche Folgen haben. Er wusste nicht, wie gut die Ohren ihrer Verfolger waren.

»Wie dicht sind sie uns auf den Fersen?«, wandte er sich flüsternd an Ailin.

»Ich kann sie noch spüren. Sie sind nicht weit hinter uns, aber nicht in unmittelbarer Nähe«, gab sie ebenso leise zurück.

»Hoffen wir, dass sie uns nur hören und nicht wie du spüren können. Zieht eure Stiefel aus!«, befahl er und begann, die Schnallen seiner eigenen zu lösen. Falls es zu einem weiteren Kampf kam, würden sie ohne festes Schuhwerk behindert sein, aber wahrscheinlich spielte das dann auch keine Rolle mehr. Ihre einzige Chance lag darin, erst gar nicht entdeckt zu werden.

Barfuß eilten sie weiter, lediglich Ailin behielt ihre ohnehin nur aus Stoff bestehenden Schuhe an, mit denen sie sich ebenso lautlos bewegen konnte.

»Wir entfernen uns von ihnen«, gab sie kurz darauf bekannt. »Ich kann sie nicht mehr spüren. Es scheint so, als hätten sie unsere Spur verloren.«

Warlon atmete auf. Auch in den Gesichtern der anderen zeigte sich Erleichterung, doch sie alle wussten, dass sie noch längst nicht gerettet waren. Nach wie vor waren sie darauf angewiesen, blindlings durch die Stollen und Höhlen zu irren. Zwar bestand nicht die Gefahr, dass sie sich verirrten, da sie den Rückweg jederzeit finden würden, doch wenn sie umkehrten, würden sie ihren Verfolgern geradewegs in die Arme laufen.

Es musste ihnen gelingen, einen anderen Weg zum Tiefenmeer zu finden. Warlon dachte lieber erst gar nicht darüber nach, dass dabei ständig die Gefahr bestand, den Schattenkreaturen durch puren Zufall erneut zu begegnen. Sie konnten nur hoffen, dass die Priesterin sie in diesem Fall auch weiterhin rechtzeitig warnen würde.

Immerhin brauchten sie nicht zu befürchten, in absehbarer Zeit im Dunkeln zu sitzen. Genau wie er selbst führten beide Krieger noch Ersatzfackeln in ihrem Marschgepäck mit sich. Warlon beschloss, ein wenig mehr Licht zu riskieren, und entzündete eine zweite Fackel.

Wie nicht anders zu erwarten, gerieten sie mehrfach in Sackgassen oder trafen auf andere Hindernisse, die ihnen den Weg versperrten. So klafften manchmal unvermutet Abgründe vor ihnen auf, und durch den Boden einer der Höhlen, in die sie gelangten, zog sich ein mehrere Meter breiter Riss, den sie unmöglich überwinden konnten. In anderen Höhlen lagen sämtliche Ausgänge in mehreren Metern Höhe, und die Wände waren zu glatt, um sie zu erklettern. In solchen Fällen blieb ihnen nichts anderes übrig, als umzukehren und bis zu einer Abzweigung zurückzugehen, um dort einen anderen Weg einzuschlagen.

Grundsätzlich kamen sie jedoch gut voran und schöpften allmählich neuen Mut, vor allem, da sie kein einziges Mal auf Feinde stießen. Als ihre nackten Füße nach einiger Zeit zu schmerzen begannen, gab Warlon deshalb die Erlaubnis, die Stiefel wieder anzuziehen.

»Hoffentlich lauern sie uns nicht am Tiefenmeer auf«, merkte der zweite Krieger an, von dem Warlon mittlerweile wusste, dass er Silon hieß – eine Befürchtung, die auch ihn quälte. Das Tiefenmeer stellte eine Art Nadelöhr dar, die einzige bekannte Verbindung zur anderen Seite. An den Flößen konnten die Unsichtbaren ihnen mühelos den Rückweg abschneiden. Erreichten sie selbst hingegen unbeschadet das andere Ufer, konnten sie die Fährverbindung hinter sich kappen und das weitere Vordringen der Kreaturen auf diese Art zumindest verzögern.

»Ich glaube nicht, dass sie schon so weit vorgedrungen sind«, behauptete Warlon. Aus seinen Worten sprach mehr Hoffnung als feste Überzeugung, aber die Chancen, dass er Recht hatte, standen nicht schlecht.

Für die Schattenkreaturen stellte dies eine völlig fremde Umgebung dar, in der sie sich erst einmal zurechtfinden mussten. Selbst wenn sie als Tiefenbewohner eine ähnliche Fähigkeit wie das angeborene Talent der Zwerge besaßen, sich niemals zu verirren, würde es Wochen, vielleicht Monate oder sogar Jahre dauern, die labyrinthartig verzweigten Stollen und Höhlen dieses Gebietes zu erforschen. Vor allem, da sie nicht einmal wissen konnten, in welcher Richtung sie suchen mussten, um die Heimat der kleinwüchsigen Gestalten zu finden, die sie so verbissen abzuschlachten trachteten.

Insofern war es wenig wahrscheinlich, dass sie bereits bis zum Tiefenmeer vorgedrungen waren. Wenn allerdings auch nur ein Einziger von ihnen rein zufällig den Weg dorthin entdeckt hatte ...

Warlon zog es vor, erst gar nicht weiter darüber nachzudenken.

Sie quälten sich einen steil ansteigenden Stollen entlang, dessen Boden zudem mit lockerem Geröll übersät war, das immer wieder unter ihren Füßen nachgab und sie abrutschen ließ. Zu Warlons Überraschung gelang es Ailin am leichtesten, das schwierige Stück zu bezwingen, dabei hatte er zunächst sogar *ihr* helfen wollen. Ihre Geschicklichkeit und die Anmut ihrer Bewegungen erstaunten ihn immer wieder aufs Neue.

Als sie den Anstieg hinter sich gebracht und ein einigermaßen eben verlaufendes Stück des Stollens erreicht hatten, legten sie eine kurze Rast ein. Sie waren vom Kampf, der vorausgegangenen langen Wanderung und der nachfolgenden Flucht erschöpft, dennoch setzten sie ihren Weg schon nach wenigen Minuten wieder fort. Keiner von ihnen konnte sich in dieser Umgebung ausruhen und entspannen. Alles hier wirkte fremd und bedrohlich. Bei jedem Geräusch, bei jedem unerwarteten Schatten, den einer von ihnen durch eine rasche Bewegung über die Wände huschen ließ, zuckten sie zusammen. Vor allem aber trieb der Gedanke an die drohende Gefahr, die ihnen noch immer im Nacken saß, sie voran.

Sie folgten dem Gang eine ganze Weile, da er von verschiedenen Kehren und Windungen abgesehen im Großen und Ganzen nach Norden führte, wo auch das Tiefenmeer lag. Erst als er einen Knick nach Osten machte, bogen sie in einen Seitenstollen ein, durch den sie weiter in nördliche Richtung gelangten.

Sie erstarrten, als irgendwo vor ihnen ein Knacken im Gestein zu hören war, das sich gleich darauf zum Bersten von Fels steigerte. Mit lautem Getöse stürzten Steinbrocken herab. Klamme Furcht griff nach ihren Herzen, und unwillkürlich richteten sie alle ihren Blick zur Decke des Stollens, aber dort waren glücklicherweise keinerlei Risse zu entdecken.

Fast eine Minute lang blieben sie reglos stehen und warteten, bis das Poltern und Dröhnen endlich verklungen war. In Gedanken waren sie so mit der Bedrohung durch die Unsichtbaren beschäftigt gewesen, dass sie völlig außer

Acht gelassen hatten, dass in diesen unerforschten – und vor allem ungesicherten – Stollen noch ganz andere Gefahren lauerten. Ein Steinschlag, der sie unter sich begrub, konnte ebenso tödlich sein wie die Klinge einer der Schattenkreaturen.

»Wartet hier!«, befahl Warlon. Vorsichtig drang er allein weiter vor, wobei er vor allem die Wände und die Decke über sich im Auge behielt.

Er war erst wenige Schritte weit gekommen, als erneut irgendwo ein Felsbrocken aus der Decke brach und zu Boden stürzte, doch das Geräusch klang merkwürdig gedämpft, schien eher aus einem Seitengang als aus diesem zu stammen.

Ein Stück vor Warlon zog sich ein gezackter, mehr als handbreiter Riss durch eine Felsplatte an der rechten Seite des Stollens, der noch frisch zu sein schien. Erneut zerbarst Gestein, und jetzt war unverkennbar, dass das Geräusch aus dem Riss stammte. Staub und feiner Sand rieselten daraus hervor. Einige kleinere Steinchen kollerten zu Boden, und der Riss verbreiterte sich noch ein wenig.

Vorsichtig näherte Warlon sich mit der Fackel. Als er bis auf drei Schritte an den Riss herangekommen war, erklang ein wütendes Fauchen, das sich zu einem lauten, markdurchdringenden Brüllen steigerte.

Entsetzt wich Warlon zurück. Er hatte ein Geräusch wie dieses noch nie zuvor selbst gehört, aber er kannte es aus Schilderungen. Es handelte sich um das Brüllen eines Zarkhan.

Und er hatte die Bestie mit dem Licht seiner Fackel aufgeschreckt!

Warlon fuhr herum und begann zu rennen.

Zutiefst erschüttert verließ Barlok das Marlus Thain. Er hatte sich zuvor keinen Reim darauf machen können, wie die Elbenrune so tief in die Gewölbe unter dem Schattengebirge geraten war. Trotzdem war er sich jedoch sicher gewesen, dass es eine einfache und harmlose Erklärung dafür gab, dass es sich vielleicht lediglich um irgendeine Art von Hinweis, möglicherweise sogar eine Warnung handelte, die irgendjemand einst in elbischer Schrift dort hinterlassen hatte. Dass es sich stattdessen um ein Siegel handelte, das eine grauenvolle Gefahr, die sich dahinter verbarg, für alle Zeiten bannen sollte, hatte niemand voraussehen können.

Und Warlon hatte es gebrochen!

Barlok konnte ihm deshalb keinen Vorwurf machen; er selbst hätte vermutlich nicht anders reagiert. Selbst wenn Warlon die Rune aufgefallen wäre, hätte er nicht gewusst, was sie zu bedeuten hatte. Bis vor wenigen Minuten war es ja auch Barlok nicht anders ergangen, und er wünschte fast, daran hätte sich nie etwas geändert. Dass es sich bei den Fremden ausgerechnet um die Nachfahren abtrünniger Elben handelte …

Einst waren die Elben das mit Abstand mächtigste Volk der bekannten Welt gewesen, als Krieger ebenso berüchtigt wie als Magier und Gelehrte. In den vergangenen Jahrtausenden jedoch hatten sie sich immer mehr zurückgezogen, hatten den jüngeren Rassen wie den Menschen Platz gemacht; eine ähnliche Entwicklung, wie sie sich auch bei den Zwergen abzuzeichnen begann. Mittlerweile kümmerten die Elben sich kaum noch um die Belange der Welt, wurden sogar immer seltener gesehen.

Ihren dunklen Brüdern jedoch, wie der unbekannte Verfasser der Schriftrolle die Abtrünnigen genannt hatte, war ein solches Schicksal erspart geblieben, wenn auch unfreiwillig. Seit Äonen hatten sie abgeschieden vom Rest der Welt in den Katakomben tief unter dem Schattengebirge gehaust, doch die lange Zeit der Gefangenschaft schien ihnen ihre Kräfte keineswegs geraubt oder sie auch nur geschwächt zu haben, weder ihre Fähigkeiten als Magier, wie ihr Unsichtbarkeitszauber und die magisch vergiftete Klinge bewiesen, noch als Krieger, wie Barlok bereits am eigenen Leib hatte erfahren müssen.

Dem Bericht zufolge hatten selbst die Elben zu den Hochzeiten ihrer Macht ihre dunklen Brüder erst nach einem langen, blutigen Krieg bezwingen können. Wie sollte das dann irgendeinem anderen Volk gelingen, wenn die Macht dieser dunklen Elben immer noch der von einst entsprach? Vor allem einem Volk wie den Zwergen, das zwar noch immer stark und mächtig war, seinen Zenit aber dennoch bereits überschritten hatte?

Barlok wusste keine Antwort darauf.

Seit seiner frühen Jugend, seit seine Begabung für die Kampfkunst entdeckt worden war und er der Kaste beigetreten war, war er mit Leib und Seele ein Krieger gewesen. Bislang war er stets der Meinung gewesen, dass sich jedes militärische Problem auch durch Einsatz militärischer Mittel lösen ließ, wenn politische Lösungsversuche versagt hatten.

Bei Kreaturen wie den dunklen Elben, die vom Hass zerfressen waren und nur das Ziel zu kennen schienen, jedes andere Lebewesen aus Rache für ihre Jahrtausende währende Gefangenschaft zu töten, schien jede Form der Verhandlung sinnlos. Aber auch ob sie im Kampf gegen einen solchen Feind eine Chance hatten, der ihnen allein schon durch seine Fähigkeit, sich unsichtbar zu machen, so weit überlegen war, war zumindest fraglich.

Am liebsten wäre Barlok mit dem, was er inzwischen herausgefunden hatte, direkt zum König gegangen, doch Selon hatte es ihm ausgeredet. Zum einen würde man seine Bitte um eine Audienz ohnehin abweisen, weil Burian um diese Zeit noch zu schlafen pflegte. Zum anderen besaß er keine hieb- und stichfesten Beweise. Für den Hinterhalt, in den die ausgesandte Kampftruppe geraten war, gab es keinen Beleg außer Tharlias Behauptung, mit ihrer Weihepriesterin geistig verbunden gewesen zu sein. Nach dem, was er in der Tempelhalle mit angesehen hatte, hatte Barlok keine Zweifel mehr am Wahrheitsgehalt dieser Aussage. Burian hingegen würde sie kaum als Beweis hinnehmen, dass die Mission seines Sohnes gescheitert und ihm womöglich etwas zugestoßen war.

Ähnlich verhielt es sich mit dem, was Selon herausgefunden hatte. Der König würde seine Behauptungen nicht nur aufgrund eines uralten Schriftstücks unbekannter Herkunft akzeptieren. Einfach schon deshalb, weil er die Wahrheit nicht akzeptieren *wollte*, bedeutete sie doch, dass er all seine Hoffnungen bezüglich des Goldes begraben müsste und das Schicksal des Thronfolgers und seiner Begleiter so gut wie besiegelt war. Niemand wusste, wie viele Abtrünnige damals verbannt worden waren und wie groß ihre Zahl heute war, doch selbst wenn es sich nur um wenige hundert handelte, hatte der Kampftrupp keinerlei Chance gegen sie.

Eigentlich hatte Barlok vorgehabt, sein Quartier in den Kasernen aufzusuchen, entschied sich dann jedoch anders und schlug stattdessen den Weg zum *Drachentrunk* ein. Nach zwei Nächten und einem Tag, in denen seine einzige Nahrung aus Tharlias Kräutersud bestanden hatte, sehnte er sich nach einem ordentlichen Stück Fleisch, und der

Drachentrunk war die seiner Meinung nach beste Schenke in ganz Elan-Dhor. Vor allem aber hatte sie auch zu dieser frühen Stunde schon geöffnet. Viele Angehörige der Arbeiterkaste kamen um diese Zeit von der Nachtschicht zurück und kehrten dort gerne noch auf eine kleine Mahlzeit und einen Becher Wein oder einen Krug Bier ein, ehe sie nach Hause gingen.

Wie alle Schenken lag der *Drachentrunk* im Ostviertel, wo sich nicht nur sämtliche Fertigungs- und Handwerksbetriebe befanden, sondern auch die Häuser der weniger begüterten Familien, meist einfache, kleine Bauten, manche freistehend, manche auch nichts weiter als in den Fels der Ostwand getriebene Grotten. Der Boden in dieser Gegend war extrem uneben und stieg in ungleichmäßigen Terrassen an, sodass dieses Viertel ein regelrechtes Labyrinth aus verwinkelten Gebäuden, speziell in den Wohngebieten teils äußerst engen Gässchen und vor allem unzähligen Treppen und Stufen darstellte, die die unterschiedlich hohen Terrassen miteinander verbanden.

Auch der *Drachentrunk* war eine direkt in die östliche Felswand getriebene Höhle. Über dem bogenförmigen Eingang stand der Name der Schenke in verschnörkelten Lettern ins Gestein gemeißelt. Im Inneren gab es rund zwei Dutzend steinerne Tische, von denen nur etwa die Hälfte besetzt waren. An den größtenteils mit zerschlissenen Teppichen verhangenen Wänden blakten Fackeln, und im Kamin prasselte ein Feuer und verbreitete angenehme Wärme.

Barlok wurde begrüßt und sofort mit Fragen über seine Expedition bestürmt, noch während er die Schankstube durchquerte. Zahlreiche Gerüchte schienen sich bereits verbreitet zu haben; kein Wunder, immerhin waren elf von fünfzehn Teilnehmern nicht mehr zurückgekehrt. Er wehrte alle Fragen ab und ließ sich an einem freien Tisch nieder, doch es dauerte nur Sekunden, bis er umringt und mit weiteren Fragen bombardiert wurde. Erst als Quorros, der Wirt, hinter der gleichfalls steinernen Theke hervorkam und die Neugierigen mit barschen Worten verscheuchte, wichen sie widerstrebend zurück.

»Ich konnte es gleich nicht glauben, als ich vorgestern Abend die Gerüchte über Euren angeblichen Tod hörte«, sagte er. »Und anscheinend habe ich Recht gehabt.«

Erwartungsvoll blickte er Barlok an, doch dieser nickte nur. Es ging ihm nicht einmal so sehr um den Befehl des Königs, nicht über das zu sprechen, was in der Tiefe passiert war. Das hatten offenbar schon andere erledigt, vermutlich Nuran oder der zweite überlebende Arbeiter, auch wenn sie wohl keine Details verraten hatten. Barlok hatte einfach nicht die geringste Lust, darüber zu sprechen, und das schloss Quorros ebenso ein wie die übrigen Gäste.

»Ich fühle mich noch sehr lebendig«, bestätigte er. »Und damit das so bleibt, bring mir eine Platte mit einer ordentlichen Portion Fleisch darauf, dazu etwas Brot und Käse. Und einen Becher Wein.«

Quorros nickte.

»Wie Ihr wünscht«, entgegnete er und kehrte sichtlich enttäuscht, dass er ebenfalls nichts in Erfahrung bringen konnte, zur Theke zurück. Seine Enttäuschung änderte jedoch nichts an seiner Gastfreundschaft, denn als er wenig später die bestellte Platte brachte, lagen darauf mehrere große Scheiben Luanen-Braten, wesentlich mehr, als er gewöhnlich servierte, und auch mit Brot und Käse hatte er nicht gespart.

Barlok aß langsam und genussvoll und spülte jeden Bissen mit einem Schluck Wein herunter. Obwohl nur aus

Gärmoos gewonnen, schmeckte dieser einigermaßen, bot jedoch keinen Vergleich zu dem echten Wein, den er früher oft getrunken hatte, als er noch dem Hause Lius angehört hatte. Er musste wieder an Tharlias Angebot denken, in den Schoß seiner einstigen Familie zurückzukehren, die ihn allein schon aufgrund seiner Berühmtheit zweifelsohne mit offenen Armen aufnehmen würde, aber dies war kaum der geeignete Zeitpunkt dafür.

Barlok bestellte einen weiteren Becher Wein, schließlich noch einen. Allmählich begann sich das Wirtshaus zu füllen. Immer wieder traten einige Neuankömmlinge an Barloks Tisch, um ihm Fragen zu stellen, auf die er auch weiterhin jede Antwort verweigerte.

»He, hört mal her, wisst ihr, was heute Nacht in den Hellhöhlen passiert ist?« Ein junger Arbeiter war aufgeregt in die Schenke gestürmt. »Der alte Toluran ist tot! Muss völlig durchgedreht sein. Hat vor seinem Tod noch drei Luanen erschlagen, darunter ein Jungtier, das er erst kurz zuvor auf die Welt geholt hat. Danach hat ihn die Herde zu Tode getrampelt. Seine Ablösung hat es gerade erst entdeckt.«

»Das musste ja mal so kommen. Ich wusste immer, dass der Kerl verrückt ist«, kommentierte einer der Zecher.

»Wer interessiert sich schon mehr für Pflanzen und Tiere als für ein ehrliches Handwerk und verrichtet deshalb freiwillig Frauenarbeit?«, pflichtete ihm ein anderer bei. »Allerdings habe ich ihn bisher nur für einen harmlosen Spinner gehalten. Kann mir gar nicht vorstellen, dass er seine geliebten Tiere erschlägt.«

Andere Stimmen meldeten sich zu Wort, und überall in der Schankstube brachen Diskussionen aus. Barlok beteiligte sich nicht daran, hörte nicht einmal zu, was die anderen spekulierten oder angeblich schon lange gewusst hatten.

Er kannte Toluran nicht persönlich, hatte aber wie wohl jeder in Elan-Dhor von dem seltsamen Kauz gehört, der als einziger Mann als Luanen-Hüter in den Hellhöhlen arbeitete. Es hieß, er würde die Tiere lieben und pflegen, und das besser als jede Frau. Barlok gehörte nicht zu denen, die es für natürlich hielten, dass ein Zwerg einfach so ohne Grund plötzlich wahnsinnig wurde, nur weil er zuvor schon ein paar sonderbare Interessen und Eigenarten gehabt hatte. Es erschien ihm kaum vorstellbar, dass jemand wie Toluran seine geliebten Tiere tötete. Noch merkwürdiger jedoch war, dass die gewöhnlich äußerst behäbigen und phlegmatischen Luanen daraufhin so in Panik geraten sein sollten, dass sie ihn niedergetrampelt hatten.

Irgendetwas stimmte an der Geschichte nicht, und obwohl dergleichen nicht zu seinen Aufgaben gehörte, beschloss Barlok, sich selbst ein Bild davon zu machen. Er trank seinen Wein aus, legte eine Münze auf den Tisch und verließ den *Drachentrunk*, ohne auf sein Wechselgeld zu warten.

Die Hellhöhlen lagen fast genau am entgegengesetzten Ende der Stadt. Barlok durchquerte die Bereiche, in denen Getreide und andere Nutzpflanzen angebaut wurden, und näherte sich der etwas abseits liegenden Luanen-Höhle. Zahlreiche Zwerge, hauptsächlich die hier arbeitenden Frauen, drängten sich vor dem Eingang, wo zwei Angehörige der Stadtgarde postiert waren, um die Schaulustigen am weiteren Vordringen zu hindern. Als sie Barlok erblickten, grüßten die beiden Krieger ehrerbietig und ließen ihn ohne Protest passieren.

Im Inneren der Höhle hielten sich weitere Gardisten auf. Die meisten waren damit beschäftigt, die nun wieder friedlich grasenden Luanen in einem Bereich der Höhle zusammenzutreiben und dafür zu sorgen, dass sie auch dort blieben. Nahe der hinteren Wand lagen zwei der getöteten Tiere. Ein Offizier der Garde deckte gerade ein Tuch über den Leichnam Tolurans. Dicht neben ihm lag das tote Jungtier. Es war schrecklich zugerichtet, offenbar war die Herde auch darüber hinweggetrampelt. Gestorben war es jedoch an einer großen Wunde, die in seiner Seite klaffte.

Barlok trat auf den Offizier zu. Als dieser sich umwandte, erkannte er, dass es sich um Torliok handelte, einen in seinen Augen äußerst fähigen Krieger, mit dem er schon mehrfach auf einen Becher Wein zusammengesessen hatte.

»Tragische Sache«, kommentierte er, nachdem sie sich begrüßt hatten. »Hätte ich von Toluran nicht erwartet. Aber warum interessierst du dich dafür?«

»Ich habe gerade von dem Unglück erfahren und kann mir auch nur schwer vorstellen, dass der Alte zu so etwas fähig ist. Wenn du nichts dagegen hast, würde ich mir gern selbst ein Bild von der Sache machen.«

»Meinetwegen«, stimmte Torliok achselzuckend zu. »Aber ich wüsste nicht, was es hier groß zu untersuchen gibt. Der Sachverhalt ist eigentlich völlig klar. Anscheinend hat der Alte den Verstand verloren und hat drei Luanen mit seinem Schwert getötet.«

»Einfach so?«

»Muss wohl so sein. Die Frauen, die in den vorderen Höhlen gearbeitet haben, erklären übereinstimmend, dass seit dem Abend niemand außer ihm hergekommen wäre.«

»Zumindest haben sie niemanden gesehen«, sagte Barlok.

»Sie behaupten, sie hätten auf jeden Fall bemerkt, wenn jemand an ihnen vorbeigekommen wäre. Toluran war allein, also muss er die Tiere getötet haben, denn die Wunden stammen eindeutig von einem Schwert.«

»Und das hat deiner Meinung nach unter den anderen Tieren Panik ausbrechen lassen, sodass sie ihn niedergetrampelt haben?«

»Offensichtlich.«

Barlok lächelte grimmig.

»Und warum wurde er dann hier niedergetrampelt und nicht dahinten, wo die beiden ausgewachsenen Luanen getötet wurden?«

»Nun ...« Torliok runzelte die Stirn. »Anscheinend hat er zuletzt das Jungtier getötet, schließlich liegen die beiden ja auch direkt nebeneinander.«

»Und das soll dann die Tiere in Panik gebracht haben, obwohl das der Tod der anderen beiden Luanen zuvor nicht geschafft hat?« Barlok deutete auf den breiten Streifen aus niedergestampftem Gras und aufgerissener Erde, den die wilde Flucht der Herde hinterlassen hatte. »Die meisten Tiere befanden sich unverkennbar dort hinten, wo auch die beiden Kadaver liegen.« Er bückte sich, schlug das Tuch über Tolurans entsetzlich zugerichtetem Leichnam zurück und zog dessen Schwert aus der Scheide. »Seltsam, kein Blut an der Klinge. Wenn die Herde auf ihn zugerast kam, nachdem er das Jungtier erschlagen hat, dann ist es doch mehr als merkwürdig, dass er nicht zu fliehen versucht, sondern stattdessen sein Schwert gründlich säubert, es in die Scheide zurücksteckt und sich dann zu Tode trampeln lässt.«

»Was weiß ich«, stieß Torliok unwirsch hervor. »Vielleicht hat er auch erst das Jungtier getötet und dann die beiden anderen. Als die Herde daraufhin durchdrehte, lief er davon und schaffte es bis hierher, ehe er überrannt wurde. Worauf willst du überhaupt hinaus?«

»Und während er vor der Herde davonrannte, konnte er

noch das Blut von seinem Schwert abwischen? Auch nicht gerade glaubhaft.«

»Woher soll ich wissen, was im Kopf so eines Verrückten vorgeht?« Der Gardist musterte Barlok aus eng zusammengekniffenen Augen. »Was soll der ganze Mist? So kenne ich dich überhaupt nicht. Hast du vielleicht eine bessere Erklärung?«

Barlok antwortete nicht sofort. Zu schrecklich war der Gedanke, der ihm durch den Kopf schoss.

»Alles ergäbe einen Sinn, wenn noch eine zweite Person hier gewesen wäre«, murmelte er schließlich zögernd. »Diese brachte das Jungtier um. Toluran lief darauf zu, in der Hoffnung, ihm noch helfen zu können. Währenddessen tötete der Unbekannte die beiden anderen Luanen. Die Herde geriet in Panik, stampfte blindlings los und überrannte den vor Schrecken wie gelähmten Toluran und das tote Jungtier.«

Torliok schnaubte.

»Eine phantastische Theorie, nur war eben leider kein anderer hier.«

Wieder rang Barlok einen Moment mit sich.

»Du weißt wahrscheinlich, dass ich vor zwei Tagen einen Erkundungstrupp in die unerforschten Bereiche jenseits des Tiefenmeeres geführt habe, der bei einem Angriff nahezu aufgerieben wurde«, sagte er leise. »Aber was du vermutlich nicht weißt, ist, dass wir von einer Kreatur angegriffen wurden, die sich unsichtbar machen konnte.«

»Du meinst…« Schrecken glomm in den Augen des Gardisten auf, während er Barlok fassungslos anstarrte. »Du denkst, wir könnten es hier mit einer ebensolchen Kreatur zu tun haben?«

»Ich kann mir nicht vorstellen, wie ein solches Wesen hierher gelangt sein könnte, obwohl es vieles erklären würde«, murmelte Barlok, wobei er es bewusst vermied, die elbische Abstammung der Unsichtbaren zu erwähnen, um sein Gegenüber nicht noch mehr zu erschrecken. »Aber wenn es so wäre, dann möge Li'thil uns gnädig sein!«

Der Kadaver des Jungtiers war durch die trampelnden Luanen so übel zugerichtet worden, dass er kaum noch Hinweise liefern konnte. Deshalb ging Barlok zu den anderen beiden toten Tieren hinüber, um ihre Wunden genauer zu untersuchen. Sie stammten ohne Zweifel vom Stich eines Schwertes oder einer ähnlichen Waffe. Es war ihnen nicht nur in den Leib gerammt, sondern dann auch noch gedreht worden, um eine möglichst große und mit Sicherheit tödliche Wunde zu erzeugen.

»Wenn du genug gesehen hast, würde ich die Tiere gern ins Schlachthaus transportieren lassen, bevor ihr Fleisch verdirbt«, sagte Torliok.

Barlok schüttelte den Kopf.

»Ich fürchte, das ist es schon. Zumindest dann, wenn mein Verdacht zutrifft. Die Klingen der Unsichtbaren besitzen eine tödliche Magie. Es könnte gefährlich sein, das Fleisch noch zu essen.«

Noch immer weigerte er sich, an diese Möglichkeit zu glauben, einfach deshalb, weil die sich daraus ergebenden Konsequenzen zu schrecklich waren. Wenn wirklich einer der dunklen Elbenabkömmlinge bis nach Elan-Dhor gelangt war, dann konnte er jederzeit an jedem Ort wieder zuschlagen und kein Zwerg war mehr seines Lebens sicher. Es war sogar möglich, dass er sich noch ganz in der Nähe aufhielt, sich vielleicht gerade in diesem Moment im Schutz seiner Unsichtbarkeit an sie heranschlich …

Barlok verdrängte diese Gedanken. Falls es so wäre, würde

er sterben, ohne etwas dagegen tun zu können. Der Tod war für einen Krieger eine allgegenwärtige Gefahr, der man mit Tapferkeit begegnen musste. Wenn er jedoch überall Feinde zu vermuten begann, würden schließlich Verfolgungswahn und Angst sein Urteilsvermögen beeinträchtigen. So weit durfte es auf keinen Fall kommen.

Er trat ein paar Schritte vor, weil er etwas entdeckt hatte. Nicht weit entfernt waren einige Grasbüschel verdorrt und hatten sich bräunlich verfärbt. Um eine Folge der Flucht der Luanen konnte es sich dabei nicht handeln, da auch überall darum herum der Boden aufgewühlt und Grasbüschel ausgerissen worden waren, ohne sich in der kurzen Zeit so verändert zu haben.

Als er sich bückte, entdeckte Barlok Flecken an ihnen, die ein wenig an getrockneten hellen Schleim erinnerten, doch er hatte einen weitaus schlimmeren Verdacht, worum es sich handeln könnte.

»Was ist das?«, fragte Torliok.

»Hoffentlich nicht das, was ich befürchte«, murmelte Barlok und richtete sich wieder auf, darum bemüht, sich seinen Schrecken nicht allzu deutlich anmerken zu lassen. Sosehr er sich auch dagegen sträubte, die Hinweise, dass es tatsächlich einem der Unsichtbaren gelungen war, unbemerkt in Elan-Dhor einzudringen, verdichteten sich immer mehr. »Du musst sofort einen deiner Männer zum Dunkelturm schicken. Er soll der Hohepriesterin ausrichten, dass ich sie unbedingt hier brauche.« Er erinnerte sich des schlechten Zustands, in dem sich Tharlia zuletzt befunden hatte, und fügte hinzu: »Wenn sie selbst nicht kommen kann, dann soll sie eine Oberpriesterin schicken, möglichst eine, die an meiner Heilung mitgewirkt hat. Aber besser wäre es, wenn Tharlia selbst käme.«

»In Ordnung«, bestätigte Torliok. Ohne Zeit mit weiteren Fragen zu vergeuden, winkte er einen der Gardisten heran und erteilte ihm den entsprechenden Auftrag. »Willst du mir nicht endlich erzählen, was das alles zu bedeuten hat?«, wandte er sich erst dann wieder an Barlok.

»Erst dann, wenn eine der Priesterinnen meinen Verdacht bestätigt«, erwiderte dieser. »Falls das geschieht, werden wir ohnehin unverzüglich handeln müssen, um eine Katastrophe zu verhindern.«

»Habe ich dir schon mal gesagt, was ich an dir am meisten schätze?«, knurrte Torliok. »Deine unnachahmliche Art, überall um dich herum Optimismus zu verbreiten.«

Das Leben der Priesterinnen Li'thils war allein der Göttin gewidmet, so schrieben es die Statuten des Ordens vor. Sie hatten nicht nur allen fleischlichen Genüssen zu entsagen, was sie durch den in der Öffentlichkeit stets zu tragenden Schleier demonstrierten, sondern auch jeglichem Luxus und persönlichem Besitz. Entsprechend karg waren ihre Unterkünfte im Dunkelturm eingerichtet. Selbst das Quartier der Hohepriesterin bildete da keine Ausnahme. Die einzige Einrichtung der kleinen Kammer bestand aus einem Bett und einem hölzernen Ständer, an dem sie ihre Zeremoniengewänder aufhängen konnte, sowie einer Schüssel mit Wasser, die auf einem kleinen Tischchen stand.

Aufgewachsen in dem Luxus, den das Haus Lius zu bieten vermochte, hatte Tharlia nach ihrem Eintritt in die Priesterschaft damit zunächst große Probleme gehabt. Sehr bald jedoch hatte sie die Vorzüge dieser Kargheit schätzen gelernt. Ihre Unterkunft diente ausschließlich dem Schlaf und der Besinnung. Hier fand sie wirkliche Erholung, denn es gab nichts, was sie ablenken und die Klarheit ihrer Gedanken stören konnte. An keinem anderen Ort fiel es ihr so leicht, sich in Trance zu versetzen und zu entspannen.

Die Verbindung mit Ailin und die Übertragung eines Teils ihrer eigenen Kräfte zu deren Unterstützung über eine so große Entfernung hinweg hatten sie extrem geschwächt. Nicht nur ihre geistigen, auch ihre körperlichen Reserven waren angegriffen. Selbst ohne einen Spiegel konnte sie sich vorstellen, wie schlecht sie aussah. Ein Blick auf ihre wie ausgemergelt wirkenden und mit Runzeln überzogenen Hände genügte. Und wie sie aussah, so fühlte sie sich auch: wie eine uralte Frau.

Was sie im Moment mehr als alles andere benötigte, war Ruhe, doch einfacher Schlaf reichte nicht aus. Statt sich ins Bett zu legen, saß Tharlia mit untergeschlagenen Beinen auf dem Boden ihrer Kammer. Mittels Meditation hatte sie sich in Trance versetzt, war eins mit ihrer Umgebung geworden. Sie konnte die Urkräfte der Schöpfung spüren, die sie umgaben, die das Gestein des Bodens unter ihr ebenso wie die Luft um sie herum erfüllten, und griff behutsam darauf zu. Langsam, aber beständig flossen ihr neue Energien zu. Frische Stärke pulsierte durch ihren Körper und füllte die Reserven wieder auf, an denen sie bis zur vollständigen Verausgabung Raubbau betrieben hatte. Sie konnte spüren, wie ihre Haut sich glättete und ihre Muskeln zu alter Geschmeidigkeit zurückfanden, wie die durch Erschöpfung verursachte Taubheit in ihrem Geist wich.

Plötzlich jedoch spürte sie eine Veränderung in den Schwingungen um sich herum, die ihre Konzentration störte und sie aus ihrer Trance erwachen ließ. Als sie die Augen öffnete, sah sie, dass eine junge Priesterin ihre Kammer betreten hatte.

»Bitte verzeiht mein Eindringen, Erin'Lhasil«, sagte sie und verneigte sich. »Ich würde Euch nicht stören, wenn es nicht wirklich wichtig wäre.«

»Schon gut«, murmelte Tharlia. Sie war noch längst nicht vollständig genesen, hätte ihre Meditation gerne noch mindestens eine Stunde fortgesetzt, aber sie fühlte sich bereits wieder deutlich kräftiger als zuvor. »Was gibt es?«

»Ein Angehöriger der Stadtgarde brachte eine Nachricht. Kriegsmeister Barlok bittet Euch, sofort in die Hellhöhlen zu kommen. Es wäre äußerst dringend.«

»In die Hellhöhlen?« Tharlia fragte sich, was Barlok dort zu schaffen hatte und warum er auch sie ausgerechnet dorthin bestellte. In den Hellhöhlen gab es nichts außer den Weiden und Feldern zur Erzeugung der in Elan-Dhor benötigten Lebensmittel. Aber Barlok hatte mitbekommen, in welch schlechtem Zustand sie sich befunden hatte, und er würde nicht nach ihr verlangen, wenn es nicht tatsächlich extrem wichtig wäre. »Gut, ich werde kommen.«

Die Priesterin verneigte sich noch einmal und verließ die Kammer. Tharlia schöpfte sich einige Hände voll kalten Wassers ins Gesicht, um sich ein wenig zu erfrischen, dann folgte sie ihr. Bevor sie die Eingangshalle betrat, wo der Bote auf sie wartete, ließ sie den Schleier vor ihrem Gesicht herab.

»Ich bin bereit«, sagte sie. Gemessenen Schrittes begleitete sie den Gardisten durch die Stadt und ignorierte die neugierigen Blicke, die sie trafen. »Warum wünscht Kriegsmeister Barlok mich zu sprechen?«, erkundigte sie sich.

»Ich kenne keine Einzelheiten«, behauptete der Mann. »Aber es hat einen Toten gegeben, und auch mehrere Luanen wurden getötet.«

»Barlok bittet mich wegen ein paar toter Tiere zu sich?«, hakte Tharlia ungläubig nach.

»Wie gesagt, ich kenne keine Einzelheiten. Aber irgendetwas an dem Vorfall scheint den Kriegsmeister sehr zu beunruhigen.«

Tharlia erkannte, dass sie von dem Gardisten nicht mehr erfahren würde und ersparte sich weitere Fragen. Ärger, dass man sie wegen so einer Lappalie aus ihrer Meditation gerissen hatte, rang in ihr mit der Neugier darauf, was sich nach Barloks Meinung angeblich so Wichtiges hinter diesem Vorfall verbergen mochte.

Wenig später erreichten sie die Hellhöhlen, die ihren Namen wahrlich nicht zu Unrecht trugen. Durch die vielen Schächte zur Oberfläche fiel so viel Licht herein, dass es hier deutlich heller als in den übrigen Bezirken Elan-Dhors war. Neugierig blickte Tharlia sich um, ließ ihren Blick über die Felder mit Getreide und verschiedenen anderen Gewächsen wandern. Sie war erst einmal hier gewesen, und das lag bereits viele Jahre zurück.

Einige der hier arbeitenden Frauen näherten sich, als sie an ihrem Gewand erkannten, wen sie vor sich hatten, verbeugten sich und baten sie, die Ernte im Namen Li'thils zu segnen. Der Gardist wollte sie fortscheuchen, doch das ließ Tharlia nicht zu.

»So viel Zeit werden wir wohl haben. Ich glaube nicht, dass es auf ein paar Sekunden ankommt«, sagte sie scharf und sprach einige Segenssprüche. Anschließend wechselte sie noch ein paar freundliche Worte mit den sich bedankenden Arbeiterinnen, ehe sie weiterging.

Der Gardist führte sie in die Luanen-Höhle, wo Barlok sie erwartete und auf sie zugeeilt kam, als er sie erblickte.

»Tharlia, gut, dass du selbst kommen konntest. Ich hoffe, du hast dich wieder erholt.«

»Es ginge mir besser, wenn du mich nicht aus meiner

Meditation hättest reißen lassen«, entgegnete sie. »Ich hoffe, es geht um mehr als nur ein paar tote Tiere.«

»Ich fürchte. Bitte konzentriere dich, und sag mir, ob du irgendwelche magische Ausstrahlung feststellen kannst. Erst danach werde ich dir alles erklären, um dich nicht im Vorfeld zu beeinflussen.«

Verwundert kam Tharlia seiner Aufforderung nach. Sie presste die Fingerkuppen gegen ihre Schläfen und ging ein Stück in der Höhle herum, bis sie plötzlich erstarrte.

»Da ist etwas«, murmelte sie. »Ich spüre etwas, das ...« Sie verstummte und wandte sich zielsicher in die Richtung, in der die beiden toten Luanen lagen. »Eine sehr schwache Ausstrahlung nur, aber sie erinnert mich an die Magie der Klinge, die dich verletzt hat. Und sie stammt genau von hier.« Sie deutete auf die Stelle nahe den beiden Kadavern, die auch Barlok zuvor schon aufgefallen war. »Aber das ist doch unmöglich! Was hat das zu bedeuten?«

Barlok schloss für ein paar Sekunden die Augen.

»Es bedeutet«, stieß er dann mit schleppender Stimme hervor, »dass sich meine schlimmsten Befürchtungen bewahrheiten. Eine dieser Kreaturen ist bis nach Elan-Dhor vorgedrungen!«

»Weg hier!«, brüllte Warlon. »Lauft um euer Leben!«

Einen Moment lang blickten seine Begleiter ihn erschrocken an, dann fuhren auch sie herum und begannen zu rennen. Sie waren kaum zwei Dutzend Schritte weit gekommen, als der Boden wie unter einem gewaltigen Schlag erbebte und hinter ihnen erneut ein lautes Bersten und Poltern ertönte. Warlon warf einen Blick über die Schulter zurück, und was er erblickte, versetzte ihm einen neuerlichen Schock.

Die Felsplatte mit dem Riss darin existierte nicht mehr, wie er im schwachen Licht, das einige Glühmoos-Flechten an der Decke verbreiteten, sehen konnte. Mit unvorstellbarer Gewalt war der Fels zertrümmert worden, ein beträchtlicher Teil der Seitenwand des Stollens war eingestürzt. Ein paar riesige, scherenartige Greifwerkzeuge erschienen in der Öffnung und schleuderten Felsbrocken wie Kiesel zur Seite. Ein titanischer, im Zwielicht nur undeutlich erkennbarer Leib schob sich in den Gang.

Als Warlon nach ein paar Sekunden noch einmal zurückblickte, war das Monstrum bereits in den Stollen vorgedrungen und nahm ihre Verfolgung auf. Und es war eindeutig schneller als sie, selbst bei dem schlechten Licht war zu erkennen, dass es rasch aufholte.

Eine Flucht war aussichtslos. Sollten sie tatsächlich den Schattenkreaturen entronnen sein, nur um jetzt dieser Bestie zum Opfer zu fallen? So wenig Chancen sie in einem offenen Kampf gegen einen Zarkhan auch haben mochten, war Warlon dennoch entschlossen, sein Leben so teuer wie möglich zu verkaufen.

Vor ihnen schnitt ein anderer Gang den Stollen. Mit dem Spürsinn eines Kriegers erkannte er sofort die sich bietende Gelegenheit.

»Malot nach links, Silon nach rechts!«, befahl er. »Wir nehmen es in die Zange! Ailin, geht hinter einem von ihnen in Deckung.«

Während das Monstrum hinter ihnen herangestürmt kam, verteilten sie sich auf die Abzweigungen und nahmen dort Kampfposition ein. Statt nur von einer Seite in der Enge des Stollens hatten sie so die Möglichkeit, das Ungeheuer von drei verschiedenen Seiten gleichzeitig zu attackieren. Warlon rammte seine Fackel in einen schmalen

Felsspalt und löste seine Axt vom Gürtel. Er bevorzugte zwar das Schwert, aber gegen einen Feind wie diesen war die schwere Streitaxt sicher die bessere Wahl.

Binnen weniger Sekunden war der Zarkhan heran, eine gewaltige Bestie, so hoch wie drei übereinander stehende Zwerge und noch dreimal so lange. Sechs stämmige Beine trugen den von schwarz schimmernden Panzerschuppen und mit fingerlangen Dornen bedeckten Leib, der über einen extrem kurzen Hals in einen nicht minder gewaltigen Schädel überging. Scharfe Krallen, jede so lang wie ein Zwergenarm, gruben sich bei jedem Schritt mühelos in das massive Felsgestein. Gelegentlich streifte das Ungeheuer mit seinem Leib die Wände und stieß an eine herabhängende oder aus der Wand ragende Felszacke, die es dabei zertrümmerte, scheinbar ohne sie überhaupt zu spüren.

Der Anblick drohte Warlon zu lähmen. Er war noch nie einem lebenden Zarkhan begegnet, sondern kannte nur die Schreckensgeschichten, die man sich über diese Bestien erzählte. Wie konnten sie hoffen, zu dritt solch ein Monstrum besiegen zu können?

Vor der Kreuzung blieb die Kreatur stehen, schien sich nicht entscheiden zu können, welchen ihrer in verschiedenen Richtungen lauernden Feinde sie zuerst angreifen sollte. Ihr Schädel mit den faustgroßen funkelnden Facettenaugen pendelte hin und her, als sie die Zwerge abwechselnd musterte.

Erneut stieß der Zarkhan ein durchdringendes Brüllen aus. Dabei entblößte er in seinem Maul zwei Doppelreihen dolchspitzer, gebogener Reißzähne, die den Eindruck erweckten, als ob sie ohne Ausnahme alles zermalmen könnten, was zwischen sie geriet. Seitlich des Mauls saßen die beiden gewaltigen Scheren, mit denen er die Felswand niedergerissen hatte.

Auf einer freien Fläche wie einer Höhle musste es nahezu unmöglich sein, überhaupt nur an das Monstrum heranzukommen. Einzig die Enge des Stollens, die seine Bewegungen einschränkten, und die Möglichkeit, in die seitlichen Abzweigungen auszuweichen, verliehen den Zwergen einen wenn auch nur winzigen Vorteil.

Ein tückisches Glitzern in den Augen des Zarkhan warnte Warlon einen Sekundenbruchteil, bevor das Ungeheuer auf ihn zusprang und mit seinen Scheren nach ihm schnappte. Er wich geschickt zurück. Die Scheren verfehlten ihn und schlugen mit einem Ekel erregenden Knirschen dicht vor seinem Gesicht zusammen.

Im gleichen Moment führten Malot und Silon von der Seite her wuchtige Axthiebe gegen die hinteren Beine der Bestie. Zwar vermochten selbst die scharfen Schneiden die Hornschuppen nicht zu durchdringen, doch schienen die Hiebe ihr zumindest Schmerzen zu bereiten. Brüllend bäumte die Kreatur sich auf und wich zurück, um sich den beiden Peinigern zu stellen, die es gewagt hatten, sie zu attackieren. Als sie sich ein wenig zur linken Seite drehte, wo Malot auf sie wartete, schwang Warlon seine Streitaxt hoch über den Kopf und ließ sie mit aller Kraft auf das vorderste Bein niedersausen.

»Wie schmeckt dir das?«, brüllte er und stöhnte selbst gleich darauf auf. Sogar diesem Hieb, der ausgereicht hätte, einen Zwerg komplett in zwei Teile zu hacken, hielten die Hornschuppen stand. Der Rückstoß brachte Warlon ins Taumeln. Um ein Haar wäre ihm die Waffe aus den Händen geprellt worden, und ein heftiger Schmerz zuckte durch seine Arme bis hoch in die Schultern.

Wieder brüllte das Ungeheuer und wandte sich schwerfällig um. Warlon wagte sich kaum vorzustellen, wie mühelos es sie innerhalb eines einzelnen Stollens, wo sie nicht die Möglichkeit gehabt hätten, in verschiedene Richtungen auszuweichen und es von den Seiten her anzugreifen, niedergetrampelt oder schlichtweg zerrissen hätte.

Dennoch durften sie auf keinen Fall leichtsinnig werden. Sie waren weit davon entfernt, diesen Kampf zu gewinnen. Die Hornschuppen waren fest genug, auch ihren stärksten Hieben zu widerstehen, und jede noch so kleine Unachtsamkeit konnte den Tod für Warlon oder seine Krieger bedeuten.

Immer wieder griffen sie den Zarkhan von verschiedenen Seiten an. Es war nicht zu erkennen, ob die Hiebe ihm wirklich Schmerzen zufügten oder ihn nur wütend machten. Rasend vor Zorn fuhr er stets aufs Neue herum und bot damit seine Flanken weiteren Angriffen dar. Seine Intelligenz reichte nicht aus, um sich auf die Angriffstaktik einzustellen.

Als Warlon seine Axt zum vierten Mal zielsicher auf dieselbe Stelle niedersausen ließ, bildete sich ein Riss in der Hornschuppe, und beim nächsten Hieb zerbarst sie endlich. Das Bein des Ungeheuers knickte ein. In sein wütendes Brüllen mischte sich ein Pfeifen, diesmal offenbar wirklich ein Laut des Schmerzes, und es bäumte sich auf, bis es mit dem Kopf gegen die Decke schlug. Ein Hagel aus kleineren Steinbrocken prasselte herab.

Der Zarkhan fuhr herum und wie schon öfter zuvor brachte Warlon sich mit einem raschen Sprung zurück aus der Reichweite der zuschnappenden Scheren.

Diesmal jedoch wandte sich das Glück gegen ihn. Mit dem linken Fuß trat er auf ein herumliegendes Geröllstück und rutschte davon ab. Es gelang ihm nicht, das Gleichgewicht zu halten, und er stürzte schwer zu Boden. Nur mit knapper Not konnte er seine Axt festhalten.

Die Bestie erkannte ihre Chance und setzte sofort nach. Nicht einmal die erbitterten Hiebe seiner Begleiter konnten sie diesmal noch von ihrem Angriff abbringen.

Verzweifelt rollte Warlon sich zur Seite und entging den erneut zuschnappenden Scheren nur um Haaresbreite. Steinsplitter spritzten auf, als sie dicht neben seinem Kopf den Boden trafen. Einer von ihnen prallte an seinen Helm, doch er ignorierte den Schmerz.

Wie ein Berg aus Horn und Gestalt gewordener Kraft und Bosheit ragte das Ungeheuer über ihm auf, und ohne zu überlegen schlug er im Liegen instinktiv noch einmal mit der Axt zu. Diesmal hatte er auf den Unterleib der Bestie gezielt, das einzige Ziel, das sich ihm bot, und er konnte es selbst kaum fassen, als die Schneide der Axt die hier offenbar viel dünneren Schuppen fast mühelos durchdrang und sich tief in den Körper des Monsters grub. Schwarzes Blut schoss aus der Wunde und besudelte ihn.

Die Axt wurde Warlon aus den Händen gerissen. Mit dem Mut der Verzweiflung rollte er sich bis an die Wand des Stollens, gerade noch rechtzeitig, ehe der Koloss sich noch einmal aufbäumte und zurückwich. Die schrecklichen Krallen eines Beines gruben sich kaum eine Armlänge neben ihm in den Boden. Hätte er nur einen kurzen Moment gezögert, hätte die Bestie ihn unter sich zermalmt.

Mühsam nach Atem ringend, sprang Warlon auf. Seine Begleiter kamen herbeigeeilt und schlugen wild auf den riesigen Körper ein. Das Ungeheuer war zwar verwundet, aber das schien seine Wut eher noch zu steigern.

Plötzlich schoss etwas wie ein schwarzer Schatten an ihnen vorbei und sprang den Zarkhan in selbstmörderischer Manier an.

»Ailin!«, schrie Warlon und konnte kaum glauben, was er sah. Die Priesterin hatte den unteren Teil ihres Gewandes eingerissen, um mehr Bewegungsfreiheit zu bekommen. Die unebenen Panzerschuppen und dornigen Stacheln boten ihren Händen und Füßen genug Halt, dass sie blitzschnell und mit kaum vorstellbarer Geschmeidigkeit am Leib des Ungeheuers in die Höhe kletterte und bis auf seinen Rücken gelangte. Dort verharrte sie einen Moment, ehe sie sich mit tänzerischer Leichtigkeit auf seinen Kopf zubewegte. Am Hals angelangt, ließ sie sich auf die Knie sinken, zog ihr Schwert und bewies, dass sie durchaus damit umzugehen verstand, indem sie es zielsicher wieder und wieder auf dieselbe Stelle niedersausen ließ.

Erneut bäumte der Zarkhan sich brüllend auf, aber diesmal krallte Warlon sich an einer der Schuppen fest und ließ sich mit in die Höhe heben. Wesentlich weniger elegant als Ailin folgte er ihrem Beispiel, gelangte auf den Rücken der Bestie und kroch bis zu der Priesterin vor.

Diese hatte ihre Taktik inzwischen geändert, da der massive Panzer auch ihren wildesten Hieben widerstand. Stattdessen rammte sie ihre Klinge nun beidhändig immer wieder mit aller Kraft in die schmalen Lücken zwischen den Hornschuppen am Hals der Kreatur. Dunkles Blut quoll aus den Wunden und strömte an den Flanken des Ungeheuers hinab.

Warlon verfuhr ebenso, rammte sein Schwert zwischen die Panzerschuppen. Tief drang die Klinge ein. Mit seinem ganzen Gewicht stemmte Warlon sich auf den Griff, trieb das Schwert tiefer und tiefer, bis es bis zum Heft im Leib der Bestie steckte.

In rasendem Schmerz warf sie sich hin und her, und genau wie Ailin musste er seine ganze Kraft aufbieten, um sich an dem Schwertgriff festzuklammern und nicht von ihrem Rücken geschleudert zu werden. Die anderen beiden Krieger hatten keine Chance mehr, in den Kampf einzugreifen, mussten vor dem blindwütig umhertobenden Zarkhan zurückweichen.

Mehrfach trieben Warlon und Ailin ihre Schwerter tief in den Hals des Zarkhan. Allmählich verloren seine Bewegungen an Kraft und sein Brüllen klang immer schmerzerfüllter und kläglicher. Mit einem letzten Zucken blieb er schließlich leblos liegen.

Aber auch Warlon war am Ende seiner Kräfte angelangt. Nur mit Mühe gelang es ihm noch, von dem riesigen Kadaver herunterzuklettern, ohne zu stürzen. Malot und Silon mussten ihn stützen, als er den Boden erreichte – er konnte sich kaum noch auf den Beinen halten. Es schien keine Stelle seines Körpers zu geben, die *nicht* weh tat, doch schien er sich wenigstens keine ernsthaften Verletzungen zugezogen zu haben.

Auch Ailin keuchte vor Erschöpfung, war aber dennoch in wesentlich besserer Verfassung als er.

»Wo habt Ihr *das* bloß gelernt?«, presste er mühsam hervor.

»Zu unserer Ausbildung gehört nicht nur das Beten«, erwiderte sie spöttisch. »Vor allem Tharlia war stets der Meinung, dass eine Priesterin mit einem gesunden, gut durchtrainierten Körper auch ihre geistigen Fähigkeiten wesentlich besser entwickeln kann. Seit sie das Amt der Hohepriesterin angetreten hat, steht deshalb auch das Besiegen eines Zarkhan auf unserem Lehrplan.«

Warlon zwang sich zu einem Lächeln und winkte ab. Es

dauerte mehrere Minuten, bis er wieder einigermaßen zu Kräften kam und sein hämmernder Herzschlag sich beruhigt hatte. Angewidert betrachtete er das tote Ungeheuer.

»Mistvieh!«, stieß er hervor, spie aus und versetzte ihm einen Tritt, ehe er sich abwandte. »Gehen wir weiter. Es kann nicht mehr weit bis zum Tiefenmeer sein.«

9

UNTER ARREST

Zutiefst schockiert von dem, was sie gehört und vor allem in der Luanen-Höhle selbst gespürt hatte, machte Tharlia sich auf den Rückweg zum Dunkelturm. Barlok hatte ihr und dem Offizier der Stadtgarde berichtet, was er von Selon erfahren hatte, und die Zukunftsvisionen, die sich vor ihren Augen abzeichneten, wurden immer grausamer und düsterer.

Offenbar hatte sie die Gefahr mindestens ebenso sehr unterschätzt wie der König. Die fremden Wesen waren ihr sogar ganz gelegen gekommen, um Burians Unfähigkeit anzuprangern und ihre eigenen Pläne voranzutreiben. Da war sie noch davon ausgegangen, dass ein erfahrener Krieger wie Barlok mit der Bedrohung schon fertig werden würde, wenn sie ihm im Gegenzug für seine Unterstützung freie Hand ließe.

Dass tatsächlich womöglich die ganze Existenz ihres Volkes auf dem Spiel stehen könnte, dieser Gedanke war ihr erst gar nicht gekommen, und es fiel ihr auch jetzt noch schwer, sich daran zu gewöhnen. Was nutzte es ihr unter diesen Umständen noch, wenn es ihr tatsächlich gelang, Burian zu stürzen und selbst den Thron zu besteigen? Im Moment war das bedeutungslos geworden, nur die Abwehr der drohenden Gefahr zählte.

Im Dunkelturm angelangt, begann sie deshalb sofort, die

mit Barlok und Torliok abgesprochenen Maßnahmen in die Tat umzusetzen. Sie rief sämtliche Ober-, Weihe- und sogar die Laienpriesterinnen zusammen und erklärte ihnen mit knappen Worten die Situation. Wenn es irgendjemandem gelang, den Unsichtbaren innerhalb Elan-Dhors aufzuspüren, dann ihnen. Aus diesem Grund würde jede von ihnen einen kleinen Trupp Gardesoldaten bei Patrouillen durch das gesamte Stadtgebiet begleiten.

Lediglich die einfachen, ranglosen Priesterinnen, die dem Orden erst seit kurzem angehörten, waren noch nicht so weit, diese Aufgabe erfüllen zu können. Einige von ihnen schickte Tharlia stattdessen los, um unverzüglich den König und die anderen Ratsmitglieder zu informieren und eine Sitzung des Hohen Rates einzuberufen.

Gerne hätte sie sich für eine Weile in ihre Kammer zurückgezogen, um sich noch etwas auszuruhen und ihre Kräfte zu regenerieren, doch dazu kam es nicht. Ein Bote ihrer Familie traf ein und berichtete, dass ein Eindringling in den frühen Morgenstunden erhebliche Schäden verursacht hätte, jedoch in eine von ihr errichtete Falle getappt sei, als er das Haus mit seiner Diebesbeute verlassen wollte.

Am liebsten hätte Tharlia ihn noch ein paar Stunden in der Falle schmoren lassen, da sie derzeit wesentlich Wichtigeres als ein kleiner Dieb beschäftigte. Nach kurzem Zögern entschloss sie sich dann aber doch, sich direkt um dieses Problem zu kümmern.

Im Wohnsitz ihrer Familie angekommen, begutachtete sie zunächst die Schäden, die der Eindringling verursacht hatte. Glücklicherweise waren sie nicht so groß wie befürchtet, dennoch packte sie Zorn beim Anblick der kahlen Stellen an den Wänden, wo Quarze und andere Verzierungen gewaltsam herausgebrochen worden waren.

Sie ließ sich zu dem Gefangenen führen. Er kauerte vor panischer Angst zitternd, mit angezogenen Beinen und eng um den Körper geschlungenen Armen auf dem Boden eines Ganges, der zu einer kleinen Seitenpforte führte, und stieß wimmernde Laute aus.

»Eine Dienstmagd hat ihn vorhin so vorgefunden«, berichtete ein neben ihm stehender Wachposten. »Er ist überhaupt nicht ansprechbar, reagiert auf nichts.«

»Das kann er auch nicht«, entgegnete Tharlia grimmig. »In seiner Vorstellungswelt stirbt er gerade tausend Tode.«

Sie konzentrierte sich kurz und löste den Bann, der dem Eindringling vorgaukelte, der Gang hätte sich zu einer winzigen Kammer um ihn verengt. Auch jetzt reagierte er noch nicht, erst als sie ihn mit dem Fuß anstieß, brach das Wimmern ab, und er hob den Kopf. Mit immer noch vor Panik flackernden Augen blickte er sich um, dann sprang er auf. Hastig griff der Wachposten zu und hielt ihn von hinten fest.

»Wer bist du?«, fragte Tharlia.

Der Fremde antwortete nicht, sondern versuchte vergeblich, sich aus dem Griff der Wache zu befreien.

»Rede schon!«, herrschte Tharlia ihn an. »Oder soll ich veranlassen, dass sich die Wände wieder um dich schließen?«

»Nein!«, keuchte der Mann. Obwohl sie verschleiert war, wagte er nicht, sie anzublicken. »Alles, nur das nicht! Ich … ich heiße Lokin.«

»Ein Ausgestoßener ohne Haus, der einen Kriegertrupp unter seinem Kommando feige im Stich ließ, um sein Leben zu retten«, sagte der Wachposten verächtlich. »Ich habe von ihm gehört. Übergeben wir ihn der Stadtgarde, die wird kurzen Prozess mit ihm machen.«

»Gnade«, jammerte Lokin. »Wenn Ihr mich der Garde übergebt, werde ich den Rest meines Lebens im Kerker verbringen.«

»Was du auch verdient hast«, entgegnete Tharlia kalt. »Du wolltest uns berauben.«

»Nur, weil ich vor Hunger schon ganz verzweifelt war. Habt Mitleid und lasst mich laufen. Ich schwöre, dass ich mich Eurem Haus niemals wieder nähern werde. Ich … ich werde Elan-Dhor sogar ganz verlassen, wenn Ihr es verlangt, und zur Oberfläche gehen. Ich kenne Leute da und –«

»Wahrscheinlich Gauner wie er, die ihm sein Diebesgut abkaufen«, warf der Wachposten ein. »Wir sollten –«

»Schweigt!«, verlangte Tharlia. »Alle beide.«

Sie überlegte kurz. Sicherlich wäre es angemessen, den Mann der Garde auszuliefern. Als Ausgestoßener, der bei einem Verbrechen wie diesem erwischt wurde, würde er vermutlich für viele Jahre, wenn nicht sogar tatsächlich den Rest seines Lebens in den Kerker geworfen werden. Was sie zögern ließ, war kein Mitleid, sondern ein ganz anderer Gedanke. Bei dem Einbruch hatte Lokin nicht nur Mut, sondern auch eine beträchtliche Portion Geschick bewiesen. Es wäre ihr als Verschwendung erschienen, jemanden wie ihn einfach einzusperren, vor allem, wenn er zudem auch noch gute Kontakte zur Oberfläche hatte. Ein Mann wie er könnte sich noch einmal als nützlich erweisen, erst recht, wenn er völlig ihrer Gnade ausgeliefert war.

»Ich werde ihn nicht ausliefern, zumindest für den Moment nicht. Bringt ihn in eines der Gästequartiere, und gebt ihm etwas zu essen!«, befahl sie. »Behandelt ihn gut, aber bewacht ihn auch mindestens ebenso gut. Ich werde später entscheiden, was mit ihm geschieht. Bis dahin möchte ich nicht, dass auch nur ein Wort über diesen Vorfall nach draußen dringt.«

»Ich danke Euch«, stieß Lokin hervor und wäre wahrscheinlich vor ihr auf die Knie gefallen, hätte ihn die Wache nicht immer noch festgehalten. »Ihr werdet es nicht bedauern, wenn Ihr mich verschont, das schwöre ich! Ich werde alles tun, was Ihr von mir verlangt.«

»Du wirst Gelegenheit bekommen, das zu beweisen, verlass dich darauf. Aber solltest du mich enttäuschen, ist mehr als nur deine Freiheit verwirkt«, erwiderte Tharlia und wandte sich ab. »Schafft ihn fort!«

Barina war mit ihrem Leben zufrieden. Natürlich könnte manches besser sein, aber im Großen und Ganzen hatte sie wenig Grund, sich zu beklagen.

Selbst als Angehörige eines noch jungen, nur wenige Generationen umfassenden Hauses, hatte sie schon in frühen Jahren Tunok geheiratet, den Spross einer unbedeutenden Seitenlinie des Hauses Walortan. Mehrere Jahre hatten sie als Teil dieser mächtigen Dynastie gelebt, ohne dass sie dort allzu glücklich geworden war. Zu groß war die Familie, und zu groß auch die Zahl derer, die sich immer wieder in ihr Leben eingemischt hatte. Tunok war es nicht anders ergangen. Als sich bei ihr Nachwuchs ankündigte, hatten sie Walortan deshalb verlassen, um ein eigenes Haus zu gründen.

Das Haus Tunok…

Sicherlich konnte es sich nicht annähernd an Größe, Macht oder Einfluss mit Walortan messen und würde es voraussichtlich auch niemals können, aber darauf legte Barina auch keinerlei Wert. Zusammen mit ihrem Mann und ihren mittlerweile zwei Kindern bewohnte sie eine der kleinen Höhlen im Ostviertel Elan-Dhors. Es war nicht viel mehr als eine schäbige Grotte mit einem nur wenige Schritte durchmessenden Wohn- und einem noch kleineren Schlafraum, doch im Rahmen ihrer Möglichkeiten hatte sie das Innere liebevoll nach ihrem Geschmack eingerichtet.

Manchmal drangen Lärm und Gestank von den nahen Schmelzöfen, Schmieden und anderen ebenfalls im Ostteil angesiedelten Fertigungsstätten bis dorthin, dennoch hätte sie es unter keinen Umständen mehr gegen allen Prunk des Hauses Walortan eintauschen wollen. Unter ähnlichen Umständen war sie aufgewachsen, und hier war sie ihre eigene Herrin, ohne sich wie ein winziges Teil im Räderwerk einer großen Dynastie zu fühlen.

Auch über ihre Arbeit konnte sie sich nicht beklagen. Barina arbeitete in einer Spinnerei, wo die Wolle der Luanen zu Garn für Kleidungsstücke verarbeitet wurde. Eine an sich monotone Tätigkeit, aber sie verstand sich gut mit den anderen Spinnerinnen, weshalb bei der Arbeit stets viel erzählt und gelacht wurde.

Auch jetzt war sie dorthin unterwegs. Fröhlich vor sich hin summend schritt sie durch die verwinkelten Gassen des Ostviertels mit ihren zahlreichen kleinen Treppchen. Gelegentlich begegnete sie jemandem, der ebenfalls gerade auf dem Weg zur Arbeit war oder von dort zurückkehrte, und grüßte freundlich.

Sie hatte etwa den halben Weg zurückgelegt, als sie aus einem schmalen, von den in dieser Gegend ohnehin nur in großen Abständen aufgestellten Straßenlampen nicht erleuchteten Durchgang zwischen zwei Häusern ein seltsames Geräusch hörte. Es war schwierig einzuordnen, klang am ehesten wie eine Mischung aus leisem Zischen und Fauchen.

Unschlüssig blieb Barina stehen. Sie betrachtete sich als eine patente Person, der so schnell nichts Angst einjagen konnte, und innerhalb der Mauern Elan-Dhors war schwerlich eine Gefahr zu erwarten. Trotzdem war etwas an dem Laut äußerst unheimlich gewesen und trieb ihr eine Gänsehaut über den Rücken. Fast eine Minute wartete sie und lauschte, aber das Geräusch wiederholte sich nicht.

»Ist da jemand?«, fragte sie schließlich.

In diesem Moment bog ein von der Nachtschicht zurückkehrender Zwerg in die Gasse ein und kam auf sie zu. Barina kannte ihn nicht, war aber froh, nicht mehr allein zu sein. Freundlich grüßte sie den Zwerg.

»Was ist mit dir?«, erkundigte er sich, nachdem er ihren Gruß ebenso freundlich erwidert hatte. »Mit wem hast du gesprochen?«

»Ich habe ein Geräusch gehört«, berichtete Barina und deutete in den Durchgang. »Von dort. Ich kann nicht sagen, was es war, aber es klang irgendwie unheimlich.«

Ihr Gegenüber runzelte die Stirn und strich sich über seinen etwas ungepflegt wirkenden Bart, dann trat er näher an den Durchgang heran und starrte in die Dunkelheit. Gleich darauf wich er erschrocken einen Schritt zurück, als erneut das Zischeln ertönte.

»Dort ist wirklich etwas. Warte hier, ich werde nachsehen.«

Entschlossen trat er in den Durchgang, doch er kam nur drei Schritte weit. Alles ging so schnell, dass Barina nicht einmal richtig sah, was geschah. Etwas blitzte silbern auf, und im nächsten Moment brach der Mann zusammen, ohne auch nur einen Laut von sich zu geben.

Barina öffnete den Mund zu einem Schrei, kam aber nicht mehr dazu, ihn auszustoßen. Etwas Dunkles war plötzlich vor ihr, mit einem hageren, bleichen Gesicht und glühenden Augen.

Das Letzte, was sie in ihrem Leben wahrnahm, war das erneute Aufblitzen von Stahl.

König Burian war bereits mit schlechter Laune zur Sitzung des Hohen Rates erschienen und machte auch keinerlei Hehl daraus. Er wirkte unausgeschlafen und war offenkundig zornig, dass man ihn so früh geweckt hatte. Ausnahmsweise konnte Barlok ihn bis zu einem gewissen Grad sogar verstehen. Ohne jeden Zweifel machte er sich Sorgen um seinen Sohn und hatte vermutlich allein deshalb schon nicht viel Schlaf gefunden.

Auch Barloks Anblick hob die Stimmung des Königs nicht gerade, so wenig wie das, was er zu berichten hatte. Immer mehr verfinsterte sich sein Gesicht.

»Ihr habt einen Goldbrocken von erheblicher Größe und hohem Wert unterschlagen, das allein ist schon ein Verbrechen!«, unterbrach er ihn schließlich mit donnernder Stimme. Sein Gesicht hatte sich vor Zorn gerötet. »Darüber hinaus brüstet Ihr Euch auch noch damit, dass Ihr ihn benutzt habt, um heimlich hinter meinem Rücken irgendwelche Nachforschungen anstellen zu lassen, die Eure absurden Theorien stützen sollen, mit denen Ihr meine Pläne durchkreuzen wollt. Das ist ungeheuerlich!«

»Verzeiht, Majestät, aber erst als er am Tag nach seiner Rückkehr im Dunkelturm das Bewusstsein wiedererlangte, erinnerte sich Barlok wieder an den Goldbrocken mit der Elbenrune darauf«, ergriff Tharlia das Wort. »Und ich war diejenige, die ihn nach Marlus Thain bringen ließ. Nicht, um gegen Eure Pläne zu intrigieren, sondern weil ich es für äußerst wichtig hielt und die Hoffnung hegte, dass der ehrwürdige Selon herausfinden könnte, was es mit der Rune auf sich hat.«

»Das gelang mir schließlich auch«, griff Selon den Faden auf. »Und leider ist das, was ich herausgefunden habe, im höchsten Maße beunruhigend. Deshalb wurde diese Sitzung des Rates einberufen.«

Er berichtete, was er über den Krieg herausgefunden hatte, den sich die Elben mit Abtrünnigen ihres eigenen Volkes vor langer Zeit geliefert hatten, dass sie ihre dunklen Brüder schließlich in finstere Höhlen tief unter der Oberfläche verbannt und diese mit Runen versiegelt hätten und dass das Symbol auf dem Goldbrocken genau einer dieser Runen entsprach, die sie damals verwendet hatten.

Während seines Berichts beobachtete Barlok den König aufmerksam und erkannte schon frühzeitig, dass Selons Worte ihn nicht überzeugten.

»Elben und dunkle Elben, die in grauer Vorzeit gegeneinander gekämpft haben sollen«, schnaubte er denn auch verächtlich, als der Gelehrte schließlich zum Ende gekommen war. »Finstere Höhlen, Bannrunen … Ich habe bislang stets viel auf Eure Weisheit gegeben, aber was versucht Ihr mir hier für eine unglaubliche Geschichte aufzutischen?«

»Es ist alles belegt, Ihr könnt Euch jederzeit selbst davon überzeugen und die Schriftstücke einsehen«, entgegnete Selon sichtlich gekränkt. »Ich habe sie nur mit Rücksicht auf ihr Alter und ihren Wert nicht mitgebracht.«

»Uralte Dokumente, die aus höchst zweifelhaften Quellen stammen oder deren Herkunft nicht einmal bekannt ist«, entgegnete Burian, ohne den betagten Gelehrten anzublicken. »Ich habe wahrlich Wichtigeres zu tun, als meine Nase in ein paar stinkende, vergammelte Schriftrollen zu stecken.« Er erkannte, dass er zu weit gegangen war und im Begriff stand, den gesamten Rat gegen sich aufzubringen, was selbst für ihn unangenehm werden könnte, deshalb fügte er mit gemäßigterer Stimme hinzu: »Selbst wenn es diesen Krieg gegeben haben sollte, so gibt es trotzdem noch keinen Beweis, dass die Höhlen, in die diese Abtrünnigen damals verbannt wurden, ausgerechnet hier unter dem Schattengebirge liegen. Diese Rune kann jeder aus allen möglichen Gründen dort angebracht haben. Nur weil wir auf eines oder vielleicht auch mehrere bislang unbekannte Wesen gestoßen sind, bedeutet das noch längst nicht, dass es sich um diese Dunkelelben handeln muss. Was immer diese Wesen sein mögen, Farlian und seine Begleiter werden sie besiegen, und dann wird sich erweisen, dass sie nicht annähernd so gefährlich sind, wie einige hier zu glauben scheinen.« Nervös drapierte Burian seine langen Ärmel neu auf den Lehnen des goldenen Throns.

»Die Kreatur, gegen die ich gekämpft habe, besaß unverkennbare Ähnlichkeit mit einem Elben«, warf Barlok leise ein. »Es ist mir nur zunächst nicht bewusst geworden, weil der Gedanke so fern lag. Sie war schlank und hochgewachsen, verfügte über starke magische Kräfte, besaß sehr helle, fast bleiche Haut, spitz zulaufende Ohren –«

»Jedes einzelne dieser Merkmale kann man bei verschiedenen Völkern finden«, unterbrach ihn der König unwirsch. »Ihr sagt es selbst, der Gedanke ist abwegig. Jeder weiß, wie sehr Elben unterirdische Höhlen verabscheuen. Sie können dort nicht existieren, es widerspricht ihrer gesamten Lebensart. Wenn sie also einen Teil ihres Volkes in die Tiefenwelt verbannt haben, haben sie ihn damit gleichzeitig zum Tode verurteilt. Es ist ausgeschlossen, dass diese Dunkelelben völlig isoliert von der Außenwelt dort über

Jahrtausende, vielleicht Jahrzehntausende hinweg überlebt haben.«

Auch Barlok hatte Schwierigkeiten, sich das vorzustellen, da es unzählige offene Fragen aufwarf. Selbst sein Volk hatte zum Überleben über lange Zeit hinweg Kontakte mit der Oberfläche benötigt, bis es beispielsweise gelernt hatte, seine Nahrungsmittel selbst zu erzeugen, und auch dafür brauchte es noch das durch die Schächte hereindringende Licht.

Und dennoch mussten die abtrünnigen Elben es irgendwie aus eigener Kraft geschafft haben, aber er erkannte, dass nichts, was er noch vorbringen könnte, den König überzeugen würde. Solange er keine absolut unumstößlichen Beweise vorlegen konnte, würde Burian die Wahrheit wie schon zuvor einfach leugnen. Jetzt ging es nicht länger nur um das Gold, sondern eine Gefahr von so ungeheurem Ausmaß, die das gesamte Volk bedrohte, dass er sie einfach nicht wahrhaben wollte, um nicht zu verzweifeln. Er mochte tief in seinem Inneren bereits erkannt haben, dass die ausgesandte Expedition ein schrecklicher Fehler gewesen war und er seinen Sohn womöglich niemals wiedersehen würde, doch noch klammerte er sich verzweifelt an jeden Strohhalm, um sich wenigstens eine kleine Hoffnung bewahren zu können.

Barlok warf einen warnenden Blick zu Tharlia hinüber, den sie zu verstehen schien. Es wäre ein Fehler, jetzt von dem Hinterhalt zu berichten, dem die Expedition zum Opfer gefallen war, wie sie durch die geistige Verbindung mit ihrer Weihepriesterin erfahren hatte.

Womöglich hatte sie Recht mit ihrer Behauptung, dass Burian ein schlechter König sei, ganz sicher ungeeignet als Oberhaupt ihres Volkes in einer so kritischen Zeit wie dieser. Dennoch sträubte sich auch weiterhin alles in Barlok dagegen, über die von ihr angestrebten Konsequenzen auch nur intensiver nachzudenken. Ausgerechnet jetzt gegen den König zu rebellieren und ihn seines Amtes zu entheben, was tatsächlich im Bereich des Möglichen lag, wie ihm ein Blick in die Gesichter der Ratsmitglieder verriet, mochte sich als verhängnisvoll erweisen. Der Thronfolger – der darüber hinaus ohnehin nur eine noch schlechtere Alternative gewesen wäre – war mit großer Wahrscheinlichkeit tot, und weitere Kinder, die seinen Platz einnehmen könnten, hatte Burian nicht. Es könnte lange dauern, bis man sich auf einen geeigneten Nachfolger einigte. Grabenkämpfe zwischen den Kasten und rivalisierenden Häusern wären möglich, und nichts davon konnten sie sich derzeit erlauben. Selbst ein schlechter König war in Kriegszeiten besser als ein in sich zerstrittenes Volk ohne Führung.

»Es gibt noch einen weiteren Anlass zu großer Sorge«, ergriff Tharlia wieder das Wort. »Alles deutet darauf hin, dass eines oder vielleicht sogar mehrere dieser Wesen bereits in Elan-Dhor eingedrungen sind, mag es sich nun um Dunkelelben handeln oder nicht.«

Burian erstarrte.

»Was sagt Ihr da?«, keuchte er erschrocken. »Aber das … ist doch unmöglich.« Er blickte Barlok an. »Ihr habt selbst gesagt, dass Ihr den Weg hinter Euch versperrt habt. Selbst wenn Farlian sein Ziel inzwischen erreicht hat und den eingestürzten Stollen freiräumen ließ, ist es ausgeschlossen, dass einer dieser angeblichen Dunkelelben in so kurzer Zeit hierhergelangen konnte, falls er es geschafft hat, unbemerkt an ihm und seinen Männern vorbeizuschlüpfen.«

»Und doch muss eine der Kreaturen den Weg bis nach Elan-Dhor gefunden haben«, behauptete Barlok. Er berichtete, was sich in der Nacht im Luanen-Gehege innerhalb der Hellhöhlen zugetragen hatte. »Dieses Ungeheuer scheint völlig willkürlich zu morden, vielleicht kennt es sogar nicht einmal den Unterschied zwischen Tieren und intelligenten Wesen«, schloss er. »Ich vermute, es tötete die Luanen, um herauszufinden, wie sie reagieren und ob sie eine Gefahr darstellen. Das war sogar tatsächlich der Fall, wenn auch vermutlich anders, als er gedacht hat. Die Herde geriet in Panik und stürmte blindlings los, wobei sie alles niedertrampelte, was ihr im Weg stand. Nicht nur den bedauernswerten Toluran, sondern auch den Dunkelelben, wie das Blut beweist, das wir gefunden haben.«

Einige Sekunden lang starrte Burian ihn ungläubig an, nachdem er geendet hatte, und Barlok machte sich bereits Hoffnung, dass es ihm gelungen sein könnte, ihm die Gefahr darzulegen. Wie sehr er sich irrte, erkannte er gleich darauf, als der König schallend zu lachen begann.

»Das nennt Ihr einen Beweis?«, keuchte er. »Drei tote Tiere, einen unberechenbaren Verrückten, der ebenfalls tot ist und sie wahrscheinlich selbst vorher niedergestochen hat, und ein paar Flecken im Gras? Ihr könnt nicht mehr ganz bei Sinnen sein! Eure Aussage strotzt nur so vor Worten wie *vielleicht*, *scheint*, *wahrscheinlich* und *vermutlich*, denn genau das ist sie auch: eine wilde Aneinanderreihung von Vermutungen. Ist das etwa alles, was Ihr vorzuweisen habt?«

Barlok biss einen Moment lang die Zähne zusammen und musste sich beherrschen, um nicht auch die Fäuste zu ballen. Er wusste nicht, was ihm mehr zusetzte, der Zorn über die Beleidigung oder die Enttäuschung über die Uneinsichtigkeit des Königs.

»Nein, das ist nicht alles«, antwortete er mit erzwungener Ruhe. »Ich war selbst zunächst skeptisch, obwohl ich einen Verdacht hatte. Aber den Beweis, nach dem Ihr verlangt, lieferte erst die Hohepriesterin Li'thils, als sie bestätigte, dass von dem Blut eine magische Kraft ausgeht, die der Magie ähnelt, die mich beinahe getötet hätte. Erst daraufhin habe ich mich entschlossen, entsprechende Maßnahmen einzuleiten.«

»Ihr habt... entsprechende Maßnahmen eingeleitet?«, stieß König Burian hervor, ohne auf seine vorigen Worte einzugehen. »Was für Maßnahmen?«

»In Abstimmung mit der Stadtgarde und dem Dunkelturm habe ich veranlasst, dass das Stadttor geschlossen wurde und Patrouillen aus Gardisten und Priesterinnen die Stadt durchstreifen, um die Kreatur aufzuspüren und die Bevölkerung aufzufordern, möglichst in ihren Häusern zu bleiben. Der Elb mag verletzt sein, dennoch stellt ein unsichtbares, frei in Elan-Dhor herumstreifendes Wesen eine tödliche Gefahr dar, der wir nur mit entschlossenen Maßnahmen begegnen können.«

»Das ist... einfach unglaublich!«, polterte Burian und beugte sich auf seinem Thron vor. Eine Zornesader begann an seiner Stirn zu pochen. »Ich lasse nicht zu, dass Ihr in der Bevölkerung Angst und Unruhe sät und meine Autorität untergrabt! Nur der König ist berechtigt, solche Befehle zu erteilen, und der bin meines Wissens nach immer noch ich. Oder habt Ihr es vielleicht darauf abgesehen, selbst auf meinem Thron Platz zu nehmen?«

»Nein, *ich* gewiss nicht«, antwortete Barlok betont, ohne sich von den Vorwürfen einschüchtern zu lassen. »Aber mit allem gebotenen Respekt – Ihr habt zu dieser Zeit geschlafen, und jede Verzögerung hätte weitere Todesopfer kosten oder es dem Dunkelelb ermöglichen können, Elan-Dhor unbemerkt wieder zu verlassen, um auch den Rest seines

Volkes herzuführen. Im Übrigen habe ich keine Befehle gegeben, sondern dem Kommandanten der Garde lediglich auf seine Fragen hin Ratschläge erteilt, welche Maßnahmen in meinen Augen geboten sind.«

»Es reicht!«, donnerte Burian mit hochrotem Kopf. »Auch wenn Ihr ein angesehener Mann seid, werde ich mir Eure Anmaßung und Eure Unverschämtheiten nicht mehr länger bieten lassen. Diesmal habt Ihr den Bogen endgültig überspannt, Kriegsmeister. Wachen! Werft ihn in … nein, bringt ihn nur zu den Kasernen und schließt ihn in seinem Quartier ein. Bis ich entschieden habe, was mit ihm geschehen wird, steht er unter Arrest und darf sein Quartier weder verlassen noch Besuch empfangen.«

Zwei Wachposten traten näher, zögerten dann jedoch. Den Gesichtern der Ratsmitglieder konnte Barlok entnehmen, dass auch sie über das Verhalten des Königs bestürzt waren. Möglicherweise hatte Burian gerade selbst das Ende seiner Herrschaft eingeläutet.

»Worauf wartet ihr denn noch?«, brüllte er. »Ihr habt meine Befehle gehört. Schafft ihn endlich fort!«

Immer noch zögernd ergriffen die beiden Wachposten Barlok an den Armen und führten ihn aus dem Thronsaal, ohne dass er Widerstand leistete. Vor der Tür ließen sie ihn wieder los.

»Glaubt uns, das ist für uns mindestens ebenso unangenehm wie für Euch, Kriegsmeister«, entschuldigte sich einer von ihnen. »Aber Ihr habt die Anordnung ja selbst gehört. Ich hoffe, Ihr begleitet uns, ohne Schwierigkeiten zu machen.«

»Ein guter Krieger führt die Befehle aus, die man ihm erteilt, auch wenn sie ihm nicht gefallen«, erwiderte Barlok schroff, darum bemüht, seine Verbitterung nicht an den

Palastwachen auszulassen. »Also, tut eure Pflicht, ich werde mich nicht sträuben.«

Breesa spürte die Abneigung und das Misstrauen, die ihr entgegenschlugen, aber sie machten ihr nichts aus. Sie war daran gewöhnt. *Hexe*, flüsterte man hinter vorgehaltener Hand hinter ihrem Rücken und sah sie lieber gehen als kommen.

Außer wenn es um die Göttin ging freilich. Dann hofften alle Zwerge, etwas von dem Segen und dem Schutz Li'thils abzubekommen, für den im Dunkelturm gebetet wurde. Ansonsten jedoch wäre es den meisten Zwergen wohl am liebsten, wenn die Priesterinnen ihn gar nicht erst verlassen würden.

Auch hier am Südtor, wohin die Oberpriesterin von Tharlia geschickt worden war, war es nicht anders. Als sie erfahren hatten, dass sich möglicherweise eine der unsichtbaren Kreaturen aus der Tiefe innerhalb Elan-Dhors aufhielt, war die Stadtgarde erschrocken und zumindest einige der Gardisten schienen bis zu einem gewissen Grad sogar froh zu sein, eine Priesterin in ihrer Nähe zu haben, die es spüren konnte, wenn der Dunkelelb sich näherte.

Dann jedoch hatte der König den Befehl erteilt, das Tor wieder zu öffnen, was als Zeichen gewertet wurde, dass die Gefahr doch nicht existiere oder zumindest nicht so groß wie befürchtet war. Breesa war trotzdem weiterhin am Tor geblieben, doch seit sie sich wieder sicherer fühlten, mieden die Gardisten ihre unmittelbare Nähe und sprachen auch nicht mehr mit ihr.

Breesa langweilte sich, aber sie versah ihre Aufgabe auch weiterhin mit größter Aufmerksamkeit. Im Gegensatz zu den Gardisten glaubte sie nicht, dass die Gefahr gebannt wäre. Tharlias Anweisungen waren eindeutig gewesen, und ihre Stimme hatte besorgt geklungen.

Einige Male glaubte die Priesterin, ganz schwach so etwas wie die Gegenwart einer fremden Präsenz wahrzunehmen, doch war sie sich nicht sicher. Sobald sie sich darauf konzentrierte, verschwand die fremde Aura, als könne sie ihre Bemühungen spüren und wolle nicht entdeckt werden.

Am frühen Nachmittag war es erneut so weit, und diesmal gab es für Breesa keinen Zweifel. Sie hatte an der Heilung Barloks teilgenommen, und die gleiche fremde Magie, die ihn beinahe getötet hätte, spürte sie auch jetzt. Und ihre Quelle lag nicht etwa außerhalb, sondern innerhalb von Elan-Dhor!

»Alarm!«, stieß sie hervor. »Etwas Fremdes nähert sich uns!«

Die Gardisten, die ihre Pflicht ziemlich nachlässig versahen, da sie nichts weiter zu tun hatten, als ein offenes Tor zu bewachen, das um diese Zeit ohnehin von niemandem passiert wurde, schreckten hoch.

Breesa konzentrierte sich darauf, die ihr von der Göttin verliehenen Fähigkeiten in ihrem Inneren zu wecken.

Ganz schwach, kaum mehr als ein nebliges Rauchgespinst, bildete sich gut ein Dutzend Meter entfernt ein Schemen in der Luft, der auf sie zuglitt.

Erschrockene Rufe erklangen hinter ihr, die Gardisten zogen ihre Waffen. Weitere kamen von dem Wehrgang oberhalb des Tores herabgeeilt.

Der Schemen verharrte. Er schien zu zögern, erkannte offenbar, dass seine Tarnung durchbrochen worden war und er einer Übermacht schwer bewaffneter Zwerge gegenüberstand, vor denen seine Unsichtbarkeit ihn nicht länger schützte, und die ihm den Weg durch das Tor versperrten.

Nach wenigen Sekunden glitt er zurück und war gleich darauf vollends verschwunden. Einen Moment lang konnte Breesa noch seine Nähe spüren, dann befand sich der Dunkelelb außerhalb der Reichweite ihrer Fähigkeiten.

»Was ... Was war das?«, fragte der Befehlshaber der Gardisten mit bebender Stimme. Sein Gesicht war blass geworden.

»Das, wovon der König nicht glaubt, dass es sich bereits innerhalb unserer Stadtmauern befindet. Eine der Kreaturen aus der Tiefe«, erwiderte Breesa. Um Unruhen zu verhindern, hatte Burian auch verboten, über die Abstammung der Bestien von den Elben zu sprechen, weshalb sie den Begriff vermied. »Rasch, Ihr müsst einen Boten zum Dunkelturm schicken, um der Hohepriesterin zu berichten, dass die Kreatur gesehen wurde, als sie versuchte, Elan-Dhor zu verlassen.«

»Aber ... warum haben wir sie nicht hinausgelassen? Dort kann sie weniger Schaden anrichten als innerhalb der Stadt.«

»Und vor allem kann sie den Rest ihres Volkes hierherführen, nachdem sie den Weg nach Elan-Dhor kennt. Gerade das muss unter allen Umständen verhindert werden.«

»Ich verstehe«, sagte der Gardist und wurde noch eine Spur blasser. »Ich werde sofort einen Boten losschicken. Sollten wir nicht auch den König informieren?«

Breesa überlegte kurz, dann schüttelte sie den Kopf.

»Er würde Euch nicht glauben, sondern die Beobachtung als Hirngespinst abtun«, entschied sie. »Ich halte es für besser, wenn die Hohepriesterin als Mitglied des Rates ihm die

Nachricht überbringt. Sie wird wissen, was zu tun ist. Wir schweben in größter Gefahr, das werdet wohl auch Ihr nun erkannt haben.«

»Ich kann nichts spüren«, sagte Ailin leise. »Aber die Höhle ist sehr groß. Meine Fähigkeiten reichen nicht aus, um sie ganz zu erfassen.«

Vorsichtig spähte Warlon um die Felsecke, die den Gang, in dem sie sich befanden, von der Halle am Ufer des Tiefenmeeres trennte. Nichts war dort von irgendwelchen Aktivitäten der Unsichtbaren zu entdecken, aber das hatte freilich nichts zu bedeuten.

»Wir sollten so schnell wir können zum Floß laufen und ablegen«, meinte Silon. »Wenn wir erst einmal auf dem Wasser sind –«

»Werden wir Paddel brauchen«, fiel Warlon ihm ins Wort. »Ich habe nicht vor, die Fährverbindung intakt zu lassen, damit die Unsichtbaren sie ebenfalls benutzen können.« Er deutete auf das kleine Wäldchen dicht beim Ufer. »Wir werden einen der Bäume fällen. Ich übernehme das. Ihr beide werdet mir Rückendeckung geben. Ailin, Ihr müsst uns warnen, sobald Ihr irgendetwas spürt, was auf die Nähe von Feinden hinweist.«

Die Weihepriesterin nickte.

»Bislang kann ich nichts wahrnehmen. Ich glaube nicht, dass sie schon bis hierher vorgedrungen sind, aber ich bleibe weiter wachsam.«

»Dann los!«

Im Laufschritt eilten sie auf das Wäldchen zu und erreichten es unbehelligt. Warlon wählte einen noch jungen Baum aus. Das Holz war weich und splitterte rasch unter den Schlägen seiner Axt. Mit nur drei kräftigen Hieben fällte er den Baum. Anschließend trennte er ein etwa meterlanges Stück davon ab und spaltete es. Sicherlich keine idealen Paddel, aber für den einmaligen Gebrauch mussten sie reichen.

Warlon nahm selbst eines davon, Malot das andere, dann liefen sie auf das Floß zu. Unbeschadet konnten sie an Bord gehen.

»Da!«, stieß Ailin hervor, als sie vom Ufer ablegten und deutete auf einen der Höhleneingänge. Vier Gestalten kamen daraus hervorgestürmt, noch rund einen Kopf kleiner als Zwerge und von grünlich grauer Hautfarbe, gekleidet in braunes Leder.

Goblins!

»Warten!«, schrie einer von ihnen und fuchtelte mit seinen dünnen Ärmchen. »Uns mitnehmen! Uns nicht hier zurücklassen!«

Am liebsten hätte Warlon genau das getan. Das Misstrauen gegenüber Goblins saß tief in ihm. Zu oft hatte er schon gegen die verschlagenen kleinen Kreaturen gekämpft; zu viele seiner Kameraden waren ihren heimtückischen Überfällen aus dem Hinterhalt zum Opfer gefallen.

Ailin erkannte, was in ihm vorging.

»Wir müssen sie mitnehmen«, drängte sie. »Wenn wir sie zurücklassen und das Floß zerstören, wäre es das sichere Todesurteil für sie.«

Warlon rang einen Moment mit sich. Hätten die Goblins das Floß zuerst erreicht, hätten sie umgekehrt sicherlich keinerlei Skrupel gehabt, ihn und die anderen hier ihrem Schicksal zu überlassen. Mit Unbehagen sah er, dass sie mit Schwertern und Bögen bewaffnet waren. Allerdings stellten sie auch damit schwerlich eine Gefahr für drei kampferprobte Zwergenkrieger dar. Ihre Stärke lag darin, aus dem

Verborgenen zuzuschlagen, nicht im offenen Kampf. In ihren Gesichtern standen nur Angst und Panik geschrieben.

Widerwillig nickte er.

Sie warteten, bis die Goblins heran waren. Einige Schritte mussten sie durch das Wasser waten, bis sie auf das Floß klettern konnten. Sobald sie an Bord waren, gab Warlon ein Zeichen. Malot und Silon begannen an den Seilen zu ziehen. Das Floß nahm Fahrt auf, entfernte sich rasch vom Ufer.

»Wir euch danken«, radebrechte einer der Goblins in der verdrehten Redeweise seines Volkes. Aus seinen geschlitzten Augen blickte er Warlon an. Sein haarloser, für den Rest seines schmächtigen Körpers zu groß erscheinender Kopf wackelte auf seinem dürren Hals hin und her. »Ich Quarrolax. Unsere Patrouille tot ist. Wir treffen auf mächtigen, schrecklichen Feind, wir nicht können sehen. Nur wir entkommen.«

»Wir sind auf denselben Feind gestoßen. Auch unsere Leute wurden von ihm getötet«, berichtete Warlon. Zu seiner Erleichterung ließen die Goblins keinerlei Feindseligkeit erkennen, schienen wirklich nur glücklich zu sein, ihr Leben gerettet zu haben. Ob das allerdings auch so bleiben würde, wenn sie erfuhren, dass er die Fährverbindung zerstören wollte, musste sich erst zeigen. »Befinden sich noch weitere Patrouillen von euch auf dieser Seite des Tiefenmeeres?«

»Nicht mehr glauben. Fürchten alle tot«, erwiderte Quarrolax und senkte den Kopf. Nach ein paar Sekunden fügte er hinzu: »Müssen versenken Flöße, damit Feinde nicht folgen.«

»Genau das haben wir vor«, erklärte Warlon grimmig. »Ich bin froh, dass du es ebenso siehst.«

Mit Schrecken wurde ihm bewusst, dass er und seine Begleiter jetzt ohne jede Hoffnung auf Heimkehr auf der anderen Seite festsäßen, wenn sie das Ufer nur ein paar Minuten später erreicht hätten und die Goblins bereits mit dem Floß aufgebrochen wären.

Bald darauf erreichten sie die Hälfte der Strecke und trafen auf das zweite Floß. Mit seiner Axt zerschlug Warlon die Stricke, mit denen die Stämme aneinander gebunden waren. Fast wäre er ins Wasser gestürzt, als sich der Verbund löste und sie auseinandertrieben, doch gelang es ihm gerade noch rechtzeitig, wieder auf das intakte Floß zurückzukehren.

Anschließend kappte er auch die Seile, die sich zwischen den Ufern spannten. Malot und Silon griffen nach den improvisierten Paddeln und bemühten sich, das Floß voranzutreiben, doch erwies sich das als gar nicht so einfach. Es schwankte hin und her, neigte sich von einer Seite zur anderen und kam kaum von der Stelle.

»Uns machen lassen«, bat Quarrolax. Zwei der Goblins ergriffen die Paddel und bewiesen erheblich größeres Geschick. Gleichzeitig tauchten sie sie auf beiden Seiten ein und zogen sie durchs Wasser. Rasch gewann das Floß wieder an Fahrt und näherte sich erstaunlich schnell dem Ufer. Nachdem sie angelegt hatten, zerstörte Warlon zur Sicherheit auch dieses Floß, um auszuschließen, dass womöglich ahnungslose Gnome oder Schrate es benutzten, um wieder zur anderen Seite zu gelangen.

»Ich hoffe, dass das die Unsichtbaren eine Zeit lang aufhalten wird«, sagte er. »Aber ich fürchte, es wird sie nicht auf Dauer daran hindern, dieses Ufer zu erreichen. Sie können sich neue Flöße bauen. Krieg steht unseren beiden Völkern bevor.«

»Wir berichten Häuptling«, antwortete Quarrolax. »Feind sein mächtig, Streit zwischen Goblins und Zwergen nicht länger wichtig. Wenn Häuptling beschließen, wir kämpfen zusammen.«

Ohne einen Gruß wandte er sich um und eilte mit seinen Begleitern davon. Immer noch verblüfft über das Angebot, sich der Bedrohung gemeinsam zu stellen, blickte Warlon ihnen nach.

»Auch uns bleibt keine Zeit für eine Rast«, erklärte er, als sie nach einigen Sekunden in einem der Stollen verschwanden. »Wir müssen die Kohleflöze erreichen. Von dort werden wir den Käfig für den Aufstieg benutzen, um so schnell wie möglich Bericht zu erstatten. Ich hoffe nur, dass König Burian dann endlich begreift, wie groß die Gefahr wirklich ist.«

Der Arrest, unter dem Barlok stand, war eine Strafe, wie die meisten Inhaftierten sie sich vermutlich wünschen würden.

Er durfte sein Quartier nicht verlassen, und da er ohnehin keine derartigen Ambitionen hegte, unternahm er auch keinen entsprechenden Versuch. Dass er auch keinen Besuch empfangen durfte, war hingegen nicht viel mehr als ein Witz. Die Palastwachen hatten ihn in den Kasernen abgeliefert und den Befehl des Königs übermittelt. Die Wachposten jedoch, die daraufhin vor dem Eingang seines Quartiers Stellung bezogen, waren die Ersten, die den Kopf hereinstreckten, um ihn mit Fragen zu bestürmen, ihn ihres Bedauerns zu versichern, sich erkundigten, ob sie irgendetwas für ihn tun könnten oder einfach nur ihrer Empörung Luft zu machen.

Nach ihnen kamen andere, da sich die Nachricht von

seinem Arrest wie ein Lauffeuer verbreitete, bis es Barlok schließlich zu bunt wurde, und er die Tür seinerseits von innen verriegelte, um endlich seine Ruhe zu haben.

Noch immer war er zutiefst erbittert. Weder hatte er seine Kompetenzen überschritten noch irgendwelche Intrigen hinter dem Rücken des Königs gesponnen, um diesem zu schaden, ganz im Gegenteil. Er hatte lediglich das getan, was die Vernunft gebot. Wäre es allein nach ihm gegangen, hätte er sogar noch sehr viel umfassendere Maßnahmen ergriffen, hatte aber darauf verzichtet, gerade um sich erst gar nicht dem Verdacht auszusetzen, er wolle die Autorität des Königs unterminieren. Und was war der Dank dafür? Burian hatte ihm trotzdem vorgeworfen, selbst nach dem Thron zu streben, hatte ihn wiederholt in seiner Ehre gekränkt und ihn sogar unter Arrest gestellt.

Viel schlimmer jedoch traf Barlok, dass der König alle ihm vorgetragenen Beweise beiseitegefegt und sich geweigert hatte, sie zu akzeptieren, einfach weil sie nicht in seine Pläne passten und er sie deshalb nicht wahrhaben wollte. Möglicherweise hatte er der Stadtgarde sogar weitere Patrouillengänge untersagt und die Stadttore wieder öffnen lassen. Barlok konnte nur hoffen, dass Tharlia zumindest dort weiterhin jeweils eine ihrer Priesterinnen beließ, damit diese merkte, wenn einer der Dunkelelben im Schutz seiner Unsichtbarkeit die Stadt zu verlassen versuchte. Auf Patrouille würde Tharlia ihre Priesterinnen ohne den Schutz von Gardesoldaten wegen der großen Gefahr wohl kaum allein gehen lassen.

Und das bedeutete, dass eine der unsichtbaren Kreaturen nahezu unbehelligt durch Elan-Dhor streifen und möglicherweise weitere Morde an ahnungslosen Zwergen begehen konnte. Mehr noch: Das Wesen war verletzt und dadurch geschwächt, aber Burian ließ in seiner Ignoranz die Gelegenheit verstreichen, es zur Strecke zu bringen, und gab ihm stattdessen Gelegenheit, sich zu erholen und seine alte Stärke zurückzuerlangen.

Für Barlok mehr als genug Gründe, seine Verbitterung und seinen Zorn auf den König auch weiterhin zu pflegen.

Erinnerungen an die Vergangenheit stiegen in ihm auf, an eine Zeit, die schon mehr als ein Jahrhundert zurücklag, für ihn aber noch so lebendig war, als wäre alles erst gestern passiert.

Bereits damals war er ein Kriegsheld gewesen, doch wichtiger als das waren die Veränderungen gewesen, die sich zu dieser Zeit gerade in seinem Privatleben vollzogen hatten. Zwei Jahre zuvor hatte er seine große Liebe Silara geheiratet und dem Haus Lius den Rücken gekehrt, um ein eigenes Haus zu gründen, und inzwischen hatte sich Nachwuchs angekündigt, wenn es auch noch mehrere Monate dauern würde.

Die Zukunft hatte sich für ihn in leuchtendsten Farben abgezeichnet, vor allem, als man ihm den Oberbefehl über ein gewaltiges Heer übertragen hatte, das gegen die Streitkräfte der Gnome und Goblins ausgesandt wurde, die ein Bündnis geschlossen hatten, um Elan-Dhor mit vereinten Kräften anzugreifen. In den goldenen Hallen war es zur Schlacht gekommen, und Barlok hatte einen glorreichen Sieg errungen.

Einen Sieg, der allzu teuer erkauft worden war, wie er nach seiner Rückkehr festgestellt hatte. Da alle Aufmerksamkeit nur auf den Kampf in den Minen gerichtet gewesen war, hatte man Elan-Dhor selbst entblößt und nur wenige Krieger zur Verteidigung der Stadt zurückgelassen.

Ohne Patrouillen, die seine Annäherung rechtzeitig hätten bemerken können, war es einem Zarkhan gelungen, bis zur Stadt vorzudringen, das Südtor zu durchbrechen und bis in die Hellhöhlen zu gelangen, wo er fürchterlich gewütet hatte. Nicht nur hatte er einen großen Teil der Ernte vernichtet, sondern sein Angriff hatte auch Dutzende Zwergenleben gekostet, ehe es endlich gelungen war, ihn zu überwältigen.

Eines dieser Opfer war Silara gewesen, die an diesem Tag in den Hellhöhlen gearbeitet hatte.

So hatte sich jener Tag, der versprochen hatte, einer der glücklichsten in Barloks Leben zu werden, in einen grässlichen Albtraum verwandelt. Er hatte seine Frau und sein ungeborenes Kind verloren, seine Hoffnungen auf ein eigenes Haus waren zerstört worden. Diese Wunde in seinem Inneren war niemals ganz verheilt. Selbst nach mehr als hundert Jahren schmerzte die Erinnerung noch.

Und nun drohten wieder unschuldige Zivilisten zu sterben, dabei war die Gefahr diesmal bekannt, und ein verblendeter König weigerte sich nur, sie anzuerkennen. Es war zum Verzweifeln!

Um sich abzulenken, las Barlok eine Zeit lang in einem alten Folianten, der noch aus der Gründungszeit Elan-Dhors stammte und die ersten Begegnungen und daraus resultierenden Auseinandersetzungen mit den Gnomen und Goblins unter dem Schattengebirge schilderte. Doch sosehr das Thema ihn normalerweise gefesselt hätte, jetzt gelang es ihm nicht, sich auf den Text zu konzentrieren. Immer wieder schweiften seine Gedanken ab.

In den frühen Nachmittagsstunden schließlich hatte Barlok das Gefühl, die Decke würde ihm auf den Kopf fallen. Um nicht länger allein zu sein, spielte er sogar mit dem

Gedanken, die beiden Wachposten zu sich hereinzubitten, doch in diesem Moment klopfte es an der Tür. Rasch sprang er auf, zog den Riegel zurück und öffnete.

»Ich muss mit dir reden«, sagte Tharlia, ohne sich mit irgendwelchen Formalitäten aufzuhalten.

»Du weißt doch, dass ich keine Besuche empfangen darf«, entgegnete Barlok mit sanftem Spott. »Wie bist du an den Wachposten vorbeigekommen?«

»Sie werden sich nicht daran erinnern, dass ich hier gewesen bin, aber das spielt jetzt ohnehin keine Rolle mehr«, erklärte sie und schlug ihren Schleier zurück.

»Es hat Tote innerhalb Elan-Dhors gegeben?«, befürchtete Barlok.

»Erstaunlicherweise nicht. Vielleicht liegt es an unseren Patrouillen. Burian hat befohlen, alles zu unterlassen, was die Bevölkerung beunruhigen könnte, aber er hat die Patrouillen dabei nicht ausdrücklich erwähnt, weshalb wir sie fortsetzen. Zwei Arbeiter werden allerdings unabhängig voneinander vermisst. Möglicherweise wurden sie ermordet, das wird sich noch herausstellen. Aber wir wissen nun endgültig, dass sich einer der Unsichtbaren in Elan-Dhor befindet. Eine Oberpriesterin entdeckte ihn, als er durch das Südtor zu entkommen versuchte.«

»Ist es ihm gelungen?«, fragte Barlok erschrocken.

»Nein. Sie konnte die Kreatur schemenhaft sichtbar machen. Es gab rund ein Dutzend Zeugen dafür. Aber Burian wollte auch das nicht als Beweis akzeptieren, hat behauptet, es handele sich nur um einen Trick, mit dem die Priesterin den Wachen etwas vorgegaukelt hätte.« Tharlia atmete tief durch. »Er hat den Bogen endgültig überspannt. Die Zeit zum Handeln ist gekommen. Ich habe gerade mit den anderen Mitgliedern des Rates gesprochen, und wir sind übereingekommen, dass er als König nicht länger tragbar ist. Spätestens heute Abend werden wir ihm unser Vertrauen entziehen, wenn wir bis dahin noch nichts von dem Expeditionstrupp gehört haben.«

»Aber das ist Wahnsinn!«, stieß Barlok hervor. »Tharlia, so weit darf es nicht kommen. Du musst das stoppen.«

»Dafür ist es bereits zu spät, der Rat hat seine Entscheidung einstimmig getroffen.« Sie schüttelte den Kopf. »Ich kann nicht begreifen, dass gerade du nach dem, was heute Morgen passiert ist, Burian immer noch den Rücken stärkst.«

»Heute Morgen hätte ich ihm am liebsten eigenhändig den Hals umgedreht. Aber hier steht weitaus mehr auf dem Spiel als meine verletzten Gefühle, und Zorn ist stets ein schlechter Ratgeber.«

»Erzähle das nicht mir, erzähle das Burian, er kann diesen Rat brauchen. Du weißt noch längst nicht alles«, erklärte Tharlia. »Kurz vor Ende der Ratssitzung traf eine Abordnung der Goblins ein und bat um eine Audienz. Sie berichteten, dass mehrere ihrer Trupps von jenseits des Tiefenmeeres nicht mehr zurückgekommen seien. Gleichzeitig sei ein Zwergen-Kampftrupp auf dem Weg dorthin gesichtet worden. Nun glauben sie, dass wir für das Verschwinden ihrer Expeditionen verantwortlich sind und drohen damit, den Friedensvertrag für nichtig zu erklären.«

»Diese verdammten Goblins! Das ist doch wieder nur einer ihrer Tricks. Sie sind doch diejenigen, die den Vertrag ständig unterlaufen und …« Barlok brach ab, als ihm erst mit Verspätung richtig bewusst wurde, was Tharlias Worte zu bedeuten hatten. »Dunkelelben«, murmelte er. Der von Burian geprägte Begriff erschien ihm so passend, dass er ihn mittlerweile in sein Denken übernommen hatte. »Selbst

Farlian kann nicht so dumm gewesen sein, Expeditionen der Goblins anzugreifen, zumal das nicht sein Auftrag war. Die Trupps sind von Dunkelelben angegriffen und umgebracht worden.«

»Natürlich«, erwiderte Tharlia. »Und das bedeutet, dass diese bereits frei in den Regionen jenseits des Tiefenmeeres herumstreifen. Vielleicht waren es nicht einmal Farlians Leute, die den verschütteten Gang freigeräumt haben, sondern die Dunkelelben haben es bereits selbst getan.«

»Und … wie hat der König darauf reagiert?«

Tharlia schnaubte.

»Dieser Narr hat die Abordnung der Goblins hinauswerfen lassen. Wenn ich ihnen nicht unter einem Vorwand gefolgt wäre und ihnen die Situation erklärt hätte, hätten wir jetzt vermutlich schon einen Krieg an zwei Fronten. Natürlich haben sie mir die Geschichte von einem unsichtbaren Feind aus der Tiefe nicht geglaubt, doch ich habe sie wenigstens einigermaßen beruhigen können. Sie haben weitere Spähtrupps ausgeschickt. Wenn auch nur einer von ihnen zurückkehrt und meine Behauptungen bestätigt, können wir sie vielleicht sogar auf unsere Seite ziehen.«

»Ich traue diesen verschlagenen Winzlingen nicht weiter als bis zur Schneide meiner Axt«, brummte Barlok. »Aber dies ist eine besondere Situation, in der unser beider Völker bedroht sind. Mit ihren Bögen könnten sie uns im Kampf wertvolle Unterstützung leisten.«

»Und Burian lässt diese Chance nicht nur ungenutzt verstreichen, er riskiert sogar einen weiteren Krieg. Die Goblins haben sein wirres Hirn auf eine neue verrückte Idee gebracht. Er hält es jetzt für möglich, dass die Goblins selbst oder vielleicht auch irgendwelche Gnome unseren Kampftrupp angegriffen haben könnten. Wenn er nicht bis spätestens Mitternacht Nachricht von Farlian erhält, will er deshalb einen weiteren, noch stärkeren Suchtrupp losschicken.«

»Das… Das ist…« Barlok schnappte nach Luft. Die Ungeheuerlichkeit dieser Nachricht raubte ihm schier den Atem, und er musste sich erst einmal setzen. »Dieser verdammte Narr! Er schickt unsere Krieger reihenweise in den sicheren Tod!«

»Das gab auch für den Rat den Ausschlag. Siehst du jetzt ein, dass uns gar keine andere Wahl mehr bleibt, als ihn vom Thron zu entfernen, um noch schlimmeres Unheil zu verhindern?«

Zögernd und widerwillig nickte Barlok.

»Obwohl auch das große Gefahren birgt«, warnte er. »Bei dem, was uns bevorsteht, benötigen wir eine starke Führung. Ein Streit um den Thron, der unsere Handlungsfähigkeit lähmt, wäre ebenso verheerend, als würde Burian dieses Amt weiter ausüben.«

»Eben«, stimmte Tharlia ihm zu und setzte sich ihm gegenüber auf einen einfachen Hocker, der Barloks kargem Quartier, aber gewiss nicht der Hohepriesterin angemessen war. »Genau deshalb bin ich hier. Wir haben schon im Dunkelturm darüber gesprochen, aber da war die Situation eine andere. Jetzt geht es nicht mehr um die Frage, *ob* Burian seines Amtes enthoben werden soll, sondern nur noch um seine Nachfolge, und ich hoffe, dass du meinen Argumenten etwas aufgeschlossener gegenüberstehen wirst.«

»Wenn du wieder vorschlagen willst, dass ich mich für dieses Amt zur Verfügung stellen…«

»Hör dir doch erst einmal an, was ich zu sagen habe«, fiel sie ihm ins Wort. »Du hast völlig Recht, wir können uns keine Auseinandersetzungen um die Nachfolge leisten. Deshalb sollte unmittelbar auf Burians Absetzung ein neuer König den Thron besteigen. Wir stehen am Vorabend des vielleicht schrecklichsten Krieges, den wir je zu kämpfen hatten. In Zeiten wie diesen sollte ein Krieger an der Spitze unseres Volkes stehen. Ideal wäre, wenn er auch noch aus dem Kreis des Rates stammen würde, aber sowohl Loton wie auch Sutis wären für dieses Amt wenig geeignet und haben auch wenig Interesse daran gezeigt. Sie haben unbestritten als Krieger große Ehre erworben, aber beide sind schon alt. Außer der Führung dieses Krieges müssten sie sich auch um alle übrigen Belange unseres Volkes kümmern, und zumindest damit wären sie überfordert. Du hingegen wärst gerade in einer Krisenzeit wie dieser ein König, den das Volk begeistert feiern und auf den sich auch der Rat ohne lange Diskussionen einigen könnte.«

»Und aus genau den Gründen, die du gerade aufgezählt hast, kann ich den Thron nicht besteigen«, widersprach Barlok. »Ich bin kein Diplomat. Mein Platz in diesem Krieg ist an der Front, dort kann ich unserem Volk in dem bevorstehenden Krieg am besten dienen.«

»Schon oft ist ein König persönlich an der Spitze unserer Truppen in die Schlacht gezogen«, erinnerte ihn Tharlia.

»Aber unter anderen Umständen. Ich verstehe noch weniger als Loton und Sutis von den Amtsgeschäften, die über das rein Kriegerische hinausgehen, und hätte auch keine Möglichkeit, mich darum zu kümmern, wenn ich in die Schlacht ziehe. Und sollte ich fallen, müsste innerhalb kürzester Zeit schon wieder ein neuer König gefunden werden, sodass sich das Problem nur verschöbe.«

»Das ist nicht von der Hand zu weisen.« Die Hohepriesterin nickte. »Aber hast du vielleicht einen anderen Vorschlag? König Burians Amtszeit wird noch in dieser Nacht enden, wenn er wirklich einen weiteren Kampftrupp losschicken will. Bis dahin müssen wir uns auf einen Nachfolger verständigt haben. Nenn mir irgendjemanden, den du für geeigneter als dich selbst hältst.«

Barlok antwortete nicht. Auch Tharlia schwieg eine Weile, ehe sie fortfuhr:

»Gehen wir doch die anderen Mitglieder des Rates durch. Selon wäre aufgrund seiner Weisheit für dieses Amt äußerst geeignet. Er versteht zwar wenig vom Kriegshandwerk, deshalb würde er vermutlich alle diesbezüglichen Entscheidungen in die Hände der Kriegerkaste legen. Allerdings ist auch er schon sehr alt und will nichts anderes, als in Ruhe seinen Studien nachgehen. Schon an den Ratssitzungen nimmt er nur noch mit wachsendem Widerwillen teil und denkt daran, dieses Amt bald niederzulegen, um die ihm noch verbleibende Zeit ganz seinen Studien widmen zu können.« Wieder machte sie eine kurze Pause. »Blieben noch Torgan und Artok von der Arbeiterkaste. In Friedenszeiten könnten beide durchaus zu großen Königen heranwachsen, aber in Zeiten wie diesen halte ich keinen von ihnen für geeignet. Ich vermute, auch du würdest keinen von ihnen gerne auf dem Thron sehen. Erinnere dich nur daran, dass sie für eine zweite Expedition gestimmt haben.«

Barlok starrte sie ein paar Sekunden lang an, dann verzog sich sein Gesicht zu einem Grinsen, und gleich darauf begann er schallend zu lachen.

»Jetzt begreife ich endlich. Tharlia, Tharlia, du wirst dich wohl nie ändern«, stieß er hervor. »Du weist darauf hin, dass die anderen Mitglieder des Hohen Rates ungeeignet wären und trägst mir deshalb die Königswürde an. Dabei weißt du ganz genau, dass ich gar nicht anders kann, als sie abzulehnen. Und schon bist du das einzige noch in Frage kommende Ratsmitglied. Deine Ränke waren schon immer brillant, aber du weißt, dass du mich damit nicht beeindrucken kannst.«

»Manche nennen es Ränke, andere Diplomatie, und genau diese Fähigkeit benötigt ein König. Oder eine Königin. Jedes meiner Argumente war mehr als stichhaltig.«

»Dann lass mich dir auch ein Argument nennen«, sagte Barlok und wurde wieder ernst. »Weder das Volk noch die anderen Mitglieder des Rates werden die Oberhexe des Dunkelturms auf dem Königsthron akzeptieren. Dafür sitzt das Misstrauen der gesamten Priesterschaft gegenüber zu tief. Schon allein deshalb wärst du ungeeigneter als jeder andere Kandidat.«

»Bist du dir da so sicher? Ich weiß zumindest zwei sehr einflussreiche Häuser hinter mir, Lius und Takora. Lamar hat mir selbst die uneingeschränkte Unterstützung seines Hauses zugesichert. Darüber hinaus hat das Haus Walortan bei ihm hohe Schulden, die es nicht zurückzahlen kann. Lamar hat Torgan angeboten, die Schulden zu erlassen, wenn er dafür für mich stimmt, und Torgan hat eingewilligt, unter der Voraussetzung, dass auch die Kriegerkaste mich unterstützt. Da Selon ebenfalls auf meiner Seite steht, habe ich somit bereits drei von sechs Ratsmitgliedern auf meiner Seite.«

»Zwei«, korrigierte Barlok ruhig. »Weil ich mir nicht vorstellen kann, dass Loton und Sutis von der Kriegerkaste dich unterstützen werden, womit auch Torgans Stimme hinfällig würde.«

»Das hängt nicht zuletzt von dir ab. Wenn du dich offen auf meine Seite stellst, kannst du sie dazu bringen, deinem Beispiel zu folgen.«

»Ich? Ausgerechnet ich? Du musst verrückt sein! Und

jetzt versuch nicht an mein Gewissen zu appellieren, dass ich in deiner Schuld stünde.«

»Keine Sorge«, erwiderte Tharlia, erhob sich wieder und begann, in dem karg eingerichteten Raum hin und her zu gehen. »Lieber appelliere ich an deinen Verstand. Du selbst hast deutlich gemacht, dass unser Volk nach Burians Absetzung keinesfalls ohne Führung bleiben darf. Abgesehen von dir habe ich die größten Chancen, den Thron zu besteigen, ohne dass es zu den befürchteten Auseinandersetzungen kommt. Auch wenn es viel Misstrauen gegen die Priesterschaft gibt, genieße ich starke Unterstützung. Die Macht des Dunkelturms und der übrigen Gelehrtenkaste steht hinter mir. Der bevorstehende Krieg wird nicht allein mit Schwertern und Äxten ausgetragen werden, sondern auch mit Magie. Unser Volk wird auf die Hilfe des Dunkelturms vielleicht dringender angewiesen sein als je zuvor.«

Barlok funkelte sie zornig an.

»Soll das eine Drohung sein? Selbst du kannst nicht so verblendet sein, deine Hilfe davon abhängig zu machen, dass du den Thron besteigst.«

»Unsinn, natürlich nicht«, widersprach Tharlia heftig. »Aber man wird unsere Fähigkeiten mit anderen Augen und weniger Misstrauen betrachten, wenn sie sich möglicherweise als die einzige Rettung für Elan-Dhor erweisen. Sieh es ein, die Kriegerkaste und der Dunkelturm sind momentan so eng vereint wie nie zuvor. Nur wir gemeinsam können das Verhängnis aufhalten, den Fluch, den Burians Gier über uns gebracht hat. Aber dafür müssen wir auch unser Misstrauen abbauen und enger als je zuvor zusammenarbeiten. Liegt es da nicht nahe, dass auch der neue König aus unserer Mitte stammt?«

»Du müsstest dein Amt als Hohepriesterin aufgeben«, rief

ihr Barlok ins Gedächtnis. »Damit würdest du nicht länger dem Orden der Priesterinnen angehören.«

»Meine Nachfolgerin wird so mühelos mein Amt übernehmen können, dass der Übergang keinerlei negative Folgen hätte. Trotzdem kenne ich die Fähigkeiten der Priesterinnen besser als jeder andere und wüsste, wie sie am besten in diesem Krieg einzusetzen wären. Komm schon, Barlok, auch wenn du dich dagegen sträubst, in Wahrheit hast du doch schon längst erkannt, dass es keine Alternative zu mir gibt. Mit deiner Hilfe kann ich fünf der sechs Ratsmitglieder hinter mir vereinen, und in einer Situation wie dieser wird sich auch Artok nicht gegen den Rest des Rates stellen, sondern widerwillig zustimmen. Nur meine Wahl kann garantieren, dass es keine Rivalitäten um die Nachfolge gibt.«

Barlok zögerte. Er war weit davon entfernt, begeistert zu sein, konnte sich aber der zwingenden Logik ihrer Argumente nicht völlig entziehen. Tharlia hatte geschickt auf diesen Moment hingearbeitet und sich in eine Position gebracht, in der kaum ein Weg an ihr vorbeiführte. Sosehr er solche Ränke auch verabscheute, der Erfolg sprach für sie.

»Ich knüpfe meine Zustimmung an zwei Bedingungen«, sagte er schließlich. »Du wirst mir den Oberbefehl über das Heer übertragen. Natürlich hast du ein Mitspracherecht, aber in allen militärischen Belangen gelten meine Entscheidungen, solange dieser Krieg andauert.«

»Ich hatte ohnehin vor, dir das Kommando zu übertragen. Ich kenne niemanden, der dafür geeigneter wäre«, stimmte Tharlia zu. »Und die zweite Bedingung?«

»Sie ist noch einfacher zu erfüllen. Wie wir wissen, haben wir es hier mit den Nachfahren abtrünniger Elben zu tun. Ob wir es allein schaffen, sie wieder in ihr dunkles Reich zurückzutreiben, ist mehr als ungewiss. Den Elben selbst ist es hingegen jedoch schon einmal gelungen. Ich möchte, dass wir eine Expedition zu ihnen aussenden und sie um Hilfe bitten.«

Tharlia überlegte ein paar Sekunden lang.

»Unser Verhältnis zu den Hochelben war niemals sonderlich gut«, gab sie zu bedenken. »Außerdem sollen sie das Interesse an weltlichen Belangen weitgehend verloren und sich an einen unbekannten Ort irgendwo in der unwirtlichen Ödnis hoch im Norden zurückgezogen haben, von dem niemand genau weiß, wo er liegt.«

»Trotzdem bestehe ich darauf, dass wir eine Expedition losschicken, die zumindest versuchen soll, zu ihnen Kontakt aufzunehmen. Wenn sie scheitert, verlieren wir nichts, aber wenn wir die Unterstützung der Elben gewinnen können, wäre das eine unglaublich wichtige Hilfe. Es ist ihr Vermächtnis, das uns bedroht, Abtrünnige ihres eigenen Volkes. Dieser Verantwortung können sie sich nicht entziehen.«

»Also gut«, stimmte Tharlia nach kurzem Überlegen zu. »Schaden kann ein solcher Versuch wohl nicht. Dann habe ich deine Unterstützung?«

Widerwillig nickte Barlok, nicht sicher, ob er gerade den größten Fehler seines Lebens beging oder den Grundstein zur Rettung des Zwergenvolkes gelegt hatte.

10

BURIAN

»Das gefällt mir nicht«, brummte Loton, wobei er Tharlia einen misstrauischen Blick zuwarf. »Ich möchte in ihrer Gegenwart nicht über dieses Thema reden.«

Durch einen Boten hatte Barlok beide Vertreter der Kriegerkaste im Hohen Rat zu sich gebeten, und ungeachtet des Arrests, unter den König Burian ihn gestellt hatte, waren beide seiner Bitte gefolgt. Auch hatten die Wachen vor seiner Tür ihm diesen Besuch nicht verwehrt.

»Es ist eine Sache, wenn sich Vertreter der Kriegerkaste untereinander beraten, aber eine ganz andere, wenn auch eine Vertreterin einer weiteren Kaste daran teilnimmt«, stimmte Sutis ihm zu. »Nach langem Zögern haben wir zugestimmt, dem König unsere weitere Unterstützung zu verweigern, aber über die Zeit danach werden wir erst offizielle Verhandlungen führen, wenn er zurückgetreten ist.«

»Du hörst es«, wandte sich Barlok an die Hohepriesterin. »Du solltest uns für eine Weile allein lassen.«

»In Ordnung. Ich werde draußen warten«, sagte Tharlia widerstrebend. Mit einem beschwörenden Blick in Barloks Richtung erhob sie sich und ging zur Tür.

»Nun mal raus mit der Sprache«, verlangte Loton in wesentlich freundlicherem Tonfall, nachdem sie das Quartier verlassen hatte. »Warum habt Ihr uns kommen lassen? Ihr führt doch etwas im Schilde.«

Gespannt beugten sich die beiden Ratsmitglieder vor und blickten Barlok an. Beide waren altgediente Veteranen, Haudegen, die in zahlreichen Schlachten gekämpft und dabei höchste Ehren erworben hatten. Mittlerweile jedoch waren sie alt, beide bereits über dreihundert Jahre. Ihre Kraft war geschwunden und ihr Haupt- und Barthaar grau geworden. Falten durchzogen ihre Gesichter, wobei das Lotons hager und eingefallen wirkte, während Sutis passend zu seiner übrigen Statur eher pausbäckig war. Ungeachtet ihres hohen Alters arbeitete der Verstand der beiden Kriegsmeister jedoch noch so klar wie eh und je.

Barlok wusste, dass er sich ihnen gegenüber sämtliche Formalitäten und diplomatischen Zweideutigkeiten sparen konnte. Sie waren Männer der Tat, nicht des Wortes, und er kannte ihre Abneigung gegenüber der Gelehrtenkaste, besonders gegenüber den Priesterinnen. Es würde nicht leicht sein, sie auf seine Seite zu ziehen, doch hoffte er, dass sie für klare Argumente empfänglich sein würden.

»Ihr seid Krieger wie ich und seid es gewöhnt, Bedrohungen mit dem Schwert zu begegnen«, begann er. »Und jetzt stehen wir vor einer Bedrohung, wie sie schrecklicher nicht sein könnte. Burian hat mir unverhohlen Feigheit und ein getrübtes Urteilsvermögen vorgeworfen, aber Ihr dürftet wissen, was davon zu halten ist. Ich war in der Tiefe. Ich habe gegen eine dieser Kreaturen gekämpft, und es ist keine Übertreibung, wenn ich behaupte, dass diese Dunkelelben die schrecklichste Gefahr darstellen, mit der unser Volk jemals konfrontiert war. Obwohl ich mit vielen seiner Entscheidungen nicht einverstanden war, habe ich Burian bis heute die Treue gehalten, aber wie auch ihr erkannt habt, ist er in der momentanen Situation nicht länger tragbar. Wir brauchen einen König, der die Gefahr erkennt und sich ihrer vollauf bewusst ist, der bereit ist, alle Fesseln abzustreifen, die Burian der Kriegerkaste in den letzten Jahrzehnten angelegt hat, und alles Nötige ohne zu zögern tun wird, um unser Volk zu retten. Denn darum geht es: um nichts Geringeres als das Überleben unseres Volkes.«

»Ist es wirklich so schlimm?«, fragte Loton. »Ihr selbst habt gezeigt, dass man auch diese Unsichtbaren verletzen und in die Flucht schlagen kann.«

»Durch pures Glück«, erwiderte Barlok. »Und es war nur *einer* dieser Elbenabkömmlinge. Aber wir müssen damit rechnen, dass in der Tiefe Hunderte, vielleicht Tausende von ihnen nur darauf lauern, über uns herzufallen. Die ausgesandte Expedition ist ihnen bereits zum Opfer gefallen, Farlian ist vermutlich tot.«

»Woher wollt Ihr das wissen?«, fragte Sutis scharf.

»Von Tharlia«, antwortete Barlok wahrheitsgemäß. »Sie hatte im Augenblick höchster Gefahr einen kurzen geistigen Kontakt mit der Weihepriesterin, die die Krieger begleitet hat. Ich weiß nicht, was genau geschehen ist, aber ich bin überzeugt, dass ihre Worte der Wahrheit entsprechen.« Beide Ratsmitglieder setzten dazu an, etwas zu sagen, doch er hob rasch die Hand. »Lasst uns jetzt nicht darüber sprechen. Gewissheit werden wir erst haben, wenn es Überlebende der Expedition gibt, die uns Bericht erstatten. Oder auch wenn keiner zurückkommt. Aber selbst wenn Farlian noch lebt, sind wir uns sicher einig, dass er seinem Vater unter keinen Umständen auf den Thron folgen darf, sonst würde sich unsere Lage noch verschlimmern anstatt sich zu verbessern.«

Beifällig, wenn auch ein bisschen zögernd, nickten die beiden Ratsmitglieder, dann begann Loton plötzlich dröhnend zu lachen.

»Jetzt begreife ich, worauf Ihr hinauswollt, Kriegsmeister. Ihr selbst wollt den Thron besteigen! Warum macht Ihr so viele Worte darum? Wir können uns ohnehin niemanden vorstellen, der für dieses Amt geeigneter wäre. Unsere volle Zustimmung habt Ihr. Wir hatten sogar gehofft, Euch dafür gewinnen zu können. Auch das Volk würde Euch begeistert feiern, und niemand im Rat würde es wagen, Euch seine Unterstützung zu verweigern.«

»Nein, Ihr missversteht mich!«, sagte Barlok heftig. »Mehr denn je ist mein Platz bei den zweifelsohne bevorstehenden Kämpfen an der Front. Dennoch brauchen wir eine starke Führung, und obwohl mir die Idee selbst nicht recht schmeckt, fällt mir nur eine Person ein, die unser Volk in schweren Zeiten wie diesen führen und auch die nötigen Stimmen im Rat erhalten könnte.«

»Macht es nicht so spannend«, knurrte Sutis, noch enttäuscht über Barloks Ablehnung. »An wen denkt Ihr? Mir fällt nämlich leider niemand ein. Deshalb habe ich mich auch so schwer getan, der Absetzung Burians zuzustimmen.«

Barlok schluckte und bereitete sich innerlich auf den Proteststurm vor, der vermutlich im nächsten Moment über ihn hereinbrechen würde.

»Tharlia«, sagte er ruhig.

Der erwartete Protest blieb aus. Sekundenlang erfolgte überhaupt keine Reaktion, die beiden Krieger saßen nur da wie zu Stein erstarrt.

»Das ... Das ist ein Scherz«, keuchte Sutis schließlich ungläubig. »Ausgerechnet die Hexe? Ihr macht Euch einen Spaß mit uns.«

»Kein Spaß«, erwiderte Barlok und schüttelte den Kopf. »Sie gehört zu den Wenigen, die das volle Ausmaß der Bedrohung erkannt haben, und sie ist bereit, entsprechend zu handeln. Sie hat mir zugesichert, der Kriegerkaste in allen militärischen Belangen völlig freie Hand zu lassen. Das ist ein Zugeständnis, das wir so leicht von keinem anderen erhalten werden, dabei ist dieser Schritt unverzichtbar, wenn wir überleben wollen.«

»Nicht mehr als ein Versprechen, um unsere Unterstützung zu gewinnen«, behauptete Sutis verächtlich. »Dieser intriganten Hexe ist nicht zu trauen.«

»In diesem Fall schon«, widersprach Barlok. »Ihr ist nicht nur die Gefahr bewusst, sondern auch, auf welch wackeligen Füßen ihre Herrschaft stünde. Außerdem versteht sie nichts von Kriegsführung, warum also sollte sie sich darin einmischen und sich unseren Zorn zuziehen? Auch ich habe Vorbehalte ihr gegenüber, und es fällt mir schwer, das zu sagen, aber ich glaube, sie wäre genau die Königin, die wir in einer Zeit wie dieser brauchen.«

Einige Sekunden lang herrschte Schweigen. Es fiel den beiden Ratsmitgliedern sichtlich schwer, sich mit diesem Gedanken anzufreunden.

»Ich stehe Eurem Vorschlag nicht ganz so ablehnend gegenüber«, erklärte Loton. »Vor allem, da ich selbst keinen Besseren für dieses Amt benennen kann. Außerdem will ich Euren Rat eingedenk Eurer großen Leistungen nicht leichtfertig abtun. Tharlia hat in den letzten Jahren im Rat gute Arbeit geleistet, wie ich zugeben muss. Wäre sie nicht so geltungsbedürftig und machtgierig, und wäre sie nicht ausgerechnet die Hohepriesterin der Hexen, wüsste ich wenig gegen sie vorzubringen. So jedoch sehe ich große Probleme. Sie würde keinesfalls die Stimmen der Arbeiterkaste erhalten, und auch im Volk gibt es großes Misstrauen dem Dunkelturm gegenüber. Würde unsere Wahl auf sie fallen, würde das viel Unverständnis hervorrufen.«

»Sie besitzt die Unterstützung der Gelehrtenkaste, und aus Gründen, auf die ich hier nicht eingehen möchte, würde auch Torgan für sie stimmen.«

»Das kann höchstens aufgrund einer ihrer hinterhältigen Intrigen geschehen«, warf Sutis stirnrunzelnd ein.

»Würden auch wir sie unterstützen, bliebe nur noch Artok übrig«, fuhr Barlok ungerührt fort. »Und er ist klug genug, um zu erkennen, was es bedeuten würde, sich allein gegen den Rest des Rates zu stellen. Ich brauche nicht erst zu erwähnen, welche Konsequenzen ein Kampf um den Thron angesichts der schrecklichen Bedrohung durch die Dunkelelben hätte. Ob es uns gefällt oder nicht, Tharlia ist die einzige Anwärterin, deren Wahl dies verhindern könnte. Auch Artok wird das einsehen.«

Erneut folgte Schweigen seinen Worten. Nicht einmal Sutis widersprach mehr, obwohl er sich sichtlich unbehaglich fühlte und unablässig mit den Fingern gegen die Wand trommelte. Auch ihn schien der Gedanke an einen womöglich lang andauernden Kampf um die Nachfolge Burians noch mehr zu schrecken als die Vorstellung, eine Königin Tharlia auf dem Thron zu sehen.

»Ich muss in Ruhe darüber nachdenken, aber ich glaube nicht, dass ich mich überwinden kann, Tharlia zu unterstützen«, sagte er schließlich und erhob sich. »Ich werde –«

Er brach ab, als plötzlich die Tür aufgerissen wurde. Tharlia kam atemlos in den Raum gestürmt.

»Ailin!«, keuchte sie. »Sie ist zurück. Ich hatte gerade Kontakt mit ihr. Warlon und zwei weitere Krieger befinden sich bei ihr. Sie haben die unteren Minen bereits erreicht und werden mit dem Käfig bald hier eintreffen!«

»Warlon!«, stieß Barlok hervor, als der junge Krieger aus dem Metallgerüst des Käfigs trat, mit dem er und seine Begleiter aus der Tiefe nach Elan-Dhor gelangt waren, umarmte ihn und klopfte ihm auf den Rücken. »Ich habe kaum noch zu hoffen gewagt, dich jemals wiederzusehen.«

Zusammen mit den drei Ratsmitgliedern war er nach Tharlias Nachricht unverzüglich ins Ostviertel geeilt, um die Zurückgekehrten zu begrüßen. Keine der Wachen hatte ihn aufgehalten. Außerdem hatte er Boten losgeschickt, um die übrigen Angehörigen des Rates und den König zu informieren.

»Eine Zeit lang habe ich sogar selbst kaum noch geglaubt, dass ich jemals zurückkehren würde«, erwiderte Warlon. Er machte einen zutiefst erschöpften Eindruck. Seine Kleidung war genau wie die seiner Begleiter schmutzig und teilweise zerrissen. Sein Aussehen verriet überdeutlich, dass sie eine Menge durchgemacht hatten. Er verbeugte sich in Richtung der Ratsmitglieder. »Ich muss unverzüglich mit dem König sprechen. Der Thronfolger und alle anderen sind tot«, keuchte er. Schrecken flackerte in seinem Blick. »Nur uns gelang die Flucht. Du hattest Recht, Barlok. Es gibt noch mehr von diesen Kreaturen, viel mehr. Wir sind gar nicht erst bis zu dem verschütteten Stollen gelangt. Sie hatten ihn bereits freigelegt und uns aufgelauert. Sie … Sie werden auch nach Elan-Dhor kommen, wenn es uns nicht gelingt, sie aufzuhalten.«

»Beruhige dich erst einmal«, sagte Barlok, dabei wühlte auch ihn die Nachricht zutiefst auf, obwohl er mit etwas Ähnlichem bereits gerechnet hatte. Trotzdem schockierte es ihn, dass es tatsächlich nur vier Überlebende gegeben hatte – und wenn die Dunkelelben bereits in die Gebiete jenseits des eingestürzten Stollens vorgedrungen waren, dann lieferte das den endgültigen Beweis, dass sie keineswegs vorhatten, nur ihr eigenes Gebiet zu schützen. »Der König wurde informiert. Am besten machen wir uns direkt auf den Weg zum Thronsaal, dort kannst du alles berichten.«

Warlon nickte und wandte sich an die beiden Krieger in seiner Begleitung.

»Eure Aussage wird nicht nötig sein. Geht und ruht euch aus oder feiert eure Rückkehr mit ein paar Humpen Bier. Was ist mit Ailin?« Seine Frage galt Tharlia.

»Ich hätte sie vor dem Rat gerne dabei«, erwiderte die Hohepriesterin. »Manches wird nur sie richtig schildern können.«

Bereits auf dem Weg zum Palast unterhielten sich die beiden Priesterinnen intensiv miteinander, und auch Warlon besaß nicht die Geduld, mit seinem Bericht zu warten. Bevor sie den Thronsaal erreichten, war Barlok bereits über die wichtigsten Ereignisse in Kenntnis gesetzt, und was er hörte, erfüllte ihn mit größter Sorge.

Burian und die übrigen Ratsmitglieder waren bereits anwesend, als sie eintraten. Der Blick des Königs verfinsterte sich, als er Barlok erblickte.

»Ich hatte Euch unter Arrest gestellt«, polterte er. »Ihr wagt es, gegen diesen Befehl zu verstoßen?«

»Barlok ist auf ausdrücklichen Wunsch des Rates hier«, behauptete Loton, während er an seinen Platz trat und sich setzte.

Einen Moment schien es, als ob Burian aufbrausen wollte, doch Neugier und Sorge erwiesen sich als stärker.

»Darüber werden wir später noch reden. Jetzt möchte ich hören, was mit dem Thronfolger passiert ist. Wo ist mein Sohn?«

»Es tut mir leid, Euch diese Nachricht überbringen zu

müssen, aber Farlian ist tot, mein König«, antwortete Warlon.

»Tot?«, stammelte Burian ungläubig und sank ein Stück weit auf seinem Thron zusammen. Mit weit aufgerissenen Augen starrte er Warlon an. »Aber wie … Das ist doch unmöglich, das …« Mühsam riss er sich zusammen. »Wie konnte das geschehen? Wie starb mein Sohn?«

»Ich werde in allen Einzelheiten berichten, was während unserer Expedition ge–«

»Was interessiert mich die verdammte Expedition?«, brüllte Burian unbeherrscht. »Ich will nur wissen, was mit Farlian geschehen ist!«

Die Ratsmitglieder wechselten betroffene Blicke.

»Was hat das zu bedeuten?«, wandte sich Warlon leise an Barlok.

»Tu einfach, was er sagt«, raunte der Kriegsmeister ebenso leise zurück.

»Sprecht endlich!«, befahl Burian mit hochrotem Gesicht.

»Die unsichtbaren Kreaturen lauerten uns auf und griffen uns an«, berichtete Warlon. »Zwar warnte uns die Weihepriesterin, aber es war bereits zu spät für eine Umkehr. Auch im Kampf hatten wir keine Chance. Der Thronfolger war einer der Ersten, der fiel. Nur der Priesterin, zwei weiteren Kriegern und mir gelang die Flucht. Wir entkamen den Bestien und haben auf Umwegen zurück nach Elan-Dhor gefunden, um vor der Gefahr zu warnen, die –«

»Ihr seid geflohen und habt Farlian feige im Stich gelassen?«, fiel Burian ihm ins Wort. »Und da wagt ihr es, mir unter die Augen zu treten?«

»Nein, Majestät«, widersprach Warlon heftig. »Als wir uns vom Schlachtfeld zurückzogen, war der Thronfolger bereits tot, ebenso wie der Rest des Kampftrupps und auch die

Arbeiter, die uns begleitet haben! Wir hatten nicht die geringste Chance im Kampf gegen diese Bestien.«

»Und deshalb hattet ihr nichts anderes im Sinn, als feige davonzurennen, um Euer erbärmliches Leben zu retten? Ihr habt nicht einmal den Versuch unternommen, den Tod des Thronfolgers zu rächen?«, brüllte Burian außer sich vor Schmerz und Zorn. »Dann werden das eben andere erledigen. Ich werde einen weiteren Kampftrupp aussenden. Diese verfluchten Elbenkreaturen werden es noch bereuen, die Hand gegen meinen Sohn erhoben zu haben. Ich werde sie ausrotten, ich ...« Er ließ sich auf seinem Thron zurücksinken und rang mühsam um Fassung. Sein Blick schoss wild durch den Saal und blieb schließlich an Warlon hängen. »Was Euch betrifft, so bezichtige ich Euch des Hochverrats und der Desertation vor dem Feind!«, stieß er an den jungen Krieger gewandt hervor. »Wachen, ergreift ihn und werft ihn in den Kerker, augenblicklich! Und Kriegsmeister Barlok ebenfalls, weil er es gewagt hat, sich gegen meinen Befehl aufzulehnen!«

»Wartet!«, befahl Loton laut und erhob sich von seinem Platz, bevor eine der Wachen reagieren konnte. »Der König ist offensichtlich nicht bei Sinnen. Seine Entscheidungen dienen nicht länger dem Wohl unseres Volkes, sondern führen es auf den Weg des Verderbens. Aus diesem Grund entzieht die Kriegerkaste ihm mit sofortiger Wirkung ihre Unterstützung. Kein Angehöriger unserer Kaste wird fortan noch den Befehlen König Burians gehorchen.«

»Gleiches gilt für die Arbeiterkaste«, verkündete Torgan.

»Auch die Gelehrtenkaste verweigert dem König weiteren Gehorsam«, erklärte Tharlia. »Damit habt Ihr die Unterstützung aller drei Kasten verloren, Majestät. Ihr seid ein König ohne Untertanen.«

»Was … Was ist hier los? Was geschieht hier?«, erkundigte sich Warlon fassungslos.

»Ein historisches Ereignis. Die Absetzung eines unfähigen Königs, der sein eigenes Wohl über das des Volkes stellt und blind für die Realität geworden ist«, entgegnete Barlok eisern.

»Verrat!«, brüllte Burian wutschnaubend und sprang auf. Seine Stimme überschlug sich. »Das ist Hochverrat! Ihr seid des Todes! Ich werde euch alle hinrichten lassen. Wachen, ergreift die Verräter!«

Kein Angehöriger der Palastgarde rührte sich, obwohl den Männern ihr Unbehagen deutlich ins Gesicht geschrieben stand. Sie waren von den Ereignissen völlig überrascht worden.

Erschüttert ließ Burian sich wieder auf seinen Thron sinken. Sein Blick funkelte irr.

»Es ist vorbei«, sagte Tharlia ruhig. »Ihr habt es gehört, niemand wird Eure Befehle mehr ausführen. Eure Herrschaft ist zu Ende.«

»Niemals!«, stieß Burian hervor. »Das Volk wird sich diese Ungeheuerlichkeit nicht gefallen lassen. Es wird sich erheben und –«

»Das Volk wird jubeln und in den Straßen tanzen«, fiel Tharlia ihm ungnädig ins Wort. »Seine Unterstützung habt Ihr durch Eure Misswirtschaft schon lange verloren. Der Hohe Rat enthebt Euch hiermit binnen Stundenfrist Eures Amtes und aller damit verbundenen Privilegien, belässt Euch jedoch die Möglichkeit, diesem Schritt mit einer ehrenvollen Abdankung zuvorzukommen. Ihr habt genau eine Stunde Zeit, Euch in Euren Gemächern zu entscheiden, bevor der Hohe Rat die Entscheidung für Euch fällt.«

König Burian war ein gebrochener Mann, der keinen Widerstand mehr leistete und nur noch gebeugt und mit schlurfenden Schritten ging, als er von zwei Kriegern seiner eigenen Palastgarde auf Befehl Lotons in seine Gemächer geführt wurde. Die Nachricht vom Tod seines Sohnes und der Verlust seiner Macht hatten ihn zutiefst erschüttert, und es erschien Barlok fraglich, ob er sich von diesem doppelten Schicksalsschlag noch einmal erholen würde. Fast verspürte er Mitleid mit ihm.

»Damit wären wir wohl ein Volk ohne König«, stellte Artok fest. »Und was nun? Hat irgendjemand eine Idee?«

»Ihr irrt Euch«, widersprach Tharlia. »Dank der Frist, die wir ihm eingeräumt haben, ist Burian noch für eine Stunde König. Danach können wir uns Gedanken über einen Nachfolger machen.«

»Und in der Zwischenzeit sollten wir uns dem derzeit wichtigsten Problem überhaupt zuwenden und uns endlich anhören, was Kampfführer Warlon zu berichten hat«, sagte Barlok.

»Dem kann ich mich nur anschließen«, stimmte Sutis zu. »Wie kam es, dass ein so starker Kampftrupp nahezu völlig aufgerieben wurde?«

»Wie ich schon sagte, wir hatten keine Chance gegen die Unsichtbaren«, begann Warlon. »Und ohne die Hilfe der Priesterin hätte wohl niemand von uns überlebt. Ihre Bedeutung bei unserer Rettung kann gar nicht hoch genug gewürdigt werden.«

Er schilderte ausführlich, was sich ereignet hatte, bis hin zu der Zerstörung der Fähre am Tiefenmeer und die Absprache mit den Goblins. Lediglich den Kampf gegen den Zarkhan handelte er recht schnell ab, da es sich zwar um eine überaus tapfere und ehrenvolle Tat handelte, die mit der im Moment ungleich wichtigeren Bedrohung für Elan-Dhor aber nichts zu tun hatte.

Seine Worte verfehlten ihre Wirkung auf die Ratsmitglieder nicht. Selbst diejenigen, die von der Größe der Gefahr bislang noch nicht vollends überzeugt gewesen waren – vor allem die beiden Vertreter der Arbeiterkaste – begannen zu begreifen, mit was für einem entsetzlichen Feind sie es hier zu tun hatten.

Nachdem er geendet hatte, gab es eine Reihe Nachfragen, von denen die meisten Ailins Rolle während des Kampfes und ihre Fähigkeiten betrafen, doch die Priesterin äußerte sich nur ausweichend dazu. Schließlich ergriff Tharlia wieder das Wort.

»Wir haben uns in der Vergangenheit stets bemüht, unsere von Li'thil verliehenen Fähigkeiten so gut es geht geheim zu halten, um zu verhindern, dass uns noch mehr Misstrauen entgegenschlägt, als es ohnehin schon der Fall ist«, sagte sie. »Nun jedoch ist es für uns an der Zeit, einige davon zu offenbaren. Wir vermögen es, Verborgenes sichtbar zu machen, und obwohl ich meine Zweifel hatte, können wir auf diese Art auch die Unsichtbarkeit der Dunkelelben aufheben. Jede Priesterin für sich allein hat nur eine begrenzte Reichweite, doch können wir sie ausdehnen, wenn mehrere von uns sich zu einer geistigen Einheit zusammenschließen. Damit dürfte dem Dunkelturm eine besondere Bedeutung in dem bevorstehenden Krieg zukommen.«

»Dunkelelben?«, hakte Warlon nach.

»Ein Begriff, den Burian geprägt hat, aber er ist wohl recht zutreffend. Wir wissen inzwischen, mit was für Wesen wir es zu tun haben und woher sie kommen«, erklärte Selon und fasste mit wenigen Worten zusammen, was sie herausgefunden hatten.

»Bei Li'thil, demnach war wirklich ich es, der diesen Elbennachkömmlingen den Weg in die Freiheit geebnet hat, als ich die Wand einschlagen ließ«, stieß Warlon erschüttert hervor. »Ich allein trage die Schuld an allem, was seither passiert ist.«

»Niemand macht Euch einen Vorwurf«, widersprach Loton. »Ihr habt nur getan, was man Euch aufgetragen hat. Niemand konnte ahnen, welche Folgen dies haben würde. Hättet Ihr die Wand nicht niedergerissen, so wäre es wenig später während der Schürfarbeiten passiert. Ihr dürft Euer Gewissen nicht damit belasten.«

»Das sagt sich so leicht«, murmelte Warlon.

In diesem Moment betrat ein Diener aus den Privatgemächern des Königs den Thronsaal.

»Da er die Unterstützung aller Kasten verloren hat, hat sich König Burian entschieden, ehrenvoll abzudanken und sein Amt zur Verfügung zu stellen«, verkündete er salbungsvoll und überreichte Selon ein zusammengerolltes Schriftstück, die Abdankungsurkunde, die der alte Schriftmeister zuvor selbst aufgesetzt hatte.

»Sie ist ordnungsgemäß unterschrieben«, erklärte er, nachdem er das Dokument aufgerollt und überflogen hatte. »Damit ist es offiziell: Wir sind ein Volk ohne Herrscher. Am Hohen Rat liegt es nun, einen neuen König zu bestimmen. Möchte jemand einen Vorschlag machen?«

Niemand äußerte sich. Barlok warf einen Blick zu Tharlia. Sie versuchte sich gelassen zu geben, aber die Art, wie sie ihre Hände knetete, verriet, wie nervös sie in Wirklichkeit war.

»Wenn niemand sonst einen Vorschlag unterbreiten möchte, werde ich selbst den Anfang machen«, fuhr Selon fort, als nach fast einer Minute noch niemand das Wort ergriffen hatte. »Ich schlage hiermit Tharlia aus dem Hause Lius, Hohepriesterin der Li'thil und für die Gelehrtenkaste Mitglied dieses Rates vor.«

Der Einzige, der davon überrascht wurde, war Artok, allerdings wirkte der Schürfmeister eher belustigt als erschrocken. Barlok nickte den beiden Ratsmitgliedern der Kriegerkaste kaum merklich zu.

»Ich unterstütze den Vorschlag«, erklärte Loton.

»Dasselbe gilt für mich«, sagte Sutis, wenn auch zögernd.

Einige Sekunden herrschte Stille, dann räusperte sich Schürfmeister Torgan.

»Da sich die Krieger- und die Gelehrtenkaste einig sind, bin auch ich bereit, Tharlia meine Unterstützung zu gewähren«, verkündete er.

Alle Blicke richteten sich auf Artok. Die Belustigung war aus seinem Gesicht gewichen. Fassungslos blickte er sich um.

»Das ... Das kann nicht wahr sein«, stieß er hervor, offenbar noch zu schockiert, um zu ahnen, dass er als Einziger nicht vorab informiert worden war. »Eine Hexe auf dem Königsthron? Niemals gebe ich dafür meine Zustimmung!«

»Bitte erlaubt mir, etwas dazu zu sagen«, ergriff Tharlia das Wort. »Das in mich gesetzte Vertrauen ehrt mich, und sollte der ehrenwerte Schürfmeister Artok sich noch umstimmen lassen, bin ich bereit, der Berufung in das höchste Amt Elan-Dhors zu folgen. Allerdings möchte ich auf die damit verbundenen Einschränkungen hinweisen. Ein König oder eine Königin verliert alle bisherigen Titel, Ämter und sogar die Zugehörigkeit zu einer bestimmten Kaste. Ich müsste als Hohepriesterin zurücktreten und dem Orden Li'thils entsagen. Meine bisherige Zugehörigkeit zum Dunkelturm sollte also kein Argument sein, mir die Unterstützung zu verweigern.«

»Das Volk wird solche Unterscheidungen nicht machen«, ereiferte sich Artok, kurz davor, von seinem Platz aufzuspringen. »Es wird die Wahl einer Hexe oder auch ehemaligen Hexe niemals akzeptieren.«

»Doch, das wird es«, behauptete Sutis. »Zumindest dann, wenn wir uns einstimmig für Tharlia entscheiden, und genau darauf kommt es an. Ich habe mir meine Entscheidung nicht leicht gemacht, und den Ausschlag gab erst der Bericht Warlons. Im bevorstehenden Krieg werden wir dringender denn je auf die uneingeschränkte Unterstützung des Dunkelturms angewiesen sein. Vor allem aber ist die Gefahr so immens, dass wir uns unter keinen Umständen Rangeleien um die Nachfolge erlauben können. Wir müssen enger als jemals zuvor zusammenstehen und so schnell wie möglich einen neuen Herrscher ernennen. Kein anderes Mitglied des Rates kann bereits so viel Unterstützung vorweisen wie Tharlia, deshalb habe ich mich für sie entschieden, obwohl auch ich Bedenken habe.«

»Unser Ziel kann es nicht sein, einfach nur möglichst schnell einen König zu finden, sondern wir müssen denjenigen oder diejenige auswählen, die uns für dieses Amt am geeignetsten erscheint«, widersprach Artok scharf.

»In den vergangenen Jahren hat Tharlia durch ihre Arbeit hier im Rat gezeigt, dass sie wie jeder hier unbeeinflusst von ihrem Amt oder ihrer Kastenzugehörigkeit Entscheidungen zum Wohle des ganzen Volkes treffen kann«, behauptete Selon. »Ich bitte Euch, Artok, stellt Euch nicht als Einziger gegen den Rest des Rates. Wir *brauchen* einen neuen König.«

»Mir gefällt das nicht«, brummte der Schürfmeister. »Mir scheint, hier sind bereits eine Menge Absprachen hinter meinem Rücken getroffen worden. Ich muss darüber nachdenken.«

Er beugte sich nach vorn, stützte seine Ellbogen auf dem Tisch auf und barg sein Kinn in den Handflächen. Mehrere Minuten lang sagte niemand etwas, bis Artok selbst schließlich wieder das Wort ergriff.

»Wenn ich mich unter dem Druck der Ereignisse einverstanden erkläre und Ihr Königin werdet, wer wird dann Euren Sitz im Hohen Rat einnehmen?«, wandte er sich an Tharlia.

»Meine Nachfolgerin als Hohepriesterin natürlich«, erwiderte sie. »Vermutlich wird Breesa aus dem Hause Terenis künftig beide Ämter an meiner Stelle bekleiden.«

»Auch wenn Ihr dem Orden der Priesterinnen dann nicht länger angehört, ist mir der Einfluss des Dunkelturms in diesem Fall zu groß«, erklärte Artok. »Ich werde mich nicht gegen Eure Ernennung zur Königin stellen, wenn der Orden dafür auf seinen Sitz im Rat verzichtet.«

»Das ist ungeheuerlich!«, rief Tharlia. »Bereits seit der Gründung des Rates gehört ihm die jeweilige Hohepriesterin Li'thils an.«

»Und das kann auch weiterhin so bleiben, wenn Ihr Eure Pläne aufgebt, Königin zu werden«, entgegnete Artok. »Ihr müsst Euch entscheiden – die Königswürde oder den Sitz im Rat. Da das Gleichgewicht der Kasten gewahrt bleiben muss und ich auch nicht möchte, dass die Schriftgelehrten zu stark werden, schlage ich vor, den Sitz in einem solchen Fall einem Vertreter der Heiler zuzusprechen, die ebenfalls der Gelehrtenkaste angehören und deren Stimme im Rat schon seit langer Zeit nicht mehr gehört wurde.«

Zögernd nickte Tharlia, nachdem sie kurz überlegt hatte.

»Ich sehe ein, dass auch ich Opfer bringen muss. Wenn diese Bedingung der einzige Weg ist, Eure Zustimmung zu erlangen, dann werde ich sie akzeptieren«, erklärte sie gepresst. »Mögen die Heiler einen Vertreter in den Hohen Rat entsenden. Erhalte ich damit Eure Unterstützung, Artok?«

Das Gesicht des Schürfmeisters sah alles andere als glücklich aus. Vermutlich hatte er gehofft, dass Tharlia sich seiner Forderung widersetzen würde, doch nun gab es für ihn kein Zurück mehr.

»Auch die Arbeiterkaste ist unter diesen Umständen geschlossen bereit, Euch zu unterstützen«, murmelte er.

»Dann ist es beschlossene Sache. Elan-Dhor hat einen neuen Herrscher«, verkündete Selon und erhob sich. »Gepriesen sei Königin Tharlia!«

Auch die anderen Ratsmitglieder erhoben sich und stimmten mit ein. Selbst Barlok und Warlon verneigten sich.

»Gepriesen sei Königin Tharlia!«

Mit gemessenen Schritten trat Tharlia auf den goldenen Thron zu und ließ sich darauf nieder. Andächtig strich sie mit den Fingerspitzen über die kunstvollen Lehnen. Wenn sie Triumph verspürte, so ließ sie ihn sich nicht anmerken. Sie blickte ernst und würdevoll.

»Traditionsgemäß folgt der Thronbesteigung eines neuen Herrschers eine prunkvolle Krönungszeremonie«, sagte sie. »Unter den gegebenen Umständen erscheinen mir solche Feierlichkeiten jedoch wenig angemessen. Meine erste königliche Anordnung lautet deshalb, diese zu verschieben, bis die Gefahr, die unserem Volk durch die Dunkelelben droht, gebannt ist.«

Barlok nickte anerkennend. Es war ein kluger Zug von

ihr, auf allen Pomp zu verzichten, der nur den Vermutungen Nahrung verschafft hätte, sie würde lediglich aus persönlichem Ehrgeiz nach der Macht streben.

»Die Oberhäupter der Kriegerkaste erhalten den Auftrag, unverzüglich Pläne zu erarbeiten, wie der Bedrohung zu begegnen ist«, fuhr sie fort. »Darüber hinaus werde ich einen Vorschlag aufgreifen, den der ehrenwerte Kriegsmeister Barlok unterbreitet hat. Es besteht wohl kein Zweifel mehr daran, dass es sich bei unserem Feind um die Nachkommen der Abtrünnigen handelt, die von den Elben einst in die tiefsten Katakomben unter dem Schattengebirge verbannt wurden. Damit tragen sie zumindest eine Mitschuld an der Gefahr für uns, eine Verantwortung, der sie sich nicht entziehen können. Ungeachtet aller Schwierigkeiten, die damit verbunden sind, bin ich deshalb entschlossen, eine Expedition zu den Hochelben zu schicken, die sie über die Situation aufklären und sie um Unterstützung in unserem Kampf bitten soll.«

»Bist du sicher, dass du dieser Herausforderung gewachsen bist? Du hast bereits in den letzten Tagen eine Menge mitgemacht«, gab Barlok zu bedenken.

»Trotzdem«, erwiderte Warlon. »Vielleicht ist Hilfe durch die Elben unsere größte Chance, auf jeden Fall eine große Hoffnung. *Ich* war derjenige, der den Befehl gab, die Felswand einzuschlagen, wodurch der Bann gebrochen wurde. Auch wenn der Rat mich von jeder Schuld freigesprochen hat, empfinde ich selbst sie durchaus. Wenn ich diese Expedition leite und zum Erfolg führe, kann ich diese Schuld abtragen.«

Barlok nickte. Er konnte die Motive seines Freundes gut verstehen, dennoch war seine Meinung dazu zwiegespalten. Einerseits hätte er ihn aufgrund seiner bereits gesammelten Erfahrungen in dem bevorstehenden Krieg gerne an seiner Seite gehabt. Anderseits hatte Warlon in den letzten Tagen bereits zwei schreckliche Kämpfe gegen die Dunkelelben ausgefochten und nur knapp sein Leben retten können, doch spielte Feigheit bei seiner Entscheidung sicherlich keine Rolle. Eine Expedition in völlig unbekannte Gebiete der Oberflächenwelt mochte ebenfalls alles andere als ungefährlich sein, und wenn Barlok ehrlich war, konnte er sich keinen geeigneteren Befehlshaber dafür vorstellen.

»Wenn du es dir zutraust, habe ich keine Einwände«, sagte er.

Auch Tharlia nickte.

Unmittelbar nachdem sie ihren Beschluss bekanntgegeben hatte, eine entsprechende Expedition auszusenden, hatte Warlon gebeten, diese anführen zu dürfen. Sie hatte die Ratssitzung für beendet erklärt und sich mit Selon und den beiden Kriegern in einen kleineren Audienzsaal zurückgezogen, um sich mit ihnen darüber zu beraten.

»Auch ich habe nichts dagegen«, erklärte sie. »Ich hatte sogar gehofft, Euch für diese Mission gewinnen zu können. Doch stelle ich einige Bedingungen. Ihr müsst Euch bewusst sein, dass ich Euch nicht viele Krieger als Eskorte stellen kann. Seid Ihr mit fünf einverstanden?«

»Eine größere Zahl wäre mir lieber, aber ich bin auch mit fünf einverstanden, wenn ich sie persönlich auswählen darf«, antwortete Warlon zögernd. »Bei diesem Unternehmen möchte ich nur Leute bei mir haben, die ich kenne und auf die ich mich blind verlassen kann.«

»Es bleibt nicht allein bei euch sechs, was mich zu meiner zweiten Bedingung bringt. Ich möchte Euch noch zwei weitere Begleiter zur Seite stellen. Eine davon ist Ailin. Ich habe den Eindruck, dass Ihr Euch bei der vorangegangenen Expedition sehr gut mit ihr ergänzt habt. Sie kann auch diesmal eine große Hilfe für Euch sein. Darüber hinaus können wir durch sie möglicherweise auch aus der Ferne erfahren, ob Eure Mission gelingt oder fehlschlägt.«

»Das ist eine Bedingung, die ich mit Freuden erfülle«, erklärte Warlon lächelnd. »Und wer ist der andere Begleiter?«

»Ich fürchte, er wird Euch nicht ganz so gut gefallen«, sagte Tharlia und schmunzelte ihrerseits. »Aber er kennt die Oberfläche, deshalb habe ich ihn ausgewählt.«

Sie gab einem Wachposten einen Wink, der daraufhin die Tür öffnete und einen Zwerg mit rundlichem Gesicht und einer ausgeprägten Knollennase, unter der ein buschiger, schwarzer Bart wuchs, hereinführte. Einige Sekunden lang starrte Warlon ihn ungläubig an, dann sprang er auf und deutete erregt auf ihn.

»Das … Das ist Lokin, der Verräter!«, stieß er anklagend hervor. »Ein ehrloser Ausgestoßener, der seine Kameraden verriet! Ich weigere mich, mit ihm auch nur ein Wort zu reden! Ihr könnt nicht ernsthaft verlangen –«

»Ich kann, und ich werde«, unterbrach Tharlia ihn scharf. »Denn wie ich schon sagte, ist er auch jemand, der im Gegensatz zu Euch die Oberfläche kennt und Kontakte in den umliegenden Ortschaften besitzt, die für den Erfolg dieser Mission von unermesslichem Wert sein können.«

»Aber wir können ihm nicht trauen! Wir müssen damit rechnen, dass er auch uns bei der ersten brenzligen Situation im Stich lässt!«

»Das wird er nicht«, behauptete Tharlia. »Er weiß, dass dies seine letzte Chance ist, seine Ehre zurückzugewinnen, denn das ist der Preis, den ich ihm angeboten habe. Sollte er hingegen erneut Feigheit zeigen, wird er aus unserer Gemeinschaft verbannt, und die Tore Elan-Dhors werden ihm fortan auf immer verschlossen bleiben. Ihr habt meine Entscheidung gehört, Kampfführer Warlon. Wenn Ihr Euer Angebot unter diesen Umständen zurückziehen wollt, so würde ich das bedauern, aber ich werde meine Haltung nicht ändern.«

In ihrer Stimme klang mit einem Mal eine Autorität mit, wie Barlok sie bei ihr zuvor noch nie erlebt hatte. Nichts an ihr verriet Unsicherheit, wie sie vermutlich manch anderer empfunden hätte, der erst vor so kurzer Zeit den Thron bestiegen hatte. Sie hatte sich schnell in ihre neue Rolle hineingefunden.

Auch Warlon erkannte, dass ihr Entschluss unumstößlich war. Er warf Lokin einen hasserfüllten Blick zu, dennoch nickte er schließlich.

»Auch wenn ich auf die Teilnahme dieses Verräters lieber verzichten würde, werde ich die Expedition dennoch anführen«, verkündete er.

11

AN DER OBERFLÄCHE

Ehrfürchtig ließ Warlon seinen Blick über das Zarkh-Tahal wandern, das große Tor des Ostens. Ganz aus meterdickem Stein und Stahl gefertigt, außerdem von den Priesterinnen über die Jahrtausende hinweg mit immer mächtigeren Bannsprüchen versehen, bildete es ein schier unüberwindliches Bollwerk, an dem sich mancher Feind schon einen blutigen Kopf geholt hatte. Es war fast dreimal so groß wie das Südtor, das die Wohnhöhlen Elan-Dhors von den Zugängen zu den Minen trennte, und ungleich stärker. Das musste es auch sein, denn es führte an einen viel gefährlicheren Ort als das Südtor. Einen Ort, den man zumindest bislang für bedrohlicher gehalten hatte: die Oberfläche, die Welt außerhalb des Schattengebirges.

Einst war es bei Tage fast immer geöffnet gewesen, um den zahlreich eintreffenden Handelskarawanen und Gesandtschaften Einlass zu gewähren. Doch diese Zeiten lagen lange zurück, ebenso wie die Zeiten, in denen ein so massives Tor wie dieses nötig gewesen war, um die Stadt gegen Feinde von der Oberfläche zu schützen. Damals hatte der Reichtum Elan-Dhors viele Neider angelockt, und es hatte von Seiten der Menschen mehrere Angriffe gegeben. Das Zarkh-Tahal hatte ihnen allen standgehalten.

»Öffnet das Tor!«, befahl Königin Tharlia mit lauter Stimme und hob einen Arm. Zusammen mit dem Hohen

Rat, dem nun auch Salos aus dem Hause Takoran für die Heiler angehörte, und Barlok war sie erschienen, um den Expeditionstrupp zu verabschieden. Schaulustige gab es trotz der Seltenheit des Ereignisses nicht, weil niemand davon wusste. Tharlia hatte gewollt, dass die Expedition so lange wie möglich geheim blieb, und dafür gesorgt, dass sich diesmal keinerlei Gerüchte verbreiteten. Selbst die Wachen am Zarkh-Tahal waren völlig überrascht worden.

Fast verloren stand der kleine Expeditionstrupp in der riesigen Halle, in der einstmals die Karawanen ihre Güter ab- und aufgeladen hatten – wo die Stapel mit Waren bis unter die Decke gereicht hatten. Wie am Vortag besprochen, würden außer Ailin und Lokin fünf Krieger Warlon begleiten, die er persönlich ausgewählt hatte. Zu ihnen gehörten auch Silon und Malot, die beiden anderen Überlebenden des Kampftrupps. Sie hatten bereits gegen den Schrecken aus der Tiefe gekämpft. Eine weitere Schlacht gegen die Dunkelelben wollte Warlon ihnen ersparen, und er war sicher, dass sie sich auch auf der Expedition bewähren würden.

In dicke, graue Mäntel aus Luanen-Wolle gehüllt und mit Rucksäcken auf dem Rücken standen die acht Zwerge abmarschbereit. In Warlons Rucksack befanden sich außer Proviant und anderen für das Überleben notwendigen Dingen auch der Goldbrocken mit der Elbenrune darauf sowie fünf weitere der Goldklumpen, die Nuran und der andere Arbeiter von der ersten Expedition mitgebracht hatten, um sie zu untersuchen. Sie allein stellten einen beträchtlichen Wert dar und sollten es dem Expeditionstrupp ermöglichen, sich unterwegs Hilfe oder Informationen zu erkaufen und alle sonst anfallenden Ausgaben zu bestreiten.

Gewaltige Ketten begannen zu klirren. Holz und Stahl ächzten und Stein knirschte, als der gewaltige Mechanismus aus Winden und Zahnrädern aus seinem Schlaf erwachte und in Gang gesetzt wurde. Obwohl schon so lange nicht mehr betätigt, war er hervorragend gepflegt, und dass er noch immer reibungslos funktionierte, sprach für die Qualität des Zwergenwerks. Ein Beben durchlief den Boden, und mit einem durchdringenden Knarren und Grollen begannen die beiden riesigen, mehr als einen Meter dicken Flügel des Tores zum ersten Mal seit vielen Jahren aufzuschwingen.

»Alles nur dir zu Ehren«, hörte Warlon den neben ihm stehenden Barlok raunen. »Genieße diesen Moment und präge ihn dir gut ein. Wann immer dich Zweifel überkommen und du am Erfolg deiner Mission zu zweifeln beginnst, dann denke an diesen Augenblick zurück. Niemals hat ein Feind das Zarkh-Tahal bezwingen können. Nun liegt es in deinen Händen, ob durch dieses Tor Hilfe herbeigelangt, gegen den vermutlich schrecklichsten Feind, der uns je bedrohte.«

Warlon antwortete nicht. Soweit es ihn betraf, wäre dieser offizielle Pomp anlässlich seines Aufbruchs nicht nötig gewesen. Er hätte die Stadt mit seinen Begleitern auch durch die kleine Pforte innerhalb des Tores verlassen können, die seit Jahrzehnten ausschließlich benutzt wurde, wenn jemand sich auf den Weg an die Oberfläche machte oder von dort zurückkehrte. Für ihre kleine Gruppe wäre es mehr als ausreichend gewesen.

Gleichzeitig aber brachten Barloks Worte etwas in ihm zum Klingen. Während seiner Anfangszeit als Krieger hatte Warlon oft Wache auf den Laufgängen oberhalb des Zarkh-Tahal geschoben, von denen aus jeder sich nähernde Feind durch Schießscharten unter Beschuss genommen werden konnte. Geöffnet jedoch hatte er es zeit seines Lebens noch nicht zu Gesicht bekommen.

Nun jedoch fand dies seinetwegen statt, er würde es als erster Zwerg seit Jahrhunderten wieder durchschreiten. Obwohl er wusste, dass es keine Anerkennung für bereits geleistete Taten war, sondern eine Art Vorschuss auf einen Erfolg, den er erst noch erbringen musste, konnte er sich des Stolzes, der ihn dabei erfüllte, nicht erwehren. Es war ein erhebender Augenblick, an den er sich in der Tat immer erinnern würde und der ihm Kraft spenden mochte, wenn er sie am dringendsten benötigte.

»Geht nun und erfüllt euren Auftrag«, sagte Tharlia schlicht. »Möge Li'thil euch beschützen und eure Füße stets auf sicheren Pfaden wandeln lassen. Unsere Gebete und die guten Wünsche aller Zwerge werden euch begleiten.«

Inzwischen waren die Torflügel vollends aufgeschwungen und kamen mit einem letzten, durchdringenden Knarren zur Ruhe. Ein kühler Wind strich in die Höhle hinein. Die Morgendämmerung war bereits fortgeschritten, und in ihrem Licht war eine steinerne Brücke zu sehen, die einen sich unmittelbar vor der Bergflanke erstreckenden Abgrund überspannte, in dessen Tiefe der hoch im Gebirge entspringende Landorin schäumend dahinschoss. Die Brücke bildete den Beginn einer von scharfen Felsgraten gesäumten, abwärts verlaufenden Gebirgsstraße.

Es gab keine feierlichen Ansprachen oder großen Verabschiedungen mehr, es war bereits alles gesagt, was zu sagen war. Genau wie seine Begleiter verneigte Warlon sich noch einmal vor der Königin und den Mitgliedern des Hohen Rates. Dann lächelte er Barlok zu, der sich mit einem aufmunternden Augenzwinkern von ihm verabschiedete, und marschierte an der Spitze der kleinen Kolonne durch das Zarkh-Tahal.

»Schließt das Tor!«, befahl Tharlia, als der Letzte es passiert hatte. Langsam begannen sich die Flügel wieder zu schließen. So leise, dass nur Barlok es hören konnte, fügte sie hinzu: »Ich glaube, noch niemals zuvor ruhte das Schicksal unseres ganzen Volkes in den Händen so weniger. Wenn sie scheitern, weiß ich nicht, was …« Sie zuckte zusammen und verstummte. Mit weit aufgerissenen Augen blickte sie sich um. »Hier ist etwas!«, stieß sie hervor. »Ich spüre etwas … eine dieser Kreaturen. Sie ist ganz nah!«

Instinktiv griff Barlok nach seiner Axt und sah sich genau wie die Mitglieder des Rates erschrocken um, freilich ohne etwas entdecken zu können.

»Die Elbenkreatur entfernt sich wieder«, keuchte Tharlia. »Ich … Ich glaube nicht, dass sie es auf uns abgesehen hat.« Gleich darauf riss sie vor Schrecken die Augen noch weiter auf. »Das Zarkh-Tahal! Ihr Ziel ist das Tor. Sie will …« Tharlia schloss die Augen. »Zu spät. Der Dunkelelb ist fort. Nach draußen!«

Es dauerte einen Augenblick, bis Barlok bewusst wurde, welche Konsequenzen ihre Worte in sich bargen.

»Warlon!«, stieß er hervor. »Wir müssen Warlon und die anderen warnen!« Er fuhr herum, doch in diesem Moment schlug das Zarkh-Tahal mit lautem Krachen vollends zu. »Öffnen!«, brüllte er. Erst dann fiel ihm die in das Tor eingelassene Pforte wieder ein, und er stürmte darauf zu. »Öffnet die Pforte!«

Zwei der Wachen zogen den Riegel zurück und zerrten mit vereinten Kräften an dem Griff, doch nichts geschah.

»Verdammt, warum dauert das so lange?«, rief Barlok.

»Es geht nicht«, keuchte eine der Wachen. »Durch das Öffnen des Tores muss sich etwas verklemmt haben.«

»Bei Li'thil, dann öffnet eben das ganze Tor noch einmal! Ich muss –«

»Nein«, sagte Tharlia. Ohne dass er sie hatte herankommen hören, war sie hinter ihn getreten und legte ihm die Hand auf die Schulter. »Das Schicksal der Expedition liegt nicht länger in unserer Hand. Du kannst nicht einfach blindlings dort hinausstürmen. Diese Kreatur lauert irgendwo da draußen, du würdest in dein Verderben laufen.«

»Aber –«

»Wir müssten einen Kampftrupp zusammenstellen, was Zeit kosten würde, und da er jederzeit auf einen Angriff gefasst sein müsste, käme er nur langsam voran und hätte kaum eine Chance, Warlon und seine Leute einzuholen.«

»Dann nimm mittels deiner Fähigkeiten mit Ailin Verbindung auf, um sie zu warnen!«, verlangte Barlok. »Sie sind noch nicht weit weg, da dürfte es dir leicht gelingen.«

»Ich bin keine Priesterin mehr«, erinnerte Tharlia. »Mit meinem Austritt aus dem Orden habe ich auch die meisten meiner Fähigkeiten verloren. Nur mit Mühe konnte ich überhaupt die Gegenwart des Dunkelelben spüren.«

»Dann müssen es eben deine Priesterinnen –«

»Es hätte keinen Sinn«, fiel ihm Tharlia abermals ins Wort. Sie senkte den Kopf. »Da ist etwas, was ich dir noch nicht erzählt habe. Die Macht Li'thils erstreckt sich ausschließlich auf die Tiefenwelt und endet an der Oberfläche, wo die Götter der Sonne und des Mondes herrschen. Selbst ein geistiger Verbund aller Priesterinnen könnte diese Schwelle nicht überwinden und zu Ailin durchdringen.«

Fassungslos starrte Barlok sie an, rang mühsam um Beherrschung und kämpfte gegen den in ihm aufsteigenden Zorn an.

»Dann… war alles nur eine Lüge?«, presste er hervor. »Dass du sie mitgeschickt hast, damit wir erfahren, wenn die Expedition scheitert?« Siedend heiß fiel ihm noch etwas ein. »Wenn die Macht Li'thils an der Oberfläche endet, dann bedeutet das, dass deine Priesterin nicht einmal mehr die Fähigkeit besitzt zu erkennen, wenn sich der Dunkelelb der Expedition nähert. Sie sind dieser Kreatur dort draußen völlig hilflos ausgeliefert!«

»Nein!«, widersprach Tharlia heftig. »Zumindest glaube ich es nicht«, schränkte sie gleich darauf ein. »Die Begabung, die Quelle einer fremden Magie zu erkennen, liegt zum größten Teil in uns selbst und brauchte uns nicht erst von der Göttin verliehen zu werden. Auch ich konnte den Elb schließlich gerade wahrnehmen, obwohl ich dem Orden nicht länger angehöre. Die meisten von Ailins Fähigkeiten werden an der Oberfläche versagen, aber ich habe sie mitgeschickt, weil ich davon überzeugt bin, dass sie dennoch wertvolle Dienste zum Gelingen der Expedition beitragen kann. Vertrau mir, Ailin und Warlon haben den Kampf in der Tiefe überstanden. Sie werden auch mit dieser Bedrohung fertig werden.«

Nur langsam beruhigte Barlok sich wieder, obwohl Tharlias Worte seine Befürchtungen nicht völlig zerstreuen konnten.

»Dieser Dunkelelb hat sich sehr untypisch verhalten«, sagte er nachdenklich. »Wenn es derjenige ist, dem wir in der Tiefe als erstem begegnet sind, so hat er sich anfangs blindwütig auf uns gestürzt und so viele wie möglich von unserer Expedition zu töten versucht. Ebenso die anderen, wie aus Warlons Bericht hervorgeht. Dieser hier jedoch hat sich rund zwei Tage innerhalb von Elan-Dhor aufgehalten. Er hätte die Gelegenheit gehabt, zahlreiche Zwerge zu töten, aber er hat darauf verzichtet, außer vielleicht im Fall der beiden Vermissten. Warum?«

»Immerhin ist er mehrfach verwundet worden«, warf Loton ein, der sich ihnen mit den anderen Ratsmitgliedern genähert hatte.

Barlok nickte.

»Ich glaube auch, dass es damit zu tun hat, aber nicht nur. Ich allein habe diese Kreatur zweimal verletzt. Zu behaupten, dass ihr das Angst gemacht hat, wäre wohl zu viel gesagt, aber es hat sie vorsichtiger werden lassen. Wir können wohl zweifelsfrei davon ausgehen, dass diese Kreaturen intelligent sind. Ich glaube, dass der Dunkelelb, geschwächt wie er durch die Verletzungen war, beschloss, zunächst einmal möglichst viel auszukundschaften, um mehr über unsere Stärke herauszufinden. Er folgte Warlon und mir heimlich bis nach Elan-Dhor, statt uns noch einmal anzugreifen.«

»Und die Luanen?«, fragte Sutis mit einem Blick, der verriet, dass er dieser neuen Theorie noch keinen Glauben schenkte.

»Eine weitere fremde Lebensform, auf die er stieß. Vermutlich kennen diese Kreaturen nach ihrer langen Zeit in der Verbannung nicht einmal den Unterschied zwischen Tieren und intelligenten Wesen. Er wollte erproben, ob auch die Luanen eine Gefahr für ihn darstellen«, spekulierte Barlok weiter und lächelte grimmig. »Und das war der Fall, wenn auch auf ungewöhnliche Art. Die Tiere gerieten in Panik und trampelten ihn genau wie den unglücklichen Toluran nieder, wie das Blut beweist, das wir fanden. Er überlebte, aber danach wurde er noch vorsichtiger. Er leckte seine Wunden und beobachtete nur noch aus dem Verborgenen heraus, weil er begriff, dass unsere Patrouillen ihm gefährlich werden konnten. Nur diesem Umstand haben wir es zu verdanken, dass es zu keinem Gemetzel kam.«

»Und als das Zarkh-Tahal geöffnet wurde, erkannte er die Gelegenheit, aus Elan-Dhor zu entkommen, das für ihn zu einer Falle geworden war«, nahm Sutis den Gedanken auf. »Allerdings hat er sich damit auch den Weg zurück zu seinem Volk versperrt und kann nicht von dem berichten, was er herausgefunden hat.«

»Möglicherweise«, brummte Barlok. »Das wäre zweifelsohne die wünschenswerteste Erklärung. Aber es gibt noch eine andere, die wesentlich mehr Anlass zur Sorge bietet.« Er machte eine kurze Pause. Die Augen aller Anwesenden waren auf ihn gerichtet. »Ich fürchte, wir dürfen die Intelligenz dieser Bestie auf keinen Fall unterschätzen, das zeigt ihr gesamtes Vorgehen. Es ist auch vorstellbar, dass sie herausgefunden hat, wie gefährlich ein Erfolg der Expedition für die Eroberungspläne ihres Volkes werden kann, und sie diesen Erfolg deshalb unter allen Umständen verhindern will.«

Betroffenes Schweigen folgte seinen Worten.

»Dennoch gibt es mehr als einen Grund, optimistisch zu sein«, ergriff Tharlia schließlich wieder das Wort. »Meine Hoffnungen gründen sich nicht allein auf Ailin. Aus Warlons Bericht wissen wir, dass diese Kreaturen sich vor Feuer fürchten. Vielleicht liegt der Grund dafür nicht allein in den Flammen, die ihren Körper verzehren können, sondern auch in der Helligkeit, die sie verbreiten. Vergessen wir nicht, dass diese Elbenabkömmlinge seit vielen Jahrtausenden in einer Welt leben, in der es möglicherweise überhaupt kein Licht, wie wir es kennen, gibt.«

»Und?«, erkundigte sich Torgan. »Welchen Nutzen sollte das für die Expedition bringen?«

Tharlia deutete lächelnd auf den Wehrgang über dem Zarkh-Tahal, wo durch die Schießscharten immer mehr Tageslicht in die Halle drang.

»An der Oberfläche geht gerade die Sonne auf, das wohl grellste Licht, das es überhaupt gibt.«

Als das Zarkh-Tahal mit einem in der Stille der frühmorgendlichen Bergwelt dumpf widerhallenden Dröhnen zuschlug, hatte Warlon, der zusammen mit Ailin an der Spitze des Trupps ging, die Brücke über den Landorin bereits ein gutes Stück hinter sich gelassen.

Erst einmal zuvor war Warlon aus Elan-Dhor fortgegangen, aber da war er noch ein Kind gewesen. Das lag nicht nur bereits mehr als hundert Jahre zurück, er besaß auch kaum noch Erinnerungen daran. Umso mehr erfüllte ihn das, was er jetzt sah, mit Trauer.

So selten, wie die zum Fuß des Berges hinabführende Straße benutzt wurde, in so schlechtem Zustand befand sie sich auch. Überall lagen Geröll und herabgestürzte Felsbrocken herum. Niemand kümmerte sich mehr darum, die Straße instand zu halten, es lohnte den Aufwand einfach nicht mehr. Handelskarawanen steuerten Elan-Dhor ohnehin nicht mehr an, dafür war die Ausbeute zu gering. Handel zwischen den verschiedenen Städten der Menschen erwies sich mittlerweile als sehr viel lukrativer.

Wenn es noch eines Beweises für den wirtschaftlichen Niedergang der letzten großen Zwergenheimstatt bedurft hätte, so lieferte ihn diese Straße.

»Ein trauriger Anblick, nicht wahr?«, sagte Lokin und trat neben ihn. »Wenn nicht Leute wie ich einen kleinen Rest an Handel aufrechterhalten würden, hätten die Menschen wahrscheinlich schon längst vergessen, dass unter diesen Bergen überhaupt noch Zwerge leben.«

»Schmuggel meinst du wohl«, erwiderte Warlon scharf. Als Ausgestoßener hatte Lokin kein Recht auf eine ehrenvolle Anrede mehr. »Oder das Verscherbeln von Diebesgut, das du zuvor zusammengerafft hast.«

»Manchmal«, gab Lokin ungerührt zu. »Aber manchem Zwergenhandwerker ginge es noch schlechter, als es ohnehin der Fall ist, würde ich seine Waren nicht in den Menschenstädten verkaufen, und manche Waren wären in Elan-Dhor gar nicht erhältlich, wenn ich oder andere wie ich sie nicht besorgen würden. Nur leider laufen die ehrlichen Geschäfte oft nicht besonders gut, vor allem, wenn man ein Ausgestoßener ohne Haus ist.«

»Eine mehr als gerechte Strafe für einen Feigling, der seine Kameraden im Stich ließ und sie dem Tod auslieferte, um seine eigene Haut zu retten«, sagte Warlon verächtlich. »Für mich bist du nichts als Abschaum.«

»Wäre König Burian noch an der Macht, würdet Ihr nicht als Held gelten, sondern er hätte Euch unter die gleiche Anklage gestellt«, entgegnete Lokin. »Was Euch zeigen sollte, wie leicht so etwas passieren kann.«

Warlon fuhr herum und packte ihn an den Aufschlägen seines Lederwamses.

»Wage es nicht, dich mit mir zu vergleichen«, stieß er von bodenlosem Zorn erfüllt hervor. »Du und ich, wir haben nichts gemeinsam, hörst du? Die Nachricht vom Tod seines Sohnes hat Burians Verstand getrübt, sonst hätte er eine solche Anschuldigung niemals erhoben.«

»Aufhören!«, rief Ailin. Sie trug an diesem Tag nicht ihr Priestergewand, sondern ganz normale, zweckdienliche

Kleidung wie alle anderen. Vor allem jedoch trug sie keinen Schleier! Als Begründung für diesen Bruch mit den Regeln der Priesterinnen hatte Tharlia einige ausweichende Gründe angeführt: dass sie auf ihrer Reise wohl kaum gläubigen Anbetern Li'thils begegnen würden und dergleichen mehr, von denen keiner wirklich überzeugend klang. Bei passender Gelegenheit würde er die Weihepriesterin selbst danach fragen.

Als sie sich an diesem Morgen begegnet waren, hatte Warlon jedenfalls zum ersten Mal ihr Gesicht gesehen. Es war ein schönes, ebenmäßiges Gesicht, umrahmt von blondem Haar, dass sie entgegen der üblichen Zwergensitte sehr kurz trug. Sie war jünger, als Warlon erwartet hatte, vermutlich sogar noch etwas jünger als er selbst. Die erste Zeit hatte er sie nur voller Bewunderung anstarren können, und noch immer hatte er sich an den Anblick nicht völlig gewöhnt.

Im Moment jedoch verzerrte Zorn ihr Gesicht, während sie die beiden Streithähne anfunkelte.

»Seid ihr denn verrückt geworden? Wir haben Elan-Dhor gerade erst verlassen, und schon benehmt ihr euch wie kleine Kinder. Soll das etwa die ganze Zeit so weitergehen? Hier steht wesentlich mehr auf dem Spiel als eure persönlichen Streitereien!«

Nach einigen Sekunden ließ Warlon sein Gegenüber los, obwohl sein Zorn nicht verflogen war.

»Sie hat Recht«, sagte er widerstrebend. »So wenig es mir gefällt, Königin Tharlia hat dich dieser Expedition zugeteilt, damit muss ich mich wohl abfinden. Aber ich rate dir, versuche nicht, meine Geduld zu strapazieren.«

Brüsk wandte er sich ab und ließ seinen Blick an den Hängen des Tharakols hinaufwandern, des Berges, in dessen Flanke sich das Zarkh-Tahal befand. Er musste den

Kopf weit in den Nacken legen, um bis zu den von ewigem Schnee bedeckten Gipfeln emporzuschauen, die im Licht der Morgensonne gleißten und funkelten. Rasch wandte er den Blick wieder ab. Das Licht brannte in seinen an solche Helligkeit nicht gewöhnten Augen.

Nach einer knappen Meile erreichten sie das Ende der Gebirgsstraße und der zu beiden Seiten aufragenden Felsgrate. Zwei seit langer Zeit verfallene Wachhäuschen zeigten an, dass sie am Fuß des Schattengebirges angelangt waren. Der Boden unter ihren Füßen wurde sandiger, der nackte Fels wich mit Gras und Unkraut bewachsener Erde.

So weit der Blick reichte, erstreckte sich eine fruchtbare Hügellandschaft vor ihnen, durch die sich in sanften Kehren und Windungen der Landorin schlängelte, der nun nicht länger ein reißender Wildbach, sondern gespeist durch mehrere Zuläufe zu einem ruhig dahinströmenden Fluss angewachsen war.

Warlon schauderte, was nicht nur an dem kühlen Wind lag, der ihnen entgegenwehte. Die Weite der Landschaft drohte ihn zu überwältigen. Unter der Erde aufgewachsen, war er an Felswände um sich herum gewöhnt. Hier gab es nichts dergleichen, in alle Richtungen nur offenes Land bis zu einem unendlich fernen Horizont, sah man vom Schattengebirge in ihrem Rücken ab. Er fühlte sich mit einem Mal nackt und schutzlos, allen Gefahren und Widrigkeiten, die sie erwarten mochten, ausgeliefert.

Den Gesichtern seiner Gefährten konnte er entnehmen, dass es ihnen ebenso ging. Lediglich Lokin zeigte ein fast schon unverschämtes Grinsen. Als Einziger kannte er diese ungeheure Weite und war darauf vorbereitet. Aber offenbar hatte er seine Lektion gelernt, denn er enthielt sich jeglichen Kommentars.

Viele Meilen weit folgten sie der Straße. An manchen Stellen war sie so von Unkraut überwuchert, dass sie kaum noch zu erkennen war. Je nachdem, wie der Krieg gegen die Dunkelelben ausging, würde sie schon bald vielleicht gar nicht mehr benutzt werden – oder aber sehr viel häufiger, falls es gelang, die Kreaturen aus der Tiefe zu besiegen und doch noch an die ungeheuren Mengen an Gold heranzukommen, was einen neuen Aufschwung Elan-Dhors zur Folge haben würde.

Schließlich gabelte sich die Straße vor ihnen.

»Wohin jetzt?«, erkundigte sich Warlon.

»Wenn wir weiter nach Osten gehen, gelangen wir nach Clairborn, ein hübsches kleines Dorf mit einem Gasthaus, in dem sie hervorragendes Bier ausschenken«, berichtete Lokin. »Ich habe eine Menge guter Geschäfte dort gemacht, aber ich fürchte, lohnende Informationen werden wir dort nicht bekommen.«

»Und der andere Weg?«

»Führt nach Gormtal, eine wesentlich größere Stadt, aber mehr als zwei Tagesmärsche entfernt. Wenn wir jemanden finden wollen, der den Weg zu den Elben kennt, stehen unsere Aussichten dort wesentlich besser.«

»Dann ist es entschieden. Wir gehen nach Gormtal«, erklärte Warlon.

»Allerdings muss ich Euch warnen«, sprach Lokin weiter. »Gormtal ist kein besonders angenehmes Pflaster. Eine Menge zwielichtiges Gesindel treibt sich dort herum. Schon ein falsches Wort kann leicht dazu führen, dass man ein Messer in den Rücken gerammt bekommt. Der Statthalter ist durch und durch korrupt, ebenso wie die Stadtgarde. Viele ehrbare Menschen haben die Stadt bereits verlassen. Übrig geblieben ist fast nur der Abschaum.«

»Dann dürftest du dich dort ja fast heimisch fühlen.«

»Das war wohl kaum als Kompliment gemeint«, erwiderte Lokin grinsend. »Allerdings habe ich in der Tat gelernt, wie man sich in einer solchen Umgebung verhält, um Ärger aus dem Weg zu gehen. Aber ich wollte Euch nur warnen, glaubt nicht, dass wir einfach dort herumspazieren und neugierige Fragen stellen können.«

»Trotzdem«, sagte Warlon nach kurzem Zögern. »Wir wussten von Anfang an, dass unsere Mission nicht ungefährlich sein würde. Wir gehen nach Norden. Nach Gormtal.«

Bei ihrem Aufbruch am Morgen war es so kühl gewesen, dass sie gefröstelt hatten und sich fest in ihre Mäntel hatten hüllen müssen. Je höher die Sonne jedoch am Himmel stieg, desto wärmer wurde es. Nach einiger Zeit zogen sie ihre Mäntel aus. Schwärme von Fliegen umschwirrten sie und schon bald gaben sie die sinnlosen Versuche auf, sie durch wildes Fuchteln mit den Armen zu vertreiben. Zu ihrem besonderen Leidwesen befanden sich bei dem fliegenden Getier auch Mücken, eine Unbill, die sie aus der Tiefenwelt nicht kannten. Schon bald juckte es sie an zahlreichen Stellen im Gesicht und an den nackten Armen. Es fiel ihnen schwer, Lokins Rat zu befolgen, sich nicht zu kratzen, und selbst Warlon gelang es nicht immer.

Als die Sonne ihren Zenit zur Mittagsstunde schließlich überschritt, herrschten fast Temperaturen wie in einer Feuergrotte, doch war es keine trockene, sondern eine feuchte, schwüle Hitze, die ihnen die Kraft auszusaugen schien und jeden Schritt zu einer Qual machte. Obwohl sie nur das Nötigste mit sich führten, hatte Warlon das Gefühl, sein Rucksack wäre mit tonnenschweren Felsbrocken gefüllt.

»Ist es hier draußen immer so heiß?«, stöhnte Ailin. Auch über ihr Gesicht rannen Schweißperlen. Anders als in der Tiefe verzichtete sie offenbar darauf, sich durch einen Zauber vor der Hitze zu schützen, vielleicht, um ihre Kräfte nicht zu verschwenden.

»Nein«, behauptete Lokin. »Der Sommer hat noch nicht einmal richtig begonnen, gewöhnlich ist es um diese Jahreszeit deutlich kühler. Wir haben uns wohl einen ganz besonders heißen Tag für unseren Aufbruch ausgesucht. Dafür sind die Nächte oft noch empfindlich kalt.«

»Ganz wunderbar. Tagsüber werden wir fast gebraten, und nachts droht uns das Erfrieren«, murrte Soltas, ein noch junger Krieger mit buschigem schwarzem Haar und Bart und wischte sich den Schweiß von der Stirn. »Ich hasse die Oberfläche schon jetzt.«

Selbst Warlon rang sich ein müdes Lächeln ab.

»Machen wir eine Rast«, sagte er.

»Kein besonders günstiger Ort dafür«, widersprach Lokin. »Hier gibt es nichts, was uns Schatten spenden könnte, wir wären hinterher fast ebenso erschöpft wie jetzt.«

»Und wenn wir noch länger marschieren, fallen wir bald vor Erschöpfung um.«

»Seht Ihr den dunklen Schatten dort hinten? Das ist ein Wäldchen. Unter den Bäumen ist es wesentlich kühler, und wenn ich mich recht erinnere, gibt es dort sogar einen kleinen Bach, an dem wir uns erfrischen können. Wir können den Wald in knapp einer Stunde erreichen.«

»Also gut«, gab Warlon nach. »Eine Stunde ist nicht zu viel.«

Müde schleppten sie sich weiter dahin. Zunächst schien es, als kämen sie dem Wäldchen keinen Schritt näher, sondern als würde es im gleichen Maße vor ihnen zurückweichen, in dem sie sich ihm näherten. Schließlich jedoch wurde der Schatten immer größer, und einzelne Bäume waren zu erkennen.

Der Anblick verlieh ihnen noch einmal frische Kraft, und sie schritten schneller aus. Bald darauf erreichten sie den Rand des Waldes und tauchten ein unter das grüne, Schatten spendende Blätterdach, wo es tatsächlich schlagartig kühler wurde.

Staunend blickte Warlon sich um. Natürlich wusste er, dass es Bäume gab, sogar verschiedene Arten, aber er kannte sie hauptsächlich aus Schilderungen, Darstellungen und den vagen Erinnerungen an seinen Kindheitsausflug an die Oberfläche. Jetzt erkannte er, dass es ein grundlegender Unterschied war, etwas beschrieben zu bekommen und es selbst zu sehen, sogar dazwischen umherzuwandern. Vor allem hätte er niemals für möglich gehalten, dass es *so viele* Bäume geben könnte.

Sie waren noch immer nur wenige Stunden von Elan-Dhor entfernt, und doch schien es ihm, als befänden sie sich in einer völlig fremden Welt.

Lokin führte sie noch einige Minuten weiter, dann drang das leise Plätschern des Baches an ihre Ohren, von dem er gesprochen hatte. An seinem Ufer ließen sie sich nieder.

Der Bach war so schmal, dass ein Zwerg mühelos hinüberspringen konnte. Munter strömte das Wasser in einem Bett aus Kieseln dahin, ergoss sich in winzigen Kaskaden über Steine und bildete kleine Wirbel und Strudel an Hindernissen wie einem größeren Stein oder einem herabgefallenen Zweig.

Dafür hatte Warlon jedoch kaum einen Blick übrig. Ihn interessierte nur, ob das Wasser angenehm kühl war, und das war es in der Tat, wie er feststellte, als er seine Arme hineintauchte. Genau wie die anderen schöpfte er sich einige Hände voll ins Gesicht und wusch sich den Schweiß ab. Erst als er sich auf diese Weise erfrischt hatte, stillte er seinen Durst. Er trank in tiefen, gierigen Zügen und hatte das Gefühl, noch nie etwas Köstlicheres getrunken zu haben.

Anschließend aßen sie etwas von dem gedörrten Luanen-Fleisch und dem Brot, das sie mit sich führten. Warlon streifte seine Stiefel ab, lehnte sich gegen eine große, knorrige Wurzel am Ufer und ließ seine nackten Füße ins Wasser baumeln.

»So lasse ich mir die Oberfläche schon eher gefallen«, murmelte er.

Erst jetzt nahm er seine Umgebung genauer in Augenschein. Diese Welt mochte fremdartig sein, aber sie besaß dennoch eine gewisse Schönheit. Der ungeordnete Fluss des Wassers faszinierte ihn ebenso wie das Spiel von Licht und Schatten, das die durch das Blätterdach dringenden Sonnenstrahlen auf den Waldboden malten. Selbst die vielen fremdartigen Geräusche, vor allem die zahlreichen unterschiedlichen Laute der Vögel, waren interessant. Trotzdem wusste Warlon, dass er hier nicht auf Dauer leben könnte. Dafür war alles zu unruhig. Wohin er auch blickte, überall um ihn herum waren Bewegungen. Schon jetzt vermisste er die ruhige, tote Steinwelt Elan-Dhors, wo er jeden Fels kannte und anhand seiner Maserung bestimmen konnte.

Sie rasteten rund eine Stunde, dann füllten sie ihre Wasserflaschen am Bach auf und gingen weiter. Während des ersten Stücks war der Marsch recht angenehm, doch schon bald erreichten sie das Ende des Wäldchens, wo die Hitze bereits wieder wie ein auf der Lauer liegendes Raubtier auf sie wartete, das sie ansprang, kaum dass sie den Schutz der Bäume verließen.

Und sie war mittlerweile noch schlimmer und drückender geworden.

Meile um Meile schleppten sie sich weiter dahin. Lange Märsche machten Warlon nichts aus. Er war sie aus den Minen gewöhnt, und gerade in den letzten Tagen hatte er mehrere extrem lange Strecken zurückgelegt. Mit der Wanderung durch die schwüle Hitze, die sich hier wie eine erstickende Decke über das Land gelegt hatte, ließen sich diese Märsche im Schutze des kühlen Gesteins jedoch nicht vergleichen.

Am Nachmittag legten sie eine weitere Rast ein, obwohl sie diesmal nur etwas Gestrüpp fanden, das ihnen notdürftig Schatten bot.

Schließlich versank die Sonne rot glühend am Horizont, aber selbst die Abenddämmerung brachte kaum Abkühlung. Als sich der Himmel schließlich verdunkelte, deutete Lokin auf eine Ansammlung von Felsbrocken nicht weitab von der Straße, die einen unregelmäßig geformten Ring bildeten.

»Ich denke, dort sollten wir unser Nachtlager aufschlagen. Einen geschützteren Platz werden wir kaum finden, ehe es völlig dunkel wird.«

Warlon erhob keine Einwände. Sosehr er den Ausgestoßenen nach wie vor verachtete, als Führer hatte er sich bislang bewährt.

Durch kniehohes Unkraut stapften sie auf die Felsen zu und ließen sich in ihrem Schutz nieder.

»Wir haben uns in der Tat keinen guten Tag für unseren Aufbruch ausgesucht«, sagte Lokin. Auch ihm waren die Strapazen ebenso wie allen anderen anzumerken. »Wenn es die Sonnengötter der Menschen wirklich gibt, dann sind sie unserer Expedition offenbar nicht wohl gesinnt. Wir sind heute längst nicht so weit gekommen, wie ich gehofft hatte.«

»Wenn die Hitze weiter anhält, dann sollten wir bei Tage rasten und des Nachts wandern«, sagte Ailin. »Die Mondgöttin ist Li'thil sehr ähnlich. Vielleicht steht sie unserem Unterfangen gnädiger gegenüber.«

»Ich glaube nicht, dass es morgen ebenso heiß werden wird, dennoch schlage ich vor, dass wir bereits aufbrechen, so lange es noch dunkel ist«, sagte Lokin.

»Kälte ist in jedem Fall leichter zu ertragen als diese Hitze«, stimmte Warlon zu. »Wir könnten schneller marschieren, dann würde uns nicht nur warm, sondern wir könnten auch etwas von der verlorenen Zeit wieder aufholen. Aber jetzt brauchen wir erst einmal ein paar Stunden Schlaf. Wie sieht es mit einer Wache aus? Gibt es hier Raubtiere oder andere Gefahren?«

»Von wilden Tieren habe ich in diesen Landstrichen noch nie gehört«, behauptete Lokin. »Und die Straße wird zu selten benutzt, als dass wir mit Räubern oder sonstigem Gesindel rechnen müssten. Ich glaube, wir sind hier sicher und können auf eine Wache verzichten.«

Warlon atmete unmerklich auf. Jeder seiner Begleiter war zutiefst erschöpft. Wäre eine Wache notwendig gewesen, hätte er freiwillig die erste Schicht übernommen, wenn auch mit großem Widerwillen.

So trank er noch einige Schlucke Wasser und aß etwas Brot, ehe er sich im Gras ausstreckte und fast augenblicklich in einen tiefen und traumlosen Schlaf sank, bis ihn plötzlich ein lautes Grollen erschrocken hochfahren ließ.

12

SCHRECKEN IN DER NACHT

»Und wenn wir die Schlacht verlieren?«

Unheilvoll hing Barloks Frage im Raum. Den größten Teil der vergangenen Nacht hatte er mit den beiden Ratsmitgliedern und einigen anderen hohen Vertretern der Kriegerkaste Pläne entwickelt, wie und wo der Bedrohung durch die Dunkelelben am besten zu begegnen wäre. Die Frage nach dem *wo* war schnell beantwortet worden: Sie mussten die Unsichtbaren am Tiefenmeer abfangen. Diesen Punkt mussten die Elbenabkömmlinge auf jeden Fall passieren, und dort mussten sie zurückgeschlagen werden. An jeder anderen Stelle bestand die Gefahr, dass die Verteidigungslinien auf anderen Wegen umgangen wurden und die Feinde ihnen in den Rücken fielen.

Seither hatten sie Ideen gesammelt, wie die Verteidigungsstellungen aufgebaut werden sollten. Nach der Verabschiedung von Warlons Expeditionstrupp saßen sie nun wieder im Audienzsaal zusammen, um Königin Tharlia über den bisherigen Stand ihrer Planungen in Kenntnis zu setzen.

»Ich möchte am liebsten gar nicht über die Möglichkeit einer Niederlage nachdenken«, fuhr Barlok fort. »Aber leider kommen wir nicht darum herum, denn nach allem, was wir bislang erlebt haben, besteht diese Gefahr durchaus. Deshalb müssen wir auch für diesen Fall Vorkehrungen treffen.«

»Und wie stellt Ihr Euch diese Vorkehrungen vor?«, erkundigte sich Tharlia. Sie war mit Barlok übereingekommen, sich privat auch weiterhin zu duzen, bei offiziellen Anlässen in Gegenwart anderer hingegen die förmliche Ehrenanrede zu verwenden.

»Falls wir eine Niederlage erleiden, wird die endgültige Entscheidungsschlacht unmittelbar vor dem Südtor Elan-Dhors ausgetragen werden, in der Halle der Helden. Deshalb sollten wir auch dort Vorbereitungen treffen. Wir –«

Er wurde unterbrochen, als es an der Tür klopfte. Auf ein Zeichen Tharlias hin öffnete eine der Wachen. Ein Krieger der Stadtgarde trat ein.

»Verzeiht die Störung, Majestät, aber wir haben im Ostviertel zwei Leichen gefunden. Möglicherweise handelt es sich um die beiden vermissten Arbeiter.«

»Möglicherweise?«, hakte Tharlia nach und zog eine Augenbraue hoch.

»Es handelt sich um die Leiche einer Frau und eines Mannes, so viel haben wir feststellen können, aber sie befinden sich in einem schrecklichen Zustand. Ich … Ich weiß nicht, wie ich es beschreiben soll. Es ist … unheimlich.«

»Ich werde es mir selbst ansehen«, entschied Tharlia.

»Und ich begleite Euch, wenn Ihr nichts dagegen habt«, erbot sich Barlok, was sie gerne annahm. Gemeinsam verließen sie den Audienzsaal, während die beiden Ratsmitglieder zurückblieben, um abermals an den Verteidigungsplänen zu feilen. Vor der Tür wartete ein weiterer Gardist. In Begleitung der beiden Krieger machten sie sich auf den Weg ins Ostviertel.

Andere Zwerge, die ihnen begegneten, verneigten sich demutsvoll und starrten Tharlia dabei voller Neugier an.

Da sie als Königin nicht länger dem Orden der Priesterinnen angehörte, trug sie auch keinen Schleier mehr. Für viele war es das erste Mal, dass sie ihr Gesicht unverhüllt sahen, und mancher war vermutlich erstaunt, wie jung und unbestreitbar schön sie war.

Die Nachricht von der Abdankung Burians und der Ernennung Tharlias zur neuen Königin hatte am vergangenen Abend in Windeseile die Runde in Elan-Dhor gemacht. Zu seinem Leidwesen war es Barlok aus Zeitgründen nicht möglich gewesen, die Reaktionen darauf unmittelbar mitzuerleben. Wie man ihm berichtet hatte, hatte es viel Überraschung und anfänglichen Unglauben gegeben, auch Misstrauen und Abneigung, aber zumindest war es nicht zu offenen Protesten oder gar Ausschreitungen gekommen. Kaum jemand weinte Burian eine Träne nach, doch ob sie tatsächlich die bessere Alternative war, musste Tharlia der breiten Masse des Volkes erst noch beweisen.

»Du glaubst wirklich, dass es zu einem Kampf direkt vor den Toren Elan-Dhors kommen könnte?«, erkundigte sie sich mit gedämpfter Stimme, damit die Gardisten sie nicht hören konnten.

»Wir können nur hoffen, dass das nicht geschieht, aber wir müssen darauf vorbereitet sein«, entgegnete Barlok. »Wenn es uns nicht gelingt, die Dunkelelben am Tiefenmeer aufzuhalten, werden sie über kurz oder lang auch bis hierhin vordringen. Falls wir uns zurückziehen müssen, können wir die Stollen hinter uns zum Einsturz bringen, aber das wird sie nicht auf Dauer aufhalten, sondern ihr Vordringen höchstens verlangsamen.«

»Aber zumindest hier werden wir sie doch zurückschlagen können, oder?«

Barlok zögerte einen Moment mit der Antwort.

»Ich weiß es nicht«, erwiderte er dann ehrlich. »Aber wenn wir sie vorher nicht aufhalten können, bezweifle ich es. Für Loton und Sutis mag der Gedanke unvorstellbar sein, doch angesichts so eines Feindes halte ich es nicht einmal für völlig ausgeschlossen, dass wir diesen Krieg verlieren.«

Tharlia sog scharf die Luft ein und blieb stehen.

»Du meinst, Elan-Dhor könnte fallen? Die Stadt könnte erobert werden?«

»Wir werden alles in unserer Macht Stehende tun, damit es nicht so weit kommt«, versuchte Barlok sie zu beruhigen. »Aber als Königin solltest du auch diese Möglichkeit einkalkulieren und dir Gedanken über eine eventuelle Evakuierung machen.«

»Eine Evakuierung?« Mit vor Entsetzen weit aufgerissenen Augen starrte Tharlia ihn an. »Aber … Aber wohin sollten wir denn gehen? Wir können doch nicht unser ganzes Volk umsiedeln!«

»Sollen wir es vielleicht stattdessen von diesen Monstern abschlachten lassen?«, fragte Barlok unnachgiebig. »Wenn wir diesen Krieg verlieren, verlieren wir auch die gesamte Tiefenwelt unter dem Schattengebirge. Dann wird es hier nirgendwo noch einen sicheren Platz für uns geben. Wenn es in diesem Fall für uns überhaupt noch irgendwo Zuflucht geben sollte, dann an der Oberfläche. Aber ich fürchte, dass selbst die nicht auf Dauer sicher sein wird.«

Tharlia antwortete nicht, sondern ging stattdessen langsam weiter. Was sie gehört hatte, hatte ihr einen Schock versetzt, über den sie erst einmal hinwegkommen musste. Barlok fragte sich, ob es vielleicht besser gewesen wäre, ihr die Konsequenzen einer Niederlage schonender vor Augen zu führen. Aber hier ging es um das Schicksal ihres ganzen Volkes, das konnte er gar nicht drastisch genug verdeutlichen. Diese Lektion hatte Tharlia so tief getroffen, dass sie sie hoffentlich niemals mehr vergessen würde.

Bald darauf erreichten sie das Ostviertel. Die Gardisten führten sie zu einer schmalen Nische zwischen zwei kleinen, in der untersten Ebene direkt an die Felswand gebauten Häusern, wo weitere Männer der Stadtgarde mit Laternen warteten. Zwei mit Tüchern bedeckte Leichen lagen auf dem Boden. Ein Offizier trat auf die Neuankömmlinge zu und verbeugte sich.

»Majestät, ich habe nicht damit gerechnet, dass Ihr persönlich kommen würdet. Bitte nehmt meine untertänigen –«

Unwirsch winkte Tharlia ab.

»Spart Euch den Firlefanz. Wieso wurden die Toten nicht schon früher gefunden?«

Der Offizier deutete auf die schmale, dunkle Nische.

»Sie lagen dort in der hintersten Ecke und waren mit allerlei Unrat bedeckt, sodass sie erst bei gründlicher Suche aufgespürt werden konnten. Wir haben sie gerade erst herausgeholt.«

»Und warum konnten sie noch nicht identifiziert werden? Euer Bote berichtete, dass sie schrecklich zugerichtet wären.« Tharlia warf einen Blick auf die Tücher, unter denen sich die Umrisse der Leichen abzeichneten. Zumindest oberflächlich waren keine größeren Verstümmelungen zu erkennen. »Zeigt sie mir!«

»Es ist… ein ziemlich schlimmer Anblick«, erklärte der Offizier. »Ihr solltet Euch das nicht –«

»Ich weiß schon, was ich mir zumuten kann«, fiel Tharlia ihm kühl ins Wort. Sie trat auf einen der Toten zu und zog eigenhändig das Tuch zurück.

Trotz der Warnung erschrak sie; keine Worte hatten sie auf das vorbereiten können, was unter den Tüchern wartete. Der Leichnam war keineswegs durch Waffengewalt verstümmelt, wie sie befürchtet hatten, sondern er war unglaublich *gealtert*, als wäre er mumifiziert. Wie dürres Pergament spannte sich die Haut über den Knochen, war an manchen Stellen sogar brüchig geworden und eingerissen, sodass die nackten Knochen sichtbar waren und der Kopf fast wie ein Totenschädel aussah, der Tharlia und Barlok aus leeren Augenhöhlen anzustarren schien.

»Das … Das ist doch nicht möglich!«, stieß die Königin hervor.

Auch Barlok war von dem Anblick geschockt, erholte sich aber rascher wieder davon. Er trat neben Tharlia, nahm ihr das Tuch aus den Händen und breitete es wieder über den mumifizierten Leichnam.

»Ich verlange, dass über diesen Vorfall strengstes Stillschweigen bewahrt wird«, wandte er sich an den Offizier. »Instruiert Eure Männer entsprechend. Ich möchte nicht, dass irgendwelche Gerüchte über den Zustand der Leichen die Runde machen und die Bevölkerung in Angst und Schrecken versetzen.«

»Aber was ist den Unglückseligen denn überhaupt zugestoßen? So etwas habe ich noch nie erlebt.«

»Ich weiß es auch nicht. Vielleicht ein magischer Angriff«, erwiderte Barlok, obwohl er einen weitaus schrecklicheren Verdacht hatte. »Jedenfalls darf niemand etwas hiervon erfahren. Lasst die Toten unverzüglich einäschern. Die Urnen könnt Ihr dann für eine offizielle Beisetzung den Angehörigen aushändigen.«

»Das werde ich persönlich übernehmen«, erklärte Tharlia. »Lasst die Urnen zum Palast bringen, dann werde ich sie den Familien übergeben.«

Barloks Achtung vor ihr stieg. Dass sie eine so unangenehme Pflicht selbst übernehmen wollte, nötigte ihm Respekt ab. Burian wäre dazu niemals bereit gewesen.

»Kommt, Majestät, wir müssen zurück. Es warten noch viele Aufgaben auf uns«, drängte er.

Tharlia nickte stumm und ließ sich von ihm bereitwillig wegführen. Noch immer zeichnete sich Schrecken auf ihrem Gesicht ab.

»Glaubst du wirklich, dass es sich um einen magischen Angriff handelte?«, fragte sie, als sie sich außer Hörweite der Gardisten befanden. »Bei allen Kämpfen haben sich die Dunkelelben bislang nur auf ihre Waffen verlassen. Warum diesmal ein anderes Vorgehen?«

»Was ich gesagt habe, galt nur den Gardisten. Ich glaube nicht, dass der Zustand der Leichen die Folge eines Angriffs war«, entgegnete Barlok. »Sie sehen aus, als wären sie binnen kürzester Zeit um Jahrzehnte gealtert. Als hätte jemand all ihre Lebenskraft schlagartig aus ihnen herausgerissen.«

»Der Dunkelelb«, murmelte Tharlia und starrte ihn mit großen Augen an. »Du denkst, er hätte …«

Barlok nickte.

»Er war schwer verwundet und geschwächt«, sagte er. »Ich glaube, dass er seine eigene Kraft gestärkt hat, indem er die seiner Opfer in sich aufgenommen hat.«

Als er aus dem Schlaf hochschreckte, wusste Warlon im ersten Moment nicht einmal, wo er sich befand. Um ihn herum lastete Dunkelheit, aber es war nicht die vertraute Schwärze Elan-Dhors. Erst jetzt fiel ihm wieder ein, dass er sich an der Oberfläche befand.

Hatte er bis zum Abend über die kaum erträgliche Hitze gestöhnt, so hatte es mittlerweile beträchtlich abgekühlt.

Unwillkürlich zog er seinen Mantel enger um sich. Eine heftige Windbö zerzauste sein langes Haar. Im nächsten Moment zerriss ein greller Lichtblitz die Finsternis, dem fast unmittelbar ein gewaltiger Donnerschlag folgte, so laut, als würden ganze Berge einstürzen.

Zwerge waren im Allgemeinen nicht so leicht einzuschüchtern, dennoch erklangen mehrere Schreckensschreie um ihn herum.

»Zu den Waffen! Wir werden angegriffen!«, brüllte Warlon, packte seine Axt, die er griffbereit neben sich liegen hatte, und sprang auf. Wer immer die Angreifer waren, sie mussten über kaum vorstellbare magische Kräfte verfügen, wenn sie einen so ungeheuerlichen Lichtblitz nach ihnen zu schleudern vermochten, auch wenn dieser sie verfehlt hatte. Warlon bezweifelte, dass sie mit ihren Waffen etwas gegen solche Feinde ausrichten konnten, aber er würde sich keinesfalls kampflos ergeben.

Wieder blendete ihn ein greller, vielfach verästelter Lichtblitz, doch war nicht zu erkennen, ob er irgendwo in ihrer Nähe einschlug. Er schien lediglich über den mit pechschwarzen Wolken bedeckten Himmel zu zucken. Ein weiteres urgewaltiges Donnern folgte ihm kaum eine Sekunde später. Wer war bloß in der Lage, solche ungeheuren Gewalten heraufzubeschwören?

»Die Waffen runter, ihr Narren!«, brüllte Lokin. »Das ist kein Angriff, sondern nur ein Gewitter!«

»Und was soll das sein, ein Gewitter?«, rief Warlon zurück.

»Ein Naturereignis, die es im Sommer öfters an der Oberfläche gibt. Die Priester vieler Kulte behaupten, dass die Götter dann miteinander streiten. Harmlos für uns, wenn man nicht gerade von so einem Blitz getroffen wird. Deshalb setzt euch wieder hin, rasch! Wenn man von einem solchen Gewitter im Freien überrascht wird, darf man nicht aufrecht stehen, sondern muss Demut vor den Göttern zeigen, um zu verhindern, dass sie gezielt einen Blitz nach einem schleudern.«

Erneut gleißte ein Blitz auf, und ein Donnerschlag, noch lauter als die vorigen, ertönte. Hastig ließ Warlon sich genau wie die anderen wieder auf den Boden sinken.

Im gleichen Moment begann es zu regnen.

Ein dicker Tropfen traf Warlon, kurz darauf ein zweiter, und dann setzte schlagartig ein solcher Regen ein, als hätte der Himmel alle Schleusen zum Urmeer, auf dem die Welt trieb, geöffnet. Binnen weniger Sekunden war Warlon trotz seines Mantels bis auf die Haut durchnässt.

In immer rascherer Folge zuckten Blitze über den Himmel und tauchten die Landschaft für Sekundenbruchteile in bläulich weißes Licht. Dennoch reichte der Blick kaum ein Dutzend Schritte weit, weil der Regen wie eine undurchdringliche Wand aus Wasser war.

Aber er war lediglich eine Unannehmlichkeit. Der immer wieder grollende Donner hingegen erinnerte auf fast unerträgliche Weise an herabpolternde Felsbrocken und einstürzende Stollen; ein Geräusch, das Warlon wie wohl jeder Bewohner der Tiefenwelt hasste und das Urängste in ihm weckte. Bei jedem neuen Schlag schreckte er zusammen. Nur mit äußerster Anstrengung konnte er sich beherrschen, um nicht aufzuspringen und in blinder Panik davonzustürmen. Obwohl er trotz der polternden Donnerschläge genau wusste, dass sich über ihm keine Decke befand, die einbrechen konnte, hatte er das Gefühl, dass er jeden Moment von einem herabstürzenden Felsbrocken erschlagen werden könnte.

Und er war ganz offenkundig nicht der Einzige, dem es so erging. Auch Ailin schien die Anspannung nicht mehr ertragen zu können, denn sie rückte zu ihm herüber und lehnte sich schutzsuchend an ihn.

»Das ist furchtbar!«, stieß sie hervor. »Wie der Weltuntergang.« Der Donner und das Prasseln des Regens verschluckten ihre Worte beinahe. Warlon konnte spüren, wie sie zitterte. Beim Kampf gegen die Dunkelelben und vor allem auch den Zarkhan hatte die Priesterin einen Mut und eine Tapferkeit bewiesen, wie er sie nie bei ihr vermutet hätte, aber die fremdartigen Gewalten, denen sie hier hilflos ausgeliefert waren, schienen sie fast zu Tode zu ängstigen.

Dennoch spendete ihre bloße Gegenwart Warlon Trost, half ihm, seine eigene Furcht leichter zu bezwingen. Er überlegte, ob er den Arm um sie legen sollte, aber eine so vertrauliche Geste einer Priesterin gegenüber schien ihm fehl am Platz zu sein.

Eine Ewigkeit schien zu vergehen, bis die Blitze am Firmament nur noch weiter entfernt aufleuchteten und das Grollen des Donners abnahm.

»Endlich«, murmelte Ailin und rückte wieder ein wenig von ihm ab, als wäre ihre Angst ihr plötzlich peinlich geworden. »Ich begreife nicht, wie die Menschen und die anderen Bewohner der Oberfläche so etwas häufiger aushalten.«

»Das war ein besonders heftiges Gewitter, wie ich es auch noch nie erlebt habe«, behauptete Lokin. Selbst in seiner Stimme klang noch immer leichte Furcht mit.

»Ich hoffe nur, wir müssen so etwas nicht noch einmal erleben«, erklärte einer der Krieger, und ein anderer murrte: »Diese Oberflächenwelt ist schrecklich. Die unerträgliche Hitze, dieses Gewitter, der Regen … Und dabei sind wir erst einen Tag unterwegs! Ich möchte gar nicht wissen, was uns noch alles erwartet.«

»Was immer es sein mag, wir werden uns ihm tapfer stellen«, sagte Warlon mit so viel Entschlossenheit in der Stimme, wie er aufzubringen vermochte. Er konnte gut nachfühlen, was in den Männern vorging, da er selbst ganz ähnlich empfand und dachte. Als Anführer des Trupps musste er jedoch die Disziplin aufrechterhalten und durfte nicht zulassen, dass sie sich in etwas hineinsteigerten, was den ganzen Erfolg der Expedition gefährdete. »Ich möchte wetten, dass viele unserer Kameraden in Elan-Dhor, die vielleicht gerade jetzt ihr Leben im Kampf gegen die Dunkelelben riskieren, stattdessen gerne ein bisschen Hitze und Regen in Kauf nehmen würden.«

Betretenes Schweigen folgte seinen Worten.

Nur weit entfernt flackerten vereinzelt noch Blitze am Himmel, und auch der Donner war zu einem gelegentlichen fernen Grollen abgeklungen. Wenige Minuten später ließ auch der Regen endlich nach und hörte kurz darauf ganz auf. Der Boden jedoch hatte sich in Morast verwandelt, und es würde noch viele Stunden dauern, bis er trocknete.

Nicht anders verhielt es sich mit ihrer Kleidung. Vor allem die wollenen Mäntel hatten sich mit Wasser regelrecht vollgesogen. Zwar wrangen sie sie aus, aber es blieb trotzdem noch genügend Feuchtigkeit darin zurück. Unter diesen Umständen hatte es keinen Sinn, wenn sie sich wieder hinlegten und weiterzuschlafen versuchten. Der Regen hatte die Luft so weit abgekühlt, dass es kälter als bei ihrem Aufbruch am Morgen war und sie in ihren nassen Sachen erbärmlich froren. Wenn sie sich jetzt auch noch zurück ins feuchte Gras legten, würde ohne Zweifel jeder von ihnen am nächsten Tag krank sein.

»Versuchen wir, ein Feuer zu entzünden, um uns zu wärmen«, ordnete Warlon an.

Die Wolkendecke über ihnen riss auf, und in unregelmäßigen Abständen brach der Mond durch. In seinem Licht schwärmten sie aus, um Brennmaterial zu suchen, doch alles Geäst, das sie fanden, selbst wenn es sich um längst totes Holz handelte, war so durchnässt, dass es ihnen trotz aller noch so großen Bemühungen nicht gelang, es zum Brennen zu bringen, sodass sie ihre Versuche schließlich erfolglos abbrachen.

»Wir gehen weiter«, entschied Warlon, enttäuscht von ihrem Misserfolg. Ein Feuer hätte sie nicht nur gewärmt, sondern auch geholfen, ihre Kleidung schneller zu trocknen. »Das ist besser, als frierend hier herumzusitzen.«

Zähneklappernd und noch immer triefend nass machten sie sich wieder auf den Weg. Durchgefroren wie er war, erschien Warlon sogar die Hitze des vergangenen Tages als das kleinere Übel, und er sehnte sich den Sonnenaufgang herbei, doch bis dahin würde es noch Stunden dauern. Um sich wenigstens etwas zu wärmen, schlugen sie ein scharfes Tempo an.

Immerhin brauchten sie nicht im Dunkeln zu gehen. Die Wolken über ihnen lichteten sich immer mehr und verschwanden schließlich ganz. Ungehindert strahlte das Mondlicht herab, und der schwarze Himmel war mit den unzähligen Lichtpunkten leuchtender Sterne gesprenkelt. Auf tröstliche Weise erinnerte der Anblick Warlon an den steinernen, kuppelförmigen Himmel über den Wohnhöhlen Elan-Dhors mit seinen Lichtschächten. Nur waren die echten Sterne sehr viel winziger und vor allem sehr viel zahlreicher. Vielleicht waren ja auch sie in Wahrheit gar keine von den Göttern entzündeten Lämpchen am Firmament, sondern Schächte, die bis in die Götterwelt reichten, durch die deren Licht auf die Welt drang, und Sonne und Mond waren die größten dieser Schächte?

Warlon verdrängte diese Gedanken.

Meile um Meile schleppten sie sich dahin. Die nasse Kleidung klebte wie eine zweite, klamme Haut an ihnen und behinderte sie bei jeder Bewegung. Auch der Weg hatte sich in einen mit zahlreichen Pfützen durchsetzten Morast verwandelt, der unter ihren Schritten aufspritzte, dennoch stapften sie verdrossen weiter.

Nach mehreren Stunden entdeckten sie ein Stück abseits des Weges eine verfallene Ruine.

»Die Überreste eines ehemaligen Bauernhofes. Wir sollten dort rasten«, schlug Lokin vor. »Wenn das Dach noch heil ist, finden wir dort bestimmt einen trockenen Flecken.«

»Auf jeden Fall bieten die Mauern uns Schutz vor dem Wind«, stimmte Warlon zu. Bis zum Ausbruch des Gewitters hatten sie kaum drei Stunden geschlafen, waren noch immer müde und erschöpft. Einen besseren Platz zum Ausruhen würden sie kaum finden.

Sie bogen vom Weg ab und hielten auf die Ruine zu. Als sie näher kamen, konnten sie erkennen, dass sie in weitaus schlechterem Zustand war, als es von Weitem den Anschein gehabt hatte. Ursprünglich hatte es sich um drei verschiedene Gebäude gehandelt, doch von den beiden kleineren waren nur noch von Unkraut überwucherte Trümmerhaufen aus Holz übrig. Lediglich das aus Stein erbaute Haupthaus stand noch, zumindest die Außenmauern, doch waren auch sie teilweise eingestürzt und von Ruß geschwärzt. Das Gehöft musste schon vor langer Zeit Opfer eines Feuers geworden sein.

Ihre Hoffnung auf ein Dach über den Köpfen erfüllte sich nicht, da auch das Gebälk ausgebrannt und herabgestürzt war. Aber der Boden bestand aus festem Stein, von dem das Wasser abgelaufen und der mittlerweile längst wieder getrocknet war.

»Lokin, Soltas, kommt mit!«, befahl Warlon. »Ihr anderen könnt euch ausruhen.«

Zusammen mit seinen beiden Begleitern ging er auf die Überreste eines der eingestürzten Nebengebäude zu. Sie wuchteten die obersten morschen Balken zur Seite. Wie erhofft fanden sie darunter auch einige Bretter, die trocken genug erschienen, um sich anzünden zu lassen, und trugen sie ins Haus. Zwischen den Mauerresten fanden sie genügend trockene Flechten, die sich mit ihren Feuersteinen leicht entzünden ließen und genügend Hitze entwickelten, um das Holz in Brand zu setzen. Schon bald hatten sie ein prasselndes Feuer in Gang gebracht.

»Wunderbar«, seufzte Ailin. Genau wie die anderen rückte sie möglichst nah an das Feuer heran, um sich von den Flammen wärmen zu lassen.

Sie aßen etwas von ihrer mitgeführten Verpflegung und genossen die Hitze des Feuers.

»Wir werden den Rest der Nacht hier verbringen«, beschloss Warlon und streckte sich aus. Die Augen fielen ihm vor Müdigkeit zu, und bereits wenige Sekunden später war er eingeschlafen.

»Die Männer fürchten sich vor der noch weitgehend unbekannten Gefahr, aber ansonsten könnte ihre Moral kaum besser sein«, behauptete Kriegsmeister Loton, als Barlok am Tiefenmeer eintraf.

Die Umgebung hatte sich grundlegend verändert. Bereits seit der Nacht waren zahlreiche Krieger hierherverlegt worden, in einigen der größeren Nebenhöhlen waren regelrechte Militärlager errichtet worden. Bewacht von Verbänden der Krieger, die durch jeweils eine Priesterin unterstützt wurden, hielten sich jedoch hauptsächlich Angehörige der Arbeiterkaste am Tiefenmeer auf, die mit der Errichtung verschiedener Verteidigungsstellungen beschäftigt waren.

Ihre beste Chance bestand darin, das Vordringen der Dunkelelben bereits aufzuhalten, noch bevor sie überhaupt am Ufer anlegen und es erstürmen konnten. Zu diesem Zweck standen zahlreiche Fässer mit Petroleum bereit, deren Inhalt ins Wasser gekippt und angezündet werden konnte, um herannahende Flöße in Brand zu setzen.

Barlok und Loton mussten ein Stück zur Seite treten, weil gerade eine weitere Ladung Holz und verschiedene Stahlteile auf Wägelchen herangebracht wurden. Zur Beschaffung des Holzes waren mehrere Arbeitertrupps bis an die Oberfläche geschickt worden, um am Fuße des Schattengebirges Bäume zu fällen, die direkt an Ort und Stelle weiterverarbeitet und mittels des Käfigs von Elan-Dhor aus in die Tiefe geschafft worden waren. Zusammen mit den in den großen Schmieden hergestellten Metallspitzen und Verstärkungen dienten sie dazu, am gesamten Ufer entlang eine nur schwer überwindliche Barriere mit speerartigen Spitzen aus Holz und Metall zu errichten. Auch diese sollte verhindern, dass die Dunkelelben das Ufer allzu leicht erstürmen konnten.

Während sie durch die Barriere zu brechen versuchten, würden sie ein gutes Ziel für Pfeile oder geschleuderte Speere abgeben, an deren umfangreicher Produktion in den Schmieden ebenfalls gearbeitet wurde. Die Rüstungsmaschinerie lief zu Höchstleistungen auf. Alle Arbeiten, die nicht der direkten Vorbereitung auf den Krieg dienten, wurden hingegen zurückgestellt.

»Schon irgendwelche Nachrichten von den Gnomen oder Goblins?«, erkundigte sich Loton.

»Nein, nichts«, murmelte Barlok. »Ich glaube auch nicht, dass wir von ihnen etwas hören werden, so hoffnungsvoll Warlons Meldung im ersten Moment auch klang. Vielleicht meinte der Goblin, mit dem er auf dem Floß sprach, seine Worte sogar ernst, aber ich kann mir nicht vorstellen, dass der Häuptling der Goblins einem solchen Vorschlag zustimmt. Ein solches Bündnis hat es noch nie gegeben, dafür sind unsere Völker einfach schon zu lange verfeindet.«

»Wir hatten es auch noch nie mit einer solchen Gefahr zu tun, die nicht nur uns, sondern alle Völker der Tiefenwelt gleichermaßen bedroht.«

»Aber uns ganz besonders. Die Gnome sind Nomaden ohne feste Heimstatt, und die Stadt der Goblins haben selbst wir in Jahrtausenden nicht finden können. Vielleicht verlassen sie sich darauf, dass sie sich auch vor den Dunkelelben verstecken können. Elan-Dhor mit seinen gigantischen Minen und Bergwerken hingegen ist leicht zu finden.«

»Möglich.« Loton zuckte die Achseln. »Trotzdem wären sie eine wichtige Hilfe in dem bevorstehenden Kampf. Sie verfügen über wesentlich mehr Bogenschützen als wir, und sie können mit diesen Waffen auch wesentlich besser umgehen. Gerade gegen einen Feind wie diesen stellen solche Fernwaffen eine wirkungsvolle Verteidigung dar. Hoffen wir also, dass sie es sich noch überlegen.«

»Ja, hoffen wir es«, murmelte Barlok ohne rechte Überzeugung. Den größten Teil seines Lebens hatte er dem Kampf gegen Gnome, Goblins und Schrate gewidmet, oder wenigstens dem Schutz Elan-Dhors vor ihnen. Es fiel ihm nicht leicht, sie plötzlich als potentielle Verbündete zu betrachten, mit denen er Seite an Seite kämpfen sollte.

Loton schien dies trotz seines noch höheren Alters leichter zu fallen, und natürlich hatte er Recht. Die klassischen Waffen der Zwerge waren seit jeher das Schwert und die Streitaxt; Waffen für den Nahkampf, wie Zwerge ihn bevorzugten. In ihrem Volk gab es kaum Bogenschützen, während Goblins und Gnome, die es vorzogen, aus dem Hinterhalt zuzuschlagen, es auf diesem Gebiet zu wahrer Meisterschaft gebracht hatten. Sie wären in der Tat eine wichtige Unterstützung, wenn sie sich entschließen würden, an diesem Kampf teilzunehmen.

Wenn …

»Zeigt mir jetzt die übrigen Verteidigungsanlagen«, bat Barlok.

13

GORMTAL

Warlon erwachte erst, als die Sonne aufging und ihr helles Licht ihm durch ein großes Loch in der Mauer ins Gesicht schien. Die meisten seiner Begleiter schliefen noch, lediglich Ailin und Lokin waren bereits wach und unterhielten sich leise. Es versetzte Warlon einen leichten Stich, sie so vertraut mit dem Verräter plaudern zu sehen, als den er Lokin immer noch betrachtete, doch er unterdrückte dieses Gefühl sofort wieder und setzte sich gähnend auf. Seine Kleidung fühlte sich noch immer klamm an, aber längst nicht mehr so nass wie beim Einschlafen.

Auch die anderen Krieger erwachten nach und nach, und nachdem sie sich ein ausgiebiges Frühstück gegönnt hatten, setzten sie ihre Reise fort. Die Sonne schien auch an diesem Tag hell, aber es war bei weitem nicht so heiß und drückend wie am Vortag, sondern überaus angenehm, um in raschem Tempo zu wandern.

Um die Mittagsstunde erreichten sie bewohntes Gebiet. Der schmale Pfad ging in eine befestigte Straße über, nachdem sie eine Abzweigung passiert hatten, an der ein Wegweiser stand. Da er niemals Lesen gelernt hatte, konnte Warlon die Schrift jedoch nicht entziffern.

»Dort geht es nach Lesartes«, erklärte Lokin. »Ebenfalls nur ein kleines Dorf, in dem man uns kaum wird weiterhelfen können. Davon gibt es viele hier im Umkreis.«

Vereinzelt begegneten sie nun auch Menschen. Einige waren beritten oder saßen auf Fuhrwerken, andere gingen wie sie zu Fuß. Manch verwunderter Blick traf die Reisegruppe, doch niemand sprach sie an. Nur noch selten entfernten sich Zwerge so weit von Elan-Dhor, und wenn, dann nur einzelne Händler oder Gauner wie Lokin, die Diebesgut verkaufen wollten, aber nur sehr selten eine ganze Gruppe.

Immer häufiger stießen sie nun auf Abzweigungen. Es schien in der Tat eine ganze Reihe kleinerer Dörfer in der Umgebung zu geben. Vereinzelt konnten sie sogar einige Dächer in der Ferne erblicken.

Glücklicherweise hielt sich das Wetter. Es war weder zu heiß noch zu kalt, sodass sie rasch und ohne große Mühsal vorankamen. Vor allem aber wirkte es sich gut auf die Stimmung der Krieger aus. Zum ersten Mal erlebten sie, dass es an der Oberfläche nicht nur Extreme gab. Gut gelaunt schritten sie mit schnellen Schritten aus und stimmten von Zeit zu Zeit sogar ein Lied an.

»Werden wir es heute noch bis nach Gormtal schaffen?«, wandte sich Warlon an Lokin.

»Schwer zu sagen. So genau habe ich den Weg auch nicht im Kopf«, antwortete dieser. »Aber ich denke schon, dass wir hinkommen, ehe die Stadttore geschlossen werden. Auch wenn es wohl kein weiteres Gewitter geben wird, habe ich wenig Lust, noch eine Nacht im Freien zu verbringen.«

Dem konnte Warlon nur zustimmen. Zwerge waren einfach nicht für Übernachtungen unter freiem Himmel geschaffen. Er sehnte sich danach, wieder ein Dach über dem Kopf und feste steinerne Wände um sich herum zu haben.

Eigentlich hatte er vorgehabt, noch einmal eine Rast einzulegen, doch er entschied sich dagegen und trieb die Krieger stattdessen zu noch größerem Tempo an. Die Sonne hing bereits ziemlich tief am Horizont. Nach den Erfahrungen des gestrigen Tages schätzte er, dass es höchstens noch zwei Stunden dauern würde, bis sie vollends unterging.

Trotz aller Anstrengungen schafften sie es nicht rechtzeitig. Auch nachdem die Sonne bereits verschwunden war, blieb es noch geraume Zeit hell, doch schließlich begann der Himmel sich immer rascher grau und schließlich schwarz zu färben. Anderen Reisenden waren sie schon seit einiger Zeit nicht mehr begegnet, und noch immer war das Ziel ihrer Reise nicht in Sicht gekommen. Warlon warf Lokin immer finsterere Blicke zu, doch wenn dieser sie überhaupt bemerkte, so reagierte er nicht darauf.

»Du glaubst also, dass wir es rechtzeitig schaffen«, sprach er ihn schließlich an. Inzwischen war es völlig dunkel geworden, nur noch der Mondschein tauchte die Umgebung in fahles Licht, doch schien er in dieser Nacht nicht besonders hell, war hinter dunstigen Wolkenfetzen verborgen. »Und wo, bei Li'thil, liegt nun diese Stadt?«

»Anscheinend habe ich mich ein bisschen verschätzt«, gab Lokin ungerührt zurück. »So oft war ich auch noch nicht in Gormtal, und das letzte Mal liegt über ein Jahr zurück. Aber ich bin sicher, dass es jetzt nicht mehr weit ist.«

»Und ich bin sicher, dass ich dir den Hals umdrehe, wenn wir uns umsonst so abgehetzt haben und die Nacht doch noch im Freien verbringen müssen«, knurrte Warlon. »Du hast von Stadttoren gesprochen, die geschlossen werden.«

»Allerdings, bei Einbruch der Dunkelheit.«

»Und? Ist es vielleicht nicht schon dunkel? Warum sollen wir überhaupt noch weitergehen? Ich sollte dir –«

»Überlasst dic Tore ruhig mir, die sind kein Problem«, behauptete Lokin. »Wir kommen schon noch in die Stadt, seid unbesorgt.«

»Dann hoffe ich in deinem Interesse, dass das nicht auch wieder nur eine deiner überheblichen Prahlereien ist«, stieß Warlon hervor, wandte sich brüsk ab und ging weiter.

Auch Ailin beschleunigte ihren Schritt, um an seine Seite zu gelangen.

»Ihr solltet nicht so hart mit ihm ins Gericht gehen«, sagte sie. »Bis jetzt hat er uns gut geführt. Für die Widrigkeiten des Wetters kann auch er nichts.«

»Ihr ergreift auch noch für ihn Partei?«, murmelte Warlon bitter.

»Ich versuche nur die Tatsachen richtigzustellen. Ihr seid derjenige, der Lokin gegenüber voreingenommen ist und schon fast krampfhaft nach Anlässen sucht, ihn niederzumachen. Unsere Reise steht gerade erst am Anfang, und es gibt für die Krieger kein gutes Vorbild ab, wenn ausgerechnet die beiden für ihr Gelingen wichtigsten Männer ihre Feindseligkeiten offen vor ihnen austragen. Als Kommandant sollte gerade Euch das bewusst sein.«

»Ich weiß«, entgegnete Warlon. »Aber mit seiner dreisten Art treibt er mich einfach zur Raserei. Vor allem, wenn ich daran denke, was er getan hat. Wer seine Kameraden im Stich lässt, der ist nicht mehr als Dreck. Aber statt sich dafür zu schämen, spielt er sich so großspurig auf, als ob er der heldenhafteste Zwerg der Welt wäre. Dabei ist er nur ein Ausgestoßener, und ein Dieb obendrein. Wenn man ihn beim Ausrauben des Dunkelturms erwischt hätte, würdet Ihr wohl auch anders über ihn denken.«

»Wenn er das versucht hätte, wäre es ihm ziemlich übel ergangen«, behauptete Ailin schmunzelnd. »Und ich will ihn auch gar nicht verteidigen. Es stimmt, er ist sehr von sich eingenommen, aber vielleicht war eine solche Art des Auftretens in den letzten Jahren seine einzige Chance, sich zu behaupten. Er kokettiert mit seinen Schwächen und lässt sie so weniger schlimm erscheinen.«

»Mich jedenfalls treibt er damit nur zur Weißglut und er sollte höllisch aufpassen, dass er den Bogen nicht überspannt.« Warlon atmete tief durch. Es beschämte ihn, dass gerade Ailin ihn erst darauf aufmerksam machen musste, dass sein Verhalten eines Kommandanten nicht angemessen war. »Aber ich werde mich im Interesse unserer Mission besser beherrschen und versuchen, meine Abneigung gegen ihn nicht mehr so deutlich zu zeigen.«

Einige Minuten lang gingen sie schweigend nebeneinanderher.

»Wisst Ihr Genaueres darüber, was damals geschehen ist, als Lokin seine Ehre verlor und zum Ausgestoßenen wurde?«, erkundigte sich Ailin dann.

»Keine Einzelheiten«, antwortete Warlon. »Er führte eine Patrouille, die in einen Hinterhalt der Gnome geriet. Er war der Einzige, der mit dem Leben davonkam und nach Elan-Dhor zurückkehrte. Zumindest schien es zunächst so. Aber einen Tag später kehrte noch ein weiterer Krieger schwer verletzt zurück und erhob ernste Anschuldigungen gegen ihn. Er hätte die anderen im Kampf im Stich gelassen und wäre geflohen, was eines Kriegers absolut unwürdig ist. Lokin bestritt die Vorwürfe, konnte sie aber nicht entkräften und wurde vor einem Tribunal schuldig gesprochen.«

»Das heißt, es stand Aussage gegen Aussage.«

»Der andere Krieger, der seinen Verletzungen bald darauf erlag, war ein altgedienter Veteran, der als absolut vertrauenswürdig galt. Es gibt keinerlei Grund anzunehmen, dass er log. Außerdem hatte Lokin selbst nicht einmal einen Kratzer davongetragen, während alle anderen tot waren. Die Situation war also ziemlich eindeutig. Für mich gibt es keinen Zweifel, dass er feige geflohen ist. Wenn es nach mir ginge, hätte er dafür sogar hingerichtet werden sollen.«

»Ihr seid ziemlich schnell mit einem Todesurteil bei der Hand, vor allem für jemanden, dem dies erst vorgestern selbst unter genau der gleichen Anklage gedroht hat.«

Warlon runzelte die Stirn. Dies war schon das zweite Mal, dass er darauf angesprochen wurde. Es ärgerte ihn, dass gerade Ailin, die schließlich selbst dabei gewesen war, Lokins an den Haaren herbeigezogenes Argument aufgriff.

»Das war etwas völlig anderes und überhaupt nicht miteinander zu vergleichen«, entgegnete er schärfer als beabsichtigt. »Ihr wisst selbst, dass wir die anderen Krieger nicht feige im Stich gelassen haben. Es gibt Zeugen, die dies bestätigen. Gerade der einzige andere Überlebende damals hingegen hat Lokin belastet, sonst wäre er vielleicht sogar davongekommen. Und er hatte es nicht mit einem vor Trauer blind und halb verrückt gewordenen König zu tun, sondern er wurde von einem unvoreingenommenen Tribunal in einer fairen Verhandlung verurteilt. Das ist …«

Warlon verstummte und starrte angestrengt nach vorne. Ein riesiger dunkler Schatten, in dem zahlreiche Lichter aufglommen, war hinter einer Hügelkuppe vor ihnen aufgetaucht, höchstens noch ein oder zwei Meilen entfernt.

»Endlich! Das dürfte wohl dieses Gormtal sein. Jetzt kann Lokin beweisen, ob er nur prahlen oder uns tatsächlich noch in die Stadt bringen kann.«

Als sie sich Gormtal bis auf knapp hundert Schritte genähert hatten, brach der Mond durch die Wolken und übergoss die Landschaft mit seinem kalten Licht. In seinem Schein leuchteten die Dächer der Stadt auf, als bestünden sie aus purem Silber. Doch der Anblick währte nur wenige Sekunden, dann schob sich erneut eine Wolke vor den Mond und ließ alles wieder in tristem, düsterem Grau verschwimmen.

Gormtal war von einer steinernen Mauer umgeben, die fast so hoch wie zwei übereinanderstehende Zwerge war und äußerst massiv aussah. Zweifellos hätten Zwergenhandwerker sie geschickter errichtet, stellte Warlon fest, aber für Menschenwerk war sie recht beachtlich. Nicht anders verhielt es sich mit dem aus festen Holzbohlen gefertigten Tor, das erwartungsgemäß geschlossen war.

»Dann öffne es mal für uns«, sagte Warlon spöttisch und ließ Lokin den Vortritt.

Dieser trat ohne zu zögern darauf zu und betätigte mehrfach den wuchtigen Klopfer. Dumpf hallten die Schläge durch die Nacht. Schon nach wenigen Sekunden wurde eine Luke im Tor aufgerissen. Ein unfreundliches Gesicht starrte zu ihnen heraus.

»Ruhe, beim Schwanze der Dämonen!«, brüllte der Torwächter. »Was soll der Lärm um diese Zeit? Kommt gefälligst morgen wieder. Seht ihr nicht, dass das Tor geschlossen ist?«

»Sonst hätte ich wohl kaum zu klopfen brauchen«, entgegnete Lokin. »Und ich dachte mir, dass der Klopfer für genau solche Fälle da wäre.«

»Auch noch frech werden, was? Wer seid ihr überhaupt? Ihr scheint recht klein zu sein.« Der Torwächter hob eine Laterne an die Luke und leuchtete zu ihnen heraus. »Zwerge«, stieß er überrascht hervor. »Und gleich mehr als ein halbes Dutzend. Was wollt ihr hier?«

»Wir haben eine beschwerliche Wanderung von Elan-Dhor aus hinter uns, wollen etwas essen, uns an einem Kaminfeuer wärmen und ein paar Geschäfte machen«, antwortete Lokin. »Und jetzt öffne das Tor, oder willst du, dass ich es mit meiner Axt einschlage?«

»Verschwindet, mit Drohungen erreicht ihr gar nichts. Ich werde euch die Stadtgarde auf den Hals hetzen, wenn ihr hier weiter herumkrakeelt. Eine Nacht im Kerker wird euren Übermut schon abkühlen.«

»Läuft ja wirklich phantastisch«, murmelte Warlon so leise, dass niemand es hören konnte. »Ich wusste, dass er nur große Worte schwingt, hinter denen nichts steckt.«

Noch aber hatte Lokin nicht all sein Pulver aufgebraucht.

»Sicher, und du erklärst bei der Gelegenheit bestimmt auch Xantirox, dass er vergeblich auf seine Geschäftspartner wartet, weil ein übereifriger Wächter diese hat einsperren lassen«, sagte er ruhig.

Angst glitt über das Gesicht des Torwächters.

»Ihr seid Geschäftspartner von Xantirox? Warum habt ihr das nicht gleich gesagt?«, fragte er in wesentlich freundlicherem Tonfall als zuvor. »Das ändert natürlich alles. Wartet, ich werde euch sofort öffnen.«

Er schloss die Luke, dann wurde ein Riegel zurückgezogen, und gleich darauf schwang einer der Torflügel mit einem leisen Knarren auf. Warlon wusste nicht recht, ob er sich darüber freuen sollte. Er war erleichtert, dass sie in die Stadt kamen und die Nacht in einem hoffentlich behaglichen Gasthaus statt im Freien verbringen konnten, andererseits ärgerte er sich, dass sie dies allein Lokin zu verdanken hatten.

Nacheinander traten die Zwerge ein. Hinter ihnen wurde das Tor sofort wieder geschlossen. Der mit einem Mal überaus freundliche Wächter wünschte ihnen einen angenehmen Aufenthalt in Gormtal, und sie gingen rasch weiter.

Die Straße, die sich an das Tor anschloss, wurde von großen, meist zwei- oder gar dreistöckigen Häusern gesäumt, die Warlon im Licht der vereinzelt brennenden Straßenlampen gigantisch erschienen. Nicht nur, dass es in Elan-Dhor kaum mehrstöckige Häuser gab, diese hier wirkten allein dadurch noch gewaltiger, dass ihre Proportionen denen von Menschen entsprachen, die deutlich größer als Zwerge waren. Innerhalb dieser Umgebung kam Warlon sich mit einem Mal erheblich kleiner vor, als er tatsächlich war. Es war, als hätte es ihn in ein Land der Riesen verschlagen.

»Wer ist dieser Xantirox, den du erwähnt hast?«, wandte er sich an Lokin, als sie außer Hörweite des Tores waren. »Eine hochgestellte Persönlichkeit?«

»So könnte man sagen«, antwortete Lokin. »Ohne ihn läuft fast nichts hier in Gormtal. Hoffen wir, dass wir nicht auf seine Hilfe angewiesen sein werden, um die Informationen zu bekommen, die wir benötigen.«

»Ich denke, du kennst ihn und willst ihn treffen?«

»Das denkt der Torwächter auch, und deshalb hat er uns eingelassen. Hat man Euch nie beigebracht, dass eine kleine Lüge zur richtigen Zeit viele Türen öffnen kann? Oder auch manches Tor wie in diesem Fall.«

Warlon überging die letzte Bemerkung.

»Aber – wenn dieser Xantirox wirklich so eine bedeutende Persönlichkeit ist und uns vielleicht helfen kann, warum wenden wir uns nicht tatsächlich direkt an ihn?«, erkundigte er sich stattdessen.

Lokin verdrehte die Augen.

»Ihr begreift wohl wirklich nichts? Ich habe doch erzählt,

dass Gormtal ein Sündenpfuhl voller Verbrecher und zwielichtigem Gesindel ist. Und Xantirox schwimmt wie ein riesiges Fettauge auf dieser Brühe. Es gibt kaum ein schmutziges Geschäft, in dem er nicht seine Finger drinhat. Bei ihm hat alles seinen Preis, und er würde seine eigene Mutter verkaufen, wenn ihm das auch nur den geringsten Profit einbringen würde. Er ist der heimliche Herrscher von Gormtal. Selbst der Statthalter tanzt nach seiner Pfeife, weil er regelmäßig Schmiergelder bekommt. Jetzt wisst Ihr, wer Xantirox ist und warum ich möglichst nichts mit ihm zu tun haben möchte, obwohl ich schon Geschäfte mit ihm gemacht habe. Selbst wenn er uns die gewünschten Informationen liefern kann, wird er einen horrenden Preis dafür verlangen.«

»Wenn er uns weiterhilft, bin ich auch bereit, ihn dafür zu bezahlen. Dafür haben wir schließlich das Gold erhalten, und höchste Eile ist geboten.«

»Aber wir haben es nicht bekommen, um es sinnlos in die Grube zu werfen, wenn es auch andere Möglichkeiten gibt. Deshalb sollten wir uns erst anderweitig nach Informationen umhören und uns nur an Xantirox wenden, wenn uns wirklich keine andere Möglichkeit mehr bleibt.«

»Also gut«, lenkte Warlon ein, obwohl es ihm gar nicht schmeckte, womöglich aus übertriebener Vorsicht eine günstige Gelegenheit verstreichen zu lassen. »Die heutige Nacht werden wir ohnehin hier verbringen, da können wir uns auch umhören. Aber wenn uns irgendjemand in Gormtal weiterhelfen kann, müssen wir es bis morgen früh wissen, um keine Zeit zu vergeuden. Dann müssen wir entweder unser Glück in einer anderen Stadt versuchen, oder wir wissen im günstigsten Fall bis dahin, wie wir zu den Elben gelangen, und können uns direkt auf den Weg zu ihnen machen.«

»Ich fürchte, Ihr stellt Euch das alles ein bisschen zu einfach vor«, brummte Lokin. »Aber ich werde tun, was ich kann.«

Je weiter sie vordrangen, desto belebter wurden die Straßen. Noch nie zuvor hatte Warlon so viele Menschen auf einmal gesehen. Fast alle waren Männer, und die meisten von ihnen machten keinen besonders vertraueneserweckenden Eindruck. Viele waren schäbig gekleidet und wirkten ungepflegt.

Im Erdgeschoss zahlreicher Häuser gab es kleine Geschäfte oder Handwerksbetriebe. Da waren Kürschner, Sattler und Wachszieher zu finden, Schmiede und Goldschmiede, Zinngießer, Küfer, Schneider, Stiefelmacher, Bäcker, Fleischer, Haarschneider und Bartscherer, dazu freilich zahlreiche Kaufmannsgeschäfte, die von Kleidung bis hin zu den verschiedensten anderen Gebrauchsgegenständen alles Mögliche feilboten.

Eine Menge neugieriger Blicke trafen die Zwerge, doch kamen sie Warlon oftmals kalt und berechnend vor, als wäre man nicht an ihnen selbst interessiert, sondern wollte nur abschätzen, ob es bei ihnen etwas zu holen gäbe, das der Mühe wert wäre, sich mit ihnen anzulegen. Glücklicherweise schien das Ergebnis negativ auszufallen. Man wich ihnen sogar aus und machte ihnen bereitwillig Platz. Zwar waren Zwerge im Durchschnitt fast zwei Köpfe kleiner als Menschen, aber dafür deutlich breiter und kräftiger. Gerade bei den Kriegern wölbten sich mächtige Muskeln unter der Haut. Hinzu kam der Anblick der wuchtigen Streitäxte an ihren Gürteln, der manchen davon abhalten mochte, Händel mit ihnen zu beginnen.

Gegenseitig zollten sich die Menschen längst nicht so viel Respekt. Mehr als einmal entdeckte Warlon, wie zwei oder gar mehr von ihnen in hitzigen Streit gerieten, oft wegen irgendwelcher Lappalien, weil beispielsweise der eine den anderen im Gedränge angerempelt hatte. Eine Atmosphäre von Aggression und Gewalt lag in der Luft, völlig anders als in Elan-Dhor, wo jeder auch mitten in der Nacht durch die Stadt gehen konnte, ohne befürchten zu müssen, dass ihm etwas passierte.

Und es waren nicht nur Menschen in Gormtal unterwegs.

Immer wieder entdeckte Warlon auch andere Wesen, die noch einmal mehr als einen Kopf größer als Menschen waren und wesentlich breitschultriger. Ihre Haut schimmerte gräulich, und sie waren allesamt kahlköpfig. Ihre Gesichter machten einen grobschlächtigen Eindruck, mit knolligen Nasen, aufgeworfenen Lippen und einer sehr breiten, dafür aber niedrigen Stirn. Am unheimlichsten an ihnen aber waren die Augen, denn die Pupillen waren geschlitzt wie bei Schlangen.

Die meisten Menschen bemühten sich, ihnen auszuweichen, doch nicht allen gelang es rechtzeitig. Wer den Riesen in den Weg geriet, den schleuderten sie mit ihren prankenartigen Händen brutal zur Seite.

»Was sind das für Wesen?«, wandte sich Ailin an Lokin. Auch Warlon trat näher an ihn heran, um die Antwort mitzubekommen.

»Unangenehme Zeitgenossen, nicht wahr?«, entgegnete Lokin. »Es handelt sich um Tzuul. Es heißt, dass es Mischgeschöpfe zwischen Trollen und Menschen wären. Früher gab es vor allem in den südlichen Gegenden oft Überfälle von Trollen auf Dörfer und kleine Siedlungen. Dabei wurden auch viele Menschenfrauen geraubt. Angeblich sollen die Trolle sie missbraucht haben, und unglaublicherweise wurden einige von ihnen schwanger. So entstanden die Tzuul, in denen sich die unangenehmsten Eigenschaften beider Völker vereinen. Von den Trollen haben sie die Kraft und Brutalität, aber vielfach auch die Dummheit geerbt, von den Menschen die Verschlagenheit. Also haltet euch nach Möglichkeit von ihnen fern, das gilt für euch alle.«

»Ihr habt es gehört. Selbst wenn man uns provoziert, werden wir uns keinesfalls auf einen Streit einlassen. Unsere Mission ist wichtiger als alles andere«, ergänzte Warlon und wandte sich dann direkt an Lokin: »Wann beginnen wir denn nun endlich, Erkundigungen einzuholen?«

»Sofort.« Lokin deutete auf eines der Häuser. »Das ist der *Rote Hahn*. Eines der wenigen anständigen Gasthäuser hier, jedenfalls gemessen an den Maßstäben von Gormtal. Dort können wir nicht nur Fragen stellen, sondern bekommen auch ein ordentliches Essen und ein gutes Bier. Ich schlage vor, dass wir dort außerdem übernachten.«

»Einverstanden«, stimmte Warlon zu. »Aber meine Gedanken kreisen im Moment weder um ein Bett für die Nacht noch um ein Abendmahl, sondern nur darum, wie wir zu den Elben gelangen. Allein darum geht es.«

Sie gingen auf das Gasthaus zu. Ein hölzernes Schild knarzte über der Tür im Wind. Es zeigte ein rotes Federvieh. *Roter Hahn* stand in großen Buchstaben darüber, so las zumindest Ailin es vor, und in kleineren Lettern darunter: *Inhaber Heloron Boladurin*. Auch dieses Haus war dreistöckig, und es kostete Warlon Überwindung, durch die riesig anmutende Tür zu treten.

Eine überraschend gemütliche Schankstube erwartete sie im Inneren. Lachen und Stimmengemurmel schlugen ihnen entgegen. Einige Männer sangen ein Lied, wobei sie von einem Barden, der in einer Ecke die Leier spielte, begleitet wurden. Zu Warlons Erleichterung war kein einziger Tzuul zu entdecken.

Ein wenig fühlte er sich an den *Drachentrunk* erinnert, nur einen Unterschied gab es: Die Luft war hier wesentlich stickiger. Dicke Rauchschwaden wallten unter der Decke und verschluckten fast das Licht der von Holzbalken herabhängenden Lampen, weil die meisten der Anwesenden langstielige Pfeifen rauchten. Auch bei den Zwergen war das Rauchen in früheren Zeiten eine Weile sehr beliebt gewesen, doch da sich kein Pfeifenkraut unter der Erde anbauen ließ, war man auf ständigen Nachschub von der Oberfläche angewiesen. Beim Rückgang der Handelsbeziehungen war es bald knapp und fast unerschwinglich teuer geworden, weshalb es in Elan-Dhor mittlerweile ein fast vergessenes Laster darstellte.

Der Wirt, ein hagerer älterer Mann, kam hinter der Theke hervor und auf sie zu. Auch die Blicke vieler anderer wandten sich den Ankömmlingen zu.

»Zwerge, und gleich acht auf einmal, das ist ein seltener Besuch. Heloron Boladurin, zu euren Diensten«, sagte er und deutete eine Verbeugung an. Dann fasste er Lokin ins Auge. »Ich kenne Euch, Ihr wart schon einmal hier, wenn ich mich nicht täusche. Bitte verzeiht, wenn ich mich nicht mehr an Euren Namen erinnere. Was kann ich für Euch tun?«

»Mein Name ist Lokin, und ich war in der Tat schon einmal hier, auch wenn es viele Monate zurückliegt. Damals habt Ihr mir einen wunderbaren Braten aufgetischt und das beste Bier, das ich je getrunken habe. Deshalb habe ich heute meine Freunde hergeführt. Wir hätten gern ein reichliches Abendmahl und Quartiere für die Nacht.«

»Beides sollt Ihr bekommen«, antwortete Boladurin. »Und

ich bin sicher, dass Ihr nicht enttäuscht sein werdet. Es kommen dieser Tage nicht mehr viele Fremde nach Gormtal. Ich habe mehr als genug Zimmer frei, auch wenn sie freilich für die Größe von Menschen entworfen wurden.«

»Besser ein zu großes Bett als ein zu kleines«, sagte Lokin. »Drei Zimmer werden genügen, ein kleines für die Priesterin und zwei für uns andere.«

»Gut, gut, ich lasse sie sofort herrichten. Wegen des Abendmahls werde ich in der Küche Bescheid sagen, und auch das Bier werde ich gleich bringen. Bitte nehmt derweil an den Tischen dort in der Ecke Platz.«

»Warum hast du ihn nicht nach den Elben gefragt?«, erkundigte sich Warlon zornig, als sich der Wirt entfernte.

»Alles zu seiner Zeit. Ich halte es nicht für klug, direkt mit der Tür ins Haus zu fallen. Ich werde später fragen.«

»Wir haben keine Zeit, das solltest du nie vergessen!«

»Wenn uns irgendjemand hier in Gormtal helfen kann, dann werde ich es noch heute Nacht in Erfahrung bringen«, stieß Lokin mit nun ebenfalls kaum noch unterdrücktem Zorn in der Stimme hervor. »Wir haben eine anstrengende Wanderung hinter uns, deshalb haben wir alle uns jetzt erst einmal ein Abendmahl und etwas Ruhe verdient. Alles Weitere wird sich danach ergeben. Und jetzt fasst mit an, damit wir die beiden Tische zu einem zusammenstellen können.«

Mit vereinten Kräften rückten sie die schweren Eichentische aneinander, sodass sie nicht getrennt voneinander sitzen mussten. Kurz darauf brachte der Wirt ihnen acht große Krüge mit Bier.

»Haltet euch mit dem Trinken zurück«, warnte Warlon, ehe er selbst einen Schluck probierte. Das Bier war wirklich köstlich, nicht zu vergleichen mit dem, das es in Elan-Dhor gab; es war herb, aber dennoch überaus würzig. Er konnte sich nicht erinnern, schon einmal ein besseres Bier getrunken zu haben. Zu seiner Überraschung trank auch Ailin. Alkohol schien nicht zu den Genüssen zu zählen, die den Priesterinnen verboten waren.

So wenig wie von dem Bier, so wenig wurden sie auch von dem Essen enttäuscht, das Boladurin ihnen kurz darauf vorsetzte. Es gab nicht nur eine riesige Platte mit saftigem Braten, der eine willkommene Abwechslung zu dem getrockneten Luanen-Fleisch der letzten beiden Tage darstellte, sondern auch verschiedene Käse, zwei frisch gebackene Brote und vor allem eine große Schale mit Obst. Gerade Letzteres gab es in Elan-Dhor nur extrem selten, und von den meisten Früchten wusste Warlon nicht einmal den Namen, doch sie schmeckten allesamt hervorragend.

Als der Wirt sah, mit welchem Heißhunger sie sich vor allem über das Obst hermachten, brachte er ihnen unaufgefordert noch eine zweite, nicht minder große Schale.

»Da wäre noch etwas«, sagte Lokin, nachdem er sich bedankt hatte, und bat Boladurin, sich kurz zu ihnen zu setzen. Verwundert kam der Wirt der Aufforderung nach. »Wir sind nicht ohne Grund nach Gormtal gekommen. Aus verschiedenen Gründen möchten wir gerne Kontakte zu den Elben knüpfen. Könnt Ihr uns sagen, ob sich zurzeit welche in der Stadt aufhalten?«

»Elben?« Boladurin schüttelte den Kopf. »Ich habe schon seit vielen Jahren keine Elben mehr in Gormtal gesehen. Sie meiden die Menschen, sollen sich in den hohen Norden zurückgezogen haben. Wusstet Ihr das nicht?«

»Sicher doch«, mischte sich Warlon ein. »Aber es heißt, dass trotzdem zumindest einzelne von ihnen immer noch durch die Welt streifen und dabei gelegentlich auch Menschenstädte aufsuchen.«

»Gormtal jedenfalls besuchen sie leider nicht. Unsere Stadt ist so verkommen, dass sie für die Elben vermutlich zu einem Symbol für alles geworden ist, was sie verabscheuen. Ich gehöre zu den wenigen, die sich überhaupt noch bemühen, ein anständiges Wirtshaus zu führen und keine Lasterhöhle.«

»Deshalb sind wir ja auch bei Euch eingekehrt«, stellte Lokin fest. »Wenn keine Elben mehr nach Gormtal kommen, habt Ihr dann vielleicht gehört, wie es in anderen Städten aussieht?«

Boladurin schüttelte den Kopf.

»Eine Begegnung mit Elben ist heutzutage so selten, dass sie sicherlich einer Erzählung wert wäre, doch keiner meiner Gäste, selbst wenn sie von noch so weit her kamen, hat seit vielen Jahren etwas davon erwähnt. Ich fürchte, Ihr werdet mit Eurer Suche nicht viel Glück haben.«

Nur mit Mühe unterdrückte Warlon einen Fluch.

»Wie Ihr selbst erwähnt habt, sollen sich die Elben in den hohen Norden zurückgezogen haben«, unternahm er einen neuen Anlauf. »Könnt Ihr uns wenigstens jemanden nennen, der etwas Genaueres darüber weiß, der uns vielleicht sogar eine Karte anfertigen oder uns gar selbst dorthin führen kann?«

»Ich fürchte, auch da muss ich Euch enttäuschen«, antwortete der Wirt. »Zwar kommen immer wieder Reisende nach Gormtal, die meisten davon Gauner und Glücksritter, die durch den schlechten Ruf der Stadt angelockt werden. Doch nur selten unternehmen die Einwohner von Gormtal selbst längere Reisen, und schon gar nicht zu den Elben. Diese waren hier schon früher nicht beliebt, weil sich mit ihnen kaum Geschäfte machen ließen. Zu wenig Interesse an Vergnügungen. Ich bedaure, aber mir scheint, Ihr habt

Eure Reise umsonst unternommen, wenn Ihr allein deshalb gekommen seid.«

»Und was nun?«, fragte Warlon, nachdem er sich bedankt hatte und der Wirt wieder zur Theke zurückgekehrt war. »Hast du noch eine andere Idee?«

»Nur dieselbe wie vorher«, erwiderte Lokin und grinste schon wieder auf eine Art, die Warlon fast zur Weißglut trieb. »Ich habe doch gleich gesagt, dass es nicht leicht sein würde. Und da seid Ihr schon beim ersten Fehlschlag enttäuscht? Von Boladurin habe ich mir ohnehin nicht viel erhofft. Ich –«

»He, ihr Zwerge!«, wurde er von einem Mann, der zusammen mit einer größeren Gesellschaft an einem anderen Tisch saß, unterbrochen. »Warum setzt ihr euch nicht zu uns und erzählt uns ein paar Geschichten über das Leben unter dem Berg? Es soll nicht euer Schaden sein. Kommt schon, dann bestelle ich sofort eine neue Runde Bier.«

»Einen Moment noch«, rief Lokin, ehe Warlon das Angebot ausschlagen konnte.

»Was heißt hier einen Moment? Bei Li'thil, wir sind nicht hier, um Geschichten zu erzählen und –«

»Ich werde allein losziehen, um Erkundigungen einzuholen«, unterbrach Lokin ihn. »Ich weiß, wie man sich auch in den düsteren Winkeln von Gormtal verhält und an wen man sich wenden muss, um Fragen zu stellen. Allein erreiche ich sicherlich mehr, als wenn wir alle gehen. Ihr könnt Euch mit den anderen solange hier ein paar schöne Stunden machen.«

Warlon überlegte kurz.

»Wahrscheinlich würden wir alle gemeinsam tatsächlich unerwünscht große Aufmerksamkeit erwecken«, gab er zu.

»Aber ich lasse dich trotzdem nicht alleine gehen, sondern werde dich begleiten.« An die anderen gewandt fuhr er fort: »Lokin und ich werden versuchen, Informationen zu erhalten, ihr anderen wartet hier. Schließt euch meinetwegen der Gesellschaft an, aber haltet euch mit dem Bier zurück und erzählt nichts von den Dunkelelben. Versucht stattdessen eurerseits, möglichst viele Informationen zu bekommen. Ich weiß nicht, wie lange wir fortbleiben, aber ich vermute, dass es ein paar Stunden werden können, also macht euch keine verfrühten Sorgen.«

»Ich halte es für keine gute Idee, wenn Ihr mich begleitet«, sagte Lokin, doch Warlon blickte ihn nur finster an.

»Darüber gibt es keine Diskussionen, das ist mein letztes Wort!«

Schon kurz nachdem sie den *Roten Hahn* verlassen hatten, wurden Warlon zwei Dinge bewusst. Zum einen war seine Äußerung, sie könnten unter Umständen mehrere Stunden fortbleiben, mehr als nur optimistisch gewesen. Zum zweiten begriff er, dass er Gormtal in jedweder Hinsicht unterschätzt hatte: in der Größe, in der Menge der Menschen, der Zahl der Gasthäuser und im Maß der Sündhaftigkeit und Verkommenheit.

Gegenüber den Gegenden im Zentrum der Stadt, in die Lokin ihn nun führte, nahm sich alles, was er zuvor gesehen hatte, wie eine Dorfidylle aus. Hier reihte sich fast Wirtshaus an Wirtshaus, und es waren durchaus auch Frauen auf den Straßen zu sehen, meist stark geschminkt und in äußerst aufreizender Kleidung, die an Hauswänden lehnten und die vorbeikommenden Männer ansprachen. Manchmal gingen sie anschließend mit ihnen weg. Warlon erkundigte sich bei Lokin danach und war äußerst schockiert über die Erklärung, die dieser ihm gab. Dass Frauen ihren Körper zeitweilig für Geld verkauften, wäre innerhalb der vergleichsweise kleinen, von der Außenwelt weitgehend isolierten Zwergengemeinschaft Elan-Dhors absolut undenkbar.

»Bei Menschen ist das Triebverhalten viel ausgeprägter als bei uns Zwergen«, behauptete Lokin. »Bei einem schrumpfenden Volk wie dem unseren dient der Trieb hauptsächlich der Fortpflanzung, während er viele der Menschen beherrscht und sie in erster Linie der Befriedigung ihres Verlangens frönen.«

»Das ist krank«, schnappte Warlon. »Abstoßend und Ekel erregend.«

»Es ist menschlich«, entgegnete Lokin lächelnd.

Sie betraten eines der Wirtshäuser, durch dessen Fenster trübes Licht auf das Straßenpflaster fiel. Es bot einen enormen Gegensatz zum sauberen und ordentlichen *Roten Hahn.* Wesentlich mehr Menschen hielten sich hier auf, unter ihnen auch mehrere Tzuul. Betrunkene schliefen an einigen Tischen, manche lagen auch auf dem Boden. Dieser war nicht nur schmutzig, stellenweise hatten sich sogar Pfützen von verschütteten Getränken gebildet. Bei jedem Schritt blieben Warlons Stiefel kleben und erzeugten ein saugendes Geräusch. Barbusige Frauen bedienten die Gäste.

Lokin blickte sich kurz um und steuerte dann einen Tisch an, an dem mehrere Männer tranken und würfelten. Er wartete, bis sie ihr laufendes Spiel beendet hatten, dann sprach er einen der Männer an.

»Habt Ihr einen Moment Zeit für mich, Nobellon? Es geht um eine geschäftliche Angelegenheit.«

»Für Geschäfte habe ich immer Zeit«, erwiderte der Angesprochene mit vom Trinken bereits leicht lallender Stimme.

Sein dunkles Haar hing ihm strähnig und ungepflegt über die Schultern, und in seinem Blick war etwas Lauerndes, das ihn Warlon sofort unsympathisch machte. »Sprecht ruhig, vor meinen Freunden habe ich keine Geheimnisse. Habt Ihr wieder ein paar Zwergenkunstwerke anzubieten wie beim letzten Mal?«

»Nein, diesmal geht es nur um eine Auskunft«, erklärte Lokin. »Wir suchen jemanden, der uns den Weg zur Heimstatt der Hochelben beschreiben kann. Ich bin bereit, dafür zu bezahlen.«

Dröhnendes Gelächter folgte seinen Worten.

»Zu den Elben?«, entgegnete der mit Nobellon Angesprochene. »Da kann ich Euch nicht helfen, und wahrscheinlich auch sonst keiner in Gormtal. Wer will schon was mit diesem langweiligen Pack zu tun haben? Ich jedenfalls nicht.«

»Dann kommen wir wohl nicht ins Geschäft und werden uns anderweitig umhören müssen. Habt trotzdem vielen Dank.«

»Vielleicht ein andermal, wenn Ihr wieder etwas anzubieten habt. Was wollt Ihr überhaupt bei den Elben? Soweit ich weiß, waren die Beziehungen zwischen ihnen und den Zwergen nie besonders gut.«

»Deshalb wollen wir sie verbessern«, behauptete Lokin und wandte sich um. Eine der barbusigen Bedienungen stellte sich Warlon und ihm in den Weg.

»Ihr wollt doch nicht etwa schon gehen, kleine Männer?«, fragte sie mit einem koketten Augenaufschlag. »Kommt, trinkt etwas, und wenn ihr bezahlen könnt, machen wir uns anschließend in einem der Hinterzimmer eine schöne Zeit.«

»Kein Interesse«, stieß Warlon mit belegter Stimme hervor. »Geh uns aus dem Weg.«

»Mieses Zwergenpack, dann macht's euch doch selbst«, zischte das Schankmädchen, schnitt ihnen eine Grimasse und verschwand mit klirrenden Armreifen im Gedränge.

»Bei Li'thil, hütet Eure Zunge, ich habe Euch doch gewarnt«, sagte Lokin scharf. »Wir dürfen die Leute nicht gegen uns aufbringen, vor allem nicht die Mädchen. Sie haben alle ihre Beschützer, und wenn sie denen nur einen Wink geben, finden wir uns ganz schnell auf der Straße wieder, wenn wir Pech haben sogar mit eingeschlagenem Schädel oder einem Messer im Bauch. Am besten, Ihr schweigt und überlasst allein mir das Reden.«

Warlon antwortete nicht. Was er in diesem Wirtshaus erlebte, war er nicht gewöhnt, weder das Gedränge unter den wesentlich größeren Menschen noch die unverhohlene Lasterhaftigkeit. Obwohl die nackten Brüste der Menschenfrauen auf ihn eher provozierend als erregend wirkten, brodelte es in ihm. Diese verkommenen Menschen sollten das große, aufsteigende Volk sein, das die älteren Völker wie die Elben und auch die Zwerge immer mehr zurückdrängte und sich anschickte, ihr Erbe anzutreten?

Wie zur Bestätigung seiner Gedanken gerieten an einem Tisch weiter hinten zwei Männer in Streit und begannen aufeinander einzuprügeln. Keiner der Umstehenden machte Anstalten, schlichtend einzugreifen, im Gegenteil, sie feuerten die beiden Raufbolde noch an. Selbst als einer der beiden zu Boden ging, schlug der andere noch weiter auf ihn ein und hörte erst auf, als er das Gesicht seines Gegners zu einer blutigen Masse zerschlagen hatte. Niemand kümmerte sich um den Gefallenen. Lachend nahmen die Umstehenden ihre vorherigen Tätigkeiten wieder auf. Ein Leben zählte hier wirklich nicht viel, und das eines Zwergs vermutlich noch weniger als das eines Menschen.

Schaudernd wandte Warlon sich ab. Es mochte unfair sein, ein ganzes Volk nur nach dem Abschaum zu beurteilen, der sich offenbar hier versammelt hatte, aber es ekelte ihn alles an. Schon bedauerte er, dass er darauf bestanden hatte, Lokin aus einem möglicherweise übersteigerten Misstrauen heraus zu begleiten.

Dieser wandte sich einem anderen Tisch zu und sprach jemanden an, doch auch diesmal hatte er keinen Erfolg, und sie verließen das Wirtshaus wieder. In mehr als einem Dutzend anderer Schenken, eine so schäbig wie die andere, lief es nicht anders.

»Sieht nicht gut aus«, stellte Warlon schließlich niedergeschlagen fest. »Glaubst du, dass es überhaupt noch sinnvoll ist, weiter herumzulaufen und Fragen zu stellen? Wie es aussieht, hat niemand auch nur die geringste Ahnung, wo sich die Heimstatt der Elben befindet, außer irgendwo hoch im unwirtlichen Norden.«

»Ihr seid zu ungeduldig, das habe ich Euch gleich gesagt«, erwiderte Lokin. »Es gibt noch viele Informanten hier in Gormtal, die wir befragen sollten. Einer von ihnen wird schon irgendetwas gehört haben, was uns weiterhilft, und wenn es nur ein kleiner Hinweis oder ein Name ist. Ausgerechnet Ihr wollt doch bestimmt nicht schon aufgeben, wenn unsere Suche gerade erst begonnen hat?«

»Natürlich nicht«, entgegnete Warlon unwirsch. Es ärgerte ihn, dass ausgerechnet der Verräter ihn erst wieder an die Wichtigkeit ihrer Mission hatte erinnern müssen. Wäre er allein gewesen, hätte er vielleicht tatsächlich aufgegeben, zwar nicht die ganze Mission, aber er hätte die Suche vermutlich an einem anderen Ort fortgesetzt, so zuwider war ihm Gormtal mittlerweile geworden.

So jedoch setzten sie ihre Runde durch die Wirtshäuser

fort. Warlons Hoffnung, dass es besser werden könnte, erfüllte sich nicht – je weiter sie gingen, desto heruntergekommener wurde die Umgebung. Gelegentlich begegneten sie einer kleinen Patrouille der Stadtgarde, doch auch die Soldaten verhielten sich nicht besser als die Gauner und Halsabschneider auf den Straßen. So sah eine der Patrouillen seelenruhig zu, wie ein Mann von einem Tzuul niedergestochen wurde, und ging anschließend lachend weiter, als wäre nichts passiert. Eine andere begegnete einem Betrunkenen, und die Soldaten machten sich einen Spaß daraus, ihn von einem zum anderen zu schubsen, bis der Unglückliche schließlich schwer zu Boden stürzte. Selbst dann versetzte einer der Uniformierten ihm noch ein paar Tritte, ehe er lachend mit den anderen weiterzog. Den beiden Zwergen warfen sie ein paar misstrauische Blicke zu, verzichteten aber darauf, sie anzusprechen oder sonst wie zu belästigen.

»Abschaum«, murmelte Warlon leise. »Diese Stadt ist das Reich der Verdammten. Wie kann man nur freiwillig hier leben? Gibt es denn überhaupt keine anständigen Menschen hier?«

»Nicht nach Einbruch der Dunkelheit und nicht in diesem Teil der Stadt. Es gibt durchaus noch viele ehrenwerte Bewohner Gormtals, die einem ehrlichen Handwerk nachgehen, doch sie haben sich in die Außenbezirke der Stadt zurückgezogen. Und selbst dort wird die Lage langsam, aber sicher immer unangenehmer. Viele sind deshalb bereits fortgezogen. Irgendwann wird Gormtal vollends in die Hände der Mörder und Diebe fallen, wenn sich nichts ändert.«

»Was irgendwann geschieht, ist nicht unser Problem«, sagte Warlon. »Ich finde es schon schlimm genug, wie es jetzt ist, und dass wir uns in diesem Drecksloch aufhalten müssen.«

Sie wandten sich dem nächsten Wirtshaus zu, doch bevor sie dort selbst ein Gespräch in die Wege leiten konnten, legte ihnen jemand von hinten die Hände auf die Schultern. Überaus kräftige Hände mit gräulicher Haut. Als sie sich erschrocken umsahen, blickten sie direkt in das hässliche Gesicht eines Tzuul. Ein kaum weniger hässlicher Mensch mit einer dicken Narbe quer über das gesamte Gesicht stand neben ihm.

»Xantirox schickt mich«, sagte er mit zischelnder Stimme. »Ihm ist zu Ohren gekommen, dass zwei Zwerge überall in der Stadt Fragen nach Elben stellen. Nun wundert mein Herr sich, warum ihr nicht längst auch zu ihm gekommen seid.«

»Wir wollten auch ihn noch aufsuchen – wir sind gewissermaßen schon auf dem Weg zu ihm«, beteuerte Lokin. »Nur haben wir auch unterwegs direkt schon ein paar Fragen gestellt.«

»Mein Herr ist darüber nicht glücklich«, zischte der Narbige. »Er denkt, ihr würdet vielleicht glauben, dass er weniger weiß als andere.«

»Heißt das, dass er uns weiterhelfen kann?«, platzte Warlon aufgeregt heraus.

»Was weiß ich. Es heißt nur, dass ihr euch ohne Umwege immer zuerst an meinen Herrn wenden solltet, wenn es um Geschäfte geht. Er hat Wurl und mich losgeschickt, um euch das auszurichten und dafür zu sorgen, dass ihr nicht noch einmal vom richtigen Weg abkommt.«

Der Tzuul grinste einfältig und entblößte dabei spitz zulaufende Zähne, die an die Fänge eines Raubtiers erinnerten. Scheinbar ohne die geringste Mühe schob er sie in

Richtung Ausgang. Auch auf der Straße ließ er sie nicht los. Da er außerdem mit weit ausholenden Schritten ging, mussten sie fast laufen, um mit ihm mitzuhalten und nicht zu stürzen.

»Wir können allein gehen und kommen auch freiwillig mit euch mit«, protestierte Lokin, doch weder der Narbige noch Wurl nahmen überhaupt nur Notiz von seinen Worten. Unbarmherzig stieß der Tzuul sie vor sich her.

»Jetzt sitzen wir wohl ganz tief in der Zarkhan-Höhle«, presste Warlon leise hervor. »Sollen wir versuchen, uns mit Gewalt aus diesem Schlamassel zu befreien?« Man hatte ihnen die Waffen nicht abgenommen, und er traute sich durchaus zu, selbst den Tzuul in einem Überraschungsangriff mit seinem Schwert oder der Axt niederzustrecken.

»Nein, um Li'thils willen, bloß das nicht!«, raunte Lokin erschrocken. »Selbst wenn es uns gelänge, wir kämen nicht mehr lebend aus der Stadt heraus. Niemand erhebt ungestraft die Waffen gegen Xantirox' Leute. Erinnert Euch daran, was ich über ihn erzählt habe.«

»Ich habe nicht das Gefühl, als ob wir noch viel zu verlieren hätten.«

»Das täuscht. Ich glaube nicht, dass Xantirox uns etwas antun wird, nur weil wir zuerst anderswo Erkundigungen eingeholt haben«, behauptete Lokin flüsternd. »Vielleicht kann er uns ja sogar tatsächlich weiterhelfen. Auch wenn ich erst alle anderen Möglichkeiten ausschöpfen wollte, habe ich von Anfang an befürchtet, dass wir an ihm nicht vorbeikommen würden. Ihr habt ja selbst erlebt, wie gut sein Spitzeldienst arbeitet. In dieser Stadt geschieht nichts, ohne dass er davon erfährt.«

Warlon schwieg, aber sonderlich beruhigt hatten ihn Lokins Worte nicht. Ihre Bewacher brachten sie in ein besonders heruntergekommenes Stadtviertel, in dem es überhaupt keine brennenden Straßenlampen mehr gab. Nur aus einigen der Häuser fiel schwacher Lichtschein auf die Straße. Sie näherten sich einem weiteren Wirtshaus, aus dem lautes Lachen und Grölen drang. Weder ein Schild noch sonst irgendeine Beschriftung deutete auf seinen Namen hin.

»Das *Loch*«, sagte Lokin. »Die verrufenste Schenke in ganz Gormtal. Nicht einmal die Stadtgarde traut sich hierher. Sie gehört Xantirox, und nur er allein ist hier Herr über Leben und Tod. Also seid besonders vorsichtig!«

Sie betraten das Wirtshaus. Auf den ersten Blick schien es sich kaum von den anderen zu unterscheiden, außer dass es noch ein wenig verwahrloster war. Auch hier wurde gespielt, gehurt und gezecht, lautstark grölend gingen die zahlreichen Gäste ihren Vergnügungen nach. Wie in vielen der anderen Schenken lagen auch hier Betrunkene unbeachtet auf den hölzernen Bänken oder dem Fußboden, doch als Warlon genauer hinsah, entdeckte er zu seinem Schrecken, dass zumindest einige von ihnen keinesfalls nur betrunken waren. Unter manchen hatten sich Blutlachen ausgebreitet. Einem steckte noch das Messer, mit dem er getötet worden war, in der Brust, einem anderen war die Kehle durchgeschnitten worden. Seine gebrochenen Augen blickten anklagend zur gewölbten Decke hinauf. Niemanden schienen die Toten zu stören.

Nicht nur die Schankmädchen waren hier barbusig, einige Tänzerinnen räkelten sich sogar völlig nackt in obszönen Posen auf einer kleinen Bühne. Warlon wandte den Blick rasch wieder von ihnen ab.

Der Tzuul schob sie bis zu einem Tisch, an dem nur ein einzelner, inmitten dieser Umgebung ungewöhnlich prachtvoll gekleideter Mann zusammen mit mehreren nackten Schönheiten saß, die sich nach Kräften bemühten, ihn zu verwöhnen. Eine knabberte an seinem Ohrläppchen, eine andere kraulte seinen Nacken, wieder eine fütterte ihn mit Trauben, die er mit dem Mund direkt von der Rebe pflückte, und eine hielt einen mit Wein gefüllten Pokal, den sie ihm von Zeit zu Zeit zum Trinken an die Lippen hielt. Mehrere Tzuul standen mit vor der Brust verschränkten Armen hinter ihm, offenbar eine persönliche Leibwache.

Ohne dass es ihm jemand sagen musste, wusste Warlon sofort, dass es sich bei dem Mann nur um Xantirox handeln konnte. Und es hätte auch Lokins Warnungen nicht bedurft, um auf den ersten Blick zu erkennen, wie gefährlich dieser Mann war. Sein schwarzes Haar musste mit einer Art Öl eingerieben sein, so stark glänzte es und lag straff zurückgekämmt an seinem Kopf. Sein Gesicht mir der spitzen Nase und den stechenden Augen erinnerte Warlon unwillkürlich ein wenig an das einer Ratte.

Als er die Zwerge sah, stieß er die Mädchen von sich, beugte sich vor und stützte die Ellbogen auf den Tisch.

»Lokin, Lokin, ich muss schon sagen, ich bin enttäuscht von dir«, sagte er mit zwar gespielt freundlicher, aber dennoch unsympathisch klingender Stimme. »Haben wir nicht schon gute Geschäfte miteinander gemacht? Warum also wendest du dich nicht auch zuerst an mich, wenn du Auskünfte benötigst, statt deine Zeit anderswo zu vergeuden und dabei das Risiko einzugehen, womöglich noch an einen Betrüger zu geraten?«

Mit einer Geste bedeutete er den beiden Zwergen, sich zu setzen, was sie bereitwillig taten, obwohl der Anblick der Tzuul hinter dem Tisch und das Wissen, dass ein weiterer zusammen mit dem Narbigen direkt hinter ihnen stand,

Warlon absolut nicht behagte. Fast wünschte er sich nach Elan-Dhor zurück. Im offenen Kampf gegen die Dunkelelben gab es wenigstens keine Zweifel daran, wer der Feind war, und er würde ihm mit Axt und Schwert gegenübertreten, statt zu versuchen, Geschäfte mit ihm zu tätigen.

Aber auch die Aufgabe, die er hier erfüllte, diente der Rettung seiner Heimat, war vermutlich sogar weitaus wichtiger als ein weiteres Schwert im Kampf. Dieser Gedanke verlieh ihm die Kraft, alles andere zu verdrängen.

»Es lag keineswegs in meiner Absicht, Euch zu brüskieren, ehrenwerter Xantirox«, versicherte Lokin. »Dies ist übrigens Warlon, der wie ich aus Elan-Dhor stammt. Wie ich schon Eurem Boten berichtete, waren wir ohnehin bereits auf dem Weg zu Euch, haben nur unterwegs ein paarmal Halt gemacht, um bereits dort unser Glück zu versuchen. Zudem erschien uns unser Anliegen zunächst viel zu unbedeutend, um Euch damit zu belästigen, bis wir merkten, dass die Antworten auf unsere Fragen doch schwerer zu bekommen sind, als wir erwartet haben.«

»Und? Hattet ihr Glück?«, hakte Xantirox nach, obwohl Warlon sicher war, dass er die Antwort längst kannte.

»Bedauerlicherweise nicht«, entgegnete Lokin.

»Demnach habt ihr wirklich eure Zeit vergeudet und hättet besser auf direktem Weg zu mir kommen sollen. Lass dir das für künftige Besuche in Gormtal eine Lehre sein.«

»Heißt das, dass Ihr uns tatsächlich Antworten auf unsere Fragen geben könnt?«, erkundigte sich Lokin aufgeregt.

»Hätte ich euch sonst extra zu mir bringen lassen?« Tadelnd schüttelte der Rattengesichtige den Kopf. »Ihr sucht nach jemandem, der euch den Weg zur Heimstatt der Elben beschreiben oder euch vielleicht sogar hinführen kann, wie ich hörte. Ich selbst besitze dieses Wissen nicht, habe mit diesem spitzohrigen Pack nichts zu schaffen. Allerdings weiß ich von jemandem, der euch mit großer Wahrscheinlichkeit weiterhelfen kann, vermutlich der Einzige im Umkreis von sehr vielen Tagesmärschen.«

»Wer ist es, und wo können wir ihn finden?«, fragte Lokin.

»Immer langsam, nur mit der Ruhe«, entgegnete Xantirox. »Zunächst einmal müssen wir uns über den Preis einig werden, den euch diese Information wert ist. Außerdem wüsste ich gerne, warum man in Elan-Dhor mit einem Mal so interessiert daran ist, Kontakt zu den Elben zu bekommen. Das Verhältnis zwischen ihnen und den Zwergen war niemals sonderlich gut.«

»Wir sind im Auftrag der Gelehrtenkaste unterwegs. Es geht um den Austausch von Wissen«, log Lokin. »Viele unserer alten Schriften fielen unglücklicherweise einem Brand zum Opfer. Nun sind unsere Schriftgelehrten sehr daran interessiert, Einblick in die umfangreichen Archive der Elben nehmen zu dürfen und möglicherweise sogar einige ihrer alten Schriftrollen, die sich mit Elan-Dhor beschäftigen, zu erwerben.«

»Alte Schriftrollen, Wissen über eine längst vergessene Vergangenheit«, schnaubte Xantirox verächtlich. »Wenn das alles ist, wonach man in Elan-Dhor strebt, ist es nicht verwunderlich, dass es mit eurem Volk bergab geht. Aber es scheint, als läge euch viel daran. Wie viel mag euch eine hilfreiche Information wohl wert sein?«

Warlon konnte sich nicht mehr länger beherrschen.

»Nennt uns Euren Preis, und wir werden ihn bezahlen«, platzte er heraus, ohne zu überlegen.

»Innerhalb vernünftiger Grenzen natürlich«, fügte Lokin hastig hinzu im Bemühen, noch zu retten, was zu retten war.

»Wie wäre es mit dreißig Goldtalern?«, fragte Xantirox lauernd, wobei sein Gesicht mehr denn je an das einer Ratte erinnerte. Warlon sog scharf die Luft ein, als er den unglaublichen Wucherpreis hörte. Für so viel Geld bekam man im Ostviertel Elan-Dhors schon ein ganzes Haus, und zwar eines der besten.

»Das ist viel zu viel«, protestierte Lokin. »Vor allem, da Ihr uns nicht einmal eine sichere Garantie geben könnt, dass Euer Informant uns wirklich helfen kann. Lasst uns mit ihm sprechen, dann werden wir entscheiden, ob sein Wissen einen solchen Preis wert ist.«

»Bedauerlicherweise ist das nicht möglich, da er sich nicht in Gormtal aufhält«, behauptete Xantirox und trank einen Schluck Wein. »Aber ihr könnt ihn zu Fuß in zwei, höchstens drei Tagesmärschen erreichen, je nachdem, wie schnell ihr seid. Vorausgesetzt natürlich, ihr wisst, wo und nach wem ihr suchen müsst. Also entscheidet euch, bevor ich mir mein Angebot noch einmal überlege.«

»Zehn Goldtaler, und auf Eure vagen Andeutungen hin ist das bereits ein äußerst hoher Preis.«

»Vierzig«, konterte Xantirox mit einem kalten Lächeln. »Und seid versichert, dass mein Preis nicht nach unten, sondern noch weiter nach oben geht, je länger ihr mit mir zu feilschen versucht. Bezahlt oder geht, statt meine kostbare Zeit zu vergeuden. Aber denkt daran, wie enttäuscht eure Schriftgelehrten in diesem Fall sicherlich sein werden«, fügte er mit hohntriefender Stimme hinzu.

»Einverstanden, wir bezahlen«, sagte Warlon rasch und erntete dafür einen finsteren Blick von Lokin.

Xantirox' Lächeln hingegen vertiefte sich noch.

»Euch muss in der Tat äußerst viel an meinen Informationen liegen. Wer bereit ist, vierzig Goldtaler dafür zu bezahlen, der ist sicherlich auch mit fünfzig einverstanden.«

Warlon knirschte vor Wut mit den Zähnen, aber was sollte er machen? Nach den bisherigen Erfahrungen konnten sie nicht damit rechnen, irgendwo anders die benötigte Hilfe zu finden. Sie waren dem Rattengesicht auf Gedeih und Verderb ausgeliefert.

»Wir bezahlen«, stieß er noch einmal hervor und bemühte sich, ein möglichst entschlossenes Gesicht zu machen. »Fünfzig Goldtaler und keinen Heller mehr.«

Xantirox musterte ihn einige Sekunden lang abschätzend, überlegte sichtlich, ob er möglicherweise noch mehr herausschlagen konnte, gab sich dann aber mit dem Erreichten zufrieden und nickte.

»So sei es. Fünfzig Goldtaler und ich sage euch, wo ihr jemanden findet, der euch bei eurer Suche weiterhelfen kann«, bekräftigte er. »Wie jedes gute Geschäft muss das besiegelt werden. He, Laina, bring mir noch einen Becher Wein und zwei weitere für meine kleinen Freunde hier!«

Es dauerte nur Sekunden, bis eine der Bedienungen mit einem Krug und zwei Bechern an ihren Tisch trat. Die beiden Becher stellte sie ab und goss sie ebenso wie Xantirox' Pokal mit Wein voll, ehe sie sich rasch wieder entfernte.

»Allerdings haben wir so viel Geld nicht bei uns«, warf Warlon ein. »Dafür besitzen wir jedoch Gold, das diesen Wert noch deutlich übersteigt. Wir werden es morgen in aller Frühe bei einem Goldschmied eintauschen und Euch anschließend bezahlen.«

»Aber warum denn bis morgen warten?«, meinte Xantirox. »Zeigt mir euer Gold, und ich werde einen angemessenen Preis dafür zahlen. Abzüglich meines Anteils für die Informationen freilich.«

Warlon zögerte. Er war sicher, dass der Rattengesichtige versuchen würde, sie auch dabei noch übers Ohr zu hauen, weshalb er lieber zu einem unabhängigen, wenigstens einigermaßen ehrlichen Goldschmied gegangen wäre. Aber ein Blick in Xantirox' Augen und zu den plötzlich ziemlich angespannt wirkenden Tzuul verriet ihm, dass ihm diese Alternative nicht mehr blieb. Xantirox hatte Blut geleckt und war entschlossen, sich das Gold zu holen, so oder so.

»Bei Li'thil, gib es ihm, oder er bringt uns um«, raunte Lokin leise.

Widerwillig holte Warlon einen der Goldklumpen aus der Tasche und reichte ihn seinem Gegenüber, froh darüber, nur den einen eingesteckt und die anderen bei seinen Gefährten im *Roten Hahn* zurückgelassen zu haben.

Xantirox betrachtete ihn von allen Seiten eingehend, kratzte sogar mit einem Messer an einer Ecke herum, dann nickte er zufrieden.

»Ich gebe euch siebzig Goldstücke dafür, das dürfte seinem Wert ziemlich genau entsprechen«, sagte er.

Warlon biss die Zähne zusammen. Er wusste, dass der Goldklumpen mindestens hundert Taler wert war, vermutlich sogar noch viel mehr, aber was konnte er schon machen? Wenn er sich weigerte, würden die Tzuul sie im günstigsten Fall vor die Tür werfen, vielleicht würden auch einfach nur zwei Zwergenleichen auf Nimmerwiedersehen in irgendeinem finsteren Loch verschwinden. Seine Kampfstärke hatte Warlon mehr als einmal unter Beweis gestellt, und Barlok tadelte ihn manchmal sogar, dass er *zu* verwegen und draufgängerisch wäre, aber in dieser Umgebung und gegen die Übermacht konnte es am Ausgang eines Kampfes nicht die geringsten Zweifel geben.

»Also gut«, presste er hervor.

Auf einen Wink hin brachte man Xantirox eine Schatulle, in die er den Brocken legte und dafür zwanzig Goldstücke abzählte, die er Warlon hinschob, der sie in seiner Geldbörse verstaute.

»Und nun Eure Informationen«, verlangte er.

»Trinken wir erst einmal«, entgegnete Xantirox, hob seinen Pokal und prostete den Zwergen zu. Auch sie hoben ihre Becher und tranken. Wie Warlon erwartet hatte, da auch ihr Gegenüber davon trank, handelte es sich um einen recht guten Wein, viel besser als alles, was man in den Schenken Elan-Dhors bekam, doch er war viel zu angespannt, um ihn genießen zu können.

»Es gibt einen Jäger und Fallensteller, eine Art Einsiedler, der tief in den großen Wäldern östlich von Nostolot haust. Seinen Namen habe ich vergessen. Bis er sich vor einigen Jahren mit einer Frau dort niederließ, ist er viele Jahre als Waldläufer in alle Himmelsrichtungen durch die Lande gestreift. Wenn jemand weiß, wohin sich die Elben zurückgezogen haben, dann ist er es.«

»Das ist eine ziemlich vage Information für einen so hohen Preis«, sagte Lokin verärgert.

»Nun, zu der Zeit, als er noch ausgedehnte Expeditionen in alle Gebiete der bekannten Welt unternommen hat, brachte er von seinen Wanderungen gelegentlich elbische Heiltränke und Salben mit, die wesentlich wirksamer als die sind, die wir Menschen kennen. Also muss er Kontakt mit den Elben gehabt haben.«

»Das klingt schon besser«, räumte Warlon ein und bemühte sich, seine Aufregung zu zügeln. »Wo finden wir diesen Waldläufer?«

»Ihr verlasst Gormtal in östlicher Richtung«, erklärte Xantirox. »Auf der Handelsstraße nach Latorian. An der Abzweigung nach Erlfurt biegt ihr nach Norden ab. Ihr könnt sie nicht verfehlen, da dort eine große Herberge steht, der *Weiße Drache.* Wenn ihr schnell geht, könnt ihr sie bis zum Abend erreichen und dort übernachten. Anschließend bringt euch der Weg durch Erlfurt, danach durch Nostolot. Von dort aus führt eine nur noch selten benutzte Straße in die Wälder. Einst ging sie nach Grendorn, aber schon vor vielen Jahren wurde der Ort Opfer einer Feuersbrunst. Seither lebt niemand mehr dort und niemand reist mehr dorthin.« Er trank einen Schluck. »Weiter kann ich euch den Weg nicht beschreiben, aber es heißt, dass eurem Waldläufer nichts verborgen bleibt, was innerhalb dieser Wälder geschieht. Sofern er gewillt ist, mit euch zu sprechen, wird er euch finden, anderenfalls hätte eine Suche nach ihm keinerlei Sinn. Wen er nicht treffen will, der wird ihn auch niemals finden. Ich wünsche euch viel Glück. Ach ja, wenn Ihr wieder mal eine Information braucht oder etwas zu verkaufen habt, Lokin, hoffe ich, dass Ihr Euch bei künftigen Besuchen in Gormtal direkt an mich wendet.«

Warlon begriff, dass das Gespräch damit beendet war. Er leerte seinen Becher, stand auf und wandte sich zusammen mit Lokin zum Ausgang. Unbeschadet erreichten sie die Tür und traten ins Freie. Aber auch dann blickte er sich noch mehrfach um und atmete erst auf, als sie sich mehrere Straßenzüge vom *Loch* entfernt hatten.

»Jetzt wisst Ihr, warum ich gehofft habe, dass wir uns nicht an Xantirox wenden müssen«, sagte Lokin. »Er allein diktiert alle Bedingungen, und es ist äußerst gefährlich, sich seinem Willen zu widersetzen.«

»Immerhin haben wir einen Hinweis erhalten, der uns weiterhilft.«

»Heute war er glücklicherweise guter Laune. Aber ob der

Hinweis wirklich etwas taugt, wird sich erst noch zeigen. Die Geschichte von einem ehemaligen Waldläufer, der irgendwo in den Wäldern haust und nur gefunden werden kann, wenn er es will, die will mir nicht recht schmecken. Für mich hört sich das ziemlich danach an, als hätte er sich alles erst in dem Moment ausgedacht, in dem er es uns erzählte. Vielleicht lacht er sich jetzt noch halbtot über die beiden unbedarften Zwerge, von denen er für ein erfundenes Märchen und zwanzig Taler einen Goldbrocken bekommen hat, der ein Vielfaches dessen wert ist.«

»In diesem Fall möge er an seinem Lachen ersticken!«, brummte Warlon finster.

»Mehr als ein paar deftige Flüche gegen ihn auszustoßen, wird uns auch leider nicht übrig bleiben. Oder wollt Ihr vielleicht zurückkehren und ihn zur Rede stellen, falls es diesen ominösen Waldläufer nicht geben sollte?«

Warlon schnitt eine Grimasse und sparte sich eine Antwort. Auf schnellstmöglichem Weg kehrten sie zum *Roten Hahn* zurück. Ihr unter der Erde untrügliches Orientierungsvermögen bewährte sich auch im Labyrinth der Straßen und Gässchen von Gormtal. Nicht ein einziges Mal mussten sie überlegen, wohin sie sich wenden mussten.

Die Nacht war bereits weit fortgeschritten. Mitternacht war lange vorüber, bald würde der Morgen grauen. Mittlerweile hielten sich deutlich weniger Menschen auf den Straßen auf, aber die meisten von denen, die jetzt noch unterwegs waren, hatten bereits reichlich getrunken und machten umso mehr Lärm. Erst als sie das Stadtzentrum verlassen hatten und sich den äußeren Bezirken näherten, wurde es ruhiger.

Nur einen Straßenzug von der Herberge entfernt entdeckten sie eine weitere reglos vor einer Hauswand liegende

Gestalt, ein für diesen Teil Gormtals eher untypischer Anblick, der gerade deshalb Warlons Neugier weckte. Nach all der rohen Gewalt, die er in den vergangenen Stunden erlebt hatte und die niemanden in dieser Stadt zu stören schien, wollte er sich nicht ebenso verhalten. Vielleicht war der Mann verletzt und benötigte Hilfe, die Warlon ihm nicht verwehren wollte. Obwohl Lokin ihn beschwor, sich nicht um Dinge zu kümmern, die ihn nichts angingen, trat er auf die Gestalt zu und stieß sie mit dem Fuß an.

Obwohl es sich nur um einen leichten Stoß handelte, reichte er aus, den Mann auf dem Pflaster mit dem Gesicht nach oben zu drehen.

Augenblicklich erkannte Warlon, dass für ihn jede Hilfe zu spät kam. Gleichzeitig wurde ihm von dem Anblick so übel, dass er sich für einen Moment abwenden musste. Er hatte in seinem Leben schon viele Leichen gesehen, aber noch keine, die so aussah wie diese. Der Unbekannte war durch einen Schwert- oder Messerstich in die Brust gestorben, doch das war nicht das Schreckliche. Vielmehr sah er aus, als würde er bereits seit Jahrzehnten hier liegen, dabei war Warlon sich ziemlich sicher, dass er sich noch nicht hier befunden hatte, als sie aufgebrochen waren. Dünne, bräunliche Haut, so brüchig wie uraltes Leder, spannte sich über seinen Knochen und ließ ihn wie mumifiziert aussehen. Das erklärte auch, wieso er so leicht mit dem Fuß umzudrehen gewesen war.

»Was … Wie bei den Seelen der Verdammten kann so etwas geschehen?«, stammelte Warlon.

»Ich weiß es nicht, und ich möchte es auch gar nicht wissen«, antwortete Lokin und wandte sich schaudernd ab. »Vielleicht wurde er das Opfer irgendeines düsteren, magischen Kults, von denen es hier viele gibt, die angeblich auch Menschenopfer vollziehen. Ich weiß nur, dass wir jetzt so schnell wie möglich von hier verschwinden sollten. Kommt schon, es ist nicht mehr weit bis zum *Roten Hahn.*«

Ohne Widerstand ließ Warlon sich von dem Leichnam wegzerren, blickte sich aber noch mehrfach um, als befürchtete er, dass der Tote sich plötzlich erheben und sich auf sie stürzen könnte.

14

RUHE VOR DEM STURM

»Evakuieren?« Fassungslos starrte Selon Königin Tharlia an. »Aber das … Das ist unmöglich! Wohin sollen wir gehen? Habt Ihr auch nur die geringste Vorstellung davon, was es bedeuten würde, unser ganzes Volk umzusiedeln?«

»Um ganz ehrlich zu sein – nein«, gestand Tharlia. »Aber ich glaube, dass es einen ungeheuren Aufwand darstellen würde. Trotzdem müssen wir uns mit dieser Möglichkeit auseinandersetzen. Barlok hält es für denkbar, dass wir diesen Krieg verlieren könnten, und wenn selbst er das sagt … Ich gebe sehr viel auf seine Einschätzung. Wenn es uns nicht gelingt, die Dunkelelben aufzuhalten, was sollen wir dann tun, statt zu fliehen? Hier herumsitzen und darauf warten, abgeschlachtet zu werden?«

Sichtlich erschüttert senkte der greise Schriftgelehrte den Blick.

»Natürlich nicht«, murmelte er. »Aber es muss doch auch noch andere Möglichkeiten geben.«

»Dann nennt sie mir. Um mit Euch darüber zu beraten, bin ich hergekommen.«

Selon überlegte eine Weile und strich sich dabei gedankenverloren über seinen langen, weißen Bart.

»Warum versperren wir nicht alle Zugänge nach Elan-Dhor?«, fragte er schließlich. »Mit Sprengpulver könnten wir in den tieferen Ebenen alle entsprechenden Stollen zum

Einsturz bringen. Zwar wären die Minen dann auch für uns unzugänglich, aber das ließe sich zumindest für eine gewisse Zeit wohl verkraften. Jedenfalls eher, als ganz Elan-Dhor aufzugeben.«

»Auch Barlok hat das bereits versucht, wie Ihr Euch erinnern werdet«, wandte Tharlia ein. »Unsere Feinde haben nur wenige Stunden gebraucht, um den Stollen wieder freizuräumen.«

»Er hatte auch kaum Hilfsmittel zur Verfügung, hat den Einsturz allein mit seiner Axt herbeigeführt. Vielleicht war der Gang nur durch ein paar wenige Felsbrocken versperrt. Wir müssten eben gründlicher vorgehen. Mit Sprengpulver erzielen wir eine weitaus größere Wirkung. Notfalls können wir ganze Ebenen sprengen. Selbst diese Dunkelelben würden geraume Zeit brauchen, um sich da durchzuwühlen.«

»Sicher, nur würde alles nachsacken, was über diesen Ebenen liegt, und wir würden so ungeheure tektonische Beben auslösen, dass wir Elan-Dhor damit selbst in Schutt und Asche legen könnten und tausende Todesopfer zu beklagen hätten.«

»So schlimm darf es natürlich auch nicht werden«, ruderte Selon zurück. »Aber wenn wir alle zur Stadt führenden Stollen sprengen, könnten wir vielleicht genug Zeit gewinnen, bis Hilfe von den Elben eintrifft.«

»Ich fürchte, auch dafür würde es nicht reichen«, widersprach Tharlia niedergeschlagen. »Selbst wenn Kampfführer Warlon und seine Gefährten den Weg schnell in Erfahrung bringen und gut vorankommen sollten, werden sie Wochen brauchen, um überhaupt bis zu den Elben zu gelangen. Dann noch einmal Wochen für den Rückweg, vorausgesetzt, die Elben sind überhaupt bereit, uns zu helfen.

Vor Ablauf von mindestens zwei, drei Monaten dürfen wir nicht auf Unterstützung hoffen.«

»So lange?«, murmelte Selon betroffen.

»Großzügig geschätzt. Es können ebenso gut auch vier oder fünf Monate werden, oder gar noch länger. Niemand von uns weiß, wie weit der Weg ist.« Tharlia schüttelte den Kopf. »Bis dahin stehen wir in unserem Kampf ganz allein da. Von den Menschen werden wir keine militärische Hilfe erhalten, sie kümmert nicht, was mit uns passiert. Wir können nur auf unsere eigene Stärke vertrauen. Aber das bedeutet, dass wir auch Vorkehrungen für den Fall einer Niederlage treffen müssen. An andere Orte der Tiefenwelt können wir nicht ausweichen, weil wir dort ebenso in Gefahr wären. Uns bliebe also nur der Gang an die Oberfläche. Ich möchte Euch bitten, möglichst detaillierte Pläne für eine eventuelle Evakuierung auszuarbeiten, auch wenn ich freilich hoffe, dass es erst gar nicht dazu kommen wird.«

»Das hoffe ich auch. Allerdings wäre mir lieber, wenn Ihr … einen anderen mit diesen Planungen beauftragen würdet«, erwiderte der Schriftmeister zögernd.

»Aber warum? Ich kann mir niemanden vorstellen, der dafür besser geeignet wäre.«

»Vielleicht«, murmelte Selon. »Aber ich habe die letzten Tage fast ununterbrochen mit dem Studium uralter Dokumente verbracht. Bislang habe ich nur wenig entdeckt, das in irgendeinem Zusammenhang mit dem Kampf der Elben gegen die Abtrünnigen zu stehen scheint, aber ich hoffe, noch weitere Informationen zu finden. Ich möchte herausfinden, worum es bei diesem Krieg damals ging, welche Ziele die Abtrünnigen verfolgten, und möglicherweise stoße ich sogar auf etwas, das uns in unserem Kampf nützlich sein wird. Irgendeine Schwachstelle oder etwas in der Art.«

»Selon, ich achte Eure Motive und unter anderen Umständen hättet Ihr meinen vollen Segen für solche Nachforschungen. Aber seid ehrlich, wie groß ist die Chance, dass Ihr wirklich auf Informationen dieser Art stoßt?« Tharlia machte eine kurze Pause. »Diese Evakuierung hingegen ist etwas, das schneller, als wir alle hoffen, nötig werden könnte. Ich brauche Eure Weisheit und Erfahrung dafür.«

Der Schriftmeister überlegte kurz, dann nickte er widerstrebend.

»Vermutlich ist die Hoffnung, in den alten Aufzeichnungen Hinweise auf eine Art Wunderwaffe zu finden, tatsächlich nur ein Hirngespinst«, seufzte er. »Ich werde stattdessen unverzüglich mit der Arbeit an den Evakuierungsvorbereitungen beginnen. Für ein so gewaltiges Unterfangen gibt es viel zu bedenken. Wir müssen einen Platz finden, an dem wir leben können, wir müssen die Versorgung unseres Volkes mit Nahrungsmitteln sicherstellen, unsere wertvollsten Schätze sollten wir in Sicherheit bringen und vieles andere mehr.«

»Deshalb habe ich mich an Euch gewandt. Nur die Gelehrtenkaste kann diese Aufgabe bewältigen. Wenn es sich als nötig erweisen sollte, werdet Ihr von mir jegliche Rückendeckung erhalten.«

»Gut. Aber ungeachtet dessen solltet Ihr eine Sprengung der Minen trotzdem zumindest in Erwägung ziehen. Um eine komplette Evakuierung zu planen und durchzuführen bräuchten wir normalerweise Wochen. Jeder noch so kleine Zeitgewinn wäre hilfreich.«

»Ich habe die Arbeiterkaste bereits angewiesen, an allen geeigneten Stellen Sprengpulver anzubringen«, entgegnete Tharlia lächelnd. »Wenn wir schon sonst nichts damit erreichen, verschafft es den Kriegern wenigstens die Gelegenheit für einen geordneten Rückzug. Und Euch ein wenig mehr Zeit.«

Auch Selon lächelte.

»Ihr seid eine bemerkenswerte Frau«, sagte er. »Ich bedaure nur, dass Ihr ausgerechnet zu einer so schlimmen Zeit den Thron bestiegen habt. Anfangs habe ich Eure Wahl nur in Ermanglung eines anderen aussichtsreichen Kandidaten unterstützt. Mittlerweile aber glaube ich, dass unser Volk gerade in schweren Zeiten wie diesen kein geeigneteres Oberhaupt finden konnte.«

»Das gefällt mir nicht. Ich habe noch nie erlebt, dass unsere Krieger vor einem Kampf so nervös waren«, stellte Barlok fest, nachdem er die Verteidigungsstellungen ein weiteres Mal inspiziert hatte. »Hast du nicht gesagt, die Moral wäre ausgezeichnet?«

»Aber das ist sie auch«, behauptete Loton. »Zumindest war sie es. Kurz vor einem Kampf steigt die Nervosität immer. Du kennst das doch: Nichts ist schlimmer, als auf eine bevorstehende Schlacht zu warten. Sobald der Kampf einmal losbricht, ist es dann fast wie eine Erlösung. Die Krieger wissen, worum es geht.«

»Wissen sie das wirklich?« Barlok ließ einen zweifelnden Blick über die Reihen von Kriegern gleiten, die entweder gebannt hinaus auf die dunklen Wogen des Tiefenmeeres blickten oder alles taten, um sich genau davon abzuhalten. »Ich bin mir da nicht so sicher. Sie haben so viel Schreckliches über unseren Feind gehört, der bereits zwei Expeditionen, darunter einen schwer bewaffneten Kampftrupp, nahezu ausgelöscht hat, dass die Furcht tief in ihnen sitzt. Sie überlagert alles andere und lässt sie fast erstarren. Ihr Kampfeswille leidet darunter. Sie glauben nicht, dass sie gewinnen können, nicht so tief in ihren Herzen, wie es nötig wäre. Mit einer solchen Einstellung werden wir gegen einen so schrecklichen Feind bestimmt unterliegen.«

»Dann müssen wir ihren Kampfeswillen wieder wecken. Niemand ist dazu besser geeignet als du. Du solltest eine Ansprache an sie halten, um sie wachzurütteln.«

Widerstrebend nickte Barlok Loton zu. Er hasste es, Reden zu halten, aber er sah ein, dass es in diesem Fall wohl nicht anders ging. Jeder der Männer musste voller Inbrunst und Leidenschaft kämpfen, musste bereit sein, sich eher in Stücke hacken zu lassen, als auch nur einen Fuß breit zurückzuweichen. Nur so hatten sie Aussichten, diese Schlacht zu gewinnen.

»Ich werde zu ihnen sprechen«, entschied er. »Versucht Ihr, den Leuten von hier aus Mut zu machen.«

Über mehrere stark ansteigende Stollen und eine Art natürlicher Treppe erreichte er eine Plattform etwa auf halber Höhe der Felswand. Sie war von einer steinernen Brüstung umgeben, sodass sie fast wie ein Balkon in die Felshöhle hinausragte. Hierhin hatte Tharlia Breesa, die neue Hohepriesterin Li'thils, alle neun Oberpriesterinnen und zusätzlich mehrere besonders starke Weihepriesterinnen beordert. Von hier aus sollten sie in einem geistigen Verbund versuchen, mittels ihrer Fähigkeiten die Dunkelelben sichtbar zu machen. Hier waren sie ausreichend geschützt und besaßen dennoch einen guten Überblick.

Auch die Königin selbst hielt sich auf dem Plateau auf. Sie war vor wenigen Minuten erst eingetroffen und würde den Verlauf der Schlacht von hier aus beobachten. Keine der Priesterinnen reagierte, als Barlok auf die Plattform trat. Mit vereinten Kräften konzentrierten sie sich darauf, die Annäherung der Dunkelelben rechtzeitig zu spüren, für den Fall, dass sie auch ihre Flöße oder Boote in den Schutz ihrer Unsichtbarkeit einbeziehen konnten. Lediglich Tharlia eilte auf ihn zu, als sie ihn erblickte.

»Barlok!«, rief sie. »Wie sieht es aus? Ist alles vorbereitet?«

»Soweit es die Verteidigungsstellungen betrifft, ja. Ich wüsste nicht, wie wir sie in der kurzen Zeit noch verbessern könnten. Aber mir bereitet der Kampfeswille der Männer Sorgen. Loton meint, ich solle an sie appellieren und ihnen die Wichtigkeit dieses Kampfes noch einmal vor Augen führen. Aber vielleicht wäre es besser, wenn ihre Königin zu ihnen spräche.«

»Das glaube ich nicht, nicht in diesem Fall«, widersprach Tharlia. »Sie wissen noch nicht recht, was sie von mir halten sollen, und haben kein großes Vertrauen in mich. Wie soll ich sie da begeistern können? Wenn ich ein großer Recke wäre, der an ihrer Spitze in den Kampf zöge, dann ja, aber nicht so. Reden vor der Schlacht, wenn sie fruchtbar sein sollen, sind eine Angelegenheit der Heerführer, das war schon immer so.«

»Ich fürchte, Ihr habt Recht, auch wenn ich es in diesem Fall bedaure.«

Tharlia wich einen Schritt zur Seite und lächelte ihm aufmunternd zu. Barlok trat näher an die Brüstung heran. Er hasste Auftritte wie diesen, aber Kriege wurden nicht allein mit Waffengewalt gewonnen. Die Männer geistig richtig auf eine bevorstehende Schlacht einzustimmen, mochte wichtiger sein als die schärfsten Schwerter und die mächtigsten Rüstungen. Der Krieg besaß eigene Gesetze, und wer dagegen verstieß, hatte schon verloren, bevor die Waffen sprachen.

»Krieger von Elan-Dhor!«, rief er laut und überlegte verzweifelt, was er als Nächstes sagen sollte. »Dieser Krieg ist uns aufgezwungen von einem Feind, wie wir nie zuvor einen hatten. Ich sehe Unsicherheit in euren Augen und Furcht vor dem, was uns erwarten mag. Aber ich sage euch, verzagt nicht! Unser Feind besitzt die Gabe, sich hinter dem Schleier der Unsichtbarkeit zu verbergen, aber es wird ihm nicht helfen. Li'thil steht auf unserer Seite und verleiht ihren Priesterinnen die Macht, diesen Schleier niederzureißen. Das beraubt unseren Feind seiner wirksamsten Waffe, und wir können gegen ihn kämpfen, wie wir in unserer langen, glorreichen Geschichte gegen Goblins, Gnome, Menschen und andere gekämpft und gesiegt haben!«

Er machte eine kurze Pause und ließ seinen Blick über die entlang des Ufers postierten Krieger wandern, als wolle er jeden einzelnen von ihnen persönlich anblicken.

»Der Feind hat viele unserer Kameraden getötet, doch gelang ihm dies nur, weil er sie heimtückisch unter dem Schutz seiner Unsichtbarkeit überfiel. Aber wir kämpfen nicht gegen Dämonen, sondern gegen Wesen aus Fleisch und Blut, wie wir es sind. Ich selbst habe eines dieser Wesen verwundet und in die Flucht geschlagen, und dem Kampftrupp ist es sogar gelungen, mehrere von ihnen zu töten. Sie sterben nicht anders als wir! Es gibt keinen Grund, sie mehr als irgendeinen anderen Gegner zu fürchten, solange unser Mut nicht bricht und jeder tapfer seine Pflicht erfüllt! Hier stehen wir, um für alles zu kämpfen, was uns lieb und teuer ist. Für uns, für unsere Mütter und Väter, unsere Schwestern und Brüder und Freunde. Für Elan-Dhor!«

»Für Elan-Dhor!«, wurde sein Ruf von den Kriegern aufgenommen. »Für Elan-Dhor! Für Elan-Dhor!« Wieder und wieder brandete der Ruf aus Tausenden von Kehlen zu ihm herauf, brauste wie Donnerhall durch die riesige Höhle und wurde als hallendes Echo von den Felswänden zurückgeworfen. Barlok lächelte. Das war die Leidenschaft, die er hatte wecken wollen.

»Heute ist der vielleicht wichtigste Tag in unserer Geschichte«, fuhr er fort, als die Rufe endlich abebbten. »Eine Schlacht steht bevor, die unser aller Schicksal entscheiden wird. Und wir alle, jeder Einzelne von uns, wird unerschrocken seinen Teil dazu beitragen. Zeigen wir diesen widerlichen Kreaturen, was es heißt, sich mit dem mächtigen Volk der Zwerge anzulegen, und treiben wir sie wieder zurück in den Abgrund, aus dem sie hervorgekrochen sind! Sollen sie kommen! Wir werden nicht weichen. Wir werden bis zum letzten Blutstropfen kämpfen. Und wir werden siegen.« Er schwenkte seine Streitaxt und hob sie mit beiden Händen hoch über den Kopf. »Wir werden siegen!«, brüllte er noch einmal. »Siegen!«

»Sieg! Sieg!«, brandeten erneut Rufe aus Tausenden Kehlen auf, wurden lauter und lauter und schienen sich bis zur Raserei zu steigern.

Noch einmal reckte Barlok seine Axt in die Höhe, während er gleichermaßen grimmig wie zufrieden lächelte.

Erst als er mit den konkreten Vorbereitungen begann, erkannte Selon in vollem Umfang, was für eine gewaltige, fast unlösbare Aufgabe Tharlia ihm gestellt hatte. Zusätzlich zu den grundlegenden Problemen, die die Evakuierung des gesamten Zwergenvolkes schon unter günstigsten Bedingungen mit sich bringen würde, sah er sich noch mit weiteren Schwierigkeiten konfrontiert.

Eine davon war die Zeit. Tharlia hatte ihm deutlich gemacht, dass er nicht allzu viel davon hatte. Sie schien davon überzeugt zu sein, dass die Entscheidungsschlacht am Tiefenmeer sehr bald stattfinden würde, vielleicht noch an diesem Tag. Sollten sie siegen, wären alle weiteren Anstrengungen hinfällig. Seine Vorkehrungen galten nur für den Fall einer Niederlage, die Li'thil verhindern mochte. Sollte dieser schlimmste aller schlimmen Fälle jedoch eintreten, war höchste Eile geboten, alle nötigen Vorbereitungen mussten bis dahin abgeschlossen sein.

Ein weiteres Problem war die Geheimhaltung. Er brauchte eine Menge Helfer, vor allem aus der Arbeiterkaste, und die meisten von ihnen würden erkennen, welchem Zweck die Arbeiten dienten, die sie für ihn ausführen sollten, zumal viele von ihnen an der Oberfläche stattfanden.

Er hatte Trupps ausgesandt, die einen möglichst geeigneten Platz ausfindig machen sollten. Es musste einen Fluss oder zumindest einen großen Bach in der Nähe geben, damit sie stets genug Wasser hatten, außerdem musste es sich um fruchtbares Weideland handeln, damit die Luanen genug zu fressen fanden. Zudem sollte er nicht allzu weit von einer menschlichen Siedlung entfernt liegen, da sie viele Dinge würden kaufen müssen, aber auch nicht so nah, dass die Menschen sich gestört oder gar bedroht fühlten und es zu Konflikten kam.

Ein geeigneter Ort war mittlerweile gefunden, nun musste dieser ihren Bedürfnissen entsprechend vorbereitet werden. Mehrere Arbeitertrupps waren bereits damit beschäftigt, Weiden einzuzäunen und einige Gebäude zu errichten, in denen sie wichtige Güter lagern konnten, unter anderem einen Speicher für Getreide und Vorräte an fertigen Lebensmitteln, die sie ganz besonders dringend brauchen würden. Wieder andere waren in die nahe gelegenen Ortschaften unterwegs, um dort möglichst viele Fuhrwerke und Lasttiere wie Esel und Ponys zu mieten oder notfalls zu kaufen, mit denen sie alle benötigten Waren aus Elan-Dhor abtransportieren konnten.

Selon selbst war nicht an die Oberfläche gegangen. Er war bereits zu alt für derartige Reisen. Wenn er gezwungen sein sollte, Elan-Dhor gemeinsam mit allen anderen zu verlassen, würde er diese Strapazen auf sich nehmen, aber vorher verspürte er keinerlei Verlangen danach. Es gab auch von Marlus Thain aus genügend für ihn zu organisieren und zu koordinieren.

Bevor er die Männer an die Oberfläche geschickt hatte, hatte er ihnen eingeschärft, wie wichtig es wäre, dass sie bei ihrer Rückkehr kein Wort über das verloren, was sie getan hatten. Zwar war nahezu ausgeschlossen, dass Nachrichten darüber bis zum Tiefenmeer vordrangen und die Moral der Krieger untergruben, wenn sie erfuhren, dass selbst die Königin nicht von ihrem Sieg überzeugt war. Aber auch in Elan-Dhor selbst konnten solche Gerüchte zu Panik und Unruhen führen, was unbedingt vermieden werden musste.

Natürlich war sich Selon bewusst, dass ihr Tun nicht auf Dauer geheim bleiben konnte. Spätestens wenn die ersten Fuhrwerke eintrafen und mit dem Abtransport von Lebensmitteln und anderen Gütern an die Oberfläche begonnen wurde, würde die Gerüchteküche anfangen zu brodeln. Aber vielleicht war bis dahin bereits eine Entscheidung in die eine oder andere Richtung gefallen. Momentan galt es für ihn vor allem, Zeit zu gewinnen.

In einer Hinsicht zumindest war er froh, dass Tharlia gerade ihm diesen Auftrag erteilt hatte. So konnte er Einfluss darauf nehmen, was wichtig genug war, um es auf jeden Fall vor dem Zugriff der Dunkelelben zu retten. Die Arbeiter- und Kriegerkaste würde kein Verständnis dafür haben, aber unter gar keinen Umständen war er bereit, die ältesten und kostbarsten Schriftrollen im Marlus Thain zurückzulassen, sondern wollte alles, was selten oder gar unersetzbar war, in Sicherheit bringen.

Dabei ging es ihm nicht allein darum, möglichst viel von dem zu bewahren, was ihm am meisten bedeutete. Vielmehr hatte er die Hoffnung noch längst nicht aufgegeben, irgendwo in den Aufzeichnungen Hinweise auf etwas zu finden, was ihnen helfen könnte.

Zumindest redete er sich das immer wieder ein, um sein schlechtes Gewissen zu beruhigen.

»Nun, wie war ich?«, erkundigte sich Barlok, als er seine Rede beendet hatte.

»Ungeschliffen und furchtbar pathetisch, ein Appell an die niedersten Instinkte«, antwortete Tharlia. Mit einem Lächeln fügte sie hinzu: »Aber auch ziemlich wirkungsvoll, wie mir scheint.«

»Wirkungsvoll? Er war hinreißend«, polterte Loton, der gemeinsam mit Sutis in diesem Moment die Plattform betrat. Die beiden Ratsmitglieder der Kriegerkaste waren zu alt, um selbst noch zu kämpfen. Sie würden von hier aus, wo sie einen ausgezeichneten Überblick hatten, den Verlauf der Schlacht beobachten und ihre Anweisungen geben. »Genau das, was die Männer gebraucht haben.«

»Noch immer nichts von den Feinden zu spüren?«, wandte sich Barlok an Tharlia.

Sie schloss für einen kurzen Moment die Augen, dann schüttelte sie den Kopf.

»Nein. Meine Fähigkeiten sind zwar nicht mehr annähernd so stark wie früher, aber sie reichen noch aus, um mit den Priesterinnen in geistigen Kontakt zu treten. In weitem Umkreis ist nicht die geringste magische Präsenz zu spüren.«

»Verdammt!« Ratlos starrte Barlok auf das Meer hinaus. »Warum bloß kommen sie nicht endlich?«

»Es scheint, als wärst du ganz versessen auf den Beginn der Schlacht«, wunderte sich Tharlia.

»Ich wünschte, sie bräuchte erst gar nicht stattzufinden.« Barlok warf einen Blick zu Loton. »Er hat vorhin etwas gesagt, das die Situation sehr gut umschreibt. Eine Schlacht ist schrecklich, aber noch schrecklicher ist es, Stunde um Stunde darauf zu warten, dass sie beginnt, wenn man ihr ohnehin nicht entgehen kann. Wenn dieses Warten noch viel länger dauert, fürchte ich, dass die Motivation der Krieger nicht allzu lange anhalten wird, und ich kann ihren Kampfeswillen nicht immer wieder durch ein paar schöne Worte anfachen.«

»Wir wissen nicht einmal, ob es überhaupt heute zum Kampf kommen wird, oder morgen oder vielleicht auch erst in einer Woche«, warf Sutis ein. »Vielleicht beschränken diese Dunkelelben sich darauf, zunächst einmal die Regionen jenseits des Meeres zu erkunden. Dann kann es noch sehr lange dauern, bis sie auf diese Seite herüberkommen.«

»Nein, das werden sie nicht«, behauptete Barlok. »Wir haben Spuren am jenseitigen Ufer hinterlassen, die sie darauf stoßen müssen, wo sie uns finden können. Und genau das ist es, was sie wollen. Ein unbändiger Hass auf alle anderen Lebensformen treibt sie an, und ganz besonders auf uns, weil wir einige von ihnen getötet haben. Sie wollen uns abschlachten, unser Volk ausrotten, nur darauf kommt es ihnen an.«

»Nach allem, was wir über sie bislang erfahren haben, glaube ich auch, dass Barlok Recht hat«, stimmte Loton ihm zu. »Sie werden uns so schnell angreifen, wie sie können. Und wenn diese Schlacht schon unvermeidlich ist, dann sollte sie bald beginnen, bevor das untätige Warten die Männer erneut zermürbt.«

»Noch etwas anderes macht mir mindestens ebenso große Sorgen«, sagte Sutis. »Was Kampfführer Warlon über sein Gespräch mit den Goblins berichtet hat, klang äußerst ermutigend. Sie wären eine extrem wichtige Verstärkung. Ich frage mich, was geschehen ist, dass sie sich entschieden haben, uns nun doch nicht beizustehen.«

»Dieser Quarrolax war offenbar nur Führer einer Patrouille«, erinnerte Barlok. »Er kann nicht für den Häuptling der Goblins sprechen. Vielleicht ist dieser ein ebensolcher Narr, wie es unser früherer König war, und unterschätzt die Gefahr.«

Er ließ seinen Blick über die unzähligen Stollenöffnungen in unterschiedlicher Höhe der Felswände wandern, die ideal für Bogenschützen geeignet wären, um von dort aus die Dunkelelben unter Beschuss zu nehmen, während sie die am Strand errichteten Hindernisse zu erstürmen versuchten. Nur wenige Zwerge, die das Schießen mit Pfeil und Bogen einigermaßen beherrschten, kauerten jetzt dort, außerdem einige weitere, die den Angreifern Speere entgegenschleudern sollten, die derzeit mit Hochdruck in den Waffenschmieden gefertigt wurden. Einen auch nur annähernd gleichwertigen Ersatz für die hervorragenden Schützen der Goblins und Gnome stellten sie jedoch nicht dar.

»Auf jeden Fall sind sie nicht hier, die Gründe spielen keine Rolle«, fasste Tharlia zusammen. »Wir müssen eben ohne sie auskommen und …«

Sie brach ab und verkrampfte sich, schloss die Augen und presste ihre Fingerspitzen gegen die Schläfen.

»Was ist los?«, fragte Barlok besorgt.

»Die Priesterinnen nehmen eine starke Quelle fremder Magie wahr«, stieß Tharlia gepresst hervor. »Es sind die Dunkelelben. Sie kommen!«

15

DER HINTERHALT

Als Warlon und Lokin in den *Roten Hahn* zurückkehrten, fanden sie Ailin und zwei andere Zwerge noch zusammen mit etwa einem Dutzend Menschen in der Wirtsstube vor. Soltas und Malot hatten es sich zusammen mit den Menschen vor dem Kamin bequem gemacht und erzählten sich unter vielem Lachen immer noch gegenseitig Geschichten, während die Priesterin abseits von ihnen auf einer hölzernen Sitzbank in der Ecke saß. Im ersten Moment glaubte Warlon, sie wäre eingeschlafen, doch dann hob sie den Kopf und lächelte ihm zu. Er ging zu ihr hinüber.

»Habt Ihr die Informationen bekommen, die wir brauchen?«, erkundigte sie sich.

»Ich hoffe es«, antwortete Warlon. »Es gibt keine Garantie, dass sie wirklich stimmen, aber wenn sie der Wahrheit entsprechen, führen sie uns vielleicht zu jemandem, der uns den Weg zu den Elben weisen kann. Ich erzähle Euch und den anderen alles morgen früh. Warum seid Ihr noch auf?«

»Ich ... bin etwas beunruhigt«, erwiderte sie stockend. »Ich wollte mich schon vor zwei Stunden schlafen legen, aber dann ...« Sie schüttelte den Kopf. »Ach was, das ist Unsinn, ich bin wohl einfach nur übermüdet. Vergesst, was ich gesagt habe.«

»Nein, sagt ruhig, was Ihr erzählen wolltet«, drängte Warlon und setzte sich ihr gegenüber an den Tisch.

»Als ich mich schlafen legen wollte, habe ich für einen kurzen Moment etwas gespürt. Es muss eine Täuschung gewesen sein, denn es erinnerte mich an das, was ich in der Nähe der Dunkelelben gefühlt habe. Aber das ist unmöglich, denn wie sollten diese Kreaturen bis hierher gelangen?«

»Kann es sich um eine andere, vielleicht ein bisschen ähnliche Art von dunkler Magie gehandelt haben?«, hakte Warlon nach, der ihre Worte durchaus ernst nahm. Er musste an den mumifizierten Leichnam denken, den sie nicht weit von der Herberge entfernt entdeckt hatten. »Lokin erzählte, dass es hier in Gormtal magische Kulte gäbe, die sogar Menschenopfer vollziehen. Nach allem, was wir heute Nacht erlebt haben, glaube ich ihm das ohne Weiteres.«

»Vielleicht, es wäre möglich«, räumte Ailin ein. »Wahrscheinlich war es so. Ich habe die fremde Aura ja nur einen ganz kurzen Moment gespürt und mir gleich gesagt, dass es etwas anderes sein müsste. Trotzdem habe ich es nicht gewagt, mich schlafen zu legen. Ich wollte abwarten, ob ich sie noch einmal fühle und dann vielleicht genauer bestimmen kann.«

»Trotzdem solltet Ihr Euch jetzt hinlegen«, sagte Warlon. Mit lauter Stimme fügte er hinzu: »Das gilt auch für die anderen. Es ist spät genug, und wir haben morgen einen weiten Marsch vor uns.«

Mit leisem Murren erhoben sich Soltas und Malot, verabschiedeten sich von der Menschengesellschaft und verschwanden zusammen mit Lokin durch eine Tür, die in den Gästetrakt der Herberge führte.

»Da ist noch etwas, worüber ich mit Euch sprechen muss«, sagte Ailin und hielt Warlon am Arm zurück, als er ebenfalls gehen wollte. »Tharlia riet mir, es so lange wie möglich zu verschweigen, aber ich halte es für besser, wenn Ihr davon wisst.«

»Das hört sich nicht nach erfreulichen Neuigkeiten an. Um was geht es?«

»Es … betrifft meine Fähigkeiten«, murmelte Ailin gedehnt. »Wie Ihr wohl wisst, werden sie uns Priesterinnen von Li'thil verliehen, und deshalb können wir auch nur in Li'thils Reich ihre ganze Stärke entfalten. Hier an der Oberfläche betet man andere Götter an, das Reich Li'thils ist allein die Tiefenwelt.«

Es dauerte einen Moment, bis Warlon begriff.

»Soll das heißen, dass Ihr hier über keinerlei magische Kräfte verfügt? Aber Ihr habt doch selbst gesagt, dass Ihr vorhin etwas gespürt habt, das wie –«

»Ich habe meine Fähigkeiten nicht völlig verloren«, sagte Ailin hastig. »Aber sie sind stark eingeschränkt. Deshalb konnte ich die Aura, die ich vorhin gespürt habe, auch nicht klar erkennen. Ich hoffe nur, Ihr seid mir nicht allzu böse. Ich verstehe selbst nicht, warum Königin Tharlia unter diesen Umständen darauf bestand, dass ich mich dieser Expedition anschließe, denn sie hat in jedem Fall davon gewusst.«

»Das begreife ich auch nicht. Vielleicht war sie tatsächlich nur der Meinung, dass die Chancen dieser Mission durch Eure Unterstützung steigen. Auch ohne Eure Fähigkeiten als Priesterin, von denen ich ohnehin nicht recht weiß, wie sie uns hier allzu hilfreich sein könnten.« Warlon rang sich ein knappes Lächeln ab. Ihr Geständnis traf ihn in der Tat nicht annähernd so hart, wie sie befürchtet haben mochte. »Jedenfalls bin ich froh, dass Ihr es mir gesagt habt.« Er stand auf. »Aber jetzt sollten wir versuchen, wirklich noch ein paar Stunden Schlaf zu bekommen.«

Warlon hatte vorgehabt, bereits in aller Frühe aus Gormtal aufzubrechen, doch war er selbst noch so müde, als ihn einer der Wirtshausdiener weckte, dass er diesen bat, zwei Stunden später noch einmal wiederzukommen.

Auch beim zweiten Wecken fühlte er sich noch längst nicht ausgeschlafen, aber er wusste, dass sie nicht noch mehr Zeit verlieren durften. Zusammen mit den anderen nahm er ein rasches, aber üppiges Frühstück ein und berichtete, was sich in der vergangenen Nacht zugetragen und was sie erfahren hatten. Außerdem ergänzten sie ihren Vorrat an Proviant durch gedörrtes Fleisch und frisches Brot. Übernachtung und Verpflegung erwiesen sich als überraschend billig, für alle zusammen nur wenige Heller. Warlon bezahlte mit dem Wechselgeld, das er von Xantirox herausbekommen hatte, ehe sie aufbrachen.

Der Himmel war mit grauen Wolken bedeckt, die so tief hingen, dass es aussah, als würden sie an den spitzen Dächern der Häuser hängen bleiben. Ein kalter Wind wehte, und alles wirkte, als ob es jeden Moment zu regnen beginnen könnte. Dennoch bot Gormtal bei Tageslicht einen wesentlich freundlicheren Anblick als in der Nacht. Die Läden und Handwerksbetriebe waren geöffnet, und zahlreiche Menschen bevölkerten die Straßen, die sich wohltuend von den Halsabschneidern und dem anderen Gesindel unterschieden, das sich nach Einbruch der Dämmerung dort herumtrieb. Schwer beladene Fuhrwerke rumpelten über das Pflaster, Männer schleppten Kisten und Säcke, rollten Fässer vor sich her oder gingen anderen Beschäftigungen nach. Manche schlenderten auch einfach nur so herum. Auch zahlreiche Frauen und spielende Kinder waren nun zu sehen.

Gerade bei den Kindern erregte die Zwergentruppe einiges Aufsehen. Einige rannten lärmend ein Stück weit hinter ihnen her, bis sie von anderen abgelöst wurden. Als sie sich dem weit geöffneten Osttor näherten und hindurchgingen, blieben auch die letzten hinter ihnen zurück.

Vor ihnen erstreckte sich hügeliges Gelände, durch das sich die Straße wand. Auf manchen der Hügel standen Burgen, die meisten kaum noch mehr als Ruinen.

»Vorgeschobene Verteidigungswerke zum Schutz Gormtals aus der Zeit der Städtekriege, als das Königreich Lartronia aufgrund von Erbkriegen im Chaos versank«, erklärte Lokin, als er Warlons fragenden Blick bemerkte. »Ausgelöst wurden die Kriege übrigens nicht zuletzt durch die vergeblichen Versuche, Elan-Dhor zu erobern und sich unseren damaligen Reichtum gewaltsam anzueignen«, fügte er schmunzelnd hinzu. »Die königlichen Truppen erlitten dabei schreckliche Verluste, nur deshalb konnte es überhaupt zu Aufständen kommen. Mehr als ein Jahrhundert lang haben in diesem abgelegenen Teil des Reichs erbitterte Kämpfe getobt, bis das Königshaus neu erstarkte und diese Region wieder unter seine Kontrolle brachte. Aber Terenet, die Hauptstadt des Reichs, ist fern, und der König kümmert sich wenig um das, was in diesen abgelegenen Provinzen geschieht. Zwar herrschen schon lange keine Kriege zwischen den Städten mehr, aber nur dadurch sind Zustände wie in Gormtal möglich, wo korrupte Statthalter ihre Macht missbrauchen.«

Sie wanderten schnell, um die am Morgen verlorene Zeit aufzuholen. Um nicht wieder eine Nacht im Freien verbringen zu müssen, wollte Warlon die Herberge, von der Xantirox gesprochen hatte, bis zum Abend erreichen.

Gegen Mittag wichen die Hügel flachem, ziemlich kargem Land mit sandigem Boden. Wie schon an den Vortagen begegneten sie in wachsender Zahl anderen Reisenden: Wanderern, Reitern und Fuhrwerken.

Bislang war es trocken geblieben, doch jetzt begannen die ersten Regentropfen zu fallen. Da sie wegen des kühlen Windes ohnehin ihre Mäntel trugen, brauchten sie nur die Kapuzen hochzuschlagen, um sich zu schützen. Glücklicherweise war der Schauer nicht besonders heftig und dauerte auch nur knapp eine halbe Stunde, dann hellte sich der Himmel auf. Der Wind trieb die Wolken nach Westen davon. Vereinzelt waren zwischen ihnen bereits wieder Fetzen blauen Himmels zu sehen, die sich im Verlauf der nächsten Stunden ständig vergrößerten. Gelegentlich brach sogar die Sonne durch.

Bereits ab den Nachmittagsstunden nahm der Strom anderer Reisender ab, nur vereinzelt begegneten ihnen noch Reiter, die es ausnahmslos sehr eilig zu haben schienen.

Die Abenddämmerung war bereits weit fortgeschritten, als ihre kleine Gruppe endlich die mit einem Wegweiser markierte Abzweigung nach Erlfurt erreichte. Die Nacht breitete immer rascher ihre dunklen Schwingen über das Land, doch kaum eine halbe Meile entfernt erhob sich ein wuchtiger schwarzer Schattenriss, bei dem es sich nur um die ihnen empfohlene Herberge handeln konnte.

»Sieht verlassen aus«, stellte Ailin fest. »Nirgendwo brennt Licht. Ich glaube kaum, dass wir dort ein Quartier finden.«

»Unsinn«, entgegnete Lokin. »Xantirox hätte uns die Herberge nicht empfohlen, wenn sie geschlossen wäre. Sie muss geöffnet sein.«

Während sie sich dem finsteren Klotz näherten, der sich als ein mehrflügeliges, zweistöckiges Haus mit spitz zulaufendem Giebeldach entpuppte, wuchs Warlons Unbehagen.

»Ich bin mir nicht mehr sicher, ob wir wirklich dort übernachten sollten«, sagte er zögernd.

»Was?« Lokin fuhr herum und starrte ihn fassungslos an. Auch in den Gesichtern der anderen las Warlon Unverständnis. »Wie kommt Ihr mit einem Mal darauf?«

»Mir geben gerade Xantirox' Worte zu denken. Glaubst du wirklich, dass er so um unser Wohl besorgt war, dass er uns gerade diese Herberge für eine Übernachtung empfohlen hat? Mir will die Sache nicht recht schmecken.«

»Ihr fürchtet, es könnte sich um eine Falle handeln?«

»Genau das befürchte ich. Xantirox hat uns eine Menge Gold abgenommen, aber ich habe Zweifel, ob ein Mann wie er sich damit zufriedengeben wird. Er könnte durchaus zu Recht annehmen, dass wir noch mehr besitzen. Aber selbst die zwanzig Goldtaler, die er uns zurückgab, dürften bereits eine große Versuchung für ihn darstellen.«

»Aber wenn er uns ausrauben wollte, hätte er dies auf der Straße längst tun können«, wandte Silon ein.

»Nein, die Gefahr wäre zu groß gewesen, dass es Zeugen gegeben hätte«, bekam Warlon unerwartete Hilfe von Lokin. »Xantirox hat großes Interesse daran, dass die Straßen in der Umgebung von Gormtal als sicher gelten, sonst könnte die Zahl der Händler und Reisenden abnehmen, und ihm würde eine Menge Profit entgehen. Vor allem aber könnte die Kunde von Überfällen am helllichten Tag bis nach Terenet gelangen und die Aufmerksamkeit des Königs auf diese Provinz lenken, und das wäre das Letzte, was er sich wünscht. Ein paar Reisende, die des Nachts in einer Herberge verschwinden, ohne dass jemand etwas davon bemerkt, das wäre ein Vorgehen, das ihm eher zuzutrauen wäre. Trotzdem denke ich, dass das Risiko für uns überschaubar bleibt, solange wir auf der Hut sind. Die Straße wird viel benutzt, und einen knappen Tagesmarsch von Gormtal entfernt liegt die Herberge so günstig, dass hier bestimmt viele Reisende absteigen.«

Sie hatten das Gebäude inzwischen fast erreicht, und Warlon erkannte, dass es tatsächlich nicht so verlassen war, wie es zunächst den Anschein gehabt hatte. Aus den Ställen war das Schnauben zahlreicher Pferde zu hören. Also mussten auch andere Reisende hier übernachten, was die Gefahr einer Falle weniger wahrscheinlich machte. Außerdem konnten sie nun erkennen, dass im Inneren sehr wohl Licht brannte, allerdings waren seltsamerweise sämtliche Fensterläden geschlossen, sodass kaum etwas davon nach draußen drang.

Unschlüssig betrachtete Warlon das Gemäuer. Die vorgelegten Fensterläden gefielen ihm ganz und gar nicht. Jedem Herbergswirt musste daran gelegen sein, durch Licht möglichst viele Reisende als Gäste anzulocken, statt zu versuchen, sein Haus im Dunkel der Nacht zu verstecken. Anderseits hatte auch Lokin Recht, es waren schon mehr als ein paar Halsabschneider nötig, um einen Trupp schwer bewaffneter Zwergenkrieger zu überwältigen.

Ein heftiger, eisiger Windstoß bauschte seinen Mantel und ließ ihn frösteln. Der Wind hatte im Lauf der letzten Stunde aufgefrischt, war nicht nur kälter, sondern auch heftiger geworden und erreichte mittlerweile fast Sturmstärke. Das gab den Ausschlag. Sie waren von dem langen Marsch müde und erschöpft, und auch am nächsten Tag hatten sie noch einen weiten Weg vor sich. Sie brauchten einen erholsamen Schlaf, und den würden sie im Freien nicht finden. Warlon beschloss, sich die Herberge zumindest anzusehen.

Über der Tür hing ein Schild, doch selbst wenn er hätte lesen können, wäre es zu dunkel gewesen, um es zu entziffern. Er trat auf den Eingang zu und drückte die Klinke nach unten, aber die Tür war verschlossen. Ein Klopfer war nirgendwo zu entdecken, deshalb schlug er so fest er konnte ein paarmal mit der Faust gegen das Holz. Nichts geschah, sodass er seinen Dolch zog und mehrfach mit dem Knauf kraftvoll gegen die Tür hämmerte. Als er bereits ein drittes Mal klopfen wollte, wurde endlich ein Riegel zurückgezogen und die Tür einen Spalt breit geöffnet. Ein hageres, bartloses Gesicht erschien in dem Spalt. Hastig – und wie es schien überaus ängstlich – schaute der Mann sich im Dunkel der Nacht um, erst dann richtete er seinen Blick auf die Ankömmlinge.

»Zwerge«, murmelte er verblüfft. »Das ist ein seltener Besuch.« Er trat einen Schritt zur Seite und öffnete die Tür ganz. »Tretet ein, rasch. Was um alles in der Welt hat Euch bloß dazu gebracht, Euch in der Nacht des Schattenlords nach Einbruch der Dunkelheit noch im Freien aufzuhalten? Ihr habt ungeheures Glück, dass Ihr noch am Leben seid und unbeschadet hierhergefunden habt!«

Kaum war auch der Letzte von ihnen eingetreten, schlug er die Tür wieder zu und legte einen schweren Riegel vor. Warlon blickte sich um. In der Wirtsstube hielten sich rund drei Dutzend Gäste auf, wesentlich mehr, als er erwartet hatte, darunter auch Frauen und Kinder. Der Anblick nahm ihm viel von seinen Befürchtungen, es könnte sich um eine Falle handeln. Allerdings war von einer fröhlichen Stimmung, wie sie sie am vergangenen Abend im *Roten Hahn* erlebt hatten, nichts zu spüren. Die meisten Gäste schwiegen oder tuschelten nur leise miteinander, als hätten sie Angst, laut zu sprechen. Furcht hing wie ein erstickender Dunst im Raum.

»Wie Ihr sehen könnt, herrscht heute wie in jedem Jahr

an diesem Tag ziemlich viel Betrieb«, sagte der Wirt. »Ich habe leider nur noch ein Zimmer frei. Es ist nur für sechs Gäste vorgesehen, doch ich kann noch zwei Betten hineinstellen. Es wird etwas eng werden, aber das ist auf alle Fälle besser, als hier in der Schankstube zu übernachten.«

Die Zwerge streiften ihre Mäntel ab, dann bestellten sie Bier und etwas zu essen und nahmen an einem großen, noch freien Tisch direkt neben der Tür Platz. Als der Wirt die Getränke brachte, forderte Warlon ihn auf, sich kurz zu ihnen zu setzen.

»Was ist hier los?«, erkundigte er sich. »Ich habe schon Trauerfeiern besucht, auf denen es fröhlicher zuging als hier. Wovor fürchten sich die Leute?«

»Es ist die Nacht des Schattenlords«, antwortete der Wirt mit gedämpfter Stimme, als wäre damit bereits alles gesagt, was es zu sagen gab.

»Bitte verzeiht, aber wir kommen von weither und sind mit dem Glauben und den Bräuchen in dieser Gegend nicht vertraut«, ergriff Ailin das Wort. Als Priesterin schien sie sehr daran interessiert zu sein, etwas über eine fremde Religion oder wenigstens einen Aberglauben zu erfahren.

»Demnach wisst Ihr nicht einmal, in welcher Gefahr Ihr geschwebt habt?« Ungläubig und erschrocken zugleich starrte der Wirt sie an. »Der Schattenlord ist einer der schrecklichsten Dämonen. Er quält die Seelen der Unglücklichen, die ins Reich der Verdammnis geraten. Einmal im Jahr verlässt er jedoch sein finsteres Reich und streift frei umher auf der Suche nach neuen Opfern, die so unvorsichtig oder verwegen sind, sich in dieser Nacht im Freien aufzuhalten. Aber selbst feste Mauern bieten keinen vollständigen Schutz, deshalb sollten Türen und Fenster gut verschlossen sein. Am besten ist es, wenn erst gar kein lautes Wort und kein Licht, das ihn anlocken könnte, nach draußen dringt.«

Seine Worte boten Antwort auf vieles, das Warlon sich vorher nicht hatte erklären können.

»Da wäre noch etwas, bei dem Ihr mir vielleicht helfen könnt«, sagte er. »Ihr hört bestimmt eine Menge Geschichten aus der näheren und ferneren Umgebung von Euren Gästen. Habt Ihr vielleicht auch schon einmal von einem Waldläufer gehört, der in den großen Wäldern östlich von Nostolot leben soll?«

»Sicher habe ich das«, bestätigte der Wirt. »Er hat sogar schon hier übernachtet, allerdings ist das bereits viele Jahre her. Damals führte mein Vater diese Herberge noch. Seither jedoch hat ihn meines Wissens niemand mehr gesehen. Es gibt ein Gerücht, dass er sich in die großen Wälder zurückgezogen hat, doch ob es stimmt, vermag ich nicht zu sagen.«

Das war nicht ganz die Antwort, die Warlon sich erhofft hatte, aber wenigstens wusste er nun, dass Xantirox ihnen keine völlig frei erfundene Geschichte aufgetischt hatte. Seine Hoffnung stieg.

Die Stimmung in der Wirtsstube war so gedrückt, dass keiner von ihnen das Bedürfnis verspürte, sich länger als nötig hier aufzuhalten. Direkt nach dem Essen zogen sie sich deshalb auf ihr Zimmer zurück. Obwohl sowohl die Herberge wie auch die Gäste einen harmlosen Eindruck machten, wollte Warlon keinerlei unnötiges Risiko eingehen. Deshalb verschloss er nicht nur die Tür, sondern schob außerdem noch eine Kommode davor. So war sichergestellt, dass niemand unbemerkt eindringen konnte.

Beruhigt legten sie sich schlafen.

Nur wenige Menschen kannten Barg unter seinem richtigen Namen. Wesentlich bekannter – und berüchtigter – war er hingegen unter dem Spitznamen, den man ihm schon vor Jahren verliehen hatte: die *Hand*. Niemand wusste, wie die *Hand* aussah, da man ihn noch niemals geschnappt hatte. Ein sicherer Beweis für seine Meisterschaft als Dieb. In einem Gewerbe, in dem die meisten spätestens nach wenigen Jahren im Kerker oder sogar am Galgen endeten, behauptete er sich schon seit fast zwei Jahrzehnten. Ein Grund dafür war, dass er niemals zimperlich gewesen war. Wenn Barg auch nur den geringsten Verdacht hatte, dass jemand ihn bei einem Diebstahl oder Einbruch gesehen haben und etwas verraten könnte, dann war das für diese Person ein Todesurteil; in solchen Fällen wurde er zum Ankläger, Richter und Vollstrecker in einer Person.

Gegenwärtig war er hinter dem Gold einer Gruppe von Zwergen her. Im *Loch* in Gormtal hatte er Teile eines Gesprächs zwischen zweien von ihnen und Xantirox aufgeschnappt. Er hatte nicht nur gesehen, dass sie diesen mit einem mehr als faustgroßen Goldklumpen bezahlt und ein immer noch ansehnliches Häufchen Goldtaler zurückbekommen hatten, sondern auch gehört, dass sie sich auf dem Weg nach Nostolot befanden, weshalb sie mit größter Wahrscheinlichkeit in der Herberge an der Abzweigung nach Erlfurt übernachten würden.

Xantirox und seine Spitzel hätten es erfahren, wenn er den Zwergen gefolgt und ihnen innerhalb von Gormtal etwas angetan hätte, was ziemlich unangenehme Folgen gehabt hätte. Durch den Abschluss eines Geschäfts mit ihm standen sie gewissermaßen unter seinem Schutz. Barg blieb also nichts anderes übrig, als ihnen irgendwo außerhalb der Stadt aufzulauern, und dafür war die Herberge der ideale Ort.

Auf dem Rücken seines Pferdes benötigte er nur einen kleinen Teil der Zeit, den die zu Fuß gehenden Zwerge für die Strecke brauchten. Obwohl er erst wesentlich später aufgebrochen war, hatte er sie am späten Nachmittag auf der Straße überholt. Er war ein wenig erschrocken, als er erkannt hatte, dass sie zu acht waren, nicht nur die beiden, die er in der vergangenen Nacht gesehen hatte. Die sieben Männer waren schwer bewaffnet und gehörten vermutlich der Kriegerkaste an. Die Frau trug zwar ebenfalls ein Schwertgehänge, doch stufte Barg sie als eine lediglich geringe Bedrohung ein. Er wusste, dass es bei den Zwergen keine weiblichen Krieger gab. Die anderen sieben jedoch würden nicht leicht zu überwältigen sein, wenn er nicht äußerst geschickt zu Werke ging.

Das erschwerte sein Vorhaben, machte es aber keinesfalls unmöglich. Schwierigkeiten betrachtete er lediglich als Herausforderungen, die es zu meistern galt.

Lange bevor die Zwerge die Herberge schließlich erreicht hatten, war er bereits dort eingetroffen und hatte sie erwartet. Zwischen den zahlreichen anderen Gästen fiel er nicht weiter auf. Ahnungslos hatten die Zwerge ein Abendmahl verzehrt und sich dann recht bald in ihr Zimmer zurückgezogen, was ihm sehr gelegen kam.

Barg wartete bis nach Mitternacht, um sicherzugehen, dass sie auch tatsächlich eingeschlafen waren. Die meisten übrigen Gäste hielten sich noch in der Schankstube auf. In der Nacht des Schattenlords wollten sie nicht allein sein, sondern suchten die Nähe anderer.

Niemand beachtete Barg, als er schließlich aufstand und sich ebenfalls zurückzog. Durch eine Tür erreichte er von der Wirtsstube aus einen Gang, an dem mehrere Zimmer abzweigten. Eine hölzerne Treppe führte ins obere Stockwerk, wo es ebenfalls Gästezimmer gab, doch diese interessierten ihn nicht weiter, da er mitbekommen hatte, dass die Zwerge den einzigen noch freien Raum im Erdgeschoss erhalten hatten.

Das altmodische Schloss ihrer Tür stellte kein Problem für ihn dar. Mit speziellen Haken hatte er es binnen weniger Sekunden geöffnet. Dennoch ließ sich die Tür nicht öffnen. Die Zwerge waren vorsichtiger als erhofft und hatten sie anscheinend von innen verbarrikadiert. Selbst wenn es ihm gelang, das Hindernis gewaltsam aus dem Weg zu räumen, würde dies keineswegs leise vonstattengehen.

Er musste sich einen anderen Weg suchen, aber auch für diese Eventualität hatte er sich bereits einen Plan zurechtgelegt. Wenn nicht durch die Tür, dann würde er eben durchs Fenster eindringen. Die geschlossenen Läden ließen sich mit seinem Werkzeug leicht abschrauben, und auch die Verriegelung des Fensters würde ihn höchstens ein paar Sekunden lang aufhalten. Hatte er es erst einmal geöffnet, würde er den Schlaf der Zwerge durch einen Betäubungszauber, den er schon vor einiger Zeit von einem Magier in Gormtal gekauft hatte, noch etwas vertiefen. Seine Hand glitt in die Tasche seines Mantels und ertastete ein etwa faustgroßes Kästchen. Wenn er eines der kleinen, rötlichen Kügelchen darin ins Zimmer der Zwerge schleuderte, könnte er sich anschließend völlig ungehindert dort umsehen. Die Schläfer würden nicht einmal erwachen, wenn er sie aus ihren Betten warf.

Vom Gästeflügel aus führte eine Tür auf einen Hof hinaus. Sie war nicht verschlossen, Barg musste lediglich einen Riegel zurückziehen. Der in dieser Gegend verbreitete Aberglauben vom Schattenlord vermochte ihm keinerlei Angst einzujagen. Tief atmete er die kalte, aber frische

Nachtluft ein. Auf der gegenüberliegenden Seite des Hofes befanden sich die Ställe, ein nur mit einem Zaun versperrter Torbogen führte zur Straße. Alles war still, lediglich der Wind heulte so unheimlich ums Haus, dass man wirklich glauben konnte, das Wehklagen der Verdammten zu hören.

Barg verdrängte den Gedanken. Er glaubte nicht an Dämonen, Geister, Verdammte und ähnlichen Unsinn. Entschlossen trat er auf den Hof hinaus und blickte an der Außenwand entlang. Das dritte Fenster gehörte zum Zimmer der Zwerge. Er wollte darauf zugehen, als er ein leises Geräusch hinter sich hörte. Sofort blieb er stehen und fuhr herum. In einer der finsteren Ecken des Hofes meinte er eine blitzschnelle huschende Bewegung zu sehen, doch als er direkt in die Richtung schaute, konnte er nichts entdecken.

Zögernd ging er näher heran. Zwar konnte er sich kaum vorstellen, dass einer der anderen Gäste oder gar der Wirt in dieser Nacht freiwillig das Haus verlassen würden, aber wenn auch nur die geringste Gefahr bestand, dass jemand ihn bei seinem Vorhaben beobachten könnte, musste er sich darum kümmern. Er krampfte die rechte Hand um den Dolch in seinem Gürtel.

»Ist da jemand?«, fragte er leise. Er bekam keine Antwort, und es war so dunkel, dass er auch jetzt noch nichts erkennen konnte. Beherzt trat er noch ein paar Schritte vor. Ein Geräusch ertönte, das ihn an das drohende Zischeln einer Schlange erinnerte. Erschrocken wich er einen Schritt zurück und zog seinen Dolch.

»Ich weiß, dass da jemand ist, also komm raus!«, verlangte er und starrte mit eng zusammengekniffenen Augen in die Finsternis. »Komm heraus, oder ich komme dich holen!«

Ein Schatten glitt aus der Dunkelheit auf ihn zu. Barg erstarrte. Fassungslos glotzte er die Gestalt an. Langes, helles Haar fiel ihr über die Schultern. Auch ihre Haut war so bleich, dass sie fast weiß aussah. Sie trug enge, schwarze Lederkleidung. Ein Windstoß bauschte ihren Umhang, sodass er fast wie ein Paar großer Schwingen aussah. Das Schrecklichste an dem Unbekannten aber waren seine rötlich glühenden Augen.

In den letzten Sekunden seines Lebens erkannte Barg, welchen Fehler er begangen hatte, als er den vermeintlichen Aberglauben der Menschen hier verächtlich als Unsinn abgetan hatte. Es *gab* den Schattenlord, der auf der Suche nach Opfern durch die Nacht streifte, und er stand unmittelbar vor ihm. Die Gestalt vor ihm konnte nichts anderes als ein Dämon aus der Hölle sein.

Barg öffnete den Mund zu einem Schrei, kam aber nicht mehr dazu, ihn auszustoßen. Blitzartig zuckte eine Hand des Unheimlichen, die er mitsamt dem Schwert, das er darin hielt, bislang hinter dem Rücken verborgen gehalten hatte, vor. Die Klinge zerfetzte Bargs Kehle und bohrte sich gleich darauf tief in seine Brust. Er war bereits tot, bevor er zu Boden stürzte.

Kaum zwei Dutzend Schritte entfernt fuhr Ailin in ihrem Bett hoch. Ihr Herz raste, während sie in die Dunkelheit starrte. Ihre geschärften Sinne hatten etwas wahrgenommen, das bis in ihren Schlaf vorgedrungen war und sie aus ihren Träumen gerissen hatte. Trotz ihrer Benommenheit konzentrierte sie sich mit aller Kraft, ohne die fremde Präsenz noch einmal wahrnehmen zu können. Vermutlich war es nur die Ausgeburt eines Albtraums gewesen. Nach wenigen Minuten ließ sie sich zurücksinken und war gleich darauf wieder eingeschlafen.

Erst spät am nächsten Vormittag wurde Bargs schrecklich zugerichteter, wie mumifiziert wirkender Leichnam hinter einigen leeren Bierfässern gefunden, die in einer Ecke des Hofs aufgestapelt standen. Alle, die ihn sahen, murmelten voller Entsetzen leise Gebete und vollführten mit den Fingern Gesten, die Dämonen und anderes Böses fernhalten sollten.

Es gab keinerlei Zweifel daran, dass der unglückselige Narr, der die Warnungen missachtet hatte und offenbar in der Nacht ins Freie gegangen war, um nach seinem Pferd zu sehen oder etwas frische Luft zu schnappen, ein Opfer des Schattenlords geworden war. Der Zustand seiner Leiche bewies überdeutlich, dass bei seinem Tod dämonische Magie im Spiel gewesen war.

Niemand dachte auch nur im Entferntesten daran, dass es eine Verbindung zwischen seiner Ermordung und der Zwergengruppe geben könnte, die bereits kurz nach Tagesanbruch aus der Herberge abgereist war.

Der Wind hatte sich in den frühen Morgenstunden ein wenig gelegt, und auch sonst versprach das Wetter wesentlich angenehmer als am Vortag zu werden. Zwar war es immer noch sehr kühl, aber die Sonne schien von einem azurblauen Himmel herab, auf dem sich nur vereinzelt einige weiße Wölkchen zeigten, und ließ alles in intensivem goldenem Licht erstrahlen. Warlon hoffte nur, dass es im Laufe des Tages nicht wieder allzu heiß werden würde.

Auch seine Befürchtungen, dass es sich bei der Herberge um eine Falle handeln könnte, hatten sich nicht erfüllt. Ungestört hatten sie die Nacht durchschlafen können und waren bei Sonnenaufgang erfrischt aufgewacht. So waren sie wie geplant nach einem kräftigenden Frühstück bereits früh aufgebrochen. Das schöne Wetter und die Aussicht, vielleicht noch an diesem Abend die erste Etappe ihrer Reise abschließen zu können und den Waldläufer zu treffen, sorgte zudem für gute Stimmung. Singend und scherzend zogen sie die Straße entlang.

Gegen Mittag erreichten sie Erlfurt, eine Stadt, die fast so groß wie Gormtal war. Warlon rang kurz mit sich, ob sie in einem der Wirtshäuser einkehren sollten, um ein Mittagsmahl einzunehmen, entschied sich dann aber dagegen. Es würde sie nur Zeit kosten. Stattdessen umgingen sie die Stadt in einem Bogen und rasteten wenig später im Schatten am Rande eines Tannenwäldchens.

Eine Menge kleiner Ortschaften lag hier in der Umgebung verteilt, dementsprechend oft trafen sie auf andere Reisende. Immer wieder stießen sie auf Abzweigungen, und manche der Dörfer, die nur ein paar Meilen von der Straße entfernt lagen, konnten sie sogar im Licht der Sonne in der Ferne sehen. Große Flächen des umliegenden Landes wurden für Ackerbau oder Viehzucht genutzt.

Am Nachmittag gelangten sie schließlich auch nach Nostolot. Es war größer als die Dörfchen, an denen sie in den vergangenen Stunden vorbeigekommen waren, konnte sich aber nicht annähernd mit Gormtal oder auch nur Erlfurt messen. Sie waren fast ohne Pausen in sehr schnellem Tempo gewandert und alle ziemlich erschöpft. In der Ferne war ein riesiger dunkler Schatten zu sehen, bei dem es sich um die Wälder handeln musste, die ihr Ziel darstellten, doch lagen sie noch viele Meilen entfernt. Obwohl Warlon am liebsten auch jetzt direkt weitergegangen wäre, sah er ein, dass seine Begleiter erschöpft waren und sich eine ordentliche Rast verdient hatten. So beschloss er, wenigstens diesmal in einem der Wirtshäuser einzukehren. Sie aßen sich an Braten, Brot, Obst und Käse satt, und er nutzte die Gelegenheit, sich beim Wirt nach dem Waldläufer zu erkundigen.

»Aber ja, ich kenne ihn«, bestätigte dieser, ein älterer, übergewichtiger Mann mit rötlichen Pausbacken. »Früher war er gelegentlich bei mir zu Gast. Ein düsterer, wortkarger Mann, aber kein schlechter Kerl. Ist weit herumgekommen und wusste eine Menge interessanter Geschichten aus fernen Ländern zu erzählen, wenn er mal in etwas redseligerer Stimmung war. Leider hat er sich schon seit Jahren nicht mehr hier blicken lassen.«

»Es heißt, er soll in den großen Wäldern östlich von hier leben.«

»So heißt es, aber ob es stimmt, weiß ich nicht. Warum interessiert Ihr Euch für ihn?«

»Wir sind gekommen, weil wir von ihm Hilfe bei einer wichtigen Mission erbitten möchten«, antwortete Warlon. »Könnt Ihr uns wenigstens seinen Namen sagen?«

»Hm, mal nachdenken.« Der Wirt kratzte sich am schlecht rasierten Kinn. »Malachos, nein, aber es klang so ähnlich. Malonon, Malorion … Halt, ich weiß es wieder: Malcorion. Das ist sein Name, Malcorion. Ich bin völlig sicher. Aber er ist wirklich schon sehr lange nicht mehr in dieser Gegend gesehen worden.«

Warlon bedankte sich. Unmittelbar nach dem Essen brachen sie bereits wieder auf und verließen Nostolot in östlicher Richtung. Er konnte seinen Begleitern an den Gesichtern ansehen, dass sie lieber die Nacht hier in der Stadt verbracht hätten und erst am nächsten Morgen weitergegangen wären, aber es würde noch mehrere Stunden bis zum Einbruch der Nacht dauern, und diese Zeit wollte er nicht ungenutzt verstreichen lassen.

Im Idealfall würden sie diesen Malcorion noch an diesem Abend treffen, anderenfalls würden sie die Nacht eben im Wald verbringen, was immerhin noch deutlich besser war als in freiem Gelände. Es war angenehm warm, ohne dass es allzu heiß geworden wäre, und es sah weder nach Regen noch nach Sturm aus.

Durch den guten Zustand der Straßen, über die sie in den vergangenen Tagen gezogen waren, waren sie diesbezüglich ein wenig verwöhnt. Der Weg in die Wälder hingegen war kaum mehr als ein Trampelpfad, teilweise von Unkraut überwuchert und schon seit langer Zeit kaum noch benutzt, sodass sie längst nicht mehr so schnell wie erhofft vorankamen.

Nur quälend langsam schienen sie sich den Wäldern zu nähern. Immer häufiger warf Warlon besorgte Blicke zum Himmel hinauf. Die Sonne sank immer tiefer und die ersten Schatten der Dämmerung legten sich schon über das Land, als sie endlich den Rand des Waldes erreichten.

Unter dem dichten Blätterdach der Bäume war es bereits so finster, dass Warlon während der ersten Sekunden kaum noch etwas sehen konnte. Auch als seine Augen sich an das Zwielicht gewöhnt hatten, reichte sein Blick nicht mehr weiter als gerade noch ein Dutzend Schritte. Alles, was weiter entfernt lag, verschmolz zu einer schwarzen Wand aus Unterholz, Schatten und Dunkelheit, hinter der sich alles nur Denkbare verbergen mochte.

Langsamer als zuvor gingen sie voran. Warlons Hoffnungen, Malcorion noch an diesem Abend finden zu können, sanken. Höchstens noch eine halbe Stunde, dann wäre es so dunkel, dass sie nicht mehr weiterkonnten. Natürlich hätten sie Fackeln anzünden können, aber er bezweifelte, dass ihnen das mehr nützen würde, als wenn sie ein Lager aufschlugen und ein Lagerfeuer entfachten. Xantirox hatte gesagt, Malcorion würde alles bemerken, was in seinen Wäldern vor sich ging, und von sich aus Kontakt mit ihnen aufnehmen, wenn er das wünschte.

Warlon überlegte, ob er nach ihm rufen sollte, aber er bezweifelte, dass das Wirkung zeigen würde. Schließlich hatten sie das riesige Waldgebiet gerade erst betreten. Vermutlich war es das Beste, wenn sie noch ein Stück weitergingen und Ausschau nach einem geeigneten Rastplatz für die Nacht hielten. So standen die Chancen gut, dass Malcorion ihr Feuer irgendwann in den kommenden Stunden bemerken und sie beobachten würde. Am nächsten Morgen konnten sie dann nach ihm rufen, um ihm zu zeigen, dass sie gerne mit ihm sprechen wollten.

Während er seine Überlegungen anstellte, achtete Warlon ein paar Sekunden lang nicht auf den Weg. Er stolperte über eine im Halbdunkel kaum zu erkennende Baumwurzel und wäre fast gestürzt. Nur mit Mühe konnte er das Gleichgewicht halten.

Und dann …

Alles ging zu schnell, als dass Warlon richtig mitbekam, was überhaupt geschah. Etwas kam aus der Dunkelheit herangerast, und einen Sekundenbruchteil später stieß Silon neben ihm einen erschrockenen Schrei aus. Ein Dolch hatte ihn an der Brust getroffen, war aber vom Kettenhemd abgeprallt, das außer Ailin jeder von ihnen trotz der damit verbundenen Unannehmlichkeiten auf Warlons Geheiß hin unter der normalen Kleidung trug.

»In Deckung!«, brüllte er. »Ailin, auf den Boden!«

Weitere Dolche zischten aus der Tiefe des Waldes heran. Schützend warf Warlon sich auf die Priesterin, die zu spät reagierte, und riss sie mit sich zu Boden. Einer der Dolche streifte seinen ungeschützten Arm und brannte eine feurige Linie aus Schmerz in seine Haut.

Um ihn herum herrschte Chaos. Warlon sah mehrere Tzuul aus dem Dickicht brechen, aber da waren auch andere, noch viel größere Wesen. Er versuchte erst gar nicht, sich einen genaueren Überblick zu verschaffen, seine Sorge galt für den Moment in erster Linie Ailin. Zusammen mit ihr kroch er flach auf den Boden gepresst auf das Unterholz zu, das den Weg begrenzte. Die ersten Farngewächse schlossen sich um sie, und er wollte schon erleichtert aufatmen, als eine Hand ihn von hinten packte und grob zurückriss.

Ein Wesen, das geradewegs einem Albtraum entsprungen zu sein schien, ragte vor ihm auf. Es war das erste Mal, dass Warlon mit eigenen Augen einen Troll erblickte, und auf diese Erfahrung hätte er liebend gerne verzichtet.

Die Kreatur war mehr als drei Meter groß und so breit, dass sie allein dadurch schon missgestaltet wirkte. Sie trug lediglich einen Schurz und schien nur so vor Kraft zu strotzen. Ihre Hände waren groß wie Bratpfannen und sahen aus, als ob sie einen Zwerg mühelos in der Luft zerreißen könnten. Ihre Haut war grünlich und schuppig und über und über mit Warzen und Beulen bedeckt. Mächtige Muskelstränge spannten sich darunter. Auch das Gesicht des Ungeheuers war abgrundtief hässlich. Mit seinem kahlen Schädel, der flachen, fliehenden Stirn, der platten Nase und den fleischig herabhängenden Wangen erinnerte es vage an das einer schlecht gelaunten Bulldogge. Als die Kreatur den Mund öffnete, kam darin ein furchtbares Raubtiergebiss zum Vorschein. So, wie sie einen Zwerg sicherlich mit seinen bloßen Händen zerreißen konnte, so musste auch ein Biss mit diesen furchtbaren Zähnen tödlich sein. Die Kreatur war eine Kampfmaschine, deren einziger Zweck das Töten und Vernichten zu sein schien. Gegen sie nahmen sich selbst die von ihnen abstammenden Tzuul geradezu hübsch und harmlos aus.

Mitleidlos starrte das Wesen aus hervorquellenden Froschaugen auf Warlon herab. In seiner rechten Hand hielt es locker ein Schwert, das fast so lang wie Warlon selbst war und das dieser trotz seiner gewiss nicht unerheblichen Stärke vermutlich kaum hätte anheben können. Der Troll hingegen riss es mit einer fast spielerisch anmutenden Bewegung zu einem gewaltigen Streich hoch über seinen Kopf, eine beeindruckende Demonstration seiner gewaltigen Körperkräfte.

Mit dem Mut der Verzweiflung trat Warlon zu. Er zog die Beine an und rammte dem Troll so fest er nur konnte die Absätze seiner Stiefel gegen die Knie.

Es war, als hätte er gegen eine massive Wand getreten. Ein stechender Schmerz zuckte durch seine Fußknöchel, während das grünhäutige Ungeheuer den Tritt nicht einmal zu spüren schien. Warlon schrie auf und rollte sich in letzter Sekunde zur Seite, obwohl der unförmige Rucksack auf seinem Rücken ihn behinderte. Nur haarscharf neben ihm fuhr die Schneide des Schwertes tief in den Boden.

Noch bevor Warlon sein eigenes Schwert ziehen konnte, sauste Ailins Klinge auf den Troll zu und traf seinen Arm, fügte ihm jedoch nur eine Schnittwunde zu, aus der dunkles Blut rann. Der Riese stieß ein zorniges Grunzen aus. Mit einer Hand schlug er nach der Priesterin. Obwohl sein Hieb sie nur streifte, wurde sie mehrere Meter weit durch die Luft gewirbelt, ehe sie zu Boden stürzte.

Ohne sich weiter um sie zu kümmern, wandte der Troll sich wieder seiner eigenen Waffe zu. Seine Klinge war so tief in eine unter der Erde verborgene Baumwurzel eingedrungen, dass sie darin feststeckte. Selbst die ungeheuerlichen Kräfte des Giganten reichten nicht aus, sie auf Anhieb wieder daraus zu lösen. Wie besessen zerrte er daran, und es konnte nur eine Frage von Sekunden sein, bis er sie wieder frei bekam.

Dennoch verschaffte sein Ungeschick Warlon immerhin eine winzige Gnadenfrist, die er ohne zu zögern nutzte. Bevor der Troll auf die Idee kam, statt seines Schwertes einfach seinen Fuß zu benutzen und nach ihm zu treten, was wahrscheinlich eine ähnlich sichere Methode gewesen wäre, ihn zu töten oder wenigstens schwer zu verletzen, rollte Warlon sich noch einmal seitlich herum, um aus seiner unmittelbaren Reichweite zu gelangen. Dann sprang er auf und versuchte die Streitaxt von seinem Gürtel loszuhaken, doch irgendetwas an der Halterung klemmte. Warlon verschwendete keine weitere Zeit mit der Axt, sondern zog stattdessen sein Schwert und stieß es beidhändig mit aller Kraft vor, um es dem Troll seitlich in die Hüfte zu rammen.

Das Ungeheuer war gut doppelt so groß wie er und seine schiere Körpermasse vermittelte den Eindruck von Schwerfälligkeit, aber dieser Eindruck täuschte, wie Warlon gleich darauf leidvoll feststellen musste. Mit einer blitzschnellen Bewegung, die er ihm niemals zugetraut hätte, fuhr der Troll herum, packte die vorschnellende Klinge und riss Warlon die Waffe mit einem kräftigen Ruck aus den Händen, obwohl das beidseitig geschliffene Metall ihm dabei tief in die Finger schneiden musste.

Erneut stieß der Gigant ein Brüllen aus, das jedoch eher wütend als schmerzerfüllt klang. Er versetzte Warlon einen Stoß, der diesen haltlos zurückschleuderte, bis er mit dem Rücken gegen einen Baum prallte, der ihn schmerzhaft stoppte. Es handelte sich um eine hohle, seit langem abgestorbene Eiche. Benommen klammerte er sich einen Moment lang am Stamm fest und rang nach Luft.

Er sah ein, dass er gegen diese Kreatur im offenen Kampf keinerlei Chancen hatte. Ihm blieb nur die Flucht. Mit Feigheit hatte dies nichts zu tun. Es war nicht unehrenhaft, vor einem Gegner zu fliehen, den man nicht besiegen konnte. So konnte er die Kreatur vielleicht wenigstens von Ailin und seinen anderen Gefährten weglocken.

Dicht neben seinem Kopf klaffte ein großes Loch am Baum. Warlon ließ seinen Rucksack von den Schultern gleiten, stopfte ihn hastig durch die Öffnung und hörte, wie er im Inneren zu Boden fiel. Sollte er entkommen, war er zuversichtlich, den Baum wiederfinden zu können. Andernfalls würden die Wegelagerer zumindest nicht an das Gold gelangen, das sich bis auf einige wenige Taler in seiner Börse im Rucksack befand.

Warlon hetzte los. Nach einigen Schritten warf er einen Blick über die Schulter zurück. Er sah, wie es der grünhäutige Riese schaffte, sein Schwert mit einem letzten Ruck vollends aus dem Erdreich und der Wurzel herauszureißen. Sofort machte er sich an die Verfolgung.

Warlon achtete kaum darauf, wohin er lief. Rings um ihn wuchsen Bäume und wucherte Unterholz, sodass er ohnehin nicht viele Möglichkeiten zur Orientierung hatte. Flüchtig kam ihm der Gedanke, dass der normalerweise untrügliche Orientierungssinn der Zwerge in dieser Umgebung versagen, dass er sich womöglich hoffnungslos im Wald verirren und den Weg zurück zu seinen Gefährten nicht mehr finden könnte, aber er verdrängte ihn. Die schrecklichste Gefahr stellte gegenwärtig der Troll für ihn dar. Ihm zu entkommen war alles, was im Moment zählte. Wenn ihm das gelang, konnte er sich immer noch darüber Sorgen machen, wie er den Weg zurück finden sollte.

Zweige peitschten ihm ins Gesicht und Dornenranken zerrten an seiner Kleidung und rissen ihm blutige Kratzer in die Haut, doch Warlon nahm es kaum wahr. Die nackte Panik trieb ihn voran. Er wagte nicht, sich umzusehen, aus Angst, dadurch vielleicht einen entscheidenden Sekundenbruchteil einzubüßen. Auch so wusste er, dass der Troll dicht hinter ihm war. Der Lärm, mit dem der Gigant rücksichtslos durch das Unterholz brach, war nicht zu überhören.

Warlons einziger Vorteil war seine größere Wendigkeit. Immer wieder schlug er wahllos Haken und änderte seine Richtung, und jedes Mal gewann er ein paar Sekunden. Der Troll war ein Koloss, der durch seine Größe, Kraft und Geschwindigkeit alles niederwalzte, was ihm im Weg stand, wie ein riesiger Felsen, der einen Abhang hinunterrollte. Allerdings trug ihn sein eigener Schwung auch immer noch ein paar Schritte weiter, bevor er einen der plötzlichen Richtungswechsel nachvollziehen konnte.

Einmal hörte Warlon hinter sich sogar ein dumpfes Dröhnen, als der Troll einem Baum nicht mehr rechtzeitig ausweichen konnte und aus vollem Lauf dagegenprallte. Die Wucht des Zusammenstoßes ließ ihn ein paar Schritte zurücktaumeln, doch voller neu entfachter Wut nahm er die Verfolgung sofort danach wieder auf.

Und es war nicht zu überhören, dass er näher kam. Das Wesen wusste vermutlich nicht einmal, was Müdigkeit und Erschöpfung bedeuteten, während Warlons Beine immer schwerer zu werden schienen und sein Atmen längst zu einem mühsamen Keuchen geworden war. Zwar waren Zwerge zäh und ausdauernd und konnten ohne Mühe lange Strecken zurücklegen, aber schnelles Laufen waren sie nicht gewöhnt.

Sein Vorsprung schmolz beständig dahin, betrug kaum noch drei, vier Schritte. Ein paar Minuten höchstens noch, vielleicht sogar nur Sekunden, dann würde der Troll ihn erwischen und das wäre dann sein Todesurteil.

Der Gedanke half Warlon, noch einmal verborgene Kraftreserven zu mobilisieren und ein wenig schneller zu rennen, aber er wusste auch, dass es nicht viel mehr als ein letztes Aufbäumen vor dem scheinbar Unausweichlichen war. Einem Wesen, das über solche Kraftreserven verfügte und sich offenbar durch nichts aufhalten ließ, konnte man nicht entkommen.

Das farnähnliche Unterholz lichtete sich, und ein dichtes, viele Meter durchmessendes und fast mannshohes Brombeergestrüpp tauchte plötzlich vor Warlon auf. Eine verzweifelte Hoffnung erfüllte ihn. Mit knapper Not gelang es ihm, seinen Lauf abzubremsen und nach rechts auszuweichen.

Der Troll hatte weniger Glück.

Nahezu ungebremst stürmte er in das Dornendickicht hinein, und *dieses* Hindernis war selbst für einen Koloss wie ihn zu viel. Die äußersten Ranken zerrissen noch wie dünne Fäden, doch das Gestrüpp wurde dichter und dichter. Sein Schwung wurde rapide abgebremst, dennoch trug sein Ansturm den Troll gut zwei, drei Meter weit in das Dickicht hinein, ehe sich so viele Ranken wie Fesseln um seine Beine geschlungen hatten, dass nicht einmal seine Kraft mehr ausreichte, sie zu zerreißen. Mit wild rudernden Armbewegungen versuchte er das Gleichgewicht zu halten, doch vergeblich. Der Länge nach stürzte er nach vorne.

Warlon blieb ein paar Meter abseits keuchend stehen und rang nach Luft. Er hatte das Gefühl, stattdessen Glassplitter einzuatmen.

Trotzdem erfüllten ihn Triumph und Schadenfreude, als er sah, wie der Troll bäuchlings und mit von sich gestreckten Armen und Beinen inmitten des Dornengestrüpps lag, wild brüllte und vergeblich versuchte, wieder auf die Füße zu kommen. Wahrscheinlich vermochten die Dornen seine schuppige Haut nicht zu durchdringen und ihm wehzutun, aber je mehr er sich bewegte, desto tiefer verstrickte er sich wie in einem Netz in dem Gewirr der Ranken.

Warlons Erleichterung hielt jedoch nicht sehr lange an. Auf eine Gelegenheit wie diese hatte er während seiner Flucht gehofft, doch durfte er keine Zeit mehr vergeuden. Der Troll stellte sich so ungeschickt an, dass es sicherlich komisch gewirkt hätte, wenn die Situation nicht so ernst gewesen wäre, aber er war einfach zu stark, als dass das Dickicht ihn sonderlich lange aufhalten würde. Zwar verstrickte er sich dauernd in immer neuen Ranken, aber mehr und mehr von ihnen zerrissen auch unter dem bloßen Ungestüm seiner Bewegungen. Es konnte nicht mehr lange dauern, bis er das gesamte Gestrüpp um sich herum entweder plattgewalzt oder zerfetzt hatte.

Rasch untersuchte Warlon die Halterung seiner Axt. Eine Schlaufe hatte sich vermutlich beim Kriechen über den Boden verhakt. Er richtete sie wieder und bekam die Axt endlich frei. So schwer jede Bewegung ihm mittlerweile auch fiel, hastete er auf den Troll zu. Dieser erkannte die ihm drohende Gefahr. Mit äußerster Kraftanstrengung riss er seinen rechten Arm frei und versuchte damit nach dem Angreifer zu schlagen. Warlon hieb mit der Axt zu, traf in der Luft den heransausenden Arm des Giganten dicht unterhalb des Ellbogens und trennte ihn ab. Blut spritzte aus dem Stumpf.

Der Troll stieß ein markdurchdringendes Brüllen aus, das sicherlich meilenweit zu hören war. Vergeblich versuchte er sich herumzuwälzen. Die Dornenranken hielten ihn wie Fesseln, und die schreckliche Wunde schwächte ihn bereits so, dass er sie nicht mehr zu zerreißen vermochte.

Als Warlon sich seinem Kopf näherte, schnappte der Troll mit seinen schrecklichen Raubtierzähnen nach ihm, doch er wich geschickt zur Seite aus und ließ seine Axt auf die Kehle des Giganten niedersausen. Tief drang die scharfe Schneide in seinen Hals ein, aber Warlon musste noch ein zweites Mal zuschlagen, um den Kopf des Trolls vollends von den Schultern zu trennen.

Schwer atmend blickte er auf den gewaltigen Leichnam vor sich herab. Selbst im Tod wirkte das Ungeheuer noch gefährlich, und er konnte kaum glauben, dass er es tatsächlich besiegt hatte, wenn auch nur mit List und viel Glück. Erschöpft wie er war, hätte er sich gerne etwas ausgeruht, doch die Sorge um Ailin und seine übrigen Gefährten ließ das nicht zu.

Zuvor hatte er befürchtet, dass er den Rückweg zu der Stelle, an der der Überfall stattgefunden hatte, nicht mehr finden würde, doch jetzt wurde ihm bewusst, wie unsinnig diese Furcht gewesen war. Die Schneise, die der Troll durch das Unterholz geschlagen hatte, war nicht zu übersehen. Er brauchte ihr nur zu folgen.

Warlon lief los.

Dass man einer Spur stets von *zwei* Seiten aus folgen konnte, wurde ihm erst bewusst, als er hinter einer Biegung des Trampelpfads fast mit zwei Tzuul zusammenprallte.

Die beiden hässlichen Kreaturen waren mindestens ebenso überrascht wie er selbst, doch eine von ihnen reagierte um eine Winzigkeit schneller als er.

Warlon sah eine kopfgroße Faust auf sich zurasen, dann umfing ihn Dunkelheit.

16

DER STURM BRICHT LOS

»Alarm!«, brüllte Loton mit dröhnender Stimme über die Brüstung zu den Kriegern hinunter. »Macht euch kampfbereit! Der Feind rückt heran, die Priesterinnen spüren bereits sein Nahen. Kämpft tapfer und schlagt ihn zurück, wo immer er sich zeigt!«

Fast augenblicklich verstummte sämtliches Raunen und Tuscheln. Nur das Klirren von zahlreichen Speeren und Schwertern, die aus ihren Scheiden gerissen wurden, war zu hören, dann breitete sich eine fast unnatürliche Stille aus. Alle Blicke waren auf das Tiefenmeer gerichtet. Auch Barlok starrte angestrengt auf das Wasser hinaus, aber nirgendwo war auch nur der geringste Hinweis auf sich nähernde Dunkelelben zu entdecken. Selbst wenn sie ihre Flöße ebenfalls unsichtbar machen konnten, müssten zumindest Unregelmäßigkeiten und Verwirbelungen im Wasser zu sehen sein, aber die Wasseroberfläche lag völlig ruhig da.

»Seid Ihr sicher, dass Ihr Euch nicht getäuscht habt?«, wandte er sich zweifelnd an Tharlia.

»Völlig sicher«, antwortete sie. »Ich kann mir das auch nicht erklären. Sie sind bereits ganz in der Nähe und müssten längst zu sehen sein. Selbst ich kann sie bereits spüren.«

Eine schreckliche Idee kam Barlok.

»Wäre es möglich, dass sie gar nicht über das Meer kommen? Dass sie einen uns noch unbekannten Weg auf diese Seite gefunden haben und sich uns von hinten nähern?« In diesem Fall wären alle ihre Verteidigungsvorbereitungen umsonst. Nicht nur das, sie müssten sogar mit dem Rücken zum Ufer kämpfen und drohten selbst ins Wasser gedrängt zu werden.

»Nein«, behauptete Tharlia. »Die fremde Ausstrahlung kommt eindeutig aus Richtung des Meeres.«

»Dann gibt es nur eine Erklärung.« Barlok stockte und schluckte schwer. Schrecken spiegelte sich auf seinem Gesicht. »Die Fähigkeiten der Priesterinnen versagen. Es gelingt ihnen nicht, den Unsichtbarkeitszauber der Dunkelelben aufzuheben!«

Auch auf Tharlias Gesicht zeichnete sich Schrecken ab. Sie wusste so gut wie er, was es bedeutete, wenn seine Befürchtung zutraf. Ihre stärkste Waffe überhaupt war die Magie der Priesterinnen, die die Dunkelelben wenigstens teilweise sichtbar machte. Wenn diese versagte, würden aller Mut und alle Tapferkeit nichts nutzen, sie würden ohne eine echte Chance zur Gegenwehr von den Kreaturen aus der Tiefe überrannt und niedergemetzelt werden!

»Dort, seht doch!«, rief Sutis in diesem Moment und deutete über die Brüstung in die Tiefe.

Wenige Meter vom Ufer entfernt geriet das Meer in Unruhe und schien zu schäumen, dann erhoben sich Dutzende nur als verschwommene Schemen sichtbare Gestalten aus dem Wasser und stürmten auf die Verteidiger zu.

Barlok erkannte den Denkfehler, den er und die anderen gemacht hatten. Angesichts der Furcht, die nicht nur das Volk der Zwerge, sondern fast alle bekannten Bewohner der Tiefenwelt gegenüber größeren Wassermengen hegten, hatten sie dieses Verhalten ohne zu überlegen auch auf die Dunkelelben übertragen und waren davon ausgegangen, dass auch diese darauf angewiesen wären, das Meer mit Flößen oder irgendwelchen ähnlichen Gefährten zu überwinden. Ihnen war nicht einmal der Gedanke gekommen, dass die Dunkelelben sich – möglicherweise geschützt durch ihre Magie – auch direkt innerhalb des Wassers bewegen könnten.

Die Hoffnung, die Angreifer bereits vor dem Anlegen mit Pfeilen und Speeren unter Beschuss nehmen zu können, war damit dahin. Vor allem jedoch bestand keine Möglichkeit mehr, die Flöße durch brennende Petroleumteppiche in Brand zu setzen.

»Das Petroleum ins Wasser, schnell!«, brüllte Loton dennoch.

Während die ersten schemenhaften Schattengestalten bereits das Ufer erreichten, wurde die dunkle Flüssigkeit aus bereitstehenden Fässern in zuvor in den Boden gegrabene Rinnen gegossen. Durch diese floss sie direkt ins Meer, wo sie sich dank des leichten Wellengangs rasch auf der Wasseroberfläche verteilte.

»Legt Feuer!«, befahl Loton.

Eine brennende Fackel wurde auf das Petroleum geschleudert. Mit einem fauchenden Geräusch verwandelte es sich augenblicklich in ein Flammenmeer, als gerade mindestens hundert weitere Schattengestalten aus dem Wasser hervorkamen, die durch ihre unscharfen Umrisse fast wie wogende Schatten wirkten. Unerträglich schrille, in den Ohren schmerzende Schreie aus zahllosen Kehlen ertönten, als das Feuer nach den Dunkelelben griff.

Aber Barlok sah auch, dass mehrere Dutzend von ihnen das Ufer bereits erreicht hatten. Die lodernden Flammen in ihrem Rücken und der Tod ihrer Artgenossen schienen sie zur Raserei zu treiben. Wie besessen hieben sie mit ihren Schwertern auf die spitzenbewehrten Barrikaden ein oder versuchten, sich darüberzuschwingen.

Die Zwergenkrieger spießten sie mit langen Lanzen auf oder schleuderten Speere nach ihnen, aber zu Barloks Schrecken erwiesen sich die Dunkelelben als ungeheuer zäh. Selbst wenn sie eine Wunde erlitten hatten, die für einen Zwerg oder einen Menschen tödlich gewesen wäre, kämpften sie noch in blinder Raserei weiter. Er sah, wie einer von ihnen von einer Lanze glatt durchbohrt wurde, doch die Kreatur hieb den hölzernen Schaft mit seinem Schwert durch und versuchte immer noch, über die Barrikaden zu klettern. Erst ein zweiter Lanzenstich direkt in den Hals brachte die Schattenkreatur vollends zu Fall und ließ sie zurück ins brennende Meer stürzen.

Jedes Mal, wenn es ihnen gelang, eines der Ungeheuer zu töten, stießen die Krieger ein Triumphgeschrei aus. Schon nach kurzer Zeit war das Ufer wieder frei von Angreifern, ohne dass es auf Seiten der Zwerge einen einzigen Toten gegeben hatte.

Lediglich einer der Krieger war durch die Klinge eines Schwertes, das ein bereits sterbender Dunkelelb mit letzter Kraft nach ihm geworfen hatte, leicht am Bein verwundet worden. Wie Barlok es allen noch so leicht Verletzten befohlen hatte, eilte er sofort in eine Nebenhöhle, wo Heiler und mehrere der einfachen Priesterinnen ohne höheren Rang bereit standen, um sich um die Wunde zu kümmern. Wie Tharlia erklärt hatte, hätte die Magie der Dunkelelben Barlok vor allem deshalb beinahe getötet, weil er den anstrengenden Rückweg nach Elan-Dhor hatte auf sich nehmen müssen und seine Wunde fast einen ganzen Tag lang unbehandelt geblieben war. Bei frischen Verletzungen hoffte sie, dass auch die einfachen Priesterinnen sie würden heilen können.

Barlok beugte sich erneut über die Brüstung. Das auf einer riesigen Fläche brennende Meer bot einen apokalyptischen Anblick. Fast taghell wurde die Höhle von den Flammen erleuchtet.

»Was habe ich euch gesagt? Sie sind nicht unbesiegbar! Ohne den Schutz ihrer Unsichtbarkeit sind sie wie jeder andere Feind zu töten!«, brüllte er den Kriegern zu. »Schlagt sie zurück, bleibt standhaft!«

Schon kurz nach dem Beginn war eine Ruhepause in der Schlacht eingetreten, aber Barlok war sicher, dass es sich nur um die Ruhe vor dem großen Sturm handelte, der schon bald umso schrecklicher losbrechen würde.

»Wie lange können die Priesterinnen ihre Kräfte einsetzen, um den Feind sichtbar zu machen?«, wandte er sich an Tharlia.

»Sei unbesorgt. Im gemeinsamen geistigen Verbund wird es ihnen über viele Stunden gelingen, notfalls einen ganzen Tag lang.«

So lange würde die Schlacht nicht dauern, daran gab es für Barlok keinen Zweifel. Das Petroleum war nur dazu gedacht, gezielt an solchen Stellen, wo sich Flöße oder Boote näherten, ins Wasser gekippt zu werden, nicht um über Hunderte von Metern am Ufer dauerhaft einen Flammenteppich am Brennen zu erhalten. Zwar gab es ein großes natürliches Vorkommen, aber das lag weit entfernt. Auch wenn zahlreiche Arbeiter unterwegs waren, um immer wieder neue Fässer herbeizuschaffen und leere neu zu befüllen, brauchten sie mehr als eine Stunde, um die Quelle zu erreichen und noch einmal die gleiche Zeit, um wieder zurückzukehren. Schon jetzt war der Zeitpunkt abzusehen, an dem der Nachschub knapp werden würde. Die Dunkelelben brauchten bloß zu warten, bis sich Löcher im Flammenteppich bildeten, um an diesen Stellen durchzubrechen.

Aber die Kreaturen aus der Tiefe wussten nichts von diesen Nachschubschwierigkeiten und dachten nicht daran, einfach abzuwarten. So erbarmungslos sie kämpften, so rücksichtslos waren sie auch gegenüber sich selbst. Barlok sah, wie der Tanz der Flammen an einer Stelle dicht am Ufer durcheinandergeriet. Mehrere Dunkelelben richteten sich dort auf. Da ihre Haut und ihre Kleidung triefend nass waren, konnte das Feuer ihnen nichts anhaben. Als hätten sie den Verstand verloren, begannen sie wild um sich zu schlagen und das Wasser aufzuwühlen, bevor sie nach nur wenigen Sekunden wieder untertauchten.

Ihr Verhalten war jedoch keineswegs von Wahnsinn oder Schmerz geprägt, wie Barlok gleich darauf erkannte. Ihre wilden Bewegungen hatten das Wasser aufgewühlt und den Flammenteppich an dieser Stelle aufgerissen. Bevor er sich wieder schließen konnte, tauchten weitere der Schattengestalten auf und trieben das Petroleum noch weiter zurück. Es nutzte auch nichts, neues nachzukippen, da das aufgewühlte Wasser es von dieser Stelle forttrieb und so keine Möglichkeit bestand, das Loch wieder zu schließen.

Es hielt Barlok nicht länger auf dem Felsplateau. Er fuhr herum und hastete auf die Öffnung des Stollens zu, eilte so schnell er nur konnte durch die Gänge. Bereits während er lief, nestelte er an der Halterung, mit der Knochenbrecher an seinem Gürtel befestigt war, entschied sich dann aber anders. Die Streitaxt war für den Kampf gegen die ungeheuer schnellen und wendigen Dunkelelben ungeeignet.

Axthiebe besaßen eine enorme Wucht, aber selbst bei aller Geschicklichkeit, mit der Barlok die Waffe zu führen vermochte, kostete es Zeit, sie zu schwingen. Selbst wenn es sich nur um Sekundenbruchteile handelte, konnten diese im Kampf entscheidend sein. Er ließ die Axt, wo sie war, und zog stattdessen sein Schwert.

Als er in die große Höhle gelangte, sah er zu seinem Schrecken, dass bereits zahlreiche Dunkelelben den Strand erreicht hatten und unzählige weitere hinter ihnen herangestürmt kamen. Ihre Bewegungen hatten eine breite Bresche in den Flammenteppich gerissen, die sich auch durch ständiges Nachschütten von Petroleum nicht mehr schließen ließ. Nur noch vereinzelt fing eine der Kreaturen Feuer. Ihr Fleisch musste wesentlich leichter entflammbar sein als das anderer Lebewesen.

Aber auch von denen, die das Ufer erreichten, lebten die meisten nicht länger als ein paar Sekunden, ehe sie von Speeren, Pfeilen oder Lanzen durchbohrt oder sogar von den Nachdrängenden so weit vorwärtsgeschoben wurden, dass sie an den vorstehenden Spitzen der hölzernen und steinernen Barriere aufgespießt wurden. Für jeden Gefallenen rückte sofort ein anderer nach. Ohne jede Rücksicht auf ihr Leben drangen sie vor und hieben mit aller Kraft mit ihren Schwertern auf die Barriere ein, ehe auch sie getötet wurden. Sie kämpften buchstäblich auf einem rasch anwachsenden Leichenhügel.

Und ihre Angriffe hatten Erfolg! Schon waren zahlreiche Streben des Hindernisses zerschmettert. Kleine Breschen waren entstanden, durch die sich Dunkelelben hindurchzwängten. Noch bereitete es den dahinter postierten Zwergen keine Mühe, sie abzuwehren, doch gerade ihre Erfolge beschworen eine weitere Gefahr herauf.

Dutzende der Kreaturen waren bereits an den Hindernissen aufgespießt worden, Hunderte weitere türmten sich dahinter auf. Indem sie direkt über die Leichen ihrer Artgenossen hinwegkletterten, gelang es immer mehr Dunkelelben, die Barriere unbeschadet zu überwinden und in die Reihen der Verteidiger einzubrechen.

Ohne länger zu zögern, stürzte sich Barlok mit einem wilden Schlachtruf auf den Lippen ins Kampfgetümmel.

Die Luft war erfüllt vom Geruch brennenden Petroleums und frischen Blutes, vom Klirren aufeinanderprallender Waffen und vom lauten Schreien. Manche der Zwerge schrien vor Schmerz, wenn sie von den Schwertern der Angreifer getroffen wurden, andere, um sich Mut zu machen, und immer wieder ertönten auch die unerträglich hohen, in den Ohren vibrierenden Schreie der sterbenden Dunkelelben.

Erst vor wenigen Minuten hatte Barlok das Kampfgebiet erreicht, doch es kam ihm bereits wie Stunden vor. Er hatte wie ein Rasender gekämpft und fast ein halbes Dutzend Angreifer erschlagen. Es war seltsam und bizarr, gegen die nur als schattenhafte Schemen ohne Gesichter oder sonstige erkennbare Einzelheiten sichtbaren Wesen zu kämpfen. Erst im Tod erlosch ihre Magie, und ihr wahres Aussehen wurde offenbar.

Aber so wild er auch kämpfte, es war, als wolle er eine Flutwelle aufhalten. Für jeden getöteten Dunkelelb stürmten zwei neue heran. Statt zu schrumpfen schien ihre Zahl unablässig weiter anzuwachsen.

Über welche scheinbar unerschöpflichen Reserven verfügten diese Kreaturen bloß?

Die Verteidigungslinien begannen bereits zu wanken.

Nicht nur Dunkelelben, sondern auch zahlreiche Zwerge lagen tot auf dem Boden. Andere waren verwundet, ignorierten jedoch den Befehl, sich zu den Priesterinnen und Heilern zu begeben, sondern kämpften weiter. Ohne ihren selbstmörderischen Einsatz wären sie in diesem Bereich vermutlich schon von den Angreifern überrannt worden.

»Haltet sie auf!«, brüllte Barlok. »Treibt sie zurück ins Feuer!«

Einige Zwerge, die ihre bedrohliche Lage erkannten, kamen ihnen aus benachbarten Strandabschnitten zu Hilfe, doch durften auch diese nicht zu stark entblößt werden, da dort jeden Moment ein weiterer Angriff erfolgen konnte.

Warum, beim Pfuhl der Verdammnis, schickt Loton nicht endlich Verstärkung?, fragte sich Barlok. Von seinem erhöhten Beobachtungsposten aus musste der greise Kriegsmeister doch erkennen, in welcher Bedrängnis sie steckten!

Er tauchte unter einem Schwerthieb hindurch, gleichzeitig riss er seine eigene Klinge nach oben, schmetterte sie gegen die des Dunkelelben, der eine Winzigkeit zu spät reagierte, und bohrte sie tief in dessen Brust. Sofort riss er sie wieder zurück, ließ sie auf das Haupt des Dunkelelben niedersausen, um ihn endgültig zu töten, und spaltete ihm den Schädel.

Erschöpft wischte sich Barlok mit der Oberseite seines gepanzerten Handschuhs den Schweiß von der Stirn. Kaum zwanzig Schritte von ihm entfernt loderten die Flammen noch immer hell auf und beleuchteten das Kampfgeschehen mit zuckendem, rötlich goldenem Licht. Die Höhle war gewaltig, und der größte Teil der Hitze stieg nach oben, aber sie machte sich auch hier bemerkbar. Schlimmer wurde alles noch durch den massiven Brustpanzer, den er genau wie die meisten anderen Krieger zusammen mit stählernen

Unter- und Oberarmschienen trug. Sie schränkten seine Beweglichkeit ein, und auch sie konnten einem direkten Hieb mit einer der ungeheuer scharfen und mit finsteren Runen versehenen Elbenklingen nicht standhalten. Zumindest schützten sie aber vor leichten Treffern, die durch die Magie der Dunkelelben ebenfalls verheerende Folgen haben konnten.

Barlok blieb keine Zeit zum Verschnaufen. Dicht neben ihm schwebte ein anderer Krieger in höchster Gefahr. Ein Hieb seines Gegners hatte ihm sein Schwert aus der Hand geprellt, und ihm blieb keine Zeit, stattdessen seine Axt vom Gürtel zu lösen.

Barlok sprang vor und fing den tödlichen Streich des Dunkelelben mit seiner Klinge ab, aber er musste seinen Arm dabei in ungünstigem Winkel vorstrecken. Der Zusammenprall der Waffen ließ einen grellen Schmerz durch seinen Arm bis hinauf zur Schulter zucken, und beinahe hätte er ebenfalls sein Schwert verloren.

Rasch wechselte er es von der rechten in die linke Hand. Es hatte ihn viele Jahre des Trainings gekostet, aber dafür vermochte er die Waffe mit der Linken nahezu ebenso gut zu führen wie mit seinem normalen Schwertarm. Schrill kreischte Stahl auf Stahl und sprühte Funken, als die Klingen erneut zusammenprallten und aneinander entlangglitten. Sofort setzte der Dunkelelb nach, deckte Barlok mit einer blitzschnellen Kombination von Hieben und Stößen ein, die dieser nur mit Mühe abwehren konnte.

Auch wenn seine Unsichtbarkeit durch den Zauber der Priesterinnen teilweise zunichtegemacht wurde, verschaffte sie dem Dunkelelben Vorteile. Sein Gesicht war nur eine dunkle Fläche, in der sich keinerlei Mienenspiel erkennen ließ, so wenig, wie man seinen nächsten Angriff aus den Bewegungen seiner Muskeln im Voraus erahnen konnte.

Immer weiter wurde Barlok zurückgedrängt, bis es ihm durch eine komplizierte Parade schließlich gelang, nicht nur einen auf seinen Kopf gezielten Hieb abzuwehren, sondern aus der gleichen Bewegung heraus selbst einen Stich nach seinem Gegner zu führen. Mit einem hastigen Satz sprang dieser zurück und gelangte außer Reichweite des vorzüngelnden Stahls, aber wenigstens hatte Barlok eine kurze Atempause gewonnen.

Keuchend wich auch er selbst einen Schritt zurück. Zum ersten Mal hatte er das Gefühl, dass er sich vielleicht zu viel zugemutet hatte. Er war noch immer eine Legende und einer der berühmtesten noch lebenden Krieger, die das Volk der Zwerge hervorgebracht hatte, aber er war beileibe kein junger Mann mehr, sondern begann sein Alter zu spüren. Kondition und Ausdauer waren längst nicht mehr so groß wie früher, sodass er schon jetzt fast am Ende seiner Kräfte angelangt war. Seine Bewegungen waren langsamer und weniger geschmeidig geworden, seine Muskeln hatten sich zu knotigen Strängen verkrampft und sandten in unablässiger Folge Schmerzwellen durch seinen Körper. Wenn er überleben wollte, musste er den Kampf zu einem raschen Ende bringen. Er entschloss sich, alles auf eine Karte zu setzen.

Diesmal war er es, der angriff. Wie eine Schlange zuckte sein Schwert auf die Brust seines Gegners zu, doch im letzten Moment riss Barlok es in einem nahezu unmöglichen Winkel herum und warf sich gleichzeitig zur Seite. Die Abwehrparade seines Gegners glitt ins Leere, und für einen kurzen Moment geriet er aus dem Gleichgewicht. Die untere Hälfte seines Körpers war ungedeckt. Noch während

Barlok fiel, führte er einen wuchtigen Hieb gegen die Beine des Dunkelelben und trennte sie in Kniehöhe ab.

Die Schattenkreatur begann schrill zu schreien und stürzte ebenfalls zu Boden. Beinahe sanft glitt Barloks Klinge über ihren Hals, zerschnitt ihre Kehle und ließ den Schrei verstummen. Schaudernd wandte er gleich darauf seinen Blick von dem Leichnam ab.

Ein über ihn fallender Schatten warnte ihn, noch bevor er den Dunkelelb sah, der mit zum Hieb erhobenem Schwert auf ihn zusprang. Instinktiv wälzte Barlok sich zur Seite. Die niedersausende Schwertklinge streifte seinen Armschutz und hämmerte mit verheerender Wucht dicht neben ihm auf den Boden. Scharfkantige Splitter spritzten auf, und einige trafen Barlok im Gesicht. Selbst der heftige Aufprall auf den Fels, der jedes Zwergenschwert wie Glas hätte zerspringen lassen, konnte der Klinge des Dunkelelben nichts anhaben, sie hieb lediglich eine Kerbe in den Stein.

Erneut hob der Dunkelelb die Waffe. Barlok blieb keine Zeit, seine eigene Klinge zur Abwehr hochzureißen oder gar wieder auf die Beine zu kommen, deshalb versuchte er verzweifelt, sich ein weiteres Mal zur Seite zu rollen. Im letzten Moment erkannte er seinen Fehler und warf sich wieder zurück. Zielsicher hämmerte die Klinge dort auf den Fels, wo er sich befunden hätte, wenn er die Bewegung zu Ende geführt hätte.

Trotz seiner ungünstigen Position versuchte Barlok sein Schwert zu heben, um es dem Dunkelelb in den Leib zu stoßen, doch er merkte selbst, dass er zu langsam war. Während der Dunkelelb seine Waffe zurückriss, schlug er sie so heftig gegen Barloks Klinge, dass diesem das Schwert aus der Hand geprellt wurde.

Barlok schloss mit seinem Leben ab.

17

UNTER TROLLEN

Das Militärtribunal hatte ihm seine Ehre genommen, seine Zugehörigkeit zum Hause Terenis, und ihn aus der Kriegerkaste verstoßen. Dessen ungeachtet war Lokin jedoch einst ein Krieger gewesen, zudem noch einer mit hervorragenden Anlagen, dem man bis zu dem Zwischenfall mit den Gnomen eine ruhmreiche Zukunft vorhergesagt hatte. Obwohl er ein wenig aus der Übung war, hatte er noch längst nicht vergessen, was er während seiner Ausbildung gelernt hatte.

Genau wie die anderen Zwerge warf er sich zu Boden, als die Dolche aus der Dunkelheit herangesaust kamen. Einer von ihnen traf scheppernd seinen Helm, prallte jedoch davon ab, ohne ihm Schaden zuzufügen.

Er warf sich seitlich ins Unterholz, als mehrere Gestalten vor ihnen auf dem Weg auftauchten. Es handelte sich um fast ein Dutzend Tzuul, bei denen sich jedoch auch noch mindestens drei weitere, noch riesigere Gestalten befanden. Mit Schrecken erkannte Lokin, dass es sich um Trolle handelte. Nur noch wenige von ihnen lebten in diesen Landstrichen, und sie mieden die Städte der Menschen, zogen die Wildnis vor. Gewöhnlich waren sie Einzelgänger, doch diese hier mussten sich mit den Tzuul verbündet haben.

Wäre er wirklich der Feigling gewesen, als den man ihn einst verurteilt hatte und seither allgemein einschätzte, hätte Lokin angesichts dieser Zahl an überlegenen Gegnern sicherlich ohne einen Moment zu zögern die Flucht ergriffen. Aber ungeachtet der gegen ihn vorgebrachten Anklagen war er niemals feige gewesen und war es auch jetzt nicht.

Während er im Dickicht kauerte, löste er die Axt von seinem Gürtel und packte sie fest mit beiden Händen. Sobald der erste Tzuul in seine Nähe gelangte, sprang er auf, direkt auf ihn zu. Noch bevor der Kahlkopf reagieren konnte, trennte Lokin ihm mit einem kraftvollen Hieb den hässlichen Kopf von den Schultern. Sofort fuhr er herum, schwang die Axt noch aus der Bewegung heraus und trieb die Schneide einem zweiten Tzuul tief in den Magen, während dieser mit seinem Schwert ausholte, um nach ihm zu schlagen. Auch dieser Gegner stürzte tot zu Boden, doch noch während er fiel, riss er Lokin die Axt aus den Händen.

Um ihn herum wehrten sich auch die übrigen Zwerge verzweifelt gegen die zahlen- wie kräftemäßig weit überlegenen Angreifer, doch am Ausgang des Kampfes konnte kaum ein Zweifel bestehen. Zwei Zwerge lagen bereits regungslos am Boden. Ailin und Warlon waren nirgendwo zu entdecken, aber Lokin blieb auch keine Zeit, sich nach ihnen umzusehen. Zwei weitere Tzuul kamen auf ihn zu, doch noch bevor sie ihn erreichten, wurden sie von den gewaltigen Armen eines Trolls unsanft zur Seite geschoben, der zwischen ihnen hindurch auf Lokin zugestapft kam.

Für einen Moment blieb dieser vor Schreck wie erstarrt stehen, dann fuhr er auf dem Absatz herum und begann zu laufen, schlug sich nach rechts ins Dickicht, während er sein Schwert in die Scheide zurückgleiten ließ. Mochte man ihn nun als feige bezeichnen, aber sich sinnlos umbringen zu lassen, stellte in seinen Augen keine Tapferkeit, sondern Dummheit dar, und sich diesem Giganten im Kampf zu stellen, wäre nichts anderes als Selbstmord.

Hinter ihm ertönte das wütende Brüllen des Trolls. Als er über die Schulter einen Blick zurückwarf, sah er zu seinem Schrecken, dass sich der Troll nicht etwa einem anderen Gegner zuwandte, sondern die Verfolgung aufnahm. Und er war schneller, das zeichnete sich schon jetzt ab. Der Wald war hier ziemlich licht; die großen Laubbäume standen weit genug auseinander, dass man, so weit es das schwindende Licht zuließ, zwischen ihnen hindurchblicken konnte, und das Unterholz bestand hauptsächlich aus Farnwedeln, die Lokin gerade einmal bis zur Brust reichten und ihm auch keinen Sichtschutz boten.

Es sei denn …

Lokin entschloss sich zu einem Verzweiflungsakt. Er konnte nur hoffen, dass sein Vorsprung groß genug dafür war, sonst war er endgültig verloren.

Hastig ließ er sich auf die Knie sinken und kroch auf allen vieren weiter, wobei er in scharfem Winkel von seiner bisherigen Richtung abwich. Während der ersten Meter bemühte er sich, keine Farnstängel zu knicken, die dem Troll seinen Weg verraten könnten. Dadurch kam er nur quälend langsam voran, und er konnte den schuppigen Giganten deutlich hinter sich hören.

Lokin wechselte erneut die Richtung und kroch nun schneller. Dabei blieb er auch weiterhin so vorsichtig wie möglich und bewegte sich längst nicht so schnell, wie er es gekonnt hätte. Andernfalls hätte nicht nur die Gefahr bestanden, dass er eine deutliche Spur hinterließ, sondern die Farnwedel hätten sich auch so stark bewegt, dass er dem Troll seine Position überdeutlich verraten hätte.

Die Geräusche hinter ihm wurden leiser. Statt wütend vorwärtszustürmen, bewegte sich auch der Troll nun langsamer, da er ihn nicht mehr sehen konnte. Lokin schöpfte wieder Hoffnung. Für den Troll war er nicht mehr als irgendeines von mehreren Opfern, und deshalb setzte er darauf, dass der Gigant möglichst bald das Interesse an ihm verlieren und die Verfolgung aufgeben würde. Er wusste, dass die Trolle zwar Furcht einflößende Kämpfer waren, aber alles andere als intelligent. Auch ihr Gedächtnis sollte angeblich ziemlich zu wünschen übrig lassen. Er konnte nur hoffen, dass das stimmte und sein Verfolger sich schon bald nicht mehr erinnern würde, was er überhaupt hier wollte.

Noch aber war es nicht so weit, noch durchstreifte der Troll mehr oder weniger blindlings das Unterholz auf der Suche nach ihm.

Lokin gelangte an einen Graben, eine V-förmige Vertiefung von kaum zwei Metern Tiefe und ungefähr der doppelten Breite, die das Gelände durchschnitt; vielleicht das Bett eines ausgetrockneten Baches. Jetzt konnte es für ihn die Rettung bedeuten. Ohne zu zögern sprang er in den Graben hinunter. Nur ein paar Schritte entfernt stand unmittelbar am Rand des Hangs eine große Buche. Sie war vom Regen teilweise unterspült worden, sodass rund die Hälfte ihrer mächtigen Wurzeln freilag und eine Art Höhle bildete, in die sich Lokin zwängte. Hier war er höchstens noch zu entdecken, wenn der Troll ebenfalls in den Graben stieg und sich bückte, um unter die Wurzeln zu sehen.

Langsam beruhigte sich Lokins Atem. Auch sein Herz schlug nun nicht mehr wie ein auf höchster Geschwindigkeit laufendes Hammerwerk, jedoch immer noch deutlich schneller als normal. Während der vergangenen Minuten war er viel zu sehr damit beschäftigt gewesen, so schnell er nur konnte zu rennen und sein Leben zu retten. Jetzt aber, da er reglos hier saß und auf die Geräusche lauschte, die der Troll verursachte, kam ihm seine Situation erst richtig zu Bewusstsein.

Er war allein und nur auf sich gestellt, verfolgt von einem Wesen, das stark wie zehn Krieger war, und möglicherweise noch von ganz anderen Gefahren wie Raubtieren oder dergleichen umgeben, von denen er nicht einmal etwas wusste. Hinzu kam, dass er nicht mitbekommen hatte, was mit seinen Gefährten geschehen war. Im Kampf hatten sie so gut wie keine Chance – falls sie nicht ebenfalls geflohen waren, war vermutlich keiner von ihnen mehr am Leben.

Selbst wenn der Troll seine Verfolgung aufgab, sah die Situation alles andere als rosig für ihn aus, stellte Lokin fest. Die Erkenntnis war so niederschmetternd, dass er mit aller Kraft dagegen ankämpfen musste, sich nicht von Mutlosigkeit übermannen zu lassen. Er spürte, wie ihm Tränen in die Augen stiegen, doch tapfer unterdrückte er sie.

Zu allem Überfluss schien er es auch noch mit einem Troll zu tun zu haben, der im Gegensatz zu den meisten seiner Artgenossen entweder über ein recht gutes Gedächtnis verfügte oder aber so außerordentlich dumm war, dass er gar nicht daran dachte, die Verfolgung endlich abzubrechen. Im Gegenteil, er kam näher, wie Lokin an den lauter werdenden Geräuschen erkannte.

Nur ein Zufall!, redete er sich ein. Trolle waren für den Kampf geschaffen, ihr ganzer Lebensinhalt bestand aus kämpfen, fressen und saufen. Es war undenkbar, dass eine dieser Kreaturen bei einer Verfolgung die Geduld und den Verstand aufbrachte, den Boden genau zu untersuchen und wie ein Fährtenleser auf winzige Anzeichen von geknickten Halmen und Blättern achtete, um einer noch so unscheinbaren Spur zu folgen. Es konnte sich nur um Zufall handeln. Der Troll durchkämmte vermutlich einfach die gesamte Umgebung auf der Suche nach ihm.

Aber ganz gleich, warum er gerade hier nach ihm suchte, er tat es und kam dabei immer näher. Dem nun ziemlich deutlich zu hörenden Rascheln des Farndickichts nach, durch das er stapfte, konnte er sich nur noch wenige Meter entfernt befinden. Dabei gab er Geräusche von sich, die Lokin erst jetzt hörte. Deutlich vernehmbar sog der Troll immer wieder die Luft durch die Nase ein.

Einige Sekunden lang herrschte völlige Stille, dann ertönte wieder das schniefende Geräusch, in unmittelbarer Nähe diesmal.

Als Lokin begriff, dass es sich um ein Schnüffeln handelte und der Troll auf diese Art wie ein Spürhund seine Fährte aufgenommen hatte – eine Fähigkeit, von der er bei den geschuppten Riesen noch nie gehört hatte –, war es bereits zu spät. Eine grünhäutige Pranke brach von oben durch eine dünnere Stelle des Wurzelgeflechts und versuchte ihn zu packen. Nur mit purem Glück entging Lokin um Haaresbreite ihrem Griff.

Die Streitaxt konnte er innerhalb des kleinen Hohlraums nicht einsetzen, weshalb er mit Mühe sein Schwert zog. Da ihm kein Platz zum Ausholen für einen Hieb blieb, stach er damit nach den Fingern des Ungeheuers.

Brüllend riss der Troll seine verletzte Hand zurück. Lokin nutzte den Moment, um durch die Lücke zwischen den Wurzeln, durch die er in den Hohlraum unter dem Baum gekrochen war, ins Freie zu flüchten. Auf allen vieren krabbelte er auf der anderen Seite aus dem Graben.

Ohne erst Anlauf zu nehmen, überwand sein Verfolger das Hindernis mit einem einzigen weiten Satz, als Lokin sich gerade aufrichtete. Irgendwie gelang es Lokin mit einer schier unmöglichen Körperdrehung, den zupackenden Pranken ein weiteres Mal zu entgehen, doch eine der Fäuste streifte seine linke Schulter. Schon diese leichte Berührung reichte aus, ihn herumzuwirbeln und von den Beinen zu reißen. Erneut stürzte er zu Boden. Sein gesamter linker Oberkörper schien gelähmt zu sein.

Er hatte nicht einmal mehr die Kraft, sich abzustützen, als er zurück in den Graben stürzte, aus dem er gerade erst herausgeklettert war.

Der Aufprall betäubte Lokin fast. Ein grausamer Schmerz zuckte durch sein Rückgrat und gleich darauf schlug er mit dem Kopf gegen etwas Hartes. Einige Sekunden lang sah er buchstäblich bunte Sterne, die vor seinen Augen zerplatzten. Dunkelheit schien sich wie eine riesige, finstere Hand um ihn zusammenzuballen, doch er kämpfte gegen die beginnende Bewusstlosigkeit an, und es gelang ihm, die Schatten der Ohnmacht zurückzudrängen.

Verschwommen sah Lokin den Troll über sich aufragen. Er versuchte, sich auf Arme und Knie hochzustemmen, aber alle Kraft schien aus seinem Körper gewichen zu sein. Ein furchtbarer Schmerz pulsierte durch seinen Kopf. Alles begann sich um ihn herum zu drehen, und diesmal gelang es ihm nicht mehr, gegen die Schwärze anzukämpfen, die ihn einhüllte.

Er verlor das Bewusstsein.

Das Erste, was Lokin nach dem Aufwachen spürte, war Schmerz. Ein greller, lodernder Schmerz in seinem Kopf, der jede andere Empfindung, sogar jeden Gedanken an etwas anderes auslöschte. Es war dieser Schmerz, der ihn aus seiner Bewusstlosigkeit gerissen hatte.

Erst nach quälenden Sekunden, die ihm endlos erschienen, ebbte die Pein schließlich ab, und er schlug stöhnend die Augen auf. Im ersten Moment sah er nur verschwommene Schlieren, dann klärte sich sein Blickfeld allmählich. Er musste eine geraume Weile ohnmächtig gewesen sein, denn inzwischen war die Nacht vollends hereingebrochen. Allerdings war der Himmel völlig wolkenfrei, sodass das Licht des Mondes ungehindert und hell herabschien.

Jemand beugte sich über ihn. Er konnte das Gesicht im Gegenlicht nicht erkennen, aber es war weder ein Troll noch ein Tzuul.

»Bleib ruhig liegen. Der Schmerz wird gleich vergehen«, vernahm er eine weibliche Stimme, die ihm bekannt vorkam. Erst nach Sekunden begriff er, dass es sich um Ailin handelte. »Ich wusste keine andere Möglichkeit mehr, dich zu wecken, als einige deiner Nervenpunkte zu reizen. Ich hoffe, du verzeihst mir.«

»Wovon sprecht Ihr? Was … Was ist überhaupt passiert?«, presste Lokin hervor. Ungeachtet der zwar allmählich nachlassenden, aber trotzdem immer noch heftigen Schmerzen stemmte er sich mühsam auf die Ellbogen hoch. »Der Troll … Wo ist der Troll geblieben, der mich töten wollte?«

»Ich weiß es nicht. Vermutlich zu den anderen zurückgekehrt. Anscheinend hielt er dich für tot.«

»Möglich«, brummte Lokin. »Die Kerle sind so dumm wie groß, nein schlimmer. Was sie an Kraft zu viel haben, fehlt ihnen im Gehirn. Verdammt, hätte ich geahnt, dass es so einfach wäre, ihnen vorzugaukeln, dass man tot wäre, hätte ich mir viel ersparen können. Was ist mit Warlon und den anderen?«

»Bis auf Warlon … sind alle tot«, berichtete die Priesterin stockend. »Auch ich wurde von einem Troll niedergeschlagen und war eine Zeit lang bewusstlos. Als ich aufwachte und zum Ort des Kampfes zurückkehrte, fand ich die Leichen der Krieger. Ich bin dann der Spur gefolgt, die der Troll hinterlassen hat, der dich verfolgte, und fand dich bewusstlos. Bevor unsere Feinde dich entdecken konnten, habe ich dich tiefer ins Unterholz geschleppt. Kurz darauf kamen tatsächlich zwei Tzuul, die nach dir suchten, zum Glück aber nicht sehr gründlich, und als sie dich nicht fanden, zogen sie rasch wieder ab.« Sie hob die Hand, als Lokin etwas sagen wollte. »Spar dir deinen Dank, ich will nichts davon hören. Ich habe nur meine Pflicht getan.«

»Und dennoch kann ich Euch nicht genug danken.« Als er den verärgerten Ausdruck bemerkte, der über ihr Gesicht glitt, wechselte er rasch das Thema. »Aber was ist mit Warlon?«

»Er lebt noch. Aber sie haben ihn gefangen genommen, auch wenn ich mir nicht vorstellen kann, was sie von ihm wollen.«

»Aber ich«, murmelte Lokin. »Diese Tzuul arbeiten für Xantirox. Für ungeübte Augen mögen sie alle gleich aussehen, aber ich habe einen von ihnen wiedererkannt. Er hielt sich auch in der Schenke auf, in der wir mit Xantirox gesprochen haben. Vermutlich sind sie geritten und haben uns entweder in der Nacht überholt oder eine andere Route gewählt, sodass wir sie nicht sahen. Sie haben es auf unser Gold abgesehen.«

»Und das haben sie mittlerweile auch, denn Warlon trug es in seinem Rucksack bei sich.«

»Das bezweifle ich«, widersprach Lokin. Seine Kopfschmerzen waren mittlerweile fast vollständig verschwunden, und er konnte wieder klar denken. »Es ergäbe keinen Sinn. Wenn sie das Gold wirklich hätten, hätten sie Warlon bereits getötet. Wahrscheinlich konnte er es irgendwo verstecken, ehe er überwältigt wurde. Nur so ergibt seine Gefangennahme einen Sinn. Sie werden ihn foltern, bis er ihnen verrät, wo es sich befindet.«

»Möge Li'thil ihm beistehen!«, stieß Ailin erschrocken hervor.

»Die Göttin in allen Ehren, aber ich glaube nicht, dass sie in diesem Fall viel für ihn tun kann«, erwiderte Lokin. »*Wir* müssen handeln. Wir dürfen Warlon nicht der Folter und dem Tod überlassen.«

Ailin stieß ein trockenes, humorloses Lachen aus, das fast wie ein Schluchzen klang.

»Wie stellst du dir das vor? Wir haben es mit gut einem Dutzend Tzuul und zwei Trollen zu tun. Sie werden uns entdecken und töten, bevor wir ihrem Lager auch nur nahe kommen.«

»Trotzdem«, beharrte Lokin. »Alles, was wir brauchen, ist ein guter Plan. Und natürlich eine gehörige Portion Glück, aber wir müssen es wenigstens versuchen. Sie haben ein Lager aufgeschlagen, sagt Ihr?«

»Ja, etwas außerhalb des Waldes. Sie haben Warlon an einen Baum gebunden und in seiner unmittelbaren Nähe ein Lagerfeuer angezündet, an dem sie sitzen und vermutlich ihren Sieg feiern. Diese Unholde lassen ihn keinen Moment aus den Augen. Es gibt keine Möglichkeit, an ihn heranzukommen. Ich … Ich mag Warlon und würde alles tun, um ihm zu helfen, wenn es auch nur die geringste Chance gäbe. Aber die gibt es nicht.«

»Nein!«, stieß Lokin hervor und sprang auf. »Damit finde ich mich nicht ab. Es geht nicht allein um Warlon. Auch unsere Mission ist zu wichtig, als dass wir jetzt einfach aufgeben dürften!«

»Bitte, Lokin.« Sie stand ebenfalls auf und legte ihre Hand auf seinen Arm. »Ich kann mir vorstellen, was in dir vorgeht, aber es ist vorbei. Unsere Mission ist gescheitert. Warlon ist gefangen, die anderen sind tot, das Gold ist verschwunden oder in den Händen der Tzuul – es gibt nichts, was wir noch tun können.«

»O doch, das gibt es!«, ereiferte sich Lokin. »Ich hätte nicht erwartet, dass Ihr so leicht alles hinschmeißt, aber ich werde nicht einfach so aufgeben. Wenn Ihr mir nicht helfen wollt, werde ich Warlon notfalls allein befreien, und wenn es mein Leben kostet!«

Er fuhr herum und wollte davoneilen, aber Ailin hielt ihn zurück.

»Warte«, sagte sie hastig. »Natürlich werde ich dir helfen. Ich wollte nur herausfinden, ob ich dir auch wirklich vertrauen kann, ob du dich nicht aus dem Staub machst, sobald die Lage etwas brenzlig wird. Was du gesagt hast, war genau das, was ich zu hören erhofft habe.«

»Das war… nur eine Prüfung?«, murmelte Lokin verblüfft. »Aber…« Er brach ab, als er plötzlich begriff. »Natürlich«, fuhr er mit Bitterkeit in der Stimme fort. »Ich gelte ja schließlich als Feigling und Verräter, dem nicht zu trauen ist. Habt Ihr wirklich geglaubt, ich würde einfach feige davonlaufen?«

»Eigentlich nicht«, antwortete die Priesterin. »Aber es steht zu viel auf dem Spiel, als dass ich auch nur das geringste Risiko eingehen könnte. Sprechen wir nicht mehr davon. Sehen wir uns lieber das Lager an und überlegen, ob und wie wir Warlon befreien können.«

»Nur zwei Wachen«, murmelte Lokin leise. Er spürte eine Berührung am Arm und erschlug mit einer schon fast zur

Gewohnheit gewordenen Bewegung eine Mücke, die gerade ihren Rüssel in seine Haut bohrte. Seit gut zwei Stunden beobachteten Ailin und er schon regungslos von der Kuppe einer niedrigen Anhöhe aus das tiefer gelegene Lager der Tzuul, und die verdammten Mücken entwickelten sich zur reinsten Plage. Seine Haut war bereits völlig zerstochen.

Es hatte Lokin ein wenig gewundert, dass sie sich problemlos so nahe an das Lager hatten heranschleichen können und dass es nicht auch außerhalb davon Wachen gab. Die Tzuul mussten sich sehr sicher fühlen, aber wahrscheinlich hatten sie auch allen Grund dazu. Vermutlich hatte der Troll ihnen erzählt, dass er Lokin erschlagen hätte. Aber selbst wenn sie es für möglich hielten, dass er noch am Leben wäre, glaubten sie offenbar, dass er geflohen wäre, so weit ihn seine Beine trugen. Bestimmt rechneten sie nicht im Traum damit, dass er so verrückt sein könnte, den Gefangenen direkt aus ihrem Lager zu befreien.

Im Laufe der letzten Stunde hatten sich mehr und mehr der Tzuul in die Zelte zurückgezogen, die sie nicht weit von einem einzeln stehenden Baum entfernt aufgeschlagen hatten, an den Warlon gefesselt war. Nur die beiden Wachen waren zurückgeblieben und saßen an dem mittlerweile halb heruntergebrannten Feuer. Ein Stück entfernt waren etwa ein Dutzend Pferde angebunden, die gelegentlich leise schnaubten.

»Zwar nur zwei, aber ausgerechnet die beiden Trolle. Jeder von ihnen wiegt allein ein Dutzend Männer im Kampf auf«, entgegnete Ailin. Außerdem saßen die beiden Trolle einander gegenüber, sodass es keine Möglichkeit gab, sich ihnen unbemerkt zu nähern. »Wenn es Menschen oder auch Tzuul wären, hätten wir vielleicht eine Chance, sie zu überwältigen, ohne dass sie Alarm geben könnten. Vielleicht könnte ich sogar einen einzelnen Troll ausschalten, wenn es mir gelingen würde, mich von hinten an ihn heranzuschleichen, aber gleich zwei auf einmal – das ist unmöglich.«

Lokin warf einen fast verzweifelten Blick zu Warlon. Er schien zu schlafen, vielleicht hatten sie ihn aber auch bewusstlos geprügelt.

»Es muss eine Möglichkeit geben«, beharrte Lokin. »Vielleicht schläft einer der Trolle im Laufe der Nacht ein oder vertritt sich die Füße. Dann können wir blitzschnell handeln. Trolle sind aufgrund ihrer Dummheit nicht besonders zuverlässig. Außerdem bedeutet Gold ihnen nichts. Was sie benötigen, besorgen sie sich meist durch Gewalt. Wahrscheinlich leben sie in einer Höhle hier irgendwo in der Nähe, und Xantirox hat ihnen ein paar Fässer Bier oder etwas Ähnliches geschenkt, um sich so ihre Unterstützung zu sichern.«

Ailin lächelte bitter. »Du gibst wohl nie auf, wie? Natürlich können wir hier liegen und hoffen, dass sie einen Fehler begehen, aber ich glaube nicht, dass unsere Chancen besonders gut stehen.«

»Und wenn wir sie überlisten?«, murmelte Lokin nach ein paar Sekunden, in denen er etliche weitere Mücken erschlug, zögernd. »Vielleicht können wir sie irgendwie weglocken.«

»Ach ja?« Ailin lachte leise. »Und wie willst du das anstellen? Hast du schon einen Plan?«

»Nein«, gab Lokin zu. »War nur so eine Idee. Aber wir können zumindest darüber nachdenken. Vielleicht fällt uns etwas ein. Immerhin steht genug auf dem Spiel.«

Eine weitere halbe Stunde verging, während der Lokin angestrengt überlegte. Er ersann einen Plan nach dem anderen und verwarf sie alle im gleichen Moment wieder als undurchführbar. Auch Ailin unterbreitete einige Vorschläge, die einer genaueren Prüfung jedoch ebenfalls nicht standhielten.

»Die Pferde«, sagte sie schließlich. »Es ist zwar nicht gerade ungefährlich, aber so könnte es vielleicht gehen.«

»Was meint Ihr?«, hakte Lokin aufgeregt und voller neu erwachter Hoffnung nach.

Mit knappen Worten weihte Ailin ihn in ihre Idee ein. Diese barg in der Tat noch zahlreiche Risiken, war aber im Grunde simpler als alles, was Lokin zuvor ersonnen hatte. Selbst wenn sie keinen Erfolg hatten, standen die Chancen gut, dass sie zumindest unbeschadet wieder würden fliehen können.

»Das ist phantastisch. Wesentlich besser als alles, was wir uns bislang ausgedacht haben«, stieß er hervor, als sie geendet hatte.

»Dann glaubst du, dass wir es schaffen können?«

»Es kommt natürlich darauf an, ob die Trolle wirklich so dumm sind, wie wir glauben, aber wenn es uns gelingt, sie vom Feuer wegzulocken, müssten wir es auch schaffen, Warlon rasch zu befreien.«

»Und wenn einer von ihnen zurückbleibt?«

»Dann werde ich versuchen, mich von hinten an ihn heranzuschleichen und ihn auszuschalten.«

Ailin senkte den Kopf.

»Da gibt es nur ein kleines Problem«, murmelte sie. »Es wäre mir lieber, wenn ich diese Aufgabe übernehmen könnte. Ich weiß nicht recht, wie ich es sagen soll, aber ich habe panische Angst vor Pferden.«

Ungläubig starrte Lokin sie an, so weit er im Dunkeln ihr Gesicht erkennen konnte.

»Ihr fürchtet Euch vor Pferden und wollt es deshalb sogar lieber mit einem Troll aufnehmen? Das … Das ist doch verrückt!«

»Vielleicht, aber ich kann nicht anders.« Aus Nervosität begann Ailin damit, Grashalme auszurupfen und zwischen ihren Fingern zu zerreißen. »Es geht auf einen Vorfall zurück, der sich vor einigen Jahren ereignete. Damals war ich dem Orden der Priesterinnen gerade erst beigetreten. Tharlia unternahm zusammen mit mir und den anderen Novizinnen einen Tagesausflug an die Oberfläche. Sie war der Meinung, dass wir mehr als nur Elan-Dhor und die Tiefenwelt kennen sollten. So kamen wir auch nach Clairborn, und dort geschah es. Ein Mann passte nicht auf, und aus irgendeinem Grund riss sich ein Pferd los. Es kam direkt auf mich zugeprescht. Es kam mir so ungeheuer riesig vor, und ich war vor Schrecken wie gelähmt. Ich glaube, es … es hätte mich niedergetrampelt, wenn eine der anderen Novizinnen mich nicht zur Seite gerissen hätte. Seit dieser Zeit bekomme ich schon panische Angst, wenn ich ein Pferd nur sehe. Sogar noch mehr als vor einem Troll.«

Lokin überlegte. Ihre übertriebene Angst vor Pferden machte alles noch schwieriger, als es ohnehin schon war. Auch wenn sie ein Schwert trug, war sie kein Krieger, sondern eine Priesterin. Aber es würde unter Umständen nötig sein, gegen einen der Trolle zu kämpfen und ihn so schnell und lautlos zu überwältigen, dass er nicht einmal mehr Alarm geben konnte, sonst war alles verloren. Selbst für ihn würde es eine fast unlösbare Aufgabe sein – wie sollte sie dies dann schaffen?

»Ich kann mir gut vorstellen, was du jetzt denkst«, sagte sie. »Aber du täuschst dich in mir. Glaub mir, ich kann mit dem Schwert fast ebenso gut umgehen wie die meisten

Krieger, vielleicht sogar besser. Wenn Warlon bei uns wäre, könnte er es bestätigen. Gemeinsam mit ihm habe ich bei der Expedition in die Tiefe einen Zarkhan getötet.«

»Aber –«

»Bitte, Lokin, wir können nicht ewig warten und diskutieren. Vertrau mir einfach. Ich weiß, wie viel auf dem Spiel steht, und ich würde nichts behaupten, was nicht stimmt. Kümmere du dich um die Pferde, alles Weitere übernehme ich.«

Unsicher blickte Lokin zu den beiden Trollen am Feuer hinüber, ließ seinen Blick zu dem gefesselten Warlon weiterwandern und nickte schließlich.

»Also gut, obwohl ich diese gefährliche Aufgabe lieber selbst übernehmen würde. Ich bin nicht schuld, wenn etwas schiefgeht, aber dann spielt es keine Rolle mehr, ob ich entkomme oder nicht. Es würde mir ohnehin keiner glauben, wenn ich allein nach Elan-Dhor zurückkehren würde.«

»Es wird schon nichts schiefgehen, wenn wir uns an den Plan halten. Viel Glück.«

»Euch auch«, gab Lokin zurück. Vorsichtig kroch er ein Stück rückwärts, bis er sich im Sichtschutz der niedrigen Hügelkuppe befand. Erst dann wagte er es, sich aufzurichten. Lautlos schlich er weiter. Bei jedem Geräusch und jeder Bewegung, die ihm seine angespannten Nerven vorgaukelten, zuckte er erschrocken zusammen. Sein Herz schlug wie ein Hammerwerk und er bildete sich ein, dass man es meilenweit hören müsste.

In einem weiten Bogen umging er das Lager zur Hälfte, um auf die andere Seite zu gelangen, wo die Pferde angebunden waren. Wolkenfetzen hatten sich vor den Mond geschoben. Er spendete kaum Licht, und da Lokin keinerlei Anhaltspunkte besaß, die ihm die Richtung wiesen, war er schon nach wenigen Minuten fest davon überzeugt, in der Dunkelheit die Orientierung verloren zu haben. Insofern war er selbst am meisten überrascht, als er schließlich gar nicht weit vor sich das leise Schnauben eines der Pferde hörte.

Lokin verharrte eine Weile. Er hatte zwar den weiteren Weg zurücklegen müssen, dennoch wollte er ganz sichergehen, dass Ailin genügend Zeit blieb, ihre Position einzunehmen. Zähflüssig verrannen die Sekunden und unwillkürlich malte sich Lokin in Gedanken immer wieder aus, was mit ihnen passieren würde, wenn etwas schiefgehen und die Priesterin den Trollen in die Hände fallen sollte. Obwohl ihm die Zeit wie eine halbe Ewigkeit vorkam, wartete er in Wahrheit nicht länger als ein oder zwei Minuten, doch in dieser Zeit starb er tausend Tode.

Noch vorsichtiger als bisher schlich er schließlich weiter. Kurz darauf konnte er den Schein des Lagerfeuers und die beiden Trolle als dunkle Umrisse zwischen den Bäumen sehen. Die Pferde witterten seine Anwesenheit. Unruhig begannen sie mit den Hufen zu scharren und schnaubten lauter, aber das war schließlich auch so geplant. Sie waren an Zwerge nicht gewöhnt, und Lokins bloße Gegenwart machte sie nervös. Vermutlich war das auch der Grund gewesen, weshalb in Clairborn das Pferd durchgegangen war, das Ailin vor Jahren so erschreckt hatte.

Lokin ging noch etwas näher an die Tiere heran. Eines der Pferde stieß ein lautes Wiehern aus, gleich darauf ein zweites. Unruhig zerrten sie an den Zügeln, mit denen sie festgebunden waren.

Aufmerksam beobachtete Lokin die beiden Trolle. Wie erhofft stand einer von ihnen schließlich auf und kam auf ihn zu, um nachzusehen, warum die Pferde so unruhig waren. Aber zu seinem Leidwesen war es nur einer von ihnen, der andere blieb ruhig am Feuer sitzen.

Mit einem lautlosen Fluch zog Lokin sich wieder zurück, schlich ein gutes Stück von den Tieren weg, wobei er den sich nähernden Troll genau im Auge behielt. Erst als er eine Stelle erreichte, wo er unmöglich zu entdecken war, selbst aber sowohl den Troll wie auch den anderen Wachposten gut beobachten konnte, legte er sich flach hin.

Er brauchte nicht lange zu warten, bis er eine Bewegung zwischen den Zelten ausmachte. Es war Ailin, die sich von hinten an den zweiten Troll heranschlich. Ihr Schwert hatte sie bereits gezogen.

Vor Aufregung hielt Lokin unwillkürlich den Atem an. Alles hing nun allein davon ab, ob es Ailin gelingen würde, den Troll zu überwältigen, ohne dass die schlafenden Tzuul aufwachten. Schon ein einziger Warnruf würde alles zunichtemachen.

Zu seinem Entsetzen machte sie keine Anstalten, ihm den Kopf abzuschlagen oder ihm wenigstens ihre Klinge von hinten durch den Hals zu rammen – die sichersten Methoden, selbst einen Troll zu töten, ohne dass er einen Laut von sich geben konnte. Als sie direkt hinter ihm stand, hämmerte sie stattdessen die Breitseite ihres Schwertes mit aller Kraft seitlich gegen den Schädel des grünhäutigen Ungeheuers.

Lokin bildete sich ein, das Geräusch bis zu seinem Versteck hören zu können, doch anders als erhofft, fiel der Troll keineswegs einfach zu Boden, sondern sprang im Gegenteil auf und fuhr herum. Lokins Herzschlag setzte einen Moment lang aus, dann hämmerte sein Puls fast schmerzhaft mit doppelter Geschwindigkeit weiter.

Vielleicht lag es nur daran, dass Trolle wirklich so dumm

waren, wie allgemein behauptet wurde, dass nicht in diesem Augenblick schon alles verloren war. Vielleicht hatte der wuchtige Hieb ihm aber auch doch zumindest so stark zugesetzt, dass er benommen war. Statt einen Warnruf auszustoßen, starrte er Ailin jedenfalls einen Moment lang verblüfft an, was ihr die Gelegenheit gab, noch einmal mit dem Schwert auszuholen und zuzuschlagen. Der Troll versuchte noch eine unbeholfene Abwehrbewegung zu machen, aber er war zu langsam. Erneut traf ihn die Klinge fast an derselben Stelle.

Gleich darauf wirbelte Ailin das Schwert herum und rammte ihm den massiven Knauf zweimal mit aller Kraft ins Gesicht, wobei sie sich auf die Zehenspitzen stellen musste, um überhaupt an seinen Kopf heranzureichen. Das war selbst für den monströsen Giganten zu viel. Seine Hände sanken herab, und quälend langsam brach er zusammen. Mühsam zerrte Ailin seinen Oberkörper in eine aufrechte Position und lehnte ihn gegen den Baumstumpf, auf dem er gesessen hatte, sodass nicht auf den ersten Blick zu erkennen war, dass mit ihm etwas nicht stimmte. Anschließend hastete sie auf den Baum zu, an den Warlon gefesselt war. Lokin konnte nicht weiter beobachten, was sie tat, da ihm der Blick durch ein Zelt verstellt war.

Stattdessen warf er einen hastigen Blick zu dem zweiten Troll. Obwohl der Kampf nicht ganz ohne Geräusche vonstattengegangen war, schien dieser nichts gehört zu haben. Er stand neben den Pferden und kratzte sich am Kopf, ehe er sich schulterzuckend wieder umwandte und zum Feuer zurückging.

Lokin erhob sich aus seiner Deckung und hastete zu den Pferden zurück. Wieder wurden sie unruhig, als er sich ihnen näherte. Er verharrte reglos, als auch der Troll stehen blieb und noch einmal einen Blick zu den Tieren zurückwarf, dann aber kopfschüttelnd weiterging.

In aller Hast löste Lokin die Zügel von den in den Boden gerammten Pfählen, an denen die Pferde festgebunden waren, dann fuchtelte er wild mit den Armen. Erschrocken stoben die Tiere davon. Auch Lokin wich rasch wieder in die Dunkelheit zurück.

Erneut fuhr der Troll herum. Verständnislos starrte er den davonstürmenden Pferden einige Sekunden lang nach und kratzte sich am Kopf. Dann lief er einige Schritte vorwärts, als ob er sie zu Fuß verfolgen wolle, bis ihm endlich bewusst wurde, dass es ihm nicht gelingen würde. Er stieß ein lautes Brüllen aus und stürmte zum Lager zurück, wo bereits die ersten durch den Lärm aufgeschreckten Tzuul aus ihren Zelten kamen.

Auch für Lokin wurde es höchste Zeit, sich zurückzuziehen. Er konnte nur hoffen, dass Ailin Warlon inzwischen befreit hatte und mit ihm verschwunden war. Die Zeit müsste dafür ausgereicht haben.

Kriechend wich er so weit zurück, bis einige Büsche ihm Sichtschutz zum Lager hin boten, dann erhob er sich und begann zu laufen. Kurz darauf erreichte er den alten Weg, der in den Wald hineinführte. An der Stelle, an der sie von den Tzuul und Trollen überfallen worden waren, kauerte er sich ins Unterholz.

Er brauchte nicht lange zu warten. Schon nach zwei, drei Minuten näherten sich zwei kleine Gestalten auf dem Weg. Aufatmend sprang Lokin hoch und eilte ihnen entgegen.

»Ailin! Warlon! Ihr habt es also geschafft!«

»Nur dank deiner Hilfe«, erwiderte der Kampfführer. »Ailin hat mir berichtet, dass sie dich nicht einmal zu einer Befreiungsaktion überreden musste, sondern dass die Initiative hauptsächlich von dir ausging. Vielleicht hast du dich geändert, vielleicht habe ich mich auch nur in dir getäuscht. Auf jeden Fall stehe ich nun tief in deiner Schuld.«

Er streckte eine Hand aus, die Lokin überrascht ergriff.

»Hauptsache, unser Plan hat funktioniert«, sagte er. »Über alles andere können wir uns später unterhalten. Jetzt sollten wir erst einmal von hier verschwinden.«

»Sicher, aber zuvor muss ich noch etwas erledigen«, entgegnete Warlon. Mit schmerzerfülltem Gesicht blickte er auf die Toten. Er hatte einige von ihnen unter anderem deshalb ausgewählt, um sie vor einem weiteren Kampf gegen die Dunkelelben zu bewahren. Jetzt waren sie dennoch tot, nur wegen etwas Gold erschlagen von einem Feind, den sie zuvor noch nicht einmal gekannt hatten. Sie lagen immer noch so da, wie sie im Kampf gefallen waren. Nicht einmal die Leichen ihrer eigenen Leute hatten die Tzuul verscharrt, geschweige denn die der Zwerge.

»Ihr wollt sie doch jetzt nicht etwa begraben?«, fragte Ailin.

»Das werden wir erst morgen machen können, wenn dieser Abschaum die Suche nach uns hoffentlich aufgegeben hat«, stieß Warlon zornig hervor. »Aber ich brauche neue Waffen.« Er nahm einem der Zwerge seine Streitaxt, das Schwert und einige Wurfdolche ab, dann winkte er seinen Begleitern. »Kommt, ich muss noch etwas holen.« Er führte sie die Schneise entlang, die der Troll bei seiner Verfolgung ins Unterholz gebrochen hatte, bis sie eine abgestorbene, alte Eiche erreichten. »Hier konnte ich meinen Rucksack verstecken, sonst wäre unser Gold den Tzuul in die Hände gefallen«, erklärte er.

So weit es ging streckte er seinen Arm durch ein großes Loch in der Rinde und tastete im Inneren herum.

»Bei den Geistern der Verdammten, ich kann es nicht erreichen«, fluchte er. »Der Rucksack muss bis ganz unten durchgefallen sein.« Er griff nach seiner Axt. »Wir müssen den Baum aufschlagen.«

»Und die Tzuul herlocken?«, widersprach Ailin heftig. »Jeder Axthieb dürfte in dieser Stille meilenweit zu hören sein.«

»Habt Ihr eine andere Idee? Wir brauchen den Rucksack, vor allem das Gold.«

»Männer!«, schnaubte Ailin verächtlich. »Jedes Problem könnt ihr nur mit Gewalt und Waffen lösen, anstatt einmal nachzudenken. Sucht lieber einen Stock mit einer Astgabel am Ende, den wir als Haken benutzen können.«

»Spart euch die Mühe«, ertönte in diesem Moment eine raue Stimme hinter ihnen. »Sucht ihr vielleicht das hier?«

Erschrocken fuhren sie herum. Wenige Schritte hinter ihnen stand eine große, finstere Gestalt, die sich lautlos genähert hatte. Ein Tzuul! In der einen Hand hielt dieser ein Bündel, bei dem es sich offenbar um den Rucksack handelte, mit der anderen hatte er drohend ein Schwert auf sie gerichtet, dessen Klinge im schwachen Mondlicht funkelte.

18

DIE SCHLACHT AM TIEFENMEER

Der tödliche Hieb, auf den Barlok wartete, fiel nicht. Stattdessen erfüllte plötzlich ein unbestimmbares Sausen die Luft. Der Dunkelelb vor ihm erzitterte, dann begann er zu wanken, und das Schwert entglitt seinen Fingern. Scheppernd prallte es auf Barloks Brustpanzer, ohne ihn freilich durchdringen zu können, und rutschte von dort zu Boden. Auch der Dunkelelb stürzte und wurde noch während des Fallens vollends sichtbar. Hastig rollte sich Barlok zur Seite, um nicht unter ihm begraben zu werden.

Erst jetzt entdeckte er die drei Pfeile, die den Dunkelelb getötet hatten. Zwei davon steckten in seinem Rücken, der dritte war ihm von hinten direkt durch die Kehle gedrungen. Barlok sprang auf und blickte sich verblüfft um. Überall um ihn herum zischten Pfeile auf die Dunkelelben zu und streckten sie nieder.

Barlok ließ seinen Blick an den Höhlenwänden emporwandern. Die wenigen Bogenschützen der Zwerge, die in einigen der Stollenausgänge postiert waren, hatten zuletzt ausschließlich noch auf die direkt aus dem Meer herauskommenden Dunkelelben geschossen, da im Getümmel des Nahkampfes die Gefahr zu groß gewesen wäre, die eigenen Leute zu treffen.

Jetzt jedoch waren überall in den Öffnungen Gestalten mit grünlich grauer Haut zu sehen, die einen Pfeil nach dem anderen in die Tiefe schossen und mit kaum glaublicher Präzision trafen. Die Goblins waren doch noch gekommen und griffen in den Kampf ein! Zum wohl ersten Mal in seinem Leben freute sich Barlok, sie zu sehen.

Sie bildeten eine nicht nur willkommene, sondern auch dringendst benötigte Verstärkung. An der Stelle, an der Barlok kämpfte, hatten die Dunkelelben die Abwehrlinien fast durchbrochen. Die Barrikaden existierten auf einer Breite von mehreren Metern nicht mehr, sodass die Angreifer sie unbehelligt passieren konnten und nur dahinter noch von den mit dem Mut der Verzweiflung kämpfenden Zwergenkriegern aufgehalten wurden. Hunderte von Dunkelelben waren bereits gefallen, vermutlich sogar mehr als tausend, und dennoch strömten immer noch neue in unverminderter Zahl heran. Dieses Volk, von dem König Burian geglaubt hatte, es handele sich nur um einige wenige Wesen, musste nach Tausenden, vielleicht Zehntausenden zählen. Es war unglaublich, dass ein so gewaltiges Volk über Äonen hinweg völlig isoliert von der Außenwelt tief im Inneren der Erde hatte überleben können.

Was konnten sie solchem Gestalt gewordenen Hass und Wahnsinn noch entgegensetzen außer der puren Verzweiflung, ums nackte Überleben zu kämpfen? Die gesamte Kriegerkaste Elan-Dhors umfasste nur knapp viertausend Kämpfer, und viele von ihnen hatten seit Beginn der erst knapp eine Viertelstunde andauernden Schlacht bereits ihr Leben verloren.

Gerade noch war ihre Situation nahezu aussichtslos gewesen. Die schemenhaften Schattenkreaturen rückten sehr viel schneller nach, als es den Zwergen gelang, sie zu töten. Das Eingreifen der Goblins hingegen änderte das. Es mussten Hunderte der kleinen Gestalten sein, die von jeder erreichbaren Öffnung in der Felswand aus Pfeil auf Pfeil auf die Angreifer abschossen. Meist reichte ein einziger Pfeil nicht aus, einen der Dunkelelben zu töten, doch sie fielen in Scharen. Nicht nur der auf das Schlachtfeld drängende Nachschub blieb aus. Einige des Goblins nahmen auch gezielt die bereits in Kämpfe verstrickten Dunkelelben unter Beschuss.

Die unerwartete Wendung des Geschehens verlieh darüber hinaus den Zwergenkriegern neuen Mut und frische Kraft. Mit doppelter Wildheit warfen sie sich ihren Feinden entgegen, vor allem, da in diesem Moment auch endlich die herbeigesehnte Verstärkung die Höhle erreichte, ein Trupp von zweihundert Kriegern, die die größten Lücken in der Verteidigung schlossen.

Da er sein eigenes Schwert verloren hatte, bückte sich Barlok und wollte die ohnehin bessere Waffe des toten Dunkelelben aufheben. Kaum hatte er jedoch die Finger um den Griff geschlossen, spürte er eine unerträgliche Hitze, die durch den stählernen Handschuh drang und seine Hand zu verbrennen schien. Mit einem Fluch ließ er die Waffe wieder fallen und ergriff stattdessen das Schwert eines toten Zwergenkriegers.

»Zieht euch hinter den Feuergraben zurück!«, brüllte er. »Beginnt ihn zu fluten!«

Selbst seine dröhnende Stimme konnte den Schlachtenlärm nicht übertönen, aber sein Ruf wurde aufgeschnappt und weitergetragen. Statt weiterhin ins Meer wurde das Petroleum in einen nur zwei Fingerlängen tiefen, dafür aber gut einen Meter breiten Graben geschüttet, den die Arbeiter in den vergangenen Stunden in den Felsboden getrieben hatten. Sobald es sich genügend weit darin verteilt hatte, wurde es angezündet.

Eine Feuerwalze raste kaum zwei Dutzend Meter vom Ufer entfernt den Strand entlang. In Panik wichen die Dunkelelben zurück, doch viele waren nicht schnell genug und wurden von den Flammen erfasst und starben schreiend. Nur wenige hatten den zurückweichenden Zwergen bis auf diese Seite des Grabens folgen können. Nun, da ihnen der Rückweg abgeschnitten war, wurden sie zu leichten Opfern für die Übermacht der Krieger.

Nicht viel besser erging es den Dunkelelben auf der anderen Seite des Feuers. Zu Dutzenden, zu Hunderten wurden sie aus der Höhe von den Goblins niedergestreckt, wie Barlok über die Flammen hinweg sehen konnte. Zu genau diesem Zweck hatte er den Feuergraben anlegen lassen. Ohne Bogenschützen, die die Angreifer unter Beschuss nehmen konnten, während sie durch die Flammen von den Zwergen getrennt waren, hätte es wenig Sinn gehabt, hätte den Kriegern lediglich in höchster Not eine Pause verschaffen können, um sich neu zu formieren. So jedoch degradierte er die Dunkelelben auf der anderen Seite zu hilflosen Zielscheiben, die nichts anderes tun konnten, als zu sterben.

Auch die Feinde schienen dies nun zu begreifen. Der Strom der Neuankömmlinge versiegte, und unter dem Triumphgeschrei der Zwerge zogen sich auch die Überlebenden ins Meer zurück.

Barlok atmete auf. Für den Moment hatten sie gesiegt, aber dieser Sieg war unter schrecklichen Opfern errungen worden. Nach flüchtigen Schätzungen hatten mindestens dreihundert Zwerge ihr Leben verloren, weitere hundert waren mehr oder weniger stark verletzt worden. Rund ein Zehntel der gesamten Kriegerkaste war tot oder verwundet, eine schreckliche Bilanz, die auch dadurch nicht gemildert wurde, dass es auf der Seite des Feindes mehr als zehnmal so viele Opfer gegeben hatte.

Dabei stand ihnen der Hauptkampf noch bevor.

Barlok gab sich keinen falschen Illusionen hin. Was sie bislang erlebt hatten, war nur der Auftakt, ein erstes Kräftemessen. Auch wenn der Feind zunächst geflohen war, stand ihnen die eigentliche Schlacht noch bevor.

Dass es ihnen gelungen war, den Dunkelelben so hohe Verluste zuzufügen, lag nicht etwa daran, dass diese den Zwergenkriegern im Kampf unterlegen waren. Zu verdanken war dieser Erfolg – neben dem Eingreifen der Goblins, die für den Tod der mit Abstand meisten Dunkelelben verantwortlich waren – hauptsächlich den klugen Vorbereitungen und den errichteten Verteidigungsstellungen. Diese standen ihnen nun nicht mehr zur Verfügung. Die Barriere war durchbrochen, und es würde auch nicht mehr viel bringen, erneut einen Flammenteppich auf das Meer zu legen.

Der Feuergraben hatte sich für den Moment als unüberwindlich erwiesen, und statt sich von den Bogenschützen systematisch umbringen zu lassen, hatten sich die Dunkelelben zurückgezogen.

Aber sie waren nicht etwa geschlagen, sondern würden wiederkehren. Auch der Feuergraben würde sie nicht auf Dauer aufhalten, ebenso wenig wie die bisherigen Hindernisse.

Obwohl er sich mit aller Kraft gegen diese Erkenntnis sträubte, begann Barlok tief in seinem Inneren zu ahnen, dass sie diesen Kampf nicht gewinnen konnten.

Die Gestalt war kein Tzuul, wie Warlon im ersten Moment gedacht hatte, obwohl ihre Umrisse im Dunkeln durchaus ähnlich erschienen. Sie war kräftig und hochgewachsen, doch ihre Leibesfülle und der Eindruck der Kahlköpfigkeit rührten von einem knielangen, dunklen Mantel mit hochgeschlagener Kapuze her. Etwas Düsteres ging von dem Unbekannten aus. Aufgrund der weit in die Stirn gezogenen Kapuze war sein Gesicht nicht einmal ansatzweise zu erkennen; er zeichnete sich wie ein schwarzer Scherenschnitt gegen den dunklen Hintergrund des Waldes ab.

Unwillkürlich packte Warlon die Axt, die er noch in Händen hielt, fester. Auch wenn sie es offenbar mit einem Menschen zu tun hatten und er den Fremden zuvor nicht bei den Tzuul gesehen hatte, bedeutete das nicht, dass er nicht dennoch zu ihnen gehörte oder sonstige böse Absichten hegte.

Und er hatte den Rucksack mit dem Gold und seiner restlichen Ausrüstung darin!

»Wer seid Ihr, und was wollt Ihr von uns?«, stieß Warlon scharf hervor. »Der Rucksack gehört uns. Gebt uns unser Eigentum zurück!«

»Wer ich bin, spielt keine Rolle. Wichtiger ist wohl, wer *ihr* seid und was *ihr* hier wollt«, erwiderte der Unbekannte mit seiner rauen, tiefen Stimme. »Und was euer Eigentum betrifft … Hier nehmt, ich habe keine Verwendung dafür.« Er schleuderte Warlon den Rucksack achtlos vor die Füße. Hastig bückte sich Lokin, öffnete ihn und wühlte darin herum, ehe er zum Zeichen, dass sich das Gold noch an Ort und Stelle befände, seinen Gefährten kurz zunickte. »Keine Sorge, ich habe nichts geraubt«, fuhr der Fremde fort. »Ich bin kein Dieb. Und jetzt sprecht, bevor ich die Geduld verliere, wenn ihr euch an eurem so geschätzten *Eigentum* noch länger erfreuen wollt.«

Drohend hob er sein Schwert, dessen Klinge fast so lang

wie ein ausgewachsener Zwerg war, und streckte es in ihre Richtung. Auch Warlon hob seine Axt ein Stück weiter an. Ailin und Lokin zogen ihre Schwerter.

»Wir suchen keinen Streit mit Euch, wer immer Ihr auch seid. Wenn Ihr nicht gegen uns kämpfen wollt, dann rate ich Euch, gebt den Weg frei. Wir sind harmlose Wanderer, die von den Tzuul und den Trollen überfallen wurden, aber wenn nötig, werden wir um unser Leben kämpfen.«

»Harmlose Wanderer sind in diesen Wäldern schon lange nicht mehr gesehen worden«, entgegnete der Fremde, anscheinend völlig unbeeindruckt von der Drohung. Er stand so regungslos da, dass man glauben konnte, er wäre nur eine Statue. »Erst recht keine Zwerge. Ich nehme an, ihr stammt aus Elan-Dhor. Was also treibt euch Knirpse so weit von eurer Heimat fort bis hierher?«

Warlon wechselte einen raschen Blick mit seinen Begleitern. Ailin nickte ihm fast unmerklich zu. Es hatte keinen Sinn, zu Lügen oder Ausflüchten zu greifen. So düster und bedrohlich der Fremde auch wirkte, schien er doch keine bösen Absichten zu hegen. Hinter dem Gold war er anscheinend nicht her, sonst hätte er ihnen den Rucksack erst gar nicht zurückgegeben – und würde er sie töten wollen, so hätte er längst Gelegenheit dazu gehabt und würde nicht erst lange mit ihnen sprechen. Vielleicht konnte er ihnen sogar weiterhelfen.

»Ihr habt richtig vermutet, wir kommen aus Elan-Dhor«, berichtete er. »Unsere Heimat ist in großer Gefahr. Wir sind hergekommen, weil wir hörten, dass in diesen Wäldern ein Waldläufer namens Malcorion leben soll, von dem wir uns Hilfe erhoffen. Das Gold in meinem Rucksack, den ihr bestimmt durchsucht habt, ist als Bezahlung für seine Hilfe bestimmt. Aber die Tzuul erfuhren davon und legten einen Hinterhalt, aus dem sie uns gemeinsam mit den Trollen überfielen.«

»Das weiß ich. Ich habe sie bereits lange vor eurer Ankunft bemerkt und euren Kampf mit ihnen beobachtet.«

»Und dabei habt Ihr tatenlos zugesehen, wie diese Kreaturen die meisten meiner Begleiter abgeschlachtet haben?«, stieß Warlon fassungslos hervor. »Dadurch tragt Ihr ebenso viel Schuld an ihrem Tod wie diese Ungeheuer. Warum habt Ihr nicht eingegriffen?«

»Ich habe mit euch so wenig zu schaffen wie mit den Tzuul. Ich wusste nicht einmal, worum es bei dem Kampf überhaupt ging. Warum also hätte ich mich in etwas einmischen sollen, das mich nichts angeht? Ganz abgesehen davon, hätte auch ich gegen diese Übermacht keine Chance gehabt, deshalb habe ich mich darauf beschränkt, alles zu beobachten.« Er machte eine kurze Pause. »Übrigens ebenso wie eure Rettungsaktion gerade«, fügte er dann hinzu. »Ihr hättet den Troll leicht hinterrücks töten können, und es wäre sogar viel sicherer gewesen. Aber ihr habt ihn verschont. Das hat mich neugierig gemacht, und nur deshalb spreche ich jetzt mit euch. Ihr habt das Ziel eurer Suche erreicht. Ich bin Malcorion.«

Abgesehen von einer Klinge, die ihnen den Kopf von den Schultern schlägt, scheint Feuer die wirksamste Waffe gegen sie zu sein. Sie fürchten es. Es blendet sie und raubt ihnen die Sicht, und es verbrennt sie bei der leichtesten Berührung! So hatte Warlon nach seiner Rückkehr aus der Tiefe berichtet. Darauf hatten Barlok und die beiden Ratsmitglieder der Kriegerkaste einen großen Teil ihrer Strategie aufgebaut, und das mit beträchtlichem Erfolg.

Die Flammenwand hielt die Dunkelelben fern, und da für den Feuergraben weitaus weniger Petroleum benötigt wurde als zuvor für den Flammenteppich auf dem Meer, bestand auch nicht die Gefahr, dass ihnen der Nachschub in absehbarer Zeit ausgehen würde.

Da es für ihn hier gegenwärtig nichts zu tun gab, beschloss Barlok, auf den Felsvorsprung zurückzukehren, wo sich Tharlia, die Priesterinnen und die beiden Ratsmitglieder befanden. Vor allem mit Loton und Sutis hatte er etwas abzuklären.

»Was war das mit der Verstärkung?«, stieß er zornig hervor, als er die Plattform erreichte, und stapfte auf Loton zu. »Warum habt Ihr sie erst so spät geschickt? Um ein Haar hätten uns die Dunkelelben überrannt und wären durchgebrochen.«

»Ich … Es tut mir leid«, stammelte Loton. »Es ging alles so schnell. Ich wurde durch das Eintreffen der Goblins überrascht. Ich musste sie begrüßen und ihnen unseren Dank für ihr Kommen erweisen, und als ich mich wieder umdrehte, drohte die Situation plötzlich brenzlig zu werden. Daraufhin habe ich sofort einen Boten mit dem Befehl losgeschickt, Verstärkung zu entsenden, aber er brauchte auch noch fast eine Minute, um sein Ziel zu erreichen.«

»Wären die Dunkelelben tatsächlich durchgebrochen, wäre die Schlacht jetzt vielleicht schon verloren! Aber auch so könnte mancher gute Krieger noch am Leben sein, wenn Ihr die entscheidenden ein, zwei Minuten früher Entsatz geschickt hättet! Wir –«

»Barlok!«, unterbrach ihn Tharlia in diesem Moment mit lauter Stimme. »Bitte kommt einmal her, hier ist jemand, den ich Euch vorstellen möchte.«

Immer noch zornig versuchte Barlok seinen Ärger zu bekämpfen, während er sich zu ihr herumdrehte. Lotons Unaufmerksamkeit hatte den gesamten Ausgang der Schlacht gefährdet, deshalb war seine Kritik mehr als berechtigt, aber er musste sie weder in diesem Tonfall noch gerade hier äußern, wo andere mithörten, wo seine Stimme vielleicht sogar bis zu den Kriegern hinunterdrang. Es war richtig, dass Tharlia ihn davon abhielt.

Erst als er sich ganz zu ihr herumgedreht hatte, sah er die kleine, grünlich graue Gestalt, die neben ihr stand.

»Das ist Quarrolax«, erklärte Tharlia. »Er befehligt die Goblins, die uns zu Hilfe gekommen sind.«

Barlok ging auf den Goblin zu. Widerstreitende Gefühle beherrschten ihn, als er eine der bislang so verhassten Kreaturen aus unmittelbarer Nähe sah. Die Andeutung einer Verbeugung, mit der er sie begrüßte, war kaum mehr als ein leichtes Nicken mit dem Kopf.

»Quarrolax?«, hakte er nach. »Derselbe Quarrolax, der auf dem Floß mit Warlon gesprochen hat?«

»So es sein. Verdanken Warlon Leben, Warlon Freund. Schade, dass nicht hier. Quarrolax sagen Warlon, wir kämpfen gemeinsam gegen Feind. Quarrolax sprechen mit Häuptling, und hier Quarrolax und Kämpfer sein.«

»Und dafür danken wir euch. Ihr seid wahrlich nicht zu früh gekommen.«

»Quarrolax auch Barlok kennen«, radebrechte der Goblin weiter. »Gefürchteter Krieger. Quarrolax froh, dass heute kämpfen auf gleicher Seite. Erschrocken, wenn sehen, wie groß Heer der Feinde. Goblins allein können nicht aufhalten, Zwerge allein können nicht aufhalten. Gemeinsam vielleicht schaffen.«

Barlok nickte. Fast widerstrebend musste er sich eingestehen, dass sich die Einschätzung des Goblins exakt mit seiner deckte. Überhaupt erschien ihm das Wesen jetzt, da es ihm unmittelbar gegenüberstand und in seine Augen blickte, bei weitem nicht mehr so hassenswert.

»Wir haben niemals Krieg mit euch gewollt«, sagte er. »Ihr seid es, die uns von Anfang an ständig angegriffen haben und trotz des Waffenstillstands auch in den letzten Jahren immer wieder unsere Patrouillen überfallen.«

»Nein. Zwerge Eindringlinge«, widersprach Quarrolax heftig. »Goblins schon immer leben unter Berg. Unser Land. Zwerge kommen und nehmen, bauen Minen, vertreiben Goblins. Goblins kämpfen.«

»Jetzt ist wohl kaum der geeignete Zeitpunkt, um darüber zu diskutieren«, mischte sich Tharlia ein und verhinderte erneut, dass es zu einem Streit kommen konnte. »Im Moment hält uns der Feuergraben die Dunkelelben vom Leib. Wie man mir versichert hat, können wir ihn praktisch unbegrenzt am Brennen halten, auch über Jahre hinweg, und wir brauchen nur wenige Leute, um ständig für ausreichenden Nachschub an Petroleum zu sorgen. Möglicherweise wäre dies ein Weg, den Feind dauerhaft daran zu hindern, diese Seite des Tiefenmeers zu erreichen.«

»Eine schöne Vorstellung, aber leider nicht mehr«, entgegnete Barlok. »Es gibt einige sehr einfache Möglichkeiten, das Feuer zu überwinden, und über kurz oder lang werden die Dunkelelben darauf kommen. Sie können den Graben beispielsweise mit ein paar Platten aus Metall bedecken und sich so simple Brücken bauen, um ihn zu überqueren, ohne dass das Feuer ihnen etwas anhaben kann. Sogar ein paar Felsbrocken würden diesen Zweck erfüllen.« Er schüttelte entschieden den Kopf. »Der Feuergraben wird sie nicht lange aufhalten.«

»Dann sollten wir erwägen, ob wir ihre momentane Ratlosigkeit vielleicht zu einem Gegenangriff nutzen wollen«, schlug sie vor. »Sie haben enorme Verluste erlitten, und wir sollten ihnen keine Zeit lassen, ihre Truppen neu zu formatieren. So ein Gegenangriff ist bestimmt das Letzte, was sie erwarten.«

Barlok sog scharf die Luft ein, kam aber nicht mehr dazu, etwas zu sagen.

»Und das mit Recht«, mischte sich Loton ein, der ihre letzten Worte gehört hatte. Sein Gesicht zeigte Entsetzen. »Ein Gegenangriff wäre Selbstmord. Es würde Stunden dauern, eine ausreichende Zahl von Flößen zu bauen, um größere Truppenkontingente über das Meer bringen zu können, und dann wären wir in der schwierigen Situation, anlegen zu müssen, während der Feind uns bereits erwartet. Alle Vorteile, die wir hier auf unserer Seite haben, würden uns dort zum Nachteil gereichen.«

»Läge nicht das Meer zwischen uns, das wir erst überwinden müssten, wäre ein überraschender Gegenangriff sicher eine Überlegung wert. Aber unter den gegebenen Umständen wäre er ein schrecklicher Fehler, der nur in einer Katastrophe enden könnte«, ergänzte Barlok.

»Aber können wir denn gar nichts tun, um die momentane Situation auszunutzen?«

Barlok ließ seinen Blick zum Feuergraben und dem dahinterliegenden Tiefenmeer schweifen.

»Ich fürchte, nein«, antwortete er. »Uns bleibt nichts anderes übrig, als zu versuchen, auch allen kommenden Angriffen standzuhalten. Die Dunkelelben haben schreckliche Verluste erlitten, aber wir wissen nicht, wie groß ihre Reserven noch sind. Wie es aussieht, hat nicht nur Burian die Stärke unseres Feindes unterschätzt. Niemand konnte voraussehen, dass seine Zahl nach so vielen Tausenden, vielleicht sogar Zehntausenden zählen würde.«

»*Zehntausende*?«, hakte Tharlia entsetzt nach.

»Wir können es nicht ausschließen. Bislang haben die Dunkelelben mit geradezu selbstmörderischer Verbissenheit angegriffen. Ihre Verluste schienen sie nicht zu kümmern. So kämpft niemand, der nicht auf gewaltige Reserven zurückgreifen kann.«

»Aber… wir werden doch trotzdem gewinnen, oder?« Fast flehentlich schaute Tharlia ihn an. Barlok wich ihrem Blick aus.

»Dank der Unterstützung durch die Goblins haben wir eine gute Chance«, erwiderte er. »Selbst wenn es den Dunkelelben gelingt, Brücken über den Feuergraben zu schlagen, so können dort immer nur wenige gleichzeitig hinübergehen. Wir können sie dort zurückschlagen, während die Goblins alle Nachrückenden unter Beschuss nehmen.«

Was er nicht aussprach, war, dass auch das nur eine gewisse Zeit lang gelingen würde. Wenn sie merkten, dass sie mit dieser Taktik Erfolg hatten, würden die Kreaturen aus der Tiefe so viele Platten oder andere Abdeckungen herbeischaffen, dass sie den Graben in breiter Front überqueren konnten. Dann erst würde der entscheidende Teil der Schlacht beginnen, bei dem sie sich nicht mehr hinter irgendwelchen Verteidigungsstellungen verbarrikadieren konnten – ein erbarmungsloses Gemetzel im direkten Nahkampf. Wenn die Dunkelelben auch dann noch schneller und in größerer Zahl vorrückten, als es ihnen gelang, sie zu töten, würden sie jede noch so entschlossene Abwehr bald überwinden.

Aber noch etwas würde verhindern, dass sich der Kampf

über allzu lange Zeit hinzog. Tharlia hatte gesagt, die Priesterinnen wären noch über Stunden hinweg in der Lage, ihren geistigen Verbund aufrechtzuerhalten, um die Angreifer sichtbar zu machen, aber auch ihren Kräften waren Grenzen gesetzt. Irgendwann würden auch sie vor Erschöpfung aufgeben müssen. Spätestens dann, wenn die Krieger ihre Feinde nicht mehr sehen konnten, wäre der Kampf verloren.

Das Eingreifen der Goblins hatte ihre Chancen deutlich erhöht, dennoch standen ihre Aussichten auf Dauer nicht besonders gut gegen einen Feind, der nicht nur ein so schrecklicher Gegner im Kampf, sondern ihnen auch an Zahl weit überlegen war.

»Da unten tut sich etwas«, riss Sutis, der die ganze Zeit an der Brüstung stehen geblieben war und das Geschehen in der Tiefe beobachtet hatte, Barlok aus seinen Gedanken. »Ich glaube, sie greifen wieder an!«

Mit zwei raschen Schritten war Barlok bei ihm und blickte ebenfalls auf den Strand hinunter. Er wurde blass.

»Was für eine neue Teufelei ist *das*?«, stieß er mit krächzender Stimme hervor.

Schweigend drangen sie Meile um Meile tiefer in den Wald vor, hauptsächlich auf Wegen, die diese Bezeichnung kaum verdienten. Meistens handelte es sich um kaum sichtbare Wildwechsel, manchmal schien Malcorion sie auch ganz ohne Pfad quer durchs Unterholz zu führen. Warlon fragte sich, wie der Waldläufer überhaupt die Übersicht behielt. Man brauchte schon ein Orientierungsvermögen ähnlich dem der Zwerge, um sich in dieser Wildnis nicht zu verirren.

Direkt nachdem er sich vorgestellt hatte, hatte Malcorion sie aufgefordert, ihm zu folgen, hatte sich umgedreht und war losgeeilt. Schon bald hatten die Zwerge es aufgegeben, ihn mit Fragen zu bombardieren, da er auf keine von ihnen reagierte. Außerdem legte er ein so schnelles Tempo vor, dass sie sich eilen mussten, mit ihm Schritt zu halten, und rasch außer Atem gerieten. Das Gehen auf dem unebenen Boden war anstrengend, immer wieder stolperten sie über Baumwurzeln oder andere verborgene Hindernisse.

Nach einiger Zeit schöpfte Warlon den Verdacht, dass die häufigen Richtungswechsel des Waldläufers nur den Zweck hatten, sie in die Irre zu führen, damit sie den Weg allein nicht wiederfinden konnten. Dieser Verdacht bestätigte sich, als sie schon zum zweiten Mal an eine Stelle gerieten, wo sie zuvor bereits gewesen waren, wie er trotz der Dunkelheit dank seines untrüglichen Orientierungsvermögens sofort erkannte.

»Wartet!«, sagte er scharf, und tatsächlich blieb Malcorion stehen und blickte zu ihm zurück. »Ihr scheint nicht viel über Zwerge zu wissen«, fuhr Warlon fort. »Wir besitzen eine natürliche Fähigkeit, selbst innerhalb des kompliziertesten Labyrinths jedem Weg zu folgen, den wir bereits einmal gegangen sind. Jeder von uns würde trotz Eurer Bemühungen, uns zu verwirren, mühelos den Weg zurück zum Waldrand und wieder hierher finden. Es hat also keinerlei Sinn, uns durch Umwege in die Irre führen zu wollen, die nur unnötig Zeit kosten.«

Einige Sekunden lang schwieg der Waldläufer und starrte sie aus der Dunkelheit unter seiner Kapuze nur stumm an, dann begann er leise zu lachen.

»Anscheinend weiß ich wirklich längst nicht so viel über Zwerge, wie ich dachte«, sagte er. »Noch niemals habe ich jemanden zu meinem Heim geführt, der in der Lage gewesen wäre, den Weg aus eigener Kraft wiederzufinden. Vielleicht wäre es besser, mein Vorhaben noch einmal zu überdenken.«

»Dann wisst Ihr offenbar auch nichts von der berühmten Verschwiegenheit der Zwerge«, sagte Warlon rasch. »Wir werden Euer Geheimnis niemals anderen gegenüber preisgeben, weder freiwillig noch unter der Folter. Davon abgesehen – ohne Eure Hilfe wird es vielleicht schon bald kein Volk der Zwerge mehr geben.«

Malcorion zögerte einen Moment, dann drehte er sich wortlos um und ging weiter.

»Ein unheimlicher Mensch«, raunte Ailin. »So düster und abweisend. Er hat nicht einmal nach unseren Namen gefragt. Ich bin mir nicht sicher, ob wir ihm vertrauen können. Vielleicht führt er uns direkt in eine Falle.«

»Und warum sollte ich das tun?«, entgegnete der Waldläufer, obwohl er ihnen bereits mehrere Schritte voraus war. Er musste über ein ungeheuer scharfes Gehör verfügen. »Euer Gold hatte ich schon in meinem Besitz, und Zwerge stehen auch nicht auf meinem Speiseplan. Seid unbesorgt, ihr habt nichts zu befürchten, so lange ihr kein falsches Spiel mit mir treibt.«

Ohne noch einmal Umwege zu gehen waren sie etwa eine weitere halbe Stunde lang unterwegs, bis sie an eine Wand aus steil aufragenden Felsen gelangten, an deren Fuß ein fast undurchdringliches Dornendickicht wucherte. Behutsam schob Malcorion ein ganzes Geflecht aus Ranken zur Seite. Dahinter kam eine dreieckige, aus zwei gegeneinander gelehnten Felsen gebildete Öffnung zum Vorschein.

Mit einer Handbewegung forderte der Waldläufer sie auf, vorauszugehen. Als sie an ihm vorbei waren, zerrte er die Ranken wieder an ihren vorigen Platz zurück.

Die Öffnung zwischen den Felsen war nur wenige Schritte tief. Als er sie als Erster durchquert hatte, blieb Warlon vor Überraschung stehen und betrachtete verwundert das Bild, das sich ihm bot. Im Licht des Mondes öffnete sich vor ihnen eine erstaunlich große, mit Gras bewachsene und ganz von hohen Felsen eingeschlossene Lichtung. In ihrer Mitte erhob sich ein aus Stein und Holz erbautes Haus, aus dessen Kamin sich eine dünne Rauchfahne kräuselte. Über der Haustür brannte eine Laterne, und aus zwei Fenstern in der Seitenwand fiel Licht nach draußen. Etwa in Kopfhöhe entsprang aus der steinernen Barriere eine Quelle, schlängelte sich als Bach über die Lichtung und verschwand auf der gegenüberliegenden Seite wieder zwischen den Felsen. An seinem Ufer waren mehrere Beete mit Blumen und verschiedenen Obst- und Gemüsesorten angelegt. In einem Gehege im hinteren Teil der Lichtung befanden sich mehrere Ziegen. Ein sorgsam von Gras und Unkraut befreiter Weg führte von der Öffnung im Felsenring auf das Haus zu.

»Mein Heim«, verkündete Malcorion überflüssigerweise. Seine Stimme klang nun viel freundlicher als zuvor. »Nur wenige habe ich je hierhergeführt und bewirtet. Kommt, bei Speise und Trank sollt ihr mir eure Geschichte erzählen und erklären, wozu ihr meine Hilfe braucht, dass ihr eine so gefährliche Wanderung auf euch genommen habt, nur um mich zu treffen.«

Sie gingen auf das Haus zu. Malcorion öffnete die Tür und hieß sie einzutreten. Im Inneren erwartete sie eine überraschend geräumige und gemütlich eingerichtete Wohnstube. Mehrere Lampen hingen von den Deckenbalken herunter und verbreiteten Licht. Bunte Teppiche lagen auf dem Holzboden, und es gab Möbel aus massivem Holz, die mit kunstvollen Schnitzereien versehen waren. Dazu zählten ein Tisch mit sechs Stühlen sowie mehrere Schränke, Truhen und Regale. In einem gemauerten Kamin prasselte ein Feuer und verbreitete anheimelnde Wärme. Eine brennende Kerze und ein Gedeck für eine Person standen auf dem Tisch. Drei Türen führten zu weiteren Zimmern, zwei an der linken Wand und eine an der Rückwand, doch all das nahm Warlon nur am Rande wahr.

Wie verzaubert hing sein Blick an der wohl schönsten Frau, die er je gesehen hatte, gleich ob bei Menschen oder Zwergen. Sie saß auf einem gepolsterten Stuhl nahe des Kamins und war mit Näharbeiten beschäftigt. Bei ihrem Eintreten sah sie auf. Im ersten Moment blickte sie verwundert, dann glitt ein Lächeln über ihr liebreizendes Gesicht, dass Warlon glaubte, mitten in der Nacht in einen Strahl aus gleißendem Sonnenlicht gehüllt zu werden. Ihre Augen strahlten in tiefem Blau, goldblonde Haare fielen ihr in Locken über die Schultern. Gekleidet war sie in ein schlichtes braunes Kleid mit einem dunklen Ledergürtel.

Immer noch lächelnd stand sie auf, legte ihr Nähzeug auf den Stuhl und eilte ihnen leichtfüßig entgegen.

»Du kommst spät, Malcorion«, sagte sie mit sanftem Tadel. »Aber wie ich sehe, hast du Gäste mitgebracht.«

Sie umarmte den Waldläufer, der sie hochhob und sich schwungvoll einmal mit ihr um die eigene Achse drehte. Als er sie wieder absetzte, gab sie ihm einen Kuss. Der Anblick versetzte Warlon einen leichten Stich. Daran änderte sich auch nichts, als er sich vor Augen hielt, wie unsinnig seine Gefühle in diesem Fall waren.

»Das ist Shaali, meine Frau«, stellte Malcorion vor. Erst jetzt fiel Warlon auf, dass er seine Kapuze zurückgestreift hatte, sodass erstmals sein Gesicht zu sehen war. Es war ein hartes, markantes Gesicht mit vorstehenden Wangenknochen und von mehreren kleinen Narben gezeichnet. Aber der Anflug eines Lächelns spielte um seine Mundwinkel, und seine braunen Augen blickten freundlich, was dem Gesicht einiges von seiner Härte und Düsterheit nahm. Dunkle Locken bedeckten seinen Kopf. Sein Alter war schwer zu schätzen, es musste innerhalb des bei Menschen unbestimmbaren Bereichs zwischen Mitte dreißig und Ende vierzig liegen.

»Seid willkommen, kleine Leute«, sagte Shaali. »Ich muss gestehen, dass ich noch niemals Zwerge gesehen habe, umso mehr freue ich mich über unsere Begegnung.«

»Warlon aus dem Hause Korrilan, Kampfführer der Kriegerkaste von Elan-Dhor, zu Euren Diensten.« Der Zwerg verneigte sich tief. Fast ohne sich dessen bewusst zu sein, sank er im nächsten Moment auf ein Knie herab und senkte noch einmal demütig den Kopf.

Shaali stieß ein glockenhelles Lachen aus und klatschte in die Hände.

»Ein echter Kavalier, ich bin entzückt. So höfliche Leute findet man selten«, sagte sie. »Aber du brauchst dich weder vor mir zu verbeugen noch mich so ehrenvoll anzusprechen. Ehrentitel bedeuten nichts in diesem Haus. Warum stellst du mir nicht lieber deine Begleiter vor?«

»Sicher, sofort«, entgegnete Warlon hastig. »Das ist Ailin, Weihepriesterin der Göttin Li'thil. Und das ist Lokin, ein ... Krieger aus unserer Eskorte.« Er hoffte, dass Shaali sein kurzes Zögern nicht aufgefallen war, aber zumindest Lokin hatte bemerkt, was er gesagt hatte, und lächelte ihn dankbar an. »Zu acht brachen wir von Elan-Dhor auf, aber am Rande dieses Waldes wurden wir überfallen. Nur wir drei kamen mit dem Leben davon.«

»Sie waren auf der Suche nach mir, als sie in den Hinterhalt gerieten«, ergänzte Malcorion. »So war es das Mindeste, dass ich sie hierher einlud, um mir ihr Begehren anzuhören. Gebt mir eure Mäntel und eure Rucksäcke. Und auch eure Äxte und Schwerter werdet ihr hier nicht brauchen.«

Sie taten, wie ihnen geheißen. Er stellte die Rucksäcke und die Waffen neben der Tür ab, dann verstaute er die Mäntel an zwei Haken. Zuletzt hängte er auch seinen eigenen dazu. Darunter trug er ein braunes Hemd und eine dunkelgrüne Hose, dazu kniehohe Stiefel. Auch sein Schwertgehänge band er ab und stellte es zu ihren Waffen.

»Ihr müsst hungrig und durstig sein, wenn ihr den ganzen Tag gewandert seid«, vermutete er. »Kommt, setzt euch, ein paar weitere Gedecke aufzulegen macht keine Umstände. Ich …« Er brach ab und blickte zur linken der beiden Türen in der Seitenwand hinüber, die sich geöffnet hatte. Zwei Kindergesichter lugten durch einen Spalt zu ihnen heraus. »Wen haben wir denn da? Ihr solltet doch schon längst schlafen! Na, wenn ihr schon einmal wach seid, kommt heraus, und begrüßt unsere Gäste.«

Die Tür wurde vollends aufgerissen. Ein Junge von etwa acht Jahren und ein etwas jüngeres Mädchen kamen herausgestürmt und blickten die Zwerge neugierig an.

»Die sind aber lustig«, rief der Junge kichernd. »Sie sind kaum größer als ich, sehen aber wie Erwachsene aus.«

»Torn, es gehört sich nicht, so über Fremde zu reden«, tadelte Shaali. »Das sind unsere Kinder, Tora und Torn. Und das sind Ailin, Warlon und Lokin. Sie stammen aus dem Volk der Zwerge.«

»Sind alle Zwerge so klein wie ihr, oder wachst ihr noch?«, erkundigte sich das Mädchen neugierig. Genau wie ihr Bruder hatte sie die blonden Haare und das ebenmäßige Gesicht ihrer Mutter, aber die dunklen Augen ihres Vaters.

»Oh, bei unserem Volk sind wir sogar fast schon Riesen«, scherzte Lokin. »Und ihr solltet erst mal sehen, wie klein die Kinder bei uns sind. Da müsstet ihr glatt aufpassen, dass ihr nicht aus Versehen auf sie drauftretet.«

Dic beiden kicherten erneut.

»So, jetzt aber ab mit euch ins Bett«, entschied Shaali. »Aber es ist ganz gut, dass ihr noch wach seid.« Sie wandte sich an Malcorion. »Wir werden heute Nacht zusätzliche Schlafplätze benötigen. Ich schlage deshalb vor, die beiden schlafen bei mir, dann können wir ihr Zimmer für unsere Gäste herrichten.«

»Und wo soll ich schlafen?«, erkundigte er sich.

»Du hast schon an wesentlich unbequemeren Plätzen geruht als auf einem Strohsack hier in der Stube.«

»Sicher doch. Nun wisst ihr, warum ich nur selten Besucher empfange«, grummelte der Waldläufer in Richtung der Zwerge und bemühte sich, ein möglichst finsteres Gesicht zu machen, doch in seinen Augen blitzte der Schalk. »Also los, Kinder, ihr habt gehört, was eure Mutter gesagt hat. Ab ins Bett und sagt brav unseren Gästen gute Nacht.«

Die Kinder verabschiedeten sich und verschwanden durch die rechte Tür.

»Und jetzt setzt euch endlich und lasst uns essen«, sagte Malcorion und nahm selbst am Tisch Platz. Shaali brachte weitere Gedecke heran, außerdem holte sie aus dem Raum hinter der Tür an der Rückwand, bei dem es sich offenbar um die Vorratskammer handelte, Brot und andere Speisen herbei. Das Angebot, ihr zu helfen, lehnte sie entschieden ab.

Als sie den Tisch reich gedeckt hatte, wünschte sie einen

guten Appetit. Während Malcorion und die Zwerge herzhaft zugriffen, richtete sie das Zimmer der Kinder für die Gäste her, ehe sie sich zu ihnen an den Tisch setzte und ihnen mit sichtlicher Zufriedenheit, dass es ihnen so gut schmeckte, beim Essen zusah.

Alles war so friedlich und idyllisch, dass Warlon für eine Weile fast die erst vor wenigen Stunden überstandenen Schrecken und den Grund ihrer Mission vergaß.

»So, und nun mal heraus mit der Sprache«, forderte Malcorion ihn schließlich auf, als er genug gegessen hatte und seinen Teller von sich schob. »Ihr sagtet, dass ihr gekommen wärt, um meine Hilfe zu erbitten. In welchen Schwierigkeiten steckt ihr und welche Art Hilfe schwebt euch vor?«

»Diese Dinge solltet ihr unter euch besprechen«, sagte Shaali, ehe Warlon antworten konnte. »Ich bin müde und werde mich zurückziehen. Wir sehen uns morgen zum Frühstück.« Sie verabschiedete sich mit einem Kuss von Malcorion, lächelte den Zwergen noch einmal zu und wünschte ihnen eine angenehme Nacht und schöne Träume, dann ging sie in dasselbe Zimmer wie zuvor die Kinder.

Warlon bedauerte, dass sie sie schon verließ, er hätte sie noch stundenlang einfach nur anschauen und sich an ihrer sanftmütigen Schönheit erfreuen können.

»Also?«, hakte Malcorion nach, als sie die Tür hinter sich geschlossen hatte. »Was hat euch hergeführt?«

»Es geht vielleicht um das Überleben unseres ganzen Volkes«, sprudelte Warlon hervor. »Elan-Dhor schwebt in schrecklicher Gefahr, und anscheinend seid Ihr der Einzige, Herr, der uns helfen kann. Wir –«

»Langsam, langsam«, unterbrach Malcorion ihn. »So wild durcheinander verstehe ich gar nichts, ich will alles von Anfang an hören. Aber zunächst – wie Shaali schon sagte, Titel bedeuten in diesem Haus nichts, und ehrenvolle Anreden sind unnötig. Ich bin nur ein einfacher Jäger und Waldläufer, also lass die Förmlichkeiten und vor allem das *Herr*-Gerede und erzähle lieber in klaren Worten, was es mit dieser Gefahr auf sich hat.«

KAPITEL 19

DIE ENTSCHEIDUNG

»... und kaum waren wir ein Stück weit in den Wald eingedrungen, wurden wir von den Tzuul und den Trollen überfallen«, schloss Warlon seinen Bericht. »Alles Weitere hast du ja selbst mit angesehen. Die Tzuul hat Xantirox geschickt. Nachdem sie mich gefangen hatten, erwähnten sie ganz offen seinen Namen. Vermutlich haben sie die Trolle mit irgendwelchen Versprechungen angeworben.«

»Sie treiben sich schon seit mehreren Monaten in der Gegend herum, trauen sich aber normalerweise nicht in den Wald«, bestätigte Malcorion. »Sie begeben sich auf Streifzüge, überfallen Gehöfte und kleine Ortschaften. Es ist ebenso verblüffend wie erfreulich, dass ihr zumindest einen von ihnen töten konntet.«

»Moment mal«, ergriff Ailin das Wort. »Vorhin hast du gesagt, dass du überhaupt nur deshalb mit uns gesprochen hättest, weil ich den Troll verschont habe.«

»Weil du ihn nicht hinterrücks ermordet hast, obwohl es dich selbst in Gefahr gebracht hat«, korrigierte Malcorion. »Das hat mich neugierig gemacht. Nachgeweint hätte ich dieser Kreatur keine Träne.«

»Du weißt jetzt, weshalb wir gekommen sind und in welcher Gefahr unsere Heimat schwebt«, führte Warlon das Gespräch wieder auf den wichtigsten Punkt zurück. »Wirst du uns helfen?«

»Euch helfen?« Malcorion lehnte sich auf seinem Stuhl zurück, schnitt eine Grimasse und stieß einen Laut aus, der wie eine Mischung aus Lachen und Schnauben klang. »Ihr seid wirklich fest entschlossen, zu den Elben zu gelangen?«

»Natürlich«, erwiderte Warlon. »Ich habe doch gerade erklärt, warum uns gar keine andere Wahl bleibt. Stimmt es, dass du den Weg zu ihnen kennst, oder vergeuden wir hier nur unsere Zeit?«

»Beides stimmt«, behauptete Malcorion. »Ja, ich weiß, wo das Tal der Elben liegt, aber dennoch vergeudet ihr tatsächlich eure Zeit.«

Irritiert blickte Warlon ihn an.

»Heißt das, du bist nicht bereit, uns zu helfen?«, fragte Lokin, bevor er etwas entgegnen konnte.

»Das habe ich nicht gesagt. Wie stellt ihr euch meine Hilfe denn genau vor?«

Warlon unterdrückte den Zorn, den die seltsam vieldeutigen Worte des Waldläufers angesichts des Ernstes ihres Anliegens in ihm hervorriefen.

»Am liebsten wäre uns natürlich, wenn du uns hinführen würdest. Wie du weißt, würden wir dich mit viel Gold dafür bezahlen. Wenn du dazu nicht bereit bist, hoffe ich, dass du uns zumindest den Weg beschreibst oder gar eine Karte für uns anfertigst. Auch dafür würden wir bezahlen, wenngleich nicht so viel.«

»Zeigt mir euer Gold und auch die Rune«, verlangte Malcorion, einer Antwort ausweichend.

Warlon stand auf, holte das Gewünschte aus seinem Rucksack und breitete die Stücke auf dem Tisch aus. Malcorion griff zunächst nach dem Brocken mit dem Symbol darauf und betrachtete es eingehend.

»Das ist ohne Zweifel eine elbische Rune, und zwar eine

von großer Macht«, sagte er. »Und sie befand sich inmitten der Goldader, aus der die anderen Stücke stammen?«

Warlon nickte. Der Waldläufer ergriff einen der anderen Brocken. Sein Gesicht verfinsterte sich.

»Ich hätte euer Gold ohnehin nicht genommen, aber ich mag es nicht, wenn man mich zu betrügen versucht«, stieß er zornig hervor. »Für wie naiv haltet ihr mich? Habt ihr wirklich geglaubt, ich falle darauf herein?«

»Aber ... Wovon sprichst du?«, fragte Warlon verwirrt. »Was ist denn mit dem Gold nicht in Ordnung?«

»Was damit nicht in Ordnung ist? Das ist wertloses Narrengold, das du mir hier anzudrehen versuchst!«

»Narrengold?« Warlons Verwirrung stieg. Diesen Begriff hatte er noch nie gehört. Malcorion musterte ihn und die anderen noch einige Sekunden lang finster, dann hellte sich seine Miene wieder etwas auf.

»Mir scheint, ihr wisst wirklich nicht, wovon ich spreche. Viel Wissen ist mittlerweile verloren gegangen. Ich werde es euch erklären. Elbische Magie vermag Stein oder anderen Materialien, die ihr längere Zeit ausgesetzt sind, das Aussehen von Gold zu verleihen. Nur das Aussehen wohlgemerkt, in Wahrheit ist es immer noch Stein. Narrengold eben. Darauf sind die Legenden vom ungeheuren früheren Reichtum der Elben und ihren Städten aus Gold zurückzuführen, wo der Sage nach sogar manche Bäume aus Gold bestanden.« Er lächelte knapp. »Als die Elben ihre Städte aufgaben und verließen, gab es für die Horden von Plünderern, die ihnen nachrückten, ein ziemlich böses Erwachen, denn statt Bergen von Gold fanden sie so gut wie nichts von Wert.«

»Und du bist sicher, dass es sich auch hierbei nur um dieses Narrengold handelt?« Lokin ergriff einen der Klumpen und betrachtete ihn noch einmal genau, konnte aber keinerlei Unterschied zu echtem Gold feststellen.

»Ich werde es euch beweisen. Wenn Narrengold keiner elbischen Magie mehr ausgesetzt ist, nimmt es schon nach wenigen Wochen wieder sein normales Aussehen an, aber man kann diesen Vorgang auch beschleunigen.« Malcorion hielt eine Ecke des Brockens in seiner Hand über die Kerzenflamme. Es dauerte nur wenige Sekunden, dann hatte die Kante sich dunkel verfärbt – doch handelte es sich keineswegs nur um Ruß, sondern sie war zu ganz normalem Stein geworden. »Die elbische Rune besitzt solche Kraft, dass sie in weitem Umfeld allen Fels in Narrengold verwandelt«, fuhr er fort. »Da ihr sie auch jetzt dabeihabt, wird es vermutlich nicht lange dauern, bis der Steinbrocken wieder ganz wie aus reinem Gold aussieht.«

»Demnach besitzen wir überhaupt keine Reichtümer? Unser Gold ist nichts wert?«, stieß Warlon hervor. Mit Schrecken wurde ihm bewusst, dass nicht nur sie dadurch mittellos dastanden. Selbst wenn es gelang, die Dunkelelben zu besiegen und in ihr finsteres Reich zurückzutreiben, waren dennoch alle Träume von neuem Reichtum und wirtschaftlicher Stärke Elan-Dhors, die mit der Goldader verknüpft waren, hinfällig.

»Genau genommen nicht. Aber es ist lange her, dass die Elben sich zurückgezogen haben, und anscheinend wissen mittlerweile nur noch wenige über Narrengold Bescheid. Nehmt nur diesen Xantirox. Er glaubt, er hätte euch gewaltig betrogen, dabei hat er euch in Wahrheit zwanzig Goldtaler für ein Stück Fels bezahlt. Denn genau das wird er in ein paar Wochen in seiner Schatulle liegen haben.«

»Oder er hat es bereits herausgefunden und uns deshalb die Tzuul auf den Hals gehetzt«, warf Ailin ein.

»Auch das ist möglich. Ich will nur sagen, dass ihr auch weiterhin mit eurem Narrengold Geschäfte machen könnt, solange niemand weiß, worum es sich wirklich handelt.«

»Aber nicht mit dir«, murmelte Warlon. Niedergeschlagen stützte er die Ellbogen auf den Tisch und das Kinn auf seine Handflächen. »Wir haben nichts, was wir dir für deine Hilfe anbieten können. Jetzt begreife ich, was du damit meintest, wir würden unsere Zeit vergeuden.«

»O nein, ich glaube nicht, dass du das begreifst«, widersprach der Waldläufer. »Ich sagte schon, dass mich euer Gold nicht interessiert. Selbst wenn es echt wäre, hätte ich dafür keine Verwendung. Und selbst wenn ihr mir Berge von echtem Gold bieten könntet, würde ich diesem Haus nicht den Rücken kehren und Shaali und die Kinder über Wochen und Monate allein lassen.«

»Das müssen wir wohl akzeptieren, und ich verstehe deine Gründe«, antwortete Warlon noch bedrückter als zuvor, bemühte sich aber, sich seine Enttäuschung nicht allzu deutlich anmerken zu lassen. In Begleitung des Waldläufers hätte er sich wesentlich sicherer gefühlt, und gewiss wären die Aussichten, ihr Ziel zu erreichen, auch um einiges höher gewesen. Vor allem, da ihre Gruppe mittlerweile so zusammengeschrumpft war. Zugleich erkannte er jedoch auch, dass es sinnlos wäre, Malcorion umstimmen zu wollen, zu entschlossen hatte seine Stimme geklungen. Hätte er selbst zwei Kinder und eine Frau wie Shaali, würde auch er sie für alles Gold der Welt nicht verlassen. »Aber du kannst uns den Weg zumindest beschreiben.«

»Ich werde euch sogar eine Karte anfertigen, wenn ihr das wünscht, aber sie wird euch nichts nützen. Bislang seid ihr erst ein paar Tagesmärsche von eurer Stadt entfernt, und trotzdem sind bereits die meisten deiner Begleiter tot.

Du hast nicht die geringste Ahnung, was euch auf dieser Reise noch erwartet, wobei ich gar nicht erst von Wegelagerern und dergleichen unerfreulichen Zeitgenossen sprechen will. Die Schwierigkeiten, die allein die Natur euch in den Weg gelegt hat, sind schon schlimm genug. Endlose Wälder und Wildnis, durch die kein Pfad führt, Moore, Wüsten, Gebirge, unter denen ihr nicht durchgehen könnt, sondern die ihr überqueren müsst, schließlich die Ödnis und auf dem letzten Stück des Weges die mörderischen Eiswüsten im Norden! Selbst wenn ich euch führen würde, wären die Strapazen zu groß für euch. Ihr mögt Ausdauer besitzen, aber nicht meine Schnelligkeit, und Schnelligkeit wird vonnöten sein, um karge Landstriche, in denen sich nichts Essbares findet, zu überwinden, ehe die mitgeführten Vorräte verbraucht sind. Allein jedoch habt ihr zu Fuß keinerlei Chance, und wenn ich euch hundert Karten zeichnen würde.«

Warlon schluckte. Betroffenes Schweigen breitete sich im Raum aus, bis Lokin nach einiger Zeit schließlich mit der Faust auf den Tisch schlug.

»So schrecklich sich das alles auch anhört, uns bleibt keine andere Wahl, als es zu versuchen, und wenn wir bei dem Versuch unser Leben verlieren. Sonst wären unsere Gefährten umsonst gestorben. Sollen wir vielleicht nach Elan-Dhor zurückkehren und sagen, wir konnten unsere Mission leider nicht durchführen, weil sie schwieriger als ein Spaziergang zu werden verspricht?«

»Nein«, stimmte Warlon ihm mit neu erwachender Entschlossenheit zu, und auch Ailin schüttelte den Kopf.

Malcorion ließ seinen Blick von einem zum anderen wandern, ehe er leise seufzte.

»Ich fürchte, ich kann euch nicht von eurem Entschluss

abbringen, und wenn ich ehrlich bin, will ich es auch gar nicht. Mut und Wagemut, Tapferkeit und Überheblichkeit mögen dicht beieinanderliegen, aber man sollte den Versuch heroischer Taten nicht durch nüchterne Überlegung bremsen. Schwierigkeiten, so groß sie auch erscheinen mögen, können überwunden werden, wenn man es nur wirklich mit aller Kraft will. Selbst das Unmögliche mag möglich werden. Ihr habt nun zumindest eine Ahnung von dem, was vor euch liegt, und ich werde keinen weiteren Versuch unternehmen, euch von eurem Vorhaben abzubringen.« Er stand auf. »Morgen werde ich euch die Karte zeichnen und euch einige bestimmt nützliche Erklärungen zu eurem Weg liefern. Jetzt aber ist es schon spät, und wir sollten uns hinlegen. Kommt, ich zeige euch euer Zimmer.«

Erneut waren mehrere Dutzend Dunkelelben ein Stück vom Ufer entfernt aus dem Meer aufgetaucht. Diesmal machten sie jedoch keine Anstalten, den Strand zu stürmen. Stattdessen standen sie ringförmig dicht um ein kleineres, geduckt stehendes Grüppchen gedrängt, wohl um es gegen den sofort wieder einsetzenden Pfeilhagel der Goblins zu schützen.

Etwas Dunkles wie eine pechschwarze Wolke stieg aus der Mitte der Gruppe auf, breitete sich rasch aus und hüllte die Dunkelelben ein, machte jeden gezielten Schuss auf sie unmöglich.

Weitere, gleichartig formierte Gruppen aus schattenhaften Gestalten tauchten aus dem Meer auf. Wie besessen schossen die Goblins einen Pfeil nach dem anderen auf sie ab. Vereinzelt gelang es ihnen auch, einen der geduckt stehenden Dunkelelben in ihrem Zentrum zu treffen, doch konnten sie nicht verhindern, dass schon nach wenigen Sekunden alle Gruppen von schwarzen Wolken eingehüllt waren, die sich immer weiter ausdehnten.

»Was … Was hat das zu bedeuten?«, keuchte Tharlia. Sie umklammerte die steinerne Brüstung so fest, dass ihre Fingerknöchel sich weiß färbten.

»Sie tarnen sich erneut«, stieß Barlok hervor. »Da ihre Unsichtbarkeit sie nicht mehr schützt, erschaffen sie mit ihrer Magie eine neue Form der Tarnung, um sich vor allem vor den Blicken der Bogenschützen zu verbergen, damit diese nicht mehr auf sie schießen können. Seht doch!«

Immer weiter breitete sich die Schwärze wie Wolken aus einem finster dräuenden Brodem über den Köpfen der Dunkelelben aus. An einigen Stellen begannen sie bereits, sich miteinander zu vereinen. Der Zeitpunkt war abzusehen, an dem die Schwärze den gesamten Uferbereich wie eine für Blicke von oben undurchdringliche Decke überschatten würde.

»Was ist mit den Priesterinnen?«, wandte sich Barlok erregt an Tharlia. »Diese Wolken sind ein Werk der Magie. Können sie sie nicht ebenso zerreißen wie den Schleier der Unsichtbarkeit?«

Die Königin schloss für ein paar Sekunden die Augen und presste die Fingerkuppen gegen die Schläfen. Als sie wieder aufblickte, schüttelte sie den Kopf.

»Es ist eine andere, viel stärkere Form von Magie, gegen die sie nicht ankommen. Sie können nichts dagegen ausrichten.«

»Bei allen Verdammten, das beraubt uns unserer besten Verteidigung«, fluchte Barlok. »Quarrolax, deine Bogenschützen sind in den Stollenöffnungen sinnlos geworden, wenn sie kein Ziel mehr sehen. Ruf sie zurück, und schick sie zum Grund der Höhle hinunter. Dort haben sie kein so gutes Schussfeld, aber sie sehen den Feind wenigstens. Tharlia, Ihr sagtet, die Priesterinnen müssten die Dunkelelben sehen, um ihre Unsichtbarkeit aufzuheben?«

»Zumindest fällt es ihnen dadurch leichter, gerade bei einer so großen Zahl.«

»Dann müssen sie ebenfalls in die Höhle hinunter.«

»Aber dort ist es zu gefährlich«, protestierte Tharlia. »Wenn die Dunkelelben durchbrechen –«

»Wir werden eine Abteilung nur zu ihrem Schutz abstellen. Dieser Beobachtungsposten ist sinnlos geworden. Von hier oben aus wird bald nur noch Schwärze zu sehen sein, hier nützen uns auch die Priesterinnen nichts. Wir können nicht kämpfen, wenn wir den Feind nicht sehen.«

»Wenn sie jetzt nach unten gehen, werden die Elben währenddessen auch unsichtbar sein. Was ist, wenn sie genau in dieser Zeit einen Angriff starten?«

»Das ist unwahrscheinlich«, behauptete Barlok. »Ich bin sicher, sie werden warten, bis die schwarzen Wolken das gesamte Ufergebiet bedecken, deshalb brennt uns die Zeit unter den Nägeln. Aber um ganz sicherzugehen, sollten sich die Priesterinnen in zwei Gruppen aufteilen. Eine von ihnen wartet hier und überwacht das noch sichtbare Ufer. Erst wenn die andere Gruppe Position bezogen hat, kommt sie nach. Kümmert Ihr Euch darum, aber beeilt Euch.«

Erst als er sich schon umgedreht hatte und auf den Stollen zueilte, wurde ihm bewusst, dass er der Königin gerade wie einem Laufburschen Befehle erteilt hatte. Aber dies war nicht der Augenblick für diplomatische Feinheiten, und schließlich hatte sie ihm den Oberbefehl über alle militärischen Aktionen erteilt.

Kaum war er am Grund der großen Höhle angelangt,

stellte Barlok mehrere Ausfalltrupps von jeweils fünfzig Kriegern zusammen. Es wäre Wahnsinn, die Dunkelelben am anderen Ufer des Tiefenmeers anzugreifen, wie Tharlia es vorgeschlagen hatte, aber er hatte etwas ganz anderes vor. Die Dunkelelben im Zentrum der Grüppchen schienen besonders wichtig zu sein, da sie von den anderen abgeschirmt und beschützt wurden. Vermutlich verfügten sie über besonders starke magische Kräfte, jedenfalls war Barlok davon überzeugt, dass sie für die sich ausbreitende schwarze Wolke verantwortlich waren. Wenn es ihnen gelang, diese Kreaturen bei einem Überraschungsangriff auszuschalten, würde vielleicht auch die Wolke wieder zerfasern und sich auflösen.

Durch die hoch auflodernden Flammen konnte er die Angreifer nicht sehen, doch hielt er es durchaus für möglich, sie durch einen blitzschnellen Ausfall zurücktreiben oder töten zu können, bevor sie ihr Werk vollendeten.

Barlok wartete, bis die erste Gruppe von Priesterinnen die Höhle erreichte und nahe des Ausgangs Position bezog, dann gab er den Befehl zum Vorrücken. Stahlplatten, die für genau diesen Zweck bereit lagen, wurden über den Feuergraben geschoben. Kaum lagen sie sicher auf, stürmte Barlok an der Spitze des ersten Trupps vor.

Eine grausame Hitze schlug ihm entgegen, schon kurz bevor er den Feuergraben erreichte, und erst recht, als er ihn überquerte. Die Platte war gut einen Meter breit, dennoch hatte er das Gefühl, als würden die Flammen direkt über seine Rüstung lecken.

Jenseits des Grabens war das Ufer mit Toten übersät. Die meisten davon waren Dunkelelben, aber zwischen ihnen lagen auch erschreckend viele Zwerge. Es war völlig unmöglich, sich zwischen den Leichen zu bewegen, ohne auf sie zu treten. Auch war es deutlich dunkler als zuvor. Die Wolke verhinderte, dass das Licht des Glühmooses bis nach hier unten drang, sodass die Umgebung fast nur von dem Feuer hinter ihnen beleuchtet wurde.

Die kleineren Gruppen der Dunkelelben standen noch immer ein Stück vom Ufer entfernt, wo das Wasser ihnen fast bis zur Brust reichte. Die Gestalten in ihrer Mitte, von denen Barlok annahm, dass sie die dräuende Wolke aus Schwärze erschaffen hatten, hielten ihre Arme hoch erhoben. Die Zahl der Wächter um sie herum war klein, keine zwanzig. Mit mehr als der doppelten Anzahl an Zwergenkriegern hoffte Barlok, sie rasch überwältigen zu können.

Einer der Toten bewegte sich unter ihm.

Im ersten Moment vermutete Barlok, dass sein eigenes Gewicht dies ausgelöst hätte. Dennoch verharrte er für einen Moment, nachdem er von dem Leichnam heruntergestiegen war, und betrachtete ihn genauer. Nirgendwo war eine Wunde zu entdecken, und selbst im Tode hielt er die Faust noch fest um den Griff seines Schwertes gekrampft. Für einen winzigen Moment schienen seine Umrisse zu flimmern, was Barloks Misstrauen vollends weckte.

Er hob sein Schwert ein wenig an und stieß es nach unten, um es dem vermeintlichen Toten in den Leib zu rammen, doch es gelang ihm nicht.

Blitzschnell rollte sich der Dunkelelb herum und riss sein eigenes Schwert hoch. Funkensprühend prallten die beiden Klingen aufeinander. Sein Gesicht war hassverzerrt und seine Augen glühten, aber noch während er aufsprang, schwand seine Sichtbarkeit, und er verwandelte sich in einen rauchigen Schemen.

Und mit ihm mindestens ein Drittel aller vermeintlichen Toten, die den Strand bedeckten!

»Zurück!«, brüllte Barlok. »Das ist eine Falle!«

Er ließ sein Schwert um die Klinge seines Gegners kreiseln, riss es nach oben und stieß es ihm in den Leib, noch bevor der Dunkelelb sich vollständig erheben und sicheren Stand finden konnte.

Auf diese Art verschaffte er sich für einen kurzen Moment Luft, aber mehr auch nicht. Überall um ihn herum sprangen schemenhafte Gestalten auf, die sich unter die Toten gemischt und ihre Unsichtbarkeit vorübergehend aufgegeben hatten, um sich zu tarnen. Gleichzeitig schien sich das Meer aufzubäumen, als ob sich eine gewaltige Flutwelle aufbauen würde, aber gleich darauf zerbarst der Wasserspiegel und gab weitere Hunderte aufspringende Dunkelelben frei, die sich unter der Wasseroberfläche verborgen gehalten hatten und nun ebenfalls auf den Strand zustürmten.

Barlok hatte sich noch nicht weit von dem Feuergraben entfernt, kaum ein Dutzend Schritte. Hätte er den Hinterhalt nicht so frühzeitig bemerkt, hätten er und die anderen Krieger kaum noch eine Chance gehabt. Die vermeintlichen Toten hätten ihnen den Rückweg abgeschnitten, und sie wären zwischen ihnen und den aus dem Meer kommenden Dunkelelben aufgerieben worden.

So jedoch hatte sich die Falle nicht hinter ihnen schließen können. Rücken an Rücken konnten sich die Zwergenkrieger zu beiden Seiten verteidigen. Wie die meisten anderen hatte Barlok seine Axt gepackt und dafür sein Schwert fallen lassen, das leichter und im Nahkampf besser zu führen war. Gegen diese gewaltige Übermacht jedoch leistete ihm die Streitaxt bessere Dienste. Wie besessen schwang er Knochenbrecher beidhändig vor sich hin und her, mal nach oben, mal nach unten gezielt, sodass seine Schläge etwa die Form einer auf die Seite gelegten Acht ergaben, während er zusammen mit den anderen Schritt für Schritt zurückwich. Mancher Dunkelelb, der mit seinem Schwert nach ihm zu stechen oder zu schlagen versuchte, verlor selbiges, meist zusammen mit seinem Arm und häufig auch seinem Leben.

Weitere Zwerge kamen ihnen von jenseits des Feuergrabens zu Hilfe. Statt herkömmlicher Waffen hielten sie in jeder Hand eine brennende Fackel, die sie wild schwenkten und die Angreifer damit zurückdrängten.

Ebenso wie die erbitterte Gegenwehr der mit ihren Waffen kämpfenden Krieger hatte ihr Eingreifen nur für wenige Sekunden Erfolg. Aufgrund der gewaltigen Übermacht gelang es den in vorderster Linie angreifenden Dunkelelben kaum zurückzuweichen, da sie von ihren nachdrängenden Artgenossen beständig weiter nach vorne geschoben wurden, obwohl sie dort nur der Tod erwartete.

Aber die kurze Atempause reichte den noch lebenden Zwergenkriegern zumindest, um sich bis an den Feuergraben zurückzuziehen. Noch einmal ließ Barlok seine Axt wild wirbeln, dann wich auch er als Letzter mit einem Sprung über die Stahlplatte auf die andere Seite zurück.

Sofort bemühten sich andere Zwerge, die Platte zurückzuziehen, doch sie schafften es nicht rechtzeitig, da die Verfolger direkt hinter Barlok heranstürmten. Zunächst gelang es nur einigen wenigen Dunkelelben, sie ebenfalls zu überqueren, doch obwohl es ihr eigenes Leben kostete, töteten sie zuvor gezielt die Zwerge, die sich bemühten, die Platte einzuholen.

Immer mehr Angreifer überwanden den Feuergraben. Durch ihre pure Zahl drängten sie die Zwerge langsam, aber sicher zurück, sodass niemand mehr an die Platten herankam.

Mit Schrecken erkannte Barlok, wie grausam sein Plan, durch einen Ausfall wenigstens einen Teil der Bedrohung abzuwenden, fehlgeschlagen war: dass er selbst es den Dunkelelben dadurch ermöglicht hatte, den Feuergraben zu überwinden, das letzte Hindernis, das den Zwergen bislang noch Schutz geboten hatte.

In dem Zimmer, in das Malcorion sie führte, standen zwei Kinderbetten, die für erwachsene Menschen zu klein, für die Zwerge jedoch gerade richtig waren. Außerdem lag ein Strohsack auf dem Boden, der ebenso wie die Betten mit feinem Linnen bezogen war. Saubere Decken lagen ebenfalls bereit.

»Ich werde freiwillig auf dem Strohsack schlafen«, verkündete Lokin, doch Warlon schüttelte den Kopf.

»Das werde ich übernehmen«, widersprach er. »Als Kommandant dieser Expedition lasse ich nicht zu, dass ein anderer größere Unannehmlichkeiten als ich auf sich nimmt.« Mit einem Blick auf den bequem aussehenden Strohsack fügte er hinzu: »Oder zumindest nicht ganz so große Annehmlichkeiten. Darüber wird nicht mehr diskutiert.«

Sein Verhältnis zu Lokin hatte sich verändert, und das weniger, weil dieser mitgeholfen hatte, ihm das Leben zu retten, sondern weil er dieses gefährliche Unterfangen Ailin zufolge sogar mit größter Entschlossenheit von sich aus vorangetrieben hatte. So verhielt sich kein Verräter und Feigling. Entweder hatte er sich tatsächlich grundlegend geändert, oder die Anklagen, wegen derer er einst verurteilt worden war, waren falsch gewesen, so überzeugend sie auch geklungen haben mochten. Bei passender Gelegenheit würde Warlon sich von Lokin seine eigene Version dessen, was damals passiert war, schildern lassen.

Sie waren allesamt sehr müde, weshalb sie fast sofort, nachdem sie unter die Decken geschlüpft waren, einschliefen.

Irgendwann mitten in der Nacht fuhr Ailin plötzlich in ihrem Bett hoch. Erneut hatte sie eine fremde magische Ausstrahlung wahrgenommen, so stark, dass diese sie aus dem Schlaf gerissen hatte. Und diesmal war sie so deutlich spürbar, dass es keinerlei Zweifel gab, ob sie sich nur etwas eingebildet hätte.

Die Quelle der Magie war nahe, hier im Haus oder unmittelbar vor dem Fenster, und sie stimmte mit dem überein, was sie in den Höhlen der Tiefenwelt in Gegenwart der Dunkelelben gespürt hatte!

Aber Ailin spürte noch mehr. Hass, Tötungswillen, das bedingungslose Verlangen zu morden und zu vernichten. Aber auch: Leid … Verzweiflung … Schrecken … Tod …

»Was ist los?«, drang wie aus weiter Ferne Warlons Stimme an ihr Ohr. Sie achtete nicht darauf. Mit einem neuerlichen Schrei sprang sie auf und stürmte aus dem Zimmer. Der in der Wohnstube schlafende Malcorion war bereits durch ihren Schrei geweckt worden und ebenfalls aufgesprungen.

»Was ist?«, stieß er hervor, doch Ailin ignorierte auch seine Frage. Deutlich konnte sie nun spüren, dass sich die Quelle der finsteren Magie im Nebenzimmer befand. Ohne zu zögern rannte sie auf die Tür zu und riss auch diese auf.

Ein Bild des Grauens erwartete sie.

Außer einem Schrank stand nur ein einziges großes Doppelbett in dem Zimmer. Es war über und über mit Blut besudelt, das im durch das zerbrochene Fenster hereinfallenden Mondlicht fast schwarz aussah. Eine schemenhafte Schattengestalt wurde sichtbar, die ihr Schwert gerade ein weiteres Mal auf einen der drei Körper niedersausen ließ, deren Umrisse sich unter der Decke abzeichneten.

Mit einem entsetzten Wimmern wich Ailin zurück und prallte gegen Malcorion, der hinter ihr auf der Schwelle erschien. Als er einen Blick in das Zimmer geworfen hatte, stieß er einen fassungslosen Schrei aus, stieß sie zur Seite und stürzte sich mit bloßen Händen auf die rauchige Gestalt des Dunkelelben. Nur mit äußerster Mühe gelang es Ailin, sie weiterhin sichtbar zu halten.

Die Kreatur riss ihr Schwert herum und stach nach Malcorion. Blitzschnell warf dieser sich zur Seite und entging der Klinge um Haaresbreite.

Im gleichen Moment erschienen auch Warlon und Lokin an der Tür des Zimmers, ihre Schwerter in den Händen. Der Dunkelelb wirkte für einen Moment unsicher, dann stieß er ein bösartiges Zischen aus, fuhr herum und verschwand mit einem weiten Satz durch das Fenster in der Nacht.

Ailins Konzentration riss ab. Sie stöhnte, und ihr wurde schwindlig. Sie musste sich am Türpfosten festhalten, doch es nutzte nichts. Ihr wurde schwarz vor Augen.

Mit einer Besessenheit, als wolle er die Dunkelelben im Alleingang zurücktreiben, hieb Barlok mit seiner Axt auf sie ein.

Er schlug einem der Angreifer den Kopf ab, einem anderen spaltete er mit einem Hieb die Schulter seines Schwertarms. Ein weiterer wich seinem Hieb aus, wurde dafür jedoch von der vorgestoßenen Fackel eines anderen Zwerges getroffen. Sofort fraß sich das Feuer an seiner

Kleidung und seinem Fleisch nach oben. Zwei, drei andere, die in seiner unmittelbaren Nähe standen, wurden von den Flammen ebenfalls erfasst. Ein weiterer Dunkelelb stieß die gesamte brennende Gruppe unbarmherzig mit seinem Schwert in den Graben. Ein greller, mehrstimmiger Todesschrei ertönte. Für einige Sekunden loderte das Feuer noch höher auf.

Ein Schwarm Pfeile zischte über Barlok hinweg, schlug in die Reihen der Angreifer ein und tötete mehr als ein Dutzend von ihnen. Als er sich umdrehte, sah Barlok, dass etwa zwei Dutzend Goblins die Höhle erreicht und sofort das Feuer eröffnet hatten. Mit jeder Sekunde strömten weitere herein.

Wie schon einmal wendete ihr Eingreifen auch diesmal das Kampfglück. Sie erschossen die Angreifer schneller, als diese über den schmalen Steg nachrücken konnten. Auch die Zwergenkrieger kämpften nun mit neu erwachter Hoffnung. Barlok blockte einen Schwerthieb mit seiner Axt ab, dann rammte er dem Dunkelelb den Griff so hart in den Leib, dass dieser zurücktaumelte und in den Feuergraben stürzte. Ein anderer versuchte währenddessen, ihm sein Schwert in den Leib zu rammen. Mit knapper Not wich Barlok zur Seite aus. Die Klinge glitt nur scharrend über seinen Brustpanzer, ohne ihn zu durchdringen. Bevor der Dunkelelb zu einem weiteren Streich ausholen konnte, trafen ihn drei Pfeile in die Brust und ließen ihn tot zu Boden stürzen.

Endlich gelang es einigen Kriegern, die Platten zurückzuziehen und den Angreifern so ein weiteres Vordringen unmöglich zu machen. Barlok atmete auf.

Nicht nur unter den Dunkelelben, auch unter den Zwergen hatte es Opfer gegeben, eine Reihe von Toten und mehrere Verletzte, was möglicherweise ebenfalls ein Todesurteil bedeuten mochte. Wie sich mittlerweile herausgestellt hatte, waren die einfachen Priesterinnen gegen die fremde Magie machtlos. Offenbar waren umfangreiche Beschwörungen für eine Heilung nötig, die nur die Ober- und Weihepriesterinnen durchführen konnten, doch wurden diese dafür gebraucht, die Dunkelelben sichtbar zu machen. Frühestens nach der Schlacht und einer mehrstündigen Ruhepause würden sie sich um die Verletzten kümmern können. Bis dahin würde es für einige von ihnen vermutlich schon zu spät sein, aber – so grausam es auch klang – es waren ohnehin schon jetzt zu viele, als dass es möglich sein würde, sie alle zu retten.

Auch unter den Kriegern hatte sich bereits herumgesprochen, dass die Priesterinnen ihnen nicht helfen konnten, weshalb die meisten Verletzten sich erst gar nicht mehr zu ihnen begaben, sondern weiterkämpften, nachdem sie sich in schwereren Fällen von den Heilern notdürftig hatten verarzten lassen.

Auch die zweite Gruppe von Priesterinnen war inzwischen in der Höhle eingetroffen und schloss sich dem magischen Verbund erneut an. Tharlia befand sich ebenfalls bei ihnen. Allerdings hielten sie sich genau wie die Bogenschützen der Goblins im Hintergrund, in der Nähe eines der Ausgänge, durch den sie im Notfall schnell fliehen konnten.

Um Barlok herum erklangen überraschte und erschrockene Rufe. Als er sich herumdrehte, erkannte er auch, was der Grund dafür war. Das Feuer im Graben brannte herunter, schon waren die Flammen nur noch halb so hoch wie zuvor.

»Mehr Petroleum!«, brüllte er entsetzt. »Kippt sofort Petroleum nach!«

Genau das jedoch taten bereits mehrere Zwerge, und als er genauer hinsah, entdeckte er, dass der Graben fast bis zur Oberkante gefüllt war.

Dennoch sanken die Flammen immer mehr in sich zusammen, als würden sie von einer unsichtbaren Decke erstickt. Schon schlugen sie nur noch knapp einen halben Meter hoch und flackerten kläglich, obwohl es mehr als genug Brennstoff für sie gab.

Dicht dahinter lauerte die noch immer nach Tausenden zählende Armee der Dunkelelben, so eng aneinandergedrängt, dass die Schemen fast wie eine kompakte, dunkle Masse wirkten. Ein gewaltiges Heer, das nur darauf wartete, sich auf die Zwergenkrieger stürzen zu können, sobald die Flammen vollends erloschen. Und wenn diese weiterhin in solchem Tempo schrumpften, war dieser Zeitpunkt nicht mehr fern.

Aber ganz unsichtbar war die Decke auch nicht, die das Feuer erstickte. Etwas wie ein dünner, schwarzer Rauch kroch von der Seite auf die Flammen zu, doch anders als der normale Rauch, den sie erzeugten, stieg dieser nicht auf und zerfaserte, sondern schien sich über das Feuer zu legen und ihm die Kraft zu entziehen. Barlok zweifelte nicht daran, dass es sich um eine neue magische Teufelei der Dunkelelben handelte, etwas wie einen kleinen Bruder der riesigen Wolke, die mittlerweile das gesamte Ufergebiet überschattete.

Zahlreiche Pfeile der Goblins fanden ihr Ziel unter den Angreifern, doch die entstehenden Lücken wurden sofort wieder geschlossen. Der Nachschub an Kämpfern schien bei den Dunkelelben in der Tat nahezu unbegrenzt zu sein.

Barlok packte den Griff seiner Axt fester. Die Flammen

loderten nur noch knöchelhoch, begannen an einigen Stellen bereits ganz zu verlöschen.

Salve auf Salve schossen die Goblins ab. Ihre Pfeile forderten verheerende Opfer unter den Kreaturen aus der Tiefe, erzielten aber keinerlei sichtbaren Erfolg. Einige hatten bereits alle ihre Pfeile verschossen und zogen sich zurück.

»Goblins nichts mehr können tun«, vernahm Barlok die quäkende Stimme von Quarrolax neben sich. »Pfeile weg, aber Feinde noch da. Nicht können kämpfen gegen Feind, der zahlreicher als Pfeile.«

Barlok kam nicht dazu, ihm zu antworten, denn in diesem Moment erloschen auch die letzten Flämmchen des Feuergrabens. Im gleichen Augenblick stürmte das Heer der Dunkelelben vor. Mit einem erschrockenen Krächzen fuhr Quarrolax herum und eilte zu den anderen Goblins zurück.

Mit nur zwei Schritten durchquerten die Dunkelelben den nun nutzlosen Feuergraben und trafen auf die Verteidigungslinien der Zwerge. Fast alle waren inzwischen Barloks Beispiel gefolgt und hatten ihre Streitäxte ergriffen, nur noch wenige verließen sich weiterhin auf ihre Schwerter. Von nun an gab es keinen Nahkampf mit Finten und Paraden zwischen einzelnen Kämpfern mehr, sondern zwei Heere prallten mit Brachialgewalt aufeinander.

Die Zwerge schwangen ihre Äxte, sodass die Angreifer in eine fast undurchdringliche Wand aus wirbelndem Stahl hineinrannten. Wieder fielen Hunderte von ihnen, wurden getötet oder verstümmelt, doch rückten für sie sofort andere nach. Der Beschuss durch die Goblins hatte im Gegenzug stark nachgelassen, nur noch wenige Pfeile schlugen den Dunkelelben entgegen. Obwohl in den Waffenschmieden Elan-Dhors auch an Pfeilen gearbeitet wurde, würde es Stunden dauern, bis der Nachschub hier herabgelangte, sofern die Goblins sich nicht selbst welchen verschaffen konnten. Danach sah es jedoch nicht aus, immer mehr von ihnen verließen die Höhle.

Barlok konnte es ihnen nicht verdenken. Sie hatten sich als wertvolle Verbündete erwiesen, aber ohne Munition konnten sie nichts ausrichten, da sie den Dunkelelben im Nahkampf hoffnungslos unterlegen waren.

Er rammte einem Dunkelelb die Klinge seiner Axt in den Leib und trennte einem weiteren den Kopf von den Schultern. Schon längst wusste er nicht mehr, wie viele Angreifer er allein in den letzten Minuten getötet hatte. Knochenbrecher hielt blutige Ernte unter ihnen. Wieder streckte er einen der Dunkelelben mit einem Axthieb nieder, doch schon am Boden hob dieser noch einmal sein Schwert und stieß es mit letzter Kraft nach den Füßen des Kriegsmeisters. Nur knapp konnte Barlok der Klinge ausweichen.

Unter der Wucht des Angriffs gerieten die Zwergenreihen an einigen Stellen bereits ins Wanken, an anderen war es nur noch eine Frage von Minuten oder gar nur Sekunden, bis auch hier ein Rückzug unausweichlich wurde. Voller ohnmächtiger Wut spaltete Barlok einem Dunkelelb den Kopf bis hinab zur Brust, aber er konnte sich nicht länger etwas vormachen. So grausam die Erkenntnis mit all ihren Konsequenzen auch war: Die Schlacht war verloren. Mit jeder Minute kamen mehr Krieger ums Leben, und weder konnten *diese* Lücken wie auf der Gegenseite sofort wieder geschlossen werden, noch half ihr Opfer, das Unvermeidliche zu verhindern. Jetzt kam es nur noch darauf an, so viele Leben wie möglich zu retten.

»Rückzug!«, brüllte er. Er wich ein paar Schritte zurück,

hob als vereinbartes Zeichen seine Axt hoch über den Kopf und blies dreimal in sein Horn, da seine Stimme nicht ausreichte, den Schlachtenlärm zu übertönen. »Rückzug!«

Nach einem schon vor Beginn der Schlacht genau geplanten System wichen die Krieger zurück und bildeten einen kleineren Ring vor den Ausgängen. Ein Teil von ihnen zog sich daraufhin zurück, während sich der Ring immer mehr verengte. Als der Rückzug sich auf Höhe des ersten Stollens befand, ertönte eine laute Explosion, unmittelbar darauf folgte das Poltern herabstürzender Steinmassen, die den Ausgang verschlossen.

Immer mehr Krieger flohen in die Stollen, während sich der Ring derer, die ihren Rückzug deckten, immer weiter zusammenzog und so zwar kleiner, aber nicht schwächer wurde. Weitere Explosionen erschütterten die Höhle, wenn mittels Sprengpulver die Stollen hinter den Flüchtenden zum Einsturz gebracht wurden.

Barloks Atem ging keuchend, und seine Arme begannen zu erlahmen, dennoch kämpfte er weiterhin an vorderster Front. Mit Beginn des Rückzugs hatte auch der letzte Krieger begriffen, dass er die Schlacht verloren gegeben hatte. Dass er trotzdem mit ungebrochener Unerbittlichkeit weiterkämpfte, gab den anderen an seiner Seite ein Beispiel und trieb sie an. Sie wussten, dass sie kämpften, damit möglichst viele ihrer Kameraden lebend aus der Höhle entkamen.

Aber auch die Dunkelelben erkannten, dass sich bereits große Teile der Zwergenarmee in Sicherheit gebracht hatten, und mit jeder verstreichenden Sekunde entzogen sich mehr bereits als sichere Opfer gewähnte Krieger ihrem Zugriff. Mit neu entfachter Wut verstärkten sie ihren Angriff, doch es war, als würden sie gegen Fels branden. Eisern hielten die Zwerge ihrem Ansturm stand. Wann immer einer von ihnen fiel, nahm ein anderer, der stattdessen an der Reihe gewesen wäre, sich zurückzuziehen, seinen Platz ein, um den Rückzug der anderen zu decken.

Nach wie vor kämpfte Barlok an der vordersten Front. Er hatte das Gefühl, Knochenbrecher würde Tonnen wiegen. Seine Muskeln hatten sich verkrampft, sie zitterten und drohten ihm jeden Moment den Dienst zu verwehren. Er wusste selbst nicht, woher er noch die Kraft zum Weiterkämpfen nahm. Niemand hätte es ihm verübelt, wenn er sich selbst in Sicherheit gebracht hätte. Mehr als einmal hatten andere Krieger ihn sogar schon dazu gedrängt, doch er hatte nicht auf sie gehört. Unermüdlich schlug er weiter mit der Axt zu, befand sich in einem regelrechten Taumel, in dem sein bewusstes Denken keinerlei Kontrolle mehr über sein Handeln besaß. Es war, als wolle er sich selbst etwas beweisen, wolle zeigen, dass er nicht nur der Schatten einer Legende war und längst zum alten Eisen gehörte, sondern dass er immer noch zu kämpfen verstand.

Die Schlacht war verloren, und das bedeutete, dass auch Elan-Dhor verloren war. Was zählte es da noch, ob er selbst überlebte? Dies war der größte und heldenhafteste Kampf seines Lebens, und so wollte er der Nachwelt in Erinnerung bleiben.

Von nacktem Blutrausch getrieben, ließ er seine Axt wieder und wieder auf die Masse der Dunkelelben niedersausen, parierte auf ihn gezielte Hiebe und tötete jede der Kreaturen, die in seine Nähe geriet.

Sie waren nur noch rund dreißig Krieger, die sich um den letzten noch freien Ausgang geschart hatten. Selbst die Priesterinnen hatten sich bereits in die benachbarte Höhle zurückgezogen, aber auch dort waren nur wenige von ihnen geblieben, gerade genug, um den Unsichtbarkeitszauber der vordersten Reihen von Dunkelelben aufzuheben. Es erweckte den Eindruck, als ob es sich bei den Angreifern um höchstens noch hundert Dunkelelben handelte, weil die dahinter herandrängenden Horden nicht mehr sichtbar waren.

Jemand riss Barlok hart an der Schulter zurück. Instinktiv hob er seine Axt, erkannte jedoch gerade noch rechtzeitig, dass es sich um einen der Krieger handelte.

»Kriegsmeister, Ihr müsst gehen«, stieß er hervor.

»Nein«, keuchte Barlok. »Ich kämpfe, bis ...« Er brach ab. Zusammen mit der letzten Hand voll Verteidiger war er bis direkt an den Ausgang zurückgedrängt worden, wie er ernüchtert feststellte. Zwei Krieger mit Fackeln standen schon bereit, um das Sprengpulver zu entzünden, das in Felshöhlungen beiderseits des Durchgangs verteilt war. Er selbst blockierte den Fluchtweg der anderen.

Hastig wich er in die benachbarte Höhle zurück. Auch die letzten Krieger flohen durch den Ausgang, unmittelbar hinter ihnen folgten die Dunkelelben.

Eine so laute Explosion ertönte, dass Barlok glaubte, seine Trommelfelle würden zerrissen. Ein Hagel von Felsbrocken stürzte auf die Dunkelelben herunter und verschloss den Durchgang zumindest für kurze Zeit. Die wenigen Dunkelelben, die es bis in die Nebenhöhle geschafft hatten, wurden von den bereitstehenden Zwergenkriegern niedergemacht, doch das bekam Barlok nur noch verschwommen mit.

Der Druck der Explosion hatte ihn zu Boden geschleudert. Das Blut schien mit der Wucht eines Hammerwerks in seinem Kopf zu pulsieren. Knochenbrecher entglitt seinen plötzlich kraftlos gewordenen Händen, dann überwältigte ihn die Erschöpfung endgültig, und er verlor das Bewusstsein.

»Es ist unsere Schuld«, murmelte Warlon erschüttert. »Diese Kreatur muss uns unbemerkt gefolgt sein. Wir haben sie hergeführt. Es ist unsere Schuld!«

Malcorion schüttelte matt den Kopf. Sein Gesicht wirkte blass und eingefallen, sein Blick flackerte. Sie hatten wieder am Tisch Platz genommen, ihre Schwerter diesmal griffbereit neben sich. Auch Ailin war nach ihrem kurzzeitigen Schwächeanfall rasch wieder zur Besinnung gekommen und saß bei ihnen.

Aus einem der Schränke hatte der Waldläufer eine Flasche mit einem starken, selbstgebrannten Schnaps herausgeholt, von dem er bereits mehrere Becher hinuntergekippt hatte. Auch Warlon und Lokin hatten jeder einen Schluck probiert, um sich von dem Schock zu erholen, aber bei ihnen war es bei dem einen Schluck geblieben, da sie das Gefühl hatten, dass der Alkohol ihnen den Magen wegbrennen würde.

»Ihr könnt nichts dafür«, erwiderte der Waldläufer mit tonloser Stimme ohne sie anzusehen. Sein Blick war ins Leere gerichtet. Erneut griff er nach seinem Becher und trank einen Schluck Schnaps.

Warlon konnte ihn gut verstehen. Die beiden Kinder hatte er nur kurz gesehen, aber Shaali hatte sein Herz im Sturm erobert. Die Vorstellung, dass alle drei nun tot im Nebenzimmer lagen, dahingemetzelt von einer der abscheulichen Kreaturen aus der Tiefe unter Elan-Dhor, war kaum zu ertragen. Noch unerträglicher aber war der Gedanke, dass sie selbst diese Kreatur hierher an diesen friedlichen Ort geführt hatten.

Er blickte zu dem Stuhl am Kamin hinüber, auf dem sie bei ihrer Ankunft gesessen hatte, und auf dem auch jetzt noch ihr Nähzeug lag. Tränen stiegen ihm in die Augen, und er musste den Blick rasch wieder abwenden. Wären sie nicht hergekommen, wären Shaali und die Kinder noch am Leben. Mochte Malcorion sie auch von dieser Schuld freisprechen, Warlon selbst konnte es nicht.

»Was geschehen ist, tut mir unendlich leid«, beteuerte Ailin. »Ich … Ich weiß nicht, was ich sagen soll. Wenn du möchtest, dass wir dich jetzt lieber allein lassen, werden wir uns –«

»Nein«, unterbrach der Waldläufer sie. »Bleibt, ich möchte nicht allein sein. Dieses Ungeheuer, das meine Frau und meine Kinder getötet hat – ihr denkt, es wäre eine der Kreaturen, wie sie eure Heimat bedrohen?«

»Ein Dunkelelb, ohne jeden Zweifel, ja«, bestätigte Ailin.

»Aber ihr sagtet, diese Dunkelelben wären unsichtbar.«

»Das sind sie normalerweise auch. Aber als Priesterin der Li'thil verfüge ich nicht nur über die Fähigkeit, ihre direkte Gegenwart zu spüren, ich kann auch ihre Tarnung teilweise durchdringen, sodass sie zumindest schemenhaft sichtbar werden. Aber meine Kräfte sind hier an der Oberfläche viel schwächer als in der Tiefenwelt.«

»Aber warum Shaali? Warum die Kinder?« Malcorions Stimme war kaum mehr als ein Flüstern. »Sie haben niemandem etwas getan, waren für niemanden eine Bedrohung. Warum also gerade sie?«

»Diese Bestien töten aus purem Hass auf alles Lebende«, ergriff Warlon wieder das Wort. »Es ist ihnen gleich, wen sie töten, sie wollen nur vernichten.« Er machte eine kurze Pause. »Nur eins begreife ich nicht. Wenn sie uns von Elan-Dhor aus gefolgt ist, warum hat sie sich die ganze Zeit über verborgen gehalten? Sie hätte genügend Gelegenheiten gehabt, uns anzugreifen und zu versuchen, uns zu töten.«

»Ich … Ich glaube, sie hat Angst vor mir«, sagte Ailin zögernd. »Im *Roten Hahn* in Gormtal, als ich meinte, etwas zu spüren … Anscheinend habe ich mich nicht getäuscht. Der Dunkelelb muss merken, wenn ich seine Gegenwart spüre. Offenbar wollte er nicht entdeckt werden und hat sich deshalb stets zurückgezogen.«

»Aber warum?«, wunderte sich Warlon. »In der Tiefenwelt haben sie uns mit unglaublicher Verbissenheit angegriffen. So ein vorsichtiges Taktieren passt nicht zu diesen Kreaturen.«

»Dieses Wesen ist allein in einer ihm fremden Welt«, gab Ailin zu bedenken. »Und es hatte eine Übermacht gegen sich, der es ohne seine Unsichtbarkeit vermutlich nicht gewachsen gewesen wäre. Ich glaube, es hat sich darauf beschränkt, uns zu belauern, bis sich eine günstige Gelegenheit ergeben hätte, uns zu töten, vor allem mich, weil ihr anderen ihm dann weitgehend hilflos ausgeliefert gewesen wärt.«

»Aber warum hat es dann ausgerechnet heute Nacht zugeschlagen?«, stieß Malcorion hervor und schüttelte noch immer fassungslos den Kopf. »Und warum hat dieses Ungeheuer gerade Shaali und die Kinder ermordet, statt sich auf euch oder mich zu stürzen?« Er ballte die Fäuste.

Wieder zögerte Ailin einige Sekunden mit der Antwort.

»Ich denke, der Dunkelelb konnte dem Verlangen zu töten einfach nicht länger widerstehen. Aber er wollte sich auf keinen Fall auf einen Kampf einlassen, deshalb hat er sich die schwächsten Opfer gesucht. Dazu passt auch, dass er sofort geflohen ist, als wir in das Zimmer stürzten und ich ihm seine Unsichtbarkeit nahm.«

»Das klingt ja alles ziemlich überzeugend«, murmelte Lokin. »Aber ich glaube nicht, dass die Erklärung so einfach ist. Da steckt noch etwas anderes hinter. Nach allem, was ich gehört habe, passen Feigheit und Flucht nicht zu diesen Kreaturen.«

»Auch der Dunkelelb, dem Barlok und ich zuerst begegnet sind, der den Erkundungstrupp angriff, nachdem wir das Siegel gebrochen haben, floh, nachdem der Kriegsmeister ihn verletzt hat«, wandte Warlon ein. »Wir vermuten, dass er uns anschließend in aller Heimlichkeit bis nach Elan-Dhor gefolgt ist, wo er ebenfalls versucht hat, kein Aufsehen zu erregen und seine Anwesenheit geheim zu halten. Soweit wir wissen, war er der einzige Dunkelelb, der es geschafft hat, bis nach Elan-Dhor vorzudringen. Da sich die Kreatur, mit der wir es hier zu tun haben, vermutlich von dort aus an unsere Fersen geheftet hat, handelt es sich mit größter Wahrscheinlichkeit um dasselbe Wesen. Demnach ist sein Verhalten keineswegs untypisch. Vielleicht betrachtet es sich als eine Art Kundschafter, einen Späher.«

»Demnach müsste sich die Gesellschaft der Dunkelelben in Gruppen mit verschiedenen Fähigkeiten und Aufgaben unterteilen. Ein Kastensystem, ähnlich wie bei uns«, schlussfolgerte Lokin.

»Ich weiß nicht, ob es ebenso ausgereift ist und eine ebenso klare Aufgabenverteilung hat, aber –«

»Hört auf«, flüsterte Malcorion. »Hört auf, hört auf, hört auf!« Jedes Mal wurde seine Stimme lauter, bis er schließlich mit beiden Fäusten auf den Tisch hämmerte und so heftig aufsprang, dass sein Stuhl nach hinten kippte. Erschrocken starrten die Zwerge ihn an. »Hört auf!«, stieß er noch einmal hervor.

»Was ... Was ist denn?«, keuchte Warlon fassungslos.

»Was los ist? Die Gesellschaft dieser Ungeheuer interessiert mich kein bisschen!«, blaffte der Waldläufer. Seine Augen schienen zu flammen. »Alles, was mich interessiert, ist Rache. Rache an der Kreatur, die Shaali, Tora und Torn umgebracht hat, Rache an dem Volk dieser mörderischen Monster! Ich werde nicht eher mehr ruhen, bis dieses Ungeheuer tot ist, und am besten auch sein ganzes Volk!«

»Und ... was bedeutet das?«, fragte Warlon beklommen.

»Das bedeutet, dass euer Kampf von nun an auch mein Kampf ist«, stieß Malcorion hervor. »Diese Ungeheuer dürfen Elan-Dhor nicht erstürmen und bis zur Oberfläche gelangen. Ich werde alles in meiner Macht Stehende tun, um das zu verhindern. Möglicherweise sind die Elben wirklich die Einzigen, die sie besiegen können.« Er machte eine kurze Pause. »Und deshalb werde ich euch zu ihnen führen!«

EPILOG

Mit einem Krachen und Splittern, das bis zu ihnen hier oben zu hören war, zerbarst das Südtor Elan-Dhors unter der Wucht der gewaltigen länglichen Felsbrocken, die die Dunkelelben in Ermanglung eines richtigen Rammbocks wieder und wieder dagegenschmetterten. Dahinter hatten die Zwerge eine hohe Barriere aus Steinen aufgetürmt, doch würde auch diese die Angreifer höchstens wenige Minuten aufhalten.

Erst kurz zuvor, als es keinen Zweifel mehr am Fall des Tores geben konnte, hatte Barlok das Zeichen zum Rückzug gegeben. Die letzten Krieger, die bis zum Ende noch Speere und Steine auf die Angreifer geworfen und brennendes Pech und Petroleum auf sie hinuntergeschüttet hatten, verließen die Brustwehr oberhalb des Tores und rannten durch die mittlerweile vollständig verlassene Stadt, um das Zarkh-Tahal zu erreichen.

Zusammen mit Tharlia und den Oberpriesterinnen Li'thils, die sich wieder zu einem geistigen Bund zusammengeschlossen hatten, um die Feinde sichtbar zu machen, stand Barlok an einer Stollenöffnung zwei Dutzend Meter oberhalb der Stadt. Drei Tage waren seit der Schlacht am Tiefenmeer verstrichen, drei Tage, die sie sich als Schonfrist und zur Durchführung der Evakuierung erkämpft hatten. Sie hatten Stollen hinter sich gesprengt oder durch künstlich herbeigeführte Wassereinbrüche geflutet, hatten weitere Feuergräben angelegt und sogar ganze Höhlen mit brennendem Petroleum geflutet. Nichts davon hatte die vorrückenden Dunkelelben länger als ein paar Stunden aufgehalten. Selbst das gewaltige Südtor hatte ihnen nicht lange standhalten können, aber die Angreifer hatten einen hohen Preis für seine Erstürmung bezahlen müssen. Hunderte, vermutlich sogar mehr als ein- oder zweitausend von ihnen lagen tot in der Halle der Helden.

Genutzt hatte es alles nichts. Das Tor war zerborsten, die ersten Dunkelelben hatten bereits den Steinwall dahinter erklommen und schwärmten in der Stadt aus. Der Anblick, wie die Schattengestalten durch die leeren Straßen eilten, war beinahe mehr, als Barlok ertragen konnte. Neben sich hörte er Tharlia leise schluchzen. Es war das erste Mal, dass er eine solche Regung bei ihr bemerkte. Sie klammerte sich an seinen Arm.

»Ich habe unser Volk in den Untergang geführt«, stieß sie kaum hörbar hervor. »Jahrtausende haben Zwerge unter diesem Berg gelebt, und nun, kaum dass ich den Thron bestiegen habe, ist alles verloren. Warum nur muss dieser düsterste aller dunklen Momente ausgerechnet in die Zeit meiner Herrschaft fallen?«

»Die kurze Zeit, die du auf dem Thron gesessen hast, warst du ein guter Herrscher, vielleicht einer der besten, die wir je hatten«, versuchte Barlok sie zu trösten, unwillkürlich wieder in die vertraute Anrede zurückfallend. »Nicht einmal die großen Könige der Altvorderenzeit hätten verhindern können, was geschah.«

»Ich hatte so große Pläne, Elan-Dhor wieder Reichtum und Geltung zu verschaffen, und was ist daraus geworden?« Mit einer zitternden Hand deutete sie in die Tiefe.

»Wir haben den Kampf gegen die Kreaturen aus der Tiefe verloren«, erwiderte Barlok. »Aber damit endet deine Herrschaft nicht, im Gegenteil. Die vielleicht schwerste Zeit steht uns allen erst noch bevor, und das Volk wird deine Führung bei den Prüfungen, die uns noch erwarten, dringender denn je brauchen.«

»Aber wir haben –«, begann Tharlia, doch Barlok ließ sie nicht weitersprechen.

»Wir werden diese Prüfungen bestehen«, unterbrach er sie. »So schwer sie auch sein mögen, das Zwergenvolk von Elan-Dhor wird nicht untergehen. Und eines Tages werden wir zurückkehren und wiedererobern, was uns gehört, und mögen die Dunkelelben noch so unbesiegbar erscheinen. Wir werden wiederkehren und diese Ungeheuer vertreiben!« Seine Hand krampfte sich fest um den Griff Knochenbrechers, und er wies mit der Axt in Richtung der Stadt.

»Elan-Dhor wurde von Zwergen gegründet, und es werden wieder Zwerge dort leben!«, stieß er hervor. »Gleichgültig, wie lange es dauern mag und ob wir es noch erleben, aber eines Tages wird unser Volk hierher zurückkehren!«

INHALTSVERZEICHNIS